D1937494

DAS ANDERE HAUS
RUBYS HAUS
FRIEDHOF
WESTWALD
ABIGAILS HAUS
HUHNERSTALL
MAMA DAYS WOHNWAGEN
OSTWALD
HAUPTSTRASSE
LÄDEN
CHEVY'S PASS
DR. BUZZARDS BRENNEREI
BERNICE' & AMBUSHS HAUS
SÜDWALD
ALANTIK

Gloria Naylor
Mama Day

Roman

Aus dem Amerikanischen
von Angelika Kaps

Carl Hanser Verlag

Die Originalausgabe erschien 1988 unter dem Titel
Mama Day bei Ticknor & Fields, Boston und New York.

Die Autorin dankt dem
National Endowment for the Arts
für die großzügige Unterstützung während
der Arbeit an diesem Roman.

1 2 3 4 99 98 97 96

ISBN 3-446-17436-2
© Gloria Naylor 1988
Alle Rechte der deutschen Ausgabe
© Carl Hanser Verlag München Wien 1996
Satz: Jung Satzcentrum GmbH Lahnau
Druck und Bindung: Friedrich Pustet Regensburg
Printed in Germany

Für Corlies Morgan Smith

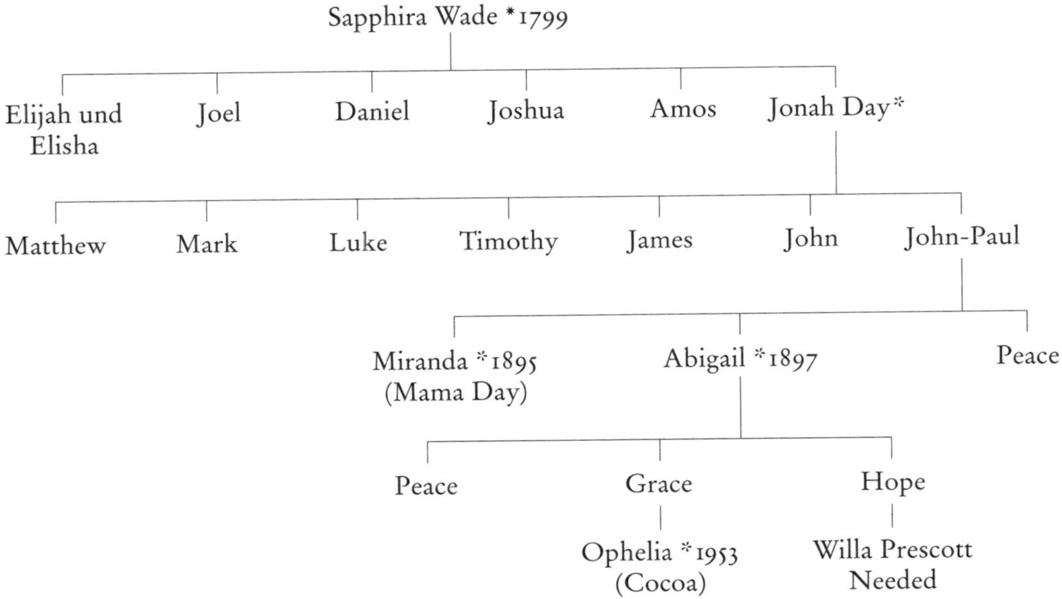

*»Gott ruhte am siebten Tage, und das würde sie auch tun.« Daher der Familienname.

Dienstag, den 3. Tag im August 1819

Zuschlag an Mister Bascombe Wade von Willow Springs für eine Negerin, die auf den Namen Sapphira hört. Alter 20. Rein afrikanische Abstammung. Gliedmaßen und Zähne gesund. Keine vom Gesetz vorgeschriebenen Garantien gegen Laster und Krankheiten finden hier Geltung, da der Käufer davon Kenntnis hat – und dies mit seiner Unterschrift bestätigt –, daß besagte Sapphira von minderer Qualität und von mürrischem Wesen und launischer Natur ist und sich auch nach angemessener Strafe der Ausführung von Feld- oder Hausarbeiten widersetzt hat. Hat bei Gelegenheit in der Eigenschaft als Hebamme und Krankenschwester gedient, nicht ohne dabei außerordentlichen Unfug getrieben und sich der Hexerei verdächtig gemacht zu haben.

Der Kaufpreis wird zur einen Hälfte in Goldzahlungsmittel entrichtet, zur anderen Hälfte in Naturalien.
Endgültig.

Willow Springs. Jedermann kennt sie, aber niemand spricht über die Legende von Sapphira Wade. Eine wahre Hexenmeisterin: satinschwarz, sahnig braun, rot wie Georgialehm: je nachdem, wer von uns an sie denkt. Sie konnte durch ein Gewitter laufen, ohne getroffen zu werden; einen Blitzstrahl in ihrer Hand auffangen; die Hitze von Blitzen dazu benutzen, das Reisig unter ihrem Medizinkessel zu entzünden; je nachdem, wer von uns an sie denkt. Sie verwandelte den Mond in Heilsalbe, die Sterne in Mullbinden und heilte die Wunden aller Lebewesen, ob sie aufrecht auf zwei Beinen gingen oder auf allen vieren krochen. Es geht nicht um richtig oder falsch, um Wahrheit oder Lüge; es geht um eine Sklavin und Frau, die diesen beiden Worten hier diesseits der Brücke eine ganz neue Bedeutung gegeben hat. Und irgendwie, auf irgendeine Weise, war 1823 das geschehen: Sie erstickte Bascombe Wade in seinem eigenen Bett, kam ungestraft davon und lebte noch tausend Tage, um die Geschichte zu erzählen. 1823: Sie heiratete Bascombe Wade, gebar ihm sieben Söhne in nur tausend Tagen, bohrte ihm einen Dolch durch die Niere und entkam dem Henkersstrick und lachte wie eine Feuersbrunst. 1823: Sie überredete Bascombe Wade in tausend Tagen, jeden Zentimeter Land auf Willow Springs seinen Sklaven zu übertragen, vergiftete ihn zum Dank dafür und gebar daraufhin sieben Söhne – Vater oder Väter unbekannt. Wenn man das alles zusammenmixt und sich unterm Strich an das hält, was als Tatsachen durch die Maschen der Zeit gefallen ist, hat man am Ende den Tod von Bascombe Wade (sein Grabstein steht draußen am Chevy's Pass), die Übertragungsurkunden für unser Land (alle datiert auf ebenjenes Jahr) und sieben Söhne (sind nicht Miss Abigail und Mama Day die Enkelinnen dieses siebten Sohnes?). Der ungeklärte Faktor bei dem Ganzen sind die tausend Tage, und wir meinen, es würde uns dazu was einfallen, wenn wir die Köpfe zusammensteckten – was aber nicht möglich ist, weil Sapphira Wade nicht in den Regionen unserer Erinnerungen lebt, die wir zum Bilden von Wörtern benutzen können.

Aber es gibt keine Menschenseele in Willow Springs, die nicht wüßte, daß kleine dunkle Mädchen, das Haar mit bunten Schnüren zu Zöpfchen geflochten, »kurz vor ihrem 18 & 23 stehen«, wenn sie sich zu lange über die Gartenzäune lehnen und dabei über die Mätzchen kleiner dunkler Jungen lachen, die den Nerv haben, von »18 & 23« zu flüstern, wo sie doch noch Muttermilch auf der Zunge schmecken. Und wenn sie sich nur ein winziges bißchen zu lange hinüberlehnt oder ein bißchen zu breit grinst, brüllt es durch die verstaubte Tür mit dem Fliegengitter: »Schaff deinen O-beinigen Untersatz von meinem Zaun weg, Johnny Blue. Kommt mir kein verfrühtes ›18 & 23er‹ in die Wiege. Zieh sie ja erst noch auf.« Ja, der *Name* Sapphira Wade wird nie und von keinem einzigen Mund in Willow Springs auch nur gehaucht. Aber wer wüßte nicht, daß der alte falschzüngige Manager vom Sheraton-Hotel jenseits der Brücke, als er Winky Browne nur zwölf Dollar für seine ganze Bootsladung Langusten anbot – »versucht hat, ihn zu 18 & 23en«, was noch das Beste ist, was man ihm unterstellen kann? Wir sitzen hier alle nur einen Katzensprung und ein Weihnachten noch vom Jahr 2000 entfernt, und hat ihm denn noch niemand gesagt, daß Nigger jetzt lesen können? Als würde nicht auf den Speisekarten in seinem Restaurant stehen, daß eine Handvoll Krabben auf einem Schüsselchen mit zerstoßenem Eis beinahe zwölf Dollar kostet. Soll er es Garnelencocktail nennen oder was auch immer – wir können auch rechnen. Und der Preis von allem, was im Sund schwimmt, kriecht oder auf dem Meeresboden liegt, ist 1985 nach oben gegangen, in dem Jahr, als wir den »18 & 23-Sommer« hatten und die Brücke weggefegt wurde. Die Leute haben da draußen in dem tückischen Wasser ihr Leben nicht aus Spaß an der Freude aufs Spiel gesetzt – gibt nicht soviel 18 & 23 in der Welt.

Aber wir scheren uns nicht um diesen alten Hotelmanager. Er ist unser kleinstes Problem, mit dem wir hier in Willow Springs fertig werden mußten. Malaria. Unionssoldaten. Sandboden. Zwei große Wirtschaftskrisen. Hurrikane. Ganz zu schweigen von diesen neuen Immobilienmaklern, die glauben, wir würden unsere Küstengrundstücke verkaufen, nur weil wir nicht so blöd sind, da zu wohnen. Fingen Anfang der Neunziger an, hier rüberzuschwärmen, schwafelten was von »Ferienparadies«, schwafelten was von »pit-to-resk«. Wie Winky sagte, wir müßten ihren Arsch aus dem Sumpf buddeln, sobald der erste Hurrikan hier durchfegte. Verstehst du, sie sind bloß drauf aus, da zu bauen, wo es keine Staatssteuern gibt – nie gegeben hat und nie geben wird, denn Willow Springs gehört zu keinem Staat. Georgia und South Carolina haben es doch versucht, haben sofort nach dem Bürgerkrieg zu beweisen versucht, daß Willow Springs entweder zum einen oder zum anderen gehört. Wirf einen Blick auf eine dieser alten Karten, die sie in Windeseile gezeichnet haben, sobald die Unionssoldaten abgezogen waren, und du kannst sehen, daß das einzige, was uns mit dem Festland verbindet, eine Brücke ist – und selbst die muß nach jedem größeren Sturm neu gebaut werden. (Vor langer Zeit haben sie mal was von Stahl und Beton geredet, aber da Georgia und South Carolina keine Steuern einfordern konnten, wollte niemand für die Arbeit blechen. Also bauen wir sie selber wieder auf, wenn es nötig ist, und bauen sie so, wie wir sie brauchen – gerade stabil genug, um bis zum nächsten starken Wind zu halten. Brauchen eine Stahl- und Betonbrücke nur einmal alle siebzig Jahre oder so. Holz und Pech kosten bloß ein Zehntel und erfüllen volle neunundsechzig Jahre ihren Zweck – eine simple Rechenaufgabe.) Wie auch immer, die neunundvierzig Quadratmeilen sind geformt wie ein Schießbogen, der im Süden auf Georgia zugeht und im Norden auf South Carolina, und genau in der Mitte, wo die Pfeiler unserer Brücke sitzen, liegt die Grenzlinie zwischen den beiden Staaten.

Tja, wem gehört das Land also? Es gehört uns – schlicht und einfach. Und es gehörte unseren Vätern und deren Vätern vor ihnen und wieder denen davor – die einmal alle Bascombe Wade gehört hatten. Und als sie nachforschten, wie er selber dran gekommen war, fanden sie heraus, daß er nicht mal

Amerikaner gewesen war. Sondern gebürtiger Norweger oder so was, und das Land war im Besitz seiner Familie da drüben in Europa gewesen, seit es von den Wikingern entdeckt und beansprucht worden war – man stelle sich das mal vor. Also dank der Hexerei von Sapphira Wade haben wir es von Norwegen oder irgendwo daher gekriegt, und wenn wir jemand Steuern schulden, dann denen. Gibt aber keine Wikinger oder irgendwelche anderen von da drüben in Europa, die mit so einem Dummkram zu uns gekommen wären wie diese Leute aus Columbia und Atlanta – wir seien unamerikanisch. Und so wie wir es sahen, hatte Amerika gar nichts damit zu tun, wenn es um unser Land ging: Sapphira war in Afrika geboren, Bascombe Wade war aus Norwegen, und es war das 18 & 23ern zwischen den beiden, das uns das Land verschafft hatte. Und wir waren auch keine Amerikaner, als wir es kriegten – wir waren Sklaven. Und die Gesetze von wegen, daß Sklaven in Georgia und South Carolina nichts besitzen durften, galten hier nicht, weil das Land zu keinem von beiden gehört – damals nicht und heute nicht. Als es hier eine Menge Baumwolle gegeben hat und wir sie zu Ballen preßten und jenseits der Brücke verkauften, haben wir unsre Steuern an die Vereinigten Staaten von Amerika bezahlt. Und wir führen Buch über alle Fische, die gefangen und jenseits der Brücke verkauft werden, über unser ganzes bißchen Gemüseanbau. Und als wir später rübermußten, um zu arbeiten, oder als unsere Kinder rübergingen, haben wir Steuern von ihren Löhnen gezahlt. Wir zahlen Steuern für die Telefon- und Stromleitungen, die über den Sund laufen. Gibt hier niemand, der gegen das Gesetz verstößt. Aber Georgia und South Carolina kriegen nicht mal den Schimmer eines Pennys für unser Land, unsere Häuser, unsere Straßen oder unsere Brücke zu sehen. Na, sie haben sich in der Angelegenheit gegeneinander bis zum Obersten Gerichtshof hochprozessiert, und es endete mit einem Unentschieden. Wir nehmen an, sie hatten die Nase davon so voll, daß sie beschlossen, uns in Ruhe zu lassen – bis diese Bauspekulanten anfingen, hierherzuschwärmen wie Sandfliegen bei einem Sonntagspicknick.

Sicher, wir hätten das Geld brauchen können, und wir nutzten das Land nicht. Aber wie Mama Day ihnen sagte (uns war klar, daß wir sie direkt zu ihr und Miss Abigail schicken mußten), sie würden nicht in ihren dunklen Gabardineanzügen schwitzend den ganzen Weg hierhergeschnauft kommen, wenn sie sich von unserem Land nicht einen Batzen Geld versprächen, und so, wie wir es sahen, gab es genug Land – Küstenland, heißt das –, um uns ein ziemlich angenehmes Leben zu verschaffen. Und kalkuliert auf der Grundlage der tollen Pläne, die ihnen im Kopf rumschwirrten, war eine halbe Million pro Hektar nicht zuviel verlangt. Flapp, flapp, flapp – lieber Gott, da gerieten ihre Unterkiefer und Seidenschlipse im Wind ganz schön in Bewegung. Das Land sei so viel nicht wert, wenn sie darauf nicht *bauen* könnten. Jassör, sagte sie ihnen. Und Sie können nicht darauf bauen, wenn wir es nicht *verkaufen*... Wir kriegen also unseren Teil jetzt, und Sie Ihren später. Du hättest mal diese Rockschöße über den Sund zurückflattern sehen sollen, mit ihren ganzen Lügen von wegen »Aufschwung der Gemeinde« und »bessere Jobs«. Denn es ging überhaupt nicht um »wir jetzt und sie später« – sondern um »sie jetzt und wir nie«. Hatten wir nicht gesehen, was in den Achtzigern auf St. Helena, Daufuskie und St. John passiert war? Und davor in den Sechzigern auf Hilton Head? Da hatten sie den Leuten das Land abgeschwatzt und als erstes Zäune drum herum gebaut und dann vom Festland die Bauunternehmer und hochbezahlten Manager rübergebracht – hat niemand auf den Inseln das geringste davon gehabt. Und die einzigen dunklen Gesichter, die man jetzt in ihren »Ferienparadiesen« sieht, gehören denen, die die Toiletten saubermachen und den Rasen mähen. Auf ihrem eigenen Land, wohlgemerkt, ihrem eigenen Land. Würde in Willow Springs nicht passieren. Denn wenn Mama Day nein sagt, sagen alle nein. Es gibt so ein 18 & 23 und so ein 18 & 23 – und niemand würde dem von Mama Day in die Quere kommen, denn sie weiß, wie man damit umgeht, schließlich ist sie eine direkte Nachfahrin von Sapphira Wade, und noch dazu stammt sie vom siebten Sohn des siebten Sohns ab – ah-ha. Sagt Mama Day nein, sagen alle nein. Hat keinen Sinn, daß du einen Haufen Geld machst, um dir dann über kurz oder lang Flöhe wegzukratzen, die du nicht hast, oder dich wie eine Alligatorschildkröte im Sumpf zu suhlen. Und wenn jemand darauf warten sollte, daß sie stirbt, so kann er lange warten. Sie sagt, sie stirbt nicht. Und wenn man's recht bedenkt: im einen Jahrhundert aufzukreuzen, es durch das ganze nächste zu schaffen und eine Zehe schon ins darauffolgende zu schieben, das ist so nahe an Unsterblichkeit, wie einer nur kommen kann.

Also, diese Spekulanten erhöhten den Preis und änderten die Pläne, änderten die Pläne und erhöhten den Preis, bis es zu einem Spiel für uns wurde. Winky kaufte ein Motorboot mit dem, was sie ihm 1987 boten, tauschte es zwei Jahre später gegen einen Kabinenkreuzer und sagt, er erwartet, daß er sich mit dem Angebot, das dieses Jahr in seiner Post liegt, eine Yacht leisten kann. Parris steigerte sich von einem neuen Schindeldach zu einer mehrgeschossigen Ranch und ist jetzt auf dem Weg, einen Swimmingpool und ein Treibhaus dazuzubauen. Aber auch wenn das Lachen verebbt, das Grundprinzip bleibt. Und wir haben gelernt, daß alles, was von jenseits der Brücke kommt, mit allergrößter Vorsicht betrachtet werden muß. Schau dir bloß an, was passiert ist, als Reemas Junge – der mit dem birnenförmigen Kopf – sich aus einem dieser piekfeinen Colleges auf dem Festland wieder hierherbequemt hat, mit seinen Kladden und dem Kassettenrekorder im Schlepptau und der komischen Angewohnheit, die Lippen zu schürzen und die Zähne aufeinanderzuklacken, total aufgeregt und entschlossen, Willow Springs bekannt zu machen und auf die Landkarten zu bringen.

Wir waren ganz freundlich – Reema ist schon immer etwas wirr im Kopf gewesen, also konnte man es dem Jungen nicht ankreiden, wenn er nicht mehr wußte, daß ein Teil der Probleme von Willow Springs genau daher rührte, daß es gleich nach dem Bürgerkrieg in einige Landkarten eingetragen worden war. Und als er dann rumlief und uns über 18 & 23 befragte, konnten wir ihn nur noch bemitleiden, wie er so von »Ethnographie«, »einzigartigen Sprachmustern«, »Erhalt der Kultur« und ähnlichem Kram drauflosplapperte, der ihn schrecklich zu begeistern schien, während er in seine kleine graue Maschine hineinsprach. Er tauchte überall auf: Was bedeutet 18 & 23? Was bedeutet 18 & 23? Und wir alle sagten ihm die reine Wahrheit: Es war nur unsere Art, etwas auszudrücken. Winky war allerdings scheußlich, er spuckte sogar Tabaksaft für ihn. Saß den ganzen Tag auf seiner Veranda, kaute dem Jungen seinen Red Devil Premium weg und spuckte so, daß die Maschine es gut aufnehmen konnte. Die Sache war lustig genug, um uns durch Herbst und Winter zu bringen, bis er sich wieder über den Sund irgendwohin davonmachte, um sich dort das zu verschaffen, was angeblich eine Ausbildung war. Und er schickte allen, mit denen er geredet hatte, Kopien von seinem Buch, hübsch gebunden, mit unserem Namen und seiner Signatur auf der ersten Seite. Wir konnten Reema nicht mehr auf den Teppich kriegen, so stolz war sie. Ist nur gut, daß sie es nicht gelesen hat. Keiner von uns hat es auch nur durch die Einführung geschafft, aber die sagte alles: Er war nämlich zu der Schlußfolgerung gekommen, und zwar nach »ausgedehnter Feldarbeit« – hat in seinem ganzen Leben nicht *eine* Baumwollkapsel oder *einen* Salatkopf gepflückt, Reema hat ihn wie närrisch verwöhnt –, aber er war trotzdem zu der Schlußfolgerung gekommen, daß 18 & 23 ganz und gar nicht 18 & 23 war, sondern in Wirklichkeit 81 & 32, was zufällig die Längen- und Breitengrade waren, auf denen Willow Springs auf der Landkarte plaziert war. Und wir wären einfach so verdammt blöd gewesen, daß wir das Ganze verdreht hätten.

Nicht daß er es blöd genannt hätte, wohlgemerkt, er nannte es »unsere kulturelle Identität durchsetzen«, »feindliche soziale und politische Parameter umkehren«. Verstehst du, weil wir als Sklaven hierhergebracht worden waren und keine andere Wahl hatten, als alles verdreht zu sehen. Und dann, weil wir hier so isoliert auf der Insel hockten, wo doch alle anderen im Land anständiges Englisch lernten und die Dinge so nannten, wie sie richtig hießen – wie im Wörterbuch und so –, während wir die Dinge weiter arschrückwärts nannten. Und er fand das so wunderbar und fabelhaft und so weiter und so fort... Na, nachdem diese Bücherkiste hier angekommen war, falls irgend jemand noch irgendwelche Zweifel gehabt hat, was diese Spekulanten hier vorhatten, falls hinter den Witzen über Motorboote und Swimmingpools, die man sich mit dem Verkauf von einem Stück Land angeblich anschaffen konnte, auch nur ein kleines bißchen Ernst gesteckt haben sollte, diese Bücher haben damit aufgeräumt. Leute, die solche Schulen unterhielten, die aus unseren Kindern komplette Vollidioten machten – und dann sein Bild hinten auf dem Buchumschlag abdruckten, damit wir nicht mal leugnen konnten, daß er es war –, hatten mit uns nichts Gutes im Sinn.

Wenn der Junge wissen wollte, was 18 & 23 bedeutet, wieso hat er nicht einfach gefragt? Als er hier rumlief und allen Leuten diese Maschine vors Gesicht hielt, waren wir alle zur Stelle – jeder einzelne von uns –, und weil er ein Junge von Reema war, hätten wir ihm den Gefallen getan. Er hätte Cloris nach ihrem krummen Rücken fragen können, den sie von der einen Aussaat hatte, wo ihr Maulesel sich das Bein gebrochen und sie die Zügel genommen und den Pflug selber gezogen hatte. Winky hätte ihm von dem heißen Teer erzählt, der ihm die Ecke seines rechten Auges rausgebrannt hatte in dem Sommer, als wir nur sieben Tage hatten, um die Brücke wieder aufzubauen und das bißchen Ernte, das uns nach dem Sturm geblieben war, rüberzuschaffen, bevor es verrottete. Jedermann hätte ihn über die Felder geführt, die wir seit den Achtzigern nicht mehr bearbeiten konnten, weil wir woanders Jobs annehmen mußten, Autos waschen, Lebensmittel austragen, Häuser putzen, eben alles –, denn während der heimlichen Wirtschaftskrise hatten wir nur die Wahl, das Land zu verlassen oder es zu verlieren. Damals schliefen mehr Leute auf der Straße, und die Banken betrieben mehr Zwangsvollstreckungen gegen Farmen als während der großen Wirtschaftskrise davor.

Nein, er wollte gar nicht wirklich wissen, was 18 & 23 bedeutet, sonst hätte er gefragt. Er hätte sofort gefragt, wo Miss Abigail Day wohnt, damit wir ihn die Hauptstraße rauf zu dem kleinen gelben Haus hätten schicken können, wo sie gewohnt hat. Und sie hätte ihm ein großes Glas mit Eiswasser oder mit Zimttee gegeben, und er hätte gehört, wie Peace ganz jung gestorben war, dann Hope und noch mal Peace. Aber da war das Kind von Grace – das Enkelkind, ein Mädchen, das wie er aufs Festland gegangen war und sich wirklich gut gemacht hatte. Lebte jetzt außerhalb von Charleston mit ihrem Mann und zwei Jungs. Deshalb kommt sie viel öfter zu Besuch als damals, als sie noch in New York gewohnt hat. Und sie hätte wahrscheinlich das alte Fotoalbum rausgeholt, damit er sich ein paar Bilder von ihrer Enkelin Cocoa und von Grace, Cocoas Mama, hätte ansehen können. Und Miss Abigail blättert gleich vor bis zu dem hübschen Bild von Grace, wie sie in ihrem mit Satin ausgeschlagenen Sarg liegt. Und während sie ihn zurück auf die Vorderveranda begleitet und über die Straße zu einem silbernen Wohnwagen zeigt, wo ihre Schwester Miranda wohnt, sagt sie ihm, daß er ein paar Stengel von der Minze, die am Fuß der Treppe wächst, pflücken und kauen soll – das würde gegen den Durst in der heißen Sonne helfen. Und wenn er so schlau gewesen wäre, genau das zu tun, durstig oder nicht, wäre er auch so schlau gewesen, vor dem silbernen Wohnwagen in einigem Abstand stehenzubleiben und *Mama, Mama Day* zu rufen und abzuwarten, bis sie herauskam und ihn zu sich winkte.

Er hätte ihr gesagt, daß er von Miss Abigail geschickt worden sei, und mit ziemlich großer Wahrscheinlichkeit hätte sie ihn dann reingelassen. Und wieder hört er von dem Kind von Grace, ihrer Großnichte, die wie er aufs Festland gegangen ist und sich wirklich gut gemacht hat. Lebt mit ihrem Mann und den beiden Jungs außerhalb von Charleston. Deshalb kommt sie jetzt öfter zu Besuch als damals, wo sie noch oben in New York gelebt hat. Cocoa sei für sie wie eine leibliche Tochter, erzählt ihm Mama Day, denn sie habe nie eigene Kinder gehabt.

Und während er die Minze gekaut hätte, hätte sie ihn bestimmt in den Garten begleitet, der zu dem Hartriegel führt, um ihm zu sagen, daß sie den Besuch kurz halten muß, weil sie beim andern Haus noch ein paar Gartenarbeiten zu erledigen hat. Und wäre er nun so schlau, ihr anzubieten, sie ein kleines Stück zu begleiten, dann – und nur dann – würde er von diesem Sommer vor vierzehn Jahren hören, als Cocoa mit ihrem ersten Mann aus New York zu Besuch gekommen war. Ja, erzählt sie, es habe einen ersten Mann gegeben – einen echten Großstadtjungen. Sein Name sei George gewesen. Und daß Cocoa fortgegangen und er geblieben sei. Daß es das Jahr mit dem letzten großen Sturm gewesen sei, der ihre Pekannußbäume umgerissen und sogar das Dach vom anderen Haus eingedrückt habe. Und bei einer Steineichengruppe läßt sie ihn anhalten; sie langt hinauf, reißt ihm ein bißchen Louisianamoos ab, das er sich in seine festen Lederschuhe tun soll – denn die bringen seine Füße wahrscheinlich ganz fürchterlich zum Schwitzen, sagt sie zu ihm. Und er muß sich auf den Boden setzen, gleich dort, und seine Schuhe aufbinden und das Moos hineinlegen. Und dann würde er durchs niedrige Gebüsch den alten Friedhof unten am Abhang sehen. Und wenn er wieder hochschaute, wäre sie zwischen den Bäumen verschwunden; aber er muß weiter das Louisianamoos in seine Schuhe stopfen und runter zum Friedhof gehen, wo er Grace, Hope, Peace und noch mal Peace beerdigt finden wird. Dann, ein Stückchen weiter, eine Gruppe von sieben alten Gräbern – und ein Stückchen weiter sieben noch ältere. Alle umgeben von diesen Steineichen und dem hängenden Moos, auf einer Anhöhe oberhalb des Sunds.

Alles, was er wissen mußte, hätte er von dem gelben Haus über den silbernen Wohnwagen bis zu diesem Friedhof hören können. Aber es ist zu spät jetzt für ihn, diesen Weg einzuschlagen, da Miss Abigail seit mehr als neun Jahren tot ist.

Trotzdem, es gibt noch einen leichteren Weg. Er könnte einfach Cocoa beobachten, wenn sie mal wieder von Charleston zu Besuch hierherkommt. Sie geht schnurstracks zu Miss Abigails Haus, um die Zimmer zu lüften und ihre Koffer auszupacken, dann geht sie über die Straße, um nach Mama Day zu rufen, die zur Wohnwagentür kommt und winkt, während Cocoa sich durch das Hartriegelgebüsch zu dem Steineichenhain aufmacht. Sie bleibt stehen und stopft ein bißchen Moos in ihre offenen Sandalen, geht dann an den Gräbern vorbei zu einer Stelle auf der Anhöhe überm Sund, etwas südlich von diesen Steineichen. Und wenn er geduldig wäre und sich ein bißchen abseits hielte, würde er feststellen, daß sie hierherkommt, um sich mit ihrem ersten Mann zu treffen und mit ihm über jenen vierzehn Jahre zurückliegenden Sommer zu reden, als sie weggegangen und er geblieben ist. Und während sie und George gut zwei Stunden zusammen verbrachten – ohne daß einer ein Wort sagte –, hätte Reemas Junge von ihnen alles hören können, was es über 18 & 23 zu sagen gab.

Aber recht bedacht, wenn es jemand nicht versteht, Fragen zu stellen, versteht er auch nicht zuzuhören. Und er hätte ihnen zuhören können, so wie du uns jetzt zuhörst. Denk nach: eigentlich redet niemand wirklich mit dir. Wir sitzen hier in Willow Springs, und du bist Gott weiß wo. Es ist August 1999 – besteht nur eine geringe Chance, daß es bei dir gerade dieselbe Jahreszeit ist. Ja, ja, hör zu. Hör diesmal wirklich zu: die einzige Stimme ist deine eigene. Aber du hast schon von der Legende von Sapphira Wade gehört, obwohl niemand hier ihren Namen ausspricht. Du hast sie so gehört, wie wir sie erfahren, wenn wir auf unseren Veranden sitzen und Erbsen pulen, den mitternächtlichen Husten eines Babys zum Verstummen bringen, den Motor eines Autos auseinandernehmen – du hast sie gehört, ohne daß eine einzige Menschenseele auch nur ein Wort gesagt hat. Ist allerdings ein Jammer, daß Reemas Junge nicht so wie du Cocoa und George unten bei den Steineichen zuhören konnte – sonst wäre er mit einer bemerkenswerten Geschichte abgezogen.

I

Du hast mit einem Plastiktrinkhalm in deinen Zähnen gestochert – ich weiß, ich weiß, es war gar kein Trinkhalm, es war ein Kaffee-Rührstäbchen. Aber, George, seien wir fair, es gibt zwei kleine Öffnungen in diesen Dingern, so daß man damit wahrscheinlich Flüssigkeit aufsaugen könnte, wenn man in einer Notlage ist, also halte ich es für gerechtfertigt, es als Trinkhalm zu bezeichnen, zumal solche Bruchbuden wie dieser Coffee-Shop in der Third Avenue sich nicht schämten, es als Kaffee-Rührstäbchen zu bezeichnen, wo doch das Zeug, das sie einem in die Tasse schütteten, ganz bestimmt nicht die Bezeichnung Kaffee verdiente. Alles an dieser Art Läden war ein bißchen mehr oder weniger als das, was es hätte sein sollen. Mich regte das immer auf: die Edelstahlvitrinen waren zu sauber, und ist dir jemals aufgefallen, daß die Kuchen und Torten darin niemals krümelten, wenn sie durchgeschnitten wurden, und daß kein Saft jemals aus den Zucker- und Honigmelonen tropfte? Die Resopalplatten waren ein bißchen zu glatt für die Ellbogen, und der Geruch von diesen roten Vinylsitzen – immer rotes Vinyl – durchdrang den Geschmack des Essens, das lau ankam, wenn es ein warmes Gericht war, und lau, wenn es ein kaltes Gericht war. Ich schwöre dir, einmal habe ich ein lauwarmes Pistazieneis bekommen, und es war steinhart. Diese New Yorker Läden waren zur Fließbandabfütterung bestimmt, und es funktionierte – es gab darin nichts, was einen zum Verweilen ermunterte. Vor allem, wenn die Rechnung schon unten am Dessertteller klebend mitkam – wer mochte nach einer zweiten Tasse Kaffee fragen und dann zusehen müssen, wie sich ein großer, fettiger Daumenabdruck langsam über dem Dankeschön, das auf der Rückseite gedruckt war, ausbreitete?

Ich nehme an, du nahmst das Rührstäbchen für deinen Kaffee, weil du den Teelöffel schon für die Suppe benutzt hattest. Ich sah, wie dir die Kellnerin das Mittwochsgericht brachte, und das bedeutete Erbsensuppe, über die man sich schnell hermachen mußte, bevor sie anfing zu klumpen. Um das Risiko zu umgehen, weitere zwanzig Minuten auf einen

Suppenlöffel warten zu müssen, benutztest du deinen Teelöffel, wonach du nichts mehr zum Umrühren deines Kaffees hattest, der mit der Rechnung kam. Und offensichtlich wußtest du, daß dich das »Bin-gleich-bei-Ihnen, Babe« von unserer reizenden Kellnerin dazu verdammte, entweder deinen Finger oder ein Plastik-Rührstäbchen zu benutzen oder den Kaffee schwarz zu trinken. Und du nahmst Unmengen von Zucker und Milch. Der Junge versteht die Kunst des erfolgreichen Speisens auf der Third Avenue, dachte ich. Wenn auf der Mittagskarte nichts über sechs Dollar ausgepreist ist, hat man schon viel erreicht, wenn man es ohne Magengeschwüre zurück zur Arbeit schafft.

Und ich hatte nicht den geringsten Zweifel, daß du nach der Mahlzeit in irgendein Büro oder an sonst einen festen Arbeitsplatz zurückgehen würdest. Es waren nicht nur das kurzärmelige blaue Hemd und die Krawatte; du hast mit einer Gelassenheit und Bestimmtheit gegessen, die mit jedem Bissen von dem sehnigen Roastbeef deutlich signalisierte: *ein Angestellter.* Sechs Monate Arbeitssuche hatten aus mir eine Expertin im Erkennen von Leuten gemacht, die sich genau wie ich abhetzten, um dann zu warten – in irgendeinem Vorzimmer auf irgendeine Chance, hinter die heiligen Türen zu gelangen und dort zu beweisen, daß sie zwei Wörter in der Minute tippen konnten oder sich nicht die Bluse vollsabberten, während sie schwierige Fragen über ihren zweiten Vornamen und ihr Geburtsdatum beantworteten.

Bis zu jenem August hatte ich daraus eine Wissenschaft gemacht, obwohl die Leute hier sagen würden, ich sei mit Mama Days Zweitem Gesicht begabt. Das Zweite Gesicht hatte nichts damit zu tun: im März jenes Jahres wurden allmählich die Mäntel abgelegt, und es war so ein April, in dem man schon den spuckenden Klimaanlagen entlang der Straße ausweichen mußte, und bis zum Hochsommer hatte ich einen klaren Blick dafür – diese flotten Käfer auf den Avenues, deren Kleider noch die Glätte von Sachen aufwiesen, die den ganzen Vormittag von kühler Luft in irgendeinem klimatisierten Kasten umweht worden waren. Oder die Aktentaschen, die mit einem Gewicht neben Männerschenkeln baumelten, das deutlich besagte, es befand sich mehr darin als leere Fächer und eine Turnhose. Und vermutlich weil ich eine Frau war, konnte ich es immer am Haar erkennen: ein Kopf wird anders gehalten, wenn er jede Woche betütert wird, wenn der Nacken massiert wird, um die angespannte Muskulatur zu lockern, »damit die Wellen richtig fallen, meine Liebe«. Die Blondinen mit ihren Bubiköpfen, meine Ebenbilder mit den glattgezogenen Locken, diese asiatischen Frauen, die mit ihrem Haar praktisch überhaupt nichts machen mußten, um hinreißend auszusehen, so daß sie es sich kräuseln oder kurz schneiden ließen, weil dann alle wußten, daß sie sich die fünfunddreißig Dollar in der Woche dafür leisten konnten. Ja, diese Leute hatten alle Arbeit. Und gewiß brauchte man kein Zweites Gesicht in den Zügen im abendlichen Berufsverkehr: all diese Baumwollhemden mit offenem Kragen – immer kariert oder bunt – und den getrockneten Schweißflecken unter den Armen von Fahrgästen, die noch einen Sitzplatz ergattern konnten, bevor die U-Bahn auf ihrem Weg nach Norden Midtown erreichte; denn diese Männer hatten ihre Schicht in den Fabriken, Lagerhäusern und Ladedocks weiter unten auf der Delancey Street oder in East New York oder Brooklyn hinter sich.

Ein bißchen mehr Aufmerksamkeit erforderten die Zwischentypen: um rauszukriegen, welche Aktentaschen zwar mit dem richtigen Gewicht schwangen, aber nur Stapel von Lebensläufen enthielten, oder in welchen Gucci-Terminkalendern die säuberlich ausgeschnittenen Stellenanzeigen auf die Seiten geklebt waren, damit es so aussah, als würde ihre Besitzerin dort, wohin sie ging, erwartet, während in Wirklichkeit von ihr erwartet wurde, daß sie wartete. Ich muß zugeben, der Schwindel mit dem Terminkalender erforderte ein wenig Originalität und Klasse. Dieser Typ wußte, daß eine auf den letzten Teil zusammengefaltete Zeitung alles sofort verriet. Und ich weiß nicht, wen die anderen zu täuschen versuchten, wenn sie so taten, als würden sie die Überschriften und Leitartikel überfliegen, bevor sie zu den Stellenanzeigen übergingen und dort schließlich die Zeitung umschlugen und ein paar Zentimeter dichter ans Gesicht hielten. Wenn alles andere versagte, konnte ich nur noch beobachten, wie sie gingen – entweder zu entschlossen oder zu zögernd durch irgendeine Drehtür auf der Sixth Avenue. Das Unglück sucht sich gern Gesellschaft, und genau danach suchte ich in jenem drückenden August in den Straßen von New York. Ich verabscheute die Heuchler durch und durch, und wenn ich einen rauspicken konnte, fühlte ich mich in meiner Haut ein bißchen wohler. Zumindest war ich echt: ich hatte keine Arbeit, und ich wollte welche – dringend. Wenn deine Arbeitslosenschecks eine kürzere Lebenszeit als eine Tsetsefliege haben und wenn du weißt, daß du mit Teilzeitarbeit kaum die Miete bezahlen kannst, und wenn alle Hauseingänge um den Times Square herum schon von sehr entschlossen aussehenden Damen besetzt sind, dann ist jede Maskerade für die Katz. Dann kann man nur noch seine Freunde jeden zweiten Tag um einen neuen Tip bitten, die Zeitung sofort bei den Stellenanzeigen aufschlagen und dort eine Tasse Kräutertee und einen gemischten Salat bestellen, wo die Rechnung dafür an einem Tisch in der Nähe der Klimaanlage weniger als zwei Dollar beträgt.

Als du aufgegessen hattest und diskret versuchtest, das Roastbeef aus deinen Zähnen zu pulen, hatte ich noch zwanzig Minuten Zeit bis zur nächsten Massenbewerbung. Ich würde in dem Pulk zwischen eins und drei in der Andrews & Stein Engineering Company durchgeschleust werden. Und wenn meine Füße nicht so geschwollen gewesen wären, weil ich unterm Tisch die hochhackigen Schuhe ausgezogen hatte, wäre ich vielleicht rübergegangen und hätte dir einen von den Zahnstochern mit Pfefferminzgeschmack angeboten, die ich immer bei mir hatte. Ich hatte schon eine ganze Reihe Männer in Restaurants mit meiner Zahnstocherschachtel kennengelernt: es war eine narrensichere Methode, um eine Unterhaltung anzuknüpfen, sobald ich sah, was sie bestellt hatten und wie sie es aßen. Die Art und Weise, wie ein Mann kaut, kann einem eine ganze Menge darüber verraten, was für eine Art Liebhaber er ist. Lach nicht – Fleisch ist Fleisch. Und du hattest diesen drei Scheiben Roastbeef eine Sorgfalt zukommen lassen, die sie nicht verdienten, daher kam mir tatsächlich der Gedanke, daß du die Mühe wert sein könntest, mich wieder in meine Schuhe zu zwängen. Du hattest hübsche Zähne und kräftige, stumpfe Finger, und deine Nägel waren sauber, aber Gott sei Dank nicht manikürt. Ich hatte versucht rauszukriegen, womit du deinen Lebensunterhalt verdientest. Die Kombination von einem kurzärmeligen bunten Hemd und einer Strickkrawatte konnte alles bedeuten von einem Wachmann bis zu einem exzentrischen Vizepräsidenten. Egal, was, jeder, der ein Plastik-Rührstäbchen den unverpackten Zahnstochern auf dem Tellerchen neben der Kasse vorzog, wo sich Ohrenschmalzkrümel und Fett von ungezählten rumwühlenden Fingernägeln ansammelten, besaß zumindest gesunden Menschenverstand, wenn nicht sogar Hochachtung vor der feineren Etikette.

Aber als du an mir vorbeigingst, ließ ich dich und den Gedanken fallen. Meine Zahnstocher hatten mir bereits zwei Verabredungen im letzten Monat verschafft: mit einem ganzen Kotzbrocken und einem halben Kotzbrocken. Ich hätte darauf setzen können, daß mein Glück mit jedem Mal größer wurde und du nur ein Viertelkotzbrocken sein würdest. Aber selbst wenn, die Begegnung mit einem Viertelkotzbrocken in einem Coffee-Shop auf der Third Avenue bedeutete für gewöhnlich, daß er meinte, ich würde einen kostenlosen Vortrag im Botanischen Garten über die Paarungsgewohnheiten von Usambaraveilchen und ein Abendessen in einem griechischen Restaurant – rote Vinyl*sitznischen* – als sozialen Aufstieg betrachten. Soviel hatte dieses Südstaatenmädchen gelernt: es bestand eine eindeutige Beziehung zwischen dem Ort, wo man in New York einen Mann kennenlernte, und dem Ort, wohin er einen ausführte. Also, in einer dieser Nischen in einem griechischen Restaurant aufgegabelt zu werden bedeutete Abendessen in einem ethnischen Mittelklasselokal: mexikanisch, chinesisch, süditalienisch, mit richtigen Tischtüchern, aber unter einer Glasplatte, und wahrscheinlich Off-Broadway-Tickets. Und wenn man sich in einem *dieser* Restaurants jemand anlachte, dann hieß das die obere ethnische Schublade: norditalienisch, französisch, russisch oder kontinental, mit Kellnern, nicht Kellnerinnen, und Balkonsitze am Broadway. East-Side-Restaurants, Jazzklubs im Village und Parkettplätze im Lincoln Center waren eine Abendeinladung mit der Kategorie, die man im Maxwell's Plum oder in einer der Single-Bars *oberhalb* der Neunundfünfzigsten Straße auf der East Side und *unterhalb* der Sechsundneunzigsten auf der West Side antraf.

Ich war nie in die Barszene vorgestoßen, weil ich nicht trank und mich weigerte, drei fünfzig für ein Club Soda zu bezahlen, bis der Langweiler des Abends aufkreuzte. Manche meiner Freundinnen sagten, daß man auf diese Weise in Null Komma nichts eine Achtzehn-Dollar-Rechnung zusammenkriegen könne, nur um dann das Vergnügen mit einem rosahäutigen Viertelkotzbrocken zu haben, der fürs Essen nächste Woche mit dir auch eine ethnische Schublade weiter unten ausreichend fand, weil du eine Schwarze bist. Und wenn er ein brauner Viertelkotzbrocken war, hatte er bis kurz vor Lokalschluß gewartet, um die Rechnung für deinen letzten Drink zu übernehmen. Und wenn du nicht ein gehöriges Maß Dankbarkeit für seine Hand auf deinem Schenkel und eine Einladung in sein Zweiter-Stock-ohne-Fahrstuhl-Paradies zeigtest, dann bekamst du sinngemäß gesagt, daß dein schlechtes Benehmen genau der Grund war, weshalb er ursprünglich nach weißen Mädchen Ausschau gehalten hatte.

Das hört sich schrecklich an, oder? Nun, das waren schreckliche Zeiten für eine alleinstehende Frau in deiner Stadt. Das alles hatte etwas so Verzweifeltes und Trauriges – besonders für meine Freundinnen. Weißt du, Selma ging immer wieder in diese schicken Single-Bars, weil sie felsenfest behauptete, das sei die einzige Möglichkeit, »bestimmte«

schwarze Männer kennenzulernen. Und sie lernte sie kennen, solche, die ganz gewiß nicht nach ihr suchten. Dann war es ausgerechnet im Central Park, wo sie diesen Arzt aufgabelte. Nicht einfach irgendeinen Arzt, nein, einen Park-Avenue-Neurochirurgen. Nach nur drei Monaten sprach er von Heirat, und sie malte uns lautstark eine Zukunft mit Bädern in Chanel No. 5 und mit Duschvorhängen aus plastiküberzogenen Dollarnoten aus – den ganzen Quatsch. Und das Traurige war eigentlich nicht, wie es sich entwickelte – ich meine, so verrückt das auch war, als er ihr schließlich erzählte, daß er eine Geschlechtsumwandlung vornehmen wolle, aber noch auf die richtige Frau warte, die bereit wäre, sich ebenfalls operieren zu lassen, weil er nicht im Traum daran denke, mit einem anderen Mann zu schlafen, auch nicht nach der Operation; noch verrückter – und noch viel trauriger – als all das, George, war die Tatsache, daß sie ernsthaft in Erwägung zog, ihm nach Dänemark zu folgen und sich operieren zu lassen. Also, ich sage dir, mochten meine Zahnstocher auch eine noch so kleine Geste sein, sie halfen mir, mich aus diesem ganzen Wahnsinn rauszuhalten.

Ich verließ schließlich den Coffee-Shop und spürte jegliche Frische, die neu in mein Leinenkostüm und in mein Haar gekommen war, dahinschwinden. Wie konnte es so heiß werden in der Third Avenue, wo doch die Hochhäuser die Sonne abblockten? Als ich vor sieben Jahren nach New York gekommen war, hatte ich mich nach der Notwendigkeit solcher riesigen Gebäude gefragt. Niemand schien je für sehr lange darin zu sein; alle waren draußen auf den Bürgersteigen, furchtbar eilig irgendwohin unterwegs – und wohin? In meinem ersten Monat hier war ich entschlossen, das herauszufinden. Ich folgte einmal einer Frau: sie hatte eine Bienenkorbfrisur mit Haarnadeln, die zu dem Straß auf ihrer schräg wie Katzenaugen geformten Sonnenbrille paßten. Nur ihre beiden Daumennägel waren mit glänzendem Lack bemalt und so lang, daß sie sich krumm wie Haken bogen. Ich dachte, sie sei so sonderbar, daß niemand auf mich achten würde, wenn ich ihr nachging. Wir starteten auf der Dreiundfünfzigsten Ecke Sixth Avenue, nahe dem Sheraton, gingen Richtung Westen zur Eighth Avenue, bevor wir nach rechts einbogen, wo sie an einem koreanischen Obststand stehenblieb, eine Kiwi kaufte und im Weiterlaufen die Haut mit ihren Daumennägeln abpellte. Ich verlor sie am Columbus Circle; sie warf die geschälte Frucht ungegessen in eine Mülltonne und fuhr auf der Rolltreppe zur U-Bahn runter. Als sie hinunterging, kam eine andere Frau mit zwei prallvollen Plastiktüten die Rolltreppe rauf. Die führte mich den Broadway entlang bis zu der Stelle, wo er auf die Columbus Avenue und die Dreiundsechzigste stößt, und setzte sich auf eine der Bänke auf der Verkehrsinsel, die Tüten zwischen ihren Knien. Sie schlug fortwährend mit den Hacken dagegen, und es klang, als hätte sie Töpfe und Pfannen darin. Ein wirklich vornehm aussehender Kerl mit einem Tweedjackett und grauen Koteletten stand im selben Moment von der Bank auf, als sie sich hinsetzte, ging in ein Blumengeschäft auf der anderen Seite der Columbus Avenue, kam mit leeren Händen wieder heraus, und ich folgte ihm zurück Richtung Downtown zum Circle, bis wir zum Eingang des Central Park kamen. Er ging langsamer, drehte sich um, sah mir geradewegs ins Gesicht und lächelte. In dem Moment bemerkte ich, daß sein Hosenlatz von Sicherheitsnadeln für Windeln zusammengehalten wurde – du weißt schon, solche, wie man sie früher hatte, mit rosa Häschenköpfen drauf. Ich dachte, nie würde jemand meine Central-Park-Geschichte übertreffen, bis Selma ihren Neurochirurgen dort traf. Nach dem Kerl gab ich es auf – ich war inzwischen ohnehin erschöpft. Ich haßte Gehen beinahe so sehr, wie ich U-Bahnen haßte. Es ist irgendwas Heuchlerisches an einer Stadt, die die Hälfte der Zeit die Hälfte ihrer Einwohner unter der Erde behält; man könnte glauben, es gibt viel mehr Platz, als tatsächlich da ist – zum Leben, zum Arbeiten. Und ich hatte mit beidem Mühe, trotz dieser endlosen Kleinanzeigen in der Sonntagsausgabe der *Times*. Weißt du, es gibt allein in ihrem Stellenteil mehr Seiten als im Telefonbuch hier in Willow

Springs. Aber ich brauchte eine Weile, um dahinterzukommen, daß der New Yorker Rassismus sich wie die meisten Menschen im Untergrund bewegte.

Mama Day und Großmama hatten mir erzählt, daß es mal eine Zeit gegeben hat, als die Stellen- und Immobilienanzeigen in den Zeitungen – sogar oben im Norden – deutlich mit »farbig« oder »weiß« gekennzeichnet waren. Es muß wundervoll einfach gewesen sein, auf Jobsuche zu gehen. Es wurde einem eine Menge Beinarbeit und Kopfzerbrechen erspart. Und wie ich mich nach diesen Zeiten sehnte, während ich mich die Straßen rauf- und runterquälte. Ich erwähnte mal etwas in der Art auf einer der Partys, die Selma für ihre ganz bestimmten Leute gab. Es wurde so still im Raum, als hätte ich verkündet, sie würden in Wahrheit einheimischen Wein trinken. Einer ihrer ganz bestimmten Menschen war so empört, daß seine Stimme zitterte: »Sie meinen, Sie wollen die Rassentrennung wieder einführen?« Ich sah ihn an wie einen Trottel – wo war sie bloß hin? Ich wollte nur die klaren Verhältnisse wiederhaben, das würde mir eine Menge U-Bahn-Münzen ersparen. Womit ich mich jetzt befassen mußte, waren Anzeigen, in denen stand *Unternehmen mit Chancengleichheit* oder gar nichts – wo ebensogut hätte stehen können *Farbige erwünscht* oder *Ergreifen Sie Ihre Chance*. Und selbst wenn ich mich auf die sicheren Angebote beschränken wollte, dann mußte ich mir immer noch überlegen: Chancengleichheit bei was für einer Arbeit und bei was für einem Gehalt? Da ging dann das Kopfzerbrechen los.

Wie bei der Anzeige, der ich an diesem Nachmittag nachging: zweieinhalb Zentimeter in der Montagsausgabe für eine Abteilungsleiterin. Eine lange Stellenbeschreibung, so daß nicht genug Platz war, um »Unternehmen mit Chancengleichheit« zu drucken, selbst wenn es eins war. Sie hatten am Sonntag nicht inseriert, das hatte ich überprüft. Sie wollten nicht zwischen den halb- und ganzspaltigen Anzeigen der Vermittlungsagenturen untergehen. Offensichtlich eine kleine Firma. *Andrews & Stein Engineering Company*: sie war mindestens zur Hälfte jüdisch, das hieß also liberal – vielleicht. Oder vielleicht wollten sie nur ihre eigenen Leute. Bevor ich nach New York kam, hatte ich noch nie irgendwelche Juden gesehen, außer im Fernsehen. Ich hatte gehört, daß sie sehr zusammenhielten, und da ich aus Willow Springs kam, konnte ich das gut nachempfinden. Branchenübliches Gehalt: das konnte alles heißen, je nachdem, ob sie in einer Branche mit Burger King oder mit IBM waren. Einstellungsbeginn 1. September: das war das Ausschlaggebende, trotz all der anderen Fragen, die noch ungeklärt waren. Wenn ich den Job bekommen würde, könnte ich noch Mitte August nach Hause fahren. Auch wenn ich ihn nicht bekommen würde, würde ich nach Hause fahren. Mama Day und Großmama konnten mir verzeihen, daß ich aus Willow Springs fortgegangen war, aber nicht, daß ich fortblieb.

Ich fand die Adresse und sah genau das, was ich befürchtet hatte. Ein fünfstöckiges Bürogebäude – Billigmietenbezirk, falls man überhaupt etwas in New York billig nennen konnte. Andrews & Stein befand sich in Suite 511. Der Fahrstuhl wie auch das alte Marmorfoyer und der kastanienbraun bedruckte Auslegeteppich im fünften Stock waren abgenutzt, aber gut gepflegt. Die Flure waren matt erleuchtet, um laufende Kosten zu sparen, und die Wände sahen aus, als würden sie in spätestens einem Monat einen neuen Anstrich brauchen. Ich konnte sehen, daß das ganze Gebäude recht und schlecht in Schuß gehalten wurde von einem eifrigen Hausmeister, der wahrscheinlich kurz vorm Ruhestand war. O nein, wenn diese Leute mich einstellten, dann für ein lächerliches Gehalt. Firmen, die Räume in einem solchen Gebäude mieteten, blätterten anständige Gehälter nur für Mr. Steins strohdumme Nichte oder für Mr. Andrews' derzeitiges Betthäschen hin. Na, jetzt bist du schon hier, Cocoa, dachte ich, zieh halt die Sache pro forma durch.

Die Kirsch-Vanille, die mir mit einem Knopfdruck die Tür öffnete, war vorhersehbar, aber es gab vielleicht noch immer Grund zur Hoffnung. Wenn kleine, liberale Betriebe einen

Schokoladenpudding hinter ihre Glasrezeption steckten, dann gab es selten noch mehr von denen hinten in den Büros. So eine vorn als Aushängeschild zu plazieren ließ sie nachts gut schlafen und in dem Glauben, sie hätten den Geist Martin Luther Kings zur Ruhe geschickt. Es waren noch drei andere Frauen vor mir und ein sehr, sehr schwuler Asiat. Gott, solche waren selten – zumindest in meinen Kreisen. Die vier hatten bereits Klemmbretter und füllten ihre Bewerbungsbogen aus – vervielfältigte. Kirsch-Vanille war einigermaßen freundlich. Sie entschuldigte sich, daß nicht mehr Sitzplätze da seien, und sagte, ich müsse warten, bis eins der Klemmbretter frei würde, es sei denn, ich hätte selbst eine Schreibunterlage dabei. Ein sehr kleiner Betrieb. Aber sie verströmte nicht diese ölige Höflichkeit, die normalerweise dazu diente, daß dir stillschweigend jede Hoffnung auf den Job genommen wurde. Eine der Frauen, die dort saßen und ihre Bewerbung ausfüllten, war echte Lakritze. Ihr Haar fiel in weichen Wellen und glänzte wie Lackleder, und selbst aus der Nähe konnte ich nicht sagen, wo das Haar endete und ihre Haut anfing. Und sie hatte den Körper und den Mut, ein Ballett-top zu tragen, das ebenso rot wie eng anliegend war. Ich vermute, die Lady sagte sich: Ihr werdet mich schon aus einer Meile Entfernung kommen sehen, ob es euch nun gefällt oder nicht. Ich wette, einer Menge Männern gefiel es. Wenn sie Mr. Andrews' Flittchen ersetzen wollte, würde sie den Job kriegen. Und die Art, wie sie mich von oben bis unten musterte – und mit dem Blick meine helle Haut und das zerknitterte Leinenkostüm abtat –, weckte in mir den Wunsch, meinen armseligen Busen rauszustrecken, aber das bedeutete, auch meine nichtexistierenden Hüften einzubringen. Vergiß es, dachte ich, du stehst hier da ohne Titten, ohne Arsch und ohne Farbe. Also tröste dich mit der Phantasie, daß sie die Adresse verwechselt hat und sich für den falschen Job bewirbt. Wieso sollte sie zu einem Vorstellungsgespräch in einer Aufmachung erscheinen, die je nasser desto besser aussähe, wenn sie nicht Rettungsschwimmerin werden wollte? Die anderen beiden Frauen konnte ich sofort ausmustern – Milk-Shakes. Eine hatte ihren Lebenslauf auf Blätter in unterschiedlichen Pastelltönen getippt und durchforstete sie gerade. Ich nehme an, um festzustellen, welches am besten zur Bürodekoration paßte. Die andere hatte ihre Sozialversicherungskarte vergessen und wollte wissen, ob sie wegen der Nummer zu Hause anrufen sollte. Dumm genug zu sein, sie nicht auswendig zu lernen, war eine Sache, aber sich dann nicht einfach hinzusetzen und die Klappe zu halten war mehr als einfältig. Selbst wenn Andrews & Stein eine Tarnung der Amerikanischen Nazipartei gewesen wäre, hätte sie keine Chance gehabt. Also waren die einzig ernsthaften Konkurrenten in dem Haufen ich, Lacklederhaar und Kumquat, die kleine ostasiatische Orange.

Ich erbte das Klemmbrett von der Frau mit der vergessenen Sozialversicherungskarte, und sie war drin und wieder draußen und plapperte weiter über die verdammte Nummer, noch bevor ich bei der Ausbildung angekommen war. Außer der High-School gab es da nur zwei Jahre auf der Berufsschule in Atlanta – aber ich hatte als Beste meiner Klasse abgeschlossen. Es war die Berufserfahrung, auf die es bei einem solchen Job wirklich ankam. Dies war kein Laden, wo man sich um seinen Aufstieg Sorgen machen mußte – all diese hinter der Empfangsdame zusammengepferchten Kästen und Aktenschränke –, hier ging es um den bloßen Durchstieg.

Ein Job in sieben Jahren sah sehr gut aus – mit einer fünfzigprozentigen Gehaltserhöhung. Pflichten: verschiedene und immer komplexere mit den Jahren. Die Versicherungsgesellschaft war einfach pleite gegangen, das war alles. Hätte ich bleiben können, wäre ich wahrscheinlich Versicherungsagentin geworden – aber ich habe eigentlich das Büro geleitet. Zwölf Sekretärinnen, fünfunddreißig Vertreter, sechs Schadenssachverständige und ein gieriger Präsident, der nicht genug Verstand hatte, darauf zu verzichten, die Hälfte der Häuser in der South Bronx zu versichern – sogar mit dreifachen Prämien bei Feuer- und Wasserschäden. Diese Gauner von

Vermietern machten ein Vermögen, und jedesmal, wenn ich jemand mit einem Feuerzeug sah, zuckte ich zusammen. Ich war bei Hobbys angekommen – das nervte mich immer; was ging sie meine Freizeit an? –, als Lacklederhaar reingerufen wurde. Sie stand auf, wie Frauen das tun, die wissen, daß sie besser aussehen, wenn sie in voller Größe zu sehen sind. Ich fragte mich, was sie wohl bei außerberuflichen Aktivitäten hingeschrieben hatte. Ich seufzte und schlug die Beine übereinander. Es würde eine lange Warterei werden. Nach zwanzig Minuten lächelte Kumquat mitfühlend zu mir rüber – zumindest wußten wir beide, daß er wohl kein As mehr im Ärmel hatte.

Der Knopf für die Gegensprechanlage auf dem Telefon der Empfangsdame leuchtete auf, und als sie wieder auflegte, nickte sie dem asiatischen Jungen zu.

»Mr. Andrews ist noch immer bei dem Vorstellungsgespräch, daher muß Sie Mr. Stein empfangen. Nehmen Sie Ihre Bewerbung mit zur zweiten Tür links, Mr. Weisman.«

Er grinste mir wieder zu, während ich spürte, wie mein Leinenkostüm das letzte bißchen Bügelglätte unter der Niederspannungsklimaanlage einbüßte. Gott, ich wollte nach Hause – und ich meinte, richtig nach Hause. Trotz aller Probleme von Willow Springs, ein Katzenfisch war dort immer noch ein Katzenfisch.

Nun, Weisman war ziemlich schnell wieder draußen. Ich sagte mir zum tausendstenmal, nichts in New York würde mich je wieder überraschen. Stein war wahrscheinlich ein Antisemit. Es dauerte weitere zehn Minuten, und ich saß noch immer da und wurde allmählich wirklich stinkwütend. Konnte Mr. Stein mich nicht auch empfangen? Nein, sie habe gerade ein Ferngespräch von einem Kunden durchgestellt, aber Mr. Andrews sei sicher gleich für mich da. Das bezweifelte ich ernsthaft. Er versuchte gerade, Lackleder – obwohl sie glaubte, sich für eine Stelle als Rettungsschwimmerin zu bewerben – davon zu überzeugen, daß man gewiß einen Posten für jemand mit ihren Fähigkeiten finden könnte. Ich gönnte ihr nicht die Genugtuung, meinen Zorn über die halbstündige Warterei zu sehen, wenn sie herausstolziert käme – ich studierte eifrig das Einwickelpapier meiner Kaugummipackung, da ich die Zeitung weggeworfen hatte, bevor ich herkam. Das Ding war beim Anzeigenteil unwiderruflich zerknittert, meine Tasche zu klein, um es darin zu verstecken, und man wollte bei einem Vorstellungsgespräch keinen dermaßen verzweifelten Eindruck machen. Und es gab nicht mal irgendwelche alten Ausgaben von *Popular Mechanics* oder so was im Vorraum – unterste Schublade durch und durch.

Schließlich wurde ich ins innere Heiligtum vorgelassen und ging ohne einen Funken Hoffnung an den Aktenschränken vorbei durch eine weitere Tür, die zu einem erstaunlich geräumigen Netzwerk kleinerer Büros führte. Ich betrat das dritte auf der linken Seite, wie mir aufgetragen worden war, und da warst du: blaues Hemd, Strickkrawatte, hübsche Zähne und alles. Ich fühlte die Schachtel mit den Minzzahnstochern durch die Tasche gegen meinen Schenkel drücken, als ich mich hinsetzte und die Beine übereinanderschlug, und zum erstenmal an diesem Tag lächelte ich aufrichtig.

Bis du an diesem Nachmittag in mein Büro marschiert bist, hätte ich mich nie als abergläubischen Menschen bezeichnet. Weit davon entfernt. An das Schicksal oder die Vorherbestimmung zu glauben hieß, zu glauben, daß es eine Zukunft gab, und ich bin ohne eine aufgewachsen. Wir konnten entweder so oder gar nicht aufwachsen. Und unsere Erzieher im Wallace-P.-Andrews-Waisenheim für Jungen brachten uns eisern bei, ausschließlich in uns selbst zu investieren. »Haltet euch an das Jetzt, Freunde«, sagte Chip immer, wobei er auf seinem rechten Unterkiefer herumkaute und spuckte, als hätte er noch immer den Tabakpriem da drin, den in unserer Gegenwart zu kauen Mrs. Jackson ihm verboten hatte. Und ich wußte, ich würde sie hören bis zu dem Tag, an dem ich starb: »Nur die Gegenwart bietet Chancen, *Sir.*« Ich würde sie sogar noch sehen können, wie sie den Kopf ruckartig hochnahm, das Kinn von irgendeinem Jungen packte, der weinte, weil er im letzten Pflegeheim nicht zurechtgekommen oder in der Schule gehänselt worden war, weil er keine Mutter hatte. Sie faßte sogar hoch ans Kinn eines kräftig gebauten Teenagers, der versuchte, ein schlechtes Zeugnis zu entschuldigen. Ich konnte noch immer den Schmerz in meiner Unterlippe fühlen von dem erbarmungslosen Griff ihres Daumens und Zeigefingers, die mir ins Kinn kniffen – »Nur die Gegenwart bietet Chancen, *Sir.*«

Sie sind wohl keine liebevollen Menschen gewesen, sie und Chip – und auch nicht, wenn man drüber nachdenkt, liebenswert. Aber wenn sie uns auch nicht gerade liebten, ihrer Arbeit widmeten sie sich mit großer Hingabe. Und Mrs. Jackson betrachtete es als Teil ihrer Aufgabe, dafür zu sorgen, daß dieses ausgemergelte Häuflein Außenseiter – die in den Plan von irgend jemand nicht hineingepaßt hatten, so daß wir ausgemustert worden waren – zumindest mit Respekt angeredet wurde. Da waren so viele Jungen, und die Gesichter wechselten dauernd, sie wurde alt und konnte sich nie unsere Namen merken und bemühte sich auch nicht, das zu verbergen. Wir alle waren ärmer als arm, die meisten von uns waren schwarz oder Puertoricaner, also war es ziemlich wahrscheinlich, daß dies das erste und letzte Mal sein würde, daß uns jemand Sir nannte. Und wenn Reden und Ins-Kinn-Zwicken nicht halfen, war es nicht unter ihrer Würde, ebendiesen Worten durch einen braunen Lederriemen Nachdruck zu verleihen – einen Männergürtel, von dem die Schnalle entfernt worden war. Wir fragten uns immer, woher sie einen Männergürtel hatte. Man konnte Mrs. Jackson ansehen, daß sie nie eine Mrs. gewesen war, sagten die älteren Jungs. Oder falls sie sich vor tausend Jahren mal irgendeinen armen alten Trottel geangelt haben sollte, hätte er bei ihr nie einen hochgekriegt und schon gleich gar nicht die Hosen runterlassen müssen. Aber so was wurde nur weit außerhalb ihrer Hörweite gesagt, wenn sie einem was über den Rücken oder die Arme gezogen hatte. Sie ließ den Gürtel mit einer kalten Präzision niedersausen, die schrecklicher war als der Schmerz, den sie zufügte, und sie ließ ihn genau zehnmal niedersausen – einen Hieb für jede Silbe: »Nur die Gegenwart bietet Chancen, *Sir.*«

Kein Junge wurde jemals oberhalb des Halses oder vorne unterhalb der Taille berührt. Und sie schlug nie und nimmer diejenigen – egal, was sie anstellten –, die mit gebrochenen Armen oder Brandmalen von Zigaretten auf den Leisten ins Wallace P. Andrews gekommen waren. Ihnen entzog sie das Abendessen und das Frühstück am nächsten Morgen und sogar das Mittagessen, wenn sie meinte, sie hätten es verdient. Bernie Sinclair ist deswegen einmal umgekippt, und als er in der Krankenstube aufwachte, stand sie vor ihm und erklärte, daß er bis nach dem Abendessen bewußtlos gewesen war, aber er hätte auch dann kein Abendessen bekommen, wenn er nicht ohnmächtig geworden wäre.

Grausam? Nein, ich würde es beherrscht nennen. Bernie hatte ihr ins Gesicht gespuckt. Und sie verzog keine Miene, weder als es während der Hygieneuntersuchung passierte, noch als sie in der Krankenstube vor ihm stand. Als Bernie zu uns kam, waren ihm die Hälfte seiner Zähne ausgeschlagen, und er haßte es, die andere Hälfte zu putzen. Mrs. Jackson schritt, wie jeden Morgen, die Reihe der Jungen unter zwölf ab und prüfte die Fingernägel, sah hinter die Ohren und rief zur morgendlichen Streckübung (Hände über den Kopf, Beine gegrätscht, Knie gebeugt und gestreckt), um ungewaschene Achseln und Unterleiber aufzuspüren. Bernie wollte seinen Mund für sie nicht aufmachen und mußte die tägliche Aufzählung der Tatsachen über sich ergehen lassen (sie hielt nie Standpauken, sie nannte es die Aufzählung simpler Tatsachen): Wenn seine restlichen Zähne wegen mangelnder Pflege verrotteten, dann müßte der Zahnarzt ihm ein volles Gebiß statt nur eines Teilgebisses anpassen. Und es würde doppelt so lange dauern, um das Geld anzufordern, das dazu vom Staat benötigt wurde. Das würde dazu führen, daß er doppelt so lange in der Schule gehänselt und im Speisesaal auf

Breikost gesetzt würde. Sie sagte das, wie sie alles sagte – langsam, deutlich und ohne Emotion. Zum zweitenmal beugte sie sich vor und forderte ihn auf, den Mund zu öffnen. Er tat es und landete einen Batzen Spucke auf ihrer rechten Wange. Sogar Joey Santiago zuckte zusammen – seine gesamten ein Meter dreiundachtzig und zweihundert Pfund. Aber Mrs. Jackson ließ sich nichts anmerken. Sie nahm das bestickte Taschentuch heraus, das sie in ihrem aufgerollten Blusenärmel aufbewahrte, und wischte sich das Gesicht ab, während sie eine weitere Liste von Tatsachen aufzählte: sie habe ihn zweimal aufgefordert, sie fordere niemals ein Kind öfter als zweimal auf, irgend etwas zu tun – das waren die Regeln im Wallace P. Andrews. Kein Mittagessen, kein Abendessen, und er mußte trotzdem allen seinen Pflichten nachkommen. Ich vermute, deshalb ist er umgekippt, kein Essen und unter der heißen Sonne in unserem Garten Unkraut rupfen – das und die Angst davor, was sie wirklich mit ihm machen würde, weil er sie angespuckt hatte. Er war noch neu und wußte nicht, daß sie überhaupt nichts machen würde.

Unser Zorn war ihr egal, ebenso unsere Verletzungen oder Enttäuschungen darüber, was das Leben uns angetan hatte. Nichts davon würde in der Welt draußen irgendeine verdammte Rolle spielen, also konnten wir das ebensogut bereits im Wallace P. Andrews lernen. Es gab nur Regeln und Tatsachen. Mrs. Jacksons Welt draußen auf Staten Island hatte Regeln, von denen man behaupten könnte, daß sie nicht fair waren, aber sie waren konsequent. Und wurden sie verletzt, so hatten wir die Garantie, daß sie uns – egal, wie sie es anstellen mußte – beibringen würde, Verantwortung für die betreffenden Taten zu *fühlen* – ausschließlich für unsere Taten. Und so seltsam es auch war, wir verstanden, daß diese Bestrafungen eine Verbesserung unserer Situation darstellten: bevor wir hierherkamen, hatten wir Prügel und kein Essen lediglich dafür gekriegt, daß wir auf der Welt waren.

Und sie war die einzige Person des Heimpersonals, die uns berühren durfte. Sogar Chip, der die Rolle des »guten Polizisten« neben ihrer des »bösen Polizisten« spielte – man brauchte manchmal eine Schulter zum Ausweinen –, durfte nur zur Disziplin aufrufen. Es muß schwierig gewesen sein mit sechzig Jungen, und ich habe gesehen, wie manche Kinder einen Schlafsaalaufseher oder Seminarleiter wirklich provozierten, doch der Mann legte niemals Hand an sie. Sie alle kannten Mrs. Jacksons Regeln, und es war deutlich, daß diese Männer Angst vor ihr hatten. Ich bin nie dahintergekommen, warum, trotz des Gerüchts, das im Umlauf war und dessen Wahrheit Joey Santiago beschwor. Joey war ein notorischer Lügner, aber er war der älteste Junge, als ich dort aufwuchs. Und er sagte, daß es hier vor einigen Jahren mal einen Schlafsaalaufseher gegeben habe, der sich zu den »Gummilakenjokkeys« – Kinder unter acht – geschlichen und diese mit in den Toilettenraum genommen habe. Nachdem er mit ihnen fertig war, schliefen sie auf dem Klo ein, wo er sie sitzen ließ, bis ihr Rektum aufhörte zu bluten. Mrs. Jackson und Chip kamen eines Nachts rüber, erwischten ihn dabei, und sie sagte den Jungs, daß sie die Polizei rufen würde. Sie brachten ihn in ihr Haus, das auf dem Schulgelände stand. Der Polizeiwagen kam nie, aber das Licht in ihrem Keller blieb an. Und Joey schwor, man habe den Mann die ganze Nacht hindurch schreien hören, obwohl ihre Fenster alle verriegelt gewesen seien. Es war laut genug, um sogar die Älteren in den anderen Schlafsälen aufzuwecken. Der Mann wurde nie wieder gesehen, und sie hüteten sich, Mrs. Jackson Fragen zu stellen, als sie rüberkam, um seine Sachen zu packen. Und Chip hatte nicht das geringste darüber zu erzählen, was passiert war, außer »Haltet euch an das Jetzt, Freunde«, als er für Mrs. Jackson am nächsten Morgen ein neues Rosenbeet aushob. Jeder Angestellte im Heim und jeder Junge, der ins Wallace P. Andrews kam, hörte das Gerücht auf die eine oder andere Weise und ging rüber, um sich die Rosen in der Ecke des Gartens anzusehen. Ich kann dir nur das eine sagen, sie waren unglaublich groß und schön. Und im Sommer, wenn die Abendbrise von Osten herüberwehte, war ihr Duft stark genug, daß man ihn auch noch im Schlaf wahrnahm.

Manche glaubten, ich wäre ihr Liebling. Ich war einer der wenigen, die schon als Säugling ins Heim gekommen waren, und sie konnte mich nicht so bestrafen wie die anderen, weil ich ein angeborenes Herzleiden hatte. Also nahm sie mir die Bücher weg, weil sie wußte, daß ich lieber mein Essen hergegeben oder sogar ihren Lederriemen abgekriegt hätte. Und einmal flehte ich sie sogar darum an, weil ich, so sagte ich, sterben würde, wenn ich eine ganze Woche warten müßte, bis ich erfuhr, wie der Graf von Monte Christo aus dem Gefängnis entkam. Sie sagte, das sei ein angemessener Tod für kleine Jungs, die erwischt worden waren, wie sie bei ihrer Mathematikarbeit schummelten. Aber Bruchrechnen war schwer, und ich wollte eine gute Note am Ende des Schuljahres. Ach, ich machte mir also Sorgen um das *Ende* des Schuljahres? Nun, jetzt würde sie mir meine Bücher für zwei Wochen wegnehmen. »Nur die Gegenwart bietet Chancen, *Sir.*«

Und ihre für uns maßgeschneiderten Vorschriften besagten: Ob es euch gefällt oder nicht, die Gegenwart seid *ihr*. Und was hatten wir schon außer uns selbst? Wir hatten eine mehr als vergessenswerte Vergangenheit und eine nicht garantierte Zukunft. Und Mrs. Jackson ließ nicht zu, daß wir uns etwas über die Tatsachen des Lebens vormachten, die sie uns oft genug aufzählte: Ich bin nicht eure Mutter. Ich werde dafür bezahlt, daß ich dieses Heim leite. Ihr habt keine Väter und Mütter. Dies ist nicht euer Zuhause. Und dies ist kein Gefängnis – es ist ein staatliches Heim für Knaben. Und es ist kein Abladeplatz für Verbrecher, Ausschuß oder Abfall von irgend jemand, denn ihr seid keine Verbrecher, Ausschuß oder Abfall – ihr seid Knaben. Dies ist kein Ort, wo ihr gequält, ausgebeutet oder vergewaltigt werdet. Dies ist ein staatliches Heim für Knaben. Hier habt ihr ein sauberes Zimmer, anständiges Essen und Kleidung für jede Jahreszeit, weil es ein Fürsorgeheim ist. Es gibt eine Bibliothek, in der ihr drei Stunden nach dem Unterricht lernt – und ihr *werdet* zur Schule gehen, weil ihr Knaben seid. Wenn ihr achtzehn seid, sagt der Staat, seid ihr Männer. Und wenn ihr Männer seid, geht ihr von hier fort, wohin ihr wollt, und tut, was ihr wollt. Aber ihr bleibt hier, bis ihr Männer seid.

Ja, das waren die Tatsachen des Lebens im Wallace P. Andrews. Und das waren Mrs. Jacksons Methoden. Und wenn einer der Jungs sich bei den staatlichen Inspektoren darüber beschwerte, daß er bestraft wurde, geschah nie etwas. Ich vermute, unterm Strich sparte sie ihnen Geld. Wir bauten vieles von unserem Essen selber an und machten es in Büchsen ein, strichen unsere Schlafsäle, zimmerten die meisten Möbel selber und nähten sogar Vorhänge und Tagesdecken für die Betten. Und diejenigen, die sie entließ, fielen dem Staat auch nicht zur Last. Ich weiß von keinem, der ein Drogensüchtiger, ein Dieb oder ein Obdachloser geworden wäre. Ich nehme an, das kam daher, daß wir ohne jede Illusion über uns oder die Welt aufwuchsen. Die meisten von uns gingen von dort entweder aufs College oder ergriffen einen Beruf. Nein, es war kein Ort, aus dem viele Dichter oder Künstler hervorgingen – wer zeichnen konnte, wurde technischer Zeichner, und den Musikern wurde beigebracht, Klaviere zu stimmen. Wenn sie sich in der Richtung unserer Laufbahnen irrte, dann weil sie übervorsichtig war. Sicher, die Künste warteten gerade auf arme schwarze Jungen, die zu hochfliegenden Träumen ermuntert wurden, aber das tat der Todestrakt auch.

Wenn ich zurückblicke, kann ich sehen, wie leicht es für sie gewesen wäre, uns einfach herumhocken zu lassen, bis wir alt genug waren, um das Heim zu verlassen. Ein Mensch braucht nur Zeit, um älter zu werden, aber wie viele von ihnen werden erwachsen? Und ich hätte nicht erwachsen werden können, wenn ich meine Zeit damit vergeudet hätte, einer Familie nachzuweinen, die mir nicht vergönnt war, oder an eine Zukunft zu glauben, die ich nicht hatte. Als ich das Wallace P. Andrews verließ, hatte ich, was ich sehen konnte: meinen Kopf und meine beiden Hände, und ich hatte jeden Tag, um etwas mit ihnen anzufangen. Ich lebte von Tag zu Tag – manchmal von Augenblick zu Augenblick, wenn die Zeiten ganz hart wurden. Ich habe vielleicht mal mit dem Kopf durch die Wand gewollt, wenn es darum ging, Essen, Arbeitsmittel und Bücher zu kaufen, aber ich habe nie auf Holz geklopft. Keine Hasenpfoten, keine Kruzifixe – nicht mal ein Lotterielos. Ich konnte mir weder den Dollar noch die Träume leisten, als ich mich durchs Studium an der Columbia-Universität arbeitete. Und bis du in mein Büro marschiert bist, verdankte ich alles, was ich war – alle Widrigkeiten, die ich überwunden hatte –, der Tatsache, daß ich voll und ganz im Jetzt gelebt hatte. Wie sollte ich die *Tatsache*, daß ich dich an diesem Tag zum zweitenmal sah, mit dem *Gefühl* in Einklang bringen, das ich hatte, als ich dich zum erstenmal sah? Nicht das Gefühl, das ich mir einredete, sondern das Gefühl, das ich tatsächlich hatte.

Siehst du, es gab für mich keine Möglichkeit zu verleugnen, daß du da vor mir standest, und ich konnte nicht länger verleugnen, daß ich wußte, was geschehen würde – du würdest in meiner Zukunft sein. Was in einer Zeitspanne, die zu kurz war, um registriert zu werden, erfaßt – und wieder verworfen – worden war, entwickelte sich jetzt vor meinem Auge wie ein bizarres Foto. Ich gehe an dir in dem Coffee-Shop vorbei, dein Kopf ist über die zusammengefaltete Zeitung gebeugt, und schmale Strähnen deines rotbraunen Haars haben sich aus den Klemmen gelöst und fallen über die Wölbung deines Nackens. Das Gefühl ist so stark, daß ich beinahe stehenbleibe: *Ich werde diesen Nacken wiedersehen.* Nicht sie, nicht die Frau, sondern diese bernstein- bis sahnefarbige Haut, die sich über dem schlanken Knochen spannt. Das ist ein Gefühl, das ich tatsächlich hatte, und ich vertauschte es schnell mit dem Gefühl: *Ich habe diese Frau schon mal gesehen.* Das konnte man registrieren; es dauerte einen Sekundenbruchteil. Aber ein flüchtiger Seitenblick auf deine hohen Wangenknochen, das spitze Kinn, das schlanke Profil sagte mir, daß ich mich getäuscht hatte. Ich hatte dich während des Mittagessens dort drei Tische weiter überhaupt nicht gesehen. Aber ich erinnerte mich gut an deine Kellnerin. Die dunkelbraunen Arme, die vollen Brüste, die das Vorderteil ihrer Uniform zu sprengen drohten, der Falz ihrer um eine nicht existierende Taille geschlungenen Schürzenbänder, die gegen Hüften schwangen, die man nur als ein Versprechen des Himmels auf Erden bezeichnen konnte – sie hatte ich gesehen. Und du mußtest dort gewesen sein, als sie deine Bestellung aufnahm und dir brachte, was auch immer du gegessen hast, und Tatsache ist, daß ich dich überhaupt nicht gesehen habe. Nicht, als ich aufstand, in meine Tasche nach Kleingeld griff, an den beiden Tischen zwischen uns vorbeiging, bis dahin hatte ich dich nicht gesehen – erst als sich der Nacken über die Zeitung beugte. Und als du in mein Büro kamst, hätte das alles so ein wunderbarer Zufall sein und ganz natürlich das Eis brechen können für das Vorstellungsgespräch, das ich immer haßte, weil ich gezwungen war, jemand anders zu beurteilen. Ich hätte das Bild von der erschöpft vornübergebeugten Frau, dem aufgeschlagenen Anzeigenteil und den unterm Tisch abgestreiften Schuhen erwähnen können: eine Frau auf der Suche nach einem Job; wir suchten fünf Blocks weiter eine Abteilungsleiterin für unser Büro. Die Vorstellungsgespräche am Nachmittag begannen um ein Uhr, und es war zwölf Uhr fünfundvierzig. *Und stellen Sie sich nur vor, Miss Day, als ich an Ihnen vorüberging, sagte ich zu mir: Wäre es nicht komisch, wenn ich sie wiedersehen würde?* Nur daß es beängstigend war, als du dich hinsetztest und dir dann mit der Hand in nervös gezierter Art über die Nackenbeuge fuhrst, die paar losen Strähnen zurückstecktest und mich dadurch mit dem Schicksal konfrontiertest. Als du das unbewußt tatest, muß ich ausgesehen haben, als hätte mir jemand ein Messer in die Eingeweide gestoßen, denn so habe ich mich gefühlt.

Du sagtest: Nennen Sie mich George. Und ich dachte: O Gott, das wird eine von diesen Lassen-Sie-uns-schnell-Kumpel-werden-Maskeraden. In neun von zehn Fällen, in denen dir irgendein Clown seinen Vornamen nennt, wird er dir so sicher wie nur was den Job nicht geben. Und sie können sich selbst damit trösten, daß sie sich große Mühe gegeben haben, »nett« zu sein. Und in diesem Fall hast du mir den Wind aus den Segeln genommen, als der Moment kam, meine Zahnstocher rauszuholen und *Mr. Andrews* daran zu erinnern, wo ich ihn zuvor gesehen hatte. Aber wenn wir George und Ophelia waren – plapperdiplapp –, dann wären meine Minzzahnstocher nur Öl auf das Feuer, das diesen Job in Rauch aufgehen ließ. Diese Vorstellungsgespräche von Karamelbonbon zu Karamelbonbon waren sowieso immer heikel. Es gab da die mit dem Machttick, die wollten, daß man vor ihrer Wichtigkeit im Staub kroch. Sie meinten, wenn sie das nicht von den anderen Schokotalern kriegten, kam es erst recht nirgendwo anders her. Oder es gab die Apostel des freien Marktes mit dem Christuskomplex: sie hatten sich ans Kreuz schlagen lassen und waren auferstanden ohne staatliche Förderprogramme für Schwarze, also konnte man das selbst gefälligst auch. Aber unser Gespräch konnte ich nicht einordnen. Du schienst dich geradezu vor mir zu fürchten und ängstlich darauf bedacht zu sein, mich aus dem Büro zu kriegen. Und ich wußte, der schnellste Weg war diese Nennen-Sie-mich-George-Masche. Ich beschloß, das Feuer mit Feuer zu bekämpfen.

»Und ich bin es gewohnt, auf Cocoa zu hören. Ich nehme an, wir können ebensogut gleich damit anfangen, denn wenn ich die Stelle bekomme und mich jemand hier Ophelia nennt, werde ich das vor lauter Konzentration auf meine Arbeit gar nicht zur Kenntnis nehmen. Ich bezweifle ernsthaft, daß ich so schnell hätte aufsteigen können wie in meinem letzten Job – mit einer fünfzigprozentigen Gehaltserhöhung –, wenn diese zwölf Sekretärinnen, fünfunddreißig Vertreter und sechs Schadenssachverständigen im Büro, das ich so gut wie allein geleitet habe, mich Ophelia genannt hätten. So wie ich es sehe, hätte ich die Hälfte meiner Überstunden in dem Büro damit verbracht, herauszukriegen, mit wem sie eigentlich redeten.«

So, das hatte gesessen. Und du wußtest das auch, denn endlich lächeltest du. Und diesmal warfst du einen sehr genauen Blick auf meine Bewerbung.

»Sie haben also diesen Spitznamen bei Ihrer letzten Anstellung bekommen – Omega-Home-Versicherung?«

»Nein, ich hab ihn seit meiner Kindheit – im Süden sagt man dazu Kosename. Meine Großmutter und meine Großtante haben ihn mir gegeben, dieselben Frauen, die mir die Berufsschule in Atlanta finanziert haben, wo ich als Beste meiner Klasse abgeschlossen habe – Einsen in Statistik, Maschineschreiben, Buchhaltung. Zwei plus in ...«

»Das ist faszinierend. Wie sind sie auf den Kosenamen gekommen?«

»Sie haben nur versucht, etwas Passendes zu finden.«

»Also, ein Kind, dessen Haut die Farbe von Sahnebonbons hat, wird Cocoa genannt. Wirklich sehr passend.«

Ich wollte dir dieses Grinsen aus dem Gesicht schlagen. »Es paßt allerdings, wenn man etwas über meine Familie und meine Heimat weiß.«

»Willow Springs, ja? Liegt das in Georgia?«

»Nein, es liegt eigentlich in keinem Staat. Aber das ist eine lange Geschichte. Ich möchte nicht unhöflich sein, Mr. Andrews, aber ich würde wirklich gerne über meine Qualifikationen für die Arbeit hier sprechen. Wo ich geboren wurde und welchen Namen man mir gegeben hat, lag beides außerhalb meiner Kontrolle. Aber was *ich* mit meinem Leben machen konnte, habe ich gut gemacht. Und ich möchte gerne die wenigen Minuten, die mir noch von Ihrer Zeit bleiben, dazu nutzen, daß ich auf dieser Grundlage beurteilt werden kann.«

Irgendwas passierte in dem Moment mit deinem Gesicht. Ich hatte irgendwo einen offenen Nerv getroffen, und ich verfluchte mich, weil ich sicher war, die ganze Sache erfolgreich vermasselt zu haben. Es lag nur wenig Trost in der Vorstellung, daß ich dir, noch lange nachdem du mich aus deinem Büro geworfen hättest, im Gedächtnis bleiben würde.

»Es würde mir im Traum nicht einfallen, jemand nach anderen Kriterien zu beurteilen, Miss Day. Und ich meinte es ernst, als ich sagte, nennen Sie mich George.«

Toll, ich war *hinauf*degradiert worden zu Miss Day. Dieser Mann war wirklich wütend, diese George-Masche eben hatte das vermutlich noch mal bestätigt. Aber dann hatte er gesagt: *Ich meinte es ernst,* was bedeutete, er weiß Bescheid über dieses ganze Kasperltheater und versucht, mir klarzumachen, daß er nicht wütend ist über das, was ich gesagt habe. Ach, wer soll aus diesem Scheiß schlau werden.

»Und Sie können mich ...« Ich war es plötzlich leid – dich, das ganze Spiel. »Sie können mich anrufen, wenn Sie sich entschieden haben. Ich brauche diesen Job, und wenn Sie meine Referenzen überprüfen, werden Sie feststellen, daß ich dafür bestens geeignet bin.«

»Schön. Und unter dieser Nummer sind Sie zu erreichen?«

»Ja, aber ich werde die nächsten beiden Wochen weg sein. Wenn es Ihnen recht ist, können Sie mir eine Karte schreiben, oder ich rufe Sie an, wenn ich zurück bin, da der Job ja erst am Ersten anfängt.«

Du hast die Stirn gerunzelt, aber es kam nun mal so raus, wie es rauskam. Sicher, er denkt, wie dringend braucht jemand einen Job, wenn er in Urlaub fährt?

»Aber wir werden unsere endgültige Entscheidung übermorgen treffen. Die neue Mitarbeiterin fängt am Montag an.«

»Aber in Ihrer Anzeige stand der Erste.«

»Das stimmt, aber unsere derzeitige Abteilungsleiterin hat uns heute morgen gesagt, daß sie früher als vorgesehen aufhören muß. Und sie muß ihre Nachfolgerin einarbeiten. Der Schein trügt: dies ist ein ausgesprochen betriebsamer Laden, und jemand hier einfach ins kalte Wasser springen zu lassen – nun, das wäre weder gegenüber der neuen Angestellten noch uns gegenüber fair. Und wir dachten, diejenige, die die Stelle bekommt, wäre sicher dankbar, schon vor September anfangen zu können. Ich weiß, wie angespannt die Lage im Moment ist – die meisten Leute suchen schon sehr lange.«

Herrje, jetzt fehlte uns nur noch die Orgelmusik und eine langsame Ausblende von meiner kleiner werdenden Rückenansicht, während sich aus dem Sand, der von der steinigen Küste aufwirbelt, allmählich das Wort »Ende« formt. O ja, wenn Sie nicht bereit sind, gestern anzufangen, dann gibt es Dutzende, die darauf brennen.

»Ich verstehe, und ich hätte Ihre Zeit nicht verschwendet, wenn ich gewußt hätte, daß es erforderlich ist, sofort anzufangen. Ich muß jeden August nach Hause fahren. Das ist bisher nie ein Problem gewesen, weil ich sieben Jahre lang denselben Job gehabt habe. Verstehen Sie, meine Großmutter ist dreiundachtzig, und da wir letztes Jahr meine Cousine und ihre Familie verloren haben, bin ich als einziges Enkelkind übriggeblieben.«

Wenn du das für eine billige Ausrede hieltest, dann tat es mir leid. Das war mir inzwischen egal.

»Die ganze Familie? Das ist wirklich furchtbar – wie ist das passiert?«

»Haben Sie von dem Feuer in Linden Hills vergangenes Weihnachten gelesen? Nun, das waren meine Cousine Willa und ihr Mann und ihr Sohn. Es hat uns alle schr mitgenommen.«

»Ich habe darüber gelesen. Es war eine ganz grauenhafte Sache – und ausgerechnet zu Weihnachten.«

Mein Gott, der Blick in deinen Augen. Es war dir wirklich ernst. Das würde ins Guinness-Buch kommen als das seltsamste Vorstellungsgespräch, das ich je hatte.

»Dann verstehen Sie also, warum ich nach Willow Springs fahre.«

»Natürlich verstehe ich das. Und Sie müssen verstehen, warum eine qualifizierte Bewerberin am Montag anfangen muß.«

»Ja, das verstehe ich.«

Wir waren zwei überaus verständnisvolle Leute geworden, bis die Lichter im Saal angingen und der Vorhang vor die Leinwand gezogen wurde. Wir standen von unseren Plätzen auf und gaben uns die Hand. War es meine Einbildung – verweilten seine Finger ein klein wenig? War es möglich, daß sich, da ich bestens qualifiziert war, keine geeignetere Bewerberin vorstellen würde und sie mir die Stelle freihielten ... Mir sank der Mut, als ich zurück ins Vorzimmer ging. Auf dem Weg hinaus mußte ich am gesamten Geschmackssortiment eines Eisladens vorbeilaufen.

Du hattest Courage, Ophelia, und das bewunderte ich an einer Frau. Du hattest recht, mir geradeheraus zu sagen, daß ich herumschnüffelte, und ich verabscheute mich dafür. Ich hatte immer Wert auf meine Privatsphäre gelegt, und weil du hier in einer Situation warst, in der du ohnehin schon Fragen beantworten mußtest, die an einen Eingriff in deine Privatsphäre grenzten, war mein Verhalten erst recht unfair. Falls das ein Trost ist, ich kostete den herben Nachgeschmack mißbrauchter Macht nicht aus. Aber ich suchte nach einer Verbindung, einer rationalen Erklärung. Ich konnte dieses Vorstellungsgespräch nur bis zum Ende durchstehen, indem ich mich selber darüber belog, was tatsächlich in dem Coffee-Shop passiert war: als ich an deinem gebeugten Nacken vorbeiging, bin ich stehengeblieben, weil ich dich schon mal irgendwo gesehen hatte, mich aber nicht erinnern konnte – das ist alles.

Ich hatte deinen Typ auf jeden Fall schon mal gesehen und sogar mit einigen von ihnen geschlafen – diesen zu hellhäutigen, zu abgehetzten schwarzen Mädchen. Es gab ein paar auf der Columbia-Universität, aber noch mehr kamen vom Barnard-College auf der anderen Straßenseite rüber. Sie machten keinen Hehl aus ihrer Absicht, sich einen Mann zu angeln, der – wie hieß das damals? – es mal zu etwas bringen würde. Nun, nach den Vorlesungen ging ich als Zimmerkellner im Hilton arbeiten. Das war nicht so großartig wie die Hiwi-Jobs in der Bibliothek oder im Büro des Dekans, aber es war wesentlich besser bezahlt, wenn man die Trinkgelder mitrechnete. Wenn es nicht soviel zu tun gab, ließ mich mein Boß lesen, und sonntags hatte ich frei. Aber siehst du, das war nicht der richtige Tag. Alle Jungs, die es mal zu etwas bringen würden, konnten Mädchen zu den Tanzveranstaltungen der Studentenverbindungen am Freitag- und Samstagabend mitnehmen, wo sie mit ihren Designerklamotten angeben konnten. Um mit mir in den Park zu gehen oder in meinem Zimmer zu sitzen und zu lernen, brauchten sie nur ein Paar Jeans. Ich war zu ernst, zu langweilig. George weiß nicht, wie man sich amüsiert, sagten sie, er ist so ruhig. Vermutlich war ich das, aber worüber konnte ich ehrlich mit ihnen reden? Sie hätten mich für verrückt gehalten, wenn ich ihnen gesagt hätte, es sei für mich einer der schönsten Anblicke auf Erden, sie auf dem Campus zu sehen – wie dunkle Juwelen.

Ja, ich war einer von der stillen Sorte, der sie wunderschön fand, auch mit dem polierten Eisengitter um ihre Herzen herum. Ich verstand genau, wogegen sie sich schützen wollten, und ich wäre bereit gewesen, ihnen zu helfen, die Rüstung noch mehr auf Hochglanz zu bringen, ihnen die Schulter zu bieten, an der sie sich ausweinen konnten, wenn der Panzer zu schwer wurde – wenn sie mich nur gelassen hätten. Aber sie wollten mich damals nicht. Und ich sollte ihnen Jahre später auf Partys und Dinnereinladungen wiederbegegnen, als der Panzer ihnen ein bißchen zu gut gedient hatte. Sie waren erfolgreich, und sie waren allein: die Männer, die es zu etwas brachten, hatten eine ganze Reihe von ihnen auf der Strecke gelassen, entweder aus Neigung oder weil es zu wenige von ihnen gab. Diese Frauen waren nicht mehr frivol, sondern nur noch verletzt und mißtrauisch. Und reifer geworden, zögerte ich erst recht, einen Weg in solche Herzen zu suchen. Oft hätte ich am liebsten eine dieser Frauen mit seidenbekleideter Schulter geschüttelt, die meinten, sie müßten unbedingt die abgedroschene Leier davon anstimmen, wie unmöglich es sei, gute schwarze Männer kennenzulernen. Sie hatten *mich* kennengelernt. Aber ich wäre zu stolz gewesen, sie daran zu erinnern, wo.

Ja, ich kannte deinen Typ gut. Und du hast dagesessen, und deine Gedanken rasten bei dem Versuch, mir einen Schritt voraus zu sein, so sicher warst du, daß du mich und das Spiel vollkommen durchschaut hattest. Gib ihm, was er will. Ich habe dich an der Nase herumgeführt, gib's zu. Ich wollte dir nur Gelegenheit geben, du selbst zu sein. Und ich fragte mich, ob es dafür schon zu spät war, ob sieben Jahre New York es bereits geschafft hatten, dir das auszutreiben, so wie du versuchtest, dir deinen Südstaatenakzent auszutreiben. Es amüsierte mich, wie entschlossen deine Zunge und deine Lippen sich um eine schneidige Aussprache bemühten und wie dein Akzent dann doch wieder durch die Lücken zwischen zwei Wörtern zu dir fand – »reden über«, »abgeschlossen in«. Gegen deinen Willen quoll der Singsang aus den Enden dieser Verben, um die darauffolgenden Vokale um eine halbe Tonlage nach oben zu verschieben. Deshalb wollte ich, daß du mich George nanntest. Es gibt keinen einzigen Südstaatler, der diesen Namen mit weniger als zwei Silben aussprechen kann. Und diese kurzen Sekunden erlaubten mir, dich mir so vorzustellen, wie du mal gewesen sein mußtest: weicher, gelassener – offen. Es beschwor Bilder von Nächten voller Jasminduft herauf, von warmen Brötchen und Honig, die mir auf geblümten Porzellantellern gebracht wurden, während du zu meinen Füßen saßest und deine Wange an meinem Knie riebst. Nur zu, lach ruhig, du hast jedes Recht dazu. Ich bin nie im Süden gewesen – meine Aufenthalte im Footballstadion von Miami konnte man nicht berücksichtigen, diese Stadt war eine schwüle und pastellfarbene Ausgabe von New York. Also hatte ich genauso mythische Vorstellungen über Südstaatenfrauen wie du über Männer aus dem Norden. Aber eine Tatsache war, daß du, als du meinen Namen aussprachst, du selbst wurdest.

Und es war auch eine Tatsache, daß ich dir auf keinen Fall diesen Job geben würde. Und deine festen Pläne, nach Willow Springs zurückzukehren, halfen mir, mein schlechtes Gewissen zu beruhigen. Wir würden noch andere qualifizierte Bewerber ablehnen – und es geht nie um den Bestqualifizierten, ein solches Exemplar gibt es nicht. Es geht nur darum, ob jemand »paßt« oder nicht. Und wo sollte ich dich unterbringen? Mein Leben war mit einunddreißig bereits gemacht. Mein Ingenieurtitel, der rasche Erfolg von Andrews & Stein bewiesen ohne jeden Zweifel, daß man nichts mit Daumendrücken, zerbrochenen Spiegeln, verschüttetem Salz erreichte – ein Stich in die Eingeweide in einem Coffee-Shop auf der Third Avenue. Jemand paßt entweder oder nicht. Und du, Ophelia, paßtest nicht. Komm keiner Frau zu nahe, die die Macht hat, deine Existenz auf den Kopf zu stellen, indem sie sich einfach mit der Hand über den Nacken fährt.

* * *

Mirandas Teekessel stösst mit dumpfem Sprudeln kochendheißen Dampf aus; das alte Pfeifventil ging schon vor Jahren verloren. Sie greift nach dem Henkel und hält plötzlich inne. Fährt sich mit der Zunge über ihr zahnloses Zahnfleisch, stülpt die Oberlippe nach vorne und konzentriert sich schrecklich angestrengt, während sich die Dampfsäule hinten am Gasherd an der Unterseite ihrer Küchenschränke aus Kiefernholz entlang auflöst. Ihr Papa hatte sie mit eigenen Händen gebaut und dazu nicht mehr benutzt als einen flachen Meißel und einen Holzhammer. John-Paul hatte die Aprikosen und die Ranken so naturgetreu in die Türfüllungen eingearbeitet, daß man meinen konnte, sie würden noch wachsen. Ein kleiner Tropfen Wasserdampf bildet eine Perle an der Spitze eines Aprikosenblattes und funkelt in der Morgensonne. Miranda lächelt, als sich die Wasserperle golden verfärbt – meine Güte, was für eine reizende Überraschung. Sie muß Abigail anrufen und ihr sagen, daß Baby Girl heute kommt, ein bißchen früher als erwartet – und obendrein noch mit dem Flugzeug.

Sie gießt das heiße Wasser über eine Handvoll loser Teeblätter und läßt sie ziehen, während sie die hintere Tür des silbernen Wohnwagens öffnet und ihre Lungen mit der frischen Luft füllt. Tau tröpfelt von der Tür mit dem Fliegengitter und landet auf ihrem Unterarm. Ihre Arthritis hat ihr gesagt, daß es ein ziemlich feuchter Tag werden würde, lange bevor sie ihre Augen abschirmt und die kamelhöckerigen Wolken erspäht, die vom Horizont her aufziehen. Die Hühner, die sie draußen im Garten herumscharren läßt, hören die Tür quietschend aufgehen und brechen in lautes Gackern aus. Eine alte schwarze Henne, die kühnste von der Schar, hüpft auf die Ziegelsteintreppe.

»Elende Bettler.« Sie nimmt ihren Besen und verscheucht sie. »Und du, Clarissa, solltest es besser wissen – vor mir kriegt niemand was zu essen.« Die Henne fliegt vor dem schwingenden Besen davon, um auf der Türschwelle zu landen und wieder mit Picken anzufangen. »Mach nur weiter, hörst du? Ein bißchen Hühnerfrikassee zu meinem Maisgries würde mir nicht übel schmecken heute morgen.« Miranda wirft ihnen eine Handvoll frische Brotkrumen zu, die sie immer in dem Beutel hat, der an einem Holznagel an der Innenseite der Tür hängt. »So, genug Almosen für heute – geht ein paar Würmer ausgraben. Und wenn ihr meine Treppe verdreckt, könnt ihr was erleben.«

Sie geht in die Küche zurück, um ihren Tee abzugießen. Sie stöbert in den Küchenschränken und findet das letzte bißchen Honig, das schon in weißen Kristallen am Boden des Weckglases festklebt. »Ich hab Buzzard doch gesagt, er soll mir sechs neue Honiggläser mitbringen – und wo sind sie, ha? Elender Krauter.« Sie gießt ein bißchen heißen Tee in das Glas und schüttelt es, um die Kristalle am Boden aufzulösen, bevor sie ihn zurück in ihre Lieblingstasse füllt. Es ist ein angeschlagener Keramikbecher mit dem lächelnden Gesicht einer blonden Frau über den roten Buchstaben: TANTE Nr. 1. Den hat ihr Baby Girl aus Atlanta mitgebracht, aus den ersten Sommerferien auf der Berufsschule. Sie hat dem albernen gelbhäutigen Ding gesagt, daß sie keine Tante Nummer eins sei, sondern eine Großtante – und die einzige Großtante dazu.

»Aber es gibt sie nicht mit ›Großtante‹ drauf, und ich wußte, daß ich gar nicht nach einer zu suchen brauchte, auf der ›Mama Day‹ steht. Nächstes Mal lasse ich eine speziell für dich machen.«

»Wieso gibt es keine Großtante-Tassen? Es gibt schließlich Großtanten – sogar in Atlanta.«

»Hör zu, jetzt beschwer dich nicht über die Leute in Atlanta, nur weil du länger lebst, als du eigentlich solltest.«

»Hast ein ziemlich loses Mundwerk, Miss C, seit du wieder aus der Stadt zurück bist und nach Benzinschwaden riechst.«

»Tu ich nicht. Ich rieche nach dem Lavendelwasser, das du mir geschickt hast – kistenweise.«

»Dann nimm noch mehr davon. Und wenn du schon extra eine Tasse für mich machen läßt, sieh zu, daß ›Urgroßtante‹ draufsteht. Ich hab vor, so lang zu leben, bis ich was Kleines von dir auf den Knien schaukeln kann.«

»Reden wir hier von der Jahrhundertwende, Mama Day?«

»Wir reden davon, wie lang es eben dauert.«

Und es *wird* noch lange dauern, denkt Miranda, während sie ihren Tee ins Wohnzimmer trägt und nach dem Telefonhörer greift. Ein weiteres Jahr auf dieser Schule in Atlanta und beinahe sieben oben in New York – und kein erwähnenswerter Mann. Aber Baby Girl muß jetzt... Sie konzentriert sich... Noch drei Jahre bis dreißig. Sie würden mal ein ernstes Wort miteinander reden, wenn sie heute nachmittag ihren Allerwertesten hier reinbrachte. Und dann konnte sie ruhig dasitzen mit ihrem frechen Mundwerk und schmollen, solange sie wollte. Gibt doch keinen Sinn, so was, lebst in einer Stadt mit mehr Männern als in ganz Georgia und South Carolina zusammen und kannst das Geschäft nicht abschließen. Gibt solche und solche Wege – und sie müßte ihr wohl ein paar davon erklären. Das Telefon klingelt nur zweimal, bevor Miranda das schmelzende »Hallo« hört, das nur von Abigail kommen kann.

»Du da, Schwester?« fragt Miranda.

»Ah-ha.«

Miranda kennt keine andere Art, sie zu begrüßen, und Abigail keine andere, zu antworten – nicht nach achtzig Jahren. Ganz egal, wann, und ganz egal, wo: ob Abigail ein Bündel Mangold von gegenüber mitbringt, ob Miranda in der Kirche neben ihr auf die Bank rutscht, ob sie sich auf dem Postamt über den Weg laufen.

»Du da, Schwester?«

»Ah-ha.«

Die Fünfjährige entfernt sich geräuschlos aus dem verdunkelten Raum, wo das Bündel aus weichem Flanell inmitten von Blumen und dem Duft von geschmolzenem Kerzenwachs liegt. Mondlicht fließt durchs Fenster, wirft Balken über den winzigen Sarg, der mit geschnitzten Rosenknospen und rankenden Kreisen aus Wasserlilien verziert ist. Die zitternden Schatten von dem Roßhaardiwan und dem marmornen Kamin auf den Holzdielen sind eine Täuschung: Peace sollte nicht in ihrem Haus sterben. Das Jammern ihrer Mama und das zornige Stampfen der Nagelstiefel ihres Papas wirbeln über ihrem Kopf, lauter und lauter. Das Geräusch erfüllt das ganze Haus, wobei mal das eine, mal das andere heftig wird, sehr heftig. Da waren Miranda und Abigail, doch es gibt keine Peace mehr. Sie schleicht sich ins Schlafzimmer und sieht die Dreijährige zusammengerollt mit dem Daumen im Mund dort liegen. Die Decke hebt sich regelmäßig mit jedem Atemzug, aber dem kann man nicht trauen. Sie wird auch Peace auf dem Grund des offenen Brunnens atmen sehen, lange nachdem ihr Papa den Sarg geschnitzt und man sie in weißen Flanell eingewickelt hat. Lange nachdem ihre Mama ihre Tage damit verbringen wird, im Schaukelstuhl zu wippen und Garn um den Finger zu wikkeln, immer wieder zu wickeln, und ihr Papa seine Nächte mit dem Schnitzen und Wiederschnitzen von Holzblöcken. Aber Peace wird nicht mehr dasein. Sie beginnt schon in diesem Alter zu lernen: Hinter dem, was das bloße Auge sehen kann, gibt es noch mehr. Und während sie ins Bett klettert, rüttelt sie das jüngere Kind wach. »Du da, Schwester?« Die Stimme, die ant-

wortet, ist belegt und den Tränen nahe. »Ah-ha.« Mirandas kleine Finger spüren den Rhythmus von Abigails Atem. Zusammengekuschelt unter der Decke sind sie vier Arme und Beine, zwei Köpfe, ein Herzschlag.

»Baby Girl kommt heute.«

»Gütiger Herr. Wird schön sein, mein Kind wiederzusehen. Dann feg ich mal lieber gleich ihr Zimmer und mach alles fertig. Und dabei hat sie gemeint, sie würde den Zug morgen abend nehmen – hat sogar geschrieben und gesagt, wir sollen sie Dienstag früh am Bahnhof abholen.«

»Sie kommt aber mit dem Flugzeug an, auf dem Flugplatz jenseits der Brücke.«

»Ach nein! Was hat sie sich denn dabei wieder gedacht? Den Dingern hab ich nie getraut – sind was Unnatürliches. Wenn ich Buzzard in die Finger krieg, schick ich ihn, daß er sie abholt.«

»Wenn *ich* Buzzard in die Finger krieg, dreh ich ihm seinen dürren Hals um. Ich hab keinen Krümel von dem Honig gesehen, den er mir bringen sollte. Hab den letzten grad in meinen Tee getan.«

»Schwester, auf Buzzard zu warten ist wie aufs Jüngste Gericht zu warten. Was macht der alte Arthur heut morgen?«

»Na, ist zuverlässig wie immer. Der einzige Mann, mit dem ich mich noch im Bett rumwälze, seit ich die Siebzig hinter mir hab.«

»Laß dein lasterhaftes Gerede. Ich hab einen neuen Breiumschlag für deine Arthritis, hab unten bei Ruby Silberkerze gefunden. Sobald sie richtig getrocknet ist, mach ich dir ein schönes Pflaster.«

»Brennt hoffentlich nicht so wie der andere Mist.«

»Miranda, du mußt es spüren, wenn's helfen soll.«

»Ich hab den alten Arthur heut morgen gespürt, und der hilft bestimmt nicht. Sticht mich in den Rücken, sticht mich in die linke Hüfte. Man sollte meinen, er würde mal eines Tages die richtige Stelle erwischen und mich in meine –«

»Laß das, ich leg gleich auf, bevor ich meinen Glauben verlier. Hör zu, bring mir einen Strauß von dem getrockneten Rosmarin vom andern Haus, damit ich die Schweineschulter würzen kann – Baby Girl ißt für ihr Leben gern Schweinebraten. Und ein gutes halbes Dutzend Eier – ich backe Gelee- und Kokoskuchen. Wir haben nur zwei Wochen, um sie aufzupäppeln, du weißt ja, sie wird hier ankommen, dürr wie ein Besenstiel – es sei denn, du willst den Geleekuchen backen, und ich mache zwei Kokoskuchen. Dein Geleekuchen gelingt immer besser als meiner.«

»Ich mach nichts für sie, denn sie ist zu frech. Du kannst von mir aus den ganzen Tag in der Hitze vorm Herd verbringen – und meine Eier sind jetzt alle zum Ausbrüten.«

»Ein *gutes* halbes Dutzend, Miranda. Und weißt du, daß es schon fast neun ist?«

»Gütiger Herr, da muß ich sofort auflegen. Bis bald.«

»Bis bald.«

Sie stellt schleunigst ihren alten Fernseher mit den alufolieumwickelten Antennen an. Sie sucht Kanal sechs, und als sie sieht, daß noch die Werbung von ihrer Lieblingssendung läuft, dreht sie den Ton leiser und geht in die Küche, um den Herd anzuheizen. Bis sie nachgesehen hat, wieviel Zucker und Mehl noch in ihren Büchsen ist, und zwei Gläser Apfelgelee hinten in der Speisekammer gefunden hat, ist die Kamera über das Publikum zu einer Nahaufnahme von Phil Donahues dichtem grauem Haar und seinem dunklen Brillengestell geschwenkt. Sie dreht die Lautstärke auf, als er gerade die Leute, die auf der Bühne sitzen, vorstellt. Er hat Gäste aus Kansas, Oregon und Secaucus, New Jersey, eingeladen, die alle behaupten, Ufos gesehen zu haben, und Fotos dabeihaben. Der vierte Bursche ist ein Astronom aus Palo Alto, der fünfte ein NASA-Beamter.

»Gibt es vernunftbegabte Lebewesen im Weltall?« Phil blickt todernst, starrt direkt in die Kamera. »Und versuchen sie, mit uns Kontakt aufzunehmen? Und wenn ja, zu welchem Zweck? Wir sind gleich nach der Werbung wieder da, um uns diesem faszinierenden Thema zu widmen.«

Miranda hat sich nie viel aus Fernsehen gemacht, aber sie fing an, sich diese Sendung gewissenhaft anzusehen, sobald sie mitkriegte, daß sie aus Chicago kam. Das gab ihr eine Vorstellung von den Menschen, unter denen Cocoa lebte, seit sie in den Norden gezogen war. Sogar in Atlanta waren die Menschen anders als in Willow Springs, und die Menschen in Chicago, Philadelphia, New York waren noch mal ganz anders. Und in dieser Show konnten die Leute aus dem Publikum mitreden, und was die zu sagen hatten, war für Miranda immer interessanter als das Gerede von den Leuten auf der Bühne, die bis zum Gehtnichtmehr davon quasselten, daß sie männliche Stripper, lesbische Nonnen waren oder daß sie gerade ein neues Buch geschrieben hatten, oder sie zeigten Leuten, die in Mietwohnungen lebten, wie sie ihre Badezimmer in Schutzbunker gegen radioaktiven Niederschlag umwandeln konnten. Über all diese »faszinierenden Themen« hatte sie eine Meinung, die in einem Wort zusammengefaßt werden konnte: Weiße. Und wenn sie mal einen Farbigen gefunden hatten, der für sie den Narren spielte – wie der Mann aus New Jersey, der einen Schnappschuß hochhielt, auf dem sein Cousin mit einer Familie Marsmenschen posierte –, dann erweiterte sie sie zu zwei Wörtern: ehrenamtliche Weiße.

Aber wenigstens die Gesichter im Publikum sind in jeder neuen Sendung andere, und diese Gesichter will sie sehen. Manchmal läßt sie den Ton die ganze Stunde ausgestellt, weil sie weiß, daß das, was vom Publikum gesagt wird, keine Spur mit dem zu tun hat, wie es gesagt wird. Gelächter, bevor oder nachdem ein Mund sich zum Sprechen öffnet, wie oft eine Kehle schluckt, das Spitzen der Lippen, das Recken des Kopfes, das Absacken der Schultern. Und immer wieder die Augen. Sie kann genau erkennen, welche Frauen aus dem Publikum heimlich ihre Babys zur Adoption freigegeben haben, welche Väter Töchter haben, die pornographische Filme machen, welche Familien durch Vietnam, Drogen oder den »alarmierenden Anstieg der Scheidungsrate« kaputtgegangen sind. Sie ist schließlich zu der Ansicht gekommen, daß Chicago – und in einem Aufwasch New York – nicht schlimmer oder besser war als jede andere Stadt auch, die sich Baby Girl hätte aussuchen können.

Diese großen Städte hatten sich kein bißchen verändert in den Jahren, seit sie ihre Familie dort oben besucht hatte, es war also nicht nötig, noch mal hinzufahren. Sie war ein paarmal im Norden gewesen, als Hope noch lebte und deren Tochter Willa noch klein war. Hope war ihre Lieblingsnichte gewesen – sie hatte immer was Ulkiges zu sagen. Sie hatte auch einen netten Mann geheiratet, diesen Benjamin Prescott, obwohl er nicht besonders viel aus sich gemacht hatte – die Spielerei verschlang das meiste. Trotzdem kein Grund für Klein Willa, sich so aufzuführen, sich von der Familie abzusetzen und ihrer Mama das Herz zu brechen. Miranda wußte gleich, daß die Einheirat in die feine Gesellschaft nicht gutgehen würde. Kurz bevor Hope starb, hat sie ihnen Klein Willas Hochzeitsfoto geschickt. Miranda erinnert sich an das Gesicht von Willas Ehemann – wie eine bodenlose Grube – und schaudert. Es steckt mehr hinter diesem Feuer vom Heiligabend, als man mit bloßem Auge sehen kann – viel mehr. Miranda runzelt die Stirn und weigert sich, die Gedanken weiter auf die Flammen zu richten, die in ihrem Hinterkopf tanzen. Klein Willa hat kein solches Ende verdient; sie war kein schlechtes Kind, wenn auch kein Ausbund von Tapferkeit. So ganz anders als Grace' Kind. Diese Ophelia kam tretend und schreiend in diese Welt – trat sie geradewegs ins Auge, als sie sie hochhob, um ihr das Blut und den Schleim aus der Nase zu saugen. Ein kleiner ungebärdiger Dämon von Anfang an. Miranda lächelt. Unter fünf Pfund und nur mit Lutschbeuteln und eisernem Willen am Leben gehalten. Lange Zeit stand es mit diesem Baby auf der Kippe.

Wir haben nicht viel Glück mit den Mädchen in der Familie gehabt, denkt Miranda, und ich hab Abigail angefleht, ihr erstes Baby nicht Peace zu nennen. Es hat nicht lange genug gelebt, um einen Taufnamen zu bekommen. Nein, überhaupt nicht viel Glück. Es war sonderbar, wenn sie darüber nachdachte, und sie dachte nicht viel darüber nach. Die meisten der Jungs waren wohlgedichen: ihr eigener Papa war der jüngste von sieben Jungen gewesen – und dessen Papa wiederum der jüngste von sieben. Aber von ihnen stammten nur sie, Abigail und Peace ab. Und von ihnen auch nur drei Mädchen – und von denen zwei. Drei Generationen nur Mädchen – und nur eins von dieser letzten Generation noch am Leben, um die Days fortzupflanzen – das Kind von Grace.

Zumindest hatte Abigail die Geistesgegenwart besessen, Grace' Baby einen anständigen Taufnamen zu geben. Sonst hätte Miranda es selbst gemacht, und sie hatte sich in den Kopf gesetzt, ihm den Namen No zu geben – dies war das eine Mädchen, das sie *nicht* sterben lassen würden. Aber eigentlich sollte die Mama der Mama das übernehmen, und weil das Baby so schwach war und Grace wegen des Papas von dem Baby so ein Theater machte, daß ihr vor Haß die Milch austrocknete, hatte Miranda furchtbare Angst, Abigail könnte es falsch machen, wo sie so schnell nervös wurde. Aber dieses kleine blasse Temperamentsbündel, das praktisch jeden Tropfen Ziegenmilch ausspuckte, den es aufnehmen konnte, das Mutters Porzellannippes vom Regal fegte, noch bevor es krabbeln konnte, das rannte, bevor es laufen konnte – sie war *das* Baby Girl. Sie ließen das »das« weg, als sie sicher waren, daß sie am Leben bleiben würde, und nachdem Ophelia fünf geworden war, weigerte sie sich, auf Baby Girl zu hören, weil sie dachte, es würde eben nur Baby Girl bedeuten. Also gaben sie ihr den Kosenamen Cocoa. »Das wird ihr irgendwie Farbe geben«, hatte Miranda gesagt, aber untereinander nannten sie und Abigail sie weiter das, was sie für sie beide war, und dort, wo es am meisten zählte – in ihren Gedanken. Sie wird wieder auf Baby Girl hören, wenn sie selbst eine Mama geworden ist – es wird nicht nötig sein, dem dummen Ding zu erklären, was es im Grunde immer gewußt hat.

Gerade als eine Frau im Fernsehen aufsteht, um zu fragen, wieso eigentlich alle Besucher aus dem Weltall so freundlich gewesen sind und Warnungen und Ratschläge für den Planeten Erde mitgebracht haben – ob es nicht auch möglich sei, falls es andere vernunftbegabte Lebewesen gibt, daß einige davon kriegerisch sind und uns erobern wollen? –, beschließt Miranda, das Programm abzustellen. Der Mann aus Oregon hat sich gerade vorgebeugt, um zu antworten, aber er konnte der Frau nicht die Antwort geben, die sie brauchte. Ihr Mann schlägt sie, denkt Miranda, die das leichte Zucken um den Mund herum gesehen hat, und dafür möchte sie eine Erklärung haben. Sie fürchtet sich vor ihren Träumen, Schmerz kommt von dem Platz neben ihrem Kissen, überfällt sie mit Gewalt, und beim Aufwachen stellt sie fest, daß ein Fremder sie mit verdrehtem Arm oder aufgeschlagener Lippe zurückgelassen hat. Sag mir, wie ich nachts schlafen kann, fragt sie. Jetzt hält der NASA-Mensch eine Tabelle hoch, während die Frau sich wieder hinsetzt und dabei ihre Handtasche fest unter der Brust umklammert.

Miranda schüttelt den Kopf, als das Publikum und ganz Chicago in einem aufblitzenden Lichtpunkt verschwinden. Sie schiebt die Fernsehantennen rein und geht in die Küche. Sie muß sich jetzt nur ein bißchen Melisse besorgen und in etwas Süßem aufbacken. Sie holt die Schüsseln raus, das Mehl, die Butter – sie würde heute nacht schlafen können, ganz sicher. Sie tut das Stück Butter zum Weichwerden in eine Schüssel, holt eine alte Schuhschachtel und eine Kerze unterm Küchenschrank hervor und geht zur Hintertür raus. Sie würde mindestens sechs frische Eier brauchen für ihre beiden Kuchen und noch mal sechs für die von Abigail – ein gutes Dutzend, und Baby Girl ist nicht eins davon wert. Die Hühner, die um ihren Wohnwagen frei herumlaufen, scharen sich um ihre Füße, als sie sich dem drahtumzäunten Hühnerstall nähert.

»Wärst beinah auf dem Frühstückstisch gelandet, Clarissa, aber sei dir mal bloß nicht zu sicher. Es gibt hier jede Menge Würmer und Käfer – los, such sie.«

Die alte schwarze Henne fixiert Miranda mit einem starren, glänzenden Auge, als diese durch das Gatter tritt und es fest hinter sich schließt. Nachdem sie Schuhschachtel und Kerze auf einem Pfosten abgestellt hat, läßt sie frisches Wasser in die Rinne fließen und säubert sie von losen Federn und Erde. Sie ruft die Hühner herbei und streut ihnen Futter aus. Der Hof muß gereinigt werden und das Innere des Stalls ebenfalls, aber dafür hat sie heute keine Zeit. Baby Girl würde in den nächsten zwei Wochen Gelegenheit haben, sich nützlich zu machen. Während die Hühner fressen, geht sie in den Stall. Um durch die Tür zu gehen, muß sie sich bücken, aber drinnen kann sie aufrecht stehen. Die Dachbalken befinden sich einen guten halben Meter über ihrem Kopf, und im diesigen Sonnenlicht, das durch die Fenster hereinfällt, sieht man die kleinen Flaumfusseln, die zwischen den Balken in der staubigen Luft herumschwirren. Zwei brütende Hennen, die Futter und Wasser verweigert haben, hocken dicht nebeneinander in einem Nest in der Ecke, und sie hütet sich, auch nur in ihre Nähe zu kommen. Sie durchwühlt die verlassenen Nester und hält jedes Ei, das sie findet, gegen die angezündete Kerze. Sie dreht es sacht in den Fingern herum, Spitze nach unten, und kann durch die Schale hindurchsehen, wobei sie nach klarem, festem Eigelb sucht. Das Kerzenlicht flackert auf ihrem Gesicht, dessen Haut sich wie straffes Leder über ihren Wangen und Schläfenknochen spannt, und das Licht verleiht der braunen, pergamentartigen Haut eine weiche Kontur. Vor lauter Konzentration zieht sie die Lippe hoch, während sie argwöhnisch einen kleinen Bluttupfer begutachtet – aber das Ei ist in Ordnung. Wenn sich schon Leben gebildet hat, bedeutet das Zerbrechen der Schale doppelten Verlust: das Ei kann nicht gegessen werden, und das Küken wird nicht ausgebrütet. Ihre Finger wölben sich sacht um ein warmes Ei, das einen dunkleren Flecken mit davon ausgehenden winzigen Adern aufweist.

»Sieh mal einer an.« Das Kerzenlicht läßt den Lebensschatten in ihrer runzligen Hand scheinbar atmen, als sie das Ei vorsichtig herumdreht. Die brütenden Hennen in der Ecke flattern und gackern unruhig.

»Ah-ha.« Sie legt das Ei zurück in den Strohhaufen. »Ihr wißt Bescheid, nicht wahr?«

Draußen blinzelt sie gegen das grelle Licht und streckt den Rücken. Sie riecht auf einmal den Duft von Kiefern und Gras, als die Sonne für einen Moment hinter einer Wolkengruppe hervorguckt.

»Mehr als ein Auge riskierst du heute wohl nicht.« Miranda schaut hinauf zum Himmel.

Als sie das Gatter zum Hühnerhof aufmacht, versucht ein junger Hahn hineinzuschlüpfen, und sie schubst ihn mit dem Fuß zurück, die Schachtel voller Eier jonglierend.

»Na, na, Cicero, du hast da drin nichts verloren, und das weißt du. Bleib hier draußen und verdien dir deine Verpflegung. Clarissa, was taugst du schon, wenn du deinen Jungen nicht bei der Stange halten kannst? Er wär schon längst im Topf gelandet, wenn er nicht einer von deinen wär.«

Sie bedauerte, daß sie Cicero behalten hatte. Zwei Hähne waren ein Problem, das sie nicht brauchte. Und dieser hier kriegte es in seinen Kopf nicht rein, daß die Hennen da drin nicht für ihn waren.

Bernice Duvalls dunkelgrüner Chevrolet fährt vorm Garten vor, als Miranda gerade in den Wohnwagen steigen will, und sie seufzt. Hier ist noch ein Problem, das sie im Moment nicht braucht.

»Morgen, Mama Day.« Bernice springt aus dem Wagen, als hätte sie jemand gestoßen.

»Wie geht's dir, Bernice?«

»Geht so.«

Bernice ist von Kind an immer gleich gewesen: dünn wie ein Strich und ständig in Bewegung. Es ist manchmal nervenaufreibend, sie auch nur anzusehen. Ihre Hände spielen mit den Knöpfen ihrer Bluse, den Bündchen ihrer Ärmel, fahren übers Schlüsselbein. Wenn sie sitzt, bewegen sich die Muskeln ihrer Waden und ihre Knie ganz von allein, und sobald sie aufsteht, tritt sie von einem Bein aufs andere. Sie war immer dafür gut, Besorgungen zu erledigen: sie schien im Geschäft zu sein, noch bevor sie erfuhr, weshalb sie geschickt worden war. Sie steht neben dem Wagen, und ihre Hände machen kleine, flatternde Bewegungen vom Türgriff zu der Mulde unter ihren Brüsten, während sie auf Mirandas nächste Frage wartet, um zu sehen, ob sie willkommen ist.

»Bist du auf dem Weg zur Arbeit?«

Bernice nickt und kommt einen Schritt näher.

»Und Ambush, geht's ihm gut?«

»So gut, wie man erwarten kann. Er ist früh aufgestanden, um eine Ladung Tomaten auf die andere Seite der Brücke zu bringen. Er liefert jetzt die meisten Frischwaren für den großen Supermarkt. Es geht uns deshalb ganz gut – was das betrifft. Er will, daß ich den Job als Kassiererin im Drugstore aufgebe. Sagt, er strengt mich zu sehr an, und deshalb können wir nicht ...«

»Du gehst doch nur halbtags hin, oder? Das bißchen schadet dir nicht – ist ja nicht so, daß du viel heben müßtest oder so was.«

»Aber es klappt doch nicht, Mama Day!« Bernice zuckt beim Klang ihres eigenen Ausbruchs zusammen.

»Diese Dinge brauchen Zeit, Bernice. Alles zu seiner Zeit.«

»Es dauert jetzt aber schon so lange.« Ihre Stimme wird ganz leise, zögernd. »Und ich hab alles gemacht, was Sie mir gesagt haben – alles, was alle mir gesagt haben, und ...«

»Aber ich hab dir gesagt, als erstes mußt du warten – und das tust du nicht, Bernice.«

»Es gibt ein neues Fruchtbarkeitsmittel, das sie drüben im Laden verkaufen. Es soll angeblich Wunder wirken.«

»Das einzige Wunder ist das Leben selbst. Und wenn es kommt, kommt es.«

»Zwei unserer Kundinnen sind dadurch schon schwanger geworden.«

Miranda seufzt. »Dann geh in die Klinik und frag Dr. Smithfield, ob er es dir besorgt.«

»Hab ich versucht, aber er hat gesagt, er glaubt nicht an solche Sachen.«

»Nun, da bin ich ganz seiner Meinung – ist nicht natürlich. Und du bist nicht in der körperlichen Verfassung, um solche starken Mittel zu vertragen. Hab *ich* dir schon längst gesagt. Solltest du nicht besser zur Arbeit gehen? Ich muß Kuchen backen – Cocoa kommt heute.«

»Ja, richtig, ist schon Mitte August. Ich wette, Miss Abigail freut sich sehr. Sagen Sie Cocoa, ich komm sie mal besuchen – hören, was in der Großstadt so los ist. Hat sie schon Babys?«

»Sie sollte sich lieber erst einen Ehemann besorgen, und dabei ist sie bisher träge wie Melasse gewesen. In dem Punkt hast du sie längst abgehängt.«

»Was bringt das, wenn ich ihn nicht halten kann.« Ihre Hände fangen wieder an zu flattern. Miranda stellt die Eierschachtel ab, nimmt Bernice' Hände in ihre und zwingt sie, ruhig zu bleiben.

»Jeder Mann – und ich sage, jeder Mann –, der dich bloß wegen so etwas verläßt, der soll ruhig gehen. Und ich kenne Ambush schon länger, als er sich selber kennt – ich hab seine *Mama* auf die Welt gebracht –, und er ist kein solcher Mann. Also, wenn dich das bedrückt, da kannst du unbesorgt sein.«

Die Finger, die Miranda umklammern, fühlen sich an wie Eis, und die zarten Knochen zittern unter der Haut.

»Vielleicht könnten wir zum andern Haus gehen, Mama Day?«

Miranda tut so, als hätte sie sie nicht gehört. »Hast du noch genug Sterngras? Trinkst du diese Tees?«

»Morgens und abends.«

»Dann wart ab. Und nächste Woche geb ich dir etwas gemahlene Himbeere mit, die du reintust – und ein bißchen was für die Nerven.«

»Und das andre Haus, Mama –«

»Nein.« Sie tätschelt Bernice' Hand und dreht sich weg, um in ihren Wohnwagen zu gehen.

»Aber heute nacht ist Neumond.«

»Ich weiß«, sagt Miranda, ohne sich umzudrehen. Sie hört, wie der Wagenmotor startet und die Räder leise quietschend übers Gras fahren und Kiesel aufspritzen, als Bernice aus dem Garten zurücksetzt.

In der Küche verrührt sie den Zucker mit der weich gewordenen Butter, bis sie unter ihrem Löffel keine Körner mehr fühlt. Ganz vorsichtig schlägt sie ein frisches Ei auf, so daß der Dotter ganz bleibt. Sie birgt die Schale in ihrer Handwölbung und beobachtet eine Weile, wie das geblähte Eigelb in dem dicken Glibber schwimmt – nicht diesen Monat. Sie schlägt ein weiteres Ei auf – und nicht im nächsten. Sie läßt ein drittes Eigelb in die Schüssel fallen – und auch nicht im übernächsten. Sie schüttelt den Kopf. Aber sie würde trotzdem die gemahlene Himbeere für Bernice machen – beruhigt den Magen, stärkt das Blut.

Abigail fegt ihre Vorderveranda, als Miranda die Hauptstraße zwischen ihren Wohnungen überquert, beladen mit zwei in Alufolie eingepackten Kuchen und einer Papiertüte mit Eiern. Abigails Silberhaar ist mit den Perlmuttkämmen hochgesteckt, die sie sonst nur zur Kirche trägt, und ihr rosa Schimmer paßt zu den feinen rosa Streifen auf ihrem neuen Sommerkleid. Sie ist noch immer eine schöne Frau, und wenn sie zurechtgemacht ist, bringt sie durchaus noch ein paar Männer vor dem Friseurladen dazu, den Kopf nach ihr umzudrehen. Ihr Körper ist mollig geworden, aber nicht schlaff wie der von anderen. Das Alter hat nur ihre olivbraunen Oberarme, den Hals und das Kinn weich gemacht, so daß man den Eindruck hat, das alles würde eines Tages einfach in die Luft drum herum wegschmelzen. Ihre falschen Zähne leuchten, als sie Miranda sieht, die noch dasselbe alte Hauskleid trägt, das sie am Morgen angezogen hat und das am Bauch mit Mehl bestäubt ist.

»Du da, Schwester?« ruft Miranda.

»Ah-ha.«

Miranda bleibt am Fuß der Veranda stehen. »Da will jemand mich und meine Kuchen heut nicht in seinem Haus haben, wenn er mir direkt ins Gesicht fegt.«

»Geht nicht gegen dich, sondern gegen den Dreck hier.«

Abigail lacht. »Und immerhin streu ich hier kein Salz gegen böse Geister, oder?«

Sie tut den Besen weg, so daß Miranda die Verandastufen raufsteigen kann, und nimmt ihr einen Kuchen ab. »Hmm, ich kann das Gelee glatt durch die Folie riechen.«

»Laß sie ein paar Tage stehen, damit der Geschmack durchzieht, dann kann man sie vielleicht essen. Heut abend können wir einen von deinen Kokoskuchen essen.«

»Hilfst du mir raspeln?«

»Frau, hab ich heut noch nicht genug gearbeitet für diese nichtsnutzige Enkeltochter von dir? Wieso hast du nicht aus dem Laden Kokosflocken bringen lassen?«

»Das alte abgepackte Zeug schmeckt nicht so gut – und wo ist mein Rosmarin?«

»Herrje, Abigail, im andern Haus hab ich Unmengen davon getrocknet. Aber Bernice ist heute morgen vorbeigekommen, und da hab ich ihn vergessen.«

»Dacht ich mir, daß das ihr Wagen da in deinem Garten war. Sie muß hergekommen sein, gleich nachdem sie von dir weg ist – hat Buzzard gesucht.«

»Was will sie denn von ihm?«

»Du weißt, was sie von ihm will. Hab ihr gesagt, daß ich ihn auf die andre Seite der Brücke geschickt hab, um Baby Girl abzuholen. Ich weiß nicht, was wir mit Bernice machen sollen.«

»Bernice muß selbst was mit Bernice machen. Aber es ist ein schlechtes Zeichen, wenn sie sich mit Buzzard einläßt.«

Drinnen glänzt Abigails Wohnzimmer vor Zitronenöl, und eine leichte Brise bewegt ihre frischgestärkten Vorhänge. Ein Strauß Wiesenblumen – Gänseblümchen, Immergrün, Sumpffarn – steht in der Kristallvase ihrer Mama auf dem Kaminsims. Im Gästeschlafzimmer liegt ein neuer Läufer auf dem polierten Fußboden, der zur gerüschten Tagesdecke und zu den Kissen paßt. Weitere Wiesenblumen sind auf dem Nachttisch und der Kommode arrangiert.

»Man könnte denken, der Pfarrer kommt«, sagt Miranda auf dem Weg in die Küche.

»Baby Girl dachte wahrscheinlich, sie könnte sich heimlich hier reinschleichen«, sagt Abigail. »Aber wir haben eine Überraschung für sie.«

Die geschnitzten Holzschränke in Abigails Küche sind identisch mit denen von Miranda, aber hier stehen drei Stück nebeneinander an der Wand bis zum Fenster, wo Basilikum, Thymian und Salbei in Tontöpfen wachsen. Neben dem Spülstein, der mit Stangenbohnen und Kartoffeln gefüllt ist, liegt eine frische Schweineschulter in einer Marinade.

»Dein Salbei gedeiht gut.« Miranda fühlt die samtigen Blätter und riecht daran. »Frischer Salbei schmeckt gut zu Schwein.«

»Versuch nicht davon abzulenken, daß du meinen Rosmarin vergessen hast.«

Jetzt erst sieht Miranda die Kokosnüsse. »Nein, Abigail – gleich zwei davon?«

Abigail bindet sich eine Schürze um, nimmt einen kleinen Hammer und zerschlägt die Schale mit einem dumpfen Knall.

»Verschütt die Milch nicht. Tu sie zum Rührteig dazu.«

»Nee, das macht die Teigschichten zu feucht, und sie fallen auseinander.«

»Weil du zu ungeschickt damit bist. Nur ein bißchen, das gibt einen schönen Geschmack.«

»Ich hab eben nicht dein feines Händchen, Miranda.«

»Das klappt nicht zweimal an einem Tag, Abigail. Ich rühr heut keinen Kuchenteig mehr.«

»Wer hat dich darum gebeten?«

»Na, um so besser. Wo ist der Raspler?«

Ihre Kuchenformen kühlen gerade auf der Anrichte ab, als im Vorgarten eine Autohupe mit *The Battle Hymn of the Republic* losplärrt.

»Mein Baby ist da!« Abigail streicht ihr Haar und ihr Kleid glatt, während sie zur Vorderveranda läuft.

An Dr. Buzzards Pritschenwagen fehlen beide Kotflügel, und die Räder eiern an losen Achsen nach innen; die Seiten haben so viele Dellen, daß die ursprünglich blaue Farbe des

Wagens kaum noch zu sehen ist. Er sitzt allein hinterm Steuer, aber er trägt seine Jenseits-der-Brücke-Kleidung: ein sauberes T-Shirt unter dem Jeans-Overall, den er normalerweise ohne was drunter trägt, und eine Hahnenfeder steckt im Band seines Filzhutes. Als er aus dem Wagen springt, sehen sie, daß er sogar seine guten Nike-Turnschuhe angezogen hat, aber er hat sich noch immer nicht die Mühe gemacht, Schnürsenkel durchzuziehen. Er holt von der Ladefläche einen Karton mit sechs Honiggläsern.

Abigail steht da wie ein Häuflein Elend. »Buzzard, wo ist Cocoa?«

»Cocoa – Ihr Enkelbaby Cocoa?«

»Ja, Sie wirrköpfiger, versoffener Lumpensohn. Cocoa!« Miranda kommt die Treppe hinunter, geht auf ihn zu, und er weicht zum Wagen zurück.

»Na, na, Mama Day, wieso regen Sie sich so auf? Miss Abigail hat mich heut morgen gefragt, ob ich auf die andre Seite der Brücke zum Flughafen fahr und ihr Süßes abhol. Na, das hat alles für mich keinen Sinn ergeben, wo ich doch Ihre Gläser schon bei meinen Bienenstöcken stehen hab – Sie wissen doch, daß ich meine Bienenstöcke da beim Chevy's Pass hab, was nicht in der Nähe vom Flugplatz ist – ist nicht mal jenseits der Brücke. Aber ich hab genau gemacht, was sie gesagt hat – bin nach Haus, hab mich umgezogen und alles – Sie sind schließlich alle Days, und Ihr Papa John-Paul war praktisch 'ne Legende, und so –«

»Trottel!« Mirandas Stimme läßt Dr. Buzzard und Abigail zusammenschrecken. »Erzählen Sie hier nichts von irgendwelchen Papas. Sie haben keinen Papa – Sie hätte nichts Menschliches auf die Welt bringen können. Sie meinen, Sie sind den ganzen Weg zum Flughafen rausgefahren und haben nicht auf das Flugzeug gewartet?«

»Oh, das Flugzeug ist angekommen, aber –«

Abigail dreht sich zu Miranda um. »Vielleicht hast du dich geirrt, und sie war nicht im Flugzeug.«

»Doch, sie war drin.« Miranda nimmt den Besen, der am

Haus lehnt, und knallt ihn mit jedem Wort gegen die Verandabrüstung. »Aber diese elend mißlungene Ausgabe von einem Lebewesen hat nicht genug Verstand, um –«

»Aber Miss Abigail hat gesagt, ich soll *ihr Süßes* mitbringen«, jammert Dr. Buzzard. »Und genau das hab ich gemacht. Und Sie sollten froh sein, Mama Day, weil Sie schon seit zwei Wochen hinter mir her waren, daß ich Ihnen was besorg. Also«, er stellt den Karton behutsam neben der Verandatreppe ab, »wenn das nicht das Süße ist, was Sie meinen, dann meinen Sie vielleicht *die* Süße.« Er reißt die Plane von der Ladefläche, und Cocoa steht lachend auf.

»Wir haben es geschafft, Dr. Buzzard.«

Während Abigail zum Wagen läuft, schüttelt Miranda den Kopf und zeigt dabei ihr ganzes Zahnfleisch.

»Schließlich bin ich nicht umsonst mal eine Zeitlang beim Varieté gewesen.« Dr. Buzzard holt ein Taschentuch raus und wischt sich über seinen grauhaarigen Kopf. »Aber mir ist hier ziemlich mulmig geworden.«

»Buzzard, ich sollte Sie umbringen.« Abigail umarmt ihre Enkelin. »Mir ist beinahe das Herz stehengeblieben.«

»Und ich sollte Ihnen trotzdem den Besen hier überziehen.« Miranda grinst, als er die Koffer hinten vom Pritschenwagen hebt.

»Also, hört auf, Dr. Buzzard die Schuld zu geben. Ich war entschlossen, euch zu überraschen – so oder so.«

Miranda betrachtet Cocoa, wie sie, den Arm ihrer Großmutter um die Taille, näher kommt. Sie glaubt für einen Moment, daß die Sonne wieder aus den Wolken hervorgebrochen ist, und sieht tatsächlich hinauf. Wann ist das passiert – dieses Aufblühen von blaß zu golden? Sie denkt zurück an das kleine Mädchen, das weinend nach Hause lief und sich beinahe mit dem Fleischmesser den Mittelfinger abgeschnitten hätte, um zu sehen, ob sie wirklich weißes Blut hatte, wie man sie in der Schule hänselte – sie wollte rotes Blut haben wie alle anderen. Und jetzt schreitet sie so stolz daher, eine Sonnenblume gegen die braunen Arme um ihre Taille, der Schweiß am Ansatz ihres rötlichgoldenen Haars fängt jedes bißchen Licht auf, das es gibt, und es ergießt sich von den hohen Wangenknochen hinunter zum Schlüsselbein und weiter zur Beckenlinie, die sich unter dem dünnen, sommerlichen Baumwollkleid abzeichnet. Die schlanken Schenkel, die schmalen Hüften, die weitausgreifenden Schritte, die Licht zwischen den verschwommenen Umrissen kräftiger Beine durchblitzen lassen – rein schwarz. Ich und Abigail, wir schlagen nach den Söhnen, denkt Miranda. Nach den rustikalen Männern, die den Stamm der Days gebildet haben, rauh und dunkelbraun. Aber *das* Baby Girl bringt die Urahnin wieder. Wir haben seither kein 18 & 23er Schwarz mehr gesehen. Das Schwarz, das alles Licht im Universum aufsaugen kann, das sogar die Sonne verschlucken kann. Diese dummen Kinder wußten nicht, daß es das Weiße in uns ist, das seinen Niederschlag in all diesen Braunschattierungen findet, die in Willow Springs herumlaufen. Aber reines Schwarz hätte alles aufgesogen – und nur eine Urahnin aus reinem Schwarz spuckt eines Tages so ein Gold aus.

»Ich hab gewußt, daß du kommst«, sagt Miranda, Hände auf den Hüften.

»Du weißt zuviel, Mama Day.« Cocoa ahmt ihre Haltung nach und zwinkert. »Deshalb hab ich dir heut nachmittag einen Dämpfer aufgesetzt.«

»Komm her, du freches Ding.« Sie drückt das Mädchen an sich. »Jedenfalls bin ich froh, daß du zu Hause bist.«

Zu Hause. Für jeden Menschen bedeutet das etwas anderes, jeder hat eine andere Vorstellung davon. Für Cocoa heißt es, in Gesellschaft lebender Spiegel zu sein, die die Fähigkeit besitzen, einer erwachsenen Frau zu zeigen, daß sie noch immer aufgeschlagene Knie und eine laufende Nase hat und Socken trägt, die beim Gehen in die Schuhfersen hineinrutschen.

»Du bist nie besonders robust gewesen.«

»Ich hab dir gesagt, ich werde nie mehr einen Löffel von diesem grauenhaften Zeug in den Mund nehmen.«

»Willst du zurückfahren und dir eine Lungenentzündung holen? Dieser Wasserdost wird deinen Organismus reinigen und stärken.«

»Großmama, ich krieg davon Dünnpfiff.«

»Wie willst du denn sonst diese ekligen Großstadtbakterien loswerden?«

»Ich bin es leid, meine ersten beiden Tage hier auf dem Klo zu verbringen.«

»Wie du willst.«

»Du hast ziemlich schnell aufgegeben.«

»Na, du bist erwachsen – und man kann erwachsenen Menschen nicht sagen, was sie tun sollen.«

»Gib her. Wenn ich es nicht nehme, mischst du's mir nur ins Essen.«

»Seit wann?«

»Seit den letzten beiden Malen, die ich zu Hause war.«

»Das war nicht ich, das waren die rohen Süßkartoffeln, die du unbedingt essen wolltest.«

»Aber klar doch.«

Zu Hause. Das heißt, Neues und Altes eins werden lassen. Neue Freunde, Gewohnheiten und Stätten mit den alten messen. Wissen, daß man sich, solange das Alte überlebt, verändern kann, soviel man will, ohne den Alptraum haben zu müssen, eines morgens als vollkommen Fremde aufzuwachen.

»Wirst du Miss Ruby besuchen?«

»Mach ich das nicht immer?«

»Aber sie hat dich letzte Woche nicht gesehen, sagt sie. Du weißt, Ruby ist nicht gut zu Fuß.«

»Wenn sie ein bißchen abnehmen würde, würde ihr das Gehen leichter fallen.«

»Du bist gemein.«

»Ist doch wahr, Mama Day, sie ist elefantös. Und sie will immer nur mit meinem Haar rumfummeln.«

»Als sie dir die Spitzkletten vom Kopf geklaubt hat, hattest du nichts dagegen, du freche Gans.«

»Da war ich zehn! Und wir sind inzwischen beide zu groß, als daß ich noch zwischen ihren Knien hocken könnte.«

»Aber es wird ihr das Herz brechen, wenn du nicht bei ihr vorbeischaust.«

»Ich sagte, das werde ich – ich hatte nur noch keine Zeit.«

»Hattest aber Zeit, dich überall mit Bernice rumzutreiben – in den Bumslokalen jenseits der Brücke. Geld auszugeben, das du nicht hast.«

»Die heißen Klubs.«

»Ist mir egal, wie sie heißen. Bernice ist jetzt eine verheiratete Frau, und anstatt dir ein Beispiel zu geben, führt sie sich unmöglich auf, wenn du nach Hause kommst. Ambush sollte euch beiden den Hintern versohlen.«

»Aber er ist die meiste Zeit bei uns.«

»Dann für die Zeit, wo er nicht dabei ist.«

»Mama Day, wußtest du, daß Bernice überlegt, zu Dr. Buzzard zu gehen?«

»Ich weiß.«

»Sie will unbedingt Kinder haben.«

»Auf diese Weise kriegt man sie nicht. Buzzard wird ihr bloß Geld abknöpfen.«

»Aber sie braucht Hilfe, Mama Day, und du könntest ihr wirklich ... Ich meine ...«

»Du kümmerst dich am besten nicht um Bernice und diese Geschichte. Hast genug mit dir selber zu tun. Wenigstens hat sie sich einen Ehemann besorgt.«

»Ich brauche im Moment keinen Mann, ich brauche einen Job.«

»In einer Stadt wie New York gibt's haufenweise Männer – und Jobs –, die man sich schnappen kann.«

»Ich hab's versucht, aber das ist leichter gesagt als getan.«

»Nicht, wenn man weiß, wie's geht.«

»Bitte, dann sag du mir, wie das geht. Ich hab mich, kurz bevor ich hergekommen bin, für einen Job vorgestellt, den ich mit verbundenen Augen hätte machen können, und der Kerl war *so kurz* davor, ihn mir zu geben – ich konnte es an seinem

Gesicht sehen. Aber sie brauchten sofort jemand, und ich mußte nach Hause.«

»Nein, mußtest du nicht, es spricht aber sehr für dich, daß du gekommen bist. Außer dir ist Abigail niemand geblieben, jetzt, wo Hopes Kind nicht mehr ist.«

»Das hab ich ihm alles erzählt.«

»Woher weißt du, daß sie die Stelle nicht freihalten für dich?«

»Weil ein Dutzend andere Leute können, wenn ich nicht kann.«

»Das heißt doch nichts. Du solltest schreiben und fragen.«

»Ich kann auch anrufen, wenn ich wieder in New York bin, aber...«

»Nein, ich glaube, du solltest dich von hier aus bei ihnen melden – handschriftlich. Weißt du noch den Namen von dem Mann?«

»Andrews. George Andrews, aber er –«

»Also, geh ins Haus, und nimm was von Abigails gelbem Briefpapier, das mit den kleinen Blumen unten. Sag ihm, daß du dich wirklich auf den Job freust und hoffst, daß er noch auf dich wartet – so was in der Art.«

»Mama Day, das wird nichts nützen.«

»Kann's schaden?«

»Na ja, nein.«

»Und, Miss C...«

»Was?«

»Wenn du fertig bist, gib ihn mir zum Einwerfen.«

Zu Hause. Man kann von dort wegziehen, aber man kann es niemals hinter sich lassen. Nicht solange es dort etwas gibt, was man vermißt.

»Also dann, Buzzard, fahren Sie vorsichtig mit meinem Baby, ja.«

Abigail umarmt auf ihrer Veranda eine junge Frau, die sich jetzt anders bewegt. Ihr Körper hat nur eine kurze Zeit gebraucht, um sich zu erinnern, wie er im Rhythmus mit der warmen Luft und den sich wiegenden Eichenästen gleiten muß. Ihr Teint ist dunkler, und sie ist runder im Gesicht und an den Hüften. Cocoa muß doppelt soviel zurückschleppen, wie sie hergebracht hat: eine handgenähte Tagesdecke, gläserweise Eingemachtes, einen Korb mit duftenden getrockneten Blüten und eine Schachtel voller Papiertüten, beschriftet mit: Bronchialkatarrh, Fieber, Kopfschmerzen und Periode. Miranda folgt Dr. Buzzard zu seinem Pritschenwagen und trägt die Plastiktüte mit der zusammengefalteten Decke.

»Buzzard, ich hab gehört, Bernice will bei Ihnen vorbeischauen.«

»Bernice Duvall? Was will sie denn?«

»Sie wissen, was sie will, und Sie sehen zu, daß sie's nicht kriegt.«

»Also, Mama Day, wenn Leute zu mir kommen und Hilfe suchen, erlaubt mir mein Gewissen nicht, sie wegzuschikken.«

»Ihr Gewissen hat damit nichts zu tun, Buzzard – nur das Geld. Und wenn Sie wirklich ein Gewissen hätten, würden Sie ihnen keinen Hokuspokuskrimskrams und keinen verdünnten Selbstgebrannten als Medizin verkaufen und sich ausgeben als –«

»Ich bin, was ich sag, daß ich bin. Sie machen's auf Ihre Weise und ich auf meine. Und es verletzt gewaltig meine Gefühle, daß Sie mich nicht Doktor Buzzard nennen – ich zeig Ihnen Respekt.«

»Es gibt nur einen Dr. Buzzard, und der sind Sie nicht. Dieser Mann ist oben in Beaufort County, South Carolina, und er ist echt. Sie können vielleicht die Leute aus Willow Springs an der Nase rumführen, aber hier ist keiner älter als ich, und ich kann mich erinnern, daß Ihr Name mal Rainbow Simpson war. Und den können Sie ändern, soviel Sie wollen, aber Sie können die Tatsache nicht ändern, daß Sie trotzdem nichts anderes sind als ein übler Schwarzbrenner und Schwindler. Aber was Sie tun, ist nicht meine Angelegenheit...«

»Wenn Bernice von mir Hilfe will, helf ich ihr.« Er wirft die

Koffer mit Wucht auf die Ladefläche. »Und bei allem Respekt, wie Sie gesagt haben, Ihre Angelegenheit ist es nicht.«

»Ist es nicht, Buzzard, ist es wirklich nicht. Und deshalb wäre es mir äußerst unangenehm, wenn's dazu würde. Denn so, wie ich es sehe, laufen Sie auf dieser Erde schon eine ganze Weile herum und haben das gleiche Recht wie jeder andere, weiter darauf herumzulaufen, gesund und alles – Ihr natürliches Leben zu Ende zu leben.«

»Ich glaub, Sie drohen mir, Mama Day.«

»Na, wie könnte ich wohl so was machen? Was könnte eine müde alte Frau wie ich einem mächtigen Voodoodoktor antun? Mit meinem kleinen Garten draußen beim andern Haus könnt ich Ihnen nicht das Wasser reichen ...«

»Niemand redet vom andern Haus. Hat kein Mensch erwähnt.«

»Stimmt, wir haben kein Wort über irgendwas gesagt – außer über Bernice.«

Er ist heilfroh, als er Abigail und Cocoa endlich zu seinem Wagen kommen sieht. »Ich glaub, Cocoa ist jetzt fertig. Oder, Süßes?«

»So fertig, wie's nur geht. Aber ich will überhaupt nicht fahren.«

»Warum denn nicht?« sagt Miranda. »Die ganzen schönen Sachen, die in New York auf dich warten – Jobs und Ehemänner und was nicht alles.«

Cocoa lacht. »Die haben jedenfalls nicht gewartet, als ich weggefahren bin.«

»Es kann eine Menge passieren zwischen Wegfahren und Zurückkehren.«

»Allerdings – sieben Pfund mehr und ungefähr siebzig Pfund Übergewicht beim Gepäck.«

Die beiden Frauen bleiben stehen und blicken hinterher, bis die Rücklichter des Pritschenwagens hinterm Horizont verschwinden. Es ist ein schöner Abend, einer von denen, wo sich ganz viel Rot und Purpur in den aus dem Sund aufsteigenden Dunst mischen. Die Trennung ist nicht leicht. Aber wir sind steinalte Frauen, denkt Miranda, und wenn wir dich jetzt gehen lassen, dann können wir noch den Weg sehen, den du einschlägst, bevor es für uns zu spät wird.

* * *

Um ehrlich zu sein, ich hatte dich beinahe vergessen, bis der Brief kam. Am Tag nach deinem Vorstellungsgespräch hatten wir einen neuen Abteilungsleiter eingestellt, und mein Partner war in Urlaub gefahren; er hatte nur so lange warten wollen, bis wir jemand gefunden hatten. Ich konnte nicht dagegen protestieren, mit einem neuen Abteilungsleiter *und* den Erdarbeiten für die Verlegung von Ray Hopewells neuem Rohrleitungssystem allein gelassen zu werden – Bruce hatte in diesem Jahr mehr als seinen Teil zu unserem ersten großen Auftrag beigetragen. Andrews & Stein war eine Produktions- und Konstruktionsfirma – Stein dachte sich das Unmögliche aus, und Andrews setzte es um. Also erinnerte mich Bruce daran, daß er schon den Beginn der Forellensaison in diesem Frühjahr drangegeben hatte, lud seine verflixten Pläne auf meinem Schreibtisch ab, sagte: »Jetzt bist du dran« und machte sich auf zu den Catskills.

Ich konnte nicht viel einwenden, denn ich wußte, umgekehrt könnte mich, abgesehen von einem Auftrag von Gott, die zwölf Himmelstüren mit einem automatischen Öffner zu versehen, nichts dazu bringen, auf meinen Winterurlaub zu verzichten. Wenn ich nicht die zwei Wochen während der Entscheidungsspiele freibekäme, hätten wir garantiert ein schlimmes Jahr zusammen. Gerade diesen Januar war ich zwischen Tampa, Pittsburgh und Pasadena hin und her gedüst, während er den Umzug und die Renovierung unsres neuen Büros organisierte, wobei er nur die Nichte seiner Frau zur Aushilfe für den Empfang hatte, die nicht mal ihren eigenen Namen buchstabieren konnte, ohne einen Streifen Kaugummi zu kauen, der dann unvermeidlich zwischen unseren

Akten landete. Er war so gutmütig zu sagen, daß der Kaugummi eine gewisse Hilfe darstelle, denn so könne er sicher sein, daß die B zuverlässig hinter den A klebten. Hopewell warf einen Blick auf sie, merkte, daß wir kein Geld für Empfangsdamen verplemperten, die genug Grips hatten, um mehr als den Mindestlohn zu verlangen, und gab uns die Chance mit seinem Wohnkomplex. Und Bruce, der einen Football nicht von einer Fliege am Ende seiner Angelrolle unterscheiden konnte, gratulierte mir tatsächlich, daß der Amerikanische Footballverband – wenn auch nicht meine geliebten Patriots – dieses Jahr Pasadena im Sturm erobert hatte. Ich hätte ein sehr viel kleinmütigerer Mensch sein müssen, als ich es war, um mich über seine Fahnenflucht genau zu dem Zeitpunkt zu beklagen, wo unsere Steuererklärung Mitte September fällig wurde, wo durch zwei kurz vor der Fertigstellung stehende Projekte naturgemäß Streß aufkam und das neue von Hopewell in Angriff genommen werden mußte und wo ein übereifriger Abteilungsleiter nach dem Motto arbeitete: Frage, bevor du handelst (auch beim Bestellen von Büroklammern), damit dir nachher nicht die Schuld gegeben werden kann. Dwight leistete ausgezeichnete Arbeit, zeichnete sich aber nicht gerade durch selbständiges Denken aus.

Mit alldem – ich mußte auf das Mittag-, manchmal auch auf das Abendessen verzichten, falls ich es nicht nach halb elf Uhr einnahm – blieb unmöglich Zeit für Shawn. Und wir hätten uns wahrscheinlich fünf gute Jahre retten können mit etwas so Simplem wie einigen ruhigen gemeinsamen Abenden. Unsere Beziehung hatte Anfang dieses Jahres den Schmollzustand erreicht, ein Winter und ein Frühling des eisigen Schweigens, das die sachlichen Diskussionen oder auch unsachlichen Wortgefechte ablöste, die wir früher über Nichtigkeiten ausgetragen hatten. Jetzt standen diese kleinen Gereiztheiten zwischen uns, während jeder versuchte herauszufinden, ob *dieses* Schweigen eigentlich eine ruhige Unterhaltung oder eine lautstarke Fetzerei – wir hatten alles schon gehabt – über den Grund sein sollte, der mich auch dann noch weiter davon abhielt, sie zu heiraten, als die naheliegenden Probleme ausgeräumt waren. Sie war schon lange kein Rotschopf mit Sommersprossen mehr, sondern nur noch Shawn. Aber wir waren an dem Punkt angelangt, wo ich Angst davor hatte, sie zu berühren, da ich nicht wußte, ob sie mich schweigend und zu Unrecht anklagen würde, sie zu benutzen – oder schlimmer, ob sie mich mit wehleidiger Traurigkeit gewähren lassen würde, so daß ich mich stumm fragen mußte, ob es ihr recht war oder nicht. Es war eine Erleichterung, daß ich mir in diesen hektischen drei Wochen darüber keine Gedanken machen mußte, und es war eine bittere Erkenntnis, daß sie meine Entschuldigungen für abgesagte Verabredungen zum Essen und für mein Bedürfnis, allein zu schlafen, ein bißchen zu schnell akzeptierte – und das »Du fehlst mir« und »Du fehlst mir auch« beim Abschied am Telefon hatte einen hohlen Nachklang, wenn wir aufgelegt hatten.

Aber ich hätte ein großmütigerer Mensch sein müssen, als ich es je sein werde, um Bruce an diesem speziellen Morgen nicht zu verfluchen: Das Telefon hörte buchstäblich nicht auf zu klingeln, ließ mir keine Zeit zu überlegen, wie ich während der Mittagszeit an zwei Orten zugleich sein könnte, wobei ich trotzdem nur noch den halben Samstag für mich hätte. Es war nicht fair, die Forellen schwammen das ganze Jahr in den verdammten Catskills herum, aber die Patriots hatten nur mickrige sechs Wochen Zeit, um in die Endausscheidung zu kommen. Der kleine Umschlag steckte mitten in einem Stapel von Projektangeboten, und ich riß ihn auf, ohne einen Blick auf den Absender zu werfen. Schade, Lady, der Job ist vergeben, aber Sie werden es überleben – das werden wir alle. Und er wäre in meinem Papierkorb geblieben, wenn ich nicht den gelben Puderfilm auf meiner Hand bemerkt hätte – als wäre sie mit Goldrute in Berührung gekommen.

Ich runzelte die Stirn und fischte den zerknüllten Brief und den Umschlag wieder raus – er war in Willow Springs eingesteckt worden. Wo, hatte sie gesagt, war dieser Ort noch mal? South Carolina? Georgia? Nein, sie hatte gesagt, er sei in keinem Staat, und es war keine Abkürzung eines Staates auf dem Poststempel, nur Willow Springs und eine Postleitzahl. Seltsam. Hatte sie Parfüm auf den Brief gesprüht? Ich hielt ihn an die Nase, aber er duftete nicht. Und die einzige Spur von Puderresten war die auf meinen Fingern. Sie ließen sich nicht ohne weiteres entfernen, und aus irgendeinem Grund mochte ich sie nicht an meiner Hose abwischen. Ich ließ das Telefon klingeln und wusch mir im Bad die Hände. Als das Wasser lief und der Puder endlich von meinen Händen abging, fiel mir alles wieder ein, ein rückwärts ablaufender Film, Bild für Bild: die herausfordernde Haltung deines Rückens und meine überwältigende Erleichterung, als du aus meinem Büro gingst, deine Courage, die Geschichte vom Tod deiner Cousine, von deiner Großmutter, von Willow Springs, der unterdrückte Akzent, die Hände, die sich hoben, um lose Strähnen aus dem Nacken zu streichen. Dein Nacken. Da war jetzt ein ganz schwacher Hauch von Lavendel an meinen Fingern, obwohl ich sie mit der groben Kernseife gewaschen hatte, die wir zum Entfernen der Zeichentinte benutzten. Hatte sie an jenem Tag nach Lavendel geduftet? Ich konnte mich kaum an ein solches Detail erinnern, wo ich die ganze Frau längst vergessen hatte, oder? Und es wäre das Ende vom Ganzen gewesen, Ophelia, ehrlich das Ende, wenn Hopewell nicht darauf bestanden hätte, in einem chinesischen Restaurant zu essen.

Ich hatte Mischmaschgerichten nie getraut – Suppen, Eintöpfen, ausgetüftelten Saucen. Ich wollte, daß eine Kartoffel eine Kartoffel war, ein Stück Fleisch nicht mehr als das. Daher mußte ich mich in solchen Lokalen auf klare Brühe, gekochten Reis und gegrillte Rippchen beschränken, was höllisch ungesund für meinen Cholesterinspiegel war, auf den ich aufpassen mußte wie ein Luchs. Dort wegen eines völlig unnötigen Treffens zu sitzen und in einem Gericht herumzustochern, das mich anwiderte, war meiner Laune an diesem Tag nicht sehr zuträglich. Ich fühlte mich abgestoßen von Hopewells Reichtum und war doppelt verärgert über Bruce' Urlaub, aber der wäre auch dann nicht zu dem Treffen gegangen, wenn er in der Stadt gewesen wäre. Abgesehen von der Produktionsseite war ich auch für die Kundenbetreuung der Firma zuständig. An ruhigeren Tagen hätte mir das nichts ausgemacht, denn müßte Bruce den Kunden unsere Ideen auseinandersetzen, wären wir immer noch nichts weiter als zwei bessere technische Zeichner im städtischen Bauamt. Zehn Minuten nach Beginn des Essens hätte er Hopewell ein arrogantes Arschloch genannt, weil er einen halben Nachmittag damit vergeudete, sich eine Konstruktion erklären zu lassen, die ebenso simpel wie brillant war. Aber ich wußte, daß ein Auftrag wie der von Hopewell uns auf eine Ebene befördern könnte, wo wir dann mit Unternehmen Geschäfte machten, die nur noch ihre Betriebsingenieure schicken würden, um mit den Vertragspartnern die Details auszuarbeiten.

Aber vorläufig waren es Geschäftsleute, die von der Kosteneffizienz überzeugt werden mußten, weil ihre Millionen noch zu neu und privat waren, um ausgegeben zu werden, ohne daß wir ihnen bei jedem Schritt die Hand hielten. Ich habe nicht Bruce' künstlerisches Temperament und daher die Geduld, Hopewell zu erklären, daß ihm nichts mehr Geld sparen würde als die Extraausgabe für die Kupferrohre. Man kauft das Material zu Preisen von 1980 und kann auch 1990 noch auf jegliche Reparaturrechnungen verzichten – und es gab in dem Leitungssystem keine Verbindungstellen, an denen ein Leck entstehen konnte. Aber mit all den rechten Winkeln in dieser Zeichnung, würde das Ding nicht irgendwann kaputtgehen? Natürlich würde es irgendwann kaputtgehen, es mußte kaputtgehen. Alle beweglichen Teile oder Teile, durch die etwas Bewegliches hindurchfloß – in diesem Fall Wasser –, nutzen sich ab, selbst wenn die Rohre pfeilgerade wären. Aber der springende Punkt war, daß sich darüber seine Urenkel Gedanken machen müßten, nicht er. Bei der Frage, warum wir behaupteten, daß ein rechtwinkliges Rohr das Wasser nach links fließen lasse, hatte ich allerdings die Nase voll. Es kommt der Moment, wo man sagt: »Entweder Sie vertrauen uns, oder Sie geben den Job jemand anders.« Aber ja, wir konnten garantieren, daß die Spülmaschine der Tussi vom neunten Stock zur selben Zeit laufen konnte wie der Whirlpool der Schwuchtel im Erdgeschoß. Tussi. Schwuchtel. So redete der Mann. Er *war* ein arrogantes Arschloch, und wenn er mir noch einmal mit seinem »Sie wissen, was ich meine, *soulbrother*« gekommen wäre, hätte er von mir gehört, was er auch in meinem Blick hätte lesen können – eine Seele besaß er nicht, und er war alles andere als mein Bruder. Sicher, ich fand genau wie er, daß die Lösung für unsere derzeitige Rezession in der Privatwirtschaft liege, nicht in weiteren Regierungsausgaben. Aber wieso glaubte er, ich wäre dankbar, wenn er dabei mithalf, Jimmy Carter aus dem Amt zu wählen, weil der die Wirtschaft ruiniert hatte und weil kein Schwarzer mit Selbstachtung es zulassen würde, daß sein Profit von so einer Südstaaten-Erdnuß zum Vorteil dieser ganzen Sozialhilfebetrüger gekürzt würde? Wenn ich Typen wie ihm begegnete, schämte ich mich immer, Republikaner zu sein.

Gott sei Dank kamen die Glückskekse. Man nimmt immer den, dessen Ende auf einen gerichtet ist, klärte er mich auf. Und so unglaublich es auch scheinen mag, meine Weigerung hätte sich auf den Drei-Millionen-Dollar-Auftrag für uns auswirken können. Auf seinem Papierstreifen stand: »Sie wachsen in die Aufgabe hinein«, und wir verbrachten ein paar Minuten mit seinen geschmacklosen Witzen, bevor er dieses Gemisch aus Pappe, Zucker und Wasser tatsächlich aufaß. Mein Keks zerkrümelte mir in der Hand, und auf dem bemehlten Papierstreifen stand: »Alles Unrecht kommt irgendwann an den Tag.« Kompletter Blödsinn, aber nachdem ich den gelblichen Puder von den Fingern gewischt hatte, blickte ich auf und sagte ihm, daß ich einen perfekten Ersatz für seinen Oberbuchhalter hätte. Es sei unnötig, eine Agentur zu bezahlen, um nächste Woche auf die Suche zu gehen – es handele sich um eine Person, die wir selber sofort eingestellt hätten, aber sie sei genau in dem Augenblick hereingekommen, als wir gerade jemand anders die Zusage gegeben hätten. Ihre Arbeitserfahrung und ihre Referenzen seien tadellos. Ja, aber wie waren ihre Beine? wollte er wissen. Nicht übel, log ich erneut. »Und wenn sie nichts taugt – schmeißen Sie sie raus.« Er würde nichts dabei verlieren, nicht mal eine Vermittlungsgebühr. Also, was sei dabei für mich drin – oder besser gesagt, was sei bei ihr für mich drin? Er sah aus wie ein häßlicher Molch, als er anzüglich grinste. Nicht das geringste, aber wenn sie sich bewährte, dann sei er mir etwas schuldig – sein Versprechen, daß sie niemals erfahre, woher die Empfehlung gekommen sei.

Ich ging zurück ins Büro, nahm deine Bewerbungsakte und ließ sie ihm mit Kurier zukommen. Ich warf den Wölfen ein Lamm vor – aber Hopewell würde es überleben. Ich arbeitete besonders lang an diesem Abend, erlaubte mir keinen Augenblick, über eine vernünftige Erklärung für das alles nachzudenken. Es gab keine. Ich hatte dir keinen Gefallen getan. Ich hatte kein Mitleid mit einer schwarzen Frau, die da draußen auf der Suche nach einem Job war. Ich hatte nicht gedacht, du wärst die beste Kraft für den Posten. Ich hatte überhaupt nichts gedacht, auch nicht zwei Wochen später, als ich die Rosen schickte.

Meine erste Woche bei der neuen Arbeit war nicht schlecht. Gleich bei der ersten Begegnung hatte ich Hopewell als Armleuchter ausgemacht. Ich sei ihm wärmstens von jemand aus meiner alten Firma empfohlen worden, den er kannte, ich solle ihm also einfach zeigen, was ich leisten könne. Und natürlich würde er mich Cocoa nennen, er trank nämlich für sein Leben gern heißen Kakao. Ein Oberschleimer, aber ich wußte schon, wie ich damit umgehen würde. Ein paar Kaffeepausen mit Büroklatsch, und dann wüßte jeder Bescheid über meine Trennung von einem Mann, der, wie ich erfahren hatte, zweimal wegen übelster Körperverletzung gesessen und sich jetzt darauf verlegt hatte, um mein Haus herumzuschleichen. In der zweiten Woche komme ich dann ohne Make-up, abgesehen von einem leichten dunkelbraunen

Schatten unter den Augen, und lade Hopewell zu einem Drink nach der Arbeit ein, weil er auf mich wie ein Mann wirke, der mir bei einem persönlichen Problem behilflich sein könne. Es war, als hätte ich ihn zu einem Glas cholera-verseuchtem Wasser eingeladen. Sie machen sich soweit sehr gut, Miss Day, aber Ihre persönlichen Probleme sollten Sie gänzlich aus diesem Büro heraushalten. Feiger Dreckskerl. Ich ging in den Waschraum und prustete vor Lachen. Ich brauchte mir nicht mal Sorgen zu machen, daß er mich beim Vornamen nannte, geschweige denn, daß er seinen Ehering an der Vorderseite meiner Bluse polierte. Weißt du, wenn man diesen Mist sauber und rechtzeitig aus dem Weg räumt, kann man ungestört seiner Arbeit nachgehen.

Und du kannst dir meine Genugtuung nicht vorstellen, als ich herausfand, daß Andrews & Stein eine unserer Vertragsfirmen für technische Ausführungen war. Soweit also zu dir, Kumpel, und deinem Nennen-Sie-mich-George. Jetzt leite ich die Buchhaltung von dem Mann, für den du arbeitest. Die Welt ist klein, nicht wahr? Ich konnte es kaum erwarten, Großmama und Mama Day zu erzählen, daß ich endlich wieder Arbeit hatte, daher rief ich sie beide an. Eine hätte gereicht – die beiden taten keinen Atemzug, ohne einander zu erzählen, wie er sich angefühlt hatte. Aber ich wollte Mama Day sagen, wie sehr sie sich mit meinem Brief an dich geirrt hatte – sie hatten die Stelle jemand anders gegeben. Ich kenne diese Großstädte, während ihr ganzer Eindruck von dem, was sich hier abspielt, aus der Phil-Donahue-Show stammt.

»Du hast Arbeit, oder? Dann kannst du mit den R-Gesprächen aufhören.«

Und sie legte tatsächlich auf. Hockte da unten auf zweitausend Hektar besten Landes, ein Großteil davon Küste und Wald, da hätte sie ein lächerlicher Anruf zur billigen Zeit nicht ruiniert. Aber die Großtante – Gott möge sie beschützen – haßte es, unrecht zu haben. Sie besaß eine große Fähigkeit, die Menschen und ihre Motive zu durchschauen, aber manchmal war das nicht die ganze Wahrheit. Sie und ich stritten uns oft über meine Freunde und meine Art, die Zeit zu verbringen. Und sie schien immer zu wissen, wenn ich etwas hinter ihrem Rücken ausheckte. Als Kind hatte ich mich oft gefragt, ob die Erwachsenen einem nur deshalb etwas voraushatten, weil sie die gleichen Tricks früher selber abgezogen hatten, oder ob Mama Day etwas Besonderes war. Und es war nicht gut, sich allzuoft mit ihr anzulegen. Im Gegensatz zu Großmama versohlte sie mich schon mal. Mama Day hielt einfach nichts vom Verhätscheln. Aber wenn Großmama mich allein großgezogen hätte, wäre ich für jeden passenden Umgang verdorben gewesen. Ich schien in ihren Augen nichts falsch machen zu können, während ich für Mama Day nichts richtig machen konnte. Ich nehme an, auf komische Weise waren sie zusammen die perfekte Mutter. Aber beide hatten sie mir beigebracht, daß ein Leben in dieser Welt ohne Manieren nichts wert ist. Und als die Blumen kamen, war ich es mir deswegen selber schuldig, dir dafür zu danken. Ich gebe zu, ein einfaches Kärtchen hätte genügt, aber ich rief an.

Ich war gewarnt worden, daß Geschenke bei meinem Job an der Tagesordnung seien – versilberte Bolzen als Briefbeschwerer, Kisten voller Indian-River-Grapefruits, Adreßbücher mit Monogrammen von Vertragspartnern, die sich mit der Buchhaltungschefin gut stellen wollten. Ich könnte ein verspätetes Budget vergessen, einen überzogenen Kostenvoranschlag übersehen. Als ich also die gelben Rosen sah, dachte ich: Versucht schon jetzt, mir in den Arsch zu kriechen – ist ihm wohl eingefallen, was für ein Dreckskerl er war. Und die Karte verschlug mir wirklich die Sprache. »Hier sind nur elf gelbe Rosen. Die zwölfte wartet auf einem Tisch im Ponte Vecchio, falls Sie sie an irgendeinem Abend abholen möchten.« So was, welcher Mohrenkopf lud auf diese Weise eine Frau zum Essen ein – mit wem ging der Kerl für gewöhnlich aus, Mary Tyler Moore? Ich rief an, um zu sagen: Danke, aber kein Abendessen. Ich hatte jede Menge guter Gründe, wohlgemerkt. Berufliche Verbindungen bleiben am besten beruflich – Objektivität und so 'n Kram. Interessenkonflikt, Geschäft mit Vergnügen durcheinanderbringen und so weiter und so fort. Und unterm Strich konnte ich mir auch nicht vorstellen, daß ein Abend allein mit dir und dieser zwölften Rose etwas anderes als ein totaler Reinfall werden könnte. Ich gehörte noch nie zu den Vertretern von: Am Abend mit jemand aus ist besser als allein zu Haus. Ich war schließlich auch jemand, und ich konnte immer etwas mit mir anfangen. Es machte mir tatsächlich Spaß, mir die Nägel zu lackieren oder die Haare zu waschen oder vor einem Spiegel zu sitzen und das Resultat zu bewundern – für mich allein. Alles, was mir Freude machte, war keine Zeitvergeudung. Du würdest ein zweiminütiges Dankeschön kriegen, das ich meiner Erziehung schuldig war, und eine zweisekündige Absage in Form eines »Nein, *ich* rufe *Sie* an, ob es ein andermal klappt.«

Das Telefon klingelte achtmal, bevor ich deine Kirsch-Vanille-Sekretärin dran hatte – weitere Minuten mußte ich warten, bis sie in ihrer Gebrauchsanleitung gelesen hatte, wie man einen Anruf durchstellt –, und dann viermal, bevor du abnahmst. Während der ganzen Verzögerung konnte ich mein Herz durch den gewölbten Hohlraum der Hörmuschel pochen hören. Ich wurde wütend auf mich selbst, weil ich so nervös war, und noch wütender auf dich, weil du mich überhaupt erst in diese Lage gebracht hattest. Und dann hoffte ich schließlich, daß meine Absage dich tief treffen würde und wir damit quitt wären. Tatsache ist, als ich endlich deine Stimme hörte, war mir bereits sehr viel daran gelegen, wie das, was ich sagen würde, auf dich wirkte, und als ich angefangen hatte zu wählen, war mir nichts gleichgültiger gewesen als das.

Und nachdem wir das »Vielen Dank für die Blumen, blah-blah-blah… Nicht der Rede wert, und ich freue mich, daß Sie den Job bekommen haben, blah-blah-blah…« hinter uns gebracht hatten, kam: »Und wegen des Abendessens, George…« Es war nur ein halber Atemzug, meine Lungen mußten bloß genug Luft vom Zwerchfell hochdrücken, um das »Ich« von »Ich werde so bald keine Zeit haben, aber…« auszustoßen. In diesem kurzen halben Atemzug verblüffte mich die Anteilnahme, die ich aus deinem Schweigen heraushörte. Und sie galt nicht mir persönlich. Es war wie bei einem Kind, das sich mit einem Paket abgemüht hat: die Verpakkung ist schlecht verklebt, das Band nur dürftig zugeschnürt, und dann ist seine ganze Aufmerksamkeit auf den Raum zwischen den Händen, die geben, und den ausgestreckten Händen, die nehmen, gerichtet. Die Geste ist es, an die das Kind sein Herz hängt. Und deine tiefe Anteilnahme galt dem, was ich von der Geste hielt – nicht von dir. Daher hätte ich mit einer Absage keine Punkte eingeheimst, und auf keinen Fall hätte ich dich damit verletzen können. Ich hätte nur eine Freundlichkeit mit Füßen getreten. Und es gab, weiß Gott, wenig genug davon in New York, um dieses Restchen mit einem billigen Seitenhieb auszutilgen. Und da versuchte ich nun, sie mit meinem Gestotter am Leben zu erhalten. Und schließlich saß ich an einem Ecktisch in der Falle, starrte über deine Schulter auf einen eingetopften Farn und verbrachte einen der langweiligsten Abende, an die ich mich erinnern konnte.

Ich hatte von anderen Katastrophen gelesen – dem Untergang der Titanic, den letzten Tagen von Pompeji –, und an ebendiesem Abend hatte ich König Lear verlassen, wie er nackt auf stürmischem Heideland herumwanderte, bevor ich mich mit dir traf und mich danach sehnte, in einer der genannten Situationen zu sein. Wir hatten uns absolut nicht das geringste zu sagen, und das war teilweise meine Schuld. Ich wußte von vornherein, daß jede Unterhaltung über deine Arbeit für Hopewell ausgeklammert werden mußte, weil du nicht denken solltest, ich wollte Informationen aus dir rauslocken oder mich bei dir einschmeicheln. Und da ich noch nie gut im seichten Geplauder gewesen bin, hatten wir das Wetter, die Speisekarte und die Restauranteinrichtung bereits abgehakt, bevor wir die Vorspeisen bestellten. Die Weinkarte hätte für ein paar weitere Minuten gut sein können, aber wir tranken beide keinen Wein. Mir blieb nur mein silberner Krawattenhalter, den ich absichtlich angesteckt hatte wegen des unvermeidlichen: »Sagen Sie, was macht eigentlich ein Maschinenbauingenieur?« Ich nahm den Krawattenhalter ab und zeigte dir, daß es ein winziges Buttermesser war, mit runden Einbuchtungen entlang der Klinge. »Erinnern Sie sich noch an den Kinderreim: Ich ess meine Erbsen mit Honig. Das hab ich schon immer getan. Sie schmecken damit zwar komisch, doch sie kleben am Messer gut dran. Also, meine Arbeit ist es, neue Konstruktionen für unsere elementaren Bedürfnisse zu entwickeln: Wasserversorgung, Heizung, Klimaanlagen, Transport. Also, wenn dieser arme Kerl nur zu Bruce und mir gekommen wäre, hätten wir ihm gezeigt, wie er mit dem Werkzeug, das er zur Hand hatte, die Erbsen in seinen Mund befördern konnte, ohne sich dem Risiko von Diabetes wegen des vielen Honigs auszusetzen.« Dieses kleine Messer war unser Logo – wir hatten alle einen Brieföffner in dieser Form, und wir hatten ein echtes Modell entworfen, das bei Tisch seinen Zweck erfüllte.

Und was dann kam, war deine Schuld: anstatt zu lachen oder auch nur zu lächeln, hobst du eine Augenbraue und sagtest: »Oh, und dafür hat man Sie aufs College gehen lassen?« Ich entriß dir den Krawattenhalter und steckte ihn wieder an. Und wenn ich daran denke, daß ich tatsächlich zweimal das Hemd gewechselt hatte, bevor ich aus dem Haus ging! Ich erwartete von einem Laien nicht, daß er die Brillanz dieses Designs vollkommen zu schätzen wußte, aber ein einfaches Murmeln der Bewunderung hätte den Abend retten können. Ich wäre auf die Überlegungen zu sprechen gekommen, deren es bedurft hatte, um die Größe und Krümmung dieser Einbuchtungen zu berechnen: Spielraum für den natürlichen waagerechten und senkrechten Schwung des Handgelenks – Rechts- oder Linkshänder –, der Bogen, der vom Unterarm zum Mund beschrieben wird, Berücksichtigung der unterschiedlichen Formen von Erbsen – von unseren Messern konnte man Erbsen tatsächlich mit Anmut essen. Und das hätte uns dann zu dem Typ Mensch bringen können, der solch einen Entwurf in Auftrag geben würde, denn ich hatte massenweise unterhaltsame Geschichten über Kunden und darüber, was ich bei meiner Arbeit über die menschliche Natur gelernt hatte. Und da wir beide zumindest Menschenwesen waren, hätten wir locker durch die Mahlzeit gleiten können, indem wir Ideen und Beobachtungen darüber austauschten.

Aber deine Gleichgültigkeit gegenüber meiner Krawattennadel und mein verletztes Ego verschlossen die Pforte zu dieser Allee des Allgemein-Menschlichen, und während wir uns durch eine unglaublich große Portion Antipasti arbeiteten, wurde es immer deutlicher, daß so ziemlich unsere einzige Gemeinsamkeit darin bestand, menschliche Wesen zu sein. Du warst Harold Robbins im allgemeinen und James Michener, wenn du tiefgründig werden wolltest. Die neueste Literatur, die ich gelesen hatte, war von Ernest Hemingway und Ralph Ellison, und ich dachte verzagten Herzens an die zerlesene Ausgabe von *König Lear*, mit der ich meinen Abend hätte verbringen können. Ich erzählte dir von den alten Filmen im Regency, und du warst überrascht, daß jemand dafür bezahlte, etwas zu sehen, was er nach Mitternacht im Fernsehen umsonst kriegen konnte. Es wäre zuviel verlangt gewesen, daß du ein Footballfan warst – und so war es dann auch. Du verabscheutest sämtlichen Sport außer Aerobic, was ich im geheimen als hysterisches Getue von Mittelschichtfrauen um ihre äußere Erscheinung abtat. Man muß nicht joggen und sich zu Tode strampeln, um gesund zu bleiben. Ich mußte es wissen – ich hatte von klein auf ein Herzleiden, und lange Spaziergänge waren alles, was nötig war, um das Herz-Kreislauf-System fit zu halten.

Aber da dir Aerobic Spaß machte, beging ich den Fehler, dich zu fragen, ob du gern spazierengingst. Um Gottes willen, nein – das war zu langweilig. Und außerdem ging niemand in New York spazieren, sagtest du mit selbstgefälliger Überzeugtheit. Und das könntest du nur zu gut verstehen – es sei immerhin eine der aufregendsten Städte der Welt. Und als du immer weiterredetest, um mir alles über *meine* Stadt zu erzählen, merkte ich, daß du nichts begriffen hattest. Du und deinesgleichen, ihr seid hierhergekommen, um einem Mythos hinterherzujagen: ihr müßt flink und ihr müßt forsch sein, denn rennen hier nicht alle? Ihr machtet alle denselben Fehler. Wir rannten, ja – aber nach Hause oder zur Arbeit, hasteten *durch* die Straßen, weil wir wußten, was ihr mit eurer weltfremden Arroganz unmöglich wissen konntet: nicht New York war auf diesen Bürgersteigen von Manhattan, nur die New Yorker.

Meine Stadt war ein Netzwerk aus kleinen Städten, manche sogar noch kleiner als Willow Springs. Es konnte ein Mietshaus sein, ein paar Häuserblocks, eine einzige Quadratmeile, abgeschottet mit ihrer eigenen Sprache, ihren eigenen Zeitungen und Magazinen, ihren eigenen Gesetzen und Verhaltensregeln und manchmal sogar ihren eigenen Richtern und Geschworenen. Du würdest das niemals bemerken, weil du hier nur in unseren Randzonen lebtest. Um *in* New York zu leben, hättest du den Blumenhändler auf der Jamaica Avenue kennen müssen, der gelbe Rosen führte, obwohl sie sich nicht gut verkauften, aber es war die Lieblingsfarbe seiner verstorbenen Frau. Der Süßwarenladen in Harlem, der keine Zigaretten an Zwölfjährige verkaufte, wenn sie nicht einen Zettel von ihren Müttern dabeihatten. Daß sie südlich der Houston Street Hühner opferten, am East River die heilige Barbara anbeteten und daß in Bensonhurst die Mädchen noch Jungfrauen waren, wenn sie heirateten. Leute von eurem Schlag würden nie das süße Gefühl kennenlernen, das einen hinten in der Kehle kitzelte, wenn man das Baklava in den düsteren Bäckereien in Astoria kostete oder wenn man auf der Fort Washington Avenue an einer Synagoge vorbeiging und einen Kantor singen hörte.

Oft kommt ihr jung hierher, und manchmal werdet ihr alt, indem ihr eure eigene kleine Stadt unter uns gründet. Und es ist so leicht zu sehen, wo ihr euch niederlaßt. Keine städtische

Planung für Schulen, Krankenhäuser oder Leichenhallen. Ihr habt nicht vor, Kinder zu bekommen oder zu altern. Ihr werft nur eure Polyesterkörper in Naturfasern und bevölkert die Bürgersteige auf schmiedeeisernen Stühlen, damit man euch draußen sehen kann, wie ihr das eßt, was gerade »in« ist. Ihr trefft euch zum Rhythmus steriler Musik in den Bars und Klubs, die überall vom Village bis zur Upper West und East Side verstreut sind, bevor ihr euch nach Hause schleppt, um den Sonntagmorgen allein mit dem Lesen des Evangeliums nach der *New York Times* zu verbringen. Deshalb würdet ihr kaum je einen einheimischen New Yorker kennenlernen: wir haben euch, den Touristen, und unserem Pöbel die nächtlichen Straßen überlassen. Wir betrachten amüsiert die Schaufenster, die ihr ausräumt und in Pastell und Chrom neu dekoriert, um etwas so Simples wie Hammer und Nagel oder etwas so Exotisches wie geräucherte Meeresalgen zu verkaufen, was in unseren Gegenden zum halben Preis zu kriegen ist.

Und da warst du nun und legtest mir deine Vorstellungen von der Zukunft meiner Stadt dar. Deine Meinungen über unser politisches System waren nur ein bißchen weniger schreckenerregend als deine Einstellung zu den Rassenbeziehungen. Du warst eine der jüngsten – und unparteiischsten – Pharisäerinnen, denen ich je begegnet bin. Die Bagels waren mit Sicherheit an der Macht, was für dich ganz in Ordnung war, aber in Anbetracht der Bevölkerungsentwicklung war es nur eine Frage der Zeit, wann die Spareribs sie übernehmen würden – entweder wir oder die Olés würden ziemlich bald im Rathaus das Sagen haben. Glaubte ich das nicht auch?

»Ophelia, wieso sind Menschen Essen für Sie?«

»Was?«

Ich legte meine Gabel weg. Es hatte keinen Sinn mehr, etwas vorzutäuschen, mir war der Appetit schon vor einer halben Stunde vergangen.

»Essen. Zeug, das man sich in den Mund stopft, bis es breiig ist, und das man am nächsten Tag als Scheiße ausscheidet.«

»Es ist widerlich, so was zu sagen.«

»Aber so haben Sie fast den ganzen Abend geredet – Mohrenköpfe, Kumquats, Bagels, Zucchini. Sie haben gerade Herman Badillo einen Taco genannt. Erstens: Es ist ignorant, weil Tacos nicht aus Puerto Rico kommen, und zweitens: Ihre ganze Litanei hat die Menschen dieser Stadt in Abfallmaterial verwandelt. Und ich frage mich nur, warum Sie das tun.«

»Hören Sie, ich brauche mich hier nicht beleidigen zu lassen.«

»Ich beleidige Sie nicht. Ich frage Sie etwas.«

»Aber aus der Frage ergibt sich, daß Sie mich für oberflächlich und selbstgerecht halten.«

»Das stimmt.«

Es lag kein Sarkasmus in meiner Stimme, weil ich keinen empfand. Ich war nur neugierig, warum du so dachtest, und trotzdem sahst du mich zutiefst verwirrt an. Du hattest nur noch nie einen Mann kennengelernt, der absolut nichts anderes von dir wollte als Aufrichtigkeit. Es arbeitete überall unter deiner Haut – eine hektische Suche nach der verstaubten Akte, die du vor langer Zeit mit der Aufschrift »Antwort sinnlos« abgelegt hattest. Und als du sie endlich ausgegraben hattest, sprachst du zögernd, und deine Stimme war so von ihrem Staub belegt, daß du einen Schluck Wasser nahmst, um dir die Kehle zu spülen.

»Wissen Sie, ich hatte Angst, als ich in diese Stadt kam. Richtige Angst. Allein in meinem Block wohnen mehr Menschen als auf der ganzen Insel, wo ich aufgewachsen bin. Und statt daß es besser wurde in den sieben Jahren, wurde es schlimmer. Denn gerade wenn man glaubt, sich zurechtzufinden, kommt ein neuer Nachbar, oder die Münzwäscherei an der Ecke ist nur noch ein Loch im Erdboden, und im nächsten Jahr steht da ein Wolkenkratzer mit noch mehr Leuten, die man nicht kennt. Ein ganzes Kaleidoskop von Leuten – nichts ist nur schwarz oder weiß hier wie in Willow Springs. Nichts bleibt, wie es war. Also nehme ich an, meine Art zu sprechen ist ein Versuch, mit der Tatsache fertig zu werden, daß ich nie weiß, was ich von etwas oder jemand erwarten soll. Ich bin nicht selbstgerecht, aber wenn ich mich so anhöre, dann vermutlich deshalb, weil ich mich innerlich vor der Veränderung und der Vielfalt hier fürchte.«

»Wie haben Sie mich nach dem Vorstellungsgespräch in meinem Büro genannt?«

»Einen Schokotaler.«

Zum erstenmal an diesem Abend lachten wir zusammen, und es war ein gutes Gefühl.

»Oh, ich verstehe, außen dunkel und innen weiß.«

»Nicht unbedingt, es gibt noch andere Sorten.«

»Ophelia, ich glaube fast, Sie denken doch etwas flexibler und halten mich nicht nur für einen Schokotaler. Und ich werde Sie nicht fragen, welche Geschmacksrichtung Sie im Sinn hatten. Aber ich würde gerne wissen, wie Sie sich selbst nennen.«

»Falls Sie sich noch erinnern, ich höre auf Cocoa.«

Es war schade, daß du nicht gern Ophelia genannt wurdest. Es war ein lyrischer Name, hübsch auszusprechen, weil meine Zunge die Wölbung meines Munds streicheln mußte, um ihn zu formen. Nicht daß ich oft Gelegenheit haben würde, ihn zu sagen. Der Abend war beinahe vorüber, und wir waren beide dankbar dafür – wir hatten ihn nur mit großen Schwierigkeiten hinter uns gebracht. Und doch konnte ich nicht sagen, warum ich einen Hauch von Unvollständigkeit verspürte, als die Rechnung kam. Ich hatte keinen festen Ablauf geplant, doch es schien, als sei irgend etwas Wichtiges nicht zu Ende gebracht worden.

Gewiss beliebt er zu scherzen. Ich schwöre, das war das erste, was mir in den Sinn kam, als du mich erneut batest, mit dir auszugehen. Ich weiß nicht, woher dieser Ausdruck kam – mußte aus meinem High-School-Shakespeare stammen, und du hattest dich früher am Abend stundenlang über ihn ausgelassen. Zeigt nur, daß Shakespeare kein bißchen Seele hatte –

ist mir egal, ob er über Othello, Kleopatra oder irgendeinen Sklaven auf einer karibischen Insel geschrieben hat. Wenn er mit unserer Kultur in Berührung gekommen wäre, hätte er irgendwo geschrieben: »Nigger, hast du den Verstand verloren?«

Weil es das war, was ich wirklich dachte. Du mußt gesehen haben, daß ich hier nicht schnell genug rauskommen konnte, als ich hastig aufstand und dabei vergaß, daß ich die Serviette noch auf dem Schoß hatte. Ich überlegte, ob ich dich an der Restauranttür oder an der Ecke abwimmeln sollte, während ich versuchte, ein Taxi anzuhalten. Aber es dauert eine Ewigkeit, im Village an ein Taxi zu kommen, und das würde bedeuten, daß du länger bliebst, als uns beiden lieb war. Ich hatte beschlossen, daß es für mich die sicherste Methode war, schnurstracks zur U-Bahn zu gehen, nachdem ich dir meine Tränengasdose und die Tüte mit schwarzem Pfeffer gezeigt hatte, so daß du keine Schuldgefühle haben würdest, weil du mir nicht angeboten hattest, einen Teil der Strecke mit mir zu fahren, und dann – WUMS – kamst du damit. Aber es war kein Scherz von dir, und das ließ nur die Alternative zu, daß du einen psychischen Knacks hattest. Ein Kerl wie du konnte nicht derart verzweifelt auf Gesellschaft aussein. Du sahst nicht schlecht aus, hattest einen recht anständigen Charakter und einen verdammt guten Job. Genau gesagt, aus zwei Schritt Entfernung betrachtet, machte dich das zu erstklassiger Ware auf einem Markt, wo alles als guter Fang betrachtet wurde, was über achtzehn, stubenrein und nicht daran interessiert war, deinen Bruder kennenzulernen. Ein Masochist – das mußte es sein. Du littst unter einem *extremen* Minderwertigkeitskomplex, hieltest dich selbst für ein so totales Stück Schrott, daß du dich nur mit Frauen verabredetest, die absolut nichts mit dir zu tun haben wollten. Der Ausgang von dem Ganzen war klar: ein schwarz lackiertes Schlafzimmer, Parkettboden, schwarze Mattglanzwände und ein antiker Satz Streichriemen und seidene Handfesseln. Ich hatte alles über Typen wie dich in *Cosmopolitan* gelesen: ambivalentes Verhältnis zu euren Müttern, kühle und gleichgültige Väter, ihr solltet eigentlich schwul sein, glaubt aber, daß andere Männer zu gut für euch seien. Ich gab mir selbst einen Tritt, denn ich hätte es wissen müssen – die gelben Rosen, das Spitzenrestaurant, die offenen und sensiblen Konversationsbemühungen, die sanfte Manipulation, so daß ich mein Innenleben ausspuckte und mich dabei auch noch gut fühlte. O Gott, ich hätte es wissen müssen. Jetzt ging es darum, einen taktvollen Weg zu finden, dir einen Korb zu geben, damit du nicht mitten auf der Straße anfingst, zu schluchzen und zu betteln. Wenn ich mich recht erinnerte, stand in *Cosmo,* daß dein Typ nicht zu offener Gewalt neigte, sich aber in aller Öffentlichkeit entwürdigenden Szenen hingab. Ich bemühte mich, meine Stimme soweit wie möglich zu senken.

»Wieso wollen Sie mich eigentlich wiedersehen, George?«

»Ich glaube nicht, daß ich das gesagt habe.«

»Aber Sie haben gerade gesagt –«

»Ich habe gesagt, ich möchte, daß Sie sich New York ansehen.«

»Oh, na bitte, darum brauchen Sie sich keine Sorgen zu machen. Ich sehe New York – zuviel davon – jeden Tag.«

»Nein, Sie fahren mit der U-Bahn von Ihrer Wohnung zur Arbeit, und dann fahren Sie zurück. Und ich gehe jede Wette ein, wenn ich Ihre Wege von Ihrer Wohnung mit Linien nachzeichne und die Endpunkte mit einem Zirkel verbinde, dann zeigt sich, daß Sie sich zum Einkaufen, Vergnügen oder Freundebesuchen in keinem größeren Gebiet als Willow Springs bewegen. Habe ich recht?«

»Und?«

»Und deshalb fühlen Sie sich nach sieben Jahren in dieser Stadt noch immer fremd. Und Sie können hier sterben und sich noch immer so fühlen, wenn Sie sich auf die Touristengettos, die für Sie errichtet worden sind, beschränken.«

»Ich bin keine –«

»Nein, Sie sind keine Ferientouristin. Sie leben und spielen in den Gettos für unsere ansässigen Touristen. Und wie jeder

Gettobewohner bezahlen Sie mehr für beengten, schäbigen Wohnraum und die örtlichen Versorgungsleistungen als wir anderen. Die Hypothek auf mein Haus ist billiger als das Studio, das Sie auf der Upper West Side gemietet haben. Aber Sie haben gedacht, es sei ein Schnäppchen für sechshundert Dollar im Monat, und wissen Sie, warum? Weil Sie der Illusion aufgesessen sind, daß das die Gegend ist, in der Sie wohnen *müssen* – Midtown, das ist New York, und Sie wollen so nah wie möglich dranbleiben. Und wenn man Sie nach Brooklyn oder Queens steckte, dann müßte es die Stadtmitte von Brooklyn oder Long Island City sein – je näher an einer Brücke, desto besser, stimmt's? Immer ausgerichtet nach Midtown, so daß Ihr Rücken uns anderen zugekehrt ist. Die meisten Menschen sind aus ökonomischen Gründen auf Gettos beschränkt, so daß sie keine Chance haben, rauszukommen und die Stadt zu erforschen, um von ihrem Leben bereichert zu werden. Und ich finde es ein bißchen traurig, daß sich ausgerechnet hier die Jungen und Talentierten freiwillig einschränken.«

»Ich sollte also rausgehen und mehr von New York sehen?«

»Das sollten Sie wirklich, Ophelia.«

»Mit Ihnen als Führer.«

»Nein. Wenn man anderen seine Tür öffnet, um sie ins Haus zu lassen, wird man dann nicht Gastgeber genannt?«

Verrückt, verrückt, verrückt – verrückt, verrückt. Ob du wegen deines Angebots oder ich, weil ich es annahm, wußte ich nicht mit Sicherheit. Aber wir hatten eine phantastische Zeit in jenem Sommer.

* * *

Es ist, was wir in diesen Breiten einen langsamen Herbst nennen. Das Wetter ändert sich nur zögernd, die Blätter an den Hickorybäumen und Eichen klammern sich ans Leben, die Wasserhirse ist noch immer grün, aber bei dem warmen und stetigen Ostwind wollen die Fische partout nicht anbeißen, während die Nachtluft bittere Kälte bringen kann, ohne eine Spur von Frost am Morgen. Daher ist es zu früh, um die Süßkartoffeln auszugraben, und zu spät, um eine neue Tomatenernte zu riskieren. Miranda und Abigail sitzen vorne auf der Veranda und beantworten einen Brief, den sie gerade von Cocoa bekommen haben. Eigentlich erledigt Abigail das Schreiben – sie besitzt die Schachtel mit dem guten Briefpapier, und ihre Schrift ist die hübschere –, aber Miranda sieht ihr kritisch über die Schulter. Obwohl sie darüber streiten werden, was sie erzählen sollen und was nicht, wobei Abigail Papier und Stift rüber zu Miranda schiebt und sagt: »Mach du es, wenn du alles besser weißt«, und Miranda sagt, das würde sie, wenn Abigail anständiges Papier mit Linien gekauft hätte, damit die Zeilen nicht verrutschen, und Abigail dann sagt, daß man einen Brief an einen so bedeutenden Ort wie New York nicht auf irgendeinem billigen, einfachen linierten Papier schicken könne – obwohl es der gleiche Streit bei jedem Antwortbrief ist, kommt es ihnen nie in den Sinn, getrennt an Cocoa zu schreiben.

Jeden Monat kommt ein Brief, nur an ihren gemeinsamen Briefkasten adressiert – und er wird gleich am nächsten Tag beantwortet. Er liegt meist da drin zusammen mit den Samenkatalogen, den Strom- und Telefonrechnungen oder einer Rechnung für etwas, was Miranda oder Abigail bei Sears oder Montgomery Ward's bestellt haben. Aber da Cocoa schlauer ist als diese großen Firmen, schreibt sie nicht unnötig »Miss Abigail Day« oder »Miss Miranda Day« auf den Umschlag. Die beiden Frauen haben schon zwei Briefträger überlebt, und jeder weiß, daß Kasten Nr. 7 seit über fünfzig Jahren den Days gehört. Es ist egal, wer ihn zuerst rausnimmt, wer den Brief öffnet. Cocoas Briefe beginnen immer mit: »Meine Lieben«.

»Wir freuen uns sehr, daß es Dir so viel Spaß macht, New York zu sehen.« Abigail spricht jeden Satz laut aus, bevor sie ihn niederschreibt, um Miranda Gelegenheit zu geben, zustimmend zu nicken, oder in diesem Fall...

»Das ergibt keinen Sinn, Abigail. Sie sieht New York seit sieben Jahren.«

»Aber es steht in ihrem Brief, daß es ihr jetzt sehr viel Spaß macht, New York zu sehen, und ich sage ihr nur, wie wir uns darüber freuen.«

»Ich weiß, was in ihrem Brief steht, ich hab ihn hier vor mir. Aber das ergibt trotzdem keinen Sinn. Was hat sie denn bisher die ganze Zeit da oben gemacht?«

»Ich weiß nicht, Miranda. Sie schreibt nicht, was sie *bisher* gemacht hat, sie schreibt: ›Es macht mir *jetzt* sehr viel Spaß, New York zu sehen.‹«

»Klingt für mich, als wär da was faul. Glaubst du, Baby Girl nimmt diese bewußtseinsverändernden Drogen oder so was? Haben grad heut morgen in meiner Sendung drüber geredet. Das macht die jungen Leute in Chicago ganz kaputt.«

»Sie ist nicht in Chicago.«

»Jacke wie Hose. Frag sie, ob sie auf Drogen ist.«

»So was schreib ich nicht hin – dann denkt sie noch, wir vertrauen ihr nicht.«

»Dann drück's eben so aus: ›Wir freuen uns, daß es dir so viel Spaß macht, New York zu sehen, aber *was* genau siehst du?‹«

»Na gut, das ist ein bißchen besser.«

»Gibt mehr als einen Weg, 'ner Katze das Fell abzuziehen. Wir müßten nicht mühsam versuchen, das alles rauszukriegen, wenn du sie öfter anrufen lassen würdest.«

»Papa hat immer gesagt, keine Nachricht ist eine gute Nachricht. Mein Herz würde jedesmal anfangen zu klopfen, wenn das Telefon klingelt, also ist's mir lieber, sie schreibt, wenn nichts Wichtiges passiert.« Abigail fährt mit ihrem Brief fort. »Was uns angeht, wir sind bei guter Gesundheit.«

»So gut, wie man es eben erwarten kann.« Miranda nickt.

»Wie ist das Wetter bei euch? Wir haben einen langsamen Herbst.«

»Das kann man wohl sagen.« Miranda blickt die Hauptstraße rauf und runter. »Ich hasse dieses verflixte launische Wetter. Bringt alles durcheinander. Sind nicht mehr als 'ne Handvoll Blätter auf meinen Komposthaufen gefallen, und es ist bereits November. Und dumm, wie ich bin, hab ich schon meinen neuen Lavendel und Rosmarin drüben am andern Haus gepflanzt. Später Frost wird sie umbringen. So ein Jammer.«

»Weil du nicht zuhörst. Ich hab dir gesagt, daß um den Mond am Ostersonntag ein roter Ring war. Wenn das nicht einen langsamen Herbst bedeutet, dann weiß ich auch nicht.«

»Rot, lila oder rosa, ein Frühlingsmond kann einem nichts übers Herbstwetter sagen. Ich weiß nicht, wo du so dummes Zeug herhast, Abigail.«

»Ich nehm an, ich hab es daher, wo ich auch meine zweite Ernte von späten Tomaten herhab, während manch eine nur eine hat, bevor der Frost kommt.«

»Na, ich hoffe nur, manch eine kriegt den Brief an Baby Girl fertig, bevor es dunkel wird. Wo sind wir stehengeblieben?«

»Sie will wissen, was es bei uns für Neuigkeiten gibt.«

»Sie haben einen neuen Rektor an ihrer High-School – der alte Feeling Sam ist in den Ruhestand gegangen.«

»Dein Rektor, Mr. Samson Wilbright, hat die Willow Springs High nach dreißig Jahren aufopfernden Schuldienstes verlassen.«

»Nur gut so. Wundert mich, daß ihn nicht längst jemand wegen eines Mädchens erschossen hat.«

»Er ist in den letzten Jahren ruhiger geworden, Miranda.«

»Er ist ein ganzes Stück ruhiger geworden, nachdem ich ihn drangekriegt hab, weil er Baby Girl betatscht hat. Hab ihm gesagt, wir würden keine öffentliche Toilette für ihn großziehen, in die er sein Geschäft machen kann – hab's ihm laut gesagt. Was wir nicht angefaßt haben, seit sie aus den Windeln raus ist, das soll er auch nicht anfassen.«

»Gott, Miranda, ich erinnere mich an den Tag – vor der ganzen Aula. Ich hätte das lieber ein bißchen leiser gesagt.«

»Ja, ich weiß, deshalb hab ich meinen Hut aufgesetzt und bin mitgegangen. Aber ich hab ihm auch was Leises gesagt. Hab mich zu ihm gebeugt und geflüstert, daß ich's ein für allemal regeln könnte, so daß das einzige, was er dann noch aus der Hose ziehen könnte, das Kleingeld wäre.«

»Hast du nicht!«

»So wahr Gott mein Zeuge ist. Und ich hatte schon alles vorbereitet beim andern Haus. Ich kann so 'nen Kerl nicht ausstehen, so 'nen dreckigen alten –«

»Meinst du, wir sollten ihr von Junior Lee und Miss Frances erzählen?«

»O ja – das ist doch mal 'ne saftige Neuigkeit. Und weißt du, was ich gehört hab, Abigail? Er treibt sich neuerdings bei Ruby rum.«

»Ruby wäre nicht so dumm.«

»Scheinbar doch. Hab gehört, sie backt Pfirsichkuchen und brät jeden Abend Trommelfisch, was das Zeug hält. Und das ist das letzte, was Ruby tun sollte. Ich war dabei, als Dr. Smithfield ihr gesagt hat, sie müsse Gewicht loswerden. Meinte, sie könnte keine Kalorien zählen. Und ich hab ihr gesagt, sie braucht sie nicht zu zählen. Soll nur ihre Angelrute mit zum Sund nehmen und alles, was sie fängt, dämpfen und alles, was sie aus dem Garten holt, roh essen. Aber jetzt erzählt mir Buzzard, er und Junior Lee essen *fürstlich* bei Ruby – sie hat sich nicht getraut, mir's zu erzählen. Und du weißt, daß Buzzard immer dabei ist, wenn's wo 'nen fettigen Topf gibt.«

»Miranda, Junior Lee muß fünfzehn Jahre jünger sein als Ruby.«

»Mehr als das, sie macht sich jünger, als sie ist. Ruby konnte schon sprechen, als ich ihren kleinen Bruder Woody entbunden hab – den, der im Zweiten Weltkrieg umgekommen ist. Und Irene hat ihn nach Woodrow Wilson genannt, der damals Präsident war. Also, wie alt macht das Ruby?«

»Zu alt für Junior Lee, soviel ist sicher.«

»Aber Frances ist auch kein junges Mädchen mehr. Sie muß selber auf die Sechzig zugehen.«

»Möchte wissen, warum Junior Lee sich so gern mit so viel älteren Frauen einläßt.«

»Weil er sie ausnutzen kann. Braucht nicht zu arbeiten und gibt ihr Geld aus. Aber bei Ruby ist er an die Falsche geraten – sie kennt mehr als ein Mittel, um ihn beim Schlafittchen zu fassen.«

Abigail kehrt wieder zu ihrem Brief zurück. »Und außer Mr. Wilbrights Pensionierung gibt es noch eine traurige Neuigkeit über Junior Lee und Miss Frances. Sie haben ein paar Probleme zu Hause...«

»Sein Herumhuren, sein Spielen, sein Trinken.«

»Und wenn sie sich scheiden lassen...«

»Kann sich von niemand scheiden lassen, wenn man nie geheiratet hat.«

»...es geht das Gerücht, daß die Witwe Ruby seine nächste Frau sein wird.«

»Ich nehme an, man geht auch als Witwe durch, wenn man seinen ersten Ehemann ermordet hat.«

»So was hat Ruby nicht gemacht.«

»Hat sie doch.«

»Der Mann ist ertrunken, Miranda.«

»Das würdest du auch, wenn dir jemand 'n Brett übern Schädel zieht und dich ausm Boot stößt. Sie hat ihm gesagt, sie würde ihn umbringen, wenn er weiter mit Reemas Tochter rummacht, diesem kleinen Flittchen. Ich schätze, das ganze Wurzelzeug, das sie ihm verabreicht hat, hat ihr nicht schnell genug gewirkt.«

»Das glaub ich nicht.«

»Glaub, was du willst. Ist jedenfalls unnötig, diesen Brief mit Zuckerguß zu verzieren – Baby Girl kann zwischen den Zeilen lesen. Sie ist unter den Menschen hier aufgewachsen.«

»Schreibst du den Brief oder ich?«

»Wenn ich ihn schreiben würde, würd ich freiheraus reden und das Kind beim Namen –«

Ja, Abigail ist gerade drauf und dran, Miranda das Papier und den Stift rüberzuschieben, als unten an der Biegung zur Hauptstraße eine Hupe laut und aufgeregt loslärmt. Sie schauen beide nach links, aber alles, was sie sehen können, ist eine Wolke aus Staub und Schotter in weiter Ferne. Etwas kommt näher, kommt schnell näher. Ein dumpfes Pochen rührt sich in Mirandas Kopf.

»Allmächtiger, das ist Ambush«, sagt Miranda.

»Ambush?« Abigail geht zur Verandabrüstung, beugt sich darüber und späht blinzelnd zu der herankommenden Staubwolke, und bald darauf erscheint Ambushs Pritschenwagen am Horizont. Er fährt so schnell, daß er beinahe schon am Haus vorbei ist, als er auf die Bremse tritt und den Geruch von verbranntem Gummi in Abigails Garten schickt.

Es gibt keinen höflicheren Jungen in Willow Springs als Ambush Duvall. Kirchgänger, seit er Säugling war, ohne so übertrieben frömmelnd zu sein wie seine Mama Pearl. Er trank schon mal ein Schlückchen oder klopfte gelegentlich mit dem Fuß zur Musik, vergnügte sich Samstag abends. Aber am Sonntagmorgen ging er zum Frühgottesdienst, und was er einem am Montag versprach, galt noch am Freitag, und zwischendrin fand er für die meisten Menschen ein freundliches Wort. Daher wissen sie, daß irgendwas ganz und gar nicht stimmt, als er ohne ein »Guten Tag« an Miss Abigail vorbei- und direkt auf Miranda zugeht.

»Mama Day, ich wäre Ihnen sehr dankbar, wenn Sie sofort zu mir nach Haus kommen würden. Bernice geht es furchtbar schlecht – sie glaubt, sie verliert das Baby.«

»Baby?« Abigail kann den Schock auf ihrem Gesicht nicht verbergen. »Seit wann ist Bernice ...«

Miranda nimmt die Schüssel Bohnen vom Schoß und steht sofort auf. Ambush ist nicht gerade das, was man als leicht erregbaren Typ bezeichnen würde, es ist schwer, aus dem Klang seiner Stimme irgendwas herauszuhören. Aber Miranda sieht die Sorge in seinen Augen, und was immer da drüben vorgehen mag, jetzt ist nicht der Augenblick, sich darüber den

Kopf zu zerbrechen. Sie weiß, daß Bernice Duvall ebenso schwanger ist wie sie selbst, aber dort vor ihr steht ein angsterfüllter Junge.

»Ich geh lieber mal vorbei, Abigail.«

»Aber, Miranda ...«

»Wir reden später.«

Ambush ist schon wieder im Wagen und jagt den Motor hoch. Miranda setzt sich neben ihn und sagt ihm, er soll bei ihrem Wohnwagen anhalten, damit sie ein paar Sachen mitnehmen kann.

»Blutet sie, Ambush?«

»Nein, Ma'am. Aber sie liegt ganz zusammengekrümmt da und hält sich den Bauch, und sie hat furchtbar hohes Fieber.«

»Wie lange geht das schon?«

»Seit heute morgen.«

»Seit heute morgen? Und du wartest bis jetzt!«

»Aber beim Frühstück war es noch nicht so schlimm.«

»Sie hat gefrühstückt?«

»Nein, weil sie meinte, ihr sei ein bißchen komisch im Magen. Und wir dachten, es wäre nur die morgendliche Übelkeit – das hat sie schon seit 'ner Weile.«

Lieber Gott, denkt Miranda, was hast du angestellt, Bernice?

»Ist es trocken oder feucht?«

»Wie bitte?«

»Das Fieber, Ambush – schwitzt sie, oder ist sie nur heiß? Ich muß wissen, was ich ausm Haus holen soll.«

Ambushs Hände zittern. »Ich kann mich nicht erinnern, Mama Day. Ich nehme an, sie schwitzt, wenn sie so glüht ... Andererseits, vielleicht hab ich das nur geglaubt, weil sie –«

»Schon gut, Junge. Fahren wir lieber gleich zu dir. Du hast Speck im Haus, oder? Und etwas Natriumkarbonat? Damit kann ich das Fieber senken.« Wenn es nur Fieber ist, denkt Miranda.

Während sie zum südlichen Ende der Insel brausen, vorbei an der Ansammlung von Läden an der Straße, die zur Brücke führt, ist Miranda so beunruhigt, daß sie den Leuten, die sie oben im Wagen neben Ambush erkennen, nicht zurückwinkt.

»Sie wird doch das Baby nicht verlieren, Mama Day, oder?«

»Das kann ich nicht sagen, Ambush. Ich kann nicht mal sagen, ob's überhaupt ein Baby gibt. Wieso weiß niemand, daß Bernice schwanger ist?«

»Weil wir absolut sicher sein wollten, bevor wir's den Leuten erzählen – wir sind schon so oft enttäuscht worden. Bernice wollte es nicht mal meiner Mama sagen, denn sie setzt uns andauernd zu, weil wir nach so langer Zeit noch keine Kinder haben. Sie wissen, wie sich Bernice aufregen kann, und Mama redet dauernd von einem Gottesurteil. Aber ich versteh nicht, warum Gott uns dafür bestrafen sollte, daß wir am Wochenende gern ausgehen und tanzen. Ich habe Bernice nicht angerührt, bevor wir...«

Deine Mama ist eine bigotte Kuh, hätte Miranda beinahe laut gesagt. Aber statt dessen erklärt sie: »Wenn Pearl glaubt, daß Gott keine anderen Probleme hat als zwei junge Leute, die sich diesen albernen Boogie-Woogie anhören, den ihr alle so liebt, dann ist Er keinen Gottesdienst wert. Aber was sagt Bernice, wie lange sie schwanger ist?«

»Ihre Periode ist sechs Wochen überfällig.«

»Und sie hat sie immer regelmäßig bekommen, oder?«

»Ja, Ma'am. Und als dann die morgendliche Übelkeit anfing, waren wir so glücklich. Ich hab Bernice gesagt, sie kann jetzt aufhören, diese Pillen zu nehmen, aber sie sagte, sie würde sie weiter nehmen für alle Fälle.«

»Pillen? Was für Pillen, Ambush?«

»Die sie von Dr. Smithfield bekommen hat. Nichts für ungut, Mama Day, aber ich hab ihr gesagt, da sie die Pillen von Dr. Smithfield bekommen hat, sollten wir ihn rufen, doch sie sagte, nein – ich soll Sie holen.«

»Warst du bei ihr, als sie die Pillen bekommen hat?«

»Nein, Ma'am. Sie hat gesagt, sie wollte wegen irgendwas

zu Dr. Smithfield gehen, und in der Woche drauf hatte sie sie.«

Den Rest des Weges legten sie schweigend zurück. Ambush und Bernice wohnen in einem der schönsten Teile von Willow Springs. Wenn man alle Duvalls zusammennimmt, besitzen sie annähernd fünfhundert Hektar, über die Hälfte davon wird für den Gemüseanbau bestellt, und der Rest ist Wald und schroffe Steilküste, die zum Wasser abfällt. Und Ambush hat Bernice ein Haus gebaut, von dem man nach vorne raus auf den Sund blickt und das hinten von den Wäldern beschattet wird. Als sie beim Haus vorfahren, ist Miranda so wütend auf Bernice, daß sie sie erwürgen könnte. Dr. Smithfield hätte ihr niemals irgendwelche Fruchtbarkeitspillen gegeben – er hat ihr schon vor langer Zeit gesagt, daß ihr Organismus sie nicht vertragen würde. Wenn sie also welche nimmt, muß sie sie an ihrem Arbeitsplatz gestohlen haben. Sie hat ihren guten Namen aufs Spiel gesetzt – und wofür? Nur weil ihr ein bißchen Geduld fehlt. Als sie sieht, wie krank Bernice tatsächlich ist, legt sich ihr Zorn etwas. Schon beim Betreten des Schlafzimmers kann sie das Fieber riechen – ein trockenes Glühen. Bernice liegt in ihrem paisleygemusterten Nachthemd auf der Decke und ist in einen unruhigen Schlaf gefallen.

»Bernice, ich hab Mama Day mitgebracht.« Ambush berührt sacht ihre Schulter.

Bernice öffnet blinzelnd die Augen und blickt in Mirandas versteinertes Gesicht. Ihre Lippen sind aufgesprungen, ihre Zunge ist geschwollen, und ihr dünner Körper erschaudert bei jedem trockenen Schlucken.

»Mama Day, mein Baby – ich will es nicht verlieren ...«

»Still jetzt, sei ganz still.« Mit ihrem Handrücken befühlt Miranda die Stirn von Bernice und die Halsseite. Sie hebt Bernice' Handgelenk hoch und fühlt den Puls, während sie das Ohr gegen ihre Brust drückt. Dann zieht sie das Augenlid hoch und läßt sie die Augen rollen.

»Wo hast du Schmerzen, Bernice?«

»Im Bauch.«

»Bist du sicher, daß es der Bauch ist?« Sie dreht Bernice auf den Rücken und läßt sie die Hände locker auf dem Bauch falten. »Jetzt mach die Augen zu und versuch, dich auf den Schmerz zu konzentrieren. Kommt er wirklich von deinem Bauch?«

»Nein, Mama Day, von den Seiten.« Bernice zuckt zusammen.

Miranda nickt. »Und was für ein Schmerz ist das, Bernice?«

»Er tut weh.«

»Ich weiß, daß er weh tut, Schätzchen, aber ist er wie tausend Stecknadeln an einer Stelle, oder strahlt er irgendwie rauf und runter?«

»Er fühlt sich an, als wär er im Bauch und in der Seite gleichzeitig.«

»Gut, lieg jetzt ganz still.« Ganz sanft tastet sie mit den Fingern am Knochen unter Bernice' Bauch entlang und führt sie dann hoch zu den Seiten. »Nick einfach, wenn ich eine Stelle berühre, die empfindlicher ist als andere.« Ihre Finger befinden sich erst ein kleines Stück weiter oben, als Bernice Lippen und Augen zusammenpreßt und nickt.

»Braves Mädchen. Das hab ich mir gedacht.«

»Können wir das Baby retten?« fragt Ambush sie.

»Sie ist nicht schwanger.«

»Dann werden Sie versuchen, das Fieber zu senken?« So ist Ambush nun mal, geht ohne Zögern zur nächsten Frage über.

»Wenn es das ist, was ich denke, können wir das Fieber nicht von außen bekämpfen. Ambush, hol mir einen Plastikeimer – aber einen ganz sauberen – und einen warmen Waschlappen. Und weißt du, wo sie diese Pillen aufbewahrt?«

Bernice schreit auf und krümmt sich im Bett zusammen. Ambush steht stocksteif da, als ob ihn selbst der Schmerz durchzuckt hätte.

»Mach schon und hol mir, worum ich dich gebeten hab, Ambush.« Als sie ihn endlich aus dem Zimmer geschafft hat, beugt sie sich über Bernice.

»So, Bernice, du hörst mir jetzt gut zu. Du wirst nicht sterben, obwohl du dich wahrscheinlich so fühlst. Und wenn du nicht so krank wärst, würde ich dir jetzt anständig den Hintern versohlen. Also, diese Fruchtbarkeitspillen, die du gestohlen hast, haben deine Geschlechtsorgane entzündet, aber welchen Teil davon, kann ich erst sagen, wenn ich dich innen abgetastet hab. Aber selbst dann müssen wir, weil ich mich mit diesen chemischen Mitteln nicht auskenn, Dr. Smithfield holen und fragen, ob er sich auskennt. Und wenn nicht, dann müssen wir's von den Leuten im Drugstore rauskriegen. Und du weißt, was das bedeutet – du verlierst deinen Job, wenn sie nett sind, und du landest im Gefängnis, wenn sie's nicht sind.«

»Es tut mir so leid, Mama Day, so –«

»Fang jetzt nicht an zu heulen. Als erstes müssen wir dich wieder gesund kriegen. Meinst du, du kannst aus dem Bett aufstehen und dich hinhocken, Bernice? Du mußt für mich pinkeln. Und wenn Smithfield kommt, wird er auch was davon mitnehmen wollen.«

Ambush kommt zurück, schleppt einen riesigen Zwanzig-Liter-Eimer mit.

»Herrgott, Ambush, was hast du dir dabei gedacht – soll sie darin schwimmen? Zieh ihr das Nachthemd aus, hilf ihr, sich drüberzuhocken, und wasch sie untenrum ordentlich mit dem Lappen.«

Ambush steht ein bißchen verschämt da, und Miranda muß lachen.

»Junge, da gibt's nichts Neues für dich zu sehen. Und da ich euch beide auf die Welt gebracht hab, habt ihr mir auch keine große Überraschung mehr zu bieten. Wenn ich mich erinnere, hast du mir direkt in die Hand gepißt, kaum daß du geboren warst. Und zeig mir die Pillen.«

Während er Bernice hilft, dreht Miranda ihnen den Rücken zu, nimmt den Deckel von der alten Vitaminflasche und schüttet ein paar flache ovale Tabletten aus. Leise spricht sie den Namen aus, der darauf gedruckt steht: Perganol. Miranda schüttelt den Kopf. Weiß der Himmel, was sie sich da angetan hat. Sie läßt Ambush Bernice zurück aufs Bett legen und ihre Knie hochheben.

»Da wir so anständig sind, kannst du ihr ein Laken unterhalb der Taille drüberlegen«, sagt Miranda, während sie den Eimer zum Fenster schafft. Sie steckt den Kopf rein und schnüffelt, und dann hält sie ihn schräg gegen das Licht.

»Du sagst, sie hat nichts gefrühstückt?«

»Nein, Ma'am.«

»Was ist mit Abendessen gestern?«

»Ein bißchen Dosensuppe.«

Miranda schnüffelt noch einmal. Tatsächlich, sie eitert innerlich, und es muß in den oberen Organteilen sein.

»Ist gut, Ambush, zeig mir, wo ich mir die Hände waschen kann. Und dann gieß ein bißchen davon in ein sauberes Einmachglas, und mach es gut zu, bevor du Smithfield rufst.«

»Wir müssen Dr. Smithfield holen?«

»Ja, sag ihm, es ist dringend. Aber erzähl ihm nicht, daß ich hier bin, sonst läßt er sich ewig Zeit.«

Im Bad dreht Miranda das Wasser so heiß auf, wie sie es eben noch aushalten kann, und schäumt sich die Hände gründlich mit Seife ein. Sie entdeckt eine Schachtel Wattestäbchen im Medizinschränkchen, säubert sich damit die Fingernägel und schüttet dann ein bißchen Alkohol über die rechte Hand.

»Hältst du durch, Bernice?« Miranda berührt sie an der Stirn.

»Ja, Ma'am. Aber es tut so schrecklich weh.«

»Ich weiß, und es wird noch ein bißchen unangenehmer werden, aber du mußt mitarbeiten, okay? So, halt die Beine nach oben gewinkelt, und entspann dich, so gut du kannst. Siehst du diese beiden Finger?« Sie hält Zeige- und Mittelfinger hoch. »Ich tu ein bißchen Vaseline drauf und geh mit dieser Hand in dich rein, und mit der anderen Hand drück ich unten auf deinen Bauch – das wird mir helfen, festzustellen, was dir fehlt. Du wirst dich doch nicht verkrampfen, oder?«

»Ich versuch, es nicht zu tun, Mama Day.«

»Gut. Und stell dir vor, es wär was Angenehmes – wie das erstemal, als du mit Ambush zusammen warst.«

»Er war schrecklich ungeschickt das erstemal.« Bernice kriegt ein Lächeln zustande.

»Na, aus dem Grinsen schließe ich, daß er erheblich besser geworden ist, dann denk halt an das letzte Mal.«

Miranda läßt ihre Finger ganz sanft in Bernice reingleiten. Diese runzligen Finger sind einen solchen Weg so viele Male aus so verschiedenen Gründen gegangen. Ein Pfad, den sie so gut kennt, daß sie aufgrund der geringsten Veränderung der Feuchtigkeit, der Nachgiebigkeit der Wände oder des an ihrer Hand zurückbleibenden Geruchs den Zyklus einer Frau auf den Tag der Mondphase genau bestimmen kann. Als sie zu Bernice' Gebärmutter vorstößt, drückt sie von unten dagegen, wölbt die linke Hand – Handballen am Schamhaar, Finger am Nabel – und preßt sie leicht runter. Nur gut, daß sie nichts als Knochen ist, denkt Miranda. Ich könnte ihre Gebärmutter selbst dann fühlen, wenn ich meine rechte Hand hinter ihrem Rücken hätte. Sie ist wärmer, als sie sein sollte, aber das kommt von der Infektion, und die muß von den Eileitern herkommen, denn hier ist sie nicht. Die Gebärmutter ist gut und kräftig – von meinem Sterngras und dem Himbeertee –, hat die richtige Größe, die richtige Form, bewegt sich, wie sie soll. Könnte Drillinge hier drin austragen, Gott, Mädchen, warum hast du nicht gewartet? Hast die Pflege von Monaten zunichte gemacht. Als sie ihre linke Hand um einen Bruchteil zur Seite bewegt und etwas fester runterdrückt, ertastet sie eine münzgroße Stelle, die glühende Hitze ausstrahlt. Bernice schreit auf und verkrampft die Beine.

»Na, na. Na, na«, flüstert Miranda und befühlt mit ihren Fingern die Stelle, doppelt so groß, wie sie sein sollte. Und ich wette mein Leben, die andere Seite ist genauso. Aber unnötig, sie noch weiter zu quälen. Sie zieht ihre Finger aus Bernice heraus.

»Ist gut, mein Kind. Ist vorbei.« Sie deckt Bernice mit dem

Laken zu. »Weißt du, der kleine Beutel, in dem eine Frau ihre Eier produziert – die Eierstöcke? Wächst irgendwas bei dir da drauf. Und es kann kein Tumor sein, denn es ist nicht groß genug, um dir solche Schmerzen zu machen, also muß es eine Schwellung sein. Es ist eitrig, soviel ist sicher, und es hat deine Eileiter verstopft. Deshalb hattest du keine Monatsblutung, und du wirst auch keine bekommen, bis sie wieder frei sind – falls ich sie wieder frei machen kann.«

»Mama Day, soll das heißen, ich hab diese Pillen genommen und mich damit selbst sterilisiert? Ich werde niemals ein Baby bekommen?« Wie sie das sagt, ganz leise, macht Miranda angst. Es wäre besser gewesen, wenn sie laut geweint oder geschimpft, sie eine alte Frau, die keine Ahnung hat, genannt hätte – sich irgendwie gewehrt hätte.

»Nein, das hab ich nicht gesagt, Bernice – ich bin nicht der liebe Gott. Aber wir müssen genau rausfinden, was diese Pillen bewirken. Und wenn Smithfield herkommt, kannst du ihm sagen, wie lange du sie genommen hast und wie viele. Du hast dich damit außerhalb meiner Zuständigkeit begeben.«

Bernice rollt sich nur im Bett zusammen, hält sich die Seiten und zittert. Das ist zuviel für sie, denkt Miranda, der körperliche Schmerz und jetzt der seelische Schmerz – wo zum Teufel bleibt Ambush?

Sie findet ihn im Wohnzimmer, wo er am Telefon einen hitzigen Wortwechsel mit diesem kleinen, fischäugigen Mädchen in Dr. Smithfields Praxis hat. Außer die Leute am Telefon warten zu lassen, liebt sie es, ihnen zu erzählen, daß der *Doktor* außer Haus sei, daß der *Doktor* beschäftigt sei, daß der *Doktor* nur zu dieser und jener Tageszeit erreicht werden könne, wenn es ein Notfall ist. Vermutlich kommt sie sich sehr mächtig vor, denn sie weiß, daß das, was sie tut oder nicht tut, nur für Leute wichtig ist, die Hilfe brauchen. Und weil jenseits der Brücke alle von Mama Day wissen, nimmt sie an, daß jeder Anruf aus Willow Springs überaus dringend ist. Ambush versucht, ihr zu sagen, daß er seiner Frau nicht ein bißchen

Aspirin oder Tylenol geben und bis morgen warten kann – sie kann nichts im Magen behalten, also auch kein Aspirin. Aber da Fischauge nur drei Antworten parat hat – »Ja, er ist unterwegs«; »Nein, er kann nicht kommen«; und »Er kommt morgen zu Ihnen, nehmen Sie bis dahin etwas Aspirin« –, ist sie mit Ambushs Problem hoffnungslos überfordert. Miranda fragt Ambush, ob er was dagegen hat, wenn sie es mal versucht.

»Sue Henry? Sue Henry, hier ist Miranda Day. Es geht mir gut, danke, und dir? Das ist schön, freut mich zu hören. Also, ich hab hier jemand, den *ich* betreue und dem es nicht sehr gutgeht. Und ich möchte, daß Sie sich an Ihr kleines Signalgerät begeben, Brian Smithfield rufen und ihm sagen, daß ich ihn drüben bei den Duvalls brauche – er weiß, wo das ist, am Südende der Insel –, und ich brauche ihn noch heute abend. Nicht morgen, heute abend. Du kennst mich jetzt schon eine ganze Weile, Schätzchen, oder? Also, wenn du nicht genau das tust, dann weißt du, daß ich nicht wieder anrufen werde, um festzustellen, warum nicht. Du weißt, daß ich morgen über die Brücke komme und dich ins Gesicht frage, warum nicht. Aber dafür wird es natürlich keinen Grund geben. Wir werden ihn hier sehen, sobald er kommen kann. Paß auf dich auf, Schätzchen. Und viele Grüße an deine Mama.«

»Sie ist eine hochnäsige kleine Göre«, sagt Ambush.

»So was passiert, wenn man sie drüben an vornehme Schulen schickt und wenn sie sich jenseits der Brücke niederlassen – sie vergessen allmählich, wie man mit Menschen redet. Sue Henry war die Jüngste aus Reemas Brut, und ich würde ihr heut noch genausoschnell den Hosenboden versohlen wie damals, als sie hier rumlief und sich in der Rotznase bohrte.«

»Ich geh lieber wieder zu Bernice«, sagt Ambush. »Ich wünschte, wir könnten ihr was gegen die Schmerzen geben.«

»Versuch, es ihr bequem zu machen. Ich hab herausgefunden, was die Pillen mit ihren Geschlechtsorganen angerichtet haben, aber er muß uns jetzt sagen, wie's weitergeht.«

»Mama Day, verzeihen Sie meine Manieren, Sie können

sich in diesem Zimmer ausruhen. Oder möchten Sie eine Kleinigkeit essen?«

»Nein danke, Ambush. Ich könnt ein bißchen frische Luft vertragen, ich mach vielleicht einen Spaziergang in eurem Wald. Leih mir dein Taschenmesser, ja?«

»Sie werden dort nichts Schlimmerem über den Weg laufen als einem Graufuchs oder einer ekligen Wasserratte«, neckt Ambush sie. »Die wenigen Mokassinschlangen unten beim Fluß haben das Weite gesucht, seit Dr. Buzzard dort seine Schnapsbrennerei aufgemacht hat. Nicht daß mein Messer Ihnen gegen sie geholfen hätte.«

»Du weißt, was für eine unverbesserliche Sammlerin ich bin.« Miranda lächelt. »Bin immer gern vorbereitet, falls ich im Busch auf irgendwas Nützliches stoße. Aber mein Papa hat mir erzählt, daß er mal mit seinen Brüdern hier draußen Wölfe gejagt hat – stell dir vor. Hat sogar gesagt, sein Papa hätte mal einen Panther gesehen. Jetzt haben wir nur noch einige Waschbären, ein paar Beutelratten – und einen Buzzard in unseren Wäldern.«

Miranda blüht irgendwie auf, als die Abendluft ihre Haut streift. Sie bleibt einen Moment stehen, um das Farbenspiel des letzten Sonnenlichts am Himmel über dem Sund zu beobachten. Man sagt, jeder Segen birgt einen Fluch und jeder Fluch einen Segen. Und bei allem Ärger, den ein langsamer Herbst mit sich bringt, präsentiert er einem Sonnenuntergänge, die einem den Atem rauben, egal, wie lange man schon auf dieser Insel lebt. Es scheint, als habe Gott tief in seinen Malkasten gegriffen, die reinsten Rottöne gefunden, die dunkelsten Violettfärbungen und einen Klecks Mitternachtsblau, habe mit seinen Fingern den Horizont entlanggestrichen und die Farben einfach runterlaufen lassen. Und wenn die Farbstreifen auf das saftige Grün des Sumpfgrases mit dem Blau des Sunds dahinter treffen, braucht man nie einen Fuß in eine Kirche gesetzt zu haben, um zu wissen, daß man ein leibhaftiges Gebet anschaut.

Miranda begibt sich zur Rückseite des Hauses in Richtung

Wald, beeilt sich, dem schwindenden Licht zuvorzukommen. Es ist schon mitten am Tag schwierig genug, den Baum zu finden, den sie sucht. Und sie war mit dem Wald bei den Duvalls nicht so vertraut wie mit ihrem eigenen. Als sie am Schlafzimmerfenster vorbeikommt, hört sie Ambushs leises Murmeln und Bernice' gelegentliches Aufstöhnen. Zu dumm, daß sie nichts im Magen behält, denn sie hat jede Menge Mittel im Wohnwagen, die sie schlückchenweise gegen die Schmerzen verabreichen könnte. Im Wald folgt Miranda dem abfallenden Gelände, wobei sie hin und wieder stehenbleibt, um die Handfläche gegen den Boden zu halten und zu fühlen, ob sie sich dem Fluß nähert. Wenn es hier drin irgendwo einen Wildkirschbaum gab, dann mußte das hier sein. Ein Brombeerstrauch kratzt sie im Gesicht, und ein paar Schritte weiter stolpert sie über die Wurzel eines Lorbeerbaums. *Sinnlos zu fluchen,* hört sie die Stimme ihres Vaters. *Kleine Mama, diese Wälder sind vor dir und vor mir hiergewesen, warum sollten sie uns also aus dem Weg gehen – lern, dich in ihnen zu bewegen.* Und in ihrem eigenen Stück Wald konnte sie das, selbst jetzt noch mit über Achtzig und wenn es stockduster war. Aber in ihrer Jugend war die ganze Insel ihr Spielplatz gewesen: in einem trockenen Winter konnte sie sie durchqueren, ohne einen einzigen Zweig zu zerknicken, im Schatten einer sommerlichen Pappel verschwinden, sich unter einer moosbedeckten Felsplatte so flach an den Boden pressen, daß die Leute dachten, John-Pauls kleines Mädchen sei ein Waldgeist geworden.

Sie hört Dr. Buzzard singen, bevor sie das Fließen des Wassers hört. Miranda bleibt stromaufwärts, in einiger Entfernung von ihm; sie ist zu schlecht gelaunt, um sich heute abend mit Buzzard abzugeben. Beim Spähen durch die Eichen und Zypressen kann sie den Schein des Feuers in seiner Destillerie sehen. Er macht einen zweiten Aufguß, und nach seinem Aussehen zu schließen, hat er die Hälfte des ersten Aufgusses schon selber getrunken. Er würde die Nacht dort kampieren, was zeigt, wie verwirrt im Kopf er ist, denkt Miranda – das

Wetter wird frostig werden. Derselbe alte Overall und die Turnschuhe, kein T-Shirt. Und gegen einen Baum gelehnt, den Hut über die Augen gezogen, während sein Schnaps sich in einem Eichenfaß sammelt, singt er die zweite Strophe der *Battle Hymn of the Republic.* Sollte mich rüberschleichen und ihm Pottasche in sein Teufelsgebräu schütten, aber wahrscheinlich würde er's trotzdem verkaufen.

Ein Außenstehender mag dieses Verhalten seltsam finden für einen Schwarzbrenner. Und Dr. Buzzard hat seinen Ruf als Voodoozauberer auf der Tatsache aufgebaut, daß er Schnaps brennen kann, ohne ein Geheimnis um seinen Aufenthaltsort und ohne sich Sorgen wegen des Gesetzes machen zu müssen. »Hab ich meinem Zaubermittel zu verdanken«, erzählt er dem dummen Jungvolk, das sich bei ihm rumtreibt. Das hat er Willow Springs zu verdanken. Die Leute dulden ihn, weil er keinen wirklichen Schaden anrichtet – jeder, der geneigt ist, bei ihm was zu kaufen, würde es sonst woanders kaufen. Und es gibt keinen Sheriff, vor dem man sich hüten müßte, kein Gefängnis, in das man ihn stecken könnte, falls es einen gäbe. Das nächste Gericht ist fünfzig Meilen entfernt jenseits der Brücke auf der South-Carolina-Seite und hundert Meilen auf der Georgia-Seite. Die Menschen hier regeln ihre Angelegenheiten selbst, und wenn – selten genug – mal ein Verbrechen begangen wird, gibt es ein schnelles Urteil. Und es ist nicht wie die Rechtsprechung jenseits der Brücke, die je nach Neigung oder Abneigung erfolgt und die jedesmal anders ausfallen kann.

Es gibt keinen Ärger mehr mit dem Sheriff von jenseits der Brücke, nicht mehr seit den Sechzigern, und selbst damals war's nicht Sheriff Russell Hart. War irgendein übereifriger neuer Hilfssheriff von ihm, der unaufgefordert hier rüberkam, um nach »Aufwieglern aus dem Norden« Ausschau zu halten. Hätte er den guten alten Russ gefragt, der hätte ihm erzählt, was sie alle den College-Kindern erzählten, die hier ab und zu von Haus zu Haus gingen und die Leute überreden wollten, sich zur Wahl eintragen zu lassen. Wer wollte, der war seit 1870 eingetragen und konnte in Willow Springs wählen, seit der fünfzehnte Zusatzartikel der Verfassung in Kraft getreten war. Niemand ging jemals für irgendwelche Kommunalwahlen rüber, denn wohin auch, da wir weder zu South Carolina noch zu Georgia gehörten. Und diese Lokalpolitiker konnten nichts für Willow Springs tun, was es nicht selbst für sich tat. Aber seit Präsident Grant konnten wir an allen Bundeswahlen teilnehmen.

Aber vermutlich wollte dieser neue Hilfssheriff mit seinem Stern angeben, solange er noch hübsch glänzte. Kam rein in den Gemischtwarenladen, stolperte über einen Krug von Dr. Buzzards Schwarzgebranntem und meinte, er sei auf was Großes gestoßen. Fragte Parris geradeheraus, wer ihn brannte. Parris zögerte, nicht weil er sich eine Lüge überlegte, er war einfach erstaunt, daß irgendein weißer Knabe glaubte, er hätte auch nur die geringste Chance, auf so eine Frage eine Antwort zu bekommen. Es war klar, daß der Junge ein absoluter Trottel war, und Parris, der Mitleid mit ihm empfand, wollte gerade etwas Taktvolles sagen, als der Kerl mit seiner häßlichen Visage sich direkt vor Parris aufpflanzte und loslegte von wegen: »Nigger, hast du mich nicht gehört?« Und Nigger dies und Nigger das. Die Leute auf der Veranda vorm Laden wurden ganz still. Daher hatte er kein Problem, Miranda zu hören. »Sie werden ihn anständig anreden, bevor die Nacht vorbei ist.« Vermutlich sah er nur eine alte farbige Frau mit einer Tasche voller Lebensmittel und einem roten Strohhut, der ihr schief auf dem Kopf saß. Schnauzte sie gleich an. »Oma, mit dir redet hier niemand.« Ja, er war ein Trottel, und was für einer – ein Trottel, dem eine Lektion erteilt werden mußte. »Ich werd noch mehr tun als Ihnen sagen, wo die Brennerei ist«, sagte Parris. »Ich werd sie Ihnen zeigen.«

Der Rest ist Geschichte. Wie der Knabe allein gelassen wurde und im Zypressensumpf herumirrte. Brauchte die halbe Nacht, um die Straße wiederzufinden und seinen Streifenwagen mit drei platten Reifen. Hätte über Funk nach Hilfe rufen können, nur daß Willow Springs eins seiner schlimmsten Gewitter der letzten zehn Jahre erlebte. Nicht ein Tropfen Regen und kein bißchen Wind – nur ein derart von Blitzen erleuchteter Himmel, daß man riechen konnte, wie die Luft brannte. Eine schlimme Nacht, um draußen herumzuirren, aber niemand schien zu Hause zu sein, als er sich die Straße rauf- und runterschleppte und darum bettelte, irgendwo eingelassen zu werden. Da er jung und kräftig war, schaffte er es bis zur Brücke, aber nicht mal er war dumm genug, um den Versuch zu machen, auf metallbeschlagenen Holzplanken übers Wasser zu laufen, während Blitze überall um ihn herum zuckten. Es war entweder Schweiß in seinen Augen, oder es waren Tränen, die ihn daran hinderten, den Fahrer des alten Studebaker zu erkennen, der gerade die Straße entlangkam, um die Brücke zu überqueren. Lief hinterher, wedelte mit den Händen überm Kopf – »Anhalten, Sir! Bitte, Sir, halten Sie an!« Mußte es ein halbes dutzendmal gerufen haben, bevor Parris anhielt und das Fenster runterkurbelte. Weiß nicht, was ihn mehr überraschte: wie Parris sich rauslehnte und grinste und ein Blitz seine Zähne in leuchtende Perlen verwandelte, bevor er davonbrauste; oder die Standpauke, die ihm der Sheriff Hart hielt, weil er Landeseigentum an einem Ort im Stich gelassen hatte, wo er sowieso nichts zu suchen hatte. Russ Hart brauchte ihm nicht weiter zu erklären, daß Willow Springs, Schwarzbrennen hin oder her, ein Ort war, den man am besten in Ruhe ließ. Mit ein bißchen Überlegung kann man sogar einem Trottel das eine oder andere beibringen.

Natürlich benutzt Dr. Buzzard diese Geschichte jetzt für seine eigenen Zwecke. Er hätte einen Zauberbeutel benutzt, um sich und seine Brennerei für den Sheriff unsichtbar zu machen. Ist ziemlich einfach, für jemand unsichtbar zu sein, der fünfzig Meilen von einem entfernt ist. Er ist jetzt bei der dritten Strophe der *Battle Hymn* angelangt, als Miranda den Wildkirschbaum findet, den sie gesucht hat. Sie fährt mit den Fingern an dem glatten Stamm entlang und reißt einen kleinen Zweig ab, damit sie sich die Form der Blätter näher betrachten und die Menge der Früchte ermessen kann. Selbst bei hellem

Tageslicht muß sie sehr genau hinsehen, um sie nicht mit einer Späten Traubenkirsche zu verwechseln, und die Rinde davon wäre heute nacht keine Hilfe. Zufrieden, daß es der richtige Baum ist, holt sie Ambushs Taschenmesser raus und entfernt ein kleines Stück der äußeren Rinde. Dann schabt sie die grüne Schicht darunter ab, paßt auf, daß sie von unten nach oben schabt. Sie nimmt ein etwa handbreites Stück mit. Viel mehr, als sie braucht, aber sie kann den Rest zu Hause aufheben – man kann nie wissen, wann es noch mal von Nutzen sein könnte.

Miranda will schon wieder umkehren, aber als sie stromabwärts zu Dr. Buzzard sieht, ist die Gelegenheit einfach zu günstig, um sie verstreichen zu lassen. Sie bricht einen schweren, langen Zweig von einer Fächerpalme ab. Dann schleicht sie hinüber, stellt sich hinter die Eiche und fährt ihm mit dem Zweig über die Wange.

»Uuuuhh, uuuhh«, ruft Miranda, wobei sie ihre Stimme wie ein Bauchredner von weit weg kommen läßt. Sie kann noch immer so reglos stehen, als wäre sie ein Teil des Baums.

Dr. Buzzard springt benommen auf, reibt sich das Gesicht.

»Uuuhh, uuuhh.« Mirandas Stimme kommt wieder wie aus weiter Ferne.

»Wer ist da draußen? Was willst du?«

»Uuuhh, uuuhh, uuuhh, diiich ...«

»Herr, Erbarmen – sind Geister. Aber ich hab was für euch – paßt mal auf.« Dr. Buzzard nimmt seine Schrotflinte und richtet sie auf die Büsche. »So, jetzt kommt mal schön raus – na los.«

Miranda verdrückt sich im Wald. Geht lieber, bevor dieser Wirrkopf sie erschießt. Aber wetten, er trinkt heute abend nichts mehr. Muß seinen Verstand beieinanderhalten, um die Geister abzuwehren.

Sie humpelt ein bißchen, als sie schließlich den Wald verläßt. Lieber Gott, erzähl mir nicht, ich brauch 'nen Stock für das bißchen Laufen. Noch immer keine Spur von Dr. Smithfields Wagen.

»Er hat angerufen und gesagt, daß er unterwegs ist«, erzählt Ambush.

»Wie lang ist das her?«

»Etwa eine Stunde.«

»In dieser Zeit kann man den halben Weg von Charleston zurücklegen.«

»Ich glaube, da war er auch, Mama Day. Und er schien nicht allzu erfreut zu sein.«

»Na, wenn wir ihm sein Vergnügen gestört haben, ist das sein Pech. Hier vergnügt sich auch niemand.«

Bernice' Haut hat einen aschfarbenen Ton angenommen; ihr Atem geht leise und flach. Sie scheint jetzt zu schwach, um ihren Kopf vom Kissen zu heben. Lang wird sie das nicht mehr aushalten – sie wird vor Schmerz bald ohnmächtig werden.

Miranda wäscht die Baumrinde ab und schneidet dann ein Stück von der Größe der Kuppe ihres kleinen Fingers ab. Sie muß vorsichtig mit der Rinde sein – schrecklich vorsichtig. Sie kann ebensoleicht töten wie heilen. Und es bleibt keine Zeit, sie zu trocknen und einen Sirup zu machen. Sie richtet Bernice auf und läßt sie zuerst einen Pfefferminzbonbon lutschen, den sie Ambush hat holen lassen. Als Bernice genug Spucke produziert hat, nimmt Miranda ihr den Bonbon weg.

»So, Bernice, jetzt will ich, daß du das Stück Rinde hier in den Mund nimmst und gut kaust. Ich warne dich, es ist bitter, aber versuche, nicht zu würgen. Beweg's im Mund herum, denn wenn es an einer Stelle bleibt, wird's dir den Gaumen verbrennen.«

Als Bernice eine Weile gekaut hat, läßt sie sie die Rinde in ihre Hand spucken und gibt ihr wieder den Pfefferminzbonbon. Miranda streicht ihr über die Kehle, damit der süße Saft besser runterfließt, und dann läßt sie sie wieder auf der Rinde kauen. Das geht so lange, bis nur noch ein Faserbrei übrig ist und die Muskeln in Bernice' Körper anfangen, sich zu entkrampfen, und ihr Atem ein bißchen tiefer wird.

»Ist gut, jetzt leg dich hin, der Schmerz wird noch weiter nachlassen. Und du wirst wahrscheinlich einschlafen.«

Bernice schließt die Augen und schlummert ein. Miranda legt ihr Ohr an Bernice' Brust und fühlt ihr mit der Hand am Hals wieder den Puls. Gut. Ein bißchen langsam, aber das war zu erwarten. Längst nicht langsam genug, um beunruhigt zu sein. Sie sagt Ambush, daß er sie jetzt allein lassen könne, aber er besteht darauf, im Zimmer zu bleiben.

Miranda sagt, sie müsse ihre steifen Beine ausstrecken. Sie hätte liebend gern eine Tasse Tee, aber wenn sie anfinge, in der Küche herumzuwirtschaften, würde Ambush sich genötigt fühlen, dazuzukommen und zu helfen. Sie sind gute Kinder, denkt Miranda. Manche Menschen haben den Kummer einfach nicht verdient, den sie sich selbst einbrocken. Bernice' Küche besteht ganz aus Kacheln, Resopal und Edelstahl. Eingebauter Herd und andere modische Gerätschaften, mit denen sich diese jungen Leute gern umgeben. Sie nimmt sich ein paar Salzcracker aus der Schachtel auf dem Tisch. Im Eisschrank ist ein Teller mit kaltem Huhn, und sie knabbert an einem Flügel – Bernice ist, soviel steht fest, keine große Köchin. Und sieh sich einer den Fraß in der Kühltruhe an – tiefgefrorene Pizzen, tiefgefrorene Kuchen. Und ein ganzer Schrank voller Dosen mit Suppen, Schweinefleisch und Bohnen, Teigmischung für Maisbrot. Deshalb fällt es ihr so schwer, sich zu gedulden, wegen der vielen freien Zeit, die sie hat. Weiß sie denn nicht, daß das Baby, das sie sich so sehnlich wünscht, sie ganz schön auf Trab halten wird? Es gibt jetzt Wegwerfwindeln zu kaufen und Fertigbrei, aber es gibt noch keine Instant-Liebe. Nachdem sie sich leise ein Glas Leitungswasser eingegossen hat, beschließt Miranda, draußen auf der Treppe auf Smithfield zu warten.

Als sie den Flur entlang zum Wohnzimmer geht, sieht sie zur Linken eine angelehnte Tür, und aus dem Augenwinkel sieht sie kurz etwas aufblitzen. Miranda stößt die Tür auf und hört den schwachen Klang von Musik. Sie dreht den Lichtschalter an und sieht, daß es sich um eins dieser Glasmobiles handelt, das neben dem Fenster aufgehängt ist. Kleine grüne und gelbe Rechtecke, die mit einer silbernen Schnur aneinandergebunden sind. Die Farben wiederholen sich überall im ganzen Zimmer: da steht ein Kinderbettchen aus Ahorn, eine dazu passende Kommode und ein winzig kleiner Schaukelstuhl mit einem gelben Stoffteddybären darin. Das Kinderbettchen ist frisch bezogen – blaßgrüne Spielzeugdrucke auf dem Bezug und eine handgestrickte grüne Überdecke. Als sie den hellbeigefarbenen Teppich sieht, zieht sie die verschmutzten Schuhe aus, und ihre Zehen versinken beinahe in dem weichen Flor. Eins dieser kleinen Mobiles hängt über dem Kopfende des Bettchens, und als sie es sacht berührt, fangen die winzigen Schweine, Hühner und Kühe an, sich zur Melodie von *Der Bauer im Tal* im Kreis zu bewegen. Sämtliche Schubladen der Ahornkommode sind zum Bersten voll mit handgenähten Strampelanzügen, gehäkelten Decken, Pullovern und gestrickten Babyschuhen – alles gelb und grün. Miranda muß schlucken, als sie an Bernice' Stimme denkt. »Wissen Sie, Mama Day, die Leute reden dauernd davon, daß sie einen Jungen oder ein Mädchen wollen. Aber ich hab Gott gesagt und sag's Ihnen auch, gib mir egal was.« Wie lange war das her? Miranda runzelt die Stirn. Zu lang, und ich hab nicht zugehört. Und wenn ich dem Kind wirklich zugehört hätte, hätte ich gewußt, daß dieser Tag kommen würde.

Autoscheinwerfer schwenken von der Straße ein, als Miranda auf die Vordertreppe tritt. Sie stemmt eine Hand auf die Hüfte – er hat reichlich lang gebraucht. Seit Jahren haben Miranda und Brian Smithfield das, was man eine funktionierende Beziehung nennt – in manchen Jahren funktionierte sie besser als in anderen. Aber beide wissen, wo ihre Grenzen und wann sie am Ende ihres Lateins sind. Da er ein Mädchen aus Willow Springs geheiratet hat und Miranda so alt gewesen ist wie er jetzt, als er geboren wurde, hatte er einen gewissen Respekt vor der Art, wie die Dinge hier erledigt wurden. Das ersparte ihm eine Menge Umstände. Sinnlos, etwas gegen Gicht, Knochenentzündung, Diabetes oder sogar Herzprobleme zu verschreiben, wenn der Betreffende geradewegs von ihm zu Miranda ging, um ihr Ja oder Nein zu hören. Und wenn es ein Nein war, schickte sie sie gleich wieder zurück zu ihm mit einer Liste von Gründen. Man fragte sie besser gleich, wie sie sie behandelt hätte, und nahm das als Grundlage. Obwohl es mitunter seinen Stolz verletzte, gab er insgeheim zu, daß ihre Meinung sich nicht allzusehr von seiner eigenen unterschied – die Worte waren nur einfacher und die Behandlung sanfter als mit diesen starken Medikamenten. Und nie würde sie an jemand herumschnippeln, es sei denn, es gab keine andere Möglichkeit mehr. Nur zweimal hatte sie in der Vergangenheit zum Messer gegriffen: einmal, als Parris von einer Mokassinschlange gebissen worden war, und das andere Mal, als Reemas Ältester beinahe sich selbst und seine Mutter umgebracht hätte, weil er mit dem Hinterteil zuerst rauskommen wollte. Brian Smithfield betrachtete Miranda seit dieser Geburt mit etwas anderen Augen. Die Naht auf Reemas Bauch war bindfadendünn, und sie hatte kein bißchen Fieber bekommen. Von ihm als Zugereistem konnte man nicht erwarten, daß er die anderen Dinge glaubte, die Miranda angeblich bewirken konnte. Aber als guter Arzt erkannte er andere gute Ärzte, wenn er sie sah.

»Schnappen Sie mir wieder meine Patienten weg, Miss Miranda?« Er schenkt ihr sein gedehntes Lächeln, als er aus dem Auto steigt. »Ein armer Landarzt wie ich kann auf diese Weise nicht Leib und Seele zusammenhalten.«

»Nun, wenn sie Ihnen einen Zehnteldollar bezahlen, dann sind das zehn Cent mehr, als ich bekomme. Und vielen Dank, daß Sie so schnell gekommen sind.«

»Ich hatte eine Steißgeburt auf halbem Weg nach Charleston.«

»Was Sie nicht sagen. Sind beide wohlauf?«

»Ja, aber es stand eine Weile auf der Kippe. Wissen Sie, sie haben bis zur letzten Minute gewartet, bevor sie mich riefen. Hatten eine alte Hebamme dabei, die ein Schlachtermesser unters Bett gelegt und der Mutter erzählt hat, das sei gegen ihre Schmerzen.« Er schüttelt traurig den Kopf. »Leute gibt's! Und was ist hier los?«

»Soweit ich sehen kann, hat Bernice irgendein Geschwür an ihren Geschlechtsorganen – an den Eierstöcken, wenn ich mich nicht irre. Sie hat diese Pillen genommen, will unbedingt ein Baby.« Sie reicht ihm die Vitaminflasche.

Er schüttet sie raus und entziffert den aufgedruckten Namen.

»Gütiger Himmel – Perganol. Wie in Dreiteufelsnamen ist sie da dran gekommen? Entschuldigen Sie meine Sprache, Miss Miranda. Aber von allem, was sie hätte tun können, ist das beinahe das Schlimmste. Ich würde Bernice nicht mal Clomid geben – und das ist längst nicht so stark. Wie lange nimmt sie die schon?«

»Etwa zwei Monate, schätze ich.«

»Aber wie hat sie sie bekommen?«

»Würden Sie mir glauben, wenn ich Ihnen sage, daß ich ein paar in die Finger gekriegt und ihr gegeben hab?«

»Nein.« Er wird richtig barsch. »Das würde ich niemals glauben.«

»Oder vielleicht würden Sie glauben, daß sie gedacht hat, sie nimmt Vitamine, weil sie ja in einer Vitaminflasche sind, aber statt dessen hat sie die da genommen?«

Er sieht sie eine Weile streng an. »Was soll das, Miss Miranda?«

»Das soll heißen, Dr. Smithfield, daß es egal ist, woher sie sie hat – sie hat sie eben. Und wir brauchen Sie hier, um genau festzustellen, welchen Schaden sie bei ihr angerichtet haben.«

Er schenkt ihr wieder dieses gedehnte Lächeln. »Haben Sie ihr was gegen die Schmerzen gegeben?«

»Ein kleines Stück Rinde von einem Wildkirschbaum.«

»Das ist mir nicht bekannt.«

»So, wie ich es ihr verabreicht habe, hat es sie betäubt. Verlangsamt den Puls. Wirkt ähnlich wie Rauschgift.«

»Okay, wie lange ist das her?«

»Nicht länger als eine halbe Stunde.«

»Ich weiß das zu schätzen. Bernice vermutlich auch. Ich

habe das Gefühl, es handelt sich hier um einen hübschen kleinen Fall von Eierstockzysten. Hoffe nur, sie hat keinen Leberschaden.«

»Hat sie nicht – ich hab ihre Augen untersucht.«

Miranda setzt sich auf die Verandastufen, während Smithfield hineingeht, um sich Bernice anzusehen. Die Abendluft ist kalt geworden, aber es liegt irgendwas darin. Etwas, was die Luft ihr erzählt. Sie steht auf, streckt sich und geht zur Rückseite des Hauses. Das wäre eine gute Stelle für einen Gemüsegarten – sogar genug Platz zwischen hier und dem Wald, um Mais anzupflanzen. Aber bei Ambushs großangelegtem Gemüseanbau bestand keine Notwendigkeit dafür. Allerdings gab es keine Blumen. Wahrscheinlich reichen ihnen der Hartriegel und die wilden Kamelien hinten am Waldrand. Sie dreht sich um und geht ein Stück auf den Abhang zu, und da unten, etwas näher am Sund, liegt Pearls Haus. Ihre Lichter sind aus, aber ihr Auto steht draußen geparkt. Pearl kann alles sehen, was hier oben passiert, denkt Miranda. Sie steht bestimmt am Fenster und späht heimlich hinauf, denn heute abend ist keine Gebetsversammlung. Und ist nicht einmal hochgekommen oder hat angerufen, um zu sehen, was sie für ihren Sohn und seine Frau tun kann. Jeder weiß, wie verhaßt es ihr gewesen war, daß Ambush Bernice heiratete. Nein, sie wird warten, bis alle weg sind, wird morgen raufkommen und sich Bernice allein vornehmen. Es braucht nicht viel, um dieses Mädchen dazu zu bringen, daß sie sich schämt. Etwas liegt in der Luft. Miranda seufzt und geht wieder um das Haus herum. Ich werde von der Brückenstraße aus nach Hause laufen. Ich werde zu Fuß gehen und das bei mir daheim noch mal durchdenken.

Ein Schrotflintenknall hallt durch den Wald. Ein weiterer folgt gleich hinterher. Na, ich schätze, Buzzard hat einen Geist erwischt. Im selben Moment läßt Ambush Dr. Smithfield zur Haustür heraus.

»Jemand auf Waschbärjagd?« fragt Dr. Smithfield.

»Könnte man so sagen.« Miranda nickt.

»Mama Day, sind Sie die ganze Zeit hier draußen gewesen? Ich hab ein ganz schlechtes Gewissen.«

»Nein, Ambush, ich wollte es so. Laß mich nur noch mal reingehen und mich von Bernice verabschieden, und dann kann mich Dr. Smithfield zu Hause absetzen, wenn's ihm nichts ausmacht.«

»Ich mach das«, sagt Ambush.

»Nein, mein Junge, du hattest heut schon einen schweren Tag.«

»Ich glaube, das hatten wir alle.« Dr. Smithfield faßt sie am Arm. »Und es wäre mir ein Vergnügen, Miss Miranda.«

Bernice' Gesichtsfarbe ist ein bißchen besser, und sie liegt aufrecht gegen die Kissen gelehnt. Sie neigt ihren Kopf ein wenig, als Miranda ins Schlafzimmer kommt. Miranda setzt sich auf die Bettkante und hebt Bernice' Kinn hoch.

»Ich hab's ihm erzählt, Mama Day. Ich hab ihm gesagt, was ich getan hab.«

»Nun, es war deine Sache, es zu erzählen. Was hat er dir gesagt?«

»Er hat gesagt, ich hab Zysten an den Eierstöcken, genau wie Sie es gesagt haben. Er glaubt nicht, daß meine Leber was abgekriegt hat, aber er will den Urin ins Labor bringen. Und er hat mir die Schmerztabletten hier gegeben.«

Miranda schaut auf die Schachtel und nickt.

»Das ist alles?«

»Ja, denn er sagt, die Zysten würden wahrscheinlich von allein wieder verschwinden, wenn ich diese Pillen nicht mehr nehme, und ...« Bernice' Augen füllen sich mit Tränen.

»Und?« Mirandas Herz fängt an zu klopfen.

»Und es gibt keinen Grund, warum ich nicht schwanger werden könnte, wenn die Zysten abgeheilt sind, weil meine Gebärmutter stramm wie eine Trommel ist. Und als ich ihm von den Tees erzählt hab, meinte er, dafür muß ich Ihnen danken.«

»Und warum sitzt du dann hier und weinst?« Miranda wischt Bernice die Tränen aus dem Gesicht.

»Ich weiß nicht, ich bin nur...«

»Ich hab das Zimmer gesehen, das ihr für das Baby eingerichtet habt, Bernice, und es ist ganz reizend. Muß ein hübsches Stück Arbeit gewesen sein. Die Leute sagen, ich kann Dinge tun, die die meisten anderen nicht können. Ob das stimmt oder nicht, ich kann dir helfen, wenn du bereit bist, so hart mit mir zu arbeiten, wie du an dem Zimmer gearbeitet hast. Ich werde am Anfang euch beide brauchen, dich und Ambush.«

»Alles, Mama Day, ich tu alles –«

»Still jetzt, laß mich ausreden. Die harte Arbeit ist nur der Anfang. Und ich weiß noch nicht genau, wie es enden wird. Aber wenn es sich ergibt, daß wir am Ende zum andern Haus gehen, muß das, was dort passiert, unser Geheimnis bleiben. Kein Geheimnis für heute oder für morgen, sondern ein Geheimnis für immer. Sogar vor Ambush. Verstehst du das, Bernice? Du warst bereit, dein Leben herzugeben, um ein Baby zu bekommen, aber so seltsam es auch scheinen mag, es könnte schwerer für dich sein, Schweigen zu bewahren.«

Im Zimmer ist es so still, daß man die kleinen Glasprismen im Nebenraum klirren hören kann.

»Ich hab Ihnen gesagt, ich tu alles.«

Das wird die Zeit erweisen, denkt Miranda. Das wird die Zeit erweisen. »Aber jetzt muß erst mal dein Bauch gesund werden«, sagt sie laut. »Schlaf dich heute nacht ordentlich aus. Und morgen nachmittag komm ich wieder, um nach dir zu sehen. Und irgendwann nächste Woche werd ich dir sagen, wie wir die Sache beginnen können.«

»Ich werd Ihnen nie genug danken können, Mama Day.«

Miranda tätschelt ihr die Schulter. »Dann brauchst du dir darum auch keine Gedanken zu machen, oder?«

Als sie die Abzweigung zur Brückenstraße erreichen, streitet Dr. Smithfield heftig mit Miranda, weil er sie hier rauslassen soll. Er müßte nach all den Jahren wissen, daß er seine Zeit vergeudet, müßte schon bereit sein, sie mit einer Hand gewaltsam in den Würgegriff zu nehmen und mit der anderen Hand am Steuer davonzubrausen, um sie von dem Entschluß abzubringen, hier auszusteigen und zu Fuß nach Hause zu gehen. Sie wartet, bis sich seine Rücklichter in Richtung Brücke entfernen, bevor sie zurückgeht und einen dicken Zweig aufhebt, den sie am Straßenrand hat liegen sehen. Sie stützt ihr Gewicht darauf und macht sich langsam Richtung Norden auf den Weg nach Hause. Es ist so dunkel, daß sie nur durch das Scharren ihrer Füße und das Klacken des Stocks im losen Geröll weiß, daß sie hier ist. Eine mondlose Nacht, nur das Geräusch der Heuschrecken und Sumpffrösche. Eine Nacht, die einen verschluckt, die Sterne sind von Wolken verdeckt, und nur die Erinnerung führt ihre müden Füße nach Hause. Das Klack-Klack des Stocks im losen Geröll. Papa, du hast gesagt: *Lebt weiter,* nicht wahr? *Lebt ihr mal weiter.* Wie sie und Abigail John-Paul wegen des Spazierstocks geneckt haben, den er in späteren Jahren brauchte. Wie sie ihn ihm weggeschnappt haben und ihm auf ebendieser Straße weit vorausgelaufen sind. Wie sie Abigail John-Pauls Stock zugeworfen hat – Abby, sieht das nicht aus wie Zuckerrohr? Nein, Kleine Mama, zu krumm fürn Zuckerrohr – und Abigail warf ihn zurück. Abby, sieht er dann vielleicht aus wie eine Zuckerstange? Nein, Kleine Mama, zu lang für 'ne Zuckerstange. Werdet schon noch lernen, was für ein Stock das ist, ihr Kälbchen – und John-Paul nahm seinen Stock und gab ihnen einen kleinen Klaps auf den Hintern –, lebt ihr mal weiter.

Miranda lächelt in der Dunkelheit. Meine Güte, das ist ein wundervoller Spazierstock aus Hickoryholz gewesen. An dem geschwungenen Griff mit Messingnägeln beschlagen, so poliert, daß sie wie Gold glänzten. Und die langen, schlanken Körper der Schlangen am Stock entlang so fein geschnitzt, daß sie lebendig zu werden schienen, wenn er ihn herumdrehte. Das Klack-Klack des Stocks. So wenige Momente wie jene. Keine Zeit, jung zu sein. Kleine Mama. Das Kochen, das Putzen, das Flicken, die Gartenarbeit für die Frau, die im

Schaukelstuhl auf der Veranda saß und unentwegt Garn wikkelte. Peace war fort. *Aber ich war auch dein Kind.* Der Schrei wird nach all diesen Jahren nicht ersterben, kommt nur von immer weiter her als Echo mit der dahinschwindenden Zeit. Dasein für Mama und Kind. Für Schwester und Kind. Dasein, um so viele Babys aufzufangen, die in ihre Hände fielen. Begabte Hände, sagten die Leute. Du hast eine Gabe, Kleine Mama. John-Pauls Augen waren so traurig. Es ist nicht fair, daß ein so hoher Preis dafür bezahlt werden mußte, aber es ist nun mal so. Ich kann das Haus nicht ganz allein zusammenhalten. Und Abby, sie ist nicht so stark wie du. Wir brauchen dich, Kleine Mama. Begabte Hände, sagten die Leute. Hab jedem gegeben, außer mir selbst. Babys auf die Welt geholt, bis es für mich zu spät war, eigene zu bekommen. Hab so viel Kummer gesehn, vielleicht wollt ich deshalb nie eigene haben. Vielleicht habe ich nie daran gedacht. Außer das eine Mal. Diesen einen Sommer, und der Junge mit dem übermütigen Lächeln. Schmal wie eine Maisähre, und die Lippen ebenso süß. Das Klack-Klack des Stocks auf der unbefestigten Straße. Sind sinnlos, diese Erinnerungen. Gab noch nicht mal Flugzeuge in jenem Sommer – auch keine Automobile. Nur das Baden, Ankleiden und Füttern der Frau, die in ihrem Schaukelstuhl saß und unentwegt Garn wickelte. Wie hätte sie fortgehen können, wo Abigail Angst hatte, dem Schaukelstuhl auch nur nahe zu kommen, zitterte und nach Luft rang, wenn die Frau aufstand, um zu schreien: Peace, Peace? Wie kann ich mit dir gehen? fragte sie. Du setzt einen Fuß vor den anderen, sagte er. Eine Stimme, die im nachlassenden Nachtwind tanzt. Mama und Kind. Mama und Schwester. Zu schwer die Last, um von ihr genommen zu werden. Sogar Abigail hat mich Kleine Mama genannt, bis sie selber erfuhr, was es hieß, eine zu sein. Abigail hatte drei, und ich hatte – Gott, ich kann sie gar nicht zählen – über hundert. Jedermanns Mama jetzt.

Der alte Buick kommt ihr auf der Straße entgegengekrochen, hat nur die Standlichter an. Er hält, und das Fenster auf der Fahrerseite wird runtergekurbelt.

»Dacht ich mir, daß Sie's sind, Mama Day. Hab oben bei Ihrem Wohnwagen auf Sie gewartet.«

»Frances?« Sie späht durch die Dunkelheit zu der Frau hinüber. »Was machst du hier mitten in der Nacht?« Und sie hätte hinzufügen können: »Und in diesem Zustand«, denn Frances sieht katastrophal aus. Das Haar zerzaust und an einer Seite hochgeschoben. Die Augen rot und eingesunken. Ein schmutziges und zerknittertes Hauskleid, an dem zwei Knöpfe fehlen. Man hätte die Frau nicht wiedererkannt, die sonntags zur Kirche stolzierte, die Falten so glattgepreßt, daß sich auf der Kirchenbank niemand neben sie setzen durfte.

»Er ist drüben bei Ruby, Mama Day. Bin ihm gefolgt, dem verlogenen Hund. Sagt, sie würde ihm nur Abendessen machen. Aber das Abendessen ist schon vorbei, sie haben's Licht ausgemacht, und Junior Lee ist noch immer drin. Lass ich nicht zu, daß Ruby mir meinen Mann wegnimmt.«

Sie würde dir damit einen Gefallen tun, denkt Miranda, aber sie ist zu müde, um sich heute nacht auf diesen Unsinn mit Frances einzulassen.

»Na, wenn du ihn unbedingt wiederhaben willst, warum gehst du nicht einfach rein und holst ihn raus? Dann kannst du versuchen, die Sache zu klären.«

»Hab ja versucht, mit ihm zu reden, aber Ruby hat ihn irgendwie verhext, so sicher, wie ich hier sitze. Was soll er sonst von so 'ner fetten, häßlichen Frau wollen? Sie tut ihm nämlich was in sein Essen – weiß jeder, daß sie mit so 'nem Zeugs rummacht. Und deshalb bin ich zu Ihnen gekommen. Sie müssen mir was geben, womit ich ihn wiederkrieg.«

»Das einzige, was ich dir geben kann, ist ein guter Rat – aber du siehst nicht so aus, als wolltest du den heut nacht annehmen.«

»Mama Day, Sie müssen mir unbedingt helfen. Ich weiß, Junior Lee taugt nicht viel, aber ich bin nicht mehr jung.«

»Das ist Ruby auch nicht. Und wenn sie einen Weg gefunden hat, ihn dir wegzunehmen, dann kannst du einen Weg finden, ihn dir wiederzuholen.«

»Hab Ihnen doch gesagt, wie sie's gemacht hat.«

»Und ich sage dir, es ist mir egal, ob sie mit solchem Zeugs rummacht oder nicht – *ich* tu's jedenfalls nicht. Ein Mann verläßt dich nur, wenn er selbst gehen will, Frances. Und wenn er sich entschlossen hat zu gehen, dann gibt es nichts, was du, ich oder irgend jemand anders dagegen tun kann.«

»Aber sie verhext seinen Verstand!«

»Dann tu du's auch.«

»Genau das hab ich auch vor«, sagt Frances, bevor sie die Scheinwerfer anmacht und die Straße hinunterbraust.

Sie hat nicht ein Wort von dem verstanden, was ich gesagt habe. Miranda seufzt und geht das letzte Stück den Abhang hinunter nach Hause. Der Verstand ist alles. Sie kann so viele Löcher um Rubys Tür herum graben, wie sie will. Kann sämtliche Glassplitter oder schwarzen Pfeffer, alle Silbernadeln und Magneten, die ihr irgendein Narr verkauft, da reinlegen. Kann zum Friedhof gehen, sooft sie will, mit seinem Haar, ihrem Haar, mit seiner Pisse, ihrer Pisse. Kann nackt und nach lustförderndem Kräuteröl stinkend im Mondlicht wandeln – und es wird nicht das geringste nützen. Denn der Verstand ist alles. Als sie zu der Stelle mit den verbrannten Kiefern gleich hinter der Biegung vor Abigails Haus kommt, wirft sie ihren Stock weg. Wenn sie es ohne das Ding nicht von hier bis nach Hause schafft, kann sie sich ebensogut gleich hinlegen und sterben.

Abigail ist schon zu Bett gegangen, hat aber die Kerze am Haus brennen lassen. Miranda steigt die Verandatreppe hoch, nimmt den Deckel der Sturmlampe ab und bläst sie aus. Sie ist halb abgebrannt. Daran kann Abigail morgen früh erkennen, wann sie zurückgekommen ist. So manche Nacht war die Kerze ganz abgebrannt, und auch die neue, die reingesteckt worden war, war schon halb runter. Aber diesmal haben mich keine säumigen Babys aufgehalten, Abigail – nein, waren ganz und gar keine Babys. Sie bleibt einen Moment auf der Veranda stehen, blickt stirnrunzelnd zu ihrem Wohnwagen. Dann sieht sie wieder zurück zur Straße und nickt. Also das wollte die Luft ihr sagen. Sie weiß jetzt mit Bestimmtheit, daß sie und Bernice im andern Haus landen werden, und sie weiß, was dort getan werden muß. Es wird allerdings heikel sein, sehr heikel.

Diese letzten paar Schritte hinüber zu ihrem Wohnwagen fallen ihr in dieser Nacht am schwersten. Auf dem Küchentisch steht ein Teller, doppelt in Folie eingewickelt, und daneben liegt der Brief, den sie Cocoa geschrieben haben. Miranda hebt die Folie hoch und schnuppert den Duft der gebratenen Krabben mit Zwiebeln und Tomaten auf gewürztem Reis. Gott segne dich, Abigail, aber ich bin zu müde, um meine eigene Spucke runterzuschlucken. Sie setzt sich hin und streckt die schmerzenden Beine aus, wobei sie die Hand auf den Brief in der offenen Umschlaglasche sinken läßt. Es ist nun an ihr, die letzte Zeile in ihrer eigenen Handschrift hinzuzufügen, ihn zusammenzufalten und zuzukleben. Gewöhnlich schreibt sie nicht mehr als ein P. S. – »Such dir einen Ehemann.« Aber als sie den Brief jetzt überfliegt – »Wir freuen uns sehr, daß es dir so viel Spaß macht, New York zu sehen« –, fragt sie sich, warum sie nicht schon früher draufgekommen ist. Baby Girl sah sich New York zusammen mit jemand anders an. Besonders genug, um von ihm zu schreiben, aber nicht besonders genug, um seinen Namen zu nennen. Die Nachtluft macht das, denkt Miranda, sie macht so vieles klar.

Sie öffnet die Hintertür des Wohnwagens und bleibt hinter der Tür mit dem Fliegengitter stehen, lauscht dem leisen Flattern ihrer Hühner, die auf den tiefhängenden Ästen schlafen. Sie findet noch immer Eier draußen in den Büschen. Und ein oder zwei Hennen brüten sogar noch. Dieser langsame Herbst hat auch sie genarrt. Hat aber auch sein Gutes. Sie wird ein paar Küken über den Winter reinbringen müssen. Ihnen ein Gehäuse bauen, sie an ihre Berührung und ihren Geruch gewöhnen. Dann wird sie den Kasten zum andern Haus bringen. Miranda zählt an den Fingern ab. Ja, bis zum März werden die Küken leicht Eier legen. Aber alles übrige wird heikel sein, sehr heikel. Nun, sie wird sich darüber im kommenden Frühling den Kopf zerbrechen. Sie stößt einen tiefen Seufzer aus und schließt die Tür. Sie geht zurück zum Tisch, beleckt den Umschlag und klebt ihn zu, indem sie mit dem Daumen den Rand entlangpreßt, ohne ihr übliches Postskriptum hinzugefügt zu haben. Nein, diesmal schickt sie keine Ermahnung. Diesmal läßt sie den Dingen einfach ihren Lauf.

Eine Woche später hat Dr. Buzzard vor Parris' Friseurladen die doppelte Publikumsmenge um sich geschart und die Anzahl der von ihm im Südwald in die Flucht geschlagenen Geister verdreifacht. Solange er mit seinen Mojos – echte Friedhofserde und Drei-Penny-Nägel in einem roten Flanellbeutel – nur zwei von diesen Dämonen verscheucht hatte, verkaufte er sie noch für einen Dollar fünfzig. Aber jetzt nahm er drei Dollar, weil sich inzwischen sechs solcher Mistviecher rumtrieben: zwei hingen von einer Eiche, verwandelten sich von Affen in schwarze Katzen und wieder zurück, zwei wurden so groß wie Kühe mit glühenden gelben Zähnen und versuchten, seine Brennerei kaputtzutrampeln, und die anderen beiden machten einen Höllenlärm. Aber er hielt die Stellung. Denn er hatte eine mächtige Abwehrwaffe. Er hat noch keinen gesehen, der es mit seinem Mojo aufnehmen würde.

»Und Sie haben ganz sicher keine Silberpatronen benutzt?« fragt Miranda, als sie auf ihrem Weg vom Lebensmittelgeschäft vorbeikommt. Die Menge teilt sich, um sie durchzulassen, und wird ganz still, um zuzuhören.

»Was soll das, Mama Day?« Dr. Buzzard kneift die Augen zusammen.

»Silberpatronen. Also, ich war drüben bei den Duvalls in der Nacht, von der Sie reden, und da hab ich Gewehrschüsse aus dem Wald gehört und ein schreckliches Geschrei. Und ich hab mir gedacht, Sie haben vielleicht ein paar Silberpatronen in Ihre Schrotflinte getan, um auf die Dämonen zu feuern – weiß doch jeder, daß normale Patronen nichts nützen.«

»Nein, ich hab mich noch nie mit so 'nen Dingern abgegeben.« Dr. Buzzard gerät ins Schwitzen, und es ist kein bißchen heiß. »Aber wenn Sie 'n Gewehr gehört haben, könnte sein, jemand hat auf Waschbären geschossen.«

»Oder ein Waschlappen hat geschossen.«

Miranda verläßt die lachende und mit den Füßen stampfende Menge. Dr. Buzzards Geschäfte dürften diesen Nachmittag etwas nachlassen. Ambushs Mama ist auf dem Weg zum Schönheitssalon: da es Samstag ist, läßt sie sich für den Gottesdienst morgen die Haare glattziehen und einlegen. Die Leute fragen sich oft, warum sich Pearl überhaupt die Mühe macht; sie wird alles wieder zerraufen, sobald sie sich kreischend im Kirchengang herumwälzt. Wenn es nur davon abhing, ob Gott einen hörte, damit man in den Himmel kam, war Pearl dort ein Platz sicher.

»Ist das nicht schrecklich«, sagt sie zu Miranda und nickt dabei zu Dr. Buzzards Versammlung. »Ist einem ja geradezu peinlich, der Negerrasse anzugehören mit ihrem dummen Aberglauben. Reverend Hooper sagt, wir sollen uns alle zusammentun und Dr. Buzzard aus Willow Springs verjagen – das ist ein christlicher Ort, und er treibt hier sein Teufelswerk.«

Miranda verlagert das Gewicht ihrer schweren Tasche und starrt in Pearls dunkle Rehaugen. Sie hat in dieser Woche die Frau ihres Sohnes nur einmal besucht, und das nur, um Bernice zu sagen, was für eine Last sie Ambush ist mit ihrem dauernden Krankwerden. Nicht ein einziges freundliches »Wie geht's?« oder »Kann ich dir helfen?«

»Tja, Pearl, die Wege des Teufels – wie die des Herrn – sind unergründlich. Und vielleicht benutzt er Buzzard, um den Menschen den *großen* Unterschied zu zeigen zwischen seiner Art zu leben und Ihrer.«

»Wieso sollte der Teufel das tun? Das würde dem Herrn nur Jünger bringen.«

»Vielleicht sieht der Teufel das anders.«

Pearl ist irgendwie verwirrt; sie ist nicht gerade dafür bekannt, mit schneller Auffassungsgabe gesegnet zu sein.

Schließlich zuckt sie mit den Schultern. »Na ja, egal, wo wir gerade von Teufeleien reden, Mama Day«, sie beugt sich etwas näher, um zu flüstern, »der Kirchenvorstand hat sich diese Woche getroffen, und sie wollen Frances aus der Kirche verstoßen.«

»Wieso denn?«

»Aus allen möglichen Gründen – bricht mir's Herz, es Ihnen zu sagen. Wissen Sie, sie ist da nachts zum Haus der Witwe Ruby gefahren... Sie müssen den Buick gesehen haben, wie er auf der Hauptstraße vorbei ist.«

»Ich hab nichts gesehn.«

»Ganz sicher? Sogar ich hab sie in dem alten Buick gesehen.«

»Nun, ich geh nicht so oft zu Gebetsversammlungen wie Sie, entgeht mir deshalb, was die Leute abends so machen.«

»Na ja, egal, scheinbar hat sie Ruby ganz hübsch schikaniert, sagt dauernd, Ruby würde ihr den Ehemann ausspannen – dabei sind sie und Junior Lee gar nicht verheiratet.«

»Was Sie nicht sagen.«

»Ja doch. Leben nur so zusammen. Und noch dazu ist sie oben bei Ruby gewesen und hat ihr Salz auf die Türschwelle gestreut, Eier gegen die Veranda geworfen und weiß der Himmel was für Sachen noch gemacht, die ihr der Narr da drüben geraten hat. Aber das Faß ist übergelaufen, als Ruby eines Morgens rauskommt und 'nen Schweinekopf an 'nem Ast von ihrem Pfirsichbaum hängen sieht – hatte 'ne rote Zwiebel ins Maul gestopft und neun kleine Papierschnipsel mit Rubys Namen drauf. Na, da hat Ruby sie vor den Kirchenvorstand gebracht. Hat gesagt, sie ist 'ne anständige Witwe und versucht nur, über die Runden zu kommen, indem sie das leere Zimmer in ihrem Haus an Junior Lee vermietet – und außerdem wollen sie und Junior Lee im nächsten Frühjahr in ebendieser Kirche heiraten, weil das 'nen besseren Eindruck macht und so – und sie sieht nicht ein, warum sie sich so 'nen Voodookram von Frances gefallen lassen soll.«

»Was hat Frances dazu gesagt?«

»Frances hat ihnen gesagt, sie sollen sich alle zum Teufel scheren – stand da in Reverend Hoopers Büro und hat *ihn* und den Kirchenvorstand als 'nen Haufen Heuchler beschimpft. Hat gesagt, sie alle wüßten, daß Ruby Wurzeln benutzt, und die unter ihnen, die nicht selbst mit ihr geschlafen haben, hätten nur Angst vor ihr. Und nur deshalb haben sie überhaupt 'ne Versammlung einberufen wegen etwas, was sie eigentlich nichts angeht. Herr, dies ist eine Zeit voller Übel – verhänge Deine Strafe.«

»Ich muß jetzt gehen, Pearl.«

»Aber was sagen Sie zu der Sache, Mama Day?«

»Ich glaube, der Herr sitzt hoch oben, und Er blickt tief hinab, Pearl. Und manchmal muß Er ein bißchen tiefer schauen als andere Male.«

»Ich weiß, was Sie meinen. Also, neulich –«

»Ich muß wirklich los, Pearl. Ich hab *Bernice* versprochen, ihr diese Lebensmittel vorbeizubringen, denn es geht ihr nicht besonders gut.«

Pearl versucht, in die Tasche zu spähen, doch Miranda schirmt sie vor ihr ab. Sie stößt einen tiefen Seufzer aus. »Ja, ich weiß, das ist 'ne Last und Plage für meinen Jungen. 'ne Last und Plage – dauernd ist das Mädchen krank und übernervös. Manchmal glaub ich, daß sie nur so tut, denn sobald ein bißchen Musik spielt, ist sie sofort auf und wackelt irgendwo mit den Hüften. Und dann hört man nichts mehr von wegen ihre Nerven. Manche von diesen jungen Mädchen scheuen vor nichts zurück, um 'nen Mann zu halten – und mein Junge ist so geduldig. Erträgt alles tapfer, ja das tut er, und er klagt mit keinem Sterbenswörtchen über das bejammernswerte Leben, das er führt. Ich bin so stolz auf Ambush – auf alle meine Jungs. Ich hab da wirklich anständige Christenkinder großgezogen.«

»Es geschehen noch Wunder«, sagt Miranda und dreht ihr den Rücken zu. Sie geht davon, bevor Pearl Gelegenheit hat, noch mal Luft zu holen; sie kann eine halbe Stunde lang reden, ohne mehr als dreimal tief einzuatmen.

Abigail hat alle Sachen, die Miranda vom andern Haus mitgebracht hat, gewaschen und gescheuert, als Miranda vom Geschäft zurückkehrt. Kleine Schweißperlen bilden sich auf ihrer Oberlippe, als sie das kochende Wasser aus dem Butterfaß in den Garten schüttet.

»Du da, Schwester?«

»Ah-ha.« Abigail wischt sich mit dem Schürzenzipfel das Gesicht ab. »Wie ich sehe, hast du es zeitlich so eingerichtet, daß alle Arbeit getan ist, wenn du zurückkommst.«

Miranda streicht mit den Händen über die alte Kaffeemühle, die gußeisernen Kasserollen, den Schneebesen – alles sauber und blank. Sie nimmt den Mörser und den Stößel aus Keramik – verblüffend, die blauen Immergrünblüten sehen nach all diesen Jahren noch immer wie frisch gemalt aus.

»Wär längst wieder zurück, bin aber vorm Schönheitssalon dem Plappermaul übern Weg gelaufen.«

»Ich weiß, Pearl steckt voller Neuigkeiten.«

»Voller übler Neuigkeiten – sind die einzigen, die von ihr kommen. Hat aber mit keinem Wort erwähnt, was für eine Schande es ist, daß sie sich kein bißchen um Bernice kümmert.«

»Hast du erzählt, was wir vorhaben?«

»Ich bin alt, aber nicht verblödet.«

»Miranda, bist du sicher, daß es klappen wird?«

»Na so was, sieh dir das an – Mutters alter Nähkorb.«

»Er war unten im Butterfaß.« Abigail preßt die Lippen ganz fest zusammen. »Keine Ahnung, wie er da reingekommen ist.«

Miranda fährt mit den Fingern über das geflochtene Stroh und hebt den Deckel, um sich die verblaßte Seidenfütterung anzusehen. Nein, wäre zuviel verlangt, daß sie noch einen Hauch von Zitronenkraut ausströmte. »Ich glaub, ich werd ihn behalten. Nadeln und Garn drin aufbewahren.«

»Sollte besser verbrannt werden.« Abigails weiche Stimme hat eine so ungewohnte gereizte Schärfe, daß Miranda zusammenzuckt.

Sie denkt an das Kind, das sie Mutter gab. Aber ich habe sie angefleht, es nicht zu tun. Sie konnte das Schuldgefühl nicht loswerden, indem sie ihr erstes Kind Peace nannte. Peace war tot, sagte ich ihr. Und jetzt ist Peace noch einmal gegangen. Sie hat eins ihrer Babys an Mutter verloren, ich hab sie alle verloren. Sie hat viel weniger zu verzeihen als ich.

»Wir können den Korb loswerden. Aber Erinnerungen kannst du nicht verbrennen.«

»Man kann sie auf sich beruhen lassen. Und ich seh nicht ein, wie diese alten Sachen Bernice helfen sollen – bliebe besser alles unberührt.«

»Wir geben ihr *Zeit,* Abigail.« Miranda hebt eine hölzerne Butterform auf. »Weißt du noch, wieviel Zeit es kostete, nur einen halben Liter Butter herzustellen? Das Melken der Kuh, das Schleppen, das Buttrigschlagen der Sahne – das Waschen, das Salzen, das Kneten in dem Ding hier. Ein simples halbes Pfund Butter. Und vom Maisbrot wollen wir gar nicht erst reden – das Maissammeln, Eiersammeln, Holzhacken, Feuermachen. Ein halber Tag für einen Laib Brot, ganz zu schweigen von den anderen Dingen, die auf den Tisch kamen. Sobald die Sonne unterging, schien es schon wieder Tag zu sein.«

»Herrje, und ob ich das noch weiß. Diese jungen Leute erzählen dauernd, wie müde sie sind. Die wissen gar nicht, was müde ist.«

»Ja.« Miranda nickt. »Die haben keine Ahnung, wie das ist, so zu leben. Nicht daß ich es ihnen so wünschen würde – die Zeiten waren hart. Aber wenn wir für Bernice ein bißchen davon zurückbringen können, sie die Zeit so ausgiebig nutzen lassen, daß sie am Ende des Tages an nichts anderes mehr denken kann als an eine ordentliche Mütze Schlaf, wird die Natur den Rest besorgen.«

»Sie wird ein bißchen mehr tun müssen als nachts schlafen, wenn sie 'n Baby kriegen will.«

»Auch darum wird sich die Natur kümmern. Papas Mama hatte sieben Jungen, und sie hatte es noch schwerer als wir.«

»Wahrscheinlich hatten sie deshalb so große Familien damals – die Frau war zu erschöpft, um nein zu sagen.«

»Oder wenn sie nein gesagt hat, war sie zu verdammt müde, um ihn zu bremsen.«

Abigail lacht. »Jetzt wirst du schon wieder frech.«

»Laß uns alles einpacken. Ambush kommt vorbei, um mich abzuholen. Ach ja – sind meine Samen getrocknet?«

Am Morgen hatte Miranda eine Handvoll Kürbiskerne in einer Flasche Safranwasser geschüttelt, dann eine weitere Handvoll Flaschenkürbiskerne mit ein wenig Brombeersaft gemischt. Sie lagen jetzt alle in bunten Reihen aus Gelb und Schwarz hinten auf Abigails Veranda zum Trocknen. Miranda streicht sie zusammen und steckt sie in die Tasche ihrer Strickjacke.

»Sie kriegt etwas, was sie beschäftigt hält, und etwas, worauf sie hoffen kann.«

»Bernice wird wissen, daß es nichts weiter als Kürbiskerne sind.«

»Der Verstand ist was Komisches, Abigail – und mächtig noch dazu. Bernice wird glauben, daß sie das sind, was ich sage – Zauberkerne. Und der einzige Zauber besteht darin, daß sie zu dem werden, was sie glaubt, daß sie sind.«

»Also, Milch zu Butter schlagen und Kürbiskerne pflanzen – das soll klappen?«

»Bis zum Frühjahr müßte es klappen.«

»Und dann hoffen wir auf ein Wunder.«

Nein, denkt Miranda, dann gehen wir zum andern Haus. Aber das konnte sie nicht mal Abigail anvertrauen. Es bestand keine Gefahr, daß ihre Schwester über die Hühnerkiste in der Eingangshalle stolpern würde – sie ging niemals in den Wald hinten und zu dem alten Haus. Sie würde die Küken dort bis zum Frühling füttern und aufziehen, dann das beste von ihnen aussuchen. Bernice hatte gesagt, sie würde alles tun. Nun, wenn der März zu Ende ging, würde man sehen. Diese ganze Geschäftigkeit vorerst sollte sie innerlich bereit machen; mehr konnte Miranda nicht tun. Sie konnte in diese Küche gehen, ihr sagen, daß sie zum erstenmal in ihrem Leben lernen würde, richtig zu kochen. Oh, sie würde sie auf Trab halten. Und sie würde ihr Pearl vom Hals halten, ihr die Kerne geben und sagen: »Jedesmal, wenn sie dich besuchen kommt, pflanzt du einen schwarzen ein, um alles Böse, das sie sagt, in der Erde zu begraben.« Und sie konnte ihr auch Hoffnung geben und sagen: »Jedesmal, wenn du deine Periode bekommst, pflanzt du einen goldenen – laß das Lebensblut aus dir in diesen Samen fließen.« Und wenn der Frühling kam, konnte sie Bernice sagen: »Wenn du die Sprossen dieser goldnen Kerne im Garten auspflanzt, nimmst du in Wirklichkeit die Nabelschnur zwischen dir und dem Baby. Und so wie du sie wachsen siehst – rund und voll –, wird das Leben auch in dir wachsen.« Ja, sie konnte eine kleine Portion Mutterwitz mit einer Menge Hokuspokus verbrämen. Aber es führte alles zum andern Haus. Bis zum Ende würde nichts wirklich sein. Und am Ende mußte Bernice ganz allein die letzte Schwelle übertreten.

* * *

Ich erzählte meinen Freunden nichts davon, wie ich die Wochenenden mit dir verbrachte, weil sie mir nicht geglaubt hätten, daß es mir Spaß machte, mit einem Mann in der U-Bahn einfach zu den gottverlassenen Gegenden von der Bronx, Brooklyn und Queens zu fahren. Und schon als kleines Mädchen hatte ich gelernt, daß man seine Zeit nicht damit verschwendet, Leuten Dinge zu erzählen, die sie nicht glauben würden. Ich hatte Mama Day eine Menge Dinge draußen beim andern Haus tun sehen, und als ich davon den Kindern in der Schule erzählte, nannten sie mich eine Lügnerin. Auf diese Weise wurde ich in ein paar üble Prügeleien verwickelt, wonach ich weinend und mit zerrissenem Trägerkleid nach Hause kam. »Aber wenn ich sie hierherbringen könnte, so daß sie es mit eigenen Augen *sehen* würden«, sagte ich dann.

»Die Menschen sehen, was sie sehen wollen«, sagte Mama Day. Und um zu sehen, was hier wirklich passiert, müßten sie bereit sein, zu glauben. Es ist aber nicht so, daß ich dich vor ihnen versteckt hätte. Niemand aus meiner Clique war zu glauben bereit, daß ich, erstens, einen Samstagmorgen in einem Zug der Linie D vergeuden würde, um schließlich in Flatbush auszusteigen und dort zwischen den alten viktorianischen Häusern entlangzuspazieren, und zweitens, daß mir das tatsächlich Spaß machen könnte. Selma hätte uns direkt im nächsten U-Bahn-Wagen folgen können, und alles, was sie durch ihre Dior-Sonnenbrille gesehen hätte, wäre ein Paar gewesen, das in Hoyt–Schermerhorn aus dem A-Zug steigt, um sich an einem Stand ein paar Hot dogs zu kaufen und sie auf einer windigen Strandpromenade in Rockaway Park mit Kirschcolas runterzuspülen. Ich kann sie schon hören: »Ein billiges Rendezvous.«

Ich hätte selbst so gedacht, nur daß es ganz und gar keine Rendezvous waren. Ich war mit dir vom Spätsommer bis Ende Oktober praktisch jedes Wochenende unterwegs, aber ich »ging« nicht »aus« mit dir. Du hattest gesagt, du wolltest mir New York zeigen, und das hast du verdammt noch mal getan. Jeden Zentimeter. Jedes Schulkind weiß, daß Manhattan eine Insel ist, aber man muß an einem klaren Tag in der Mitte der George-Washington-Brücke stehen, um das wirklich zu verstehen: die niedrig auslaufende Küste im Süden, die zu den felsigen Ufern des Palisades Park im Norden aufsteigt, davor der glitzernde Hudson – die Segelboote, die Ruderboote, die Möwen. Meine erste Reaktion war, wo zum Teufel kam all das Wasser her? Wasser, das auf seinem Weg an der nördlichen Bronx vorbei nach Upstate von schlammigem Braun zu Tupfern kräftigen Blaus wechselte. Während ich da unter und über dieser ganzen unglaublichen Weite stand, sah ich, wie klein und beengt mein Leben gewesen war. Ich lebte tatsächlich auf dieser Insel – irgendwo da unten auf der Sechsundneunzigsten Straße zwischen dieser Anhäufung von Gebäuden, die aussahen, als würden sie sich jeden Augenblick gegenseitig in den Fluß stoßen. Und ich hatte Mama Day gesagt, ich würde New York kennen – Gott, was für ein Dummkopf bin ich gewesen. Dir gegenüber gab ich das nie zu, ich bedankte mich nur, wenn ich aus der Broadway-Linie ausstieg und du weiter zur South Ferry fuhrst. »Treffen wir uns nächstes Wochenende wieder?« fragtest du, kurz bevor die Türen zugingen. »Ja«, sagte ich, »sehr gern.« Ich verließ lächelnd die U-Bahn, bis ich zum Broadway kam – und dann fing ich an, mich zu wundern.

Was hatte dieser Kerl vor? Allmählich begann mich die immer gleiche Antwort eher zu enttäuschen als zu erleichtern – absolut nichts. Er nahm nur meinen Samstag- oder Sonntagmorgen in Anspruch, Zeit, die ich sonst mit Schlafen verbracht hätte oder mit etwas so Aufregendem, wie meinen Kleidern beim Herumwirbeln im Trockner der Münzwäscherei zuzusehen. Mir blieben noch der ganze Nachmittag und der Abend, um zu treffen, wen ich wollte, oder zu tun, was ich wollte, und er fragte mich nie, wer oder was das war. Wenn ich es recht bedachte, erzählte er mir auch nie was über seine Verabredungen oder Beschäftigungen am Wochenende. Der Clown war wahrscheinlich verheiratet. Und was sollte mich das kümmern? Wir hätten nichts Unschuldigeres tun können – er berührte mich nie, abgesehen von einem leichten Tippen auf die Schulter, wenn es soweit war, an irgendeiner U-Bahnstation auszusteigen. Er hielt auch niemals meine Hand oder zeigte irgendein Verlangen danach – hin und wieder streifte mich sein Arm in einem dichten Gedränge an Orten wie Chinatown oder dem Markt in East Harlem. Ich hätte keine Ahnung gehabt, wie weich und flink seine Hände waren, wenn mir nicht der Knish in Williamsburg runtergefallen wäre und er ihn mitten in der Luft aufgefangen und mir zurückgegeben hätte, wonach er mir zeigte, wie man die Papierserviette faltete, damit einem die dampfende Kartoffelfüllung nicht die Finger verbrannte. Tun Sie so, als wäre es eine gebackene Süßkartoffel, sagte er, wobei er seine kräftigen Zähne sehen ließ. Ich weiß, ihr Südstaatler eßt alle gebackene

Süßkartoffeln. Nein, er war nicht verheiratet – der Clown war wahrscheinlich schwul. Aber warum sollte mich *das* kümmern? Ich stieg die drei Stockwerke zu meinem dunklen Einzimmerapartment hoch und trat gewöhnlich ärgerlich meinen Haufen schmutziger Wäsche in die Ecke.

Was wollte ich denn – daß er an so einem Morgen billige Komplimente darüber abließ, wie locker ich meine schmalen Hüften durch die Drehkreuze bewegte? Oder daß ich mich jedesmal verkrampfen mußte, wenn ein überfüllter Zug mit einem Ruck zum Stehen kam, weil es ihm eine gute Gelegenheit bot, aus Versehen an meine Brust zu tatschen oder schnell seinen Schritt an mir zu reiben? Der Kerl benimmt sich wie ein Gentleman, verdammt noch mal. Ist das so schwer zu begreifen? Er muß kein verheiratetes Würstchen sein, das nur drauf aus ist, seine Vormittage ein bißchen aufzupeppen, indem er sich an verbotenen Früchten aufgeilt, oder irgendein heimlicher Schwuler, der sich »Hetero-Illusionen« hingibt. Wieso ist es so schwer zu glauben, daß das, was ich sehe, genau das ist, was ich sehe: ein gewöhnlicher Mann, der nur möchte, daß ich mich wohl fühle und vergnüge?

George, es war nicht so schwer zu glauben, ich war nur nicht bereit, es zu glauben. Nichts, was mir in dieser Welt begegnet war, hatte mich darauf vorbereitet, daß es jemand wie dich geben könnte. Also leuchtet es wohl ein, daß ich das, was ich sah, für unmöglich hielt. Ich dachte über dich nach, bis ich mich abends zum Ausgehen umzog. Eine von Selmas Partys oder ein Abendessen mit jemand aus der üblichen Begleiterrunde, der unentwegt den Schwer-ist-das-Leben-mit-fünfzig-Riesen-im-Jahr-und-eine-anständige-schwarze-Frau-findet-man-ohnehin-nicht-Blues sang. Und mittendrin in Selmas High-Tech-Musik oder seinem melancholischen Seufzer, wenn er die goldene American-Express-Karte rauszog, hörte ich das Geräusch der Kolibris in den Cloisters. Und ich versuchte, mich zu erinnern, ob ich mich bedankt hatte, als ich dich an diesem Tag verließ. Ich gab mir selbst das Versprechen, beim nächstenmal etwas lauter zu reden.

Ich weiss nicht genau, wann sich das bei mir änderte – mein Wunsch, dir New York zu zeigen, und dann einfach mein Wunsch, dich zu sehen. Daß ich nicht in der Lage war, den Zeitpunkt oder Grund dieser Veränderung zu bestimmen, bereitete mir Unbehagen. Aber eines Samstagmorgens verspätetest du dich beim verabredeten Treffpunkt, und der Gedanke, du könntest nicht kommen, quälte mich. Nicht daß ich meine Zeit vergeudet hätte; für gewöhnlich machte ich an den Wochenendvormittagen allein, was ich nun mit dir machte. Die Ärzte hatten mir gesagt, regelmäßige Bewegung sei wichtig für mein Herz, und es war mir langweilig geworden, immer an denselben Stellen herumzuspazieren. Und da ich an den meisten Orten der Stadt schon mehrmals gewesen war, machte es Spaß, sie einem anderen Menschen zu zeigen, sie mit seinen Augen noch einmal neu zu entdecken. Und es war ein Riesenspaß, dir zuzusehen, wie du dich verändertest. Du wurdest nicht jemand anders, du wurdest nur das, was du früher mal gewesen warst. Der schwere Akzent eines griechischen Bäckereibesitzers, der mit dir flirtete und dir etwas Besonderes, das er gerade gebacken hatte, zu kosten gab, brachte deinen eigenen Akzent heraus bei einem »Na so was, schmeckt genauso gut, wie wenn Mama sie macht«, und dann habt ihr beide gelacht. Du fingst einen Ball, der einem Kind auf die Straße gerollt war, nahmst die Hand des Kleinen und bliebst dann bei der Mutter stehen, um über die Gefahren des Stadtverkehrs zu plaudern. Und am allerbesten, du hörtest auf, Menschen mit Nahrungsmitteln zu bezeichnen. Du lerntest den Unterschied zwischen einem Chinesen, Koreaner, Vietnamesen und einem Filipino, daß Dominikaner und Mexikaner nicht alle Puertoricaner waren. Du konntest schließlich deutsche Juden, russische Juden, Chassidim und Israelis auseinanderhalten. Und als die alte Frau aus Barbados eine Blume von ihrem Karren nahm und dir ins Haar steckte – »Weil's so hübsch is', das Mädel« –, verschleierte sich dein Blick etwas, und falls Menschen aus Jamaika, Trinidad oder Antigua für dich immer noch »Affenjäger« waren, so sprachst du das nie mehr laut aus.

Ich war so damit beschäftigt, die Veränderungen an dir zu beobachten, daß ich sie an mir selbst nicht bemerkte. Sicher, ich hätte irgendeine alte Jeans angezogen, wenn ich allein durch die Straßen gewandert wäre, doch die Hosen, die ich zu unseren Verabredungen trug, waren frisch gebügelt. Ich hatte angefangen, einen Moment zu überlegen, welches Aftershave ich benutzen sollte, wo ich mich früher zwei Tage lang überhaupt nicht rasiert hatte. Aber das war geschehen, ohne daß ich darüber nachdachte. An einem Sonntagnachmittag hatte ich nach reiflicher Überlegung ein Spiel drangegeben, aber es waren nur die Bears gegen die Oilers – beide Pleiteteams. Houston mochte zwar im Vorjahr in die Endspielrunde gelangt sein – reiner Dusel, meiner Meinung nach –, aber 1980 waren sie dem Untergang geweiht, und ich wollte dir die Weiden im Flushing Meadow Park zeigen, bevor sie die Blätter verloren. Du hattest mir erzählt, daß es auf Willow Springs keine Weiden gab, was noch zu den weniger seltsamen Dingen dieser Insel gehörte, da sie nach diesem Baum benannt war. Obwohl ich nie fragte, hätte ich doch gern mehr über deinen Geburtsort gewußt und wie deine Kindheit dort gewesen ist. Sie hätte mir eine Warnung sein müssen – meine wachsende Neugier darauf, womit du deine Zeit vor unseren Treffen zubrachtest und was du tatest, nachdem du in der Sechsundneunzigsten Straße ausgestiegen warst. Wenn es eine Warnung gewesen ist, so habe ich sie nicht beachtet. Oder vielleicht hatte ich sie nicht beachten wollen.

Aber jetzt merkte ich klar und deutlich, was vor sich ging. Als du endlich um die Ecke bogst, nachdem ich eine halbe Stunde gewartet hatte, schlug mein Herz ein winziges bißchen schneller. Es war mir in Fleisch und Blut übergegangen, auf jede Rhythmusveränderung in meiner Brust genau zu achten, also gab es nichts darüber zu diskutieren, was dein Anblick in der Ferne bei mir bewirkte – erhitzt und außer Atem, ein rotseidener Schal wehte über deinen schmalen Schultern, die langen Arme schwenkten eine schwarzgelbe Papiertüte. Das hatte mir gerade noch gefehlt. Shawn und ich hatten in letzter Zeit viel miteinander geredet – ernsthaft geredet – über einen Rettungsversuch, einen neuerlichen. Darüber, diesmal genug Schwung zu nehmen, um uns nach vorn über die Linie zu bringen, diese dumme, sinnlose Farblinie, die das kaputtzumachen drohte, was fünf Jahre lang gewachsen war. Wir wußten nicht, ob wir die Energie hatten, aber es war den Versuch wert, darüber zu reden. Und es war angenehm, wieder in ihrer Nähe zu sein, der Gedanke, einen Körper zu halten, dem man nichts beweisen mußte. Kein altes Terrain danach durchzuforsten, wer und was man war, keine neuen Launen oder Ticks zu entdecken, keine zu erklären. Shawn war ein sicherer Hafen. Und was da um die Ecke kam, war ein Problem. Ein wunderschönes Problem – die vollen Lippen, die Karamelhaut, das dichte, wellige Haar, dessen rötliches Braun das Sonnenlicht einfing. Das hohe Hinterteil, der durchgestreckte Rücken, die Bewegungen, die mit etwas übereinstimmten, was tief in meinem Innersten ruhte.

Das würde der letzte Vormittag sein müssen, den ich mit dir verbrachte – was mein Herz machte, konnte ich nicht kontrollieren, aber mein Entschluß dazu stand fest. Ich konnte dir sagen, Mission vollendet, du hattest genug gesehen, um dich allein aufzumachen. Ich konnte dir sagen, ich wäre mit Arbeit überlastet. Oder, da ich dir nichts schuldig war, konnte ich auch einfach gar nichts sagen. Dann kamst du auf mich zu, duftend wie ein gestrandeter Sommertag, und entschuldigtest dich überschwenglich für die Verspätung, aber du seist im Coliseum-Buchladen gewesen und dort abgelenkt worden, weil du in dieser Abteilung nur selten warst, zogst eine Ausgabe von *König Lear* raus – und verschlugst mir den Atem. Aber ich hatte noch genug, um mit dir im Riverside Park spazierenzugehen und dir von Shawn zu erzählen.

Es gibt Momente im Leben, wo man an das Beste in sich, was Gott einem gegeben hat, appellieren muß – und an das Beste von dem, was Er einem nicht gegeben hat. Im Lauf der

Jahre hatte ich einige solcher Momente erlebt, und auch dieser erste Spaziergang mit dir im Riverside Park war so ein Moment. Ein klarer Herbsttag, an dem sich die Bäume, der Himmel und die Straßen in Farben produzieren, die zu kräftig und makellos sind, um echt zu sein. Die Luft ist mehr als frisch, sie erweckt die Sinne zum Leben – so daß man sich an etwas so Unbedeutendes erinnert wie eine zertretene Coladose, die auf einem Fleckchen Unkraut liegt, eine lose Markise, die an eine Häuserfront schlägt, den Sonnenstrahl, der sich an der Kante eines gotischen Steins in der Riverside-Kirche bricht. Ja, es war einer dieser Tage für Poesie. Einer dieser Tage, die Mama vorausgesagt hatte...

Ich stolperte beim Überqueren der Straße zur Flußpromenade über einen Bordstein, und du ergriffst meine Hand, um mich aufzufangen, und gabst sie nicht mehr frei. Vielleicht konzentrierte ich mich darauf, wie leicht sich unsere Handflächen aneinanderfügten, oder vielleicht dachte ich noch immer an den Purzelbaum, den mein Magen wegen deines Blicks vorhin bei unserer Begrüßung geschlagen hatte – was es auch war, ich brauchte verdammt viel länger, als ich hätte brauchen sollen, bis mir klar wurde, wer die Frau in dieser »besonderen Beziehung« war, von der du mir erzähltest. Bitte, ich werde dir dafür was von *cool* erzählen. Es kommt mit dem kulturellen Erbe: dem Schlagen der Buschtrommeln, dem Schaukeln eines Sklavenschiffs, dem Rhythmus der Hand, die von Baumwollsack zu Baumwollreihe geht und wieder zurück. Es setzte sich weiter fest in der Seele des Blues, in den Armen von Baseballspielern wie Jackie Robinson und im Kopf eines jeden Gettokindes, das es schafft, erwachsen zu werden. Man kann es bewahren, man kann es verbergen, man kann es vermasseln – aber niemals, auch wenn einem der Arsch auf dickstem Grundeis geht, darf man es VERLIEREN.

Und das tat ich auch nicht, oder? Ich grub so weit in unserer Geschichte zurück, wie ich mußte, um es zu erwischen, und schaltete damit meinen Körper auf Fernbedienung. Ich ließ mir nicht das geringste anmerken – mein Schritt stockte nicht, meine Stimme blieb ruhig, ich nickte an der richtigen Stelle, schob hin und wieder eine Frage ein, meine Hände schwitzten nicht mal – cool. Und als du zu dem Teil kamst, wie sie »aufhörte, ein Rotschopf mit Sommersprossen zu sein, und einfach Shawn wurde«, dachte ich, was für ein Glück du hattest, daß du hier nicht mit meiner Freundin Selma spazierengingst. Weil du nämlich wirklich ein netter Kerl warst. Und Selma hätte nicht den Schmerz in deiner Stimme gehört – du warst halt nicht der Typ, der einfach mit einem R-Gespräch nach fünf Jahren einer Frau den Rücken zugedreht hätte. Du hattest mehr als einen offenen Hosenlatz in die Beziehung eingebracht, und Selma hätte einfach nicht dein Bedauern darüber hören können, daß nun all diese *Mühe* den Bach runtergehen sollte. Nein, nicht Selma, die aus Selma, Alabama, stammte. Selma, die mit einundzwanzig Jahren, häßlichem Akzent und häßlicher Einstellung nach New York gekommen war und wußte, daß sie das eine ablegen und das andere behalten mußte, wenn diese Dreckskerle sie nicht zum besten halten sollten. Und vierzehn Jahre später hatte sie das Beste – und keinen von euch, um es mit ihr zu teilen, und auch keinen in Aussicht. Denn schließlich gibt es weiß Gott nichts Schlimmeres als eine farbige Frau mit häßlicher Einstellung.

Oh, Selma hätte dich anfangen lassen, aber du wärst nicht weit gekommen mit dem, was du zu sagen hattest. Und wenn du dann bei dieser Rotschopf-mit-Sommersprossen-Scheiße angelangt wärst, wären ihr die Sicherungen durchgeknallt, hätten Drähte Funken über die ganze Gegend gesprüht. Und sie hätte dir den *König Lear* in ein so kleines Loch gestopft, daß die Krankenversicherung für seine Bergung nicht aufgekommen wäre. Das heißt, nachdem sie dich mit ein paar Grundwahrheiten auseinandergenommen hätte: Ich wette, du hast schon zwei Dutzend andere vollgegreint, bevor du »zufällig« diesem besonderen Exemplar über den Weg gelaufen bist. Ist sie dir in ihrem Anthropologiekurs begegnet? Ich hab gehört, ihr seid alle für sie viel leichter stubenrein zu kriegen als Schimpansen. Oder hat ihr Analytiker ihr gesagt, die einzige Möglichkeit, dich aus ihren Alpträumen zu verbannen, sei es, mit dir zu vögeln? Vielleicht ist sie eine dieser Nymphomaninnen mit dem Antirassismus-Tick – die wie Wasser durch dich hindurchrinnt auf der Suche nach dieser ewig ausbleibenden Dreiundzwanzig-Zentimeter-Sensation? Sie muß schrecklich enttäuscht gewesen sein, ha? Aber verzweifle nicht, Baby, sie wird es weiter versuchen und glauben, daß du und die letzten zweihundert nur eine *kleine* Ausnahme von der Regel wart. Kein Zweifel, Selma hätte ihr *cool* verloren.

Aber verstehst du, ich war aus Willow Springs und von zwei äußerst gescheiten alten Frauen großgezogen worden. Und während Selmas Geist im Riverside Park Bäume ausriß und Bänke zertrümmerte, hörte ich die sanfte Stimme meiner Großmutter: »Cocoa, 'ne echte Dame braucht niemals wütend zu werden – wenn sie weiß, wie sie sich revanchieren kann.« Und ich hatte mich schon reichlich revanchiert. Der Mann ging mit mir spazieren, hielt meine Hand, erzählte mir von seinen Problemen mit *ihr*. Es war mir egal, ob sie Helena von Troja war oder die Reinkarnation der Venus von Milo, sie war nicht hier – und sie war dabei, ihn zu verlieren. Ich wußte, ich würde ihn auf dem schnellsten Weg in ihren Schoß zurückschubsen, wenn ich ihn nötigte, ihre Beziehung zu verteidigen. Denn sobald er das tun mußte, wäre sie dann nicht seine engste Verbündete?

»Bestimmt ist sie eine wunderbare Frau, George.«

»Das ist sie. Und das bist du auch, vor allem weil du mir zuhörst.«

»Jederzeit – das meine ich ernst. Ich würde keinem Hund wünschen, dasselbe durchzumachen wie du gerade.«

»Weißt du, du bist sehr verständnisvoll.«

»He, hör mal, wer schleppt mich denn durch die ganze Stadt, wo es doch so viel anderes geben muß, was du mit deinen Vormittagen anfangen könntest.«

»Nein, ich habe jede Minute davon genossen, Ophelia. Es ist nur so, daß ich ...«

»Du bist nur ein bißchen durcheinander. Und ich fühle mich wirklich geschmeichelt, daß ich dir genug bedeute, um ein Teil dieser Verwirrung zu sein. Und du hattest Angst, ich könnte es falsch verstehen – es ist keine Frage von Schwarz und Weiß, obwohl die verrückte, kranke Welt, in der wir leben, es so wichtig macht. Du hast nicht vor, mir weh zu tun – dennoch, du schuldest ihr eine Menge. Also, was du im Moment brauchst, ist Abstand, um die Dinge in deinem Kopf zu ordnen. Von mir bekommst du ihn. Wir können mit diesen Treffen aufhören, deine Mission ist mehr als erfüllt.«

Während du noch immer betäubt warst von der Erleichterung darüber, daß ich es dir erspart hatte, das alles selbst zu sagen, holte ich zum letzten Stoß aus – beide Füße fest auf dem Boden, eine Hand an deiner Schulter, um das Ziel ruhig ins Visier zu nehmen, bevor ich meine braunen Unschuldsaugen genau auf deine richtete: »Ich brauche dich nicht wiederzusehen. Du hast aus mir bereits eine bessere Frau gemacht.« Nein, ich hatte nicht danebengeschossen, dein Verstand wurde so hoch hinauf in die Luft gepustet, daß es eine Weile dauern würde, bis der Staub sich wieder gelegt hatte. Selma, Schätzchen, beruhige dich – der hier ist hinüber.

Die Spiele, die die Leute miteinander treiben. Ich kam am darauffolgenden Dienstag nicht zu dir nach Hause, um über *König Lear* zu reden. Du wußtest das, ich wußte das, und warum wir es nicht einfach geradeheraus sagen konnten, weiß der Himmel. Ich hasse es, um den heißen Brei herumzureden, wenn es um sexuelle Dinge geht, wahrscheinlich eine Folge meiner Erziehung. Mrs. Jackson bot keine romantischen Umschreibungen mit Hilfe der Vögel und Bienen. Es hingen keinerlei putzige Plakate oben im Rektorzimmer, wo wir uns alle einmal in der Woche zur Hygienestunde einfinden mußten; zwei häßliche Vergrößerungen der enthäuteten männlichen und weiblichen Anatomie waren an die Tafel geklebt. Und wenn jemand während eines von Mrs. Jacksons trockenen Vorträgen über »Verantwortung bei der Zeugung« einnickte, wachte er schnell wieder auf, sobald sie seiner Hälfte der Anatomie mit ihrem Zeigestock einen Schlag versetzte. Man zuckte förmlich zusammen vor lauter Mitleid mit dem armen kopflosen Kerl, der direkt eins auf die Eier kriegte – »Ein abschließendes Wort, meine Herren: Laßt ihn in der Hose, oder er wird euch teuer zu stehen kommen.«

Aber ich stellte fest, daß den meisten Frauen Mrs. Jacksons Pragmatismus in dieser Angelegenheit einfach nicht zu eigen war. Sag einer Frau rundheraus, was ihr beide gedacht habt, eine halbe Stunde nachdem du sie getroffen hast und es mit ihr gefunkt hat, und du bist ein Schwein. Nein, man muß mit ihr ins Märchenland reisen, und jede einzelne hat eine andere Route, über die man dorthin gelangt: sie will hübsch sein, intellektuell sein, fesselnd sein, angebetet, gebraucht – etwas Besonderes. Sie will alles sein, nur keine hautlose Anatomie an Mrs. Jacksons Tafel. Und alle warten darauf, irgendeine Variante der unvermeidlichen Frage zu stellen: »Was ist es, was dich an mir anmacht?« Also wählt man, je nachdem, was für ein Typ die Frau ist, eine der obengenannten Möglichkeiten aus. Und wenn man das Glück hat, die richtige Antwort zu geben, kann es zwischen einer Stunde und mehreren Wochen dauern, bis man endlich zur anstehenden Sache kommt. Aber man erreicht absolut gar nichts, wenn man ihnen die Wahrheit sagt: Wie kann an dir persönlich was dran sein, was mich anmacht? In dieser Phase des Spiels sind es meine eigenen Hormone. Tja, dann ist man ein Klugscheißer, und selbst eine von diesen »emanzipierten« Ladys wirbelt dann auf ihrem Barhocker herum und sucht sich jemand, der ihr das sagt, was sie hören will.

Und wenn man die vage Ahnung hat, daß eine etwas Besonderes sein könnte – obwohl sie zunächst nur eine unter hundert ist, die zufälligerweise ganz hübsch oder klug und so weiter sind –, dauert es eine Weile, bis man das sicher weiß. Und wenn man auf die natürliche Entwicklung dieses Gefühls wartet, bevor man den Wunsch äußert, mit ihr ins Bett zu gehen, fängt sie an zu überlegen, ob mit einem irgendwas nicht ganz stimmt. Man ist eine Schwuchtel oder ein Versager. Was soll ein Mann also machen? Wenn die Frauen herumlaufen und kreischen, die Männer würden sie belügen, dann deshalb, weil wir gelernt haben, daß sie belogen werden wollen – oder daß sie es sogar brauchen. Sie sind nicht darauf programmiert, die Tatsache zu akzeptieren, daß am Anfang Sex nichts weiter als Sex ist.

Da saßen wir also mit *König Lear* auf unserem Schoß, und nein, ich wollte nicht die Symbolik im dritten Akt entschlüsseln, ich wollte über dich herfallen. Das hatte ich von dem Moment an gewollt, als ich zur Tür hereingekommen war und gesehen hatte, daß du unter deinem rückenfreien rotseidenen Oberteil keinen BH trugst. Du brauchtest keinen, du hattest einen kleinen Busen. Und der dazu passende bodenlange, fließende Rock – was sollte der wohl beweisen? Aber du sahst phantastisch aus in Rot. Schwarze Frauen jeder Schattierung sollten sich in leuchtende Farben kleiden – es macht ihre Haut dunkler, und je dunkler, desto besser. Dennoch stellte ich mir ständig vor, wie du bald ohne irgendwelche Sachen aussehen würdest. Die Frage für heute abend war nur, wie bald. Wir hatten die Einleitung hinter uns: Ich hatte die geschickte Anordnung deiner Möbel in dem beengten Raum bewundert, und die geflochtenen Körbe mit getrockneten Blumen darin sahen tatsächlich bezaubernd aus. Geschenke von zu Hause, sagtest du, und deine Großtante mache sogar das Kölnischwasser selber, das du benutztest. Gott segne sie, weil du jedesmal, wenn du dich bewegtest, die Luft mit Lavendel erfülltest. Ich setzte mich dann hin und nahm mein obligatorisches Glas Minztee – es war schön, daß keiner von uns beiden trank oder rauchte. Ich hatte nie zuvor so süße und starke Minze gekostet. Auch von zu Hause, sagtest du. Es war erstaunlich, was deine Großtante mit Kräutern und Pflanzen anstellen konnte. Aber wollte ich mich jetzt nicht mit dem Akt beschäftigen? Ja, genau das wollte ich, aber statt dessen schlugen wir den ersten Akt von *König Lear* auf.

Ich nehme an, mein zerlesenes Exemplar trug noch dazu bei, daß sich dieses absurde Theater in die Länge zog. Ich hatte den *Lear* ungezählte Male durchgenommen. Es hatte für mich eine besondere Schmerzlichkeit, über den Zorn eines unehelichen Sohnes zu lesen, da mein eigener Vater verschwunden war, lange bevor ich geboren wurde. Selbst falls er der Typ Mann gewesen sein sollte, der sich darüber gefreut hätte, wußte er nicht – konnte er nicht wissen –, daß ich empfangen worden war. Bei der Verfassung meiner Mutter hätte er nicht mal davon träumen können. Es war ein Schock, als du mir ganz offenherzig erzähltest, daß du beim ersten Lesen des Stücks geweint hattest. Wie es schien, war dein Vater, obwohl deine Eltern verheiratet waren, ebenfalls vor deiner Geburt verschwunden. Und du warst so froh, daß ich dich auf dieses Stück gebracht hatte. Es zeigte dir, wie sehr der Autor sich bemüht hatte, zu vermitteln, daß Männer dieselben Gefühle haben wie Frauen. Nein, das stimmte nicht. Keineswegs. Zusammen mit *Der Widerspenstigen Zähmung* war das wohl Shakespeares sexistischste Darstellung von Frauen – aber fern lag es mir, dem, was du sagtest, irgendeinen Widerspruch entgegenzubringen. Ich wollte nicht mehr Zeit als notwendig vergeuden, bevor du dich daranmachtest, die Träger deines roten Oberteils zu lösen. Ich mußte zugeben, ich war gerührt darüber, daß du dich mir über diesen Teil deines Lebens anvertraut hattest – mehr, als ich es zu tun bereit war –, und tat es bis auf weiteres zu den Akten. Aber ich fing an, ein wenig ungeduldig zu werden, als wir zum dritten Akt kamen und du es dir in der anderen Ecke der Couch gemütlich machtest, in Erwartung einer langen Diskussion über Symbolik.

»Weißt du«, sagte ich, »mit dieser Zeile kann ich mich identifizieren: ›Der Narr allein, der wegzuscherzen strebt sein herzerschütternd Leid.‹ Ich habe ein angeschlagenes Herz.«

»Das kann ich mir vorstellen – du bist so ein lieber Kerl, dir haben sicher eine Menge Frauen übel zugesetzt.«

»Nein, ich meine ein *wirklich* angeschlagenes Herz. Ich hatte als Kind Gelenkrheumatismus, und jetzt habe ich ein Herzgeräusch.«

»O mein Gott, ist das gefährlich?«

»Nicht, wenn ich vorsichtig bin. Ich vermeide Überanstrengung, achte darauf, was ich esse, verschaffe mir viel maßvolle Bewegung.«

»Aber das ist so beunruhigend, der Gedanke, daß ausgerechnet mit diesem Körperorgan was nicht stimmt.«

»Nur weil die Leute es nicht richtig verstehen. Das Herz ist ein Muskel, weiter nichts. Und wir kommen bestens klar mit anderen schwachen Muskeln – am Fuß oder am Schenkel.«

»Ja, aber du redest von –«

»Ich rede von nichts weiter als einer kleinen Unannehmlichkeit, die nicht einmal mehr das ist, wenn man sein Leben ein bißchen anpaßt. Zwei Tabletten am Tag, und ich habe gelernt, auf jede Unregelmäßigkeit zu achten. Komm her, Ophelia, ich zeig es dir.«

Du rücktest von deinem Kissen rüber auf meins. Ich legte meine Hand flach auf die linke Seite deiner Brust. »Also, ein normales Herz klingt und schlägt wie deins: da-dab, da-dab, da-dab. Aber hör dir meins an ...«

Ich drückte dein Ohr auf meine Brust und umfaßte deinen Hals sanft mit meiner rechten Hand. »Kannst du es hören? Da-dab-*wusch*, da-dab-*wusch* ...«

»Oh, George, das ist ja schrecklich.« Du hobst dein Gesicht, nur einen Hauch von meinem entfernt, während ich meine Hand auf deinem Nacken ließ. Ich fuhr sanft mit dem Daumen auf und ab, vom Schlüsselbein zum Kinn, um das besorgte Schmollen wegzuwischen.

»Nein, ist es nicht.« Eine leichte Berührung der Lippen. »Stell dir eine Pipeline mit einem winzigen Leck vor. Das Blut fließt hinein, ein bißchen sickert raus. Fließt rein, und ein bißchen sickert raus. Solange nicht zuviel hindurchgepreßt wird, vergrößert sich das Loch nicht, und die austretende Flüssigkeit bleibt gering.«

»Aber das heißt, du darfst dich nicht zu sehr aufregen oder so was.«

»Oh, du meinst, wie jetzt?« Dieser Kuß war lang, feucht und tief. »Ja, das stimmt«, flüsterte ich, während mein Daumen hinunterglitt, um die Brustwarze zu umkreisen, die durch die rote Seide stoßen zu wollen schien. »Aber es heißt auch, von hier ab lassen wir es ganz langsam und ruhig angehen.«

* * *

MIRANDAS KÜCHENBODEN IST übersät mit Töpfen und Pfannen. In diesen kleinen Wohnwagen ist so wenig Platz, und sie muß ihre Speisekammer aufräumen, denn es sind nur noch drei Wochen bis zum Kerzenmarsch – sie wird so viel Kram kriegen, daß sie nicht weiß, wohin damit.

»Ich glaub, ich muß allmählich meine Geschenke draußen im andern Haus lagern«, sagt sie zu Abigail, die mit einer großen Schüssel auf dem Schoß an ihrem Tisch sitzt. Abigail macht süße Orangenbrocken; sie hat vor, sie mit zum Kerzenmarsch zu nehmen. Um den ersten Dezember herum kauft sie einen großen Sack frischer Orangen, sticht Löcher in die Früchte und spickt sie mit Gewürznelken. Nachdem sie ein paar Eßlöffel pulverisierte Veilchenwurzel in die Schüssel gegeben hat, wälzt sie die Orange darin, bevor sie sie in eine Papiertüte steckt und für die nächsten Wochen zum Trocknen in ihrer Zedernholztruhe lagert. Sie muß gut drei Dutzend machen, denn die Leute haben sie die ganze Woche über gegrüßt. »Komm meines Weges beim Kerzenmarsch.« Sie lieben diese süßen Orangenbrocken. Einer reicht, damit ein Raum ein ganzes Jahr lang gut duftet. Hab gehört, sie werden woanders Parfümkugeln genannt, aber das hält die Menschen in Willow Springs nicht davon ab, sie so zu nennen, wie sie wollen, genauso wie der alte Reverend Hooper sie nicht von der Kerzenmarsch-Nacht abhalten kann. Er war nicht der erste, der das versucht hat – so was passiert eben, wenn man diese Pfarrer von außerhalb bekommt, die mehr zu wissen glauben, als sie tatsächlich wissen. Wenn man seinen Mund zu weit aufreißt, kommt zwangsläufig etwas Dummes raus, wie zum Beispiel, daß die Leute es Weihnachten nennen sollten. Jeder Narr weiß, Weihnachten ist am fünfundzwanzigsten Dezember – und das hat hier nie besonders eingeschlagen. Und der Kerzenmarsch ist immer am Abend des Zweiundzwanzigsten. Ist schon vor Reverend Hooper so gewesen und wird nach ihm noch so sein.

»Ich könnte wohl den Schuppen da ausräumen, aber ich hab keine Lust dazu.« Miranda seufzt.

Seit Jahren schon braucht Miranda nicht zu grüßen: »Komm meines Wegs beim Kerzenmarsch.« Die Menschen nutzen diese Nacht, um ihr zu danken. Kistenweise Kohl, Tomaten, Zwiebeln und Bete. Ein Berg von Marmeladen, Gelees und allem möglichen Eingelegtem. Rindfleischseiten, Fässer mit Fisch und genug Holunderbeerwein, um darin zu schwimmen. Ganz zu schweigen von dem Ingwergebäck – den Ingwerkeksen, -puddings und -bonbons. Und von den jüngeren Leuten, die das Ganze nicht mehr richtig verstehen, neue Hüte, Stoffballen, sogar elektrische Toaster.

»Hoffe nur, ich krieg nicht wieder ein Automobil.« Miranda lacht. »Weißt du noch, wie der kleine Tatum den alten Ford repariert hat? Na, wie ist er wohl auf die Idee gekommen, daß der aus der Erde kommt – schätze, die Leute erklären ihren Kindern das nicht mehr so wie früher. Er war trotzdem ein niedlicher Kerl. Und sein Bein ist so gut verheilt – kann ihn mir gar nicht vorstellen jetzt, mit seinen Einsachtzig und selber Vater. Sie haben dem Jüngsten einen komischen Namen gegeben – was war das, Keisha oder so was?«

Sie bekommt keine Antwort und sieht rüber zum Tisch. »Abigail, du hast nicht ein Wort von dem gehört, was ich gesagt habe. Und diese Orange hast du schon zwanzigmal herumgewälzt.«

Abigail sieht runter in ihren Schoß. »Du lieber Himmel, ich

war meilenweit weg.« Sie läßt die Orange in eine Papiertüte fallen und geht sich am Spülbecken die Hände waschen. »Ich mach mir Sorgen wegen dem letzten Brief von Baby Girl. Was sollen wir damit anfangen?«

»Ich hab dir doch gesagt, das ist nur dummes Gerede von ihr.«

Abigail nimmt den Brief aus ihrer Tasche. Liest ihn erneut und runzelt die Stirn. »Aber ich weiß noch immer nicht, wie wir auf diesen Teil antworten sollen: ›Ich habe einen Mann kennengelernt. Er taugt nichts. Und es ist vorbei.‹ Also, wir können schreiben: ›Wir freuen uns sehr, daß du einen Mann kennengelernt hast. Es tut uns sehr leid, daß er nichts taugt.‹ Aber sollen wir dann schreiben: ›Wir freuen uns‹ oder ›Es tut uns leid, daß es vorbei ist‹?«

»Abigail, Abigail, Abigail.« Miranda schüttelt den Kopf. »Kennst du denn Baby Girl nicht allmählich? Das klingt für mich bloß nach 'nem launischen Koller. Das ist wahrscheinlich derselbe Mann, mit dem es so viel *Spaß* machte, sich New York anzusehen. Und in einem einzigen Monat – taugt er nichts, und es ist vorbei. Sie ist dickköpfig und verwöhnt, und er ist jemand, bei dem nicht alles nach ihrem Willen läuft. Ich fange schon an, ihn zu mögen.«

»Anscheinend ist er nicht mehr da, um von dir gemocht oder nicht gemocht zu werden.«

»Ah-ha. Überleg doch mal. Sieben Jahre lang kriegen wir jeden Monat einen Brief – September nicht mitgezählt, weil sie grad zu Haus gewesen ist. Das macht nach meiner Rechnung... siebenundsiebzig Briefe. Und in all diesen Briefen, wie oft hat sie da erwähnt, mit wem sie ausgeht – namentlich oder nicht namentlich? Wie oft, Abigail?«

»Ich kann mich nicht erinnern.«

»Du kannst dich nicht erinnern, weil es nicht *einen einzigen* gegeben hat – mit dieser Ausnahme. Und sie geht immerzu mit jemand aus, denn wenn sie herkommt, erzählt sie von ihnen, wenn man genug bohrt. Und du kennst mich, ich bohre. Aber das ist das erstemal, daß sie uns von einem geschrieben hat. Und wer dieser Junge auch sein mag, Gott segne ihn, denn er rüttelt sie durch – und es tut ihr gut, ein bißchen durchgerüttelt zu werden. Baby Girl hat einen starken Willen, Abigail, so stark wie meiner. Und es muß ein starker Mann her, um es mit ihr aufzunehmen. Sicher stieben dort die Funken – das passiert, wenn gleich auf gleich trifft. Aber ich mache jede Wette, wenn wir noch mal von ihm hören, hat er einen Namen.«

»Und was schreiben wir ihr in unserem Brief?«

»Wir schreiben ihr...« Miranda überlegt einen Moment. »Weißt du, wir werden uns ein kleines Spielchen erlauben. Werden ihr schreiben, daß wir *außerordentlich* froh sind, daß die Sache vorbei ist. Denn das letzte, was sie braucht, sei ein Mann, der nichts taugt. Ja«, Miranda nickt, »das schreiben wir ihr.«

Kerzenmarsch-Nacht. Wenn man dann von jenseits der Brücke herüberschaut, könnte man ein paar der weiter hergeholten Geschichten über Willow Springs glauben: Die Insel ist von Gottes Mund ausgespuckt worden, und als sie zur Erde fiel, brachte sie eine Flut von Sternen mit. Er langte hinunter, um sie wieder einzusammeln, und fand sich Hände schüttelnd mit der größten Zaubermeisterin auf Erden. »Laß sie hier, Herr«, sagte sie. »Ich habe nichts außer diesen armen schwarzen Händen, um mein Volk zu führen, aber mit Licht kann ich vorausleuchten.« Nur eine Geschichte, und wenn darin ein Körnchen Wahrheit steckt, kann es nicht mal ein Gramm wiegen. Da drüben weiß niemand, warum sich die Menschen an jedem zweiundzwanzigsten Dezember auf die Straße begeben – bummelnd, lachend und schwatzend – und dabei irgendein Licht in den Händen halten. Das war schon so, bevor sie geboren wurden und bevor die vor ihnen geboren wurden.

Dieses Jahr wird es ein guter Marsch werden, denn das Wetter hat sich gehalten, und es gibt keinen Regen. Viele der älteren Bewohner können ihre richtigen Kerzen mitnehmen, denn sie bestehen auf dem alten Brauch. Sie nehmen oft Anstoß an den jüngeren Leuten, die Kerosinlampen oder Wunderkerzen benutzen, Regen hin oder her. Sie sagen, es sei sehr viel angenehmer, als wenn man sich dauernd über heißes Wachs, das einem auf die Hand tropft, ärgern muß. Die Jüngeren haben noch ein paar weitere Veränderungen eingeführt, die manch einem nicht recht passen. Früher, als es in Willow Springs hauptsächlich Baumwolle und Landwirtschaft gab, war am Ende des Jahres allgemein bekannt, wer Gewinn gemacht hatte und wer nicht. Und wer einen ganzen Haufen Kinder zu ernähren und einzukleiden hatte, für den konnte es im Winter sehr knapp werden. Und da sie wenig Geld, aber um so mehr Stolz hatten, war der Kerzenmarsch eine Möglichkeit, Hilfe anzunehmen, ohne sich jemand verpflichtet zu fühlen. Da als eine Art jahreszeitlicher Gruß alle sagten: »Komm meines Wegs beim Kerzenmarsch« und irgendeine Kleinigkeit erwarteten, bekamen die, die ein bißchen mehr brauchten, entsprechend viel von den Nachbarn. Und es fiel ihnen nicht schwer, etwas zurückzugeben – brauchte nur eine winzige Kleinigkeit von irgendwas zu sein, solange es aus der Erde kam und von der eigenen Hände Arbeit stammte. Eine Kiste Kartoffeln und eine eingepökelte Fleischseite konnte gegen einen Teller Ingwerplätzchen oder auch nur eine Tasse Ingwerwein getauscht werden. Es wurde alles mit derselben Dankbarkeit entgegengenommen, einem Hochheben der Kerze und einem Flüstern zum Abschied: »Leuchte voraus.«

Die Bräuche änderten sich ein wenig, als die jungen Leute mehr Geld hatten und jenseits der Brücke arbeiteten. Sie fingen an, sich gegenseitig modischen Krimskrams aus den Katalogen zu kaufen, und man hörte ignorantes Geschwätz wie: »Sie haben mir nichts beim letzten Kerzenmarsch gegeben, also kriegen sie dieses Jahr dasselbe von mir.« Oder man kommt zu ihrem Haus, und weil sie sich keine Zeit genommen hatten, etwas zu backen, holen sie eine Schüssel mit diesen harten Ingwerwaffeln, die aus der Dose kommen. Ein

Teil der jüngsten Bagage fährt sogar im Auto, statt zu gehen, sie blenden die Scheinwerfer auf, wenn sie Leute überholen, und schreien, manchmal betrunken, aus dem Fenster: »Leuchte voraus, leuchte voraus!«

Es gibt jeden Winter eine Auseinandersetzung darüber, ob diese jungen Leute das Ende des Kerzenmarschs heraufbeschwören. Man kann sie nicht davon abhalten, auf die andre Seite der Brücke zu gehen, denn wie die Kerzen draußen auf der Hauptstraße, so marschiert auch die Zeit vorwärts. Aber Miranda, die viel eher als weise denn als gottlos bekannt ist, sagt, es gibt keinen Grund, sich Sorgen zu machen. In ihrer Jugend sei der Kerzenmarsch noch mal anders gewesen. Nachdem man herumgegangen war und alles abgegeben hatte, was gebraucht wurde, traf man sich auf der Hauptstraße und hakte sich unter. Man summte ein längst vergessenes altes Lied, und dann bewegte sich eine Lichterkette durch den Ostwald raus zur Klippe über dem Ozean. Sie hoben alle ihre Kerzen, blickten nach Osten und sagten: »Leuchte voraus, Große Mutter. Leuchte voraus.« Man konnte dann Geschichten von einer Sklavin hören, die nach Willow Springs gekommen und in einem Feuerball wieder davongezogen war, um über den Ozean heim nach Osten zu reisen. Und Miranda sagt, ihr Vater John-Paul habe gesagt, daß zu seiner Zeit der Kerzenmarsch noch einmal anders gewesen sei. Meinte, die Leute hätten seine Großmutter verehrt, eine Sklavin, die sich 1823 ihre Freiheit *genommen* hatte. Ließ sieben Söhne und einen toten Herrn zurück, als sie die Hauptstraße hinunterging und die Kerze hochhielt, damit sie ihr den Weg zur Ostklippe über den Ozean leuchtete. Die Menschen zu John-Pauls Zeit säumten die Hauptstraße mit Kerzen, Essen und Ingwerschnitzen, um ihrem Geist fortzuhelfen. Und Miranda sagt, ihr Vater habe gesagt, sein Vater habe gesagt, der Kerzenmarsch sei davor noch wieder anders gewesen. Aber da hört die Erinnerung auf – zumindest die bewußte. Und selbst die Jüngsten, die angefangen haben, sich darüber zu beklagen, daß sie statt Weihnachten nur diese »alte 18 & 23er Nacht«

haben, beunruhigen Miranda nicht. Es wird Generationen dauern, sagt sie, bis Willow Springs ganz damit aufhört. Und noch mehr Generationen, bis es aufhört, über die Zeit zu reden, »als mal so 'ne Art 18 & 23er um den zweiundzwanzigsten Dezember rum stattgefunden hat.« Bis dahin, glaubt sie, wird die Welt sowieso nicht mehr so sein, wie wir sie kennen – und daher kein Bedarf nach der Erinnerung mehr bestehen.

Aber wenn man sich heute abend Willow Springs anschaut, ist es unmöglich, sich vorzustellen, daß es einmal so kommen wird. Die Straßen funkeln alle, sind gefüllt mit jung und alt, Gelächter schallt hinaus in die kalte Abendluft. Sogar die frömmlerischen Leute wie Pearl sind mit ihren Kerzen und Einkaufstüten voller Geschenke und Essen mit dabei. Pearl würde den Kerzenmarsch um keinen Preis versäumen, egal, was Reverend Hooper predigt. Wo jedermann draußen auf der Straße war, würde sie sicherlich etwas belauschen können. Sie ist von manchem Gerede nicht allzu erbaut – Leute, die die Plätzchen bestaunen, die Bernice Duvall ihnen gebracht hat: »Ich werd deiner Schwiegertochter sagen müssen, sie soll noch mal meines Wegs kommen. Hab solche Lebkuchen nicht mehr gegessen, seit Mama die Butter noch selber gemacht hat. Pearl, hast du ihr das alles beigebracht? Könnte schwören, da ist frisch gemahlene Muskatnuß drin und echte Rummelasse. Gibt einem irgendwie Hoffnung für diese neue Generation, wie?«

Sie entfernt sich schnell von dieser Gruppe. Die da drüben bei den Kiefernstümpfen ist schon mehr nach ihrem Geschmack: sie sind gerade oben bei Ruby gewesen, und die wollte Junior Lee nicht zum Kerzenmarsch rauslassen. Ruby hat selbst nicht mehr richtig daran teilgenommen, seit sie so dick geworden ist, aber sie schaffte ein paar Schritte über die Straße zu einem Nachbarn, und sie hat Miranda immer etwas gebracht. Dieses Jahr sitzt sie auf ihrer Veranda, eine Kerze zwischen den Knien, und redet davon, daß Junior Lee nicht die Straßen rauf- und runterzockeln soll, wo im Dunkeln all die leichten Mädchen warten. Ein sonderbares Verhalten für eine *Vermieterin*, oder nicht? Und das von Junior Lee ist am allersonderbarsten, denn seit wann läßt er sich von einer Frau sagen, was er zu tun hat? Und man hat nicht *einen* Mucks von ihm gehört. Ist vielleicht was dran an dem Gerücht – und jetzt fangen sie an zu flüstern –, daß Ruby ihm Wurzeln verabreicht? Sie hat Mittelchen, die Dr. Buzzards Zeug bei weitem in den Schatten stellen; manche sagen, sie sei sogar genauso mächtig wie Mama Day. Und es ist kein Geheimnis, was sie Frances angetan hat, nein, das ist ganz und gar kein Geheimnis. Frances hat glatt den Verstand verloren, wollte ihr Haar nicht mehr waschen und kämmen. Ihre Verwandtschaft aus der Stadt mußte kommen und ihr Haus dichtmachen und sie in eine dieser Nervenkliniken jenseits der Brücke bringen. Aber Ruby hatte sie gewarnt – und Pearl war dabei, als Ruby sie warnte –, Kirchenvorstand hin oder her, bis zum nächsten Vollmond würde sie es ihr austreiben, ihr Schweineköpfe an den Pfirsichbaum zu hängen. Aber ist das andrerseits nicht schön, daß Bernice runder wird und so prächtig aussieht? Also, ich glaub wirklich ... Pearl war am Schluß dieser Unterhaltung nicht mehr dabei.

Abigail klopft an die Tür von Mirandas Wohnwagen. Auf der Hauptstraße flackern überall Lichter. Miranda steckt den Kopf, auf dem schief ein roter Strohhut sitzt, zur Tür raus.

»Du da, Schwester?« fragt Miranda.

»Ah-ha.« Abigails Tasche mit den süßen Orangenbrocken beult aus. »Miranda, wo bleibst du denn so lang? Die Leute sind schon 'ne Ewigkeit draußen.«

»Der Kerzenmarsch geht nirgendwohin. Sie werden bis zur Morgendämmerung da draußen sein. Laß mich nur meine Thermosflasche mit Ingwerwein holen.«

»Was? Du willst den Leuten nichts weiter als 'nen Schluck Ingwerwein geben?«

»Darüber sollten sie sich dieses Jahr lieber freuen. Drei Babys allein im letzten Monat geboren, und alle hatten einen schlimmen Anfall von Krupp – ich bin erschöpft. Hatte keine Zeit zum Backen und Nähen.«

»Dann komm jetzt, aber ich schäme mich, mit dir gesehen zu werden. Herrgott, Miranda, es ist noch dazu eine *kleine* Thermosflasche.«

»Ich bleibe nicht lange hier draußen – schone meine Beine für was Besseres.«

»Wir müssen wenigstens bis zur Brückenstraße gehen.« Abigail sieht sich um, und das Kerzenlicht läßt ihr Gesicht zwanzig Jahre jünger aussehen. »Wie ich diese Nacht liebe. Weißt du noch, als Baby Girl kaum trippeln konnte, stolperte sie mit zwei eigenen Kerzen hier draußen rum. Und wir mußten sie am Kragen festhalten, damit sie nicht vornüberfiel.«

»Zu dieser Jahreszeit vermisse ich sie irgendwie.« Miranda lächelt. »Aber wo sie so weit weg ist, ist es vermutlich das beste, wenn sie immer Mitte August herkommt.«

Sie brauchen gut zwei Stunden, um die halbe Strecke bis zur Brückenstraße zurückzulegen. Müssen mit ungezählten Leuten ein Wort wechseln, ein Kind bei den ersten Gehversuchen bewundern oder es auf den Arm nehmen. Weiter weg bewegt sich ein runder, heller Fleck im Zickzack über die Straße. Als er ein bißchen näher kommt, sehen sie, daß es Dr. Buzzard mit einer riesigen Taschenlampe ist.

»Na, ist das etwa nichts.« Miranda schüttelt den Kopf.

Dr. Buzzard hat sich todschick gemacht für den Kerzenmarsch. Er hat einen neuen Overall an, ein rotes Flanellhemd, und er hat sogar Schnürsenkel in seine Turnschuhe gezogen. Er ist von einer Horde Kinder umgeben, denn sie wissen, daß seine Taschen für sie mit seinen speziellen Honig-Ingwer-Bonbons gefüllt sind.

»Leuchte voraus! Leuchte voraus!« Dr. Buzzards Gesicht ist gerötet, und er schwenkt seine Taschenlampe in ihre Richtung.

»Sie sind schon voll genug erleuchtet.« Miranda zieht die Nase hoch.

»Leuchte voraus, Buzzard.« Abigail lächelt und gibt ihm einen ihrer süßen Orangenbrocken. »Adrett sehen Sie aus.«

»So was, vielen Dank, Miss Abigail. Sie aber auch. Und Mama Day, Sie sind so hübsch wie immer.«

»Sie müssen schon seit gestern auf Kerzenmarsch sein.« Miranda kneift die Augen zusammen.

»Naa, bin ich nicht. Geht mir nur gut.« Er greift in die Tasche und holt eine Handvoll Süßigkeiten raus. »Hier, geben Sie das der kleinen Cocoa. Sie liebt meine Ingwerbonbons.«

»Sie ist nicht mehr klein, Buzzard«, sagt Abigail. »Cocoa ist dieses Jahr siebenundzwanzig geworden. Und kommenden April wird sie –«

»Abigail, gib dir keine Mühe. Buzzard hat so einen in der Krone, er weiß nicht –«

»Ich weiß, was ich sag, Mama Day.« Er läßt ein paar Bonbons in die winzigen ausgestreckten Hände um ihn herum fallen. »Bleiben sie nicht immer unsre Babys?«

Er geht an ihnen vorbei die Straße hinunter. Miranda sieht sich einen Moment um und ruft ihm hinterher: »Buzzard.«

»Ja, Mama Day?«

»Leuchte voraus.«

Als sie an der Brückenkreuzung mit den Läden wieder umdrehen und zurückgehen wollen, blitzen ihnen die Scheinwerfer eines Lasters entgegen, der vom Süden kommt.

»Es wird jedes Jahr schlimmer und schlimmer«, sagt Abigail. »Und wenn das wieder welche von diesen verrückten Teenagern sind, dann kriegen sie was von mir zu hören.«

Sie sehen mit Überraschung, daß es Bernice und Ambush sind, deren Pritschenwagen überall mit roten Bändern voller Stechpalmenzweigen und Ingwerplätzchen dekoriert ist.

»Jetzt schauen Sie nicht so«, sagt Ambush. »Vorhin sind wir zu Fuß gegangen, wie sich's gehört. Aber wir haben was zu Schweres zu tragen dabei, was wir Ihnen nach Hause bringen wollten. Bernice hat ein Geschenk für Sie, Miss Abigail. Und ich hab eins für Mama Day.«

Bernice hat Abigail ein Sommerkleid genäht: Spitze, so fein wie Spinnweben, über einem Seidenhemd.

»Ich weiß, Sie mögen Rosa«, sagt Bernice. »Ich hoffe, es gefällt Ihnen. Miss Pearl hat gesagt, es sei vielleicht nicht das Richtige für den Gottesdienst.«

»Mach dir mal deshalb keine Sorgen. Schätzchen, das ist so hübsch, darin möcht ich begraben werden. Woher hast du nur die Zeit dafür?«

»Es ist komisch, Miss Abigail, obwohl ich jetzt so viel mache, finde ich irgendwie immer noch Zeit für alles mögliche.«

Miranda und Abigail brauchen sich nicht anzusehen, um ein Lächeln auszutauschen.

»Und das ist für Sie, Mama Day.« Ambush führt sie zur Rückseite des Lasters und zieht die Plane hoch. Miranda steht einen Moment wie vom Donner gerührt da, und Abigail stockt der Atem, als sie den Schaukelstuhl sehen. Bernice und Ambush halten es für einen Ausdruck ihrer Freude – und der Stuhl ist ein wunderschönes Stück. Handgemacht. Abgelagertes Eichenholz, mit Leinsamenöl behandelt und poliert, so daß die Politur im Kerzenlicht fast schmerzhaft die Augen blendet. Das gebogene Kopfteil und seine Leisten haben aufeinander abgestimmte Muster, sorgfältig geschnitzte Blüten und Ranken von ineinander verschlungenen Wasserlilien. Die Stäbe an der Rückenlehne sind so geschwungen, daß sie sich dem Körper genau anpassen, ein Kissen wäre überflüssig. Ein bequemer Stuhl. Man könnte zufrieden den ganzen Tag und die ganze Nacht in einem solchen Schaukelstuhl sitzen und nichts weiter tun als Garn wickeln, immer wieder Garn wickeln.

»Ich hab jedes Teil selber gemacht.« Ambush strahlt.

»Mama Day, er hat so hart gearbeitet«, sagt Bernice, »um damit bis zum Kerzenmarsch fertig zu sein.«

»Da bin ich sicher«, flüstert Miranda.

Die jungen Leute spüren allmählich etwas.

»Er gefällt Ihnen nicht?« fragt Ambush.

»Natürlich gefällt er ihr.« Abigail nimmt seinen Arm. Er merkt nicht, daß ihre Hände zittern. »Sie ist nur sprachlos, das ist alles.«

»Ich will damit nicht sagen, daß Sie alt sind oder so was ...« setzt Ambush an.

»Würdest damit nur die Wahrheit sagen.« Miranda bringt ein Lachen zustande. »Wenn fünfundachtzig nicht alt ist, was dann?« Sie streicht über den Stuhl. »Und wenn der nicht wunderschön ist, mein Junge, was dann?«

»Ambush, wie bist du auf Wasserlilien gekommen?« Abigail versucht die Schnitzerei zu berühren, kann sich aber nicht dazu überwinden.

»Ich weiß nicht – dachte nur, es sieht hübsch aus. Und er gefällt Ihnen ehrlich, Mama Day?«

»Wirklich sehr. Hier, nimm einen Schluck davon, damit wir den Kerzenmarsch beenden können.«

Während Ambush den Stuhl zudeckt, nimmt Bernice Miranda beiseite und flüstert ihr zu: »Meine Samen gehen gut auf, Mama Day. Sie fangen schon an, im Küchenfenster zu ranken. Und ich wußte, daß Miss Abigail mein Kleid gefallen würde, denn als Miss Pearl gesagt hat, es würde ihr nicht gefallen, hab ich einen schwarzen Kern in die Erde gesteckt.«

»Gut gemacht, mein Kind. Wenn der Frühling kommt, pflanzen wir sie aus.«

Wenn der Frühling kommt, denkt Miranda. Der Frühling scheint in so weiter Ferne zu sein. Ein ganzes Leben weit entfernt. So, was sollte sie jetzt mit dem Stuhl machen? So viel Arbeit, so viele liebevolle Gedanken – könnte sie es ertragen, darauf zu sitzen? Er gehört ins andre Haus, sinnlos, sich etwas vorzumachen. Sie sieht in Bernice' eifrige und hoffnungsvolle Augen. Was für ein Schicksal nimmt hier zwischen uns seinen Lauf? Ich habe dich aufgefordert, Butter zu schlagen, und du hast es getan. Zwei Meilen am Tag zu laufen, du bist vier gelaufen. Niemals ein Gedanke daran, daß etwas von mir verlangt werden könnte, bevor wir uns in diesem Frühling treffen. Also, was mich angeht, bin ich nicht so sicher, aber um dich werde ich mir keine Sorgen machen. Du wirst es über diese Linie schaffen. Und vielleicht mußt du diese müde alte Frau einfach mit dir schleifen.

Der Schaukelstuhl wartet draußen vor dem Wohnwagen, als Miranda und Abigail von der Kreuzung heimkehren. Die

Menge hat sich schon etwas gelichtet, aber die Unermüdlichen werden bis zum Morgengrauen weiter herumziehen. Sie bleiben eine ganze Weile dort stehen, betrachten die Plane, die den Stuhl bedeckt.

Abigail seufzt. »Ausgerechnet Wasserlilien.«

»Weißt du, Abigail, wir sagen es immer wieder – das Leben ist sonderbar. Und wenn dann so was passiert, bringt es einen trotzdem ganz aus der Fassung.«

»Du glaubst, er könnte gehört haben ...«

»Von wem? Mutter starb, bevor sein *Großvater* noch aus den Windeln war. Und wir haben nicht mal Baby Girl davon erzählt ... Und das sollten wir, Abigail, weißt du. Das ist nichts, weswegen man sich schämen muß, es ist ihre Familie und ihre Geschichte. Und sie wird eines Tages Kinder haben.«

»Hat noch Zeit, sie mit diesem ganzen Kram zu belasten. Laß das Kind ihr Leben leben, ohne daß sie über diese Dinge nachdenken muß. Baby Girl –«

»Genau das ist es, Abigail – sie ist kein Baby mehr. Sie ist eine erwachsene Frau, und ihr richtiger Name ist Ophelia. Wir denken nicht gern daran, aber das ist ihr Name. Nicht Baby Girl oder Cocoa – Ophelia.«

»Ich bedaure den Tag, an dem sie ihn bekommen hat.«

»Nein, Schwester, bitte. Sag das niemals. Sie hat darum gekämpft, hierzubleiben – weißt du nicht mehr, Abigail?«

»Ich könnte leichter das Atmen vergessen als diese Monate. Nacht für Nacht mit ihr wach sitzen, jedesmal zittern, wenn sie würgte. Oh, dieses Kind ...«

»Und sie ist das Kind von Grace, Abigail.«

»Ophelia.« Tränen des Zorns stehen in Abigails Augen, als sie auf den Schaukelstuhl blickt.

»Ich werde das Ding zum andern Haus bringen. Da gehört es hin.«

»Heute nacht?«

»Nein, nicht heute nacht. Aber ich mache vielleicht noch einen letzten Kerzenmarsch in die Richtung.« Miranda fährt sacht fort: »Ist es zuviel verlangt, daß du mit mir kommst?«

»Das ist zuviel, Schwester.«

Miranda hebt zum Abschied ihre Kerze. »Dann leuchte voraus, Abby.«

»Leuchte voraus, Kleine Mama.«

Miranda betrachtet den gebeugten Rücken ihrer Schwester, als diese die Straße zu ihrem Haus überquert. Aus irgendeinem Grund verspürt sie zum erstenmal nach langer Zeit das Bedürfnis zu weinen.

Es gibt drei große Waldgebiete in Willow Springs. Das am Südende in der Nähe der Duvalls, wo Dr. Buzzard seine Brennerei hat. Das Gebiet, das sich ostwärts zum hohen Steilufer am Ozean zieht, durch den Chevy's Pass, wo man den Grabstein von Bascombe Wade finden kann. Und es gibt den Westwald, durch den Miranda jetzt geht und der ein Teil der über zweitausend Hektar ist, die den Days gehören. Er fängt direkt hinter Mirandas Wohnwagen an und zieht sich bis zu der kleineren Steilküste über dem Sund. Etwa auf halbem Weg liegt der Familienfriedhof, ein reizvolles Fleckchen Land inmitten eines Kreises von Steineichen. Dort liegen Mirandas Vater und seine sechs Brüder begraben. Der Vater von ihrem Vater und seine sechs Brüder liegen dort. Peace, Grace, Hope und noch mal Peace liegen dort. Die Leiche ihrer Mama haben sie nie gefunden, obwohl John-Paul und drei seiner Brüder eine Woche lang den Sund mit einem Schleppnetz abgesucht haben. Mutter flog von der Klippe und schrie dabei »Peace!« Und sie hätte neben Peace zur Ruhe gebettet werden können – und später hätte auch die andere Peace neben ihr gelegen.

Ophelia. Kein Trost für Miranda heute nacht auf diesem Friedhof. Sie geht weiter zum andern Haus, aber ihre Schritte sind langsam und unsicher. Miranda fände ihren Weg durch diesen Westwald mit zugebundenen Augen. Sie kennt jede Biegung und Böschung, jeden Baum, der abstirbt, und jeden, der hervortreibt. Aber das Licht der Kerze spielt ihr Streiche in der Dunkelheit, läßt Äste länger erscheinen und Schatten wie Felsen aussehen. Sie will darübersteigen und stellt fest, daß sie nur über Luft steigt. Ophelia. Miranda bleibt stehen und lehnt den Rücken gegen eine Eiche. Es sollte nicht sein, daß sie heute nacht zum andern Haus geht. Ein Zweig knackt rechts neben ihr, aber sie dreht sich nicht um. Ein Eichhörnchen vielleicht oder ein Graufuchs. Niemand, ob betrunken oder nüchtern, würde sich nachts so weit in den Westwald hineinwagen. Es ist zu nah am andern Haus. Und selbst bei hellichtem Tag würde niemand viel weiter als bis zum Friedhof gehen. Was geht nur in den Köpfen der Leute vor? Es ist ein altes Haus mit einem großen Garten, weiter nichts. Ich und Abigail und Peace sind hier geboren worden. Mein Papa und seine Brüder ebenfalls. Und hier hat meine Mama gesessen und sich selbst in den Tod geschaukelt. Die Leute denken sich die verrücktesten Sachen aus. Aber anderseits, es *gab* das andre Haus, wo sie Bernice im Frühjahr hinbringen würde. Wird sie nur ein altes Haus mit einem großen Garten sehen? Sie erinnert sich an die Hoffnung, die aus Bernice' Augen geleuchtet hat. Nein, wird sie nicht. Aber das Wichtige ist, werde *ich* nur das sehen? Ich muß diesen Kerzenmarsch zu Ende bringen, denkt Miranda, denn es wartet irgend etwas auf mich, was ich wissen soll.

Plötzlich hat sie Angst. Eine eisige Kugel zieht sich in ihrem Magen zusammen. Ophelia. »Ich werde diesen Kerzenmarsch beenden.« Ihre Stimme echot durch den leeren Wald, hallt von den nackten Ästen wider. Und als sie zurückschallt, bringt sie eine leichte Brise mit, und ihre Kerze flakkert und geht aus. Sie hat ein Streichholzbriefchen in der Manteltasche, aber sie lehnt sich in der wohltuenden Dunkelheit wieder gegen einen Baum, und der Wald, wie sie ihn kennt, beginnt Form anzunehmen. Der alte Kiefernstumpf hinter der Biegung vorm andern Haus, die Sauerdornsträucher neben der Gruppe Hartriegel, der Steinhaufen unter dem narbigen, kahlen Hickorybaum. Die eisige Brise wird stärker, weht um die Biegung vor dem andern Haus. Eine feuchte Brise, die vom Sund hereinweht. Es dauert nicht lang, bis sie sich in einen Wind verwandelt, der durch Gebüsch und vertrocknetes Unkraut peitscht.

Sie versucht, auf Geräusche zu horchen, die beinah im Wind verwehen. Jemand geht in einem langen Wollrock vorbei. Dann das Auftreten schwerer Lederstiefel, die direkt auf die Hauptstraße zugehen, direkt auf die Ostklippe über dem Ozean. Es konnte nicht Mutter sein, sie ist im Sund gestorben. Mirandas Kopf fühlt sich an, als würde er gleich platzen. Die Kerzen, Lebensmittel und Ingwerstücke, die die Hauptstraße säumen. Jemand geht in einem langen Wollrock vorbei. Schwere Lederstiefel. Und das Summen – das Summen eines vergessenen alten Liedes. Lautlos rollen Tränen über Mirandas Gesicht. O lieber Jesus, das Licht war nicht für sie – es war für ihn. Der Grabstein draußen beim Chevy's Pass. Wie lang hatte er nach ihr gesucht? Auf und ab auf diesem Weg. Was hatte Vater gesagt, was *sein* Vater über den Kerzenmarsch gesagt hatte? Sosehr sie sich auch anstrengte, sie konnte sich nicht erinnern. Aber sie würde den Schaukelstuhl hier rausbringen. Vielleicht selber nach dem Frühjahr wieder herziehen. Weiß Gott, bis dahin wäre sie oft genug in dem Garten gewesen. Und im Sommer wäre es wirklich angenehm. Dem Wind vom Sund lauschen. Vielleicht würde die Erinnerung zu ihr kommen. Ja – sie könnte einfach zu ihr kommen. Auf und ab auf diesem Weg stirbt ein Mann an gebrochenem Herzen.

* * *

GEORGE, ICH HATTE Angst. Kannst du das verstehen? Es lief alles so gut zwischen uns, daß ich mich vor dem Tag fürchtete, an dem alles vorbei sein würde. Erwachsene Frauen sollen nicht an Märchenprinzen und an Wenn-sie-nicht-gestorben-sind-dann-leben-sie-noch-heute glauben. Das wirkliche Leben hat nichts damit zu tun – also, wo blieben die Wolken? Und an jedem Tag, der heiter und wundervoll war; jedesmal, wenn du unerwartet anriefst, nur um mir zu sagen: »Ich habe an dich gedacht«; bei jeder komischen kleinen Karte in meiner Post oder in jedem Moment in einem Restaurant, wenn du ohne Anlaß meine Hand nahmst und sie drücktest – jedesmal, George, verspürte ich diese unterschwellige Panik: Wann wird es zu Ende sein? Und es war noch schlimmer, wenn wir im Bett waren. Du nahmst mich mit solchem Verlangen und mit solcher Zärtlichkeit in den Arm, mit keinem anderen Wunsch, als daß ich Lust und ein Dahinschmelzen von Stellen in meinem Körper verspürte, die bisher nur eine gefrorene Leere gewesen waren. Deine Berührung schuf langsam etwas Neues und Lebendiges in mir, und ich lag warm und schwach da, lauschte deinen Atemzügen, wenn du schliefst, und dachte: Was werde ich tun, wenn er nicht mehr hier ist? Was fange ich mit diesem ganzen weiten Raum, den er erschaffen hat, an, wenn er ihn nicht mehr füllt?

Und du – du warst so munter morgens, wenn du bei mir geschlafen hattest. Liefst runter zum Deli, um uns frische Brötchen und Orangensaft zu holen. Umkringeltest eine Annonce in der Zeitung für eine Show, die wir uns am Wochenende ansehen könnten. Ohne je zu begreifen, daß es noch drei volle Tage waren bis zum Wochenende, bis ich dich wiedersehen würde. Drei Tage waren genug, um das Gefühl hervorzurufen, das meine Freundinnen folgendermaßen zusammenfaßten: »Es klingt zu gut, um wahr zu sein.« Ich sah mich in der leeren Wohnung um, und, ja, es konnte nur so sein – nicht wahr. Du warst nur ein Teil irgendeiner Vision oder bestenfalls ein vorübergehender Besucher in meinem Leben. Zu gut, um wahr zu sein. Zu gut, um anzudauern. Ich brachte genug Mut auf, um dich das eines Abends zu fragen, erinnerst du dich? Nein, Männer erinnern sich nicht an solche Dinge. Du dachtest, ich wollte dich aufreizen und den Moment hinauszögern, als ich deinen Kopf, der zwischen meinen Schenkeln lag, hochhob und deine Lippen mit meinen Fingern streichelte. »Was werde ich tun, wenn du nicht mehr da bist?« fragte ich. Es versetzte mir einen Stich, daß du es so leichtnahmst: »Ich werde in der nächsten Viertelstunde nirgendwohin gehen, ich habe vor zu kommen.«

Je mehr du mir bedeutetest, desto mehr verlor ich die Kontrolle – und das haßte ich. Ich war nicht böse auf dich, weil du später als angekündigt anriefst, weil du wegen zu großer Müdigkeit einen Abend frühzeitig beendetest – ich war wütend auf mich selbst, weil ich zuließ, daß es so wichtig wurde. Und war ich mal muffig oder sarkastisch, wenn du endlich anriefst, schien dich das nie zu stören. Du setztest dich mit einem Lachen darüber hinweg, und das machte mich noch wütender. Es war ein grauenhaftes Gefühl, dich mehr zu brauchen, als ich selbst gebraucht wurde. Und so bedrängte ich dich, stellte kleinliche Forderungen. Wenn du mich gern hättest, würdest du dies tun. Wenn du mich gern hättest, würdest du jenes tun. Ich raufte mir die Haare, und alles, was du zu sagen hattest, war: »Ich rufe dich wieder an, wenn du bessere Laune hast.« Daß du mir so umstandslos nachgabst, machte dich nur noch unwirklicher. Er läßt das hier einfach an sich abprallen, es bedeutet ihm nichts. Wenn es ihm was bedeuten würde, würde er... Was? Angst ist unvernünftig, und genau das war ich. Und ich konnte es anscheinend nicht lassen, den Hörer zu nehmen und, anstatt dir zu sagen, was ich wirklich empfand...

»Du kommst also Montag abend *wieder* nicht?«

»Ich komme an keinem Montagabend. Du weißt, wegen Football.«

»Und das soll ich glauben?«

»Ich wüßte nicht, warum nicht, ich habe dich noch nie belogen.«

»Oder ich hab dich nie erwischt.«

»Ophelia, wenn du morgen den Zug runter zur South Ferry nehmen, aufs Boot steigen und rüber nach Staten Island kommen willst, bist du willkommen. Aber montags sehe ich mir die Spiele an.«

»Und du siehst sie dir auch *sechs Stunden* lang sonntags an.«

»Ganz recht. Und ich habe sogar meine Satellitenschüssel, so daß ich die Spiele der Patriots auch verfolgen kann, wenn sie nicht übers Netz gesendet werden.«

»Und wo bleibe ich dabei? Wenn ich mit dir mal am Sonntagnachmittag oder Montagabend irgendwohin gehen möchte, hab ich halt Pech gehabt, wie? Ich komme an zweiter Stelle nach irgendwelchen zu groß geratenen Clowns, die rumrennen in –«

»Wolltest du was Bestimmtes machen am Montag?«

»Darauf kommt es nicht an.«

»Dann weiß ich nicht, worauf es ankommt.«

»Na, dann hat es eindeutig keinen Sinn, daß ich es dir erkläre. Wenn jemand kein Interesse hat, hat er kein Interesse. Offensichtlich gibt es in deinem Leben Dinge, die wichtiger sind als ich.«

»Natürlich gibt es die. Meine Gesundheit, meine Arbeit – um mit der Liste anzufangen – und die New England Patriots. Es ist eine kurze Saison, du mußt halt damit leben.«

»Und wenn ich nicht will?«

»Dann eben nicht.«

»Weißt du, George, wenn es dir wirklich wichtig wäre ...«

»Es ist mir nicht so wichtig, verdammt noch mal!«

Nachdem ich dich dazu gebracht hatte aufzulegen, war ich einen kurzen Moment lang zufrieden. Stell dir vor, ich wäre dumm genug gewesen, diesem Mann zu erzählen, was ich wirklich für ihn empfand – sieh nur, wie er mich behandelt. Er ist unsensibel und egoistisch. Kein Zweifel, er würde mich erniedrigen, wenn ich meine Gefühle offen zeigte. Ja, einen Moment lang hatte ich das beruhigende Gefühl, mich vor all den Verletzungen schützen zu können, die du mir unter Umständen zufügen würdest. Und dann schien es nicht so schrecklich, daß es eines Tages vorbei sein würde. Weg mit Schaden. Mit dieser Version von dir wurde ich prima fertig. Klingt verrückt, wie? Hier war eine Beziehung, die ich in eine Katastrophe verwandeln mußte aus Angst, eine perfekte zu verlieren. Und wenn ich in dieser seelischen Verfassung war, fand ich viel Beistand:

Worüber bist du so entsetzt? Die Wahrheit mußte mal ans Licht kommen.

Ein Mann kann auf Dauer nicht aus seiner Haut raus.

Es ist leichter, von einer fliegenden Untertasse überfahren zu werden, als in New York einen anständigen Mann zu finden.

Wenn er bis jetzt noch nicht verheiratet ist, hättest du dir denken müssen, daß was nicht stimmt.

Ich konnte in solchen Nächten nicht gut schlafen. Wieso sollte ich dich anrufen, wenn du einfach aufgelegt hattest? Den Hörer hingeknallt hattest, um genau zu sein. Vielleicht war ich ein bißchen zu weit gegangen, aber das war kein Grund, dich so zu benehmen.

»Aber es ist mir doch wichtig.«

»Wie bitte?«

Du hattest die höchst verwirrende Angewohnheit, zurückzurufen und eine Unterhaltung da weiterzuführen, wo wir sie zwei Stunden oder auch zwei Tage vorher abgebrochen hatten.

»Ich sagte, es ist mir wichtig.«

»Das solltest du mir öfter sagen.«

»Vielleicht hörst du nicht zu.«

Ich glaube, das tat ich nicht. Denn ich brach weiterhin Streitigkeiten vom Zaun wegen deiner Footballspiele. Das war das einzige, was dich auf die Palme brachte – das und wenn man dich einen Hurensohn nannte. Ich hatte ein ziemlich schmutziges Mundwerk, und das amüsierte dich oft. Südstaatler können nicht fluchen, sagtest du mit einem Lachen, bei euch hört sich *Scheißkerl* an, als wäre das ein Holzblasinstrument. Im November und Dezember hatte ich viele Gelegenheiten, mich zu beklagen; wichtige Spiele wurden an den Feiertagen ausgetragen. Nicht, daß mir viel an Thanksgiving oder Weihnachten gelegen hätte, ich war aufgewachsen, ohne eins der beiden Feste zu feiern. Ich war achtzehn Jahre alt und ging in Atlanta zur Schule, bevor ich überhaupt den ersten echten Weihnachtsbaum sah. Und diesen ganzen gezwungenen Frohsinn und das Getue um die Feiertage fand ich unangenehm. Aber Selma veranstaltete ein riesiges Thanksgiving-

Essen, und ich wollte mit dir angeben, aber du fuhrst zu einem Auswärtsspiel. Und nein, ich wollte nicht mitkommen. Außerhalb von Detroit – wo es wahrscheinlich eine Million Grad unter Null war? Außerdem war ich fest entschlossen, in deiner Begleitung zu dieser Dinnerparty zu gehen.

»Das meine ich ernst, George. Todernst.«

»Ich fahre zu dem Spiel.«

»Dann ruf mich nicht an, wenn du wieder zurück bist.«

»Das habe ich schon mal gehört.«

»Nein, es ist wirklich mein Ernst – ruf mich nicht an.«

»Das ist dein Ernst – wegen einer blöden Party?«

»Ja, das ist wirklich mein Ernst.«

»Okay, Ophelia. Ich werde dich nicht anrufen.«

»Ist das dein Ernst?«

»Ja, das ist wirklich mein Ernst. Dir ist es auch ernst, oder?«

»Ja.«

Also, warum rief er nicht an? Das war das Ende, das absolute Ende. Die Dinnerparty war ein totaler Reinfall. Selma hatte sich betrunken und zuviel Wein in die Füllung getan, so daß ihr Truthahn aussah, als hätte er Durchfall. Und nach einer weiteren halben Flasche Johnny Walker kam sie auf eins ihrer Lieblingsthemen – schwarze Männer, die mit weißen Frauen gehen. Später am Abend erwischte ich einen zweiundzwanzigsekündigen Nachrichtenausschnitt über das Spiel, sah etwas verschwommenes Rothaariges in der Menge und schwor, daß das Shawn war. Das Miststück. Manche Frauen besitzen keinen Stolz – sie lassen nichts aus, um einem Mann nachzulaufen, der sie nicht haben will. Nicht ich. Was hat Großmama immer gesagt? Sie hatte wenig Geld, aber viel Stolz.

Mein Stolz mußte einiges einstecken. November ging vorbei. Dezember kam – kein Anruf. Ich war zutiefst deprimiert, als ich nach Hause schrieb, und noch deprimierter, als ich mein Kerzenmarsch-Paket in der nächsten Woche bekam. Was zum Teufel machte ich in dieser Stadt? Sie war kalt und unwirtlich. Ich packte den süßen Orangenbrocken aus, den Großmama mir geschickt hatte, und Mama Days übliches Lavendelwasser. Sieben Jahre weg von zu Hause, und der zweiundzwanzigste Dezember kam mir ohne eine angezündete Kerze noch immer unvollständig vor. Dieselben alten Neuigkeiten von daheim, aber wenn diese Briefe je aufhören würden zu kommen, wüßte ich nicht, was ich tun sollte. Ich kam zu der Zeile: »Das letzte, was du brauchst, ist ein Mann, der nichts taugt« und fing an zu weinen. Sie hatten so recht. Dein Telefon klingelte zwölfmal – zwölf.

»Du wußtest, daß ich es nicht ernst meinte.«

»Ich wußte es nicht, Ophelia. Aber ich hatte es gehofft.«

Ich wachte eines Morgens auf, irgendwann Anfang November, und wußte plötzlich, daß ich mit dir für den Rest meines Lebens zusammenbleiben wollte. Ob ich das konnte oder nicht, war nicht die Frage, aber der Wunsch war auf jeden Fall da. Von klein auf hatte ich akzeptieren müssen, daß manche Dinge, die man sich wünscht, nicht für einen bestimmt sind – oder schlimmer, nicht einmal gut für einen sind. Ich hatte meine Eltern kennenlernen wollen, ich hatte am Sport teilnehmen wollen. Aber aus Gründen, die sich meinem Einfluß entzogen, würde sich nichts davon erfüllen, und da ich nachdrücklich dazu erzogen worden war, mich dadurch nicht aus der Fassung bringen zu lassen, machte ich das Beste draus. Das Leben, das ich hatte, hatte ich, und was ich tun konnte, war das und nicht mehr. Also war die Offenbarung über dich an jenem Morgen nichts Welterschütterndes – ich rasierte und duschte mich wie üblich, machte mir eine Schüssel Haferbrei und ging zur Arbeit –, es war einfach ein neuer Posten auf einer langen Liste von Dingen, die ich mir gewünscht hatte. Aber war es möglich, konnten wir miteinander leben? Der Rest des Lebens scheint eine lange Zeit zu sein, wenn man erst einunddreißig ist. Wir mußten uns gegenseitig betrachten und überlegen, ob wir akzeptieren konnten, was wir jeweils sahen – denn es war genau das, was wir kriegen würden.

Da entschloß ich mich, den Videorekorder *nicht* zu kaufen. Ich hatte mit der Idee gespielt, weil die Beziehung ziemlich neu war und weil die meisten Frauen am Anfang so unsicher sind. Sie glauben, es beweist etwas, wenn sie aus der Laune eines Augenblicks anrufen – »Könntest du vorbeikommen?« – und man kommt. Es bedeutet nur, daß man vorbeikommt, und wenn das Wetter schlecht ist, wird man naß. Aber es machte mir Spaß, sie zu verwöhnen – ein bißchen Zeit und alberne kleine Aufmerksamkeiten, und sie schnurrten. Gib ihnen hin und wieder obendrein noch ein persönliches Geschenk, und sie gehen für dich über Wasser. Sie waren glücklich, und ich war glücklich, denn ich konnte Geschmolle nicht ertragen. Wenn sich eine Frau lauthals über die großen Sachen aufregte, stellte ich fest, daß sie bloß was Kleines wollte. Der »Es-ist-dir-nicht-wichtig«-Quatsch konnte im Keim erstickt werden, indem man willkürlich Tage in seinem Terminkalender ankreuzte, an denen man von seiner Sekretärin eine blumenbedruckte Karte schicken ließ. Auf diese Weise »denkt« man an sie – ob man es nun tut oder nicht.

Unglücklicherweise befanden wir uns mitten in der Footballsaison. Ein Videorekorder hätte das Problem lösen können. Aber falls es möglich sein sollte, den Rest meines Lebens mit dir zu verbringen, konnte ich jetzt schon mal rausfinden, ob du bereit warst, mich voll und ganz zu akzeptieren – und das bedeutete Football. Es war kein Zeitvertreib, es war eine Leidenschaft. Ich redete nicht, ich kuschelte nicht, ich wollte deine Hand nicht an meinem Schritt haben, wenn das Spiel lief – und Fernsehen war nur eine armselige Notlösung im Vergleich mit einem richtigen Stadion. Ich war immer wieder fasziniert von den Spieltechniken, dieser Mischung aus Wissenschaft, primitiver Kraft und einer Spur menschlicher Unberechenbarkeit. Football reizte mich mehr als andere Sportarten mit seinen unbegrenzten Möglichkeiten für Spielzüge. Baseball und Basketball waren nur eine simple Zurschaustellung von Geschicklichkeit und Kraft: wenn man schnell dachte und stark und beweglich war, konnte man immer weitermachen. Aber Football forderte einem Mann sehr viel mehr ab: wenn das physische Gerüst zerschlagen und zerschmettert ist, kann man einfach zu müde sein, um noch zu denken, um sich zu bewegen. Und manchmal verläßt einen sogar aller Mut. Dann macht man weiter um des Weitermachens willen. Es produziert ein Hochgefühl, das sich nur einstellt, wenn ein Mensch einen Blick auf die Substanz der Unsterblichkeit erhascht hat.

Da ich in der High-School nicht draußen auf dem Spielfeld sein konnte, half ich dem Trainer, Spielzüge zu entwickeln, und er hörte oft auf meine Vorschläge, weil er sagte, ich hätte einen sehr rationalen Verstand. Aber es war nichts Rationales an dem, was passierte, wenn ich ein Teil der Menge wurde – und je größer, desto besser. Wenn man nicht selber dabeigewesen ist, kann man nicht verstehen, wie das ist. Und doch, selber dabeizusein war für jemand wie dich nicht genug – du sahst nur zweiundzwanzig Männer auf einem Spielfeld und an die siebzigtausend schreiende Menschen. Also, warum dir etwas erzählen, was du nicht glauben konntest? Die Menge wurde zu einem einzigen lebenden Organismus – *ein* Puls, *ein* Herzschlag, *eine* Kehle. Ich habe gesehen, wie sie sich runterbeugte und entmutigten Spielern wieder Leben einhauchte. Ich habe gesehen, wie sie Männer mit ihrem Haß zermalmte. Und ich rede nicht in Metaphern – sie konnte Wunder vollbringen. So wie 1976 in der Super Bowl. Erstes Viertel, und die Steelers lagen gegen die Cowboys nach nur fünf Spielminuten sieben zu null zurück. Das kann die Moral eines Teams vollkommen zerstören und ein ganzes Spiel aus dem Konzept bringen. Aber meine Hälfte der Zuschauermenge lehnte sich vor, als Terry Bradshaw auf die Achtundvierzig-Yard-Linie der Cowboys zurückfiel und den Ball zu hoch und ins Aus auf der rechten Seite schleuderte. Aber da war der ungedeckte Fänger, Lynn Swann, sein dunkler, schlanker Körper widersetzte sich der Schwerkraft, als er hochsprang, den Ball fing und sich mitten in der Luft drehte, um ihn innerhalb des Feldes runterzurammen. Zweiunddreißig Yard wettgemacht. Nein, dabeizusein reichte nicht. Man mußte die Kraft spüren, die knapp zweihundert Pfund Fleisch über dem Boden schweben ließ, um zu glauben, daß wir ihm die Flügel dazu verliehen hatten.

Ich war 1968 zu meinem ersten großen Spiel gegangen, die Jets gegen die Raiders in der AFC-Meisterschaft, und seither hatten es mir Live-Spiele angetan. Ich hatte jedes Entscheidungsspiel der American Football Conference und die meisten der National Football Conference gesehen, selbst wenn sie an verschiedenen Küsten stattfanden. Aber wenn es ein Zeitproblem gab oder ich keinen Flug kriegen konnte, um es zu beiden zu schaffen, dann war die AFC meine Liga, genauso wie die Patriots mein Team waren – ich vermute, ich hatte einen speziellen Hang zu Underdogs. Ich mußte ihretwegen von Bruce viel Spott einstecken. »Was verstehst du schon von Football«, sagte ich dann. »Ich verstehe viel von Verlierern«, antwortete er, »und die New England Patriots sind eindeutig welche.« Aber 78 hielt er den Mund, als sie in der Verlängerung nach einem Unentschieden die Meisterschaft in der Eastern Division über Miami errangen. Er hatte keine Wahl – ich ließ ihn wochenlang kaum zu Wort kommen. Natürlich schafften sie es nicht bis in die letzte Ausscheidungsrunde. Aber ich glaubte trotzdem, daß ich sie noch zu meinen Lebzeiten in die Super Bowl einziehen sehen würde. Vielleicht war das, wie Bruce meinte, ein wenig zuviel verlangt. Er und ich hatten eine gute Arbeitsbeziehung: Wir rissen uns gemeinsam den Arsch auf und wußten, wann es an der Zeit war, getrennte Wege zu gehen – er im April zum Beginn der Forellensaison und ich im Januar zum Ende der Spielsaison.

So war das, und, noch wichtiger, so würde es bleiben. Und sicher konnte ich dir dieses erste Jahr nachgeben, einen Videorekorder kaufen und vielleicht nur in meinen Ferien zum Endspiel fahren. Aber was war dann mit dem nächsten Jahr und dem übernächsten? Du warst besessen von der Vorstellung, daß mein Verhalten das Ende für uns heraufbeschwor, dabei legte ich den Grundstein für den Anfang. Warum habe ich es dir also nicht rundheraus gesagt? Weil ich meine eigenen Unsicherheiten hatte. Es war beunruhigend, dich so zu begehren, wie ich es tat. Ich konnte mir nicht vorstellen, daß du zu der gleichen Intensität fähig wärst, und ich hoffte es nicht einmal. Nur auf irgendein Zeichen, daß ich anfing, dir etwas zu bedeuten, daß ich mich von den anderen Männern, die du gekannt hattest, unterschied. Und wenn es keine Zeichen dafür gab, wieso dir eine uneingeschränkte Vollmacht dafür geben, mir weh zu tun – oder schlimmer, mich für meine Verletzlichkeit zu verachten? Je mehr du mir bedeutetest, desto verschlossener wurde ich. Und ich wartete. Wartete worauf? Auf etwas mehr als Wutanfälle darüber, ob es nun ein Montag- oder ein Dienstagabend war, an dem ich mir Zeit für dich nahm – die hatten nichts mit mir zu tun, nur mit dir. Auch auf noch etwas mehr als die programmierten Reaktionen, von denen ich wußte, daß ich sie für irgendeine Aufmerksamkeit bekommen würde – das hatte was mit der menschlichen Natur zu tun. Ich nehme an, ich wartete auf eine Handlung – Worte würden nicht ausreichen –, die besagte: Ja, ich tue das, weil er mir etwas bedeutet.

Du wolltest nicht mit mir reden. Ich meine nicht die Male, wo ich unvernünftig und quengelig war – ich verdiente es, daß du einfach den Hörer auflegtest. Aber als dann das neue Jahr kam, war es mehr als offensichtlich, daß Football dein ein und alles war. Und ich machte den Versuch, den Sportteil zu lesen, obwohl ich nicht die Bohne verstand. Ich versuchte mir sogar eines Abends ein Spiel anzusehen, aber wo bleibt der Spaß dabei, wenn man den Ball nicht sehen kann? Sie stellen sich in Reihen auf, bücken sich, und auf einmal liegen sie alle übereinander und beschnuppern sich gegenseitig die Hosenböden. Okay, das war ein Stück deines Lebens, an dem ich nicht teilhaben konnte, und du schienst es vorzuziehen, nicht darüber zu reden. Damit konnte ich leben, zumal mich das ganze Thema ohnehin langweilte. Aber, George, da waren so viele andere Dinge, über die wir nicht redeten.

Ich hatte dir von der Gegend erzählt, wo ich aufgewachsen war. Ich zeichnete dir das Bild von einer kleinen ländlichen Gemeinde und von meinem Leben mit Großmama und Mama Day, so daß es aussah, als handle es sich um eine beliebige Kleinstadt in den Südstaaten und um zwei gewöhnliche alte Frauen, die in das einzige überlebende Enkelkind vernarrt waren. Natürlich, manche Dinge über Willow Springs konntest du niemals glauben, aber ich erklärte dir den Kerzenmarsch, wir tauschten an jenem Abend Geschenke aus statt am Heiligen Abend. Du fandest es drollig und charmant, und es machte Spaß, wie wir uns auf dem Boden mit dem weichen Kerzenlicht um uns herum gegenseitig auszogen. Aber ich öffnete dir mein Herz und erzählte dir von den Gefühlen für meinen davongelaufenen Vater und meine so jung gestorbene Mutter. Ich sprach zu dir über Einsamkeit – jeder Art. Über meine tägliche Frustration bei der Arbeit, die Pläne, die ich für die Zukunft hatte – noch mal aufs College zu gehen und einen Abschluß in Geschichte zu machen. Kein vermarktbares Wissen, aber etwas, was ich gern machen wollte. Da ich aus einer so legenden- und geschichtsträchtigen Gegend wie den Südstaaten kam, war ich von dem Thema immer fasziniert gewesen. Ich redete und redete, aber dich dazu zu kriegen, irgendwas über dich selbst mitzuteilen, war wie Zähne ziehen. Oh, du konntest gut erzählen – und du konntest mich zum Lachen bringen mit den Geschichten über einige deiner Kunden, über die extravaganten Verwandten deines Partners und seine Nichte, die Kaugummi in den Aktenschrank geklebt hatte.

Und wenn ich dich nach *deinem* Leben ausfragte, sagtest du, du seist in einem Waisenhaus für Jungen aufgewachsen, es sei hart gewesen, es an die Columbia-Universität zu schaffen und dein eigenes Geschäft aufzubauen. Du erwähntest manchmal eine Frau namens Mrs. Jackson. Die Welt verlor eine Menge, als sie starb, sagtest du. Aber du sagtest nie etwas über deine *Gefühle* für irgend etwas davon. »Nur die Gegenwart bietet Chancen« war dein Spruch, um mich abzuwimmeln. »Halte dich an den Menschen, der vor dir steht.« Das versuchte ich, George. Aber du wolltest nicht verstehen, daß ich dachte, du würdest mir nicht genug vertrauen, um mich in deine Gefühle einzuweihen. Ein Mensch besteht aus weit mehr als nur dem »Jetzt«. Ich hatte offen zu dir über das verängstigte kleine Mädchen in mir gesprochen, weil ich schließlich zu der Überzeugung gelangt war, daß du ihm nie weh tun würdest. Und je mehr ich mich öffnete, desto verschlossener wurdest du. Ich hatte nicht vor, dich darum anzuflehen, mir zu vertrauen. Und da ich mich weigerte, über mein Leben ohne dich nachzudenken, mußte es wohl oder übel dabei bleiben. Aber es war eine bittere Pille. Ich muß zugeben, an manchen Tagen rutschte sie besser runter als an anderen. Doch der Tag, an dem ich in deinem Büro vorbeischaute, gehörte nicht dazu.

Es war so komisch, diese Lobby zum zweitenmal zu betreten und an das Gefühl vom ersten Mal zu denken. Es schien, als hätte ich mich seither furchtbar verändert, und es war erst fünf Monate her. Am nächsten Tag wolltest du zu den Entscheidungsspielen nach Philadelphia und dann nach San Diego fahren, deshalb arbeitetest du bis spät, um keine unerledigten Dinge zurückzulassen. Ich brachte dir das T-Shirt als Reisegeschenk. Ich hatte vergessen, wer gegen wen spielen sollte oder auf wessen Seite du warst, deshalb hatte ich nur ER IST MEIN FOOTBALL-BABY draufdrucken lassen. Der kaputte Fahrstuhl hätte mir eine Warnung sein sollen, kehrtzumachen und nach Hause zu gehen. Unnötig, dich nach der Arbeit abzuholen, du wolltest sowieso kommen. Und weil du ein schlechtes Gewissen hattest, weil du nicht einen einzigen Tag von deinem Urlaub mit mir verbrachtest, würdest du außerordentlich lieb sein. Als ich mir vorstellte, wie lieb, fand ich, ich könnte dir auf halbem Weg entgegenkommen und die Treppe nehmen.

Im vierten Stock war ich außer Atem, und dort bekam ich meine zweite Warnung: die Etagentür war verschlossen, und ich überlegte gerade, ob es lohnte, ein Stockwerk tiefer zu gehen und es am anderen Ende des Gebäudes zu versuchen, als eine Frau mit rotem Lockenhaar die Tür vom Gang her öffnete. Klein und hübsch. Blaugrüne Augen. Und zarte Sprenkel von Sommersprossen auf Nase und Stirn. Sie sagte, ich hätte Glück, daß sie Überstunden machte, denn der Hausmeister würde diese Treppenhaustür immer zu einer bestimmten Stunde zusperren. Ich dankte ihr und stand da, schaute zur Treppe, wo sie verschwunden war, eine lange, lange Zeit. Als ich schließlich in deinem Büro ankam, war die Tüte mit deinem T-Shirt klein genug, um in meine Faust zu passen.

»Wieso hast du mir nicht erzählt, daß Shawn in diesem Gebäude arbeitet?«

»Ich dachte, das sei ohne Belang. Wie hast du das entdeckt?«

»Das ist *ohne Belang.* Aber ich bin sicher, das ist noch das Geringste, was du mir verheimlichst.«

»Ich werde mich nicht mit dir streiten, Ophelia, okay? Dieser Teil meines Lebens ist vorbei – sie weiß es, ich weiß es, und du weißt es.«

»Ich weiß gar nichts, George. Nicht das gottverdammteste bißchen. Weißt du, nichts an deinem Leben ist für mich wichtig. Ich bin nur jemand, den du vögelst, wenn dir danach ist – ich sollte anfangen, Geld dafür zu nehmen.«

»Du hast ein schmutziges Mundwerk, und das gefällt mir nicht.«

»Interessiert mich nicht, was dir gefällt. Seit wann interessierst du dich denn für mich – du schleichst herum und verheimlichst mir Dinge, du –«

»Ophelia, wieso ist das wichtig, wo sie arbeitet? Wenn ich sie weiterhin sehen wollte, könnte ich das so oder so.«

»Ich rede nicht von *ihr.*«

»Wovon redest du dann, oder ist das irgendeine neue Art

von Koller, um mir die Zeit zu stehlen, weil ich zu den Spielen fahre?«

»Vergiß es, George. Vergiß es einfach. Hier, hab ich dir mitgebracht...«

Du ignoriertest die Tüte auf deinem Schreibtisch. »Nein, ich will es nicht vergessen. Was verheimliche ich dir? Du weißt soviel von mir wie alle anderen.«

»Dann ist das erbärmlich – denn ich weiß gar nichts.«

»Das bringt uns nicht weiter.«

»Wir stecken schon eine ganze Weile fest.«

»Okay, Ophelia, was solltest du noch über mich wissen, was ich dir nicht erzählt habe – mein Alter, meine Herkunft? Du befindest dich an dem Ort, wo ich arbeite. Bleiben nur noch meine Sozialversicherungsnummer und meine Schuhgröße. Also komm – stell mir eine Frage. Irgendeine Frage. Du hast meine ungeteilte Aufmerksamkeit. Ah, ich sehe, es herrscht Schweigen. Das zeigt dir, wie lächerlich du sein kannst, ohne dich auch nur im mindesten anzustrengen.«

»Und du kannst ein sarkastischer Hurensohn sein.«

»Du weißt, ich hasse das Wort.«

»Ja, das ist etwas, was ich weiß. Und hier ist eine Frage für dich – wieso, George? Wieso haßt du es, ein Hurensohn genannt zu werden? Ein aufgeblasener, betrügerischer, verklemmter Hurensohn?«

Dein Gesicht war ausdruckslos, als du deinen Mantel anzogst, deine Aktentasche nahmst und hinausgingst. Du hattest mein T-Shirt auf deinem Schreibtisch liegenlassen. Ich nahm es ebenfalls nicht mit. Du warst nirgends zu sehen, als ich auf den Gang kam. Du riefst mich in jener Nacht nicht an und gingst auch nicht ans Telefon. Ich wußte, daß ich es am nächsten Tag nicht zu probieren brauchte, du warst in Philadelphia. Und von Philadelphia fuhrst du nach San Diego. Und wenn die Welt unterging, du fuhrst zu den Spielen. Und wenn du zurückkamst, mußte ich ohnehin den ersten Anruf machen. Ich nehme an, ich mußte mich bei dir entschuldigen, aber auch du warst mir etwas schuldig.

Die dritte Warnung war meine niederschmetternde Enttäuschung, als das Telefon am nächsten Abend läutete und nicht du dran warst. Ein alter Freund. Nein, ich hatte nichts vor. Und klar, ich würde gerne irgendwo was essen. Bei ihm zu Hause? Wieso nicht. Ja, ich wußte noch, wo das war. Diese sieben Blocks zogen sich lang hin: vier rüber zum Riverside Drive und einmal rechts nach Norden abbiegen. Ich verdrängte alle jene Warnungen aus meinem Bewußtsein, als ich am Riverside Park vorbeiging. Und als ich an seinem Haus ankam, zögerte ich nicht, hineinzugehen.

Ich kam in jener Nacht aus Philadelphia zurück, um deine Frage zu beantworten. Und um dich zu bitten, mich zu heiraten. Genug war genug. Wenn wir so weitermachten, gab es für uns nicht viel Hoffnung. Jemand mußte den ersten Schritt wagen. Ich hatte vollkommen verstanden, was du in meinem Büro gesagt hattest, aber ich wollte nicht darauf eingehen. Ich würde nicht zulassen, daß du mich dahin brachtest, mein Innerstes zu öffnen, bevor ich soweit war. Aber der entscheidende Punkt war, wann würde ich je soweit sein? Wie frustriert würdest du werden müssen, bevor ich diese schwer definierbare Garantie von dir bekäme, nach der ich suchte? Es ist komisch, ich war dabei, dich zu verlieren, wegen meiner Furcht, dich zu verlieren. Es war wie verhext, wirklich. Wir bewegten uns immer aneinander vorbei. Jenes Wochenende war ein totaler Reinfall. Ich war nicht in der Stimmung, ein Flugzeug zu besteigen und runter nach Kalifornien zu düsen – es war schon schwer genug, mich auf das Spiel vor meinen Augen zu konzentrieren. Es war egal, daß die Eagles gewonnen hatten. Sie würden in der Super Bowl entweder gegen Oakland oder gegen San Diego antreten, und beide Teams konnten sie mit auf dem Rücken festgebundenen Armen besiegen. Ja, in zwei Wochen in New Orleans würde es ein AFC-Sieg werden. Ich war bezaubert von dieser Stadt, und vielleicht könnte ich es wieder genießen, sobald ich mit dir alles geklärt hatte.

New Orleans. Tampa. Miami. Keine dieser Städte schien wirklich den Süden zu verkörpern. Nichts glich der Gegend, aus der du stammtest. Ich empfand immer eine Ehrfurcht vor den Geschichten über Willow Springs, die du so unbeschwert erzähltest. Im Haus einer Großmutter geboren zu werden, zu dem Ort gehen und sehen zu können, wo ein Urgroßvater und sogar ein Ururgroßvater geboren waren. Du hattest mehr als eine Familie, du hattest eine Geschichte. Und ich hatte nicht mal einen richtigen Nachnamen. Ich bin sicher, mein Vater und meine Mutter hatten sich nicht mal ihre richtigen Vornamen gesagt. Woher sollte er Jahre später wissen, daß ich mir ausgerechnet darüber Gedanken machen könnte? Wenn es vereinbart war, einer Frau zwanzig Dollar auf die Kommode zu legen, nimmt man an, daß das alles ist, was man zurückläßt. Mir blieb nichts anderes übrig, als mich auf alles Gegenwärtige zu konzentrieren, wobei hinter meiner Widerspenstigkeit die Furcht steckte, ich könnte in deinen Augen weniger wert sein. Aber ich würde nun sowieso weniger sein, ohne dich in meinem Leben. Hier geht also ein Nichts, dachte ich, als ich den Broadway entlang zu deiner Straße lief.

Ich beschloß, vorher von der Ecke aus anzurufen. Ich hätte mit meinem Schlüssel einfach reingehen können, aber ich wollte dir die Gelegenheit geben, mich hinaufzubitten. In jenem Augenblick brauchte ich alle Ermunterung, die ich nur kriegen konnte. Keine Antwort. Ich wollte schon erneut wählen, als ich dich auf der anderen Straßenseite erblickte, wo du Richtung Westen liefst. Ich erkannte den roten Kaschmirmantel, den ich dir zu Weihnachten geschenkt hatte, und diesen unverkennbaren stolzen Gang. Machte sie einen Spaziergang? dachte ich. Besuchte sie Freunde? Bis ich selbst den Broadway überquert hatte, bogst du zwei Blocks weiter in den Riverside Drive ein. Vielleicht war es ein flüchtiger Blick, den ich von deinem Profil erhaschte, oder eine bestimmte Schulterhaltung, die mir das Gefühl gab, daß irgend etwas nicht stimmte. Ich lief schneller. Ich bog um die Ecke und wollte gerade nach dir rufen, als die Tür zur Lobby hinter dir zufiel.

Ich wartete die ganze Nacht.

Es war ein grauer und kalter Morgen, als ich aus dem Gebäude kam und dich auf der anderen Straßenseite vom Drive stehen sah, wo du an der Promenadenmauer lehntest, deinen Trenchcoat bis zum Hals zugeknöpft, den Kragen hochgestellt. Es war unwichtig, wie du dahin gekommen warst. All diese Monate hatte ich mich gefragt, wie es enden würde, und das war es nun. Ich war zu leer, um etwas zu empfinden – Scham, Angst –, als du schließlich rüberkamst. Dein Gesicht war noch immer völlig ausdruckslos. Und deine Stimme war sehr sachlich, als du die Hand aus der Tasche nahmst und mir einen Schlag verpaßtest, daß mir Hören und Sehen verging.

»Meine Mutter war eine Hure. Deshalb werde ich nicht gern Hurensohn genannt.«

Mein Blick war noch immer verschwommen. Ich hatte mir die Unterlippe an den Zähnen aufgeschlagen, und sie fing an zu bluten. Deine Finger waren wie ein Schraubstock, als sie meine Hand umfaßten und du mich den Riverside Drive hoch nach Harlem schleiftest. Wir erreichten den Pier an der Hundertfünfundzwanzigsten Straße. Noch immer meine Hand quetschend, zeigtest du auf ein Sandsteinhaus gegenüber.

»Ich habe herausgefunden, daß ich da drin geboren wurde. Sie war fünfzehn Jahre alt. Und das Haus war ihr Arbeitsplatz. Mein Vater war einer ihrer Kunden.«

Ein leeres, verfallenes Restaurant befand sich neben dem Pier. Die Seitenfenster waren zerbrochen, aber über der Vorderfront konnte ich die abblätternden Buchstaben lesen: Baileys Café. Und ich konnte die Autos über uns auf der Überführung hören, das schlammige Wasser, das gegen die Steine schlug, das Schreien der Möwen.

»Der Mann, dem dieses Lokal gehört hat, fand mich eines morgens auf einem Stapel Zeitungen liegend. Er rief die Fürsorge an, und sie holten mich ab. Ich war drei Monate alt.«

Wir gingen an Baileys Café vorbei zum Rande des Piers. Du gabst endlich meine Hand frei, stecktest deine wieder in die Tasche und starrtest hinaus aufs Wasser.

»Später wurde ihre Leiche hier angespült. Ich kenne nicht alle Einzelheiten. Aber genug, um anzunehmen, daß sie kein schlechter Mensch war.«

Dann sahst du mir ins Gesicht.

»Mein Nachname wurde mir in dem Waisenhaus auf Staten Island gegeben, wo ich bis zu meinem achtzehnten Lebensjahr gelebt habe – Wallace P. Andrews. Und was ist mein *Gefühl* bei alldem?«

Du lächeltest. Ich nehme an, man konnte das als Lächeln bezeichnen.

»Ich habe das Gefühl, daß Männer oft aufwachsen und von Frauen in derselben Weise denken, wie sie von ihren Müttern denken. Verstehst du, als ich aufwuchs, hatte ich keinen Grund, sie an den Tagen zu vernachlässigen, die für sie wichtig gewesen wären: ihr Geburtstag, ihr Hochzeitstag oder der Muttertag. Ich vergaß nicht, hin und wieder anzurufen, um zu fragen, wie es ihr ging, was sie machte. Ich fand ihre Forderungen nicht lästig oder ihre Sorgen unnötig. Ich war die Art Sohn, der sich nicht weigerte, sie an seinen Freunden, seinen Interessen oder seinen Hoffnungen für die Zukunft teilhaben zu lassen. Ja, ziemlich genau so ein Sohn war ich.«

Ich weiß nicht, wie lange ich meine Augen schloß, aber als ich sie wieder aufmachte, bat ich dich, mich zu heiraten. Nächste Woche, sagtest du, wenn es mir nichts ausmache, meine Flitterwochen in New Orleans zu verbringen.

* * *

Normalerweise passiert hier nicht viel zwischen dem Kerzenmarsch und der ersten Pflanzzeit im Frühling. Leute, die Gärten haben, werkeln herum, streuen ein bißchen Dünger, Holzasche und Fischabfälle auf ihre Erde. Sie schärfen vielleicht ein paar Hacken, kratzen den Rost von den Rechenzinken oder schneiden ihre Obstbäume ein bißchen zurück. Die Leute, die noch immer zum Fischen hinausfahren, nutzen die Tage, um ihre Netze zu reparieren oder ihre Boote an Land zu ziehen und die Ruderlager zu ölen oder den Rumpf mit einem neuen Anstrich zu versehen. Aber nichts davon dauert besonders lang, und selbst an den kürzeren Tagen bleibt zwischen dem Bettenmachen und dem Sich-nachts-wieder-ins-Bett-Legen noch eine geraume Zeit zu füllen. Parris und Reema kriegen zu dieser Jahreszeit in ihrem Friseurladen und Schönheitssalon viel Besuch von ihren Kunden, machen aber wenig Umsatz. Die Leute schlendern rein und reden davon, was es alles nicht im Gemischtwarenladen gibt, was sie aber gekauft hätten, wenn sie das Geld dazu hätten. Lassen sich sogar auf erregte Auseinandersetzungen über die Qualität der Waren ein, die nicht in den Regalen stehen. Kleine Orte leben von kleinen Tratschereien, aber manchmal sind die Ereignisse so mager, daß niemand auch nur ein Gramm Gesprächsstoff daraus pressen kann. Es ist irgendwie deprimierend im Winter, wenn niemand sich die Mühe macht, mit der Ehefrau oder dem Ehemann von jemand anders herumzumachen, wenn kein randalierender Sohn von jemand jenseits der Brücke wegen Trunkenheit und Ruhestörung aufgegriffen wird und keine leichtfertige Tochter sich in andere Umstände hat bringen lassen. Sogar Reverend Hooper ist ganz niedergeschlagen in solchen Wintern. Das ganze Höllen- und Teufelsgewitter in seinen Predigten versprüht nicht die gleichen Funken, wenn keine möglichen Kandidaten da sind, die das Feuer schüren.

Dieses Jahr wird das ganz anders sein. Und die Parole ist Spekulation. Mehr als das Gerede über das, was ist, lieben die Leute das Gerede über das, was sein könnte. Sie haben Cocoa

Day und der Witwe Ruby dafür zu danken. Cocoa hat doch tatsächlich einen Monat nach dem Kerzenmarsch geheiratet. Hat sich mit einem Stadtmenschen liiert – einem schwerreichen Eisenbahner, sagen manche. Einem Maschinenbauingenieur mit allem Drum und Dran – besitzt sogar seinen eigenen Zug. Manche führen dagegen an, daß so ein »Maschinist« einen Zug nur *fährt*. Aber Miss Abigail sagt – und sie sollte es wissen –, daß der Junge sein eigenes Geschäft hat. Was für ein anderes Geschäft sollte ein Maschinenbauingenieur denn sonst ausüben? Das Lügengeschäft, erwidert die Hälfte von denen, die bei dem Laden stehen. New York City ist voll von Betrügern, Straßenräubern, Taschendieben und weiß der Himmel was noch. Wieso hat sich Cocoa nicht zu Hause einen Ehemann gesucht, jemand, dem sie trauen kann? Na, wenn das dem Faß nicht den Boden ausschlägt – sich zu Hause einen Ehemann suchen. Wen sollte sie hier denn heiraten? Dieser traurige Haufen in Willow Springs kann »Maschine« nicht mal *buchstabieren*, geschweige denn so ein Ding in Betrieb setzen. Was immer der Junge auch macht, Mama Day sagt, er ist in Ordnung. Und alle wissen, es gibt nirgendwo genug Sand – auch nicht in New York –, um ihn ihr in die Augen streuen zu können. Aber Mama Day hat ihn nicht gesehen, oder? Niemand hier unten hat ihn bisher gesehen. Furchtbar verdächtig, wenn man einfach jemand heiratet, den die Familie nicht kennt. Furchtbar schlau, wenn man mich fragt. Schnapp ihn dir erst, und laß ihn dann das Kuddelmuddel sehen, in dem du groß geworden bist. Ein Blick da drauf vorher, und es würden keine Hochzeitsglocken läuten. Aber Ruby wird hier für jede Menge Hochzeitsglocken sorgen, sobald der Frühling kommt. Für jede Menge von allem – der Herr hab Erbarmen.

Willow Springs schuldet Ruby diesen Winter großen Dank. Da niemand Cocoas Ehemann wirklich kennt, ist die Vorstellungskraft begrenzt, was er nun ist oder was nicht – was oben in der Großstadt passiert ist oder was nicht. Die Leute wären das Thema lange vor dem Frühling leid geworden. Aber Ruby und Junior Lee, also darüber konnte endlos geredet werden. Und während die Hochzeit näher rückt, gibt es jede Woche neue Nahrung für die Gespräche. Zunächst mal plant Ruby eine richtige kirchliche Trauung. Die sind selten in der Gegend, selbst beim erstenmal. Die meisten jungen Leute erledigen alles schlicht und unauffällig, so wie Cocoa. Sie fahren rüber auf die andere Seite der Brücke zu einem Standesamt in South Carolina oder Georgia, besorgen sich eine Heiratserlaubnis, und je nach ihrem Ansehen in der Kirche traut sie dann Reverend Hooper in seinem Amtszimmer, oder sie fahren in der nächsten Woche wieder über die Brücke und heiraten auf dem Standesamt. Das Hochzeitsessen ist jedoch eine große Angelegenheit. Etwa sechs Monate nach Gründung des Hausstandes stellen Familie und Nachbarn ein gewaltiges Fest auf die Beine. Wir warten ein halbes Jahr, um sicherzugehen, daß sich die ganze Mühe, die man sich machen wird, auch lohnt – da die menschliche Natur nun mal so ist, wie sie ist. Sinnlos, eine ganze Fleischseite zu grillen, Tonnen von Fisch aus dem Sund zu braten und ein Faß Mehl zu verbrauchen, um Kuchen und Torten zu backen, wenn sie wieder zu Hause bei ihrer Mama ist, bevor das Essen noch richtig verdaut ist. Sollte also die Geschichte von Cocoa diese Zeit überdauern, würden die Töpfe und Pfannen rausgeholt, wenn sie ihn Mitte August mit hierherbrachte.

Ruby und Junior Lee, das steht auf einem anderen Blatt. Ihre Hochzeit wird GEWALTIG werden – vom Anfang bis zum Ende (auf mehr als eine Weise, sagen die Leute). Die Kirche wird mit Blumen ausgeschmückt, Reema spielt am Klavier, und Reverend Hooper trägt seinen Sonntagstalar. Ruby hat Junior Lee einen neuen Anzug aus dem Sears-Katalog bestellt und einen ganzen Ballen blauer Seide für ihr Kleid gekauft. Es wird behauptet, sie hätte drei Ballen Stoff gebraucht, aber das ist nur böses Gerede. Ein Ballen ist bestimmt genug – es wird nur ein kurzes Kleid. Und Ruby hat die Leute nicht gebeten, auch nur einen einzigen Keks für die Party zu backen, die sie hinterher schmeißen will. Sie will alles selber machen: zwanzig Hühner, ein ganzes Schwein und fünfzig Pfund Trommelfisch. »Aber was werden wir übrigen essen?« fragen manche. Oh, die Witze nehmen kein Ende. Es gibt einen für jedes Pfund an Ruby, eine Menge Jux also. Und dennoch kann man Ruby nicht wirklich fett nennen – es ist wirklich verblüffend. Nichts wabbelt, wenn sie geht, nichts quillt aus ihren Kleidern. Was immer sie sich in den Mund steckt, wird zu festem Fleisch und verteilt sich gleichmäßig auf ihre ganzen ein Meter achtzig: die Arme und Beine sind beinahe so dick wie kleine Baumstümpfe und wachsen aus einem Rumpf, der *tatsächlich* den Umfang der alten Eiche unten beim Chevy's Pass hat. Ruby hat mal mit Parris gewettet, daß eine Schürze von ihr um diese Eiche gebunden werden könnte. Sie hat gewonnen. Und sie ist seither noch dicker geworden. Die Leute haben die Farbe ihrer Augen schon vergessen – sie sind zu winzigen Schlitzen verwulstet, aber ihr Gesicht ist mit der Zeit heller geworden, weil die Haut sich immer mehr über die Knochen spannt. Ja, die Leute können soviel Böses reden, wie sie wollen. Daß sie Junior Lee nur mit Hilfe ihrer Wurzeln vor den Altar gekriegt hat, aber weil Ruby so viel älter ist als er, wird sie tot sein, bevor er hinter die ganze Geschichte kommt. Oder daß Junior Lee, der in dem Ruf steht, alles andere als ehrgeizig zu sein, in der Hochzeitsnacht schon bei dem Versuch erlahmen wird, ihr Kleid hochzukrempeln. Das ganze Getuschel hin oder her, die Hochzeit wird im Frühjahr stattfinden. Und Junior Lee bekommt mehr als eine Frau, er heiratet ein Ereignis.

Während solche Geschichten laut im Schönheitssalon und vor dem Gemischtwarenladen erörtert werden, gehen andere Sachen in aller Stille vor sich. Und sie können um so wichtiger sein. Wir haben zum Beispiel der Veränderung an Bernice Duvall nicht allzuviel Beachtung geschenkt. Sie ist weit weniger nervös als früher, und sie geht jetzt überallhin. Der alte grüne Chevy bleibt neben dem Haus geparkt, und sie legt die drei Meilen vom Südende zu den Geschäften an der Brückenkreuzung zu Fuß zurück. Einmal die Woche ist sie dort, um ihre Sonderbestellung von Rumsirup, braunem Reis und

Bierhefe abzuholen. Sie bleibt dann eine Weile stehen und verplaudert die Zeit mit den Leuten, wobei sie ihre Päckchen gegen die Hüften stützt, die sich langsam, aber sicher zu runden beginnen. Und wenn jemand sie nach ihrer Schwiegermutter fragt, bekommt sie nicht mehr dieses komische leichte Zucken um die Mundwinkel. Sie sagt ganz liebenswürdig, daß sie Pearl dabei hilft, das Kleid für die Hochzeit zu nähen – Pearl wird Rubys Brautführerin sein –, und daß alles bestens geht. Nur wenn sie gefrorenes Fleisch in der Tasche hat, dann macht sich Bernice eilig wieder davon: zweimal im Monat liefert der Laden eine Kiste mit Leber, Rinderniere und Rinderherz für sie. Niemand fragt, warum Ambush und sie jetzt solche merkwürdigen Sachen essen, und Bernice gibt von sich aus keine Auskunft. Aber sie nickt und stimmt laut zu, wenn jemand zum hundertstenmal sagt, daß er froh ist, wenn es endlich Frühling wird. Ihre Worte haben gleichwohl einen anderen Klang – so ähnlich, wie wenn der Gemeindechor von der Freude singt, am Tag des Jüngsten Gerichts in die Glorie des Herrn einzugehen. Zufriedenheit ist das letzte, wovon die Leute hier im Winter etwas wissen wollen, und daher wird Bernice Duvall wenig Beachtung dabei geschenkt, wie sie sich still daranmacht, ihr Wunder vorzubereiten.

Bei den Days die Straße rauf laufen geschäftige Vorbereitungen für ein Wunder, das, wie Miranda sagt, bereits stattgefunden hat: Cocoas Heirat. Sie hat schon geglaubt, daß sie diesen Tag nicht mehr erleben würde, und dabei hat sie sich darauf eingerichtet, noch sehr lange Zeit zu leben. Es ist noch immer schwer, an diesen Anruf aus New Orleans zu glauben, aber sie hat selbst mit dem Jungen gesprochen, und diesen Monat haben sie die Bilder mit der Post bekommen. Er hat ein energisches Gesicht und einen energischen Namen – George. Er würde alle Energie brauchen, die er kriegen konnte, um es mit Baby Girl aufzunehmen, denkt Miranda. Sie kann einfach über alle Maßen anstrengend sein – verlangt einen Doppelring-Quilt als Hochzeitsgeschenk. Als hätte man diesen Winter nichts anderes zu tun, als kleine Stückchen Stoff aneinanderzunähen, bis einem die Finger weh taten. Nicht ein bißchen Rücksichtnahme auf ihre Arthritis und die nachlassende Sehkraft ihrer Großmama. Und sie wußte, sie würden niemand anders erlauben mitzuhelfen – nicht bei so etwas. Der ganze Entwurf, das Auspolstern, Spannen und Umsäumen blieb ihnen überlassen, wenn es überhaupt gemacht wurde. Und man konnte keinen lumpigen alten Quilt mit einem Doppelring schicken, nein – von den Kanten bis zur Mitte mußten sich die Muster umeinanderranken. Geschieht ihr ganz recht, wenn das bis zum nächsten Jahr dauert, und so lange würde es wahrscheinlich auch dauern, wenn sie vernünftig wären und nicht den ganzen Tag und einen guten Teil der Nacht daran arbeiten würden.

»So, es reicht mir für heute. Ist schon nach zehn.« Abigail beißt das verknotete Ende ihres Fadens ab. Sie seufzt und streicht mit der Hand über ihr Ende des Stepprahmens. »Brauchen bestimmt eine Ewigkeit dafür, aber er wird ganz besonders schön. Du hast recht gehabt, Miranda, den Kambrikmusselin statt normales Baumwollfutter zu nehmen, fühlt sich dadurch an wie Samt. Aber mit dem Nähen ist es ein Kreuz – jeder Stich verrutscht, bevor man sich's versieht.«

»Mußt nur deine Nadel immer wachsen.«

»Ich glaube, das Einwachsen hasse ich nach dem Einfädeln am meisten.«

»Ich hasse den ganzen verdammten Kram. Das Schneiden, Anpassen, Abmessen. Und ich hab Baby Girl gesagt, daß sie mich danach auch nicht mehr um die geringste Kleinigkeit bitten darf.«

»Aber sie hat schließlich gesagt, sie würde sich mit einem einfachen Muster zufriedengeben.«

»Weil sie keinen Stolz hat. Die Decke wird an meine Urgroßnichten und -neffen weitergegeben, wenn deren Zeit zum Heiraten gekommen ist. Und da ich dann nicht mehr dasein werde, um mich zu verteidigen, will ich nicht, daß sie mich für eine faule alte Schachtel halten, die keinen ordentlichen Doppelring-Quilt machen konnte.«

»Urenkel.« Abigail schüttelt den Kopf. »Es kommt mir vor wie gestern, daß ich selbst eine Braut war. Und jetzt sitzen wir hier und reden über meine Urenkel.« Abigails Blick ist in die Ferne gerichtet, Stolz und Traurigkeit mischen sich darin.

»Nein, wir sitzen hier und *planen* deine Urenkel.« Miranda leckt ihren Daumen, um einen neuen Faden einzufädeln. »Man kann sich auf nichts verlassen bei diesen jungen Leuten heutzutage. Und wie ich meine Großnichte kenne, wird, falls sie sich nicht einen Heiligen angelacht hat, eine hübsche Zeit vergehen zwischen diesen Flitterwochen und einer neuen Teetasse für mich mit ›Urgroßtante‹ drauf.«

»Miranda, du machst Baby Girl immer runter. Wenn es nicht gutgeht, wieso muß es ihre Schuld sein? Wir wissen nichts über ihn.«

»Er hat uns alles über sich am Telefon erzählt.«

»Seinen Namen? Womit er sein Geld verdient? Und einen Haufen Versprechungen, die jeder abgeben kann. Reden ist billig, Miranda.«

»Ich weiß, deshalb hab ich auch genau auf die Art und Weise geachtet, wie er geredet hat. Erinnerst du dich, was er gesagt hat, als du zu ihm meintest, er soll gut für sie sorgen? Er hat gesagt: ›Sie hat alles, was ich habe.‹«

»Ja, wirklich nett. Aber wie viele hier in Willow Springs haben genau das gleiche gehört? Junior Lee hat das wahrscheinlich zu Frances gesagt, und du siehst, wo Frances jetzt ist.«

»Nein, Abigail – hör ihm genau zu. Der Junge hat nicht gesagt: ›Alles, was ich habe, gehört ihr.‹ Wir beide wissen, daß das ein Haufen Unsinn ist, denn es würde – oder könnte – niemand *alles* von sich an jemand anders weggeben. So jemand ist ein durchtriebener Lügner oder, wenn er es ernst meint, niemand, mit dem es sich zu leben lohnt. Nein, er hat gesagt: ›Sie hat alles, was ich habe.‹ Das bedeutet zu teilen. Wenn er fünf Cent hat, gehört ihr die Hälfte davon. Hat er einen Traum, nimmt er sie dorthin mit. Und wenn er ein gutes Leben hat, Abigail, dann steht dieses Leben für sie ganz offen, sagt er. Mehr kann man von einem Mann nicht verlangen.«

»Vielleicht hast du recht.« Abigail steht auf und streckt ihren Rücken. »So wie du mit diesem Musselin recht hattest. Aber ich geh jetzt ins Bett. Wie lange willst du noch weitermachen?«

»Nur noch ein bißchen. Dann hab ich morgen weniger zu tun.«

»Vergiß nicht, meine Lichter auszumachen.«

»Frau, mach ich nicht immer deine Lichter aus?«

»Nein, weil du senil wirst, genau wie ich.«

Die alte Walnußuhr in Abigails Wohnzimmer tickt vor sich hin, während Mirandas Silbernadel durch die gepolsterten Stofflagen gleitet: die Rundung eines jeden Rings wird an ihrem Platz fixiert, indem die Nadel runter- bis zur Unterseite und wieder raufgestochen wird. Runter und rauf, ein Stich nach dem anderen. Sie steckt beinahe knietief in Beuteln mit farbigen Stoffresten, nach Farbtönen sortiert. Die Ringe liegen auf einer festen Schicht Baumwollflanell; aus der Entfernung sieht es aus, als würde sie sich am Fuß der Steilküste über eine sandige Stelle beugen, die die ersten Strahlen eines Frühlingsmondes eingefangen hat – ein abendlicher Cremeton. Die überlappenden Kreise fangen an der Kante als Goldtöne an und gehen über in Orange-, Rot-, Blau- und Grüntöne und werden dann wieder golden zur Mitte des Quilts hin. Ein Stückchen vom Sonntagshemd ihres Vaters ist mit Abigails Spitzenunterkleid zusammengenäht, dem Kragen von Hopes Schulabschlußballkleid, der Unterseite von Grace' Taufhandschuhen. Die Truhen und Kisten aus dem anderen Haus gäben genug für zwanzig Quilts her: Kordsamt von ihren Onkeln, feiner Wollstoff von ihren Großonkeln. Ihre Nadel befestigt den Satinbesatz von Peace' Babydecke an Cocoas Strampelanzug und an einer Tasche ihrer eigenen Gartenschürze. Gold geht über in Orange, Orange in Rot, Rot in Blau... Sie konzentriert sich auf die winzigen Stiche, während die Uhr vor sich hin tickt. Die Vorderseite von Mutters gemusterter Gingham-Hemdbluse – das würde sich sehr hübsch einpassen in die Rundungen zwischen den beiden kleinen Flecken aus orangefarbenem Frottee, aber Abigail würde einen Anfall kriegen. Vielleicht würde sie sich gar nicht mehr erinnern. Und vielleicht würde morgen die Sonne auch nicht aufgehen. Ich nehme nur einen winzigen Streifen, nicht länger als meine Daumenkuppe. Nähe ein kleines Stück von ihr irgendwo hier hinein.

Der Gingham ist fast ganz zerschlissen und läßt sich nicht gut schneiden, die Fäden fransen ihr unter der Schere aus. Sie versucht es immer wieder, nur einen kleinen Fetzen. Zu kostbar, um ihn zu verlieren, muß ihn mit etwas unterlegen. Als sie die orangefarbenen Stoffreste durchwühlt, gräbt sie ein Stück verblaßtes Homespun aus, nicht größer als ihre Handfläche und noch fest und robust. Also, das ist wirklich alt. Viel älter als der Gingham. Könnte von allem möglichen stammen, aber nur eine Frau würde diese Farbe tragen. Das Homespun wird unter den Gingham gelegt und entlang den Kanten angeheftet. Jetzt kann sie den Bogen, den sie braucht, ausschneiden. Besonders langsam, besonders vorsichtig geht sie hierbei vor: sie stößt die Nadel durch, zieht den Faden hoch – zweimal tickt die Uhr. Schiebt die Nadel durch, zieht den Faden runter – zweimal tickt die Uhr. *Sie wird den Jungen Mitte August nicht mit nach Hause bringen* ... Miranda fühlt es eiskalt durch ihre Brust ziehen. Sie will es nicht wissen, also schiebt sie die Nadel durch und zieht den Faden nach unten – zieht den Faden nach oben. *Und auch nicht im nächsten August.* Sie versucht, ihre Gedanken auf etwas anderes zu richten, aber sie hat nur das Homespun, den Gingham und das silberne Aufblitzen ihrer Nadel. *Oder im übernächsten.* Es hilft nichts, der Uhr zu lauschen, weil sie ihr nur erzählt, was sie über das Homespun ohnehin längst weiß. Die Frau, die es getragen hat, brach das Herz eines Mannes. Kerzenmarsch-Nacht. Was war wirklich zwischen ihrer Urgroßmutter und Bascombe Wade vorgefallen? Wie viele – wenn überhaupt welche – dieser sieben Söhne waren von ihm? Aber der letzte

Junge, der in ihrer Familie auftauchen sollte, war kein Geheimnis; auch er war einer Frau zugetan, die keinen Frieden finden konnte. Ophelia. Es war zu spät, um es aus dem Quilt wieder rauszunehmen, und es war auch ganz egal. Konnte sie sich selbst rausnehmen? Konnte sie Abigail rausnehmen? Konnte sie alle rausnehmen und noch mal von vorn anfangen? Womit? Miranda näht die Rundung zu Ende und fährt mit der Hand über die Naht. Wenn es richtig gemacht wird, kann man nicht sagen, wo ein Ring endet und der andere anfängt. Es ist, als wären sie überhaupt nicht zusammengenäht, als würden sie einfach aus dem Nichts wachsen. Sie würde diesen Kreis mit dem orangefarbenen Frottee abschließen, in die verbleibenden Lücken etwas von dem hellroten Krepp einfügen und Schluß machen für heute nacht. Dieser Quilt würde bestimmt liebevoll behandelt werden, und er würde in den kalten Winternächten da oben in New York eine Menge Zärtlichkeiten zudecken. Aber sie wird den Jungen im August nicht mitbringen. Wird viel Zeit vergehen, bevor Willow Springs ihn zu sehen kriegt.

Sie dreht die Lampen aus, bevor sie zu sich nach Hause geht. Sie würde nachts nicht mehr allein an diesem Quilt arbeiten. Wenn Abigail aufhört, wird sie auch aufhören. Wenn sie länger brauchen würden, na bitte. Manche Dinge braucht man nicht zu wissen, vor allem, wenn man nichts dagegen unternehmen kann. Die Vergangenheit war vorbei, so vorbei, wie es nur sein konnte. Und nur Gott konnte die Zukunft ändern. Damit bleibt für den Rest von uns das Heute, und das vermasseln wir so schon genug. Laß die Dinge in Ruhe, laß sie ihren natürlichen Lauf nehmen. Die Nachtluft schlägt ihr ins Gesicht, schneidend und kalt, aber sie fühlt die Erde unter ihren Füßen weicher werden. Der Frühling kommt. Wilde Azaleen werden bald blühen, der Stechapfel und die Kreppmyrte. Die Wälder würden ihr Aussehen verändern. Ohne Dünger, ohne Zurückschneiden – ohne alles, und sie würden noch drei Wochen vor ihren Blumen blühen. Ja, der Frühling war im Anmarsch. Und würde Gott ihr wegen Bernice vergeben? Aber sie veränderte nicht den natürlichen Ablauf von irgendwas, das konnte sie nicht, selbst wenn sie wollte. Machte sich nur Vorhandenes zunutze. Und konnte doch nichts Unrechtes daran sein, Bernice zu helfen, an ein bißchen mehr zu glauben, als da tatsächlich war. Es ist ein altes Haus mit einem großen Garten, und es hat seinen Anteil an Kummer gesehen. Und ich bin nur eine alte Frau, die in einem alten Schaukelstuhl warten wird ...

Der erste Neumond im Frühling. Sie hört sie kommen, lange bevor sie bei dem alten Kiefernstumpf um die Biegung kommt. Sie bewegt sich durch die Büsche, geleitet von dem Sternenlicht, das aus den beiden Augenpaaren funkelt, die warten und schauen, ohne zu blinzeln. Ein Augenpaar tief in den Schoß des anderen gebettet, leises Glucksen läßt die gefiederte Kehle vibrieren. Ein Augenpaar summt eine lange vor Worten geborene Musik beim Schaukeln und Streicheln, wobei Zeigefinger und Daumen sanft dem Gefieder über Kehle, Brust und Seiten folgen. Die rechte Hand streichelt, die linke Hand liegt gewölbt unter der winzigen Legeöffnung, die sich öffnet und zusammenzieht, öffnet und zusammenzieht. Zwei Augenpaare, die wie ein einziges atmen, als Hoffnung um die Biegung kommt. Sie kann die Angst spüren, die am Rand des Gartenwegs zögert; sie liegt schwer in der Luft, die die Füße umgibt, die an den Nachthyazinthen, den Kamelien, den hängenden Ranken des Zwerggeißblatts vorbeigehen. Füße, die den anderen Ort betreten, wo Blumen zum Singen und Bäume zum Fliegen gebracht werden können. Angst zittert am Fuß der Verandatreppe, sieht das Schimmern zweier Augenpaare, hört das Knarzen von Holz auf Holz über dem leisen Glucksen unter Federn und dem vor Ewigkeit begonnenen Summen. Aber es ist Hoffnung, die die Stimme findet: »Mama – Mama Day?«

Die rechte Hand streichelt, die linke streckt sich aus, die Handfläche feucht von dem eingebetteten Ei, grau und warm. Verwirrung wartet ein bißchen zu lang. Die Schale trocknet und wird kalt unter dem verborgenen Mond. Ein Augenpaar blickt starr, ein Paar wird schmal und wirft das Ei auf die Verandatreppe. Schweigend fleht sie um eine zweite Chance. Aber sie muß warten – und lauschen. Nicht dem Summen, nicht dem Knarzen von Holz auf Holz. Nein: dem Mond, der sich zentimeterweise am Horizont bewegt, der winzigen Öffnung, die sich öffnet und zusammenzieht, öffnet und zusammenzieht. Die linke Hand streckt sich erneut aus. Wissen nimmt das Ei, solange die Schale noch pulsierend und feucht ist, zerbricht sie und ißt.

Jetzt bedarf es nur eines Kopfnickens, um sie alle nach drinnen zu lotsen. Kiefernspäne qualmen im Feuer, das im Wohnzimmerkamin lodert und die Luft dampfig und süß macht. Die Schatten in dem unbeleuchteten Raum tanzen über Boden und Wände. Es muß ihr nicht gesagt werden, warum der Eßtisch mit einem weißen Tuch bedeckt und an einem Ende mit aufrecht festgenagelten gepolsterten Brettern versehen ist. Sie zieht sich nackt aus, legt den Kopf auf das bestickte Kissen und stützt die Füße oben auf die rund ausgeschnittenen Bretter. Es wird leichter sein, wenn sie die Augen schließt. Am Morgen kann sie sich dann sagen, daß alles nur ein Traum gewesen ist. Und es können ohnehin keine menschlichen Hände sein, die ihrem Körper ein solches Gefühl geben.

Neun Öffnungen. Durch zwei atmet sie, durch zwei hört sie, durch eine ißt sie, die zwei unterhalb ihrer Taille und zwei für das Leben, das auszutragen sie sich sehnt. Neun Öffnungen, die sich ins Unendliche vermehren, denn die Berührung ist leicht, ganz leicht. Dehnt jede einzelne Pore auf jedem Zentimeter Haut. Wenn sie schreien könnte, würde sie es tun, als die Berührung unten an den Fingerspitzen beginnt, ihre Poren zu erweitern, um den Sauerstoff hineinzulassen, zart über die Knochen eines jeden Fingergelenks streicht bis zu denen, die in die Handflächen übergehen, das Handgelenk, den Unterarm. Ihre Schultern, Seiten und Bauch werden zu etwas, was flüssiger ist als Wasser, ihre Brüste und Hüfte schweben, widersetzen sich der Anziehungskraft der Erde.

Sie besteht nicht aus Fleisch, sie besteht nur noch aus dem Mittelpunkt zwischen ihren Schenkeln, weit gespreizt, um zu empfangen... die Berührung der Federn. Höhle an Höhle. Alte Finger halten beide aneinander. Das Unzählbare, das Undenkbare ist eine Öffnung. Pulsierend und lebendig, feucht, das Ei schlüpft von einer Höhle in die andere. Ein Rhythmus, älter als das weibliche Geschlecht, zieht es hinein und hält es fest.

* * *

MANCHMAL WACHTE ICH auf und fragte mich, ob es Wirklichkeit war. Ich sah dich an, wie du auf dem Rücken lagst, deinen rechten Arm auf die Stirn gelegt, und dachte: Vielleicht ist sie nur für heute nacht hier. Du drehtest dich im Schlaf herum, griffst nach dem Kissen, und dann erhaschte ich einen matten Schimmer von dem Goldring an deiner linken Hand. Ich schloß die Augen und schlief wieder ein – manchmal beruhigt, manchmal nicht. Sicher, es gab viele Zweifel. Wir hatten uns Hals über Kopf in die Sache gestürzt. Diese Woche in New Orleans war wie ein heiterer, verwischter Augenblick verflogen, während sich die Wirklichkeit langsam, in täglich zunehmenden Dosen einstellte: die knalligen Farben einer zweiten Zahnpastatube auf dem Waschbecken in meinem Badezimmer, das Stolpern über einen Pflanzenständer aus Korbweide, wo ein leerer Platz sein sollte, das blinde Greifen nach einem sauberen Hemd, um statt dessen einen Leinenblazer in der Hand zu halten. Neue Gerüche, neue Geräusche. Nicht immer unangenehm, aber immer fremd.

Ich lebte mit einer Fremden zusammen, daran führte kein Weg vorbei. Und selbst wenn wir noch ein Jahr gewartet hätten, wäre der Entdeckungsprozeß immer noch langsam und mühsam vonstatten gegangen. Und es hätte ein ganzes Jahr Aufschub für die Freude bedeutet, dich wirklich kennenzulernen. Du warst das erste weibliche Wesen, mit dem ich zusammenlebte, und das allein war eine Herausforderung. Ich hatte keine Übung mit Schwestern, Cousinen oder auch nur Tanten. Ich tat, was ich normalerweise tat, wenn etwas neu für mich war: ich kaufte Bücher. Vergiß *Freude am Sex* und *Der sinnliche Mann*, hatte Bruce mir während der sechs Jahre gepredigt, in denen er mit einer Frau zusammenlebte. Wenn du mit ihnen unter einem Dach lebst, dann lern lieber was über ihren Zyklus. Natürlich hatte ich die Grundkenntnisse: Eierstöcke, eine Gebärmutter, Eileiter. Diese Diagramme auf Mrs. Jacksons Tafel waren anschaulich und unvergeßlich. Und alle achtundzwanzig Tage, mehr oder weniger, stieß die Gebärmutter ihre Schleimhaut ab, wenn keine Empfängnis stattgefunden hatte. Eine Periode. Ich hielt es für ein passendes Wort, weil es eine kurze Phase war. Ihr Eintreten war erleichternd, wenn auch ein wenig lästig, falls es zufällig in eine Nacht fiel, in der ich mit einer Freundin schlafen wollte. Und das sind alle Gedanken, die ich je darauf verwendet hatte. Männer sehen und sehen doch nicht diese pastellfarbenen Schachteln in den Regalen der Drogerien oder Supermärkte. Es wurde einem unbehaglich zumute, wenn man sich allzusehr in den Gedanken vertiefte, daß man beständig von herauslaufendem Blut umgeben war, und es war auch ein wenig beängstigend.

Aber diese Bücher, die ich kaufte, erschreckten mich fürchterlich. Wie es schien, war es mehr als »eine Periode«. Frauen befanden sich ständig auf einer emotionalen Achterbahn: zwischen prämenstrualem, postmenstrualem und menstrualem Zustand waren sie jeden Monat nur etwa zweiundsiebzig Stunden normal. Das kam mir einigermaßen unmöglich vor: ich beobachtete dich, wie du deinen Tag in Angriff nahmst, und fragte mich, wie es dir gelang, auch nur deinen Kopf vom Kissen zu erheben, wenn du einen derartigen Kampf mit deinen Hormonen ausfechten mußtest. Weil ihr Heilige seid, wurde eine Ärztin nicht müde zu behaupten, und man stelle sich nur vor, wieviel unübertrefflicher ihr noch wärt, wenn euch eure Nerven selbst und die Männer nicht so auf die Nerven gehen würden. Ich fand die ganze Philosophie dieses Buchs lächerlich. Jedesmal wenn du mich anfuhrst oder widerborstig warst, dann warst nicht du das – sondern dein Östrogen. Nein, ich hatte Frauen kennengelernt, die ganz einfach erbärmliche menschliche Wesen waren, und diese Ärztin hatte nichts über Charaktere zu erzählen. Ich sah zu, daß das nächste Buch, das ich las, von einem Mann geschrieben war. Es war die gleiche Ansammlung deprimierender Tabellen mit einer weiteren andauernden Bitte um Toleranz: ihr wärt tatsächlich alle zänkische Weiber ohne eigene Schuld, und Männer sollten sich um Verständnis bemühen. Die Ungleichheit in unserem gesellschaftlichen System verstärkte den euch angeborenen Neid auf uns – den »Tampon-Komplex« nannte er das. Die Form unseres Sexualorgans erinnerte euch an den grausamen Streich, den euch die Biologie gespielt hatte. Mir wurde klar, daß ich nie eine vollkommen objektive Schilderung dessen finden würde, was sich im Innern von Frauen abspielt, ich war ganz auf mich gestellt. Das Ziel war einfach: ich wollte dich glücklich machen. Und wenn du gereizt warst, hielt ich es für am einfachsten, dich zu fragen, ob es an etwas lag, was ich tat, oder an etwas, was dein Körper tat: Bist du heute prämenstrual, Liebes? Wir gerieten auf diese Weise ein paarmal furchtbar aneinander. Und um ehrlich zu sein, ich war verletzt durch deine Reaktion. Wie sollte ich verstehen, wenn ich nicht fragte? Nein, ich fand sehr schnell heraus, daß im Zusammenleben mit einer Frau der kürzeste Weg zwischen zwei Punkten über China führte.

Nicht nur eure Hormone, auch eure Gemüter sind unglaublich komplex. Ihr könnt viel besser mit Widersprüchen fertig werden und Ambivalenzen verarbeiten als Männer. Es verblüfft mich immer wieder, wie viele Stunden du damit verbringen konntest, eine Zuvielbelastung um fünfundzwanzig Cent auf unserem Girokonto aufzuspüren. Woher nimmt sie nur die Geduld? Und wozu das Ganze? Es hatte nichts mit praktischem Denken zu tun: der Brief an die Kontostelle oder

der Telefonanruf würde den Gewinn durch das Aufspüren der überhöhten Belastung zunichte machen. Es geht ums Prinzip, sagtest du. Ich war sehr für Prinzipien, aber Frauen konnten ungeheure Energie auf Fünfundzwanzig-Cent-Prinzipien verwenden. Im Gegensatz zu einigen anderen nannte ich das nicht kleinlich – es war eine besondere Komplexität. Aber manche Dinge können so kompliziert werden, daß sie geradezu ins Absurde ausarten. Mein Partner hatte mich gewarnt, ich könnte mitten in der Nacht geweckt werden, weil »ihr irgendwas durch den Kopf geht«. Sicher, es war schon während des ganzen Abendessens und der Elf-Uhr-Nachrichten da drin gewesen, lachte Bruce, aber es ist dieser Mond vorm Morgengrauen, der ihre Körpersäfte in Wallung bringt. Ich machte mir deshalb keine Sorgen: du schliefst wie ein Stein, sobald dein Kopf aufs Kissen fiel – du würdest keine dieser Mondlichtgrüblerinnen sein. Leider war es das Geräusch von laufendem Wasser, das bei dir als Auslöser wirkte. Ich duschte morgens lang und heiß. Das war der einzige Luxus, den ich mir versprochen hatte, als ich das Heim verließ: kein zweiminütiges Bespritzen mit lauwarmem Wasser mehr, weil noch sechs andere Jungs hinter einem in der Reihe warteten. Ich sang nicht während meiner halbstündigen Duschbäder, aber ich war so zufrieden, daß ich es gut und gern hätte tun können. An manchen Morgen hörte ich dich im Badezimmer herumhantieren, und ich wußte, bald würde ich einen kalten Luftzug am Rücken spüren, wenn der Vorhang beiseite geschoben wurde. Dann standst du da, lehntest mit verschränkten Armen an der Wand und starrtest mich bloß an. Wenn ich sie ignoriere, wird sie wieder gehen. Ich duckte den Kopf unter den Brausekopf und schäumte mir das Haar noch mal ein, wobei ich mir das Seifenwasser in die Ohren laufen ließ. Aber du wartetest, bis ich fertig war.

»George, wenn mir etwas zustieße, würdest du wieder heiraten?«

Immer irgendwas Weithergeholtes wie das. Und schrecklich dumm, denn wie konnte sie eine ehrliche Antwort erwarten, wo sie dort in greifbarer Nähe zu den Rasierklingen, Nagelfeilen und dem WC-Reiniger stand, während ich für meine Verteidigung nichts außer einem Stück Seife hatte?

»Das kommt drauf an, Ophelia. Wenn ich fünfundachtzig wäre, würde ich es wahrscheinlich seinlassen.«

»Nein, ich meine, jetzt. Wenn ich in diesem Moment zur Arbeit ginge und von einem Laster überfahren würde, wie lange würde es dauern, bis du wieder heiraten würdest?«

»Das kann ich nicht beantworten.«

»Warum nicht?«

»Weil es tausend Faktoren dabei zu berücksichtigen gäbe: Hat der Laster dich nur verstümmelt, so daß du noch eine Weile dahinsiechst, oder hat er dich sofort getötet? Dann ist da die Beerdigung – manche Pfarrer reden länger als andere. Die Zeit, die ich brauche, um die Schränke auszuräumen. Der –«

»Du würdest also wieder heiraten wollen?«

»Und im umgekehrten Fall, würdest du?«

»Nein, über *dich* würde ich nie hinwegkommen.«

»Bei mir das gleiche. Käme nie über dich hinweg.«

»Du verlogener Hund.«

Der Trick war, dich entweder zum Lachen zu bringen oder dich so wütend zu machen, daß du mich in Ruhe ließest und ich dennoch einen Streit beim Frühstück vermied. Das Zusammenleben mit einem weiblichen Wesen: ein täglicher Balanceakt. Und ich hatte echten Spaß an der Aufgabe. Denn immer, wenn ich es richtig machte, wurde dein Anderssein für mich zum Wichtigsten überhaupt.

Hätte jede Frau dazu getaugt? Anfangs dachte ich darüber nach, und in bezug auf Shawn fragte ich mich das öfter, als ich es dir gegenüber je zugab. Tatsächlich erwähnte ich sie niemals. So desorientiert war ich nicht, auch nicht mit Seife in den Ohren. Und sie tauchte unvermeidlich als eine deiner Wasserfragen auf. »Bedauerst du, daß ich nicht Shawn bin?« Die Antwort darauf war einfach, weil ich sie geübt hatte: »O Baby, nie. Niemals«, sagte ich, wobei ich dich in die Wanne zog und die letzten fünfzehn Minuten meiner Duschzeit mit dir verbrachte. Man sagt die ungeschminkte Wahrheit, wenn sie nützlich ist: Nein, es tat mir nicht leid, daß du nicht Shawn warst. Aber hätte Shawn du sein können? Es gibt ein ganzes Spektrum von Frauen und Persönlichkeiten, die jeweils einen Mann glücklich machen können. Ich war aus dem Alter raus und hatte nie zu dem Glauben geneigt, daß es eine bestimmte Person gibt, die irgendwo am Horizont auf einen wartet. Du bedeutetest mir genug, daß ich für uns eine Chance sah – das war alles. Aber auch Shawn hatte mir etwas bedeutet. Ich war fünf Jahre mit ihr zusammengewesen und hatte mich nicht fest binden können; dich heiratete ich nach sechs Monaten. Es ist nur natürlich, daß ich ins Grübeln geriet.

Und ich glaube, es ist das Wort *natürlich*, das die Sache letzten Endes erklärt. Wir waren seit drei Monaten verheiratet, und wir sprachen von deiner Absicht, noch mal die Universität zu besuchen. Du wolltest einen Abschluß in Geschichte machen, und wir brauchten dein Gehalt nicht unbedingt. Es wäre mir völlig egal gewesen, wenn du aufgehört hättest zu arbeiten, sobald wir aus New Orleans zurück waren. Ich wollte sofort Kinder, aber du hattest es dir in den Kopf gesetzt, erst einen akademischen Grad zu erwerben. Ich bezweifle, ob du dich an den besonderen Vorfall erinnerst. Du hattest deinen Brief mit der Zusage von der New York University bekommen und warst ganz aufgeregt, als ich nach Hause kam.

»Ophelia, das sieht aus wie Gulasch.«

»Weil es welches ist.«

»Du warst dran mit Kochen.«

»Ich hab gekocht.«

»Nein, *ich* habe gestern abend Schmorfleisch gekocht. Und du hast die Reste genommen, Tomatensauce draufgekippt und setzt es mir jetzt wieder vor.«

»Stimmt. Ich war so damit beschäftigt, die Broschüren vom College durchzulesen, daß mir die Zeit davongelaufen ist.«

»Du wirst immer was zu lesen haben. Aber das ist nicht fair.«

»Okay, es tut mir leid.«

»Und was soll ich jetzt essen? Nicht diesen Mansch.«

»Möchtest du Thunfisch?«

»Nein, ich will keinen Thunfisch.«

»Dann mache ich dir ein Omelett.«

»Und bringst mich um mit dem ganzen Cholesterin? Außerdem sind Eier Frühstücksnahrung. Sieh auf die Uhr, jetzt ist Abendessenszeit.«

»Also, was hat dir die Laune verdorben?«

»Hier reinzukommen und dieses Gulasch zu sehen.«

»Nigger – bitte.«

Nur du konntest die Hände in die Hüften stemmen, die Augen zusammenkneifen und so was sagen. Es ging dir mühelos von der Zunge. Und vor allem – nein, ich sollte sagen, nach allem – wußten wir beide Bescheid. Ein kurzer Augenblick, lang vergessen im Drama unserer Leben. Und so viel von dem, warum ich mit dir und nicht mit ihr zusammen war, hing daran. Nein, ich hatte dich nicht geheiratet, weil nur du Nigger zu mir sagen konntest. Sondern weil du nie die Notwendigkeit einer Erklärung verspürtest.

George, du warst immer so pendantisch, und das machte das Zusammenleben mit dir ziemlich anstrengend. Manche Dinge konnten einfach nicht auf eine Formel reduziert werden, in die man ein paar neue Elemente packte und in der dann alles hübsch säuberlich und nett aufging. Die Schränke zum Beispiel. Als ich von Manhattan in dein Haus auf Staten Island zog, holtest du einen Rechenschieber und Millimeterpapier raus – ja, Millimeterpapier –, um die Breite meiner Schränke auszumessen und auszurechnen, wieviel wir von unseren Sachen im Keller unterbringen müßten, damit der Platz in deinem Schlafzimmer für uns beide reichte. Und als dann deine verdammten Diagramme nicht funktionierten, machtest du ein Theater, als würde ich absichtlich unsere Ehe sabotieren, weil ich einen zusätzlichen Leinenblazer aufhängte. Dann schieben wir eben eins deiner Hemden rüber. Nein, das machen wir nicht, denn dann hättest du nicht den genau abgemessenen Platz auf der Stange für die fünf Hemden, eins pro Wochentag – und du mußtest immer am Anfang der Woche fünf frisch gebügelte Hemden in dieser bestimmten Ecke bereithängen haben.

Es war mehr als bloß Gewohnheit; du verfuhrst entsprechend bestimmter Rituale. Ein Platz für alles, und alles an seinem Platz. Ich nehme an, vieles davon ging auf die Heimerziehung zurück, oder vielleicht lag es an der Arbeit, die du machtest. Du sagtest oft, daß Bruce sich das Unmögliche ausdachte und du die praktischen Grundlagen ausknobeltest, um es in die Tat umzusetzen. Du warst kein phantasievoller Mann, aber du warst beharrlich. In meinen besseren Momenten war das sehr tröstlich für mich. Wo alle Chancen gegen uns standen, konnte man sich darauf verlassen, daß du eine lange Strecke durchhalten würdest. Aber im Alltag mit dir auszukommen war eine andere Sache. Ich verstand absolut, warum dir die Einnahme deiner Herzmedizin zur zweiten Natur geworden war. Jeden Morgen, nachdem du auf der Toilette warst, schobst du die rechte Tür des Kosmetikschränkchens zur Seite, nahmst eine deiner Digoxyn-Tabletten aus der Flasche und schlucktest sie mit einem halben Glas Wasser runter. Zweimal am Tag, ohne nachzudenken: eine zweite Flasche in deinem Büro und eine, die du immer zu Hause hattest. Einmal tat ich die Flasche im Schränkchen woandershin, nicht an einen anderen Ort im Haus, nicht mal auf ein anderes Brett – ich schob sie um einen Bruchteil zur Seite, um eine Schachtel Wattestäbchen reinzustellen.

Ich weinte eine halbe Stunde, nachdem du aus dem Haus gestürmt warst. Ja, ich wußte, wie wichtig deine Medizin war, wie wichtig es für dich war, sie zu finden. Der Gedanke daran, daß dir etwas zustieß, war mir unerträglich. Ich war nicht außer mir, weil du so weggegangen warst. Ich wußte, du würdest nur eine Weile herumlaufen und dann von der nächsten Telefonzelle aus anrufen. Du konntest nie sehr lange wütend auf mich sein, selbst wenn du im Recht warst. Aber es war nur ein winziger Zentimeter, George. Deshalb weinte ich. Es gab sechs Zimmer in diesem Haus, und wenn ich vor jeder winzigen Veränderung, die ich verursachte, Angst haben mußte, was sollte ich von der größten Veränderung von allen halten – von mir?

Ich konnte nicht vergessen, wie schnell wir geheiratet hatten. Als ob wir Angst gehabt hätten, innezuhalten und nachzudenken. Aber jetzt dachte ich nach. Und ich wünschte mir so sehnlichst, es möge gut mit uns gehen, daß ich versucht war, mich selbst in jede Form zu pressen, von der du ausgerechnet hattest, daß sie in deine Pläne passen würde. Wie lange könnte ich das durchhalten? Die Antwort machte mir eine Höllenangst: ich hätte es eine Ewigkeit durchhalten können. Am Anfang fühlt man sich ein bißchen unbehaglich, aber wenn man sich dann umschaut, ist das die Form, in die man hineingewachsen ist. Ja, ich hätte mich reibungslos in dein Leben einfügen können. »Sie hat alles, was ich habe«, hast du meiner Großmutter in unseren Flitterwochen gesagt. Aber ich wollte unbedingt, daß *wir gemeinsam* ein möglichst reibungsloses Leben führten. Und das war der eigentliche Grund, weshalb ich nicht sofort Kinder haben wollte – sie hätten das Grundproblem vertuscht. Ich war erst siebenundzwanzig, und es war noch Zeit. Ich wußte, du warst nicht meiner Meinung, und ich verstand, warum du gern Vater werden wolltest. Die Ironie ist, daß du einen guten Vater abgegeben hättest, aber es galt, auf uns Rücksicht zu nehmen. Und wenn wir es nicht schafften, dann war es besser, »wir« waren nur zu zweit.

Mein Vorsatz, was Kinder anging, geriet gelegentlich ins Wanken. Du hieltest plötzlich inne beim Zusammenfalten der Handtücher auf dem Halter, sahst mich an und lachtest: »Vermutlich denkst du, ich will dich gar nicht hier haben.« »Manchmal«, sagte ich, »denke ich das.« Dein Gesicht wurde ganz ernst: »Nun, du darfst nie zulassen, daß ich eine große Dummheit begehe und erlebe, wie es ohne dich ist.« Es war besonders schwierig, als Bernice mir schrieb, daß sie endlich schwanger geworden war. Sie hatte es so lange versucht, und ich wußte, Ambush würde einen großartigen Vater abgeben. Vieles an ihm erinnerte mich an dich. Und dann kam im selben Sommer unser Hochzeitsgeschenk von zu Hause. Als ich den Quilt auseinandergefaltet hatte, die ganzen vier Quadratmeter, standen wir einen Moment ehrfürchtig davor. Du wolltest eine Wand im Wohnzimmer frei räumen und ihn dort aufhängen. Aber er war gemacht worden, um benutzt zu werden, und ich wußte, sie hatten sich die viele Arbeit nicht nur für mich gemacht. Ich strich mit der Hand über die vielfarbigen Ringe. Sie hatten den Quilt genäht, damit *meine* Enkelkinder darunter empfangen würden. Ich sah dich an – das blaue Baumwollhemd wie immer, das Haar kurz geschnitten und wie immer links gescheitelt. Unsere Enkelkinder? »Laß sehen, wie er aufs Bett paßt«, sagte ich.

In der nächsten Woche hätte ich mich ohrfeigen können, weil ich mein Diaphragma nicht reingetan hatte. Alles war wieder beim alten. Nein, du würdest auf keinen Fall im August mit mir nach Hause fahren. Du müßtest meine Großmutter und Großtante ein andermal kennenlernen. Der Hopewell-Wohnkomplex mußte beaufsichtigt und das Angebot für euren ersten Regierungsauftrag gemacht werden. Du hattest schon im Januar Urlaub genommen, wußte ich das nicht mehr? Und war New Orleans nicht eine romantische Stadt? Woher sollte ich das wissen, ich hatte in der Hauptsache fünfzigtausend Menschen gesehen, die die Bourbon Street rauf- und runterliefen und »Los, Eagles. Los, Raiders« schrien, wobei sie flatternde grüne Flügel auf dem Rücken trugen und mit Stanniolschwertern herumwedelten. Und dieser ganze Unsinn über die Opfer, die du brachtest, wo du doch für dich selbst arbeitetest, konnten mich nicht täuschen. Wenn der Januar 82 kam, wärst du auf und davon, wo immer die Super Bowl stattfinden würde. Getrennte Ferien – das schien unser Los zu sein. Und das war ein Streit, den ich nicht in unserem ersten Jahr austragen wollte. Auch würde ich mich nicht in die Mutterschaft stürzen. Abwarten und sehen und abwägen: Wieviel mußte ich geben für das, was ich bekam? Und wenn sich die Spanne als zu groß erwies, wollte ich weder dich noch irgendeinen andern Mann so sehr, daß die Körper meiner Kinder in die Länge gezerrt werden müßten, um sie zu überbrücken.

Meine Freunde fanden, ich hätte schon zuviel aufgegeben. Selma kam mit derselben Begeisterung nach Staten Island, mit der sie in den afrikanischen Busch gereist wäre. Er hat dich hier rausgeschleift? Das Negligé, das sie mir von Saks mitbrachte, war teurer als die Miete für mein altes Apartment. Nein, ich vermißte den Verkehr und den Lärm des Broadway nicht. Ich war dort aufgewachsen, wo man vom Klang der Vogelstimmen geweckt wurde, und es war schön, das wieder zu erleben. Es war auch schön, sich rüber auf eine warme Stelle zu rollen, die jemand im Bett hinterlassen hatte. Ja, ich würde meine Arbeit kündigen. Nein, er zwang mich nicht dazu. Ich war kaum der Typ, der sich barfuß und schwanger an einen Herd ketten läßt. Ich würde im Herbst mit dem College anfangen. Und es interessierte mich nicht, was Jewels Ehemann machte, es mußte schon ein ziemlich merkwürdiger Mann sein, der Löcher in ein Diaphragma stach. Na ja, er würde wahrscheinlich von mir erwarten, mehr Hausarbeit zu übernehmen, sobald ich mit dem Unterricht anfing – ich würde nur zweimal die Woche hingehen, und er arbeitete an manchen Tagen vierzehn Stunden. Nein, sein Terminkalender ließ uns nicht viel gemeinsame Zeit, aber wir machten das Beste draus. Getrennter Urlaub? Es schien tatsächlich ein bißchen seltsam, und vielleicht war es eine günstige Gelegenheit für ihn, eine andere zu treffen. Aber keine Frau, die bereit wäre, einmal im Jahr in einen Billigflieger zu steigen und mit einem Mann in einem Holiday Inn zu wohnen, der nichts weiter wollte als über Football schwadronieren, konnte eine große Bedrohung sein. Wollte sie nicht zum Abendessen bleiben? Nein, denn George könne sie nicht leiden. Sie hatte recht, du konntest sie nicht leiden.

Selma mochte zwar eine unverbesserliche Pessimistin sein, aber sie äußerte die Zweifel, die ich sonst verdrängt hätte. Daß sie sie laut aussprach, gab mir Gelegenheit, mit mir selbst zu debattieren und mir darüber klarzuwerden, wie leicht ich gewann.

* * *

Es ist die Zeit der Schmetterlinge, wenn Cocoa nach Hause kommt. In manchen Jahren haben wir mehr als in anderen, abhängig vom Wind und der Regenmenge im Frühjahr. In diesem Jahr gibt es so viele, daß man sich bestimmt daran als an den Sommer erinnern wird, in dem die Wälder Gold vergossen. Man kann sich keinem Fleckchen Wolfsmilch oder wildem Klee nähern, ohne daß ein Farbensturm aufsteigt. Die Wälder sind voller Gelächter, wenn die Kinder den Schmetterlingen hinterherjagen – der, den ein Mädchen fängt, zeigt die Farbe des Kleides, das sie zum nächsten Geburtstag bekommt, und die Punkte, die ein kleiner Junge auf ihren Flügeln zählt, bestimmt die Anzahl der Küsse, die er kriegt. Schmetterlinge sind ein gutes Zeichen, und dies ist ein guter Sommer. Trommelfische und Seebarben warten nicht darauf, gefangen zu werden, sie springen in die Boote. Hummer und Austern gibt es in Unmengen, und Krabben werden so groß wie zwei Hände. Niemand ist krank. Alle arbeiten. Die Gärten gedeihen, daß es eine Wonne ist. Wenn es nicht in der Natur mancher Menschen läge, sich zu beklagen, könnte man sagen, daß jede Menschenseele in Willow Springs Grund hatte, zufrieden zu sein.

Weiß Gott, Miss Abigail platzt schier vor Freude. Nur zwölf Monate seit Cocoas letztem Besuch zu Hause, und seht her, wieviel inzwischen passiert ist. Sie kommt als Ehefrau zurück. Hat zwar keinen Ehemann mitgebracht, aber die beiden scheinen nicht allzuschlecht miteinander auszukommen. Sie ist lang genug mit ihm zusammen, daß man die Herde fürs

Hochzeitsfest angeheizt hätte, falls er mitgekommen wäre. Cocoa sitzt öfter auf der Veranda als die vorigen Male, denn ihre alte Freundin ist in anderen Umständen.

Und man könnte denken, Bernice würde einen ganzen Wurf zur Welt bringen, nach dem Theater, das sie macht. Das Baby ist nicht vor Januar nächsten Jahres fällig, und sie macht Dr. Smithfield schon verrückt – zumindest immer dann, wenn sie nicht gerade ins Krankenhaus jenseits der Brücke fährt. Macht alle möglichen Tests für das Blut des Babys, das Gewicht des Babys, das Herz des Babys. Sie hat sogar schon ihr Zimmer im Krankenhaus bezahlt. Keine Hebamme wird ihr Enkelkind auf die Welt holen, prahlt Pearl, dieses Baby bekommt nur das Allerbeste. Man sieht ja, was passiert ist, als Bernice endlich auf sie gehört und nicht mehr diese ganze »Buschmedizin« geschluckt hat, oder? Pearls Gerede dringt auch zu Miranda vor, aber sie stemmt nur ihr Gartengerät in die Hüfte und macht sich auf zum andern Haus. Und Pearl kann jetzt gar nicht genug für Bernice tun, läßt ihre Füße nicht mehr den Boden berühren. Die beiden sind dick miteinander wie Hund und Floh – man könnte denken, Pearl sei der Vater. Miranda hat Bernice gesagt, sie könne weiterhin gehen und alles tun, was sie sonst tat, aber jetzt heißt es, Dr. Smithfield sagt dies, Dr. Smithfield sagt das. Irgendwo liegt hier eine Lektion in Dankbarkeit in der Luft, aber es scheint noch eine Weile zu dauern, bevor sie sich setzt.

Doch Cocoa ist ein hübscher Anblick da oben auf der Veranda in ihren Hosen und dem rückenfreien Oberteil. Man fragt sich, warum diese winzig kleinen Dinger »Shorts« genannt werden, wenn sie Mädchen mit langen Beinen so viel besser stehen.

»Miss C, hast du nichts Besseres zu tun, wo die Stangenbohnen deiner Großmutter auf den Boden hängen?« ruft Miranda von der anderen Straßenseite.

»Sie hat mir gesagt, sie hat schon zu viele davon im Haus. Und außerdem –«

»Was hast du gesagt?« Miranda hält sich die Hand ans Ohr. »Du weißt, ich werd alt.«

»Ich habe gesagt, sie meinte, sie hat schon zu viele im –«

»Schrei nicht so, als hättest du keine Erziehung genossen. Sprich anständig mit den Leuten.«

Cocoa läßt sich Zeit, um ihre Beine vom Geländer zu schwingen und rüber zu Mirandas Wohnwagen zu gehen.

»So, wo du jetzt deinen Hintern hierherbewegt hast, kannst du mir hier drüben helfen.«

»Das hättest du doch gleich sagen können.«

»Wie ich sehe, hat die Ehe dir dein freches Mundwerk nicht gestopft. Ich werde dem Jungen 'ne anständige Rute schicken müssen.«

Cocoa wirft den Kopf zurück und lacht. »Er wüßte nicht, was er damit soll.«

»Er wird es lernen.«

Aber Miranda gefällt die Antwort recht gut. Sie hat in der Woche, seit Baby Girl zu Hause ist, schon eine Menge gehört und gesehen, was ihr gefallen hat. Sie schwärmt nicht süßlich und überschwenglich von dem Jungen, denn das ist nicht ihr Stil. Und zuviel Schwärmerei und Lobhudelei würde einen nur mißtrauisch machen. Nein, da ist genau die richtige Glut, wie man sie bekommt, wenn man noch einmal Kohlen nachlegt, bevor man in einer eiskalten Nacht zu Bett geht. Das Feuer würde hin und wieder flackern, aber es würde stetig und lang brennen. Abigail würde vielleicht doch noch ein paar Urenkel bekommen, auch wenn man all diesen modernen Unsinn bedachte, daß man warten müsse, um »eine funktionierende Beziehung aufzubauen«, und aufs College gehen, um »zu sich selbst zu finden«. Die Ehe bringt ihre eigene Funktion mit sich – der braucht man keine hinzuzufügen. Und man sucht nur nach Dingen, die man verloren hat. Baby Girl hatte vielleicht etwas von sich verloren, aber das würde sie auf keinem College wiederfinden.

»Ophelia, ich muß mich ein bißchen um den Garten beim andern Haus kümmern. Heb die Körbe da auf.«

»Wie hast du mich genannt?«

»Steh nicht da mit sperrangelweit offenem Mund, ich hab dich bei deinem Namen genannt.«

»Aber mein ganzes Leben lang hast du nie diesen Namen benutzt.«

»Das stimmt nicht. An dem Tag, als du in meine Hände gepurzelt bist, hab ich ihn das erstemal benutzt. Deine Mama hat gesagt: ›Nenn sie Ophelia.‹ Und das haben wir getan. Haben dich eine ganze Woche lang so genannt, um es offiziell zu machen. Also hast du mich ihn schon früher sagen hören, aber du erinnerst dich nicht mehr.«

»Du meinst, ich kann mich nicht erinnern.«

»Ich meine genau das, was ich gesagt hab. Nimm die Körbe.«

Sie reden davon, wie man dem Giftsumach ausweicht, bestaunen vom Blitz abgerissene Äste, die Blüten der Magnolien, aber sie gehen durch die Zeit. Dicke Sonnenstrahlen bilden eine schräge Leiter für Schmetterlinge, auf der sie zwischen den Kiefernzweigen hinaufflattern, während Zweige unter den Füßen knacken, die über Schatten und Sonnenflekken hinweggehen. Die Schatten lassen die Falten im Gesicht der alten braunen Frau verschwinden und die Beine der jungen hellhäutigen kürzer erscheinen. Sie nähern sich dem Friedhof innerhalb des Runds aus Steineichen und steigen hinab in die Zeit. Ein bißchen Louisianamoos als Kissen für jeden Fuß, und sie sind mitten in den Anfängen der Days.

John-Paul wartet, um sie zurückzuführen, als sie den Fingerhut am Kopfende seines Grabsteins ausdünnen: Ich hatte sechs Brüder, die vor mir geboren wurden, fünf, die lebten. Matthew, Mark, Luke, Timothy und James. Aber ich trage den Namen von dem, der es nicht geschafft hat – John. Ich war der Letztgeborene und der letzte, der heiratete. Manche sagen, ich hätte sie zu sehr geliebt. Mein Vater sagte das oft, als ich um sie warb. Halt dich zurück, John-Paul, ich kann diesem Mädchen in die Augen schauen und sehen, daß es nie Frieden finden wird. Er starb, bevor ich Gelegenheit hatte, ihm zu sagen, daß er recht gehabt hat. Der Name meines Vaters war Jonah. Und er hatte sechs vor ihm geborene Brüder. Zwei kamen auf einmal: Elijah und Elisha, dann Joel, Daniel, Joshua und Amos. Alle wurden zu Zeiten der Sklaverei geboren, aber sie lebten als freie Männer, weil ihre Mama das so durchgesetzt hatte. Sie wurde derart zu einer Legende, daß Schwarze, Weiße und sogar Rothäute zu meiner Zeit den Namen Sapphira nur flüsterten. Ich kann dir nichts über meinen Großvater berichten, sie trugen keinen Familiennamen, bis mein Vater geboren wurde. Gott ruhte am siebten Tage, erklärte ihre Mama, und das würde sie auch tun. Also hieß mein Vater Jonah Day, und das ist alles, was ich dir weitergeben kann.

Kein Grabstein für Jonah Day. Er liegt unter einer Decke Purpurwinden, deren Ranken sich mit der Gartenwicke verschlingen. Sie wissen, daß er dort ist, weil sie lauschen: Ein paar von meinen Brüdern sahen mir ähnlich, ein paar nicht. Aber es war nicht an mir, Mama zu fragen. In jenen Tagen war es normal, daß ein blauäugiges Kind mit seinen dunklen Geschwistern spielte. Und irgendwelche Väter, die es gegeben haben mochte, waren weg, lange bevor ich groß wurde. Aber ich war für meine Kinder da. Ich war stolz auf all meine Söhne, aber mein Herz gehörte meinem Jüngsten. Nehme an, weil er direkt nach dem kam, den ich verlor. Also gab ich ihm und seiner Braut das Haus, das Mama mir gegeben hatte. Ich starb, ohne seine Kinder gesehen zu haben, aber ich wußte, es mußten Mädchen werden. Der siebte Sohn eines siebten Sohnes ist ein besonderer Mann.

Tränen steigen in der Kehle der hellhäutigen Frau hoch, als sie das vertrocknete Unkraut vom Grabstein ihrer Mutter fegt. Grace Samantha Day: Ich gab dem ersten und einzigen Baby den Namen meiner Großmutter. Ophelia. Ich tat das aus Rache. Laß dieses Mädchen eins von denen sein, bat ich Gott, die einem Mann das Herz brechen können. Litten Frauen nicht genug? Acht Monate schwanger mit seinem Kind, und er machte sich aus dem Staub. Ich hoffte, er würde in der Hölle landen. Wenn ich gewußt hätte, was ich im

Grunde meines Herzens schon immer gewußt habe, hätte ich sie anders genannt. Sapphira. Meine Großmutter brach ein Herz nur ganz sanft. Meine Urgroßmutter riß eins weit auf.

Die junge helle Frau und die alte braune Frau sehen sich über diesen Grabhügeln der Zeit an. Die jungen Hände berühren den verwitterten Kalkstein, wobei sich ihr Inneres erinnert. Eine Frage aus diesem Innersten: die beiden Gräber, die fehlen? Die Brise, die vom Sund herüberweht, wirbelt die Antwort vor ihre Füße: Sapphira ist mit dem Wind fortgegangen. Ophelia mit dem Wasser.

Als sie um die Biegung bei dem alten Kiefernstumpf gehen, wird der Spazierstock der braunen Frau ein Zauberstab.

Merk dir das –

Ein Schwenken über einer Stelle mit Zinnien, und die scharlachroten Blüten steigen in die Luft auf.

Und das —

Geflügelte Ringelblumen folgen ihnen in die Luft.

Hör hin –

Ein Klopfen des Stocks: Purpurwinden fangen an zu singen.

Das andre Haus. Schmetterlinge und Kolibris. Und die Weisheit, sie anzulocken.

Alte Augen, traurig und müde: es ist Zeit, weißt du. Ein altes Haus mit einem großen Garten. Und es hat seinen Teil an Kummer gesehen.

Die Dämmerung bricht herein, als Miranda und Cocoa vom andern Haus mit ihren vollbeladenen Körben zurückkommen. Abigail steht wie angewachsen an der Verandabrüstung, und Miranda kann sehen, daß sie nicht allzu glücklich ist. Nach dem Ausdruck in Abigails Gesicht könnte man meinen, ich hätte sie weggeschleppt, um sie umzubringen, denkt sie. Ein bißchen Zitronenmelisse sammeln und die alten Gräber säubern ist alles, was wir gemacht haben. Aber soll Baby Girl ihr das erzählen, mir würde sie kein Wort glauben.

»Wie nett, sich einfach davonzuschleichen, ohne jemand was zu sagen.«

»Wir sind nicht weggeschlichen, Abigail. Hast du nicht gesagt, du hättest fürs Abendessen gern etwas Grünkohl zum Mischen mit deinem Mangold?«

Abigail fixiert Miranda mit starrem Blick. »Ist zu früh für anständigen Grünkohl.«

»Nicht beim andern Haus, Großmama.« Cocoa hält einen ausgewachsenen Kohlkopf hoch. »Schau, wie groß sie sind.«

Abigail nimmt den Korb. »Das ist also alles, was ihr gemacht habt – Grünzeug pflücken?«

»Ja«, sagt Cocoa. »Und ich wollte beim Familiengrab vorbeigehen, um ein bißchen sauberzumachen. Großmama, es ist eine Schande, wie du den Ort verkommen läßt.«

»Ich werd bald jede Menge Zeit da verbringen«, sagt Abigail, bevor sie ins Haus geht.

»Früher als du denkst, wenn du so böse bleibst«, ruft Miranda ihr hinterher.

»Möchte wissen, was sie ärgert.«

»Nichts, Kind«, sagt Miranda. »Gar nichts. Jetzt gib mir die Melisse. Ich zupf die Blätter ab und mach dir ein bißchen Kölnischwasser zum Mitnehmen.«

»Mama Day, ich hab noch literweise Lavendelwasser.«

»Ja, ist aber gut, hin und wieder zu wechseln – damit der Mann interessiert bleibt. Und ich zeig dir, wie man ein paar frische Blätter nimmt und eine schöne Spülung draus macht. Läßt dich innen drin nach Zitrone duften.« Sie macht eine kurze Pause. »Und schmeckt auch nicht schlecht.«

Cocoa wird um einige Nuancen dunkler. »Oh, dann kann ich es ihm in den Salat tun?«

Miranda zuckt mit den Schultern. »Wenn du gute Zitronenmelisse vergeuden willst.«

Ein ziemlich schwüler Abend. Noch ein Gramm Feuchtigkeit mehr, und die Luft würde zu Nebel werden; der Gesang der Grillen und das Quaken der Sumpffrösche klingen dumpf aus der Ferne. Aber die Moskitos summen leise, und Abigail hat zwei Stapel Holz, besprenkelt mit aromatischen Kräuterextrakten, am Fuß der Veranda angezündet, damit sie unbehelligt dort sitzen können. Miranda hat als Friedensangebot Abigails Kartoffelauflauf gelobt, obwohl ihr die Kruste noch am Gaumen klebt. Besser, den Nachmittag auf sich beruhen zu lassen. Wir sind wie zwei Erbsen in einer Schote, aber wir sind trotzdem zwei Erbsen.

Der alte grüne Chevy der Duvalls fährt mit Ambush am Steuer vor. Sie können die anderen Männer nicht erkennen, die im Wagen sitzen.

»Abend, Mama Day. Abend, Miss Abigail.«

»Abend Ambush. Was führt dich her?« fragt Abigail.

»Hat Cocoa Ihnen das nicht erzählt? Muddy Waters spielt jenseits der Brücke, und wir wollen ihn uns alle anhören.«

»Alle wer?« Miranda steht auf und späht durch den Rauch.

»Alle wir.« Dr. Buzzard steckt den Kopf aus dem hinteren Fenster und grinst. »Muddy kann in die Seiten greifen – wird heiß hergehen heut abend im alten Städtchen.« Die Hahnenfedern auf seinem Hut wackeln. »Hab sogar meinen Kumpel dazu gekriegt, mitzukommen.«

»N'ahmd, alle mitnander.« Junior Lee nuschelt seine Worte, ob betrunken oder nüchtern. Er ist nicht dafür berühmt, sich mit irgend etwas besondere Mühe zu geben, am allerwenigsten mit seiner Erscheinung. Äußerst schade, denn er könnte ein gutaussehender Mann sein. Honigfarbene Haut und Augen. Aber diese Weichheit ist ihm ins Rückgrat gesikkert, so daß er sich hinfläzt, wenn er sitzen könnte, schlurft, wenn er laufen könnte. Ruby füllt ihm seit der Hochzeit den Schrank mit immer neuen Sachen, aber sie sitzen nie richtig an ihm. Jacketts hängen an den Schultern, Gürtel können seine Hosen nicht an Ort und Stelle halten. Und die Krokodillederschuhe wollen ihm von den Füßen schmelzen.

»Junior Lee, bist du das?« ruft Abigail. »Versteckst du dich vielleicht vor Ruby, weil du dich so ins Auto lümmelst?«

»Sie's meine Frau, nich' mein Aufseher.« Die Männer im Auto lachen.

»Und wie geht's deiner Frau, Ambush?« Miranda stützt die

Hände in die Hüften. »Während du dich jenseits der Brücke in Bumslokalen vergnügst?«

»Sie sollte eigentlich auch mitkommen, Mama Day. Aber sie meinte, die Nachtluft sei nicht gut fürs Baby. Also bleibt sie zu Haus und guckt mit meiner Mama fern.«

»Zu dieser Jahreszeit sind Nachtluft und Tagluft gleich«, sagt Miranda.

»Versuchen Sie mal, ihr das zu sagen.« Ambush schüttelt den Kopf. »Aber sie hat nichts dagegen, daß ich ein bißchen ausgehe und mich amüsiere.«

Dr. Buzzard zieht den Mund runter. »Warum haben Sie mich nicht nach meiner Frau gefragt?«

»Kommen Sie mir nicht damit, Buzzard.« Miranda kneift die Augen zusammen. »Sie könnte man nicht mal in 'nem Zoo verheiraten. Und ein Mann in Ihrem Alter sollte sich nicht mit dem jungen Volk herumtreiben. Sie sollten zu Hause sitzen und beten – morgen ist Sonntag.«

»Ich geh als Anstandswauwau für Cocoa mit.«

»Sie wird Ihre Dienste heute abend nicht brauchen. Sie hat gräßliches Kopfweh und bleibt zu Hause.«

»Geht es ihr sehr schlecht, Mama Day?« Ambush macht Anstalten auszusteigen.

»Nein, geht ihr nicht allzu schlecht. Fahrt ihr nur zu und amüsiert euch.«

Abigail beißt sich auf die Unterlippe und runzelt die Stirn, als sie wegfahren. Sie fängt an, sich gegen den linken Schenkel zu klopfen, was sie immer macht, wenn sie sehr nervös wird.

»Ich will bei dem Krach nicht dabeisein. Du hattest kein Recht dazu, Miranda.«

»Wenn es nur Ambush und Buzzard gewesen wären, hätt ich bloß ein bißchen Theater gemacht. Aber Junior Lee war im Wagen.«

»Sie gehen nur ein bißchen Musik hören.«

»Und May Ellen hat mit ihm bei hellichtem Tag nur Austern ausgegraben. Letzten Monat haben wir sie beerdigt, Abigail.«

»Fängst du damit wieder an? Ruby hat dem Kind nichts getan.«

»Du warst nicht dabei, aber ich.«

»Du warst da, um May Ellen gesund zu pflegen. Aber hast du auch gesehen, wie Ruby sie vergiftet hat?«

»Das hab ich nicht gesagt.«

»Was sagst du dann? Ausgerechnet du solltest es besser wissen. Dieser Voodooquatsch ist genau das – Quatsch.«

»Das weiß ich.« Miranda starrt in das qualmende Feuer. »Und ich weiß auch, wie Ärger aussieht, wenn ich welchen seh. Und ich hab keine Lust, mich mit Ruby anzulegen.«

»Na, jetzt kriegst du es mit Baby Girl zu tun. Und meine Nerven vertragen nicht soviel Geschrei.«

»Dann hältst du dich hier lieber raus.«

Cocoa sitzt auf dem Bettrand und zieht ein Paar hochhakkige Sandalen an. Sie hat sich silberne Klemmen ins Haar gesteckt, passend zu den silbernen Bändern an ihrem rückenfreien Kleid. Es ist zu heiß für Strümpfe, daher hat sie die Beine rasiert und mit etwas Rosenglyzerin eingecremt.

»Du hast beim Abendessen nichts davon gesagt, daß du ausgehen willst«, sagt Miranda, die ihr von der Tür aus zusieht.

»Weil ich diesen Streit nicht zu früh anfangen wollte. Ich nehme an, Ambush ist schon draußen.«

»Findest du das angebracht für eine verheiratete Frau, die ganze Nacht mit anderen Männern in Bumslokalen zu trinken und zu rauchen?«

»Nein, das find ich nicht. Aber ich bin mit Ambush aufgewachsen – er ist für mich so was Ähnliches wie ein Bruder. Und keiner von uns trinkt oder raucht.«

»Buzzard trinkt reichlich.«

»Dr. Buzzard ist ständig betrunken. Wenn ich mich also deswegen von ihm fernhalten sollte, hätte ich das mein ganzes Leben lang tun müssen.«

»Und Junior Lee ...«

»Junior Lee? Ich dachte, du redest von Männern. Hör zu, ich werde ausgehen.«

»Keinen Respekt vor dir selber, aber könntest wenigstens ein bißchen vor Bernice haben – mit ihrem Mann rumzuziehen, wo sie in anderen Umständen ist.«

»Bernice hat mir ihre Karte gegeben! Und nur weil sie ein Getue macht, als würde sie fünfzig Babys bekommen, muß meine Welt nicht aufhören, sich zu drehen.«

»Schon immer egoistisch gewesen. Ich und deine Großmama sehen dich einmal im Jahr, und du kannst nicht zwei Minuten mit uns verbringen.«

»Jetzt übertreibst du wirklich schamlos, Mama Day. Wo ich die ganze Woche hiergewesen bin, Teppiche ausgeklopft und Hühnerställe saubergemacht habe. Sieh dir an, wie meine Hände von den Tomatenstöcken aufgeschürft sind. Es ist Samstagabend, und ich will mich ein bißchen amüsieren.«

»Na, da hat sich dein Mann ganz schön was eingehandelt.«

Cocoa steht auf und schnappt sich ihre Tasche von der Kommode. »Wenn George hier wäre und keine Lust hätte mitzugehen, würde er sich nicht so aufführen wie du. Du wirst mir kein schlechtes Gewissen einreden, also vergiß es. Ich werde mir Muddy Waters anhören.«

Miranda blockiert die Tür. »Wenn du dir Muddy Waters anhören willst, mußt du übers Wasser laufen – deine Mitfahrgelegenheit ist weg.«

Die Luft zwischen ihnen lädt sich auf. Beide haben die Lippen fest wie Eisendeckel aufeinandergepreßt. Cocoa öffnet ihre zuerst, langsam und unversöhnlich.

»Ich werde dich nicht fragen, ob du das tatsächlich getan hast, denn das hast du. Du bist schon immer eine herrische und tyrannische alte Frau gewesen. Aber ich bin kein kleines Kind mehr – hast du gehört? Ich bin kein kleines Kind. Ich packe meine Sachen und reise morgen ab. Wenn ich mich hier so behandeln lassen muß, werde ich nie wieder einen Fuß auf diese verdammte Insel setzen, bis es Zeit ist, zu deiner Beerdigung zu kommen.«

Sie schleudert ihre Tasche über die Kommode, fegt dabei Flaschen und Kämme durchs ganze Zimmer. Die Vase mit

Wiesenblumen kracht in den Spiegel, und ein Netz aus gezackten Sprüngen bildet sich von der Ecke aus.

»Besser meine Beerdigung als deine.« Miranda knallt die Tür ohne ein weiteres Wort hinter sich zu.

Das Holzfeuer draußen brennt runter, und der Rauch hängt in der schwülen Luft. Er wirbelt langsam von der letzten Glut auf und verteilt sich in gräulichen Schwaden, die die Straße vernebeln, bevor sie sich in der Dunkelheit verlieren. Gerade eben war sie noch nicht da. Jetzt ist sie da. Der Rauch lichtet sich vor der reglosen Gestalt, die vom Tor aus zur Veranda hochsieht. Ein Berg. Riesig und still. Aber die Stimme könnte eine leichte Brise sein, die von seinem Gipfel herunterflüstert.

»Junior Lee ist mit Ambush weggefahren. Der Wagen hat hier gehalten.«

Zwei schmale Augenschlitze fangen den schwachen Feuerschein ein. Sehen aus wie Katzenaugen, die in der Nacht schweben.

»Sie sind weitergefahren, Ruby.« Miranda beugt sich in der Dunkelheit vor. »Vor einer halben Stunde.«

»Komm rauf und setz dich ein Weilchen zu uns«, bietet Abigail an.

Ein Flüstern. »Der Wagen hat hier gehalten.«

Miranda lehnt sich ganz in ihren Stuhl zurück, verschränkt die Arme über der Brust und stößt einen tiefen Seufzer aus. Eine eifersüchtige Frau. Schleicht durch die Wälder, pflückt schwarzen Nachtschatten und sammelt Rizinussamen. Kommt bis zum Gebiet um das andre Haus, der Vollmond scheint auf Hände voller verkrümmter Schlangenwurzel. May Ellens verkrümmter Körper. Gibt keinen mächtigeren Voodoozauber als Haß. Bring mich nicht dazu, mich mit dir anzulegen, Ruby, denkt sie tief in den Rauch hinein. Ich hab dich auf die Welt geholt.

»Bin nicht auf Ärger aus«, antwortet Ruby, während ihr der Rauch übers Gesicht weht. »Aber der Wagen hat hier gehalten.«

»Cocoa ist im Haus«, sagt Miranda. »Sie ist im Haus, Ruby.«

Ein langes Schweigen. Der Berg dreht sich um.

Abigail starrt auf Rubys Rücken, bis die Nacht ihn verschluckt. »Na, wenn das mal nicht merkwürdig ist.«

Miranda kann sie kaum hören, so stark hämmert es in ihrem Kopf. »Ich hab dir ja gesagt, Ruby ist 'ne merkwürdige Frau.« Sie hebt die Hände, um ihre Schläfen zu massieren. Aber in ihrem Kopf tobt es weiter. Es fühlt sich an wie Wasser und Wind.

»Geht's dir gut, Miranda?«

»Ja, ich bin müde, weiter nichts. Und dieser Krach mit Baby Girl hat's nicht besser gemacht. Weißt du was, dieses vorlaute Ding hat mich herrisch und tyrannisch genannt.«

Abigail stellt sich hinter Mirandas Stuhl, um ihr die Schläfen zu massieren.

»Das tut gut, Abby. Herrisch und tyrannisch – ich.«

»Sie hat's nicht so gemeint.«

»Sie hat gesagt, sie packt morgen ihre Koffer.«

»Auch das hat sie nicht so gemeint.«

»Sie würde erst wieder zu meiner Beerdigung herkommen.«

Abigails leises Lachen verschmilzt mit der Nachtluft. Der sanfte Druck ihrer Finger wirkt bis unter Mirandas Schädeldecke. Das Wasser und der Wind legen sich langsam.

»Nun, wenn es dir gelingt, das in den nächsten August zu legen, dann braucht sie nicht zu erklären, warum sie wieder hier ist.«

* * *

Die Zeit ist schon was Komisches. Ich hab mich schon immer darüber gewundert, wie ein einzelner Tag sich im Kopf zu einer Ewigkeit ausdehnen kann, während Jahre zum Bruchteil einer Sekunde verschmelzen. Die Uhren und Kalender, die wir entworfen hatten, waren unglaublich primitive Versuche, unsere Wirklichkeit zu ordnen – wir gingen auf das Ende des zwanzigsten Jahrhunderts zu und waren noch immer sklavisch an die Zyklen von Sonne und Mond gebunden. All diese Zahlen waren beruhigend, aber sie waren kaum real. Realität war das unrasierte Gesicht in meinem Spiegel, das Geräusch des durchlaufenden Wassers in der Kaffeekanne, aber wo war der Kalender, der erklärte, warum es gestern, als ich aufwachte – ja, gestern –, das erstemal war und heute das tausendfünfhundertstemal? Wir hatten nichts erfunden, mußten uns noch etwas ausdenken, was den Ablauf der Zeit im Bewußtsein erfassen konnte. Als ich in den Spiegel sah und dich in der Küche hörte, konnte ich ehrlich sagen, ich bin mein ganzes Leben mit ihr zusammengewesen und werde es für den Rest meines Lebens sein. In diesem Moment konnte ich das sagen und im nächsten und im übernächsten. Das Leben ohne dich existierte nur in meiner Erinnerung, und je mehr Zeit wir zusammen anhäuften, desto schwächer wurde diese Erinnerung. Ich verstand auf einmal, warum Ehepaare vierzig, fünfzig Jahre zusammenblieben. Durchlebt man die Ewigkeit des längsten Tages, hat man alle durchlebt. Und wir hatten es geschafft mit dem stillschweigenden Einverständnis, daß selbst unsere schlechtesten Tage erträglich genug waren, um sie eine Ewigkeit auszuhalten. Mit dieser Grundeinstellung ging unser ständiges Tauziehen weiter. Es drehte sich alles um Veränderung, oder? Unvermeidbare Veränderung. Ich weiß, ich sträubte mich viel mehr dagegen als du, eines Morgens aufzuwachen und mich zu fragen, was der ganze Aufstand eigentlich sollte. Mein Haus war unser Heim geworden. Und nach vier Jahren begannen »unsere Sachen« an Zahl das zu übertreffen, was einst deine Sachen und meine Sachen gewesen waren.

Und allmählich rangen wir innerhalb ganz neuer Grenzen miteinander. Eßgewohnheiten. Ein Keramikmörser und -stößel tauchten im Küchenschrank auf. Und deine Mixturen aus Petersilie, Thymian, Basilikum, Salbei und Estragon schmeckten weit besser als meine normalen Salzersatzstoffe. Aber ich verabscheute Schnittlauch – wieso bestandest du darauf, Schnittlauch in die Mischung zu tun? Ein Hauch Minze brachte dasselbe Ergebnis. Ich bin immer ein besserer Koch gewesen als du, und man nahm geraspelten Pastinak statt Karotten, um Tomatensoße zu süßen. Zwei Eiweiß hielten meinen Cholesterinspiegel sehr viel niedriger als das Hinzufügen eines ganzen Eis und veränderten die Beschaffenheit des Teiges kaum. Wenn ich mir die Zeit genommen hätte, darüber nachzudenken, hätte ich gelacht. Wir waren an entgegengesetzten Ecken der Küche in Kampfstellung gegangen, und seit wann zerbrach ich mir eigentlich über solche Sachen den Kopf? Seit du angefangen hattest, auf dem Fensterbrett und im Garten frische Kräuter zu ziehen. Seit den Briefen an dich aus Willow Springs, gespickt mit Ratschlägen, wie man »das Herz des Jungen am Schlagen hält«.

Der Videorekorder. Wenn du sämtliche leere Kassetten mit deinen läppischen Seifenopern vollspieltest, während du die Vorlesungen besuchtest, wie sollte ich da die Spiele aufnehmen, während wir bei Selma zum Abendessen waren? Sie bestand darauf, diese Einladungen Montag abends zu veranstalten. Du bestandest darauf, daß wir hingingen. Also laß die Finger von den Kassetten. Denn seit wann hatte ich Football aufgegeben? Seit niemals. Aber einmal im Monat ein aufgenommenes Spiel, das würde mich nicht umbringen. Und auch nicht, Thanksgiving mit dir zu verbringen, da unser Hochzeitstag immer in die Zeit der Endspiele fiel und du ihn allein verbrachtest. Wir waren immer noch nur zu zweit, und trotzdem waren wir eine Familie. Und Thanksgiving war ein Familienfest. Ich machte es ganz besonders für uns: Frühstück im Bett für dich, das Nachmittagsspiel im Bett für mich, und dann wir beide im Bett, bevor wir aufstanden und Abendessen kochten. Wir sprachen über die Anzahl der Kinder, die eines Tages bei uns am Tisch sitzen würden – meine Zahl war immer größer als deine. Laß uns die Rollen tauschen, bot ich an. Ich bleibe gern zu Hause und kümmere mich um vier Kinder, wenn du versprichst, dich draußen für mich krumm und bucklig zu arbeiten. Ich bin dabei, nicktest du.

Aber als wir an diesem Morgen das Haus verließen, wolltest du eine andere Abmachung einhalten, die wir getroffen hatten. Ich hatte dich während deines Geschichtsstudiums unterstützt, und daher durfte ich entscheiden, wie wir dein Examen feiern würden. Wir wußten beide, was ich wollte. Es war immer windig mitten auf der George-Washington-Brücke. Ich dachte an das erste Mal, als ich mit dir da oben war, an den Ausdruck puren Staunens auf diesem Gesicht, das ich jetzt so gut lesen konnte. Der schlanke Körper, der keine Geheimnisse mehr barg, beugte sich über das Geländer. Mir gefiel dieses Wissen, das sich im Laufe unseres Zusammenlebens nur noch vertiefen konnte. Eine angenehme Form der Besitzgier. Nur ich besaß den Code zu einer gewissen Drehung ihres Kopfes, einer leichten Verengung ihrer Augen, den unterschiedlichen Arten ihres Schweigens. Wir brauchten immer weniger Worte mit der Zeit. Wenn uns die Ewigkeit gehörte, dachte ich und schaute auf den weiten Raum über und unter uns, würden wir uns eines Tages an einem Ort wiederfinden, wo wir überhaupt keine Worte mehr brauchten.

Der Tag war herrlich und klar. Es schien, als befände sich jedes Segelboot aus dem Yachthafen draußen auf dem Wasser. Eigentlich wolltest du gelangweilt tun, aber du warst ebenso aufgeregt wie ich, weil es dir immer Spaß machte, wenn ich etwas Spontanes tat. Diese Momente waren selten. Wie würdest du es ausdrücken – ich war so steif, daß es quietschte? Aber ein klein wenig Dramatik war an diesem Tag angebracht. Ich wartete, bis wir auf dem Fußgängerweg auf der Brücke allein waren, bevor ich dein Diaphragma aus dem Kästchen nahm.

»George, du bist verrückt, weißt du das?«

»Abgemacht ist abgemacht.«

»Okay, nur zu.«

»Solltest du das tun oder ich?«

»Nein, ich möchte, daß du es tust. Sonst überlegst du es dir später noch anders und behauptest, es sei meine Idee gewesen, ich sei immer die Verrückte gewesen. Ich werde nur hier dabeistehen und mir jeden einzelnen Moment einprägen, damit ich es später unseren Kindern erzählen kann – in allen Einzelheiten.«

»Genau das möchte ich, Liebes.«

Ich hielt das Diaphragma wie eine Frisbeescheibe und schleuderte es über das Geländer. Es wirbelte ein paar Meter weit um die eigene Achse, bevor der Wind es erfaßte und vor uns in der Luft schweben ließ.

»O mein Gott, es fliegt gar nicht weg. Wie peinlich!«

Plötzlich begann es eine Abwärtsspirale, überschlug sich, wirbelte an dem ausgestreckten Flügel einer Möwe vorbei und fing den hellen Glanz der Sonne ein, bevor es aus unserem Blick verschwand. Wir lachten so sehr, daß wir ohnehin nicht hätten sehen können, wie es ins Wasser fiel. Es lag noch so viel mehr als Lachen in deinen Augen, als du mich ansahst.

»Hab ich dir je gesagt...« fingst du an.

»Viele Male«, sagte ich.

* * *

Wenn man an einem Ort wie Willow Springs lebt, ist es ziemlich einfach, die Zeit zu vergessen. Vermutlich weil das Größte, was sie bewirkt, Veränderung ist, und hier ändert sich nicht viel außer den Jahreszeiten. Und wenn wir einen warmen Frühling haben, einen langsamen Herbst und einen milden Winter, dann scheinen nicht mal die Jahreszeiten eine große Veränderung zu bringen. Ja, es könnte leicht ein einziger langer Sommer hier sein, an manchen Tagen ein paar Blätter weniger, an anderen ein paar Blumen mehr. In den Gemischtwarenladen kommen dieselben Menschen, um ihre Vorräte zu besorgen, dieselbe Gruppe sitzt wie festgenagelt auf Stühlen vor Parris' Friseurladen, dieselben Köpfe verlassen aufgeputzt und gelockt Reemas Schönheitssalon. Der Rauch überm Südwald, der von Dr. Buzzards Brennerei aufsteigt, könnte ebensogut auf einem Bild gemalt sein, er ist immer da. Genauso wie das Summen von seinen Bienenstöcken draußen beim Chevy's Pass, das Donnern des Ozeans gegen das Ostriff, das Knacken der Holzbohlen auf der Brücke überm Sund: ein Stilleben. Vier Bilder würden reichen, eins für jede Jahreszeit, die man sehr genau betrachten müßte, um an einigen Schläfen das Haar allmählich grau werden, einen kleinen Wulst mehr über manchen Gürteln quellen zu sehen. Aber langsam, ganz langsam. So langsam, daß es gar nicht zu geschehen scheint. Bis es auf einmal da ist. Über Nacht, sagen manche. Wenn man hier lebt, kann man sehen, wie sie recht und auch unrecht haben. Es ist alles eine Nacht, ein Tag – eine Jahreszeit. Die Zeit kriecht nicht, und die Zeit fliegt nicht vorbei; die Zeit steht still. Mach damit, was du willst: wickle sie auf, dehne sie aus, oder wir hier lassen sie einfach liegen.

Hinweise darauf, daß sie existiert, tauchen immer mal wieder auf, meistens, wenn man Kindern beim Heranwachsen zusieht. Es gibt eine ganze Bande in Willow Springs, unterschiedliches Alter, unterschiedliche Gestalt und Größe. Manche gehen fort, manche bleiben und fügen ihren eigenen Nachwuchs hinzu, um die Gesichter zu ersetzen, die sich schließlich in den umliegenden Eichen und in dem vom Sund aufsteigenden Nebel auflösen. Jedesmal, wenn man hinsieht, ist irgendwo ein Neugeborenes. Reema hat ihren Teil dazu beigetragen – sie hat annähernd ein Dutzend geboren, so daß es schwierig ist, ihre Namen zu behalten. Nun, Bernice hat nur eins bekommen, aber da gibt es dasselbe Problem. Sie hat dieses Baby mit allen erdenklichen Namen bedacht: Charles Sowieso Harrison Sowieso Noch was Duvall. Wir nannten ihn Chick. Er sah nämlich wie ein Hühnchen aus, wie er da herumkrabbelte: kleiner pekannußförmiger Kopf auf einem dürren Hals, zwei glänzende Knöpfe als Augen und eine fedrige Wuschelkrause auf dem Kopf, die Bernice erfolglos anzuklatschen versuchte. Er wird Ambushs Hautfarbe kriegen, aber ihren Körperbau, eher schmal und knochig. Die Leute mußten aufhören, ihn Chick zu nennen, weil Bernice jedesmal einen Anfall bekam, wenn sie das hörte. Aber wer konnte sich an all die Albernheiten erinnern, die sie dem Kind als Namen aufzwang?

Die ganze Aufregung legte sich etwas, als sie den alten Chevy gegen ein weißes Kabrio eintauschte. Sie schnallte Chick in seinem Kindersitz neben ihr fest, zwei Gurte über seiner Brust, obwohl niemand auf der Hauptstraße schneller als dreißig Stundenkilometer fuhr. Und er drehte den winzigen Hals hin und her und winkte den Leuten zu. Irgend jemand schenkte ihm ein rotes Plastikfähnchen, und sie konnte es ihm nicht mal im Schlaf entreißen. Und seit Bernice mit ihm die täglichen Spazierfahrten in dem offenen Wagen unternahm und er die rote Fahne schwenkte, als wäre er in einer Parade oder so was, fingen wir an, ihn Klein Cäsar zu nennen, und man kann leicht sehen, warum der Name hängenblieb. Man könnte keinen König finden, der besser als dieses Kind behandelt wurde. Er ist jetzt beinahe vier, und seine Füße berühren kaum je den Boden. Bernice fährt ihn überallhin in dem Wagen, sogar die hundert Meter runter zum Riff, wenn er seine Großmutter Pearl besucht. Und wenn sie ihn in den Laden mitnimmt, und es gibt nur das geringste bißchen Matsch davor, dann hebt sie ihn, nachdem sie die beiden Gurte abgeschnallt hat, auf den Arm und trägt ihn. Wozu hat er ein Dutzend Paar Schuhe, wenn er die Sohlen überhaupt nicht abnutzt? In seinem Alter wird er sowieso innerhalb von sechs Monaten aus ihnen rausgewachsen sein. Aber das hält Bernice nicht davon ab, genug Sachen zu kaufen und zu nähen, daß er sie jeden Tag zweimal wechseln kann. Und sie zieht ihn auch tatsächlich morgens und abends für die täglichen Spazierfahrten um.

Die Leute hatten gehofft, sie bekäme noch ein zweites

Baby, damit dieses gerettet würde, aber es sieht nicht so aus. Es wird wohl Ambushs Aufgabe sein, das hinzubiegen. Er ist ganz schön stolz auf seinen Sohn, aber er hat deshalb nicht den Verstand verloren. Wenn Klein Cäsar mit ihm zusammen ist, läuft das Kind wie alle anderen auch, und man weiß von Ambush, daß er ihm schon mal einen Klaps gibt, wenn er Theater macht. Aber niemals in Gegenwart von Bernice. In Bernice' Gegenwart traut man sich nicht, zu dicht neben diesem Jungen zu stehen, traut man sich nicht, zu atmen. Atmet buchstäblich nicht. Er ist nämlich schon immer ein freundliches Kind gewesen – kommt zu einem und breitet seine knubbeligen Ärmchen aus, nicht weil er einen Bonbon will oder ein Geldstück, sondern damit man ihn hochhebt und mit ihm schmust. Und es fällt schwer, das nicht zu tun, bei diesen leuchtenden Äuglein und dem kleinen spitzen Kopf, der auf seinem dürren Hals rauf und runter wippt. Aber Bernice ist im Nu da und schnappt ihn weg – er wird sich Bazillen einfangen, wenn er Fremde küßt. Und seit wann sind wir Fremde? Die meisten sind nicht beleidigt; sie hat so lange auf das Baby gewartet. Aber die Älteren fürchten, daß es mal Ärger geben wird. Wenn man einen Gott aufzieht statt ein Kind, wird man ihm zwangsläufig den Rest seiner Tage dienen müssen.

Dasselbe gilt, wenn man einen Gott heiratet. Nicht daß wegen Junior Lee irgend jemand im Himmel um seinen Job fürchten müßte, aber das konnte man Ruby nicht beibringen. Tatsache ist, man kann Ruby in letzter Zeit gar nichts mehr sagen, und wenn man ein weibliches Wesen über Sieben und unter Siebzig ist, tut man gut daran, nicht vor der Veranda stehenzubleiben und »Guten Morgen« zu rufen. Die Leute glauben, Ruby sei dabei, wegen Junior Lee den Verstand zu verlieren. Wie du mir, so ich dir, sagen manche. Hat sie nicht Frances in den Wahnsinn getrieben? Was ist jetzt mit all ihren Wurzeln, wenn Junior Lee nachts nicht mehr zu Hause bleibt? Sie hat schon jede einzelne Frau in Willow Springs beschuldigt – ausgenommen Mama Day –, sich mit ihm herumzutreiben. Wo immer sich Junior Lee hinschleicht, es ist keins der hiesigen Häuser. Hat keine über Sieben und unter Siebzig so dringend nötig. Nein, auch nicht diejenigen, die es verlockend finden könnten, einen gutaussehenden Nichtsnutz zu bändigen, würden sich auch nur in die Nähe von Junior Lee wagen. Er fährt mit diesem Coupé de Ville, den Ruby ihm gekauft hat, irgendwohin auf die andere Seite der Brücke, wo irgendeine arglose Frau noch nicht davon gehört hat, wie May Ellen gestorben ist. Wo einer Frau nicht die Nachtruhe gestört worden ist von den durchdringenden Schreien, die aus diesem Backsteinhaus am Rande des Südwaldes hallten. Ah-ha, hier wissen alle, ob sie nun an Wurzeln glauben oder nicht, daß dieses Mädchen einen qualvollen Tod gestorben ist. Und das reicht, um die Finger von allem zu lassen, was laut Ruby ihr gehört.

Sogar die Männer wollen nichts mehr mit Junior Lee zu tun haben. Weil Ruby ständig davon faselt, sie würden ihn mit ihren Schwestern und Töchtern verkuppeln. Seitdem sind sich die Leute sicher, daß sie dabei ist, den Verstand zu verlieren. Einen Mann, der noch mehr Geld als man selbst am Pokertisch verloren hat und der sich dann fröhlich daranmacht, einen unter ebendiesen Tisch zu trinken, mit nach Hause zu nehmen und einer Frau vorzustellen, die man liebt, ist das letzte, was man tun würde. Dr. Buzzard ist so ziemlich sein einziger Freund, da er weder Schwester noch Tochter, noch Freundin hat, durch die sich Ruby bedroht fühlen könnte. Aber Dr. Buzzard sagt, Ruby weiß, daß sie sich besser nicht mit ihm anlegt. Er hat ein Yin für ihr Yang, ein Gegenmittel für jedes Mittel von ihr – und alles andere, was sie aushecken mag. Aber während er noch mit den Roßkastanien und Marderknochen klappert, die um seinen Hals hängen, entgeht es keinem Zuhörer, daß er schrecklich leise spricht.

Doch daß Klein Cäsar größer wird und Rubys Ehe die Luft ausgeht, ist eigentlich nicht etwas, was man eine Veränderung nennen würde. Ist alles früher schon vorgekommen und wird wieder vorkommen, nur mit anderen Gesichtern. Die Zeit tut also, was sie immer getan hat, sie steht still in diesem Sommer in Willow Springs. Wir könnten ebensogut eine Postkarte sein, als Dr. Buzzards blauer Pritschenwagen in diesem August mit Cocoa über die Brücke gewackelt kommt. Nichts ist in diesem August anders als im letzten, obwohl Dr. Buzzard einen zusätzlichen Fahrgast im Wagen hat. Wir kriegen endlich den neuen Ehemann zu sehen, während der überhaupt nichts Neues zu sehen kriegt.

* * *

SAG NIEMALS NIE. Das war ein guter Rat, den Mama Day mir gab, als ich noch klein war. Aber von manchen Dingen weiß man einfach, daß sie nie passieren werden – oder? Daß Berge fliegen. Vögel auf dem Mond landen. Daß du auf die Meisterschaftsspiele der Liga verzichtest, um mich nach Hause zu begleiten. Und dennoch sind diese Unmöglichkeiten relativ. Da die Erde eigentlich ein Satellit ist, könnte man sagen, daß die Bergketten durchs Weltall fliegen. Menschen haben auf dem Mond überlebt, und das könnten Sittiche in Spezialkäfigen auch. Und wenn der Dritte Weltkrieg drohte und die Russen vorhätten, das Spielfeld der Super Bowl zum Hauptangriffsziel eines Atomschlags zu machen, würdest du wahrscheinlich sagen: Was soll's, dieses Jahr verzichte ich ausnahmsweise darauf.

Es war nicht ganz soviel wie eine Atombombe nötig. Ich hielt einfach den Mund. Sagte keinen einzigen Ton und richtete mich weiter auf eine gemeinsame Zukunft mit dir ein. Meine Kinder würden einen Fanatiker zum Vater haben, und damit hatte es sich. Du hattest keine Vorlieben, aber ich betete inbrünstig um Söhne, weil ich wußte, daß ich bis zum letzten kämpfen würde, bevor du aus einer meiner Töchter einen Außenfänger im Nachbarschaft-Footballteam machen würdest. Familienplanung. Jedes Zimmer im Haus, der Vorgarten, unser ganzes Grundstück wurde in einem neuen Zusammenhang betrachtet. Unsere alltäglichen Handlungen bekamen einen anderen Aspekt: dies würde wahrscheinlich das letzte Jahr sein, in dem wir in Ruhe die Zeitung lasen, nur einen Liter Milch in den Einkaufswagen legten, am Wochenende lange ausschliefen. Und sogar der Sex wurde anders: dieses Ziel zu haben verlieh ihm eine tiefere Erregung und einen seltsamen Anflug von Ehrfurcht, der vorher nicht dagewesen war. Ein Kind zeugen. Unsere Körper konnten das wirklich machen – ein Wunder vollbringen? Und dieses Gefühl, an etwas Besonderem beteiligt zu sein, zeigte sich auch in der Art, wie wir uns ansahen.

Frieden machte sich in jenem Sommer im Haus breit, und Anfang August begann ich, mich auf meine Ferien vorzubereiten. Keine Anspielungen. Keine Anklagen. Ich hatte diesen ganzen Unsinn hinter mir. Ich weiß nicht, warum es mich so sehr quälte – Großmama und Mama Day schien es egal zu sein. Soweit es die beiden anging, konntest du nichts falsch machen. Ich hätte nicht gedacht, daß sie sich so leicht mit ein paar lumpigen Postkarten zum Muttertag und einem oder zwei Anrufen im Jahr um den Finger wickeln ließen. Ich schrieb ihnen jeden Monat, aber du warst der strahlende Held. Der Junge arbeitet hart für dich, laß ihn in Ruhe. Er ist da, wenn du zurückkommst, oder nicht? Ich hätte alles dafür gegeben, um zu sehen, welche Art Eigenwerbung du in den Geburtstagsgrüßen an sie unterbrachtest. Ich wußte schon, wie hoch die Schecks waren, weil ich die Kontoauszüge kontrollierte. Aber es konnte nicht nur das Geld sein. Ich nehme an, sie wußten die ganze Zeit, was ich erst nach vier Jahren akzeptierte: Wenn etwas in Ordnung ist, versuchst du nicht, es zu verbessern.

Also kümmerte ich mich um meinen eigenen Kram, schnitt zum Spaß Lebensmittelcoupons für Windeln und Babynahrung aus. Nur Sachen ohne Verfallsdatum, um kein Risiko einzugehen.

»Okay, okay, okay – ich kann diese Nörgelei nicht ertragen. Ich fahr nächste Woche mit dir nach Hause.«

Ich blickte nicht mal auf. »George, wir hatten seit über drei Monaten keinen Streit mehr. Ist das zuviel für dich?«

»Ich weiß, wann ich geschlagen bin. Bis zum Hals in einem Neubau, ein Auftrag in sechsstelliger Höhe hängt in der Schwebe – ich wiederhole: sechs –, und die Pats kommen so sicher in die Endspielrunde, wie ich hier stehe. Aber die Zunge einer Frau ist eine mächtige –«

»Weil ich dir geben kann, wonach du suchst. Ich bin mehr als bereit, dir genau das zu geben, was –«

»Aber ich möchte dich nur warnen, getrennter Urlaub war die Rettung für unsere Ehe.«

»Meine Geduld war die Rettung für unsere Ehe.«

Die Hand, die meine bedeckte, war breit und kräftig. Die stumpfen Fingerkuppen dunkel von Zeichentinte, der Daumen vom ständigen Halten des Zirkels eingedrückt, die feinen, um die Knöchel spärlicher werdenden Härchen, die Adern, die sich durch die gestraffte Haut drückten. Die Hand hob mit festem Griff mein Kinn hoch, damit ich dir in die Augen sah.

»Ich glaube, du hast recht.«

Nein, ich hatte nicht recht. Und als wir über die Brücke fuhren, zusammengezwängt in Dr. Buzzards Laster, war das der Moment, wo wir hätten kehrtmachen sollen? Ich habe mich das über die Jahre immer wieder gefragt. An welchem Punkt hätten wir diesen Sommer verhindern können? Am Anfang dieser Brücke? Am Anfang so vieler anderer? Und wenn ich versuche, George, wenn ich versuche, den Moment zu bestimmen, an dem wir hätten anhalten können, finde ich keinen. Ich glaube, es hätte nichts geändert, wenn wir ein Jahr früher oder später gekommen wären. Du und ich wären im wesentlichen dieselben gewesen, und die Zeit steht nun mal still in Willow Springs. Nein, jeder Sommer, in dem wir über diese Brücke fuhren, wäre der Sommer gewesen, in dem wir die Brücken hinter uns abbrachen.

II

Miranda hat so einen Tag, an dem man am besten im Bett bliebe. Alles geht unweigerlich daneben, und sie wünscht sich, es könnte alles ohne sie weitergehen. Gereizt. Fang den Morgen mit Nerven an, die vollkommen bloßliegen, und alles, was du an dem Tag anfaßt, wird dir zwangsläufig mißlingen. Diese Kuchen haben nur einen Blick auf ihr böses Gesicht geworfen und sich geweigert, aufzugehen. Glattweg geweigert, als ob es noch nicht gereicht hätte, daß der Knopf von ihrem besten Sonntagskleid abgerissen und weiß Gott wohin zwischen den ganzen Plunder im Schrank gerollt ist und daß sie den letzten Rest Schuhcreme mitten auf dem Badezimmerboden verschüttet hat, bevor sie eine große, häßliche Laufmasche in ihrem einzigen Paar Strümpfe entdeckte. Und Abigail wegen irgendwas anzurufen hieße das Risiko eingehen, von ihr den eigenen Kopf auf einem Tablett serviert zu bekommen. So wie sie sich schon die ganze Woche da drüben auf der anderen Straßenseite aufführt, könnte man glauben, der Gouverneur von New York käme. Sie hat den Teppich draußen über die Wäscheleine gehängt und wohl fünfzigmal ausgeklopft, mindestens. Nun, das Haus würde tadellos und sauber sein, wenn die jungen Leute kämen, um ihren Leichnam zu betrachten, denn darauf arbeitet sie zielstrebig hin.

Miranda reißt die Ofentür auf und beäugt die Kuchenformen, als könnte sie den Teig zwingen, aufzugehen. Das ist nur die Strafe für ihren Versuch, was Extravagantes zu machen. Wer sich bescheidet, Kummer meidet, hat Papa immer gesagt. Wenn dieser Rat vor achtzig Jahren taugte, taugt er jetzt auch, vor allem wenn man sich diese Pampe betrachtet, die hier als Engelkuchen durchgehen soll. Einen Pfirsichauflauf könnte sie mit verbundenen Augen hinzaubern, und genau das würde sie tun. Abigail kann da drüben bleiben mit soviel Garnelen à la Newburg und Krabbensoufflés, wie sie will, der Junge würde wissen, daß sie so was nicht jeden Tag essen. Jeden Tag? Sie essen so was nie. Es ist schon heikel, wenn Abigail ein Backhuhn macht, also möge der Herr diesen armen kleinen, in ihrer Sahnesauce ertrinkenden Krebsen beistehen. Und all diese schweren Speisen sind für ihn ohnehin nicht gut. Baby Girl sagt, er muß auf sein Herz achtgeben. Es ist komisch, denkt Miranda, ein gutherziger Junge mit einem schlechten Herzen.

Die heiße Form gleitet ihr aus dem Küchenhandtuch und verbrennt sie am linken Handgelenk. Zur gottverdammten Hölle damit! Der Kuchen klatscht runter und spritzt gegen den Herd und die Küchenschränke. Sie hebt ihr Handgelenk zum Mund und leckt die verbrannte Stelle, wobei sie die Kuchenform beiseite tritt, um an die Gefriertruhe zu kommen – der würde sowieso Hühnerfutter werden. Während sie das Handgelenk mit einem Eiswürfel einreibt, versucht sie sich zu erinnern, wo sie ihre Salbe hingetan hat. Wäre zuviel verlangt, daß sie genau dort ist, wo sie sein sollte. Eine ganze Dose voll hatte sie gleich nach dem Kerzenmarsch in das Seitenfach geschoben. In jener Nacht hatte sie mehr blasenbedeckte Finger und Arme eingerieben, als sie zählen konnte. Manche Kerzenmärsche gehen ohne einen Muckser vorbei, und bei anderen muß sie jedes Stückchen Eichenrinde, roten Sumach und Malvenwurzel zu Hilfe nehmen, das sie in ein bißchen Wachs und Sesamöl einarbeiten konnte. Sinnlos, in der Schublade nachzusehen, die Dose hatte sich wahrscheinlich, wie alles andere heute morgen, auf und davon gemacht, und sie hatte nicht vor, eine neue Salbe anzufertigen. Das Eis hilft, die Hitze rauszuziehen, und es wird wohl keine Brandblase geben. Und falls doch, wird sie nur das Bild für den Jungen vervollständigen: eine heruntergekommene alte Frau, der ein Knopf am Kleid fehlt, mit Laufmaschen in den Strümpfen und dreckigen Schuhen.

Miranda lehnt sich gegen das Spülbecken, verschränkt die Arme über der Brust und holt tief Luft. Wenn absolut nichts gelingt, bedeutet das, daß man mit dem falschen Fuß angefangen hat. Also folgt ein falscher Schritt dem anderen, es sei denn, man kehrt um und packt die Sache noch mal richtig an. Dieser Tag hat ganz falsch angefangen, weil sie sich benimmt, als würde ein Fremder kommen, und George ist kein Fremder. Sie hat ihn zwar noch nie gesehen, aber das hat überhaupt nichts zu sagen. Sie *kennt* diesen Jungen. Kennt ihn seit diesem ersten Anruf aus New Orleans, und die letzten vier Jahre haben keine Überraschungen gebracht. Er ist willensstark, charakterfest, übertrieben anständig, wie Papa gesagt hätte, und er verehrt den Boden, auf dem Baby Girl geht – ohne daß er irgend etwas davon je zugeben würde. Ja, denkt Miranda und nimmt ihren Besen, genau dieser Mensch kommt. Und da du diesen Wohnwagen im gegenwärtigen Zustand nicht mal einem Hund zeigen würdest, wisch die Schweinerei auf, harke den Garten und pflück ein paar Pfirsiche für den Auflauf.

Die Hühner, die um ihren Wohnwagen frei herumlaufen, scharen sich um ihre Füße, als sie aus der Haustür tritt.

»Für euch ist in dem Beutel nichts drin.« Sie scheucht sie mit dem Rechen weg. »Das hier ist Engelkuchen, und ihr seid bloß kleine Teufel.«

Sie schwärmen hinter ihr her zu den Büschen, wo sie ein paar Krumen auf die andere Seite zum Wald hin streut. Gegacker ertönt, und Federn fliegen, als die Hühner durch die Büsche stieben, um an die Krümel zu gelangen.

»So ist's recht, kein Dreck in meinem Garten heute – es kommt Besuch. Und jede, die sich hier erwischen läßt, nachdem ich den Boden gerecht hab, kommt direkt in den Topf.«

Das würde das letzte Jahr sein, daß sie sich mit den freilaufenden Hennen plagt – die reinsten Schoßtiere. Aber alte Gewohnheiten legt man schwer ab. Miranda kann ihre krause schwarze Glucke nicht entdecken. Wo ist Clarissa bloß? Es sieht ihr nicht ähnlich, eine Gratismahlzeit zu verpassen. Miranda fängt an der Seite des Wohnwagens an, das herumliegende Laub und den sandigen Kies wegzufegen, und arbeitet sich zur Vorderseite herum. Während sie einen Moment aufhört, um den Rücken zu strecken, blickt sie die Hauptstraße entlang. Kann doch nicht sein, daß sie von einem Auto überfahren worden ist, Clarissa geht nie weiter als bis zu den Hartriegeln. Und sie ist zu alt zum Brüten. Hat sich vielleicht irgendwohin zum Sterben begeben – ist an der Zeit. Ja, das würde ihre letzte Brut sein. Sie konnte nicht ihr letztes bißchen Energie darauf verschwenden, hinter herumstreunenden Hennen herzulaufen. Miranda hört ein Scharren und Gackern nahe der Vordertreppe. Herrgott, sie ist unterm Wohnwagen eingeklemmt.

Miranda bohrt den Rechenstiel ins Gras, damit sie sich daran runterbeugen kann, und sie erspäht ihre Henne, die an irgend etwas auf dem Boden herumpickt und -zerrt. »Was treibst du denn da, Clarissa?« Sie hockt sich auf die Knie, scheucht die Henne mit dem Rechen weg und zieht etwas hervor, was wie ein dreckiger Lumpen aussieht. Es ist ein Flanellbeutel, aber die Henne hat ihn zerrissen, so daß er Miranda in der Hand auseinanderfällt, als sie ihn vom Ende des Rechens abstreift. Der Flanellsack enthält einen Eßlöffel Erde, vermischt mit irgendwelchen weißen Krümeln, kleinen purpurnen Blüten und einem getrockneten Stengel. Der Herr hab Erbarmen, sieh dir das an. Sie schüttelt den Kopf, als die schwarze Henne zu den anderen hinter die Büsche läuft. Während sie Clarissa stirnrunzelnd hinterhersieht, überlegt sie, ob an diesem Altweibergerede über Hühner doch irgendwas dran ist. Aber wer könnte so dumm gewesen sein? Selbst Buzzard würde nicht im Traum daran denken, jemand was zu geben, um es ihr unter die Treppe zu legen, egal, wie betrunken er war.

Sie steht auf und untersucht das Zeug in ihrer Hand ein bißchen genauer. Sie spuckt auf einige der weißen Körnchen. Sie lösen sich zwischen ihren Fingern auf, und sie leckt ganz kurz daran – Salz. Sie braucht keine Minute, um zu erkennen, daß es sich bei dem getrockneten Stengel um Dill handelt und daß die purpurnen Blüten von einer Verbene stammen. Und sie würde ihr Leben darauf verwetten, daß der Rest Friedhofserde ist – nicht sandig genug, um von den Klippen zu stammen, kein Fischgeruch, um vom Sund zu sein, zu mager für Gartenerde. Und der Beutel hat dort noch nicht lange gelegen, sonst wäre der Flanell stärker verrottet. Tatsächlich sah dieser Flanell fast nagelneu aus. Miranda will ihn schon auf den Boden werfen, um ihn mit dem anderen Abfall zusammenzufegen, als ihr einfällt, wie Verbene von manchen Leuten genannt wird: Gnadenkraut – Grace, Gnade. Sie steht zunächst so still, daß es schwer zu sagen ist, ob sie atmet oder nicht. Und was konnte man sich Besseres aushecken, wenn man es auf das Kind von Grace abgesehen hatte?

Sie lehnt ihren Rechen gegen die Seite des Wohnwagens, geht hinein, um mit ihrem Gehstock und einem leeren Korb wieder herauszukommen, bevor sie sich auf der Hauptstraße nach Norden zu Ruby aufmacht. Ihr mit Brettern verschaltes Haus liegt zurückgesetzt rechts von der Straße, gesäumt von Pfirsich- und Pflaumenbäumen. Ruby sitzt im Rohrstuhl an ihrem gewohnten Platz auf der Veranda. Miranda bleibt auf ihren Hickorystock gestützt stehen.

»Tag, Ruby.«

»Tag, Mama Day.«

Ruby fordert sie nicht auf, in den Garten zu kommen, und Miranda scheint das auch nicht zu wollen.

»Ich hab 'ne Bitte.« Miranda verlagert ihr Gewicht auf den Spazierstock, ohne den Blick von der Veranda zu nehmen. »Deine Pfirsiche hier sind reifer als meine drüben am andern Haus. Und ich back 'nen Auflauf für heute abend. Was dagegen, wenn ich 'n paar von deinen nehm.« Es war keine Frage.

»Jede Menge da.« Ruby nickt.

»Ich brauch auch 'ne Menge«, sagt Miranda. »Cocoa kommt heute, und sie bringt ihren Ehemann mit. Werden zu viert sein beim Essen statt zu dritt. Und da die beiden zwei Wochen bleiben, hab ich gedacht, ich back 'n bißchen auf Vorrat.«

Miranda legt den Flanellbeutel auf den Torpfosten und beobachtet Ruby, die ihrerseits zusieht, wie die Brise ihn in ihren Garten weht. Sie sprechen beide zu der grauen Erde und den purpurnen Blüten, die sich am Fuß des Pfostens ansammeln.

»Ja, wo die beiden zwei Wochen bleiben, werd ich 'ne Menge brauchen.«

»Jede Menge da, Mama Day.«

»Gut zu wissen, Ruby«, sagt Miranda, bevor sie sich umdreht, um mit leerem Korb wieder nach Hause zu gehen. »Denn falls irgendwas Unerwartetes passiert und wir knapp werden, weiß ich, wohin ich gehn muß.«

Ruby sieht ihrem Rücken hinterher, bis er unten auf der Hauptstraße verschwindet, aber Miranda konzentriert sich auf die Spitze ihres Stocks, die auf dem Asphalt kratzt. Dieser Unsinn hatte ihr gerade noch gefehlt, wo der Junge zu Besuch kam. Die Leute mußten gerade jetzt ihr wahres Gesicht zeigen, wo er doch ihre Art nicht kannte! Wußte Ruby denn nicht, mit wem sie sich einließ? Die Sache reichte für ein ganzes Jahr voller Zorn, aber sie würde sich zwei Wochen lang zurückhalten. Das alles lief letzten Endes auf eins hinaus: da war eine Närrin am Werk. Entweder vernarrt genug in einen Mann, um auch nur daran zu denken, sich an etwas zu vergreifen, was Miranda gehörte, oder närrisch genug, zu glauben, sie sei zu alt, um was dagegen zu unternehmen. Ob so oder so, ihre neunzig Jahre hatten ihr mehr als genug Rezepte dagegen mitgegeben. Oder etwa nicht? Die Luft lastet drükkend auf ihr, und sie stützt sich schwer auf ihren Stock. Das war schon ein komisches, ein sehr komisches Wetter. Es hatte ihre Knochen so steif gemacht, daß sie diesen Stock für einen jämmerlichen Zwei-Meilen-Spaziergang brauchte, aber sieh nur, wie trocken der Asphalt war. Schwere Luft, die gerade über den Knien steht. Das verheißt nichts Gutes. Sie würde sich richtig konzentrieren müssen: sehen und hören. Sinnlos, an die Zeit zu denken, als es einfach zu ihr kam, das war damals, und dies war jetzt. Aber es lag etwas in der Luft. Und jetzt suchte sich diese Kuh da oben ausgerechnet diesen Sommer aus, um sich aufzuspielen. Vielleicht ist sie noch nicht so närrisch, daß sie keine Warnung mehr versteht. Ich will mich nicht mit dir anlegen, Ruby. Und ich will nicht, daß der Junge irgendwas zu sehen kriegt, was ihn nichts angeht. Aber bevor ich zulasse, daß du die Meinen belästigst, wickle ich dich in Papiertücher und befördere dich schnurstracks in die Hölle.

Miranda kommt bei den Hartriegeln neben ihrem Wohnwagen an und stützt sich auf den Stock, fühlt, wie das Pochen ihre Beine hinauf in die Hüftgelenke steigt. Sie könnte weitergehen durch die Wälder zum andern Haus und ein paar frische Pfirsiche pflücken, oder sie könnte den Beutel mit tiefgefrorenen Brombeeren im Wohnwagen nehmen. Stimmt zwar, daß schon ein Beerenauflauf eine hübsche Abwechslung für ihn wäre, denn es ist kein Geheimnis, daß Baby Girls Kochkunst nichts taugt, aber es stimmt auch, daß sie sich mit dem Zweitbesten begnügen würde, weil ihr die Beine weh tun. Doch etwas sagt ihr, sie soll diese kleine Unbequemlichkeit auf sich nehmen. Die nächsten beiden Wochen werden nicht leicht sein, egal, wie man es betrachtet, besser also, man richtet sich gar nicht erst zu bequem ein.

Aber es sind nicht ihre Beine, es ist die drückende Luft im Wald, die Miranda schließlich umkehren läßt. Es ist, als wäre die Luft nicht gewillt, sich einatmen zu lassen: die Vögel sitzen bewegungslos auf den Kiefernzweigen, die Grillen sind kaum zu hören, und kein Schmetterling ist zu sehen. Das Geräusch der Zweige, die unter ihren Schritten brechen, ist hohl, und das Echo kann durch den Dunst nicht aufsteigen. Miranda steht still und lauscht. Komisch. Irgend etwas Komisches geht da vor. Der Friedhof ist gleich hinter der Kurve, aber sie wird heute nicht daran vorbeigehen. Morgen vielleicht oder übermorgen. Sie stößt einen tiefen Seufzer aus. Ich bin dem allen nicht mehr gewachsen, Herr. Ich bin eine alte Frau. Und ich bin müde, bin es müde, von Dingen zu wissen, gegen die ich nichts unternehmen kann. Egal, was heute hier drin wartet, ich bin nicht in der Lage, mich ihm zu stellen.

* * *

WAS SOLL MAN von einem Ort erwarten, den man auf keiner Karte findet? Die Vorbereitungen für Willow Springs warfen mein übliches Vorgehen über den Haufen: ein paar Minuten mit einem Atlas halfen mir sonst immer bei der Entscheidung, welche Sachen ich einpacken mußte, ob ein Regenmantel angebracht wäre oder nicht, ein leichter Pullover für die Abende. Dein beharrlicher Hinweis, daß der Ort genau auf der Grenze zwischen South Carolina und Georgia lag, war nicht so furchtbar nützlich. Was, wenn es nun wie Seattle war? Das ist die Stadt, die Alaska am nächsten liegt, und man würde denken, es sei dort kalt, doch dabei vergißt man den Schutz der Berge und die milden Luftströmungen vom Puget Sound. Und man nehme nur Palo Alto, Kalifornien. Wenn mein Atlas mich nicht vorgewarnt hätte, wäre ich zu den Spielen dahin mit der Erwartung gefahren, es sei warm. Aber wo war Willow Springs? Nirgendwo. Jedenfalls auf keiner Karte, die ich aufgetrieben hatte. Ich hatte mir sogar Straßenkarten von South Carolina und Georgia gekauft, und auch darauf fehlte es unter all diesen entlang der Küste hingetüpfelten Inseln. Welche County beanspruchte sie? Wo war die nächste Autobahn, wo die nächste Landstraße?

Meine Fragen nervten dich, weil du dachtest, ich würde nach Ausreden suchen, um in New York zu bleiben. Ich wollte wirklich mitfahren, aber ich wollte genau wissen, *wohin* ich fuhr. Schließlich resignierte ich und verließ mich darauf, daß du alle Vorbereitungen trafst. Wir würden nach Savannah fliegen, das war der nächste Flughafen, und ein Freund würde uns abholen. Du wartetest, bis das Flugzeug gelandet war, um mir zu sagen, daß der Mann, der uns am Flughafen erwarten würde, ein bißchen seltsam sei. Und da dein »bißchen seltsam« sich als Hühnerfedern am Hut, eine Kette aus weißen Knochen um den Hals und ein Name wie Dr. Buzzard entpuppte, verbrachte ich die halbe Stunde in seinem Wagen mit wachsendem Argwohn gegen deine »hübsche kleine Insel«.

Mein Argwohn wurde bestätigt, als wir über diese wackelige Holzbrücke fuhren: du hattest mich nicht aufs Paradies vorbereitet. Um fair zu sein, mir wurde klar, daß nichts, was du hättest sagen können, für mich einen Sinn ergeben hätte. Ich mußte dort sein und sehen – nein, fühlen –, daß ich in eine andere Welt eintrat. Wo selbst das Wort *Paradies* nicht mehr zutraf, sobald ich den Sund überquert hatte. Sicher, ich kann beschreiben, was ich sah: eine verschlafene kleine Zeile hölzerner Ladenfronten, dann vereinzelte Häuser, mal aus Backstein, mal verputzt oder mit Brettern verschalt, alle von Fächerpalmen, Steineichen und blühenden Büschen umgeben; hin und wieder ein Stückchen Marschland, einen Waldflecken. Aber wie beschreibe ich Luft, die einem so dicht vorkommt wie Wasser, in der Farben und Geräusche und Konturen förmlich verschwimmen? Und als dieser alte blaue Pritschenwagen dahinkroch, blieb mir nichts anderes übrig, als den Duft der silbriggrau bemoosten Eichen, der hohen, schiefen Kiefern tief in die Lungen einzusaugen. Meine Nase und mein Mund wurden umhüllt von den verschiedenen Grün-, Braun- und Goldtönen der sumpfigen Ebenen. Und wenn mich jemand nach den Gerüchen der flüsternden Fächerpalmen oder dem entfernten Rauschen der Brandung gefragt hätte, ich hätte gesagt, das alles duftete nach Unvergänglichkeit.

Trotzdem war ich dann von den beiden Frauen überrascht, die auf der Verandatreppe des kleinen gelben Bungalows warteten. Nicht daß ich Alter immer mit Gebrechlichkeit verbunden hätte, aber bei Leuten, die achtundachtzig und neunzig sind – und du hattest geschworen, deine Großmutter und deine Großtante seien so alt –, konnte ich mit gutem Grund Runzeln erwarten, schlaffe Haut, zittrige Glieder. Ich muß so zehn Minuten gebraucht haben, um meine Fassung wiederzuerlangen. Wie konnten diese Frauen bei dem Aussehen überhaupt je sterben? Es ist ein schrecklicher Gedanke, aber der erste, der mir in den Sinn kam. Ich fand später heraus, daß deine Großmutter falsche Zähne hatte, aber zu diesem Zeitpunkt konnte man leicht glauben, daß sie noch keinen ihrer eigenen eingebüßt hatte. Auf jeden Fall hatte sie ihr Aussehen nicht eingebüßt:

der dichte Schopf aus silbrig schimmerndem Haar schmeichelte den Olivtönen ihres glatten Gesichts. Ein paar Lachfalten um Augen und Mund, aber die hatte ich auch schon. Die Adern auf dem Rücken der Hand, die meine ergriff, waren knotig – »Wenn du keine Lust hast, mich Großmama zu nennen, nenn mich Miss Abigail« –, aber die Handfläche war weich und der Druck fest. Und dann war da die Kleine: ich weiß nicht, warum ich gedacht habe, deine Mama Day sei eine dicke große Frau. Aufgrund der Geschichten, die du mir über eure Zusammenstöße erzählt hattest, war sie in meiner Vorstellung so aufragend geworden. Streng. Stark. Ja, das zeigte sich auf jeden Fall in ihren Schultern. Aber sie maß kaum einen Meter fünfzig und konnte in der Taille von einer einzigen großen Hand umfaßt werden. Beim zweiten Hinsehen war ich erstaunt: die dunkelbraune Haut spannte sich straff über den hohen Wangenknochen und ließ die Umrisse schimmern, als wären sie ein Überzug aus Stahl. »Für manche bin ich Mama Day, für andere Miss Miranda. Entscheide selber, was ich für dich sein soll.« Wer diese unkomplizierte Aufrichtigkeit nicht mit gleicher Münze zurückzahlte, wäre kleinlich. Ich freute mich, sie endlich kennenzulernen, und das sagte ich auch. Aber ich hätte gedacht, sie wären alt, und das sagte ich ebenfalls.

Ihr Lachen hatte auf mich gewartet, und als sein Schall uns einhüllte, erkannte ich endlich, daß sie Schwestern waren. Die Köpfe im selben Winkel zurückgeworfen, stießen sie in völligem Gleichklang eine fließende Folge von Tönen aus. Miss Abigail legte mir die Hände auf beide Wangen – »Gott segne dich, mein Kind« –, und ein Kloß bildete sich in meiner Kehle bei ihrem sanften Druck. Bis zu diesem Augenblick hatte mich keine Frau je ihr Kind genannt. Sahen sie es in meinen Augen? Den geballten Neid auf alles, was du hattest, und die Dankbarkeit für ihre Bereitschaft, mich aufzunehmen? Selbst wenn mein Leben davon abgehangen hätte, mir wäre nichts Unbeschwertes eingefallen, was ich hätte sagen können, aber Miss Miranda eilte zu meiner Rettung. »Wir geben heute nur 'n bißchen vor dir an. Wir haben unser Alter im Haus gelassen. Ohne ihre Brille kann Abby nicht weiter als 'nen halben Meter sehen, und ich kann ohne meinen Stock nicht weiter laufen.« Du blinzeltest mir zu, als wolltest du sagen: »George, glaube nicht ein Wort davon.« Und als sie mich die Verandatreppe hinaufführten, fiel mir etwas ein, was du gesagt hattest, als wir auf das Grundstück einbogen: »Entspanne dich, wir kommen nach Hause.«

DER GANZE ORT kam mir so anders vor, als wir zusammen dort waren. Und ich war viel nervöser, als ich es mir anmerken ließ. Egal, wie gut du mich zu kennen glaubtest, es war nur ein Teil von mir. Der Rest von mir – mein ganzes Ich – war hier. Und ich fragte mich, wie du die Verwandlung aufnehmen würdest, angefangen mit etwas so Grundlegendem wie meinem Namen. Außerhalb meiner Familie wußte in Willow Springs kein Mensch, wer zum Teufel Ophelia war. Und selbst wenn du ein flexibler Mensch gewesen wärst, es war zu spät für dich, damit anzufangen, mich Cocoa zu nennen. Aber es war Cocoas Schlafzimmer, das wir teilen würden, und während ich Ophelias Ehemann dabei zusah, wie er sorgfältig seine Kleidung auspackte und seine Hemden in eine Hälfte des Schranks hängte, seine Unterwäsche in einer Schublade aufeinanderstapelte, seine Toilettensachen ordentlich auf einer Seite der Kommode aufbaute, kam ich mir vor, als ließe ich mich auf eine unerlaubte Affäre mit dir ein. Ich hatte im Haus meiner Großmutter noch nie mit einem Mann geschlafen. Es würde eine neue Erfahrung in einem alten Bett werden, und der Gedanke, etwas zu tun, was zwar geduldet, aber nicht ganz richtig war, rief eine nervöse Erregung in mir hervor. Während wir uns in dem Zimmer einrichteten, entstand tatsächlich eine kleine Verlegenheit zwischen uns.

Ich sah das Zimmer, wie du es sehen mußtest, und jeder Makel wurde deutlich: die Schräge in den Holzdielen zum Badezimmer hin, das ständige Tropfen des Duschkopfes, das eine blaugrüne Spur am Boden der Wanne hinterlassen hatte. Es führten zwei Türen ins Bad, die andere gehörte zum Zimmer meiner Großmutter. Ungestrichene Sperrholztüren mit Haken innen zum Absperren – ich hatte bisher nie über diese Haken nachgedacht und sie selten benutzt. Der Sprung in der Ecke vom Kommodenspiegel hatte sich in den Jahren nach meinem Krach mit Mama Day ausgedehnt. Eine Vase mit frischen Wiesenblumen stand vor dem Sprung, und ich lächelte bei der Erinnerung an jene Nacht mit Cocoas Wutanfall. Nein, meine Wut war nichts Neues für dich, aber sosehr ich mich auch sträubte, ich wurde in diesem Haus wieder zum Kind. Du respektiertest Ophelias Zorn, so wie sie deinen respektierte. Doch wie würdest du reagieren, wenn du sahst, daß Cocoas Zorn, ob geschürt oder übergangen, hier niemals ernst genommen wurde? Unsere Verbundenheit war so groß, sie wüßten immer, daß ich zu ihnen gehörte, selbst wenn uns Haß und Wut vollkommen auseinanderreißen sollten. Und ich spürte, daß dir diese Erkenntnis in dem Moment dämmerte, als wir die Brücke überquerten: du tratest in einen Bereich meiner Existenz ein, in dem du machtlos warst. Deine Landkarten taugten hier nichts, aber du warst dennoch mitgekommen und bereit, das hier mit mir zu teilen. Und aus einer anderen Perspektive war dieses Zimmer nun ein Ort, in den meine Familie nicht eindringen konnte. Unsere gemeinsame Anwesenheit verwandelte es in eine Welt, in die nur Ophelia und George gehörten. Als ich meine Kämme und die Bürste auf die Kommode legte und dich durch den zersprungenen Spiegel beobachtete, wie du die Matratze ausprobiertest, konnte ich lächeln. Ich kannte dich, und ich kannte die Matratze – sie würde hart genug für deinen Rücken sein. Da begriff ich, daß ich nichts zu befürchten hatte. Ich konnte mich als Frau glücklich schätzen, dir zu gehören und ihnen zu gehören. Ophelia und Cocoa konnten in diesem Haus beide mit dir leben. Und wir würden beide Willow Springs unbeschadet wieder verlassen.

* * *

MIRANDA BRINGT IHREN Beerenauflauf kurz vor dem Abendessen rüber, und wie ihr scheint, hat Abigail ganz allein versucht, für Cocoa und George einen Hochzeitsschmaus zu machen. Es gibt kaum Platz für Teller auf dem Tisch vor lauter Platten mit weiß der Himmel was allem drauf. Abigail schielt abfällig auf die Schale in Mirandas Hand und sagt, daß sie selbst ein paar anständige Kuchen vorgebacken und eingefroren habe, weil sie mit einem so armseligen Beitrag schon gerechnet hätte. Und ob sie es nicht wenigstens hätte fertigbringen können, ein Sonntagskleid zum Abendessen anzuziehen? Miranda sagt, es gebe keinen Grund, sie gleich am ersten Abend zu Tode zu stopfen, sie würden beide Wochen, die sie hierblieben, brauchen, um diese Speisen auf dem Tisch aufzuessen. Und wieso sich groß in Schale werfen? Hat der Junge nicht sofort gezeigt, daß er ehrlich war? Stieg geradewegs aus Buzzards Laster und sagte, er hätte gedacht, er würde zwei alten Schachteln begegnen. Abigail findet noch ein wenig Platz, um ein paar Messer und Gabeln hinzuklatschen. So was hat er nicht gesagt, er hat gesagt, sie würden viel jünger aussehen, als er gedacht hätte. Miranda verteilt das Besteck genauso geräuschvoll, wie Abigail es hingelegt hat. »Du wirst genauso taub wie blind.« Aber sobald sie alle beim Essen sitzen, schmelzen ihr die bösen Worte im Mund wie die Butter, die auch noch irgendwo auf dem Tisch steht.

Miranda weiß, daß ihre Schwester viel Affenzeck liebt, und heute abend läßt sie sie gewähren. Das ganze Getue um Georges Platz am Kopfende – »Ist gut, wieder 'nen Mann in der Familie zu haben« –, und er ist über alle Maßen zufrieden, wenn auch ein klein wenig verlegen angesichts ihrer Fürsorglichkeit. Und während ihre Schwester alles für ihn tut, außer sein Essen zu kauen, denkt Miranda, wie schade es ist, daß Abigail nie wieder geheiratet hat. Sie blüht auf, wenn sie einen Mann versorgen kann. Aber sie sollte es lieber nicht übertreiben, denn Baby Girl gefällt das überhaupt nicht. Zwanzigmal hat sie schon die Augen verdreht angesichts des Theaters ihrer Großmutter und beschwert sich nun, daß niemand sich die

Mühe gemacht hat, ihr noch was auf den Teller zu tun. Soweit man sehen kann, ißt sie ohnehin schon für zwei.

»Du bist so spindeldürr, dir würde man 'ne Schwangerschaft schon nach einer halben Stunde ansehen«, sagt Miranda. »Ich hab gehört, das Glück soll einer Frau Fleisch auf die Rippen bringen, und ich weiß, daß er nicht anders kann als dich glücklich machen.«

»Woher willst du das wissen?«

»Weil er meinen Rat nicht befolgt hat, bei dir eine Hickoryrute zu benutzen.«

Alle lachen, außer Cocoa, die ihren Mann unterm Tisch tritt. »Stachle sie nicht noch an.«

»Ich amüsiere mich bloß ...«

»Hier, Baby«, sagt Abigail, »kann ich dir noch Gemüse auftun?«

»Danke-sehr-Großmama.« Sie spricht die Worte aus, als würde sie Miranda die Zunge rausstrecken.

Miranda schüttelt den Kopf. »Eine erwachsene Frau und benimmt sich so. Wenn du nicht im Mittelpunkt der Aufmerksamkeit stehen kannst, ziehst du eine Schnute. Vom ersten Tag an total verwöhnt. Ich weiß nicht, wie er dich aushält.«

»Ich habe starke Arme.«

»Zwei Wochen gehen schnell vorbei, George.«

»Droh dem Jungen nicht. Erzähl uns mal, was ihr für die Tage geplant habt – außer für diesen Freitag.«

»Wieso Freitag?« fragt Cocoa.

»Weil ich und Abigail dachten, wir schmeißen 'ne kleine Party.«

»Oh, Sie meinen wie die Hochzeitspartys, von denen Ophelia mir erzählt hat?«

»O nein, nicht so was Aufwendiges wie ein Hochzeitsfest«, sagt Abigail zu ihm, indem sie sich aufrecht hinsetzt und ihr bestes Englisch aufbietet. »Dazu seid ihr zu lange verheiratet. Aber einige der Nachbarn möchten dich furchtbar gern kennenlernen, dazu kommen ein paar unserer engsten Familienfreunde – der Pfarrer, der Schuldirektor und Dr. Smithfield und alle. Wir backen nur eine Kleinigkeit, bereiten eine Schüssel Punsch zu …«

»Seit wann sind Reverend Hooper und der Schuldirektor enge Freunde von euch? Und Dr. Smithfield und Mama Day reden kaum miteinander – er sagt, sie schnappt ihm seine Patienten weg. Die einzigen wirklich engen Freunde, die wir haben, sind Dr. Buzzard und –«

Miranda schneidet ihr das Wort ab. »Ignoranz am Werk zu sehen ist ziemlich unangenehm. Ist schlimmer als Trotz und Neid. In den letzten elf Jahren bequemst du dich einmal im Jahr nach Hause und setzt dich her und sagst deiner Großmama, wer unser Freund ist und wer nicht? Und im übrigen hat niemand zu deinem blassen kleinen Hintern gesprochen. Wenn du für Freitag bessere Pläne hast, kannst du ruhig gehen, und wir feiern die Party ohne dich. Aber alle anderen werden hiersein, und deshalb wirst du reichlich einsam sein in diesen Spelunken beim Tapsen mit deinen Füßen und Wakkeln mit deinem …«

»Wackeln mit meinem …?«

»Ja, Wackeln mit was immer sich bewegt!«

Cocoa wirbelt wie von der Tarantel gestochen auf ihrem Stuhl herum, als Abigail die Hand faßt, die sich schon fest um das Wasserglas schließt. Das ist noch das Kristall ihrer eigenen Großmutter.

»Bitte, ihr alle, keinen Streit am *ersten* Abend.« Tränen schießen Abigail in die Augen. »Wenn ihr zwei mich umbringen wollt, nur zu. Ich könnte schon allein aus Scham für euch sterben.«

»Abigail, wieso wirst du so dramatisch? Wir haben uns nur 'n bißchen unterhalten.«

George hat die ganze Zeit lächelnd dabeigesessen, und er ist schlau genug, niemand seinen Blick sehen zu lassen, während er einen der Maismuffins auseinanderbricht.

»Miss Miranda, Freitag paßt mir gut, wenn es Ophelia paßt.«

»Ja, ist prima. Dann kann ich mich auf den neuesten Stand darüber bringen, was all unsere Familienfreunde in den letzten Jahren gemacht haben, abgesehen von illegalem Schnapsbrennen und –«

Abigails Gebete sind erhört worden, denn von draußen ertönt ein lautes Klopfen.

»Miranda, macht's dir was aus, nachzusehen, wer an der Tür ist?«

»Du weißt, sie ist nicht abgeschlossen. Ruf sie einfach rein.«

Ruby ist ganz in Rot und füllt den Türrahmen aus. Als sie eintritt, sehen sie, daß Junior Lee bei ihr ist und einen Riesenkorb voller Pfirsiche trägt. Er hat ihn bloß vom Kofferraum seines Coupé de Ville hierhergetragen, aber er stellt ihn ab, als würde er eine Tonne wiegen, richtet sich auf, so gut er kann, und grinst über beide Ohren. Sie hat ihn sich feinmachen lassen für den Besuch: Hemd und Krawatte, gute Hosen, seine Krokolederschuhe.

»Tag, alle miteinander«, sagt Ruby.

Miranda beugt sich vor und sagt nichts, den Kopf geneigt und die Hände unterm Kinn verschränkt, während die anderen sie alle begrüßen. Abigail bietet ihnen an, sich hinzusetzen und etwas mitzuessen.

»Wir wollen nicht lang bleiben«, sagt Ruby und zieht einen Stuhl heran. »Aber ich dachte, es wäre nett, Cocoas neuen Ehemann kennenzulernen.«

»Ist mir ein Vergnügen«, sagt George.

»Mir erst recht«, sagt Ruby. »Und das ist mein neuer Mann, Junior Lee.«

»Er... erfreut.« Junior Lee bringt ein Nicken zustande. »Hab gehört, Sie sind 'n großer Maschinist.«

»Nein, ich bin Maschinenbauingenieur.«

»Genau. Bin noch nie selber auf der Eisenbahn gewesen, außer mal aufn paar Güterwagen aufgesprungen.«

»Nein, Baby, er ist Maschinenbauingenieur.« Ruby tätschelt Junior Lees Arm.

»Sag ich doch. Müssen im ganzen Land rumkommen bei dem Job.«

George weiß, wann er aufgeben muß. »Nicht unbedingt. Aber was machen Sie?«

»Sowenig wie mööööglich.«

Junior Lee kippt vor Lachen beinahe aus dem Stuhl, ohne zu sehen, daß er der einzige in dem Raum ist, der das lustig findet. Er ist fast bis zur Stuhlkante gerutscht und hat den Kopf zurückgelegt. »Ja, sowenig wie mööööglich.«

»Lassen Sie sich von ihm nicht auf den Arm nehmen.« Ruby hat den Mund zu einer schmalen, harten Linie verzogen. »Er sucht gerade Arbeit. Der Laden jenseits der Brücke, in dem er früher war, hat dichtgemacht.«

»Das passiert überall im ganzen Land«, sagt George. »Anständige Leute können einfach keine Arbeit finden.«

»Andere auch nicht«, sagt Miranda.

»Und wie gefällt's Ihnen bei uns?« fragt Ruby George.

»Na ja, wir sind gerade erst angekommen – oder besser gesagt, ich bin gerade erst hier angekommen. Aber es ist eine wunderschöne Insel.«

»Es ist 'n freundliches Fleckchen«, sagt Ruby. »Und deshalb sind wir vorbeigekommen, um Ihnen das zu sagen. Sie sind einer von uns, weil Sie eine von uns geheiratet haben. Und Cocoa *gehört* zu uns.«

»Na ja, für mich gehören Sie zur Familie, Miss Ruby«, sagt Cocoa. »Sie haben mich aufwachsen sehen.«

»Allerdings hab ich das. Und sieh uns jetzt an – zwei verheiratete Mädchen.«

»Ja, ihr seid Määädchen.« Junior Lee findet das sogar noch lustiger als vorher. »Nur daß sich eine von euch das Haar mit Schuhcreme färben muß.«

Niemand bringt es über sich, Ruby anzusehen, bis Cocoa bissig entgegnet: »Bei dir würden jedem graue Haare wachsen« und damit allen Gelegenheit gibt, in das Gelächter einzustimmen.

»Gib's ihm ruhig.« Ruby lächelt. »Gut, daß du dein Mundwerk nicht eingebüßt hast – so wie manche ihre guten Manieren.«

»Ich wollte sowieso nicht mitkommen.« Junior Lee ist eingeschnappt. »Und ich hab was zu erledigen, wenn du fertig bist.«

»Nur ein paar Minuten noch, Baby.« Ruby tätschelt wieder seinen Arm, aber Junior Lee zieht ihn weg und steht auf.

»Wenn du bleibst, mußt du nach Haus laufen.«

»Mein Junge macht gern Spaß«, sagt Ruby. »Aber wir müssen wirklich los. Mama Day, die Pfirsiche sind für Sie.«

»Herzlichen Dank, Ruby.«

»Ja«, sagt Ruby im Aufstehen, »Sie haben wohl kaum genug mitgenommen, als Sie heute nachmittag da waren. Und dann hab ich mir überlegt, daß ich Ihnen keinen Grund geben wollte, noch mal den langen Weg die Straße rauf machen zu müssen.«

»Das weiß ich zu schätzen.« Miranda nickt.

»Ruby, wenn ihr am Freitag nichts weiter vorhabt«, sagt Abigail, »wir veranstalten eine kleine Party für Cocoa und George. Ich weiß, ihr geht nicht viel aus, aber...«

»Ich werd's mir überlegen«, sagt Ruby.

»'n bißchen Spaß? Während sie sich's noch überlegt, bin ich schon hier.« Junior Lee macht die Vordertür auf. »Und während sie zwanzig Minuten braucht, um sich zu verabschieden, fahr ich nach Haus.«

Die totale Stille im Raum wird nur kurz durch das Starten von Junior Lees Motor unterbrochen, bevor sie wieder herabsinkt.

»Wir müssen jetzt gleich eine Entscheidung treffen«, sagt Miranda zu George. »Entweder bist du Besuch oder Familie. Denn wenn du Besuch bist, werden wir höflich warten, bis du aus dem Raum bist, bevor wir über die Katastrophe reden, die uns gerade verlassen hat. Aber wenn du Familie bist, kommen wir sofort drauf zu sprechen.«

»Nicht jeder Mann in Willow Springs ist wie Junior Lee«, sagt Abigail.

»Kein Mann in Willow Springs ist wie Junior Lee«, sagt Cocoa.

»Warum machst du nicht die ganze Welt draus, und fertig.« Miranda schüttelt den Kopf. »Ich kann verstehen, warum sie nirgends mit ihm hingeht – fett hin, fett her. Aber ich kann beim besten Willen nicht verstehen, warum sie glaubt, irgendeine andere Frau außer ihr könnte ihn haben wollen.«

»Wie lange sind sie schon verheiratet?« fragt George.

»Ungefähr so lange wie wir – vier Jahre, stimmt's, Mama Day?«

»Mehr oder weniger«, sagt Miranda.

»Tja«, seufzt George. »Es ist irgendwie schmeichelhaft, wenn eine Frau auf ihren Mann eifersüchtig ist, ob er es nun wert ist oder nicht. Ich hätte nichts dagegen, wenn meine Frau auf mich ein bißchen eifersüchtig wäre.«

»Nicht *so* eifersüchtig.« Miranda schaut ins Leere, so daß sie nicht merkt, wie Abigail versucht, ihren Blick auf sich zu lenken. Aber sie hat nicht vor, noch mehr zu sagen.

»Was sollte die Geschichte, daß du Pfirsiche brauchst?« fragt Abigail. »Du hast Unmassen davon beim andern Haus.«

»Ich weiß. Aber dann hab ich gedacht, wenn am Freitag so viele Leute kommen, wollt ich nicht zuwenig Auflauf haben.«

»Ich hoffe, ihr denkt nicht, daß ich die ganze Woche zum Backen hier drinnen bleibe«, sagt Cocoa zwischen den Zähnen.

»Ich hoffe, du denkst nicht, daß ich dich darum bitten werde«, sagt Miranda. »Ist für niemand an diesem Tisch ein Geheimnis, wie du kochst.«

»George, hast du gar nichts dazu zu sagen?«

»Doch – das ist wirklich eine wunderschöne Insel.«

* * *

Wer hätte gedacht, daß mich, der ich in einer Großstadt aufgewachsen bin, der Lärm hier nachts wach halten würde? Das Geräusch der Stille: das dunkle Quaken der Sumpffrösche, eine Million Zikaden, die sich gegen das Fliegenfenster drängten, in weiter Ferne der Ruf eines Ziegenmelkers, noch weiter weg das ewige Flüstern der Brandung. Ich dachte, es sei vielleicht das fremde Bett, aber wie konnte ein Bett fremd sein, in dem dein Körper sich so vertraut an meinen schmiegte? Ich brauchte nur ein Bein unter deins zu schieben und eine Hand auf deinen Rücken zu legen, damit du dich herumdrehtest und dich in meine Arme kuscheltest, dein sanfter Atem dicht unter meinem Ohr. Das wäre überall, in jedem Bett so. Das Geräusch der Stille: das Ticken der Wanduhr draußen im Wohnzimmer, das stete Tröpfeln im Bad, das Knacken der Holzdielen. Du hörtest nichts davon, und plötzlich fühlte ich mich schrecklich allein. Wenn ich mich in diesem Moment ganz in dir hätte auflösen können, hätte ich es getan, und ich bekämpfte den aufsteigenden Drang, es wenigstens teilweise zu tun. Du wärst darauf eingegangen und hättest es für neuerliches Verlangen gehalten, nicht für Furcht. Wieso sie dafür aufwecken?

Ich tat etwas, was ich seit meiner Kindheit nicht mehr getan hatte. Wenn man nicht schlafen kann und weiß, es ist niemand auf diesen langen Korridoren, den man rufen kann, schließt man die Augen und sagt sich immer wieder: Ich kann es nicht finden, weil es in meinen Träumen wartet. Ein langsamer, rhythmischer Singsang. Das »Es« konnte alles mögliche sein, und meistens glitt ich in den Schlaf hinein und träumte von einem neuen Fahrrad, einer guten Note – dem sich ständig verändernden Gesicht meiner Mutter. Aber in dieser Nacht träumte ich von dir. Du riefst nach mir, immer und immer wieder. Und ich schwamm über den Sund. Ich konnte dich auf der anderen Seite nicht sehen, aber deine Stimme wurde immer lauter, das Wasser immer unruhiger, und die Küste rückte immer weiter weg. Wenn ich mich nur mehr anstrengte, dachte ich, aber je mehr ich mich bemühte, desto unmöglicher wurde es. Deine Rufe waren jetzt verzweifelt, und meine Kräfte ließen nach. Während ich mich weiterkämpfte, sah ich Mama Day sich über die Brücke lehnen. Ihre Stimme war wie ein Donnern: Nein, steh auf und wandle. Sie ist eine verrückte alte Frau, dachte ich, während ich immer angestrengter auf die zurückweichende Küste zuschwamm. Eine Welle der Verzweiflung erfaßte mich, als ich anfing unterzugehen, und ich wußte, ich würde dich nie mehr erreichen. Steh auf und wandle. Ich war furchtbar wütend auf sie, weil sie uns nicht half. Mit letzter Kraft stieß ich die Schultern aus dem Wasser und schrie ihr ins Gesicht. Sie sind eine verrückte alte Frau! Und ich fand mich aufrecht stehend mitten im Sund.

Ich schlief diese Nacht durch und wachte sehr früh und erfrischt am nächsten Morgen auf. Aus irgendeinem Grund war die Erinnerung an den Traum nicht beunruhigend. Und jetzt konnte ich wirklich von Lärm sprechen. Die Millionen Zikaden mußten von den Tausenden von Vögeln draußen vor unserem Fenster aufgefressen worden sein, und ein Hahn begann zu krähen und bekam Antwort von einem anderen und noch einem anderen. Aber mich zu recken und diese Luft zu riechen – die Mischung aus Salz und Muttererde, von Kiefernnadeln und Geißblatt –, das ging mir durch die Magengrube und verstärkte meine Erektion. Ich verschränkte die Arme hinter dem Kopf und dachte, ich zähle bis zehn, und wenn das Lakenzelt zwischen meinen Beinen dann immer noch da ist, weck ich dich auf, damit du es mit mir gemeinsam bewunderst. Das tat ich, und du drehtest mir den Rücken zu und sagtest, ich solle zur Hölle fahren. Also, letzte Nacht bin ich für dich über Wasser gewandelt, und das ist der Dank dafür? Du packtest dir das Kissen über den Kopf und murmeltest, ich solle mich auf Handarbeit verlegen.

Ich beschloß, statt dessen aufzustehen und einen Spaziergang zu machen. Ich verzichtete auf meine gewohnte Dusche, da sich das Schlafzimmer deiner Großmutter direkt auf der anderen Seite der Tür befand. Sie hatte sich wirklich für uns schier umgebracht, und ein Blick auf diese Rohre sagte mir, daß sie dem Druck des Wassers sehr laut Widerstand leisten würden. Du konntest selbst bei einer Atomexplosion weiterschlafen, aber bei ihr wußte ich es nicht. Deshalb machte ich nur eine Katzenwäsche und nahm meine Pillen, bevor ich nach draußen ging. Die Insel ist nur sieben Meilen lang; ich könnte sie ein paarmal ablaufen, bevor ich wieder heimfuhr. Aber New York kam mir so weit weg vor, als ich auf der Vorderveranda stand und die Straße duch einen dichten Tauschleier betrachtete, der von der Dachtraufe auf die Spitze meiner Turnschuhe tropfe. Er sah so frisch und sauber aus, daß ich versucht war, meine Zunge rauszustrecken und einen Tropfen aufzufangen. Niemand war da, der mich sehen würde – die Rolläden an dem silbernen Wohnwagen gegenüber waren noch heruntergezogen. Wie würde Tau schmekken? Gott, ich benahm mich wie ein kleines Kind. Aber irgend etwas an diesem Ort verleitete einen dazu, weckte alte, sehr alte Erinnerungen.

Ich und Bernie Sinclair beim Streit darüber, ob man bessere Noten durch das Lernen in Morgenluft oder in Nachtluft bekam. Ich machte meine Hausaufgaben gern ganz früh am Morgen, bevor die anderen Jungen wach wurden. In »unbenutzter« Luft zu atmen, sagte ich, bewahrte deine Gehirnzellen davor, vom Kohlendioxyd all der anderen verschmutzt zu werden. Er aber mochte »gebrauchte« Luft – woher wußte man denn, ob man es nicht verpaßte, Einsteins Kohlendioxyd in sein Gehirn einzuatmen? Als ich den Weg nach Süden einschlug, spürte ich ein intensives Verlangen, Bernie wiederzusehen. Ich war neugierig, was wohl aus ihm geworden war, dem Jungen, der genug Zorn – und Mut – gehabt hatte, Mrs. Jackson ins Gesicht zu spucken. Ich erinnerte mich, wie sie schließlich darauf bestanden hatte, daß er in die Zimmermannswerkstatt ging, und mein letztes Bild von Bernie war, wie er unentwegt auf die Köpfe von Eisennägeln einhämmerte.

Ob unbenutzte oder gebrauchte Luft, keiner von uns hätte sich damals eine Atmosphäre wie diese auch nur vorstellen können. Mehr als rein, sie war ursprünglich. Einige dieser

Bäume mußten hier schon beinahe zweihundert Jahre stehen, und das Salzwasser, das in das Sumpfland sickerte, reichte bis in die Ewigkeit zurück. Ein großer Teil dieses Landes könnte einem guten Nutzen zugeführt werden: nichts Parasitäres wie Erholungszentren oder Ferienwohnungen, sondern Forschungsstationen für Solarenergie, Meeresschutz. Ich konnte sogar kleine Testanlagen für Wasserkraftwerke sehen. Das würde dringend benötigte Einnahmen auf die Insel bringen, neue Menschen. Ein Flügelschlagen und ein hohes Kreischen, als ein Reiher mit schneeweißer Schwanzspitze aus dem Sumpfgras aufflog. Ich blieb stehen und schüttelte den Kopf – wunderschön. Aber was für Menschen? Was hatte diese gewaltige Frau gestern abend gesagt? Sie sind einer von uns, weil Sie eine von uns geheiratet haben. Nein, nicht einmal ich bin wirklich einer von ihnen. Und sie würden dieses Land niemals jemand anders überlassen. Sie wissen, daß auch gutgemeinter Fortschritt und Paradies nicht Hand in Hand gehen. Nun, dachte ich, wenigstens ist dieser Ort einmalig, sonst hätte ich bald keine Arbeit mehr. Wenn ich Mrs. Jacksons Philosophie gefolgt wäre, hätte ich es mit beiden Welten halten können: Erfinde keine neuen Wasserleitungssysteme, hätte sie gesagt, werde Installateur.

Als ich den kleinen L-förmigen Ladenbereich an der Kreuzung erreichte, wo die Straße zur Brücke weiterführt, sah ich den blauen Pritschenwagen von dem Mann, der uns vom Flughafen abgeholt hatte. Ich dachte, er wäre auf der Ladefläche eingeschlafen. Er hatte eine Decke unterm Kopf zusammengerollt und eine andere über sich ausgebreitet. Als ich vorbeigehen wollte, setzte er sich auf und winkte mir zu.

»Morgen, George.«

»Guten Morgen, Sir.«

»Sie haben mich wohl schon vergessen. Ich bin Dr. Buzzard.«

Wie könnte man so jemand vergessen. Aber ich kam mir absolut blöd vor, den Mann so anzureden. Er mußte noch einen anderen Namen haben.

»Nein, natürlich erinnere ich mich an Sie. Und es war schrecklich nett von Ihnen, nach Savannah zu fahren und uns abzuholen.«

»Na, Miss Abigail würde Cocoa nicht von jedem x-beliebigen durch die Gegend kutschieren lassen. Nee, wenn's um was Wichtiges geht, wissen alle, daß sie sich an Dr. Buzzard wenden können.«

Ich mußte ihn einfach fragen. »Ist das Ihr richtiger Name?«

»Nee, mein Geschäftsname, könnte man sagen. Die meisten Leute hier kennen mich nicht anders.«

»Oh, ich verstehe. Was für ein Geschäft betreiben Sie denn?«

»Sie meinen, Mama Day hat's Ihnen nicht erzählt? Überrascht mich nicht – gibt da 'n bißchen berufliche Rivalität zwischen uns. Verstehen Sie, manche Menschen können's einfach nicht ertragen, wenn der Glanz von anderen Leuten sie immer überstrahlt – ich will nichts gegen Ihre Leute und alles sagen, jetzt, wo Sie da reingeheiratet haben. Aber Mama Day hat meine Größe nie gewürdigt. Ich nehme an, man kann's ihr nicht übelnehmen, ist schwer für 'ne Frau, den richtigen Geistesumfang aufzubringen, um so was wie Dr. Buzzards Arbeit zu erfassen. Aber Sie können jeden andern hier über mich fragen. Es ist kein Geheimnis, was ich alles kann.«

Es war für mich immer noch ein Geheimnis, aber er schien so zufrieden mit seiner Antwort zu sein, daß ich nicht das Herz hatte, ihn zu fragen, was er gemeint hatte. Ich nickte und machte in der Kehle die dazu passenden Laute. Er hüpfte vom Wagen runter, schüttelte die Decken aus und faltete sie ordentlich zusammen. Ein Waschlappen und eine Zahnbürste kamen unter dem Fahrersitz hervor. Er ging hinüber zum Wasserhahn beim Gemischtwarenladen und fing an, sich zu waschen.

»Wie ich sehe, fangen Sie früh mit der Arbeit an.«

»Nee, ich wär jetzt noch nicht auf, aber ich hab Sie vorbeikommen sehen. Parris macht seinen Laden nicht vor zehn auf.«

»Oh, Sie arbeiten hier?«

»Nee, muß mir heute die Haare schneiden lassen. Bin gern als erster drin – dann kann ich zusehen, daß er den Boden hinter mir wirklich gründlich fegt. Und ich nehme jeden Schnipsel mit.« Er zwinkerte mir kurz zu. »In meiner Branche kann man nicht vorsichtig genug sein, wenn Sie verstehen, was ich meine?«

Ich räusperte mich und fand meine Sprache wieder, doch mußte ich der Unterhaltung eine andere Richtung geben. »Ich bin selbst sehr früh auf, seh mich ein bißchen um.«

»Sie müssen nicht laufen. Ich fahr Sie gern rum.«

»Nein, es macht mir wirklich Spaß. Ich gehe auch zu Hause sehr viel zu Fuß.«

»In New York City – mit all den Mördern dort? Da würden Sie mich nie zu Fuß erwischen.«

»Es ist wirklich nicht so gefährlich, wie die Leute glauben. Es gibt überall Gute und Böse.«

»Wem sagen Sie das. Hier trieb sich vielleicht was rum, bis ich herkam. Und sehen Sie sich's jetzt an – diese Höllenbrut traut sich nicht mehr aus ihrem Loch.«

Ich überlegte, ob er vielleicht zu irgendeiner Art von Gesetzeshütern gehörte. Aber da konnte er nicht furchtbar beschäftigt sein. Die Menschen hier fanden es nicht mal nötig, nachts ihre Türen zu verschließen.

»Es scheint ein sehr friedlicher Ort zu sein.«

»Der Anschein trügt.«

»Vermutlich haben Sie recht. Aber bestimmt sind alle froh, Sie hier zu haben.«

»Manche ja, manche nein. Also, Reverend Hooper, der predigt dauernd gegen mich. Aber ist vollkommen egal. War schon hier, bevor er gekommen ist, und werd noch hiersein, wenn er wieder weg ist.«

»Ich sehe keinen Grund, warum das nicht so sein sollte.«

»Wissen Sie, ich mag Sie. Verstehen 'ne ganze Menge für 'nen Stadtjungen. Spielen Sie Poker?«

»Hin und wieder.«

»Warum kommen Sie abends nicht mal vorbei? Zu dieser Jahreszeit findet bei mir immer 'n nettes kleines Spielchen statt.«

»Sie haben hier ein Haus?«

Offensichtlich konnte ich die Überraschung nicht aus meiner Stimme raushalten. Er blickte auf die Zahnbürste in seiner Hand und lachte. »Ja, hab 'n Zuhause. Und es steht auf den dreißig Hektar, die mein Onkel mir hinterlassen hat. Ich war der einzige Junge. Meine Schwestern und meine Cousinen, also, die haben nach jenseits der Brücke geheiratet.« Das Morgenlicht nahm zu und ließ die tausend winzigen Fältchen in seiner blanken Haut erkennen. An der Art, wie sein Kopf der Straße zur Bücke zugewandt war, konnte man sehen, daß er mit seinen Gedanken meilenweit jenseits davon war. Er fuhr sich mit einer schwieligen Hand über die grauen Bartstoppeln. »Hab sogar mal geheiratet. Aber manche Menschen können hier leben, andere nicht. Und mit dreißig Hektar und 'nem Haus... Mußte sich jemand drum kümmern.« Er schien sich daran zu erinnern, daß ich noch da war. »Hab ich Ihnen erzählt, daß ich beim Varieté war?«

»Nein.«

»Ja. Hab's nie bis nach New York geschafft, aber Detroit, Baltimore, Kansas City – Regenbogen-Dan mit den tanzenden Händen. Dan war wohlgemerkt nicht mein richtiger Name. Aber ich konnte mit meinen Händen machen, was andere Leute nicht mit ihren Füßen können. Kann ich noch immer – mit 'nem bißchen was Anregendem intus. Trinken Sie, Stadtjunge?«

»Nein, ich –«

»Auch gut, wenn Sie drüben bei den Day-Frauen wohnen. Aber ich brenn 'n bißchen – ist 'ne weitere Nebenbeschäftigung von mir. Das und meine Bienenstöcke. Ich hab hier viel zu tun.«

»Scheint mir auch so.«

»Ja, kommen Sie mal rüber zum Südwald, wo ich kampiere. Dann spielen wir 'n bißchen Karten.«

»Oh, wir spielen nicht in Ihrem Haus?«

»Nee, halt ich mich von fern.« Er spülte die Zahnbürste aus, bevor er den Waschlappen darumwickelte. Der ramponierte Filzhut mit den roten Federn wurde fest auf den Kopf gesetzt, nachdem die Knochenkette wieder in Ordnung gebracht worden war. Augen sind etwas Komisches: verengen sich genau gleich, egal, ob wir vorhaben, zu lachen oder zu weinen. »Denn wenn ich drin wär«, sagte er – und jetzt wußte ich, daß er lachen würde –, »gäb's niemand hier draußen, der's vermißt.«

Es war schon ziemlich spät am Morgen, als du mit einem Strauß verwelkter Gänseblümchen in der Hand die Straße entlangkamst. Ich hatte seit über zwei Stunden auf dem Verandageländer gesessen, und meine ungeheure Erleichterung, als ich dich an deinem albernen federnden Gang erkannte, verriet mir, in welcher Panik ich gewesen war. Offensichtlich hatte ich mich selbst nicht ganz überzeugt, als ich Großmama davon überzeugte, daß sie sich wegen deiner Abwesenheit beim Frühstück keine Sorgen zu machen brauchte. »Er ist ein erwachsener Mann, und wo kann er sich in Willow Springs wohl verirren?« Sie erwähnte die Zypressensümpfe und die Treibsandstellen im Ostwald. Aber er ist auch ein vorsichtiger Mann, und bei seinem ersten Spaziergang würde er auf der Hauptstraße bleiben. Nein, ich würde dir nicht hinterhergehen und dich suchen. Wenn dir danach war, würdest zu zurückkommen.

Unter dem Vorwand, etwas Sonne abkriegen zu wollen, verbrachte ich den Morgen im Freien, fragte mich, wo du sein könntest, und ärgerte mich schließlich über mich selbst, daß ich nicht mit dir gegangen war. Aber du warst so früh aufgestanden – ich hätte gewünscht, mich erinnern zu können, wie früh –, ich wußte, ich war noch nicht klar im Kopf gewesen. Und hattest du mich nicht aufgeweckt, um mir was von einem Baum zu erzählen – das konnte nicht sein –, der in unserem Bett wuchs? Das ergab absolut keinen Sinn, und auch nicht dein Ertrinken im Zypressensumpf. Aber hatte ich das nicht geträumt? Nein, ich hatte geträumt, daß du im Sund geschwommen bist. Es fiel mir auf einmal alles wieder ein, und es war sehr beklemmend. Ich stand hier und rief nach dir – ich war in irgendwelchen Schwierigkeiten –, aber du schwammst in die andere Richtung. Je lauter ich hier rief, desto schneller versuchtest du, meine Stimme auf der anderen Seite zu erreichen. Deine Kräfte verließen dich, und wenn ich weitermachte, würdest du dort draußen ertrinken, daher hielt ich mir den Mund zu und drückte meine Stimme in die Brust zurück, bis ich dachte, ich würde explodieren. Ich stand da, versuchte, meine Schreie zu unterdrücken, und hoffte, du würdest es zurück ans Ufer schaffen, und dann wachte ich in kalten Schweiß gebadet auf und fand mich allein im Bett. Da war so eine völlig verrückte Empfindung, daß alles mit dir nur ein Traum gewesen war. Sie dauerte nur eine flüchtige Sekunde, aber doch lang genug, um mein Herz wild pochen zu lassen.

Also, wo zum Teufel warst du? Ich war seit einer Stunde hier draußen, als Junior Lee vorbeigefahren kam und mit diesem dämlichen Grinsen auf dem Gesicht aus dem Fenster rief: »Beiiiine, Beiiiine.« Ich wollte ihn schon anhalten und fragen, ob er dich unten bei der Kreuzung gesehen habe, aber zu diesem Zeitpunkt war ich noch nicht verzweifelt genug, um den Versuch zu machen, irgend etwas Sinnvolles aus ihm herauszukriegen. Am Ende einer weiteren Stunde hätte ich mich auf Junior Lee oder jeden anderen Dorftrottel gestürzt, um irgendwelche Informationen zu bekommen. Und als es auf die dritte Stunde zuging und du federnd die Straße entlangkamst, wußte ich, daß wir unseren ersten Krach auf südlichem Boden haben würden. Du wußtest es auch, das erklärte die Blumen.

»Ich wette, du hast dich gefragt, wo ich war.«

»Ich wette, das interessiert mich einen Dreck.«

»Dann hast du verloren.« Du wolltest mich küssen, und ich zog den Kopf weg.

»Faß mich nicht an.«

»Siehst du, das hast du heute früh auch gesagt. Und jetzt bist du wütend, weil ich rausgegangen bin, um mir ein bißchen die Beine zu vertreten und dadurch meine Frustration loszuwerden.«

»Wieso hörst du nicht auf zu lügen, George?«

»Ich lüge nicht. Ich habe dich aufgeweckt, um ein bißchen Zuwendung von dir zu kriegen, und –«

»Du hast mich aufgeweckt, um irgendeinen Unsinn von einem Baum zu reden, der in unserem Schlafzimmer wächst.«

»Es war ein *Mammutbaum* – direkt neben dir.«

»Ohhh, es dämmert mir. Bitte, ich hätte dir die ganze Frustration ersparen können, wenn du etwas Kleinwüchsigeres erwähnt hättest wie einen –«

»Sag es nicht.«

»Du würdest es verdienen.«

»Ich sehe, du hast dir sehr viel mehr Sorgen gemacht, als ich dachte. Es tut mir leid.«

»Ich sage dir doch, ich hab mir keine Sorgen gemacht.«

»Du hast eine lange Zeit hier draußen gesessen.«

»Woher willst du das wissen?«

»Die Abdrücke hinten an deinen Schenkeln.«

»Ich hatte die Beine aufs Geländer gelegt, um mich zu bräunen. Und es sind eine Menge Leute vorbeigekommen, während du dich auf der Insel herumgetrieben hast, und haben das bewundert, was du zu Hause gelassen hast.«

»Zum Beispiel wer?«

»Junior Lee, zum Beispiel.«

Es machte mir nichts aus, daß du lachtest, aber es hätte nicht so lange dauern müssen. »Im ersten Moment dachte ich, du wolltest mich nur eifersüchtig machen. Und manchmal, wenn du allein hier unten warst, hab ich mir Gedanken gemacht. Aber jetzt nicht mehr.«

»Junior Lee ist nicht der einzige Mann in Willow Springs.«

»Ja, ich weiß. Ich hab mit den anderen unten beim Friseur gesprochen.«

»Nun, das erklärt wenigstens, wo du gewesen bist.«

»Und es erklärt auch, warum du über diesem Geländer gehangen und so verzweifelt auf mich gewartet hast.«

»Ich habe dir gesagt –«

»Ich habe festgestellt, daß es eine Menge Saints-Fans in dieser Stadt gibt.«

»Und wer sind die Saints?«

»Wußtest du eigentlich, daß Dr. Buzzards richtiger Name Rainbow Simpson ist?«

Es war erstaunlich, was du alles über Menschen rausgekriegt hattest, die ich schon mein ganzes Leben lang zu kennen glaubte. Aber andererseits hatte ich mich nie bei den Männern im Friseurladen aufgehalten. Ich ging immer nur daran vorbei auf dem Weg zum Gemischtwarenladen oder zum Schönheitssalon. Und Neuigkeiten über ihr Leben erreichten mich aus zweiter oder sogar dritter Hand, weitergegeben von ihren Töchtern oder Ehefrauen und manchmal in kleinen Brocken von Großmama oder Mama Day. Nein, ich habe nicht gewußt, daß Parris seinen Namen bekommen hat, weil er im Zweiten Weltkrieg in Frankreich bei der Zweiundneunzigsten Infanteriedivision gekämpft hatte, daß Winky Brown in der unteren Liga als Schlagmann gegen Satchel Paige angetreten war oder daß Dr. Buzzard mal mit einer Tänzerin vom Varieté verheiratet gewesen war. Du hast nie gebohrt, also müssen sie die Informationen freiwillig rausgerückt haben – manches, um vor dir anzugeben, vieles einfach, weil sie merkten, daß es dich ehrlich interessieren würde. Und es interessierte dich immerhin so, daß du den ganzen Morgen mit ihnen verbrachtest. Wie heftig durfte ich meutern? Es war auch dein Urlaub, und du fühltest dich immer überaus wohl unter Männern. Du warst einer der wenigen Männer, die ich kannte, der absolut keine Freundinnen und weiblichen Geschäftspartner hatte. Es war nicht schwierig dahinterzukommen, warum, aber es fiel mir plötzlich auf, daß wir drei hier die einzigen Frauen in deinem Leben waren. Trotzdem, mußtest du unserer Gesellschaft so schnell überdrüssig werden?

Ich fand es irrsinnig komisch, daß du für eine Runde Poker mit Dr. Buzzard geködert worden warst. Da sie nur um fünf und zehn Cent spielten, würdest du höchstens sechs oder sieben Dollar verlieren. Allerhöchstens wärst du zehn Dollar los, wenn er dich außerdem beschwatzen konnte, eine seiner »Spielhände« zu kaufen, aber das war nicht dein Fall. Du warst den ganzen Morgen mit dem Mann zusammen, ohne dahinterzukommen, womit er sein Geld verdiente. Ich forderte dich auf, Großmama zu fragen. Immerhin war er einer ihrer engen Familienfreunde. Sie wäre beinahe in die Abwaschschüssel gefallen, als du von der »beruflichen Rivalität« zwischen ihm und Mama Day anfingst. Nach viel Herumdruckserei gab sie dir den Rat, dich erster Hand zu erkundigen. Ich wollte dich nicht zu ihrem Wohnwagen begleiten, weil sie mir vorwerfen würde, ich hätte dich dazu angestiftet.

Es stellte sich raus, daß ich den Vorwurf trotzdem kriegte, als sie später zornfunkelnd herüberkam. Was erwartete sie eigentlich von mir? Ich konnte dir nicht vorschreiben, wohin du gehen und mit wem du reden solltest. Sie wußten nicht, wie dickköpfig du warst. Es wäre mein Todesurteil gewesen, dir irgendwas zu verbieten. Du würdest deine eigenen Schlußfolgerungen aus dem ziehen, was du in Willow Springs sahst und hörtest. Aber sie war fuchsteufelswild, weil Buzzard sie in einem Atemzug mit sich selbst erwähnt hatte. Sie sei ganz und gar nicht im selben Geschäft wie Buzzard. Buzzard sei ein Hochstapler, ein Schwarzbrenner. Buzzard sei ein fauler, nichtsnutziger, schlitzohriger, falschzüngiger, schmieriger, kriecherischer... Oh, die Adjektive fanden kein Ende. Ich war sicher, sie hätte genug davon parat bis nächsten Freitag abend, wenn er zu uns käme. Das heißt, wenn ich ihn nicht vorher sah, um ihn zu warnen.

* * *

Miranda ist noch nicht lange wieder zu Hause, und schon balanciert die Sonne auf den Kiefernwipfeln. Die Pfirsiche, die Ruby ihr am Abend zuvor gebracht hat, stehen mitten auf dem Fußboden, aber sie will sie erst aufschneiden, wenn sie eine Tasse Tee getrunken und ein langes Bad genommen hat. Und sie weiß, daß ihre Hennen eine Stinkwut haben müssen, weil der Morgen sich hinzieht, ohne daß sie frisches Futter und Wasser bekommen haben, aber es gibt dort, wo sie gewesen ist, kein Telefon, damit sie Abigail oder Baby Girl hätte rüberschicken können, um das für sie zu übernehmen. Nein, es gab dort, wo sie gewesen ist, gar nichts außer einem Haus voller – sie wußte nicht, was für Leute das waren, daß sie das Baby so hatten leiden lassen. Ein Wirrkopf wie Reema hätte erst gar kein Kind kriegen sollen, und daß dieses Kind dann selbst auch noch Kinder in die Welt setzte, war eine Sünde vor Gott. Man sollte keine kriegen, wenn man nicht für sie sorgen kann. Wenn man wie Reemas Älteste, Carmen Rae, nicht genug Verstand hat und ein so erbärmliches Exemplar von Mann heiratet. Das Geld zu nehmen, das ihre Mama sich mühsam mit Haareglätten verdient, und Benzin in seinen Wagen zu füllen, anstatt Milch und Windeln zu kaufen. Schenkt ihm sechs Babys, die zerlumpt und unterernährt unten in dieser Baracke hausen. Die bis zu den Knöcheln in Dreck rumlaufen. Seife und Wasser würden niemand um mehr als fünfzig Cent ärmer machen – niemand. Und wenn es hart auf hart kommt, kann man auch mal nur Wasser nehmen. Sosehr sie sich auch bemühte, sie konnte diese Frauen nicht verstehen, die sich dagegen sträubten, ein Baby umzubringen, bevor es zur Welt kam, und dann so lebten, daß sie es mit Sicherheit danach umbrachten.

Sie wäre beinahe nicht gegangen. Es war schon sehr spät, und sie hatte einen anstrengenden Tag gehabt und war schließlich in angenehmen Schlaf gesunken, als Carmen Rae an ihre Tür hämmerte. Ob sie ihr eine Medizin geben könne, um die Würmer aus ihrem Baby rauszukriegen? Es sei furchtbar unruhig und bekomme Anfälle. Miranda dachte, daß alle ihre Kinder eine anständige Wurmkur mit einer Dosis warmem Rizinusöl und Stechapfel gebrauchen könnten. Aber als Carmen Rae sagte, der Kleine habe Fieber und seine Augen seien blutunterlaufen, wußte sie, daß es nicht bis zum Morgen Zeit hatte. Klang, als hätte das Baby Krupp, und weiß Gott, wie lange schon.

Es ist genau, was sie erwartet hat: das gerötete Gesicht, die kleine Brust, die sich hebt, wenn die Luft durch den verschleimten Kehlkopf pfeift. Ab und zu bekommt er einen furchtbaren Hustenanfall, bei dem er fast an seiner eigenen Spucke erstickt. Und wenn er wieder Luft kriegt, fängt er an zu wimmern, weil er keinen richtigen Schrei rauskriegt.

Miranda wirft den Topf mit Zwiebelwasser raus, das Carmen Rae ihm in der Hoffnung einzuflößen versucht hat, er würde dann die Würmer ausscheiden. Sie muß die Fäuste ballen, um Carmen Rae nicht durchzurütteln, als sie ihr erzählt, daß sie ihm das Zwiebelwasser schon seit drei Tagen gibt – die Frau wollte ihrem Baby nicht wirklich weh tun, sie wußte es einfach nicht besser. Carmen Rae soll ihn hochnehmen und streicheln, während Miranda die Küche gründlich saubermacht. Ja, sie würde das schon übernehmen, denn das Baby sei an seine Mutter gewöhnt. Sie kratzt das festgebackene Fett aus den Töpfen, und während sie sie zweimal mit frischem Wasser auskocht, schrubbt sie die Arbeitsflächen brühheiß ab, bevor sie ihren Leinwandbeutel aufmacht und ihre getrockneten Kräuter darauf auslegt. Sie braucht nicht viel davon: alles zusammen ist es nur ein Teelöffel voll Senneshülsen, Huflattich, Andorn, weiße Kirschborke, Silberkerze, was sie nach einem dritten Wasserwechsel im Topf einweicht. Sie wiegt sie nach Gefühl aus – ein paar Wurzeln, ein paar Blätter, ein paar ganze Pflanzen.

Für den Rest würde sie die Kohlenpfanne brauchen. Er muß besondere Dämpfe einatmen, die ihm den Hals wieder frei machen. Gibt es im Haus noch einen Raum abseits von den anderen Kindern? Carmen Rae zeigt ihr die Speisekammer, und nachdem Miranda die Spinnweben entfernt und die leeren Regale abgestaubt hat, richtet sie ein Lager für das Baby her und stellt dort drinnen einen weiteren Topf mit kochendem Wasser auf die heiße Kohle. Sie tut noch ein bißchen mehr von den Andornblättern rein, nimmt Carmen Rae das Baby ab, um sein Gewicht zu schätzen, bevor sie die amerikanische Lobelie für den provisorischen Dampfapparat abmißt. Sie schwankt wegen der Menge – das ist starkes Zeug. Die Not des Babys spricht für mehr, sein Körpergewicht für weniger. Sie wird selbst mit ihm hier drin bleiben müssen, um zu sehen, wie es wirkt.

Stunde um Stunde, das Baby im Arm wiegend, läßt sie ihn einen Löffel voll von der Mixtur auf dem Küchenherd schlukken, während sie über seinen unruhigen Schlaf in der dampfigen Luft in der Speisekammer wacht. Wenigstens schläft er jetzt; sein Atem ist noch immer rasselnd, aber gleichmäßig. Er schreit nur, wenn sie ihn aufweckt, um ihm die Mixtur einzuflößen, und jede Stunde wird er lauter. Gut – wenn sie Glück haben, wird er bis zum Morgen mit voller Lungenstärke brüllen. Carmen Rae wird immer wieder losgeschickt, um neues Wasser und Kohle zu holen, und dazwischen bekommt sie die Leviten gelesen: Eine Sau kümmert sich besser um ihren Wurf. Und hock nicht herum und jammere über einen nichtsnutzigen Vater – wenn er nie hier ist, kann er dich auch nicht davon abhalten, das Haus sauberzumachen. Und er ist nicht der Grund, weshalb du das Kind mit gezuckerten Schmalzbroten vollstopfst, damit es still ist, wenn du diese Seifenopern anguckst. So ist es recht, weine nur, du solltest weinen. Und wenn du schon dabei bist, nutze die Tränen, um damit den Gemüsegarten zu wässern, den du mit Samen für einen Dollar und ein bißchen Arbeit anpflanzen wirst. Hühner werden alles essen, was du nicht ißt – sogar ihren eigenen Kot –, und dir obendrein noch Eier zum Frühstück geben. Gott verabscheut das Gemeine, aber etwas muß Er hier der Rettung für wert befunden haben, denn das Kind würde durchkommen.

Und er ist ein hübsches Ding, denkt Miranda, während sie in ihrem Wohnwagen die Schuhe auszieht. Hat eine Haut wie die

Flügel einer Amsel, und als sein Hals ihm wieder erlaubte zu kreischen, wäre ihr beinahe das Trommelfell geplatzt – er hatte Temperament. Er war stinkwütend über die ganze Ungelegenheit und durchaus entschlossen, das der Welt auch mitzuteilen. Erinnerte sie ein bißchen an Baby Girl, als ihr Körper so wirkte, als sei er zu schwächlich zum Leben. Sie würde heute abend wieder dorthin zurückmüssen, also sollte sie lieber eine Runde schlafen – sie traute niemand mit dieser amerikanischen Lobelie. Doch mit den einfachen Anweisungen, die sie ihr gegeben hatte, würde Carmen Rae tagsüber zurechtkommen: Halt ihn warm, und bau seine Kräfte mit viel Fruchtsaft und ein bißchen Haferschleimsuppe auf. Es brauchen keine ausgefallenen Früchte zu sein, es gibt wilden Wein und Kirschbäume in der Schlucht unterhalb des Hauses, und zu dieser Jahreszeit sind Pfirsiche und Pflaumen umsonst zu bekommen. Dennoch müßte sie Samen und ein paar Bruthennen rüberbringen, damit sie anfing, die Kinder anständig zu ernähren. Das heißt, falls meine Hennen überhaupt noch mit mir reden. Sie lacht. So, wem gebe ich zuerst was zu essen, mir oder ihnen?

Sie läßt draußen Wasser in den Trog laufen, als sie George über die Straße kommen sieht. Möglich, daß Abigail ihn geschickt hat, um nach ihr zu sehen. Wenn man in ihrem Alter ist und niemand ans Telefon geht, ist es angebracht, sich Sorgen zu machen. Sie mag die Art, wie der Junge geht, irgendwie locker und elastisch. Und er hält den Kopf hoch oben. Ein Mann sollte Stolz haben, vor allem ein farbiger Mann. Zu vieles da draußen konnte ihn ein für allemal niedermähen, wenn er nicht das Zeug hatte, sich zur Wehr zu setzen. Aber er hatte es wirklich zu etwas gebracht – seine eigene Firma und alles. Sie verstand nicht ganz genau, was er machte, dieses ganze Gerede gestern abend über Erbsen auf einem Messer mit Honig, aber es brachte genug für ihn und Baby Girl ein, um den Kauf eines größeren Hauses für die Familie zu planen, die sie endlich gründen wollten. Er zögert ein wenig, als sich die Hühner draußen vor dem Stall um seine Füße scharen.

»Kümmer dich nicht um sie«, ruft Miranda. »Die elenden Bettler glauben, du willst sie füttern. Komm nur rein, aber mach das Tor hinter dir zu.«

Er scheint sich innerhalb des Zauns kein bißchen wohler zu fühlen, läuft auf Zehenspitzen um die Hühnchen herum, die alle übereinanderkrabbeln, um an ihr Futter zu kommen. Und George sieht aus, als wolle er die Flucht ergreifen, als der alte braune Hahn ein gewaltiges Krähen ausstößt, in die Luft auffliegt – ein Wirbel aus Federn und Sporen –, weil er von der besten Stelle vertrieben wird.

Miranda legt den Kopf zurück und lacht. »Komm schon, sie tun dir nichts.«

»Sie haben wirklich ganz schön viele«, sagt George, während er mutig die Entfernung zwischen dem Zaun und ihr überwindet.

»Und du hast dich dran gewöhnt, ganz schön viele zu sehen. Nur sind sie bei euch alle in Folie eingepackt.«

»Ich glaube, so sind sie mir lieber.«

»Na, dann schau mir besser nicht dabei zu, wenn ich mal einem den Hals umdrehe. Würdest wahrscheinlich gleich einer von diesen Vegetariern werden.«

»Sie essen also die meisten von denen hier?«

»Die hier drin. Die da draußen sind was anderes. Hat Abigail dich geschickt, um nach mir zu sehen?«

»Nein, ich wollte nur mal vorbeikommen und hallo sagen.«

»Das ist wirklich nett von dir. Ich dachte, sie hätte sich gewundert, weil ich heut früh nicht ans Telefon gegangen bin. Ich war weg, ein krankes Baby betreuen.«

»Oh, ich wußte, daß Sie Hebamme sind. Machen Sie auch Krankenpflege?«

»Wenn's sein muß.«

»Das ist wirklich wundervoll – Naturheilmittel sind jetzt ganz in. In New York machen an allen Ecken und Enden neue Center auf.«

»Sind hier schon immer in gewesen. Wenn es wenig Ärzte gibt, bleibt den Menschen nicht viel anderes.«

Georges Gesicht hellt sich auf. »*Das* erklärt seinen Namen. Ich – «

»Wessen Namen?«

»Dr. Buzzards. Ich bin ihm heute beim Friseurladen begegnet.«

»Du bist den ganzen Weg bis zur Brückenkreuzung gelaufen?«

»War nichts Besonderes – ich laufe gern. Wissen Sie, er ist ein ziemlich interessanter Mann.«

»Das kann er sein. Und wenn du ihn vor acht Uhr erwischt hast, war er noch nicht betrunken.«

»Oh, es war lange vor acht. Und er hat mich eingeladen, Poker mit ihm zu spielen.«

»Sieh zu, daß du nicht zuviel verlierst.«

»Ich hoffe, ich verliere überhaupt nicht.«

Miranda lächelt in sich hinein, als sie den Wasserhahn zudreht.

»Aber ich hab nicht rausgekriegt, was für eine Arbeit er macht, bis Sie eben – «

»Er macht keinen einzigen Finger krumm. Also brauchst du dir darüber keine Gedanken zu machen.«

»Nun, er hat gesagt, es herrsche ein bißchen berufliche Rivalität zwischen Ihnen beiden.« George lächelt. »Und ich nehme an, jeder meint, niemand anders könne seine Arbeit so gut machen wie – «

»Er hat *was* gesagt?«

Sowohl George als auch die Hühner fahren zurück vor dem Donnergrollen in der Stimme von Miranda, die sich aufrichtet und vor ihm aufbaut, während sich ein Gewitter zwischen ihren Augen zusammenbraut.

»Wiederhol mir das noch mal. Er hat *was* gesagt?«

»Hören Sie, Miss Miranda, wenn ich gewußt hätte, daß das irgendwelchen Ärger verursacht, hätte ich es nicht erwähnt. Diese kleinen Rivalitäten kommen in jedem Beruf vor. Das Wichtige ist doch, daß Sie beide der Gemeinschaft dienen.«

»*Der Gemeinschaft dienen?* Wie dient man der Gemeinschaft vom Boden eines Schnapskruges aus? Weißt du, was er den Leuten gibt, wenn sie ein Stechen in der linken Seite haben? Schwarzgebrannten Alkohol und Honig. Und fürn Stechen in der *rechten* Seite? Honig und schwarzgebrannten Schnaps. Das heißt, falls er ihnen nicht wertloses Zeugs verkauft wie Beutel voll ...«

Miranda läßt den Mund zuschnappen. Dieser Junge kennt sie eigentlich nicht, und schon gar nicht kennt er Buzzard. Ist noch keinen Tag hier und muß an das Übelste geraten, was Willow Springs zu bieten hat. Sie hat Abigail davor gewarnt, die beiden von Buzzard vom Flughafen abholen zu lassen. Nicht auszudenken, was er dem Jungen in der Zeit alles erzählt hat. Berufliche Rivalität. Sie würde ihm eins husten von wegen beruflicher Rivalität, sobald sie ihn in die Finger kriegte. Und wo war Baby Girl, während er sich draußen mit Voodoopfuschern rumtrieb? Schlief auf ihrem Hintern, ohne Zweifel. Aber es war Unsinn, hier aufzubrausen und den Jungen halb zu Tode zu erschrecken.

»Lassen wir das fürs erste auf sich beruhen«, sagt sie.

»Es tut mir leid, ich wollte Sie nicht verärgern.«

»Nein, ich bin nicht verärgert, das ist nur meine Art. Aber wie ich sehe, stehst du gern früh auf.«

»Ja, schon immer.«

»Na, da hast du jedenfalls die falsche Frau geheiratet. Meine Großnichte kann auch bei einem Hurrikan schlafen, sogar wenn man das Bett nach draußen stellt. Bin selbst auch immer eine Frühaufsteherin gewesen. Ist wirklich sehr hübsch hier am frühen Morgen, wenn die Luft noch unverbraucht ist.«

Er lachte. »Komisch – das hab ich immer als Kind gesagt.«

»Ist auch die beste Zeit zum Angeln. Machst du das oft?«

»Nein, aber mein Geschäftspartner ist ein begeisterter Angler. Forellen.«

»Das ist Süßwasser. Aber man kann hier ein paar Prachtexemplare aus unserem Salzwasser fischen. Laß uns mal einen Morgen ein paar Angelruten besorgen und rausgehen. Wir haben sie ausgenommen und gebraten, bevor Cocoa und Abigail aufstehen. Junge, du hast nicht gelebt, bevor du einen warmen Trommelfisch mit Maisgrieß und gebutterten Brötchen zum Frühstück gegessen hast.«

»Klingt gut.«

* * *

Mir war nie richtig klar gewesen, was für ein großes Kompliment du mir machtest, wenn du sagtest, ich erinnerte dich an Ambush Duvall. Dieser Mann hatte etwas so Ausgeglichenes und von Natur aus Freundliches. Wir waren etwa gleichaltrig, aber er wirkte älter als ich, vielleicht weil er beinahe dreimal so lange verheiratet war. Aber nach einer Weile merkte ich, daß es an seiner unerschöpflichen Geduld lag. Die brauchte er auch, um mit der launischen Natur des Wetters und mit seiner Ernte zurechtzukommen, und ganz gewiß brauchte er eine gute Portion davon für Bernice. Sie war eine sehr nette Frau, aber unbeschreiblich nervös. Wir saßen erst seit einer halben Stunde im Wohnzimmer, und sie war schon zwanzigmal aufgesprungen – um Charlie den Daumen aus dem Mund zu nehmen, um Charlies Stoffbären aus dem leeren Kamin wiederzuholen, um Charlie zu helfen, den Deckel von seinem Stabilbaukasten aufzustemmen und die losen Teile wieder einzusammeln, die unters Sofa gerollt waren. Und mittendrin – während sie mit ihrer Kleidung, mit der Kaffeetasse, dem Sofabezug herumspielte – sagtest du ganz beiläufig zu mir, daß die Mutterschaft Bernice sehr viel ruhiger gemacht habe; ich konnte mir sein Leben mit ihr, bevor das Kind geboren war, nicht vorstellen.

Es gab nur einen Moment, in dem sie still wurde – vollkommen still. Ich fragte Ambush, ob Miss Miranda seinen Sohn entbunden habe. Er sagte, nein, obwohl er das gern gehabt hätte. Mama Day habe ihnen sehr geholfen, als sie versuchten, das Baby zu bekommen. Offensichtlich hatte Bernice sich geweigert, Miss Miranda als Hebamme zu haben, aber es kam keine mündliche Reaktion von ihr, und ihr Schweigen konnte ich nicht einordnen. Am merkwürdigsten war, daß Ambush es auch nicht einordnen konnte. In dem Blick, den er ihr zuwarf, zeigte sich seine Verwirrung – ein wenig Verletztheit vielleicht – darüber, daß jene einzige Weigerung auf etwas beruhte, was sie niemals mit ihm geteilt hatte.

Aber es war unübersehbar, daß er seine Frau anbetete – es gibt einen Deckel für jeden Topf, hat mal jemand gesagt. Und wenn wir es nur so lange durchhielten wie die beiden, hätten wir viel erreicht. Außer daß ich drei Kinder haben wollte, wenn wir elf Jahre verheiratet waren – ein Kompromiß meinerseits, Großmut deinerseits –, und sie würden sehr viel besser erzogen sein. Ich hielt nicht viel von Prügelstrafe, aber ein Kind brauchte unbedingt mehr Disziplin, als dieses hier bekam. Jedesmal, wenn er »Nein« kreischte und seine Mutter dumm nannte, lachte sie, du hobst eine Augenbraue, und Mrs. Jackson drehte sich im Grab um. Eine kleine Wolke verdunkelte dann Ambushs Blick, aber er ließ es geschehen und unterhielt sich ungezwungen mit uns weiter. Nach dem dritten Mal bereits hätte ich das Kind lynchen können, aber Ambush brauchte zwölf solcher Ausfälle, bevor er den Kopf drehte und nur minimal die Stimme erhob, um einem Koller mittendrin Einhalt zu gebieten: »Klein Cäsar, geh auf dein Zimmer.« Er schaute zu seiner Mutter, aber die hatte schon ihren Mann angesehen, und was immer ihr persönlicher Code in Körpersprache sein mochte, sie wußte, daß er jetzt genug hatte; und vor allem wußte der Kleine, daß sie alle einen Punkt erreicht hatten, an dem sie ihm nicht mehr helfen konnte, falls sein Vater sich von seinem Stuhl erhob.

Er war allerdings furchtbar niedlich, wie er seinen Teddybären am Bein aus dem Zimmer hinter sich herzog, als wären sie beide zu lebenslänglich ohne Bewährung verurteilt worden. Er kam zur Tür und blieb dort stehen, schmollte und starrte seinen Vater an, wartete, bis dieser sich anschickte, sich aus seinem Stuhl hochzuhieven, um ihn dann auszuzählen, wie nur ein Kind das konnte. »Ich muß Tante Cocoa noch einen Abschiedskuß geben.« Wir mußten insgeheim lachen, weil wir genau wußten, was er getan und daß er gewonnen hatte. Sogar sein Vater unterstützte ihn ein bißchen. Ich spürte ein Kribbeln in der Magengrube, als ich zusah, wie du ihn in den Arm nahmst. So also würde es aussehen – »Jetzt sag Onkel George auf Wiedersehen« –, und so also würde es sich anfühlen.

»Das war dann dein letztes ›Auf Wiedersehen‹, Klein Cäsar.« Von seinen Lippen konnte Ambush das Lächeln verbannen, aber nicht aus seinen Augen.

Bernice beklagte sich nicht wirklich über den Namen des Kindes: »Ambush, wenn du ihn weiterhin so nennst, wird er nie wissen, wer er eigentlich ist.«

»Also, ich hab mein ganzes Leben lang auf Ambush gehört, und ich weiß, daß mein Name Charles ist. Und ich wette, du kannst dich nicht mal mehr an Cocoas richtigen Namen erinnern.«

Sie konnte nicht, also halfst du ihr. »Ich heiße Ophelia.«

»Jedenfalls ist Cocoa ein hübscher Name. Aber diese Dummköpfe in Willow Springs haben meinem Baby diesen Kosenamen aus reiner Bosheit gegeben.«

»Es war keine Bosheit, Bernice. Ein Kosename ist immer noch ein *Kose*name.«

»Ich finde, eine Mama sollte was dabei mitzureden haben, wie ihr Baby behandelt wird – und sein Name ist Charles.«

»Aber nennst du ihn nicht Charlie?« fragte Ambush in nekkendem Ton.

»Ist immer noch besser als Klein Cäsar.«

»Und das ist immer noch besser als Chick«, sagte er. »Weißt du noch, wie böse du warst, als die Leute ihn so nannten?«

Sie schien noch immer darüber verärgert zu sein, denn sie zuckte schon bei der Erwähnung zusammen, und ihre Finger legten den Schonbezug in Falten. »Ich rede nicht mehr darüber. Meine eigene Mama hat mir nie einen anderen Namen gegeben als den, mit dem ich geboren wurde – Bernice. Und deine Mama auch nicht, George, oder?«

»Nein«, sagte ich. »Hat sie nicht.«

»Ich wette, du bist froh darüber.«

»Wenn ich daran denke, was man mir womöglich angehängt hätte, bin ich das wohl.«

»Tom-Tom, Rickshaw, Sue Bee – lauter Albernheiten.«

»Ach, Bernice, nimm's nicht so ernst«, sagtest du. »Mir wär's lieber, Erwachsene hängen ihm einen Namen an, als wenn es die Kinder in der Schule täten – sie können wirklich grausam sein. Weißt du noch? Du warst Storchenbein, und ich war Lepra-Lulu.«

»Ich glaube, der komischste Name, den ich bisher gehört habe«, sagte ich, »ist Dr. Buzzard.«

»Oh, du hast ihn kennengelernt?« Ambush lächelte.

»Du weißt doch, daß Dr. Buzzard mich immer am Flughafen abholt. Er und George haben schnell Freundschaft geschlossen.«

»So weit würde ich nicht gehen.«

»Spielst du morgen abend nicht mit ihm Poker?«

»Ich würde auch hingehen«, sagte Ambush. »Aber ich hab diesen Monat kein Geld zum Verlieren.«

»Wieso sagen das alle immer wieder? Ist er so ein guter Spieler?«

»Nein, er schummelt.«

»Ihr nehmt mich auf den Arm. Ich hab gehört, wie mindestens drei andere Männer im Friseurladen zugesagt haben.«

»Ja, aber sie wissen alle, daß er schummelt.«

»Aber wieso –« Ihr seid bei meinem Gesichtsausdruck alle in Lachen ausgebrochen.

»Wir gehen hin, weil es lustig ist«, sagte Ambush.

»Es ist nicht lustig, wenn jemand schummelt.«

»Klar ist es das. Er macht es nicht nur ab und zu mal, er macht es mit jedem Blatt. Die Herausforderung ist also: wie oft schafft man es, nicht zu verlieren. Am Ende kommt es auf dasselbe raus.«

Mit Ambush durch seine Felder zu laufen war so ähnlich, als würde man der Hand eines Virtuosen beim Spielen auf seinem Instrument zusehen. Gedankenverloren ließ er eine Handvoll Erde durch die Finger gleiten, während die endlosen Reihen mit den verschwommenen Konturen am Horizont verschmolzen. Das Gewicht, die Beschaffenheit, der Geruch verrieten ihm Möglichkeiten, von denen ich nicht die geringste Ahnung hatte. Im nachlassenden Licht hätte es seine eigene Haut sein können, die leise zu Boden rieselte. Einhundertsiebzig Hektar.

»Das wird alles auf meinen Sohn übergehen.« Er reichte mir eine Tomate, schwer und dunkelrot. »Aber wenn es nach mir geht, wird er kein Farmer. Es sei denn, es gibt mal, wenn er erwachsen ist, eine angemessene Entlohnung für die Arbeit, die man hier reinsteckt.«

Die Tomate teilte sich zwischen meinen Zähnen wie warmes Fleisch; der Saft, der mir am Kinn runterlief, war reiner Zucker. »Keine Chance«, sagte ich.

»Ich weiß, und deshalb wird er aufs College gehen. Er soll irgendwo in Hemd und Krawatte sitzen. Von mir aus kann er Golfplätze und Swimmingpools hier bauen, solange er nur das Land behält; das ist, was zählt. Aber wahrscheinlich werden es Basketballplätze sein, denn er wird mal ziemlich groß werden wie alle im mütterlichen Zweig seiner Familie.«

»Weißt du, ich hab noch nicht nachgedacht, wie unsere Kinder einmal sein werden. Ich denke, ihr Aussehen und mein Verstand, und ich wäre zufrieden.«

»Laß das Cocoa lieber nicht hören.«

»Ich sage doch nur, daß sie eine attraktive Frau ist.«

»Aber verstehen sie die Sachen je richtig? Du bist lange genug verheiratet, um es besser zu wissen. Sieh dir Bernice an, wie sie sich da drin aufgeführt hat. Aber versuch ihr mal zu sagen, daß ein Charlie Duvall sich nur dafür eignet, Damenslips zu entwerfen, während ein Cäsar Duvall in vielen davon willkommen sein wird, und sie würde die Pointe nicht mitkriegen.«

»Ambush, das hätte ich viele Jahre früher wissen müssen. Kein Wunder, daß ich mit einem Namen wie George ständig abgeblitzt bin.«

»Bitte, kannst dir meinen ausborgen.«

»Jetzt ist es zu spät.«

»Ich weiß, was du meinst.« Es war ein sehr tiefer Seufzer. »Aber, Mann, es hat mal eine Zeit gegeben ...«

Du würdest über meine Brüste reden. Wir gaben Klein Cäsar bei seiner Großmutter ab. Aßen mit Bernice und Ambush zu Abend. Hörten uns alte Rock-'n'-Roll-Songs in meinem Lieblingsklub an. Gingen zu Fuß von der Brückenstraße zum Haus zurück, damit wir uns an den Händen halten und die Jugenderinnerungen austauschen konnten, die die Musik wachgerufen hatte. Die ersten gebrochenen Herzen: eine rehäugige karamelfarbene Prinzessin im Algebrakurs der neunten Klasse bei dir; ein ebenholzfarbener Gott mit fliegenden Füßen auf dem Basketballplatz bei mir. Ein langer, langer Kuß bei der Stelle mit den verbrannten Kiefern, bei dem ich mir sehr viel Mühe gab, dich für jeden Moment zu entschädigen, in dem ich etwas hätte sagen sollen, es aber nicht getan hatte, und für jeden, in dem ich unnötigerweise etwas gesagt hatte. Wir stiegen die Treppe zu dem verdunkelten Haus hinauf und schlossen leise unsere Schlafzimmertür hinter einem ausgefüllten und abgerundeten Abend. Aber du würdest über meine Brüste reden.

Bernice hatte dafür gesorgt. Es war eine unschuldige Frage am frühen Abend gewesen, längst vergessen und Teil eines andauernden Gerangels zwischen ihr und Ambush. Sie stritt sich um den Namen des Kindes, aber eigentlich ging es um Kontrolle. Du botest dich als möglicher Verbündeter an, und mir rutschte das Herz in die Kniekehlen, sobald sie die Worte ausgesprochen hatte: »Meine eigene Mama hat mir nie einen anderen Namen gegeben als den, mit dem ich geboren wurde. Und deine Mama auch nicht, George, oder?« Ich bereute es, ihr nie die ganze Wahrheit erzählt zu haben. Aber ich konnte auch nicht sämtliche Taxifahrer informieren, Ladenbesitzer, Nachrichtensprecher, ein Dutzend Kellnerinnen – die alle prädestiniert waren, durch eine beiläufige Bemerkung die Muskeln deines Unterkiefers steif werden zu lassen. Deine Augen diesen kalten Glanz annehmen zu lassen. Als ich endlich den Zusammenhang begriff, geschah das nur unbewußt. Es bewußt zu denken wäre zu schrecklich gewesen, und wie sollte man über das Undenkbare sprechen? Wir rührten nie an dieses Geheimnis zwischen uns, das wir nicht einmal uns selbst enthüllen konnten. Ich wußte nach einem dieser Zwischenfälle, daß ich nichts tun konnte als warten. Du mußtest mir weh tun – nur ein bißchen. Es konnte ein spielerischer Hieb sein, der nicht bis auf den Knochen durchging. Ein niederschmetternder Kommentar, dessen Bissigkeit in einem belanglosen Streit völlig fehl am Platz war. Eine nüchterne Beobachtung, die eine Unsicherheit ansprach, die ich früher einmal selbst geäußert hatte: »Sie fangen tatsächlich an, ein bißchen schlaff zu werden – das ist wohl nichts Ungewöhnliches in deinem Alter. Dieses rote Muttermal neben der Brustwarze sieht wirklich aus wie eine Narbe.«

Ich wartete also, als ich mich fürs Bett auszog. Nein, ich würde nicht in der Hoffnung im Bad herumtrödeln, daß du einschliefst. Und ja, ich schlief nackt – das würde heute nacht nicht anders sein. Ich hätte alles gegeben, um Bernice' Worte ungesprochen zu machen, aber nun laß es uns eben hinter uns bringen. Du saßest aufrecht im Bett, den Rücken gegen das Kopfteil gelehnt, und starrtest aus dem Fenster. Der Mond schien nicht; ich konnte dein Gesicht nicht mehr sehen, nachdem ich das Badezimmerlicht ausgeschaltet hatte. Alles war pechschwarz, aber ich kannte den Raum wie meinen Handrücken. Die Matratze gab unter meinem Gewicht nach, als ich mich hinlegte, wobei ich versuchte, dich nicht zu berühren. Dir keinen Anlaß zu geben. Dein Gesicht blieb abgewandt, und es war kaum ein Flüstern: »Ich möchte, daß du unsere Kinder stillst.« Ich sagte nichts und wartete. Das

Schweigen dauerte. Das Schweigen blieb. Du glittst unter die Decke, bargst deinen Kopf zwischen meinen Brüsten, und nie sprachen wir über die Tränen.

* * *

MIRANDA WACHT FRÜHER als gewöhnlich auf. Fühlt sich prächtig heute morgen, ganz prächtig. Von der Salbe, mit der sie sich am Abend ihre Beine eingerieben hat, ist sie so munter geworden, daß sie glatt in der ersten Reihe mit diesen beineschmeißenden Mädchen bei Radio City mitmachen könnte. Wenn irgendwas sie nach New York locken würde, dann das. Sie mag diese Werbung für die Feiertage, wo sie alle mit Pailletten und Federn rausgeputzt sind und die Hacken beinahe bis zu ihren Köpfen hochschmeißen. Sie sitzt auf der Bettkante, streckt die Beine aus und grinst. Ich hab denen da gerade noch gefehlt mit meinen Krampfaderbeinen – nicht nur, daß der Manager den Leuten das Eintrittsgeld wiedergeben müßte, er müßte aufpassen, daß er nicht gelyncht würde. Sie verpaßt ihren Schenkeln einen kräftigen Klaps. Na schön, für Radio City seid ihr nicht gut genug, aber hier macht ihr euch ganz anständig. Sie hatten sie gestern zu Carmen Rae getragen, mit einem ganzen Sack voller Pfirsiche auf dem Rücken, und sie war zufrieden mit dem, was sie dort sah. Ihre kleine Amsel war wohlauf – so sollten sie ihn nennen, mit dieser hübschen Haut: Amsel. Und mit einem Temperament wie seinem würde der Junge bestimmt hoch hinauffliegen. Sie schöpfte Zuversicht, als sie sah, daß Carmen Rae es geschafft hatte, die Küche zwei volle Tage lang einigermaßen sauberzuhalten – nicht genug Zuversicht, um etwas von dem Süßkartoffel-Auflauf zu essen, den Carmen Rae extra für sie gebacken hatte, aber die Zeichen standen gut. Und diese alten Beine würden sie heute morgen zum Angeln rausbringen. Das heißt, wenn die anderen Zeichen stimmten.

Sie steht auf, streckt sich und horcht auf ihre Knochen, die beim Einrasten in die Gelenke wie eine Reihe Feuerwerkskörper knacksen. Sie werden jedes Jahr lauter. Sie seufzt. Ich glaub, ich will, daß sie noch lauter werden, denn zum Aufhören ist es mir noch zu früh. Und darum ging es, bereit zu sein, sich hinzulegen und zu sterben. Sicher, der Körper konnte krank werden und einen niederwerfen, lange bevor man es wollte, aber man hielt noch so lange durch, bis man absolut genug hatte. Manchmal wurde der Schmerz für die Seele zu groß, das Kämpfen zu qualvoll, das Leidsein des Leidseins zu viel. Aber am Ende – ganz am Ende – *gibt* man doch den Geist *auf*, er wird einem nicht genommen. Für sich selbst hatte sie alles geplant: etwas Hübsches und Einfaches. Ein warmes Flanellnachthemd mit Rüschen an den Ärmeln. Aufgerichtet im Bett, Kissen im Rücken. Die Fenster weit geöffnet, um die Luft hereinzulassen, egal, welche Jahreszeit es sein würde. Und Baby Girls Kinder bringen ihr kleine Schlucke Suppe, Tassen mit Tee und Schüsseln, bis obenhin voll mit Pistazieneis. Sie konnte nicht mit aller Gewißheit Baby Girl in den Mittelpunkt dieses Bildes stellen, aber die Kinder, die sie von diesem Jungen bekommen würde, auch wenn sie nur sein halbes Herz haben sollten, würden für ihre alte Tante dasein.

Ich weiß, ich tu ihr unrecht. Miranda lacht. Sie ist enorm viel weicher geworden seit dieser Heirat. Weich um die Kanten herum, ohne im Kern zu weich zu werden. Man hat manchmal bei Frauen die Befürchtung, daß sie einfach zusammenfallen und wegschmelzen. Sie hatte das zu ihrer Zeit so oft gesehen, zu oft, um sich bedenkenlos selbst hineinzustürzen. Ja, damals, als sie sehr, sehr jung war. Aber danach, als sie sah, wie sie geschlagen wurden, wie ihnen zugesetzt wurde, wie sie einfach wegschrumpelten aus Mangel an zärtlicher Berührung, reichte ihr das, um nachdenklich zu werden. Nicht daß sie sich je mit so einem eingelassen hätte. Und kein Mann – selbst wenn er es versucht hätte – hätte ihr jemals das Herzblut aussaugen können. Aber wer brauchte das schon, jeden Tag aufzuwachen und den Tag zu verfluchen, nur um sich zu vergewissern, daß man noch seine Stimme hatte? Eine

Frau sollte nicht gegen ihren Mann kämpfen müssen, um zu sein, was sie war; er sollte diesen Kampf für sie führen. So war es allerdings zu ihrer Zeit nicht gewesen, und nach dem, was diese jungen Frauen ihr erzählen, kommt es auch heute nur selten vor. Daher wachen viele von ihnen so auf wie ich, nur daß sie jung und allein aufwachen.

Der Tag bricht eben an, als sie den Wohnwagen mit ihren Angelruten und einer Büchse voller Köder verläßt. Der Wind bläst richtig – nicht zu stark und direkt aus Westen. Aber seht euch diese verrückten Hühner an, hocken auf der Stange, den Kopf nach Osten, so daß der Wind ihnen die Schwanzfedern durchplustert – man könnte denken, ein Sturm zöge auf. Nicht heute, nicht mit einem Himmel, der so dämmert – nein, der Horizont verkündet schönes Wetter. Tut man dazu noch einen Neumond, der hohes Flutwasser in die kleine Bucht bei den Meereshöhlen spült, so müßten sich die Fische heute um den Haken reißen. Aber sie sah nicht ein, warum sie George den weiten Weg bis dahin durch den Ostwald schleppen sollte. Der Sund würde einen guten Fang hergeben, und sie durfte nicht vergessen, woher er kam. Da er sein Leben lang nichts anderes zu Gesicht bekommen hatte als Goldfische und Thunfisch in Dosen, würde er begeistert sein von den mickrigen Zweipfündern, die im Sund ein Nickerchen machen. Sie hat noch keine fünf Minuten auf Abigails Veranda gewartet, als er herauskommt, frisch rasiert und kaum weniger frisch riechend als der Tag. Sein blaukariertes Hemd ist gestärkt, und die Falten in seiner Jeans sind so scharf, daß man damit Butter schneiden könnte. Um sein Lächeln liegt noch ein wenig Schlaf, aber der verläßt die jungen Menschen langsamer, weil sie tiefer in ihn hineinsinken. Das ist ein Bursche, der lächelnd aufwacht, denkt sie, und es ist schön zu wissen, daß Baby Girl ein bißchen was damit zu tun hat.

»Guten Morgen, Miss Miranda. Ich dachte, ich könnte rüberkommen und Sie überraschen.«

»Aussichtslos. Ich nehme an, die beiden da drin schlafen noch.«

»Du liebe Güte, ja – Ophelia ist bewußtlos.«

»Wir könnten mittags weggehen, und sie wär im selben Zustand. Na, jetzt weiß ich sicher, daß du kein großer Angler bist.«

»Ha?«

»Es gibt keinen ernsthaften Angler auf dieser Insel, der mit einer alten Frau sprechen würde, bevor er ausgeworfen hat. Bringt Unglück.«

»Ich hab immer für mein eigenes Glück gesorgt.« Ein gutes, kräftiges Lachen mit einem Anflug von Bitterkeit vielleicht. »Immer.«

»Keine so dumme Regel. Neige selbst dazu. Aber wenn die Gezeiten gegen uns sind, müssen wir beides, Glück und Unglück, zum Frühstück braten.«

»Nicht unbedingt. Mit der richtigen Technik können Rollen so konstruiert werden, daß sie für Ebbe und Flut tauglich sind.«

»Mag sein. Aber die Fische hat noch niemand so konstruiert.«

Sie sieht, daß er nicht weiterdiskutieren wird, obwohl er mit keinem Wort, das sie sagt, übereinstimmt. Höflich. Er denkt, er redet mit einer vertrottelten alten Frau, und wenn er es nur gedacht hat, wird sie es dabei belassen. Sie würde ihn erst zurechtweisen, wenn er anfing, seiner Stimme einen öligen Klang zu verleihen.

»Bestimmt hat das noch niemand, Miss Miranda. Ich glaube, wir sollten uns aufmachen. Wo ist Ihr Gehstock?«

»Wo er hingehört – im Haus. Ich fühle mich prächtig heute morgen.«

»Nein, ich finde, Sie sollten kein Risiko eingehen. Es ist ein ziemlich langer Marsch bis zum Sund.«

»Weißt du, ich glaube, du hast recht.« Falls er bemerkt hat, daß ihre Augen schmaler geworden sind, so weiß er doch nicht, was es bedeutet. »Lauf rüber zum Wohnwagen, und hol mir den Stock. Wir gehen statt dessen raus zum Meer – durch den Ostwald.«

Sie laufen nach Osten in den Sonnenaufgang. Miranda übernimmt die Führung. Sie kennt diesen Wald nicht so gut wie den hinter ihrem Haus, aber keiner ist ihr vollkommen fremd. Sie hätte ihn leicht in die entgegengesetzte Richtung führen können, auf einem Bein durch das kleinere Waldstück zum Sund hüpfend. Aber hier drin gab es mehr Lektionen zu lernen. Der Wald war ein bißchen wilder, es gab verstreute Kriechpflanzen, die sich um seinen Fuß schlangen und ihn zum Stolpern brachten, mehr Hügel, damit er ein bißchen außer Puste kam, Stellen mit hüfthohen Binsen, durch die er sich kämpfen mußte. Sie würde ihn vor den wirklichen Gefahren bewahren: den Brennesseln, dem Giftsumach oder dem Schlick, in dem man sich den Knöchel brechen konnte. Das hier sollte nur eine kleine Lehre sein.

Er nimmt es jedoch wie ein Mann, und sie muß seine Haltung bewundern, als er sich mit dem Handrücken ruhig den Schweiß von der Oberlippe wischt. Sagt keinen Ton, wenn er auf einem feuchten Klumpen faulender Blätterpilze ausrutscht und auf die Knie fällt. Sie bleibt ab und zu stehen, um auf brütende Spottdrosseln oder den seltenen Anblick eines Rotfuchses hinzuweisen, damit er wieder zu Atem kommen kann. Als ihr Papa ein kleiner Junge war, sei das noch ein gefährlicher Wald gewesen, erzählt sie. War nichts Ungewöhnliches, ganze Familien von Mokassinschlangen zu sehen, die sich um die niedrigen Äste schlangen, und das bißchen glitschiger Matsch, das seine Wildledertreter und den Hosensaum beschmutzt, ist alles, was von der Marsch übriggeblieben ist, die sich einst bis zum Rand dieser Bäume vorgeschoben hatte. Die meisten Alligatoren sind mit der Marsch verschwunden. Hast du gewußt, daß Alligatoren singen können? Und ob. Nein, so hören sie sich nun wirklich nicht an – wenn überhaupt, ist das ein wilder Truthahn. Und die wenigen im Zypressensumpf kann man aus dieser Entfernung nicht hören. Paß auf die Blätter von der Fächerpalme auf, sind scharf wie Rasiermesser. Steig vorsichtig über diese Spitzkletten, sie stechen durch deine Jeans durch. Zu spät! Na, zupf sie einfach ab, aber tu ein bißchen Spucke auf die Finger. Nein, das ist bloß ein verrotteter Kiefernstamm – sie hat ihm doch schon gesagt, daß die Alligatoren mit der Marsch verschwunden sind. Langer Weg? Kommt ihm vielleicht nur so vor. Da, sie nähern sich schon der Lichtung beim Chevy's Pass – das heißt, das Riff ist nicht mehr weit.

Als sie bei der Lichtung ankommen, muß sie selbst erst wieder zu Atem kommen, denn sie hat ihn über ungefähr vier Meilen praktisch im Laufschritt geführt. Der Chevy's Pass ist ein hübscher Flecken. Offen und flach, und fast ständig flüstert die Ozeanbrise durch das Louisianamoos an einer riesigen, uralten Eiche, die genau in der Mitte steht. Egal, aus welcher Richtung der Wind weht, man kann das Salzwasser riechen, doch wenn er von Osten kommt, kann man es sogar schmecken. Kein wirklich kräftiger Geschmack, nur so, als würde man sich mit der Zunge über die Lippen fahren und ein paar getrocknete Tränen ablecken. Dort, wo der Wald ausläuft, befindet sich der Kalkgrabstein von Bascombe Wade. Er steht gen Osten und noch immer ganz gerade, und am Fuß ist er von saftig-grünen Ranken wilden Ingwers überwuchert.

George läßt sich unter der Steineiche auf den Boden sinken und lehnt den schweißnassen Rücken gegen den Stamm. Er sagt, er könne verstehen, warum hier ein Friedhof sei, aber es wundere ihn, daß es nicht mehr Gräber gebe. Miranda wirft den Kopf zurück und lacht. Sie steht noch immer auf ihren Stock gestützt da. Nein, das ist das einzige Grab, erzählt sie ihm, und es hat eine Geschichte. Bascombe Wade hat einst die ganze Insel gehört, bevor er sie urkundlich auf seine Sklaven übertrug. War in den Bann einer Frau geraten, die ihm gehörte – nur mit dem Körper, nicht mit der Seele. Nein, niemand weiß ihren Namen. Aber sie ist ihm entwischt und auf ihrem Weg zurück nach Afrika dort zum Ostriff gegangen. Und sie hat diese Reise gemacht – manche sagen, mit dem Körper, andere, mit der Seele. Aber das Entscheidende ist, daß er sie verlor. Er hielt Wache hier am Chevy's Pass – er hält immer noch Wache. Und wenn der Wind richtig durch die

Bäume fegt, kann man ihn immer und immer wieder den Namen rufen hören, den keiner kennt. Ja, sie hat Kinder gehabt – Miranda deutet mit einer Bewegung an, daß sie weitergehen sollen –, sie hatte sieben Söhne.

Sie beobachtet George, wie er sich runterbeugt und die Ingwerranken entfernt, damit er die Inschrift auf dem Stein lesen kann. Die Morgensonne, die durch die Bäume am Waldrand fällt, wirft ein Streifenmuster auf seinen Rücken. Es ist ein guter, kräftiger Rücken, der zu einem guten, kräftigen Mann gehört. Sie bekämpft den aufsteigenden Drang, ihn von dort wegzuziehen. Aber es fällt ihr um so schwerer, als sie sieht, wie sich die herzförmigen Ingwerblätter um seine Knöchel winden, als wollten sie ihn näher ziehen, damit er zuhört, als wollten sie ihn so lange festhalten, bis er zuhört. Es gibt *nichts*, was er hier hören müßte – ihr scharfer Tonfall, als sie ihn zum Weitergehen auffordert, überrascht ihn. Sie legt ihm sanft eine Hand auf den Unterarm und sagt, sie habe ein wenig Schmerzen im Bein. Er möge also an ihrer Seite bleiben, falls sie stolpere, und sie sei jetzt doch froh, daß er sie überredet habe, den Stock mitzunehmen.

Miranda redet ohne Unterlaß – beim Angeln in der Bucht und auf dem Rückweg. Sie redet, bis sie den Ostwald verlassen, bis ihre Stimme fast heiser ist. Ja, Meerestiere, Vögel und Waldgeschöpfe haben ihre Gewohnheiten, genau wie Menschen. Nur daß sie im Himmel, in der Erde, im Wasser leben. Von wem könnte man also mehr über ihre Lebensräume erfahren? Man muß sie nur lange genug beobachten, um zu lernen, was dort vorgeht. Sie erzählt ihm, welchen Teil dieses Waldes sie im Herbst, Sommer oder Frühling nutzt. Unterschiede des Laubs, der Baumrinden, der Wurzeln. Die stärkenden Mittel, die sie braut, die Breie für Umschläge, die Gesundheitstees. Es gibt für alles etwas hier drin, sagt sie, wenn man über die jeweilige Wirkung Bescheid weiß. Sie entdeckt einen raren Schößling vom wilden Fingerhut und reißt ihn aus. Kinder könnten hier drin herumlaufen, und er wird aus gutem Grund Totenglocke genannt. Aber sie kann daraus die gleiche Medizin machen, die er für sein Herz einnimmt. Sie erzählt, daß die Blätter vom Fingerhut zwei Jahre wachsen und dann gepflückt werden müssen, bevor die Pflanze zu blühen anfängt. Über das Trocknen, Schichten, Abmessen und Beobachten. Sie erzählt von ihrem Wissen, nicht von den Erinnerungen, die sie fürchtet. Daher flüstern die Ingwerranken an diesem Grabstein vergebens gegen ihr Geplauder an. Sie erzählt auch nichts von ihnen – und am allerwenigsten vom Kerzenmarsch.

Sie braucht sich, denkt sie, nicht zu sorgen, daß George noch mal denselben Weg einschlägt. Er ist so müde, daß er ganz wacklige Knie hat, als sie zu Hause ankommen. Und die Wildledertreter sind sicher ein für allemal dahin. Es ist erst kurz nach zehn, als sie genug Trommelfisch und Meeräschen anschleppen, um Cocoa und Abigail bis nächstes Jahr mit Braten zu beschäftigen. Sie können sie auch ausnehmen, sagt sie – wir sind schon draußen gewesen und haben sie gefangen. Cocoa ist nicht allzu glücklich, als sie sieht, in welcher Verfassung ihr Mann ist. Wo er nicht verschmutzt ist, ist er verschwitzt; wo er nicht verschwitzt ist, ist er zerkratzt. Er schafft es gerade noch ins Schlafzimmer, sagt, sie sollen ihn zum Frühstück wieder wecken. Und er ist auf der Bettdecke fest eingeschlafen, noch bevor sie ihm Schuhe und Strümpfe ausziehen kann.

»Durch den Ostwald? Mama Day, das hast du nicht getan!«

»Mama Day, du hast was nicht getan? Wir haben einen kleinen Bummel gemacht und ein bißchen geangelt. Ich hab ihn nicht klagen hören so wie dich.«

»Weil er völlig erledigt ist, der Arme.«

»Ach, sei still. Er ist kein Baby. Er hat es in besserer Verfassung zurückgeschafft als ich – ich mußte sogar meinen Stock mitnehmen.«

»Du solltest dich schämen. Du weißt, daß er's mit dem Herzen hat.«

»Ja, und meins hat schon über ein halbes Jahrhundert geschlagen, bevor er überhaupt geboren wurde. Ein kleiner Marsch, der mich nicht umbringt, wird auch ihn nicht umbringen. Er ruht da drin nur seine Stadtbeine aus. Du strapazierst ihn nachts im Bett mehr, als ich ihn eben strapaziert habe.«

»Du bist eine ganz schön freche alte Dame.«

»Und du nimmst besser meine Fische aus.«

* * *

Ich hatte ein Neuner-Pärchen aufgedeckt und ein As für ein weiteres Paar in der Hand, und die anderen zwanzig aufgedeckten Karten zeigten nichts Höheres als Könige, kein möglicher Straight in Sicht. Ich setzte und erhöhte, bekam eine Fünf beim letzten Geben, was mir keine großen Sorgen machte, mit meinem As im Ärmel – ganz recht, das sprichwörtliche As im Ärmel –, und er schlug mich trotzdem. Meine As- und Neuner-Pärchen verloren gegen Dr. Buzzards Full house. Und da wußte ich *sicher*, daß er schummelte. Selbst wenn man die Chancen für dieses Blatt außer acht ließ (sie standen sechs zu eins für mich; vierzehn zu eins für ihn), war es sehr schwer zu glauben, daß ein einzelner Spieler bei allen zwölf Blättern der bisherigen Runde ein Triplet oder noch etwas Besseres kriegen konnte. Aber niemand anders hatte Probleme, das zu glauben; sie waren schon mit dieser Erwartung zu seinem Lager gekommen.

Er hatte gesagt, um acht herum, aber ich kam als erster. Es brannte ein offenes Feuer, und Laternen hingen in den Bäumen, so daß die Oberfläche eines Eichenstumpfes, den wir als Spieltisch benutzen würden, gut beleuchtet war. Die meisten setzen sich auf den Boden oder holen sich einen großen Stein, sagte er, aber für mich hatte er sich extra einen Segeltuchstuhl geborgt. Ich war dankbar dafür, denn meine Schenkel und Beine taten mir noch immer weh von dem Marsch mit Miss

Miranda, aber der Südwald war ein Kinderspiel verglichen mit dem, was ich heute morgen durchgemacht hatte. Hier mußte ich nur seinen Beschreibungen folgen und mich auf einem gut ausgetretenen Pfad halten, der mich direkt zu seiner Lagerstelle und Brennerei führte. Und da ich kein Schnapstrinker sei, sagte er, habe er für mich einen Sechserpack Bier zum Kühlen in den Fluß gelegt. Budweiser. Er zuckte mit den Schultern. Das sei bloß Limonade für Erwachsene, aber er fühle sich nicht wohl, wenn er nicht für jeden seiner Gäste etwas da habe.

»Hast du meine Nachos gekriegt?« Parris, der Friseur, kam als erster, sein Glatzkopf schimmerte unter den Kerosinlaternen. Wenn der Kopf immer kahl rasiert sei, sei das gut fürs Geschäft, hatte er mir ein paar Tage zuvor erzählt.

»Ja, ich hab deine verdammten Nachos gekriegt.« Dr. Buzzard grinste.

»Und ich krieg dich heute abend.« Parris klimperte mit Kleingeld in einer ausgebeulten Tasche. »Werd nicht mehr als zwei Dollar verlieren, wenn überhaupt 'nen Cent.«

»Kauf eins von meinen Spielmojos, dann verlierst du noch weniger.«

»Nigger, ich brauch dein Mojo nicht. Du redst mit 'nem Mann, der mit den Besten der Zweiundneunzigsten Division gespielt hat. Wir hatten da farbige Jungs aus Mississippi, die 'ne Karte zum Weinen bringen konnten.«

Parris fragte mich, wieviel ich vorhatte zu verlieren. Und als ich ihm sagte, daß ich eigentlich vorhatte, zu *gewinnen*, fanden er und Dr. Buzzard das sehr komisch. Parris nahm seinen Platz ein, lehnte sich zurück an den Stamm einer alten Palme – nach Osten zu sehen bringe ihm Glück –, während Dr. Buzzard ihm seine Tüte Nachochips brachte und ihm einen Pappbecher mit einer klaren Flüssigkeit aus einem Tonkrug vollschenkte.

»Zu Ehren vom Stadtjungen kriegt ihr heute alle meinen besten Stoff – keinen zweiten Aufguß von der Maische hier.«

»Ich werd's mir merken und Mitleid kriegen, wenn du heulst, weil du von mir nur zwei Dollar kriegst.«

Junior Lee kam als nächster, begleitet von einem Mann, der mir als Rickshaw vorgestellt wurde. Ich hatte Junior Lee bereits kennengelernt, als er mit seiner Frau zu deiner Großmutter gekommen war. Er würde kein großer Gegner sein – »Ist mir egal, wieviel ich verliiier, ich schwimm heute abend in Geeeld« –, denn ein guter Pokerspieler brauchte vor allem Scharfsinn. Dieser Mann war so stumpfsinnig, daß es schon unheimlich war. Sein Begleiter war ein bißchen anders, dunkelhäutig, groß und eifrig, viel zu eifrig für ein Spiel um ein paar Cent. Ob ich Reema kannte – sie führte den Schönheitssalon? Nein, ich kannte sie nicht. Nun, er war der Mann von Reemas Ältester. Dr. Buzzard fragte Rickshaw, wie es Carmen Rae gehe – er habe gehört, ihr Baby liege mit Krupp flach. Rickshaw sagte, ja, es habe eine Weile ziemlich übel ausgesehen. Es gehe ihm jetzt besser dank Mama Day. Nur gut, daß sie nie Bezahlung wollte, sonst hätte er für heute abend nicht soviel gehabt. Und er hasse es, aus einem Spiel vorzeitig auszusteigen.

Es war absolut verblüffend: jeder auf seine Art erwartete zu verlieren. Rickshaw war der einzige, der ein »Spielmojo« kaufen wollte. Dr. Buzzard sagte, er würde es ihm heute abend für nur einen Dollar verkaufen. Er brauche vielleicht noch Medizin für sein Baby. Rickshaw sagte, er würde lieber den vollen Preis bezahlen – er wollte kein Ramschmojo. Dr. Buzzard sagte, nein, es sei ein gutes – mit lebendem Frosch und allem. Man sagte mir, in dem Lederbeutel befänden sich Magneteisen, Zucker, schwarzer Pfeffer und Cayennepfeffer. Es steckte auch bestimmt ein Frosch drin, denn das Ding quakte die ganze Zeit, während wir spielten. Ich fand das alles mehr als lächerlich. Dieser Rickshaw war tatsächlich glücklich mit seinem kleinen roten Beutel, denn er hatte bis zum sechsten Blatt nur einen Dollar fünfzig verloren. Er sei sonst ein sehr viel schlechterer Spieler, vertraute er mir an, aber ich solle mal sehen, wie er zu passen verstehe, obwohl er bereits vor dem dritten Geben als höchstes eine Dame mit Aussicht auf ein

Pärchen habe. Der ganze Abend drehte sich im Grunde darum: wie schnell paßte man, gab den Traum auf – ein Kampf zwischen einem selbst und der Möglichkeit des stets ausbleibenden Royal flush. Eines Straight flush vielleicht. Es war *nie* der Kampf zwischen einem selbst und dem Mann mit den Hahnenfedern am Hut; er sprang auf, um die Becher nachzufüllen, neue Tüten mit Nachos zu holen, Rickshaws Sitz mit seiner Schlafdecke zu polstern – und wahrscheinlich, um Buben zwischen seinen Schenkeln zu verstecken. Parris strich schließlich einen Einsatz mit vier gleichen Karten ein. Du hättest den Jubel sehen sollen.

Aber beim zwölften Spiel war ich schließlich furchtbar wütend. Studpoker war mein Spiel – mit meiner Erfahrung konnte ich unmöglich schlechter als plus minus Null abschneiden, und bisher hatte ich mehr als jeder andere verloren. Ich hatte auf der Columbia-Universität spielen gelernt, in einem Mathematikkurs, der sich mit Spieltheorien beschäftigte. Ich schloß den Kurs mit einer Eins ab und mit soliden Grundkenntnissen in der Analyse von Konfliktstrukturen, bei der man aus einer unbegrenzten Anzahl einzelner Konfliktsituationen allgemeine strategische Züge ableitete. Und sobald man die Handvoll strategischer Züge herausgefiltert hatte, entwarf man Vorgehensweisen, um das zu erzielen, was man als »das bestmögliche Ergebnis« bezeichnete. Die Dutzende von Diagrammen, über denen ich in der Universität gebrütet hatte, bewiesen, daß es, vorausgesetzt, alle anderen Einflußgrößen bleiben unverändert, auf der Achse zwischen der hohen Wahrscheinlichkeit eines kleinen Gewinns und der niedrigen Wahrscheinlichkeit eines großen Gewinns *tatsächlich* eine Gewinnfunktion gibt. Kurz gesagt, wenn Dr. Buzzard keine Buben zwischen den Schenkeln verschwinden ließ, nicht falsch mischte oder die Karten zinkte – oder was er sonst tun mochte –, hätte ich nicht konstant über zwölf Spiele hinweg verloren und wäre nicht um fünf Dollar und zwanzig Cent ärmer geworden. Ich hatte genau im richtigen Verhältnis zu den Chancen gespielt und gesetzt.

Aber ich hatte in diesem Mathekurs noch etwas anderes gelernt: das Studium der Spieltheorie beinhaltet auch das Lernen des Prinzips der »ausgedehnten Formel« – ein sich verzweigendes Diagramm, in dem ein Spieler bei jedem Berührungspunkt verschiedene Optionen hat, einen Spielverlauf weiterzuführen. Die bizarre Pokerart, die wir spielten, paßte genau darein. Die starre Strategie, die ich angewandt hatte, würde mir gegen Dr. Buzzard keinen Vorteil einbringen; ich mußte die Formeln für Verhaltensstrategie mit berücksichtigen. Ich mußte genau herauskriegen, wie er bei jedem Blatt schummelte, und dann diese Variablen zu meinem Vorteil abwägen. In gewisser Hinsicht machten das die anderen Jungs auch, aber nur um ihre Verluste möglichst gering zu halten. Ich wollte gewinnen.

Es dauerte eine Weile. Wenn meine erste offene Karte nicht die höchste war, bot ich bei der ersten Runde mit und paßte immer nach dem zweiten Geben – einmal sogar mit einem Triplet –, um nur dazusitzen und zu beobachten. Ich fand bald heraus, daß die Karten markiert sein mußten, aber das konnte Dr. Buzzard nur helfen, wenn er der Geber war. Es war zu dämmerig, als daß er, wenn jemand anders austeilte, in unseren verdeckten Karten die Kerbe sehen konnte, die er in die linke Ecke der Asse gemacht hatte. Ich bat ihn um ein weiteres Bier, obwohl ich das erste kaum angerührt hatte, und während er runter zum Fluß ging, tat ich so, als würde ich gedankenlos mit den Karten herumspielen, und kerbte alle Zweien in der linken Ecke ein. Das verringerte seinen Vorteil um mindestens die Hälfte, wenn nicht mehr, bis er dahinterkam, was geschehen war. Obwohl Dr. Buzzard gab, spielte ich die nächste Runde durch, und Junior Lee gewann mit zwei Paaren – ein Paar waren meine Zweien.

Der nächste Topf ging an Parris, der nur einen König als höchstes hatte, der nächste an mich mit einem Bubenpärchen. Als Rickshaw den nächsten mit drei Assen einstrich, legte sich eine düstere Wolke über unsere Runde. Alle schauten extrem verwirrt auf Dr. Buzzard.

»Eh, was ist denn hier looos?« Junior Lee stieß einen Pfiff aus.

»Bin überfragt.« Dr. Buzzard zuckte mit den Schultern. »Wollt ihr vielleicht die Karten austauschen?«

»Irgendwas sollten wir machen«, sagte Parris. »Wird ganz schön mistig, dieser Mist.«

Dr. Buzzard ließ das Gummiband von einem neuen Pack Karten schnappen. Er zog die beiden Joker raus – und eine Herzsieben. Jetzt hatte ich ihn. Ich berechnete die Chancen für ein Spiel mit einundfünfzig Karten ohne Herzsieben in einem Blatt außer seinem. Und da man beim Studpoker immer vier Karten zeigte, war es nicht schwer, zu sehen, wann ihm diese Sieben womöglich helfen und mir schaden konnte. Langsam zog ich gleich und fing an zu gewinnen. Jetzt ruhten alle Blicke auf mir – und guckten sie, fragte ich mich mit Erstaunen, argwöhnisch? Ängstlich? Ja, ein bißchen von beidem. Von da an hörte jeder Spaß auf. Keiner redete mehr mit seinen Karten oder küßte sie. Keine Freude, als Rickshaw ein Full house vorlegte. Er strich den Topf ein, als wären die Münzen dreckig. Das Knistern des heruntergebrannten Feuers und das Mischen der Karten waren das einzige, was unser Schweigen unterbrach. Das Setzen ging routinemäßig weiter, alle außer mir und Dr. Buzzard paßten früh beim nächsten Spiel.

Die anderen wurden so still, daß sie ebensogut gar nicht hätten dasein können. Nur ich und der alte Mann, der tiefe Konzentrationsfalten zusätzlich zu den anderen auf seiner Stirn hatte und dessen angespannte Unterlippe leicht zitterte. Aber ich achtete mehr auf seine Hände, wartete darauf, daß er seine verdeckte Karte mit der versteckten Herzsieben vertauschte. Seine Finger waren lang und grazil, die Handflächen voller Hornhaut und verhärteten Furchen an den Gelenken. Tanzende Hände. Man konnte sich vorstellen, wie sie seinen schlanken Körper bei einem Handstand trugen und ihn zur Musik bewegten. Aber jetzt schwitzten sie, hinterließen kleine Feuchtigkeitsspuren auf den Münzen, die er in den

Topf schob. Ich zog mit und erhöhte, nachdem ich meine dritte Karte bekommen hatte. Die Asse fielen wieder günstig für mich. Ich zeigte zwei davon und hatte eine Kreuzacht in der Hand. Dr. Buzzard zeigte nur eine Zwei, eine Sechs und einen Buben als höchstes, aber alle waren Herz. Mit seiner versteckten Karte bedeutete das einen möglichen Flush; mit seiner offiziellen verdeckten Karte konnte das alles von einem niedrigeren Pärchen als meinem bis zu einem echten Flush bedeuten, falls es ein Herz war. Die vierte Karte wurde ausgeteilt: eine Kreuzzwei für mich, eine *Karozehn* für ihn. Erledigt. Erledigt. Erledigt. Ich setzte und erhöhte – mächtig. Rickshaw stieß einen langen Puster aus, Junior Lee fing an zu summen, und Parris beugte sich erregt flüsternd vor, wobei er sich mit der Hand über seinen rasierten Schädel fuhr. »Was hast du auf der Hand, Buzz? Was hast du auf der Hand?«

Aber er ließ mich nicht aus den Augen, als er seinen Einsatz machte. Ihr klares Braun fing die Reflexion von den hängenden Laternen ein, und es lag tatsächlich Mitleid in ihnen. Ich mußte blinzeln und noch mal auf unsere Karten gucken, um sicher zu sein: Nein, egal, was er auf der Hand hatte, ich würde gewinnen. Aber meine Kehle war trocken, bis er mit diesen langen, grazilen Fingern die letzten Karten austeilte. Eine Herzzehn für ihn, eine Pikacht für mich. Er hatte ein Zehner-Paar gegen meine Asse. Aber wir setzten und erhöhten dreimal – drei. Und jedesmal bekam ich Zweifel an dem, was ich vor meinen Augen sah, zweifelte sogar an der Pikacht in meiner Hand, mit der ich *zwei* Paare hatte. Nein, er konnte absolut nichts Entscheidendes auf der Hand haben, ehrlich oder gemogelt, um dieses Spiel zu gewinnen. Mein Verstand wußte es, aber irgendwie hatte die Nachricht meinen Bauch nicht erreicht, denn als er zum viertenmal mitsetzte, war meine Anspannung so groß, daß ich beinahe gepaßt hätte. Meine Stimme schnappte über, als ich zum fünftenmal erhöhte – um die ganzen drei Dollar und fünfzig Cent auf dem Tisch –, und meine Hände zitterten. Wenn er noch mal gleichzog und erhöhte – verdammt, vielleicht hatte er zwei Karten weggesteckt (so unrealistisch das auch sein mochte) –, würde ich mit meinen Assen und Achten einfach passen. Dann lächelte er – ein breites, strahlendes Lächeln. Langsam, ruhig und hell breitete es sich auf seinem Gesicht aus. Er machte eine Bewegung zu seinem Geld, als wollte er gleichziehen, und mit demselben Anflug von Mitleid in seinen Augen flippte er seine verdeckte Karte hin – den Herzkönig. Verdattert starrte ich darauf und fragte mich, warum er den Topf nicht an sich nahm. Dann wurde mir mit einer Welle der Enttäuschung klar, daß er nicht gewonnen hatte.

Aber das ist nicht der Grund, weshalb ich betrunken nach Hause kam. Es war das Klatschen. Dr. Buzzard fing damit an, seine schwieligen Handflächen klatschten im Rhythmus eines Trauerliedes aufeinander, wobei er den anderen Männern direkt in die Augen sah. Sein einsames Klatschen hallte laut durch die Nacht, anhaltend und langsam. Einer nach dem anderen fielen sie mit ein. Zuerst galt es mir. Der kleine Schluck Bier half nicht, den Kloß in meiner Kehle zu lösen. Auch der nächste und übernächste nicht. Also trank ich die Dose leer. Und dann veränderte sich der Rhythmus ihres Klatschens leicht, und diesmal galt es ihm. Dr. Buzzard nahm seinen gefederten Hut und die Knochenkette ab. Er leerte zerknüllte Papiertücher, Steinchen, eine Kaninchenpfote aus den Taschen seines Overalls. Das Klatschen ging weiter zum tiefen Bariton von Parris' Stimme:

Take my hand, Precious Lord.

Dr. Buzzard schlüpfte aus seinen Turnschuhen, und mit einem lauten Ächzen schwang er sich kopfüber auf die Hände.

Lead me on. Let me stand.
I am tired. I am weak. I am worn.

Jede Silbe wurde rhythmisch von ihrem Klatschen begleitet, während er kleine Staubwolken vom Boden aufwirbelte.

Through the dark. Through the night
Lead me on to the light.

Ich verstand den Rhythmus nicht, und ich wollte ihn nicht durch den Versuch stören, mit einzustimmen. Vielleicht, wenn ich gewußt hätte, daß ich nur dem Pulsschlag meines Blutes hätte lauschen müssen …

Take my hand, Precious Lord
And lead me home.

Wie lange konnte er so stehen? Er balancierte auf seinen Handflächen und den muskulösen Unterarmen, so daß seine Füße sich durch die Schatten hinauf zu den Sternen zu strecken schienen. Ich wollte, daß das ewig so weiterginge …

When my way grows drear
Precious Lord, linger near.
When my life is almost gone
By the river I will stand.
Guide my feet, hold my hand.
Take my hand, Precious Lord
And lead me home.

Ich wollte, daß seine Füße sich dort oben im Himmel verankerten. Der klare Schnaps im Pappbecher, der mir zugeschoben wurde, verbrannte jeden Winkel meines Körpers, den er berührte. Aber er ging nicht so tief wie der Rhythmus, der mir in die Ohren gehämmert wurde.

Sometimes stumbling
Sometimes falling
Sometimes alone …

Nach dem ersten Becher hörte das Brennen vollkommen auf. Und durch meine feuchten Augen streckte sich sein Körper tatsächlich hinauf zu den Sternen – sie umrissen und erleuchteten seine Fußsohlen.

Take my hand, Precious Lord
And lead me home.

Ich sagte, ich schlief ein, du sagtest, ich wurde ohnmächtig. Aber als ich aufwachte, hielt ich mich am Zaunpfosten vor dem Haus deiner Großmutter fest, als ginge es ums schiere Überleben. Es schien eine ganz logische Sache zu sein: ihr Vorgarten hatte einer riesigen Höhle Platz gemacht, und ich mußte zu euch dreien oben auf der Veranda gelangen, ohne da hineinzufallen. Meine Taschen waren voll beladen mit Kleingeld, und ich hatte Angst, das Gewicht der Münzen würde mich aus dem Gleichgewicht bringen und hinunter in das klaffende Loch ziehen. Es war mir klar, daß ich ein bißchen beschwipst war, aber wenn ich lang genug durchhielt, um den Weg um die Höhle herum zu finden, konnte ich es mit einem Fünkchen Würde hinauf auf die Veranda schaffen. Ich wollte nicht, daß deine Großmutter und Miss Miranda dachten, du hättest einen Trunkenbold geheiratet. Ich hatte nur seit über siebzehn Jahren kein Bier mehr getrunken, und schwarzgebrannten Schnaps hatte ich überhaupt noch nie probiert. Ich würde also einfach hier ausharren, beide Arme um den Zaunpfosten geschlungen, und mir einen Weg ausdenken.

»Mein Lieber, willst du nicht auf die Veranda kommen?« fragte mich Miss Abigail.

»Nein, ich hab Geld in den Taschen.«

Meine Antwort war vernünftig, und ich hatte sorgsam vermieden, die Worte zu lallen, aber nach einem Moment der Stille umfing mich sanftes Lachen, bevor mich drei Paar noch sanftere Arme die Treppe hinaufführten.

Zum zweitenmal in weniger als vierundzwanzig Stunden landetest du hingestreckt auf dem Bett, so daß ich dich ausziehen mußte, und das wurde ein bißchen zuviel. Das Zeug, das Dr. Buzzard brannte, war dafür bekannt, daß es Farbe von den Wänden lösen konnte – es mußte noch fast hundertprozentig sein, *nachdem* er es verdünnt hatte. Was mochte in dich gefahren sein? Der Versuch, ein Macho zu sein, ohne Zweifel. Aber du wachtest nach deiner wilden Sauftour in einem besseren Zustand auf, als du verdient hattest. Dafür mußtest du Mama Day danken: sie sagte, schluck zwei Aspirin und einen halben Liter Wasser, dann hast du morgen früh keinen Kater. Ich persönlich wollte, daß du littst, vor allem, als du überheblich aufstandest und das Blaue vom Himmel herunterlogst über die Verfassung, in der du gewesen warst. Ja, ich übertriebe immer und sei geradezu gehässig, weil du ausgegangen warst und dich ein bißchen allein amüsiert hattest, statt an meiner Seite zu kleben. Und, o nein, du würdest mir nicht den Gefallen tun und zum Frühstück Tee trinken und trockenen Toast essen. Du fühltest dich prima heute morgen, weil gestern abend überhaupt nichts mit dir gewesen sei. Du bestandest auf Pfannkuchen, und ich *ertränkte* sie in Butter. Du bliebst nicht lange so überheblich, stimmt's? Ich ersparte es mir, mich zu wiederholen, was deine gelähmte Magenmuskulatur anging – du hättest mich sowieso nicht hören können mit dem Kopf in der Toilette.

Ich hätte dir in dem Moment sagen können, daß der Urlaub vorbei war. Großmama und Mama Day hatten beschlossen, daß du keine freie Zeit mehr haben solltest, Junge. Aber du hättest mir nicht geglaubt, denn sie sagten kein Wort, als sie am Küchentisch saßen und plauderten, während du dich im Hintergrund übergabst. Aber ich kannte sie: Müßiggang ist aller Laster Anfang, und du warst nach Hause gekommen und hattest nach diesem Gebräu gestunken. In diesem Badezimmer war eine Seele, die durch hartes Arbeiten gerettet werden mußte. Sie würden dich praktisch jede Minute des Tages einspannen, während du glaubtest, dir freiwillig den Hintern aufzureißen. Wenn sie es sich einmal in den Kopf gesetzt hat, einen Mann zu manipulieren, ist eine Südstaatenfrau darin von niemand zu schlagen. Und diese Frauen waren lange genug auf der Welt, um auf dem Gebiet eine wahre Kunstfertigkeit entwickelt zu haben.

Sie waren viel zu geschickt, um dich mit süßen Worten und Schmeicheleien und Bitten zu etwas zu bringen. Im Gegenteil, du wurdest aufgefordert, dich davonzumachen, dich auszuruhen, sie mit ihrer Arbeit allein zu lassen. Aber der Kontext würde ihr Meisterstück sein und Subtilität ihre Schlußpolitur. Großmama fängt also an, von ihrem Alter zu reden. Das wird wahrscheinlich das letzte Jahr sein, in dem sie sich mit dem Garten abgibt. Ihr Appetit ist nicht mehr, was er mal war – wieso sich die Mühe machen, Bohnen anzupflanzen? Sind mehr da, als sie je brauchen wird, und sogar zuviel zum Verschenken. Ein langer, langer Seufzer. Sie wird einfach in den Laden gehen und ein paar Packungen Tiefgefrorenes kaufen. Sie ist sehr viel besser dran als diese alten Leute, von denen sie in der Zeitung liest, die Katzenfutter essen müssen. Ja, und dann läßt sie das Thema gänzlich fallen. Geht zu was anderem über, und schließlich, mit einem weiteren langen, langen Seufzer, sagt sie, da die Bohnen nun schon mal wachsen, macht sie noch einen letzten Anlauf und geht raus, um sie hochzubinden. Sich beim Aufstehen an den Rücken zu fassen wäre ein bißchen zuviel, also schlurft sie langsam zur Hintertür. Und natürlich bietest du dich freiwillig an. Du hast Mitleid.

Mama Day übernimmt am Nachmittag und setzt glühenden Stolz ein. Sie wartet, bis sie dich auf der Veranda erspäht, bevor sie den schweren Flickenteppich raus zur Wäscheleine schleppt. Sie läßt ihn am Boden schleifen, bleibt mehrmals stehen, um ihn mit den Armen hochzuhieven. Das gibt dir Zeit, die Straße zu überqueren und deine Hilfe anzubieten, die glattweg und heftig abgelehnt wird, wobei sie sich erfolglos damit abrackert – viel zu erfolglos –, ihn über die Leine zu schwingen. Du bekommst mürrischen Dank, als du darauf bestehst, das für sie zu machen, und schließlich verschiedene

Hinweise auf die effektivste Art, den Staub rauszuklopfen. Aber sie wird dich mit Limonade gegen deine trockene Kehle versorgen – zumindest ist sie nicht zu alt und zerbrechlich, um ein paar Zitronen auszupressen. Am zweiten Tag tauschen sie die Taktiken untereinander, und am dritten wird keine mehr gebraucht. Dir ist erlaubt worden, das leise Geflüster zu belauschen, wie wunderbar du seist, und flüchtige Blicke voll schmachtender Ehrfurcht über die Kraft deines Rückens und deiner Arme zu erhaschen. Ja, sie konnten sich jetzt ausruhen, dein Ego würde übernehmen.

Ich vermute, wenn ich mir diese Lektionen wirklich zu Herzen genommen hätte, wären wir besser miteinander ausgekommen. Sie hatten dich unter der Knute, und du schnurrtest zufrieden. Aber ich fand es etwas widerwärtig, einen erwachsenen Mann wie einen Fünfjährigen zu behandeln. Wenn sie einfach geradeheraus gesagt hätten: Wir möchten, daß du uns im Haus hilfst, hättest du das getan. Tatsächlich hättest du es ohne Widerwillen für den ganzen Rest deiner Ferien getan. Das war mehr mein Stil: He, paß auf, schwing mal deinen Hintern her und hilf mir. Aber wie ich schon sagte, sie waren Künstlerinnen. Und sie bauten die Illusion auf, daß du mehr machtest als nur helfen, daß du das Sagen hattest. Du wolltest den ganzen Haushalt schmeißen. Du dachtest sogar an Dinge, die ihnen nicht mal in den Sinn gekommen waren. Die *Tatsache*, daß du nicht das Sagen hattest, hatte absolut nichts mit den Resultaten zu tun: Großmamas Dach wurde gestrichen, der Garten vom Unkraut befreit, Mama Days Teppiche waren makellos. Und du warst zu müde, um irgendwohin zu gehen. Wenn du nur wüßtest, dachte ich, als ich dir zusah, wie du abends mit ihnen auf der Veranda lachtest und plaudertest. Großmama schälte überbrühte Erdnüsse für dich, Mama Day rieb dir Salbe auf die schmerzenden Schultern. Und vielleicht wußtest du es ja, aber was du glaubtest, darauf kam es an.

Durch den Westwald zu laufen war ein reines Vergnügen. Der Boden war eben und trocken, und es gab einen gut ausgetretenen, von Kiefern überschatteten Weg, der sich ein ganzes Stück hinzog, bevor man zu vereinzelten Stellen mit Steineichen kam. Du nanntest mir die Namen der anderen Bäume, die nur zu dem Zweck aus dem Boden zu sprießen schienen, prächtige Farbakzente zwischen all die dunklen Grün- und Brauntöne zu setzen: Magnolie, gelber Jasmin, Glyzinie. Keiner dieser blühenden Bäume wuchs in den anderen Wäldern in solcher Üppigkeit. Dieser Wald war eher wie ein verwilderter Garten – ein Garten mit Meeresblick. Als ich nach rechts durch die Lücken schaute, wo die Bäume sich gelichtet hatten, konnte ich bläuliche Streifen vom Sund erspähen. Ein bißchen weiter, und wir können ihn ganz sehen, sagtest du. Es gab da eine Abkürzung über den Familienfriedhof. Ich verstand nicht, warum wir uns Moos in die Schuhe tun mußten, bevor wir den Friedhof betraten.

»Das ist Tradition«, sagtest du.

»Aber was bedeutet es?«

»Ich weiß nicht – es ist nur etwas, was wir immer getan haben.«

»Und was würde passieren, wenn ich es nicht tue?«

»Warum nervst du so, George? Nichts würde passieren, wenn du es nicht tust. Aber es zeugt von Respekt.«

»Ich hab ja nur gefragt – jede Tradition hat irgendeine Vorgeschichte.«

»Dann frag Mama Day, sie weiß es wahrscheinlich.«

Ein seltsamer Brauch. Aber dann betrat ich den merkwürdigsten Friedhof, den ich je gesehen habe. Die Grabsteine – manche aus Granit, manche aus Kalkstein – waren unterschiedlich groß, ohne Daten, und es stand nur ein Vorname drauf. Du erklärtest, sie seien alle Days und Nachnamen seien deshalb nicht nötig. Aber was, wenn wie in deinem Fall eine Frau heiratete? Man lebt als Day, und man stirbt als Day. »Frühe Frauenbewegung«, sagte ich lächelnd. »Ein bißchen mehr als das«, antwortetest du. Du zeigtest mir, wie sie nach

Generationen gruppiert waren: die sieben Brüder und dann die sieben vor ihnen. Die Größe der Grabsteine repräsentierte die fehlenden Daten – aber nur im jeweiligen Verhältnis zueinander. Da war eine Peace, die in jüngeren Jahren gestorben war als eine andere Peace, also war ihr Stein kleiner. Da war der Stein deiner Mutter – Grace –, und sie war offensichtlich jünger gewesen, als sie starb, als ihre Schwester Hope bei ihrem Tod gewesen war. Mama Day, sagtest du, würde den größten Stein bekommen. Sie lebte schon länger als irgendein Day vor ihr. Die Innigkeit von alledem flößte mir Ehrfurcht ein – Menschen, die so sehr für sich sein konnten. Die die Zeit neu bestimmt hatten. Nein, ihr überhaupt keine Beachtung geschenkt hatten. Aber das konnte nicht Brauch auf der ganzen Insel sein. Mir fiel der Grabstein beim Chevy's Pass ein, und ich erwähnte ihn. Der von Bascombe Wade hatte die Inschrift 1788–1823. Wer war das eigentlich gewesen? Und ich hörte noch mal dieselbe Legende. Die namenlose Sklavin. Die Übertragung von Willow Springs. Die Wache bei der Klippe. Nur daß du mir außerdem erzähltest, daß diese Frau die Urgroßmutter deiner Großmutter gewesen sei. Aber deine Art, es zu sagen, war auch komisch – sie war die Ur-Ur-Urmutter –, als würdest du die Eigenschaften einer Göttin aufzählen. Das Ganze war so mysteriös, daß ich mich fragte, ob diese Frau überhaupt je gelebt hatte. Orte wie diese Insel waren für Mythen geschaffen, aber wenn sie wirklich existiert hatte, dann mußte es irgendwas Schriftliches darüber geben. Vielleicht in den Papieren von Bascombe Wade: Kaufverträge für seine Sklaven. Wo auf dieser Insel hatte sein Haus gestanden? Hatte er eine Familie gehabt? Wer hatte seinen Grabstein aufgestellt?

Ich hörte auf, dir Fragen zu stellen, die du nicht beantworten konntest, weil es dich verärgerte. Ich wußte nicht, warum, aber ich konnte es erraten. Du warst immer sehr empfindlich, was dein Aussehen anging, scheutest keine Mühe, hervorzuheben, daß du eine Schwarze warst, falls dich jemand irrtümlich für eine Spanierin oder Kreolin hielt. Dieser Irrtum konnte mir bestimmt nie passieren. Wir brauchten bloß in Streit zu geraten, damit ich daran erinnert wurde, daß du – die Fäuste in die Hüften gestemmt, in einem nicht enden wollenden Redeschwall wüste Schimpftiraden ausstoßend – so schwarz warst, zumindest im Geist, wie man es nur sein konnte. Nein, du konntest ohne weiteres von dieser Sklavin abstammen, die einem Mann eine ganze Insel abgeschwatzt hatte. Aber die Tatsache, daß du auch ein bißchen von ihm in dir hattest, paßte dir ganz und gar nicht. Was machte das für einen Unterschied? Wir alle trugen Anlagen von Gott weiß wem und Gott weiß woher in uns; alle außer den Indianern. Und wenn man deren Abstammung weit genug zurückverfolgte, so hatten sie Spuren von asiatischem Blut in sich. Ich fand es einzigartig, daß du ein so intaktes und solides Familienerbe hattest, daß du über denselben Grund und Boden gehen konntest wie dein Großvater, um mich zu ebendem Haus zu führen, in dem dein Urgroßvater geboren worden war. Sogar deine Schmach war ein Privileg, das nur wenige von uns besaßen. Wir konnten nur unsere Hauttöne betrachten und raten. Du wußtest wenigstens Bescheid.

Der offene Abhang gleich hinter dem Eichenrund, das euren Familienfriedhof umgab, bot den Ausblick auf eine schmale, gekrümmte Linie graublauen Wassers im Sund. Als ich auf dem grasbewachsenen Abhang mit seinem bunten Durcheinander von Wiesenblumen lag, fragte ich mich, wie du es je hattest über dich bringen können, einen solchen Ort zu verlassen. Und dir *gehörte* dieses Land auch noch.

»Nein, es gehört mir nicht. Es gehört unseren Kindern.«

»Aber wir haben keine Kinder.«

»Na, wenn du mal damit aufhörst, nachts besinnungslos umzufallen, werden wir welche haben. Und dann gehört es ihnen. Irgendeine verrückte Klausel in unserer Schenkungsurkunde. Es wird immer zwei Generationen weiter nach unten vererbt. Das soll jeden Day davon abhalten, es zu verkaufen.«

»Aber du bist zwei Generationen weiter unten.«

»Ja, aber sobald ich geboren war, ging es automatisch an sie über.«

»Und was ist, wenn du niemals Kinder kriegst?«

»Ziemlich wahrscheinlich, so wie du dich in letzter Zeit aufführst.«

»Komm schon, ich meine es ernst.«

»Na ja, ich nehme an, es fällt wieder an den ursprünglichen Besitzer zurück.«

»Wie das? Der ursprüngliche Besitzer ist tot. Ist das nicht sein Grabstein am Chevy's Pass?«

»Ich weiß nicht, George. Vielleicht an seine ursprüngliche Familie drüben in Europa? Wen interessiert das?«

»Dich sollte es interessieren. Und wenn nicht dich, dann mich. Das ist alles zu schön, um es wegzugeben.«

»Und wenn Mama Day wieder aus ihrem Grab steigen müßte, dieses Land geht niemals weg – glaub mir.«

»Ich möchte auch nie mehr weg. Ich könnte mir vorstellen, für immer hierzubleiben.«

»Bitte, nur zu. Sicher, im Sommer ist es sehr hübsch. Aber die anderen neun Monate im Jahr ist hier absolut nichts los.«

»Ambush Duvall kommt hier zurecht – er betreibt Landwirtschaft.«

»Oh, das kann ich mir lebhaft vorstellen, du und Landwirtschaft. Ambush spielt nicht, er arbeitet schwer.«

»Ich habe mein ganzes Leben lang schwer gearbeitet.«

»Du hast dein ganzes Leben lang schwer *nachgedacht*. Eine erfolgreiche Farm erfordert harte Knochenarbeit. Sieh dir an, in welcher Verfassung du bist, wenn du bloß zwischen ein paar Bohnenreihen Unkraut gerupft hast.«

»Du würdest also nicht mit mir hierbleiben?«

»Nein. Du wirst mich nicht hier an die Kette legen, während du Tomaten- und Maisanpflanzen spielst. Und diese ganze Unterhaltung ist sowieso idiotisch, weil du gar nicht die Absicht hast, hierzubleiben und Farmer zu werden.«

»Es ist keine idiotische Unterhaltung. Der entscheidende Punkt ist, daß du gesagt hast, du würdest nicht mit mir hierbleiben.«

»Nicht in Willow Springs.«

»Nun, gut zu wissen, Ophelia.«

»George, ich hab gesagt, ›bis daß der Tod uns scheidet‹, nicht der Hungertod.«

»Ich würde dich nicht verhungern lassen.«

»Nein, ich hätte den miesen Mais, den du anzubauen gedenkst. Gekochter Mais. Gebratener Mais. Maisbrot. Mais- und Bohneneintopf – falls wir uns eine Dose Limabohnen leisten können. Nein, danke.«

»Wenn ich also ein Maler oder Musiker wäre – oder ein Farmer –, hättest du mich nie eines Blickes gewürdigt. Nicht genug Sicherheit.«

»Wieso reden wir über so was? Du warst kein Maler oder Trompeter. Du warst du. Und ich habe *dich* geheiratet.«

»Ich wäre immer noch ich, wenn ich hierbliebe. Wenn ich nun einen Traum hätte? Du wärst nicht für mich da.«

»Okay, George. Hier ist, was du hören möchtest: Egal, wohin in aller Welt du gehst, und egal, was du machen möchtest, ich bin dabei. Ich werde mich zu Tode frieren, zu Tode hungern, Heilsarmeekleidung tragen, nur um an deiner Seite zu sein. Ich werde für dich stehlen, für dich lügen, auf Händen und Knien neben dir kriechen. Weil eine gute Frau ihrem Mann überallhin folgt.«

»Lassen wir das Thema, Ophelia.«

»Ja, lassen wir das.«

»Aber ich werde mir merken, was du gesagt hast.«

»Ich bitte darum.«

Man wußte bei dir nie richtig, woran man war. Einerseits glaubte ich, daß du bei mir bleiben würdest, sollte ich dir ein Ultimatum stellen und mich entschließen, irgendeinem unmöglichen Traum hinterherzujagen. Andererseits war ich kaum der Mensch dafür: die Beständigkeit und Sicherheit meiner Arbeit und meiner Ehe war eigentlich alles, was ich mir wünschte. Und wenn wir durch die Grenzen unserer Wünsche definiert werden, dann warst du einem Mann begegnet, für den ein unmöglicher Traum etwas Undenkbares war. Ich brachte dich in eine unfaire Lage; ich hätte dich ebensogut fragen können: Ich weiß, daß du mich als menschliches Wesen geheiratet hast, aber was wäre, wenn ich mich morgen in einen Frosch verwandelte? Wäre es dann vorbei? Im Grunde hast du ja gesagt. Realistisch gesehen hattest du recht. Aber mitten in einer Umgebung, die so unwirklich war – das Wasser, die Blumen, die Bäume –, hatte ich das dringende Verlangen, von dir die Bestätigung zu bekommen, daß es für uns keine Grenzen dafür gab, wie weit wir füreinander gehen würden.

Ich würde sie an diesem Tag nicht kriegen. Du hattest schlechte Laune. Und vermutlich stimmte dieses alte Sprichwort: Steig oft auf sie drauf, und du hältst sie wohlauf. Aber ich bin in den letzten Tagen einfach zu müde gewesen. Es gab hier so viel zu tun, und diese armen alten Frauen schafften die schwereren Arbeiten nicht. Das Fundament bei deiner Großmutter mußte neu zementiert werden, die östliche Seite des Gartens mußte umgepflügt werden, Miss Mirandas Hühnerstall konnte einen Anstrich gebrauchen, nachdem er gesäubert war. Mir graute vor dieser letzten Aufgabe. Ich wollte nicht zugeben, daß ich mich ein bißchen vor lebenden Hühnern fürchtete, aber was soll man machen, wenn man sieht, wie sie ganz allein Gallonen von Desinfektionsmitteln anschleppt? Sie hatte versprochen, die Hühner wegzusperren, damit ich in Ruhe arbeiten konnte. Ja, wenn ich schon vor Gockeln Reißaus nahm, wie konnte ich da Farmer werden? Aber es gab noch mehr in Willow Springs zu tun als Landwirtschaft. Ich konnte fischen, bei der Brückenkreuzung einen Laden aufmachen oder Bruce einfach meinen halben Geschäftsanteil verkaufen und Lehrbücher schreiben, während wir eine Familie großzogen. Das Leben hier unten würde nicht viel kosten. Wir würden unser Haus mit Solarenergie heizen – es blieb hier bestimmt mehr als sechs Monate im Jahr warm. Und all diese Schönheit würde uns für das entschädigen, was wir aufgäben. Ein schöner Traum. Ich beugte mich zu dir und flüsterte dir ins Ohr.

»Laß uns Adam und Eva spielen.«

»Weißt du, George, ich werde verdammt froh sein, wenn ich dich wieder in New York habe. Du hast hier völlig den Verstand verloren. Ich erkenne dich kaum wieder.«

»Nie zufrieden – und diesmal bist du diejenige ohne Phantasie. Wir könnten uns hier zwischen diesen Bäumen verstekken und das Paradies genießen, und du sitzt nur mit zusammengepreßten Knien da.«

»Du kennst diese Insel überhaupt nicht. Aber nur zu, tummle dich nackt in diesen Wäldern, und die erste rote Ameise, die dich in den Hintern beißt, wird dir was vom Paradies erzählen.«

Ich lachte, aber du brachtest bloß ein Lächeln zustande, und auch das nur mit Mühe.

»Was ist los, Ophelia?«

»Ich weiß nicht, ich ...« Deine Finger zupften unentwegt am Gras. »Warum brauche ich so lange, um schwanger zu werden?«

»Wir probieren es doch erst seit drei Monaten.«

»Vielleicht haben wir zu lang gewartet, und ich bin jetzt zu alt.«

»Mit zweiunddreißig? Und ich bin erst fünfunddreißig. Baby, wir haben ein Durchschnittsalter von dreiunddreißigeinhalb Jahren. Und nächstes Jahr ist unser Durchschnitt erst vierunddreißigeinhalb. Und das Jahr danach –«

»Ich hab's begriffen, George.«

»Ich glaube, das hast du nicht – wir haben keine Eile.«

»Ich habe aber das Gefühl. Ich weiß nicht, vielleicht ...«

»He, paß auf. Wir können die Feigenblätter streichen, aber von jetzt an machen wir Überstunden. Ich habe schon mehr Zeit in weniger angenehme Dinge gesteckt.«

»Aber es sollte natürlich sein.«

»Was ist daran nicht natürlich? Ich könnte sowieso doppelt so oft über deinen Körper herfallen, wie du mich läßt.«

»Da hast du's, du lügst schon wieder. Ich verweigere mich dir nie.«

»Und morgens?«

»Um sechs Uhr früh, George!«

»Siehst du, das ist das Problem. Wir haben da eins dieser Kinder, das im Morgengrauen darauf wartet, hier anzukommen. Und du wirst es empfangen müssen. Und wenn das erste ein Mädchen ist, nennen wir es nach der Morgendämmerung, Dawn. Laß uns das mit all unseren Kindern machen. Dawn, Midnight, Shower – Hoppla. So können wir ihnen leicht Sexualunterricht geben. Wir brauchen ihnen nur ihre Namen zu erklären.«

Ich brachte dich schließlich zum Lachen, aber deine Augen blieben traurig, als sie hinüber zum Sund schauten.

»Weißt du, du kannst schon ein sehr liebenswerter Mann sein.«

»Ich gebe mir Mühe.«

JA, GEORGE, du gabst dir sehr große Mühe. Aber es wäre zuviel von dir verlangt gewesen, die Flüsterstimmen auf dem Weg durch unseren Familienfriedhof zu verstehen. Sobald ich mir das Moos in den Schuh steckte, konnte ich sie im Wind hören, als er durch die Bäume fuhr und den Staub vom Boden aufwirbelte. Das verstörte mich so an diesem Tag, als wir zum erstenmal hier saßen und aufs Wasser schauten. Ein so wunderschöner Tag wie dieser. Ich weiß, ich war nicht die beste aller Ehefrauen, aber ich gab mein Bestes, und du – oder jeder andere Mann – mußtest das akzeptieren oder gar nichts. Und ich hatte das Glück gehabt, jemand zu finden, der oft weniger als mein Bestes akzeptierte. Wie also – ich wollte anschreien gegen dieses leise Flüstern –, wie würde ich ihm das Herz brechen? Anstatt gegen sie anzuschreien und dich glauben zu lassen, ich wäre übergeschnappt, fuhr ich dich an. Und du dachtest wahrscheinlich, daß ich mal wieder schlechte Laune hätte. Nun, es war das kleinere Übel.

Nein, du kanntest diese Insel nicht. Und du kanntest meine Familie nicht. Ich bedauerte, dich hierhergebracht zu haben – auf diesen Spaziergang, nach Willow Springs überhaupt. Und wenn es stimmte, was sie sagten, dann bedauerte ich auch, dich geheiratet zu haben. Aber ich würde mir nie erlauben, das zu denken, daher redete ich mir ein, daß das alles ein Produkt meiner Einbildung sei. Ich war einfach genervt, weil du verträumt und hypothetisch daherredetest. Du würdest in Willow Springs nicht mal so lange wie ein Schneesturm überdauern. Oder doch? Bestand vielleicht eine ganz kleine, winzige Chance, daß du darauf bestehen würdest, hierzubleiben? Es waren schon merkwürdigere Sachen passiert – sie waren gerade passiert, als wir den Familienfriedhof durchquerten. Und wenn du wirklich darauf bestündest, nach sämtlichen Wutausbrüchen, Gefechten, hysterischen Anfällen, wenn du *wirklich* darauf bestündest, was würde ich dann machen? Nun, ich wäre stinkwütend, daß du mich in eine solche Situation gebracht hättest, daß du etwas von mir verlangtest, von dem du wußtest, daß ich es absolut nicht wollte. Ja, ich würde dich vielleicht sogar dafür hassen. Und ich würde bleiben. Aber wir würden uns auf gefährlichem Terrain bewegen: ohne jemand nicht mehr leben zu können ist eine Sache, gezwungen zu sein, es andauernd zu beweisen, ist eine andere. Nein, es war alles nur der Traum eines trägen Sommernachmittags. Innerhalb eines trickreichen Arrangements befand sich unsere Ehe in Sicherheit: da du wußtest, daß ich aus Liebe zu dir meine Grenzen überschreiten würde, würdest du mich aus Liebe nicht darum bitten.

Was konnten diese Stimmen also bedeuten? Die Stimmen, von denen ich mir einredete, ich hätte sie auf dem Friedhof nicht gehört und auch nicht, als wir zum andern Haus kamen. Zu dem Haus, in dem meine Großmutter geboren wurde und vor ihr ihr Vater. Die Geschichten über meinen Urgroßvater John-Paul waren unzählig und genauso bizarr wie die über das, was Mama Day dort draußen in dem Garten anstellen konnte. Sicher, als Kind hatte ich Freude an dem Spiel, Mama Day in ihren Garten zu folgen, unter Büschen und in Baumhöhlen nach der Spottdrosselfamilie zu gucken, die ihr Papa so lebensecht geschnitzt hatte, daß sie eines Tages einfach auf und davon geflogen ist und sich selbständig gemacht hat. John-Pauls Holzrosen und Lilien trieben Knospen, und von seinen Magnolienblättern tropfte Tau. Aber seine älteste Tochter übertrumpfte ihn noch: ihre Bäume sangen, und ihre Blumen konnten fliegen.

Wundervolle Geschichten, die die Phantasie eines Kindes durch Auge und Ohr anregten. Ebendiese fliegenden Blütenblätter sah ich jetzt, als deine Beine eine Gruppe Zinnien streiften und einen Schwarm scharlachroter Schmetterlinge aufscheuchten. Es war genau, was du gesagt hast, ein altes Haus mit einem großen Garten. Das älteste Haus in Willow Springs. Das einzige Haus mit zwei Stockwerken und einer umlaufenden Veranda, einem Balkon im ersten Stock, schrägen Dachgauben und Erkerfenstern. Zu alt sogar, um von meinem Urgroßvater gebaut worden zu sein, aber er spielte auf diesen Verandatreppen und stieg sie später mit seiner frisch angetrauten Braut Ophelia hinauf. Was hatte Großmutter über ihre Mutter erzählt: eine unglückliche Frau, die nie über den Verlust ihres jüngsten Kindes hinwegkam? Aber Mama Day hatte in ihrer ungeschminkten Art dic Sachc beim Namen genannt: verrückt wie eine Bettwanze, und sie starb ohne Frieden. Ja, nur ein altes Haus mit einem Schaukelstuhl auf der Veranda. Ein handgeschnitzter Schaukelstuhl, der sich ganz sacht in der Brise vom Sund bewegte, wobei seine runden Kufen unaufhörlich auf den Holzplanken knarrten. Wieso konntest du das nicht hören? Immer wieder: *Du wirst ihm das Herz brechen.* Du wolltest dich in den Schaukelstuhl setzen und mit mir auf dem Schoß den Südstaaten-Gentleman spielen. Ich wollte hier verschwinden; ich konnte es nicht mehr ertragen.

Nichts konnte den Eindruck trüben, daß das Haus noch direkt im Beginn des neunzehnten Jahrhunderts stand, abgesehen von einem frischen Anstrich. Mit weißer Farbe natürlich, denn es hatte ursprünglich Bascombe Wade gehört.

Oder er hatte ursprünglich darin gewohnt; es war im Grunde ein Bestandteil des Gartens, der es von vier Seiten her verschlang, und es gab keinen großen Unterschied zwischen dem Garten und dem Wald, der bis ans Eingangstor heranreichte. Es war ein altes Haus, *und* es war ein alter Garten: ein Garten, angelegt von einer Frau. In raffinierter Anordnung gingen Pfirsich- und Pekannußbäume in blühende Büsche und diese in niedriger wachsende Kräuter über; die gleichen Kräuter, die du auf dem Fensterbrett in unserer Küche zogst, gediehen in voller Üppigkeit draußen vor der Tür, die zur Speisekammer dieses Hauses führte. Und dann gab es noch so viele seltsame Pflanzen, die ich nicht kannte, und du konntest mir auch nicht weiterhelfen; der Refrain war mir allmählich vertraut – frag Mama Day. Es war ihr Garten, und die Eisenkessel neben dem riesigen Kamin, den ich durchs Fenster sah, waren für ihre Arzneien. Diese Bündel getrockneter Kräuter über dem Sims mochten ihre sein, aber sie hingen an Haken, die verrostet und uralt waren. Miss Miranda war nicht die erste, die sie benutzte.

Es war ein merkwürdiger Platz für das Haus eines Plantagenbesitzers, so abgelegen im Wald, aber »merkwürdig« war schon den ganzen Tag das Motto gewesen. Dein Verhalten, der Friedhof, die Tatsachen, die so klar wie dein Teint waren, wohingegen du das Offensichtliche außer acht ließest – du hattest sein Haus geerbt. Nein, du hattest *ihr* Haus geerbt. Das andre Haus. Hatte er es gebaut, damit er hier rauskommen und mit ihr zusammensein konnte? Auf dieser Veranda sitzen und ihr dabei zusehen, wie sie die Rosen zurückschnitt, deren Blüten so groß wie meine Fäuste waren, wie sie Minzezweige für seinen Tee abknipste? Es war ein hübsches Bild, aber es stimmte irgendwie nicht. Der Ort vermittelte etwas Unbehagliches, trotz der sanften Brise, die vom Sund herwehte. Das Haus hatte viel Kummer gesehen. Und mehr noch als den, von dem du erzählt hattest: deine Urgroßmutter Ophelia, die ihr Baby auf dem Grund eines Brunnens verlor; die sich vollkommen von ihrem Mann und ihren Kindern zurückzog. Deine Großmutter haßte das Haus so sehr, daß sie seit fünfzig Jahren keinen Fuß mehr hineingesetzt hatte. Nein, da war noch etwas anderes, etwas Unergründlicheres als der alte historische Kram von Sklavinnen und ihren weißen Herren. Ein Sklave hatte in diesem Haus nicht gelebt. Und ohne Sklave konnte es keinen Herrn geben. Was hatte Miss Miranda gesagt – ihm hatte ihr Körper gehört, aber nicht ihre Seele? Ja, dieses Haus strahlte *Verlust* aus. Das Fehlen von Frieden. Und beide hatten um Frieden gefleht. Was hatte jene zwei Menschen dazu gebracht, sich in diesem alten Haus mit dem großen Garten gegenseitig zu zerreißen?

Aber bei Gott, es war ein bezaubernder Platz. Wieso sollten wir nicht für die letzte Urlaubswoche hier rausziehen – eine Art zweite Flitterwochen. Wir konnten aufwachen und schauen, wie die um die Säulen rankenden Purpurwinden in voller Blüte aussahen. Es stand ein uraltes Bett im ersten Stock, mit einem drei Meter hohen Mahagoni-Kopfteil, und wir konnten das Mädchen Mahagony nennen – Mahagony Andrews. Lassen wir etwas von uns in dieses Haus einziehen, und vertreiben wir ein wenig von dieser Traurigkeit. Deine Großmutter würde einen Anfall bekommen, sagtest du, einen gewaltigen Anfall. Das andre Haus war für sie eine ernste Angelegenheit. Ich meinte es auch ernst; ich hatte das Gefühl, wir könnten etwas von uns geben – vielleicht etwas, was wir schuldig waren – jenen anderen Paaren, die es versucht, aber nicht geschafft haben. Ich war unserer so sicher; wir konnten der Vergangenheit trotzen. Offensichtlich war ich nicht der erste junge Mann, der auf dieser Veranda gestanden und so empfunden hatte.

* * *

TOD. MIRANDA SPÜRT den Tod überall um sich herum. Sie sitzt da, eine Schüssel in ihrem Schoß und die Hände mit Pfirsichsaft beschmiert, und kann dieses Gefühl nicht abschütteln. Sie legt die Stirn in tiefe Falten, nimmt einen weiteren Pfirsich und schält die Haut ab, fast ohne das Fleisch darunter zu berühren. Die schlüpfrige Weichheit beunruhigt sie, bis ihr Messer auf den harten Kern stößt, als sie die Frucht in Scheiben zerteilt. Es fühlt sich nicht wie der Tod an, den sie sich seit zwei Tagen für Buzzard ausdenkt. Erst belügt er den Jungen über sie, und dann legt er ihn wie einen Sack Kartoffeln und betrunken wie eine Haubitze im Garten ab. Nein, all die ausgetüftelten Foltern, die sie sich ausdachte, um es Buzzard heimzuzahlen, würden wahrscheinlich darauf hinauslaufen, daß sie ihm die Luft aus den Reifen ließ oder rüber zum Südwald schlich und ihm Pottasche in den Destillierapparat warf. Das hier war echter Tod. Aber wessen Tod? Es mußte kein Wer sein – es konnte auch ein Was sein.

Es war dasselbe Gefühl, das sie hatte, bevor sie einen jähen Herbsteinbruch bekamen. Über Nacht wurde die Luft eiskalt, und der Frost ließ die Tomaten an den Stauden erfrieren. Laub fiel wie Regen von den Bäumen. Sie spürte Veränderung. Nein, es mußte kein Wer sein – aber es konnte. Es könnte sein, daß ich allmählich jenseits von alt bin, denkt sie, während sie Zimt, Vanille und Zucker unter die Pfirsiche rührt. Könnte sein, daß ich allmählich zur Mutter des Alters werde. Ihre Knochen fühlen sich jedenfalls so an, als sie aufsteht, um den Herd anzumachen. Die Wirkung von diesem Einreibemittel hält von Jahr zu Jahr kürzer an. Ihre Knochen sprechen heute. Aber noch etwas anderes sagt ihr was, und wenn es nur ein bißchen lauter spräche, würde sie gern zuhören. Sie wiegt das Mehl für den Teig ab, tut eine Prise Salz dazu und arbeitet schnell das Backfett ein. Aber sie sprenkelt immer ein bißchen Eiswasser dazu, und als sie es jetzt von ihren Fingern in die Schüssel tropfen sieht, steht alles still. Ihr Kopf dreht sich zu dem Salzstreuer, sie nimmt ihn hoch und hält ihn schräg, und ihre Augen weiten sich, als die verklumpten Kristalle langsam übereinanderfallen. Wie manchmal in diesen alten Filmen laufen die Bilder rückwärts, und alles fügt sich zusammen.

Von dem tropfenden Wasser zum verklumpten Salz zur weißen Gischt, die an die Ostküste der Insel schäumt. Und so vieles dazwischen. Wie die Wellen reingekommen sind – ein kleines bißchen zu schnell. Nach neunzig Jahren hätte ihr die natürliche Bewegung in Fleisch und Blut übergegangen sein müssen, aber sie hatte geredet, oder? Hatte geredet und geangelt. Hatte geredet und war gelaufen. Sie geht jetzt alles noch einmal durch: diese sehr, sehr hohen Hügel, die die Langusten um den Eingang zu ihren Höhlen herum bauen; die Eisvögel und die Felsschwalben, die weit, weit weg vom Wasser nisten; die Löcher der Hasen – sie geht an mindestens einem Dutzend vorbei – sind alle ganz, ganz tief in den Boden gegraben. Und oben am Chevy's Pass schwärmen Buzzards Bienen ganz, ganz dicht um den Eingang ihrer Stöcke herum. Ja, es war sehr, sehr hoch, weit, weit weg und ganz, ganz tief. Das würde ein gewaltiger, ganz gewaltiger Sturm werden. Miranda geht zur Hintertür ihres Wohnwagens – der Wind weht stetig aus Südost, und keine Wolke ist am Himmel. O Herr. Sie schüttelt den Kopf, sieht zu George, der draußen die Wände ihres Hühnerstalls streicht. Es ist mehr Farbe an ihm selbst als an den Wänden, aber er ist mit vollem Eifer dabei. Kraftverschwendung; das Ding würde am Ende der Woche womöglich nicht mehr stehen.

Sie entschuldigt sich bei ihren Hühnern dafür, daß sie sie als närrisch bezeichnet hat, weil sie tagelang mit dem Hinterteil zum Wind gestanden haben, während sie die eigentliche Närrin gewesen ist. Was hat sie dem Jungen erzählt? Man muß all diese Kreaturen nur lange genug beobachten, um zu wissen, was in den Elementen in ihrer Umgebung los ist. Nun, sie hat geguckt, ohne zu sehen, gehört, ohne zu verstehen. Haben ihre Flickenteppiche nicht Falten geworfen, ihre Stühle nicht geknarzt? Hat sie nicht gehört, wie sich die Zikaden seit Nächten ununterbrochen schier die Beine ausreißen? Gehört, ohne zu verstehen. Aber sie weiß, was sie jetzt hören wird: Krähen, Falken, Enten und Gänse, die ohne *erfindlichen* Grund einen wahren Höllenlärm veranstalten; denn der Grund kommt gestaltlos aus Südost und schiebt einen klaren Himmel vor sich her. Und solche Stürme brauen sich direkt in der Hölle zusammen.

Der letzte hatte 1920 die Brücke weggerissen, als sie noch jünger war als Baby Girl jetzt. Sie wohnte damals im andern Haus bei John-Paul, und der Sund drang beinahe bis zu ihrer Hintertreppe vor, Salzwasser unterspülte die Erde, zerstörte ihren Garten und hinterließ Schwärme von toten Fischen, die sich an den Stämmen der Obstbäume in großen Haufen zusammenschoben. Das heißt, an den Bäumen, die noch standen. Es stand nicht mehr viel dort nach dem Sturm. Sie holte sich den Garten zurück, Quadratzentimeter für Quadratzentimeter, eine Handvoll Erde nach der anderen. Wenn das wieder passiert, seufzt Miranda, habe ich keine weiteren sechzig Jahre mehr. Sie ist fertig mit dem Ausrollen des Teigs und schiebt ihn in den Ofen, bevor sie Abigail anruft.

»Du da, Schwester?«

»Ah-ha.«

»Es zieht ein Sturm auf.«

»Weißt du, ich spür schon seit Tagen irgendwas.«

»Das hier ist ein 18 & 23er.«

Abigail holt tief Luft. »Der Herr steh uns bei.«

Miranda erinnert sich, daß Abigail mit Peace schwanger war, als der letzte zuschlug. Ihr Mann saß jenseits der Brücke fest, und Abigail kam zum andern Haus, um bei Miranda und ihrem Vater das Ende des Sturms abzuwarten. Hinter den Fensterläden des verdunkelten Hauses schnitzte John-Paul, Abigail saß in Mutters Schaukelstuhl, die Hände auf den Bauch gelegt, während Miranda das Wohnzimmerfeuer unterhielt und hörte, wie der Garten starb. Was hatte John-Paul an jenem Tag geschnitzt? Ein Spielzeug für sein erstes Enkelkind? Was es auch war, es war weg – und Peace ebenso. Und es war das letzte Mal, daß Abigail ihren Fuß in das andre Haus gesetzt hatte.

»Bist du sicher, Miranda?«

»Die Zeichen trügen nicht, Abigail. Zumindest nicht diese Zeichen.«

»Er zieht vielleicht nicht direkt über uns weg.«

»Vielleicht nicht. Aber wir sollten drauf vorbereitet sein.«

»O nein – und mit den Kindern hier. Und ihre Party morgen abend.«

»Sieh dir den Himmel an, vor morgen kommt er nicht. Aber er kommt bald.«

»Was hab ich getan, um diese Strafe zu verdienen?«

»Abigail, hör auf mit so 'nem dummen Zeug. Hat Gott nichts weiter im Sinn, als *dir* einen Hurrikan zu schicken? Es hat nichts mit uns zu tun, wir sind nur Zuschauer auf dieser Erde. Manchmal denk ich, wir sind nur ein Nebengedanke – und dazu noch ein schlechter.«

»Nun, so steht's in der Schrift: der Mensch war das Letzte, was Gott schuf.«

»Hätte vorher aufhören sollen.«

»Ich hör mir heute diese Blasphemie nicht an, Miranda. Nicht mit einem Sturm im Anzug. Und komm bloß nicht und setz dich in mein Haus, ich will nämlich nicht, daß es weggeweht wird.«

»Du willst mich hier in diesem zerbrechlichen alten Wohnwagen lassen?«

»Das würde dir nur recht geschehen.«

Miranda läßt ihre Pfirsichtorte auf der Arbeitsplatte auskühlen und geht hinten raus, um zu sehen, wie George mit dem Hühnerstall vorankommt. Er hat sich da was aufgehalst, denn ihr Hühnerhaus ist größer als so manche Garage in Willow Springs. Mit dem langstieligen Pinsel, den er benutzt, reicht er bis hinauf zum Dach, aber bis er den Dreh raushatte, wie man die überschüssige Farbe abstreift und dann mit kleinen Strichen einen Abschnitt bearbeitet, verspritzte er sie sich über Arme und Gesicht. Nur gut, daß sie noch einen alten Overall von ihrem Vater für ihn gefunden hat – er hätte seine Stadtkleidung völlig ruiniert. Er sieht aus, als hätte er tatsächlich Spaß dabei, wie er so mit John-Pauls in der Taille zusammengehaltenem Overall und weiß wie ein Geist munter drauflosarbeitet. Ihr Stall sieht auch hübsch aus. Sie bringt es nicht übers Herz, ihm in diesem Moment zu sagen, daß vielleicht alles umsonst gewesen ist.

Miranda blickt hinauf zum Himmel. Klar. Glasklar. Aber die Hühner, eingepfercht in Drahtkäfige, veranstalten einen Mordslärm. Sie muß sie bald da rausholen, oder sie fressen sich noch gegenseitig bei lebendigem Leib auf. Sie weiß nicht, warum die Leute glauben, daß Hühner feige sind. Sie hat mal gesehen, wie zwei sich Kralle an Kralle gegenüberstanden und zu Tode gepickt haben. Und nichts in der Welt könnte sie dazu bringen, in die Nähe des Nests einer brütenden Henne zu gehen, es sei denn, sie wäre darauf aus, ein Auge oder ein Stück ihrer Hand zu verlieren. Sie hat sogar mal eine alte Henne gehabt, die auch einen Hahn angriff – einen jungen Hahn, mit Sporen und allem. Nein, dieser Junge tat nicht ganz falsch daran, ein bißchen ängstlich zu sein. Wenn man ihre Eigenheiten nicht kennt, hält man sich besser in einiger Entfernung.

»Siehst aus wie ein Mann, der ein dickes Stück Pfirsichtorte mit einem großen Glas Eiskaffee vertragen könnte.«

»Das klingt himmlisch, aber ich möchte das erst fertigmachen.«

»Wegen der Rückseite brauchst du dir keine Gedanken zu machen. Die sieht niemand hinten zum Wald hin.«

»Nein, wenn man etwas macht, macht man es richtig. Ich brauche nicht mehr lang.«

Miranda nickt nur, aber ihr gefällt seine Antwort. Es ist ihr manchmal unheimlich, wie sehr sie diesen Jungen mag. Sie hofft, Baby Girl weiß, was sie an ihm hat. Es wäre eine himmelschreiende Schande, wenn es mit den beiden endete wie mit so vielen jungen Leuten heutzutage. Lassen einfach alles in die Brüche gehen, weil jeder recht haben will in einer Welt, in der es nicht einfach »richtig« oder »falsch« gibt. »Meine Seite.« Er hört sich meine Seite nicht an. Sie hört sich meine Seite nicht an. Genau wie der Hühnerstall hat alles vier Seiten: seine Seite, ihre Seite, eine Außenseite und eine Innenseite. Alles zusammen ist die Wahrheit. Aber das erfordert eine Menge Arbeit, und junge Menschen wollen nicht mehr hart arbeiten. Wenn das Vordringen zur Wahrheit anfängt weh zu tun, ist es leichter, wenn man kehrtmacht. Ja, mach nur weiter, und streich auch die Rückseite von meinem Hühnerstall, damit diese Steineichen sehen können, aus welchem Holz du geschnitzt bist.

* * *

Unser allerschlimmster Streit. Und es war alles deine Schuld. Ich hatte dir tausendmal gesagt – nicht einmal, nicht ein dutzendmal, eintausendmal: Wenn du nicht wirklich meine ehrliche Meinung hören willst (über dein Haar, deine Kleider, deine Lidschattenfarbe oder die neueste Mode für Pygmäenfrauen), dann *frag* mich *nicht* danach. Und du bohrtest immer weiter, nicht wahr? Du sahst für mich immer gut aus, egal, was du anhattest. Aber diese Antwort stellte dich an jenem Abend nicht zufrieden, und es war ja nicht so, als würden wir uns für eine Audienz beim Papst anziehen. Es war ein einfaches Treffen mit Leuten, die du schon dein ganzes Leben lang kanntest. Ich würde derjenige auf dem Prüfstand sein, und ich hatte nur zwanzig Minuten gebraucht, um sicherzustellen, daß sie nicht glaubten, du hättest einen Flegel geheiratet. Ich war ohnehin ein bißchen nervös, und dein ständiges Klagen über die Feuchtigkeit, die deinen Puder verklumpte und dein Haar kräuselte, machte mich nur noch reizbarer. Wer kam denn zu dieser Party? Ein alter Liebhaber oder was? Ja, das rückenfreie Kleid saß prima, egal, ob die Nackenbänder kurz gebunden, lang gebunden, zu einer Schleife gebunden, zu einem Knoten gebunden oder ungebunden waren. Ich stellte mich hinter dich vor den Spiegel und küßte den Hals, den ich am liebsten umgedreht hätte. Du hattest seit so vielen Jahren Lavendelwasser benutzt, daß auch dein Schweiß danach duftete, ohne daß du dich besprüht hattest. Aber an jenem Abend stand der Lavendel in voller Blüte, als ich dir mit dem Daumen vom Kinn zum Schlüsselbein strich, um die verspannten Muskeln unter deiner weichen Haut zu lockern. Es half dir, aber jetzt wurden meine Lendenmuskeln hart, und als ich zum zweitenmal mit meinen Lippen deinen Hals berührte, tat ich das nur für mich. Laß das Oberteil überhaupt weg, sagte ich, wobei meine Fingerspitzen deinen Bauch streichelten, wir werden es niemand sagen. Ich kriegte einen Ellbogen direkt in die Rippen.

»Du bist keine große Hilfe, George. Alles ist für dich nur ein Jux. Und hör auf, mir die Bluse zu verknittern.«

»Okay, okay. Keine Hände – siehst du?«

»Ist mein Make-up in Ordnung?«

»Es ist prima.«

»Nein, ehrlich.«

»Ehrlich, es ist prima. Ich mag diesen Lidschatten an dir.«

»Aber du findest die Grundierung scheußlich.«

»Ich finde die Grundierung nicht scheußlich.«

»Wieso hast du dann die Grundierung nicht erwähnt?«

»Du hast mich nicht danach gefragt.«

»Ich hab dich nach meinem Make-up gefragt, und dazu gehört Lidschatten, Lippenstift, Grundierung, Rouge – eben alles.«

»Ophelia, der Lidschatten ist toll, der Lippenstift ist toll, das Rouge ist toll. Es werden heute abend hundert Frauen hiersein, die dich am liebsten für deine Wimpern umbringen würden, weil du niemals Wimperntusche brauchst. Und ich finde die Grundierung nicht scheußlich.«

»Du denkst wohl, ich bin blöd – oder taub. Etwas nicht scheußlich zu finden ist nicht dasselbe, wie es zu mögen. Du hast bewußt nicht gesagt, daß du die Grundierung magst.«

»Schuldig im Sinne der Anklage.«

»Und?«

»Liebes, warum kaufst du immer Make-up, das zu dunkel für dich ist?«

»Das ist nicht zu dunkel für mich.«

»Okay.«

»Aber du findest das, oder?«

»Um ehrlich zu sein, ja.«

»Wer fragt dich schon?«

Ich war lange genug verheiratet, um den Mund zu halten, wenn eine Unterhaltung diesen Punkt erreicht hatte, von wo es nicht mehr weiterging, außer daß sie in einen Riesenkrach mündete. Und das war weder der richtige Zeitpunkt noch der richtige Ort dafür. Ich weiß nicht mehr, was ich zwischen den Zähnen gemurmelt habe, aber ich weiß noch, was ich gedacht habe: Wenn du dir diesen Kleister unbedingt ins Gesicht schmieren wolltest, obwohl dein Rücken und deine Arme nackt waren, damit du dann wie ein Dominoeis aussahst, war das deine Sache. Das waren deine Freunde, nicht meine. Es gehören immer zwei zu einem Tango, und ich war entschlossen, die Musik weiterspielen zu lassen und diesen Tanz auszusitzen. Aber du warst auch lange genug verheiratet, um zu wissen, welchen Knopf du drücken mußtest, damit ich aufsprang.

* * *

DIE STIMMEN HINTER der geschlossenen Schlafzimmertür werden über zwanzig Minuten hinweg lauter und leiser. Hin und wieder schnappen Miranda und Abigail ein Wort auf, das für sie keinen Sinn ergibt, aber da drinnen hat es eine Bedeutung, denn es löst erneutes Geschrei aus. Wimperntusche. Shawn. Pumpernickel. Die Kinder konnten sich ebensogut in Arabisch streiten. Miranda wird klar, daß sich dort drinnen eine ganze Welt befindet, mit der sie nichts zu tun hat. Abigail legt das Tischtuch aus Spitze auf und ringt die Hände, stellt die Punschschüssel hin und ringt die Hände, während Miranda die Pfirsichtorte weiter in Stücke schneidet, so ruhig, als befände sie sich bei einem Kirchenfest. Das erste Getöse trifft sie unvorbereitet, so daß sie kurz zusammenschrickt, der nächste Wortschwall, der durch die Tür schwappt, bedeutet in jeder Sprache so ziemlich dasselbe. Gleich darauf folgt wieder ein Gerumpel – ein Stuhl wird umgeschmissen –, aber sie läßt Abigail noch immer nicht ins Zimmer stürmen. Wenn Leute Hilfe brauchen, rufen sie danach. Und er wird dein Baby da drin nicht umbringen. Wenn hier wer wen umbringt, dann ist *sie* das.

Die Stille, die folgt, beunruhigt Abigail noch mehr als der Lärm; dann wird eine Tür zugeschlagen und im Bad das Wasser angedreht. Sie ist den Tränen nahe, als Cocoa schließlich ins Wohnzimmer kommt, ein bißchen erhitzt und außer Atem, aber sonst, als sei nichts gewesen. Mirandas Interpretation der Ereignisse scheint der Wahrheit ziemlich nahezukommen, da Cocoa fragt, was George tun könne, um die Blutung aus einer Platzwunde am Kopf zu stillen. Wie groß der Schnitt sei, will Miranda wissen. »Nicht groß genug«, sagt Cocoa.

* * *

Unser allerschlimmster Streit. Und es war alles deine Schuld. Du wußtest, wie nervös ich wegen dieses Abends war, und zeigtest kein bißchen Verständnis. Weil du dir nämlich nie merktest, wenn ich was Wichtiges erzählte. Niemand in Willow Springs hat je geglaubt, daß mich mal irgend jemand heiraten würde, und die Hälfte von ihnen kam bloß, um sich zu vergewissern, daß du auch wirklich existiertest. Es hatte vier Jahre gedauert, dich hierherzubekommen, und jedesmal, wenn ich allein nach Hause kam, lag derselbe Zweifel in ihren Augen. Wer könnte wohl eine Aussätzige wollen? Mit meinem Aussehen war es schrecklich gewesen, auf einer Insel aufzuwachsen voller sanftbrauner Mädchen oder mit einer Haut wie poliertes Ebenholz, so daß sich ihre blitzenden Zähne gegen die tiefsamtene Haut absetzten. Mädchen, die mitternächtliche Schönheit ausstrahlen konnten, wenn sie mit in die Seite gestemmten Armen im vollen Sonnenlicht standen. Es war eine Qual, mit solchen Mädchen konkurrieren zu müssen. Und wenn ein tapferer Bursche mich ausführen wollte, erzählten sie ihm, ich hätte eine seltene ansteckende Krankheit. Es wäre noch schlimmer gewesen, wenn ich nicht eine Day wäre. Jeder respektierte meinen Familiennamen, und Mama Day ließ alle wissen, daß sie es mit ihr zu tun bekämen, wenn sie mich irgendwie anders nannten, als sie es tat. Wenn sie eine Aussätzige sehen wollten, so wüßte sie Mittel, ihnen eine echte Aussätzige zu zeigen, wenn sie eines Morgens aufwachten. Jenseits der Brücke wurde ich ganz anders behandelt – gelegentlich war meine körperliche Besonderheit von Vorteil. Aber ich hegte immer ein Mißtrauen gegen die schwarzen Männer, die mich umschwärmten. Was war denn an mir dran, daß ich auf einmal so hochgepriesen wurde? Sicher, ich war erwachsen genug, um mich selbst zu akzeptieren, und nein, ich war durchaus keine häßliche Frau. Aber irgendwas mußte bei denen nicht ganz stimmen, daß sie mich für eine echte Schönheit hielten.

Ich weiß, meine alten Schulfreundinnen waren schockiert, als sie hörten, daß du erfolgreich warst, was nur bedeuten konnte, daß du auf dein Hemd sabbertest oder ein so abstoßendes Wesen hattest, daß du nie eine andere Frau als mich abgekriegt hättest. Ich konnte es gar nicht erwarten, daß sie dich kennenlernten; ich wollte meinen Triumph auskosten. Für diese Rolle wollte ich mich entsprechend anziehen. Verzehrt euch vor Neid – er gehört ganz und gar mir. Ich konnte nicht fassen, daß du mir eine Stunde lang seelenruhig zusahst, wie ich mich zurechtmachte, bevor dir einfiel, daß du rumfummeln wolltest. Wo warst du, als ich aus der Dusche kam und noch ungekämmt und ungeschminkt war? Und um dich dann an mir zu rächen, weigertest du dich, mir das zu sagen, was ich so dringend hören wollte. Natürlich war diese Grundierung nicht der richtige Ton, aber konntest du nicht lügen? Ich mußte perfekt sein an diesem Abend, und ich war am Boden zerstört. Aber es war weder der richtige Zeitpunkt noch der richtige Ort für einen Streit, und ich hatte vor, dich zu ignorieren, bis du diese abfällige Bemerkung machtest, ich würde aussehen wie ein Dominoeis. Laut – du schmettertest es praktisch durch den ganzen Raum.

»Ich glaube, du bist für mich der letzte Fachmann in Sachen Make-up, denn schließlich bist du die ganze Zeit nur mit weißen Frauen rumgelaufen, bis ich dich gerettet habe.«

»Es war *eine* Frau namens Shawn, die zufälligerweise weiß gewesen ist. Ein himmelweiter Unterschied.«

»Hör zu, George, du wolltest, was du wolltest. Du hast gekriegt, was du gekriegt hast. So einfach ist das. Ich weiß, ich bin nicht dein Ideal –«

»Das war sie auch nicht.«

»Ja, ganz recht.«

»Ganz recht!«

»Und was war dein Ideal, George?«

»Ich lasse mich mit dir nicht darauf ein.«

»Nein, ich möchte es wirklich wissen. Habe ich dich so furchtbar enttäuscht?«

»Ophelia, du hast mich überhaupt nicht enttäuscht. Nur ein Narr würde sein Leben damit zubringen, nach einer Traumfrau zu suchen. Die richtige Frau ist die, mit der man zusammenleben kann, nicht die, die man im Kopf hat. Die Frau in meinem Kopf war schiere Phantasie. Ich hatte Vorstellungen von einer, die tief dunkelbraun war –«

»Oh, tief dunkelbraun?«

»Ja, und zwar überall braun – Lippen und alles. Mit rauchgrauen Augen. Verrückt, ha? Und sie hätte Grübchen und weiche Kurven, und überall, wo ich sie berührte, wäre eine warme Rundheit, und sie –«

»Eine Frau? Du hast davon phantasiert, einen Laib Pumpernickel zu besteigen. Das ist krank, George. Das ist noch kränker, als weißen Mädchen hinterherzulaufen.«

»Frag mich bloß nie wieder etwas, okay? Ich habe versucht, aufrichtig zu sein. Und wenn du sagst, ich rede nicht mit dir, dann deshalb. Mit dir ist es hoffnungslos. Bei dir gerät die Ignoranz schon fast zur Kunst.«

»Oh, jetzt bin ich also dumm?«

»Nein, wahre Dummheit ist genetisch bedingt. Deine Ignoranz ist frei gewählt.«

»Na, ich bin sicher, all deine weißen Frauen waren nicht ignorant.«

»Eine Frau – Shawn. Shawn!«

»Ganz recht, schrei's im ganzen Haus herum. Mach das Fenster auf, damit sie dich auch in Kanada hören können, denn du willst ja der ganzen Welt mitteilen, daß du ihren Namen nicht vergessen hast!«

»Und auch sonst wenig von ihr.«

»Natürlich nicht – dein toller Rotschopf mit den Sommersprossen. Wenn ich diesen rothaarigen Sommersprossenscheiß noch einmal höre, muß ich kotzen. Sie hat dir jedenfalls den Verstand geraubt – stolz darauf zu sein, mit einem Pumuckel in Frauenkleidern auszugehen!«

»Ich bin nicht stolz darauf – und ich schäme mich nicht, obwohl du versuchst, mich dahin zu bringen, oder? Aber es funktioniert nicht. Das war eine schöne Zeit in meinem Leben.«

»Nach diesem Traum muß ich eine erbärmliche Zweitbeste sein.«

»Ja, ein wahr gewordener Alptraum. Ich hoffe, damit fühlst du dich endlich dunkel genug, um mit diesem Mist aufzuhören.«

»Mich anzugreifen ändert nichts an der Tatsache, daß deine Werte völlig durcheinander sind.«

»Und du malst dich mit Teer an! Halt mir keine Predigten über Werte, bis du gelernt hast, dich zu akzeptieren und dir diesen Scheiß aus dem Gesicht zu wischen.«

»Verschwinde und laß mich in Ruhe.«

»Ständig in der Sonne zu braten – davon kriegst du bloß Hautkrebs.«

»Ich hab gesagt, laß mich in Ruhe! Hau ab und warte, bis deine Idealfrau vorbeikommt – es wimmelt hier davon. Und wenn du hier keinen Treffer landest, kannst du in New York die andere Sorte ficken, die du magst, bis dir schwindelig wird.«

»Jede Sorte, die weiß, was sie ist, wäre eine Verbesserung.«

»Leck mich doch . . .«

»Auch das wäre eine Verbesserung.«

»Besser noch – leck irgendwas an Shawn. Sie ist doch diejenige, die dich so verdammt glücklich gemacht hat.«

»Mit einer richtigen Frau zusammenzusein, das würde jeden Mann glücklich machen.«

»Sie war nicht Frau genug, um dich zu halten!«

»Oder nicht Miststück genug, um mich dauernd daran zu erinnern!«

Ich schwöre dir, die Vase tauchte plötzlich aus dem Nirgendwo in meiner Hand auf . . .

* * *

WAGEN PARKEN DICHT gedrängt am Straßenrand und bis in Abigails Vorgarten hinein. Da diese Einladung von Mund zu Mund erfolgt war, ist jeder gekommen, der einen Mund hat, in den er ein Stück Pfirsichtorte stopfen kann. Bernice und Ambush erscheinen mit der ersten Gruppe, und sie schnallt Klein Cäsar noch immer mit zwei Gurten in dem Kabrio fest, obwohl er neben seiner Großmama Pearl sitzt. Die meisten tragen, was man so ihre mittelfeinen Sachen nennen könnte: ein bißchen schicker als alltäglich, denn man wird nicht jeden Tag eingeladen, um einen Besucher aus New York zu begrüßen, und ein bißchen weniger als Sonntagskleidung, denn schließlich ist er nicht der Erzengel Gabriel.

Die Leute, die gewöhnlich beieinanderstehen, um über zwei Dinge zu reden, reden heute über drei. Das Wetter ist zuerst dran, sobald sie das Haus betreten, da jetzt den ganzen Tag diese Meldungen im Radio und Fernsehen kommen. Ein Tropensturm bewegt sich auf Florida zu und soll morgen hier ankommen. Legt sich vielleicht, bevor er Willow Springs erreicht, vielleicht aber auch nicht. Ein bißchen Regen wäre ganz willkommen, viel Regen ärgerlich und noch mehr – nun, darüber kann man sich Sorgen machen, wenn es soweit ist. Nur weiter die Nachrichten hören. Ihr solltet lieber auf die Krähen hören, sagt Miranda. Wenn sie anfangen, solchen Lärm zu machen, dann wird der Wind auch mit viel Lärm durch die Gegend fegen. Die Älteren wie sie erinnern sich noch an 1920, und alle haben eine Geschichte zu erzählen. Wie ganze Bäume entwurzelt wurden, ein alter Ford auf der Straße eine Meile weit geschleudert wurde, die Brücke explodierte, als wäre sie mit Dynamit gesprengt worden. Die alten Geschichten werden interessanter als die Vorhersagen für den neuen Sturm und genauso phantasievoll. Pearl war kaum geboren, und sie weiß eine über ein Haus, das mit Möbeln und allem Drum und Dran – klatsch – mitten auf das Dach eines anderen Hauses gesetzt worden war. Für manche klingt das mehr nach einem Tornado als nach einem Hurrikan; für Miranda ist das purer Unsinn, da sie in jenem Jahr fünfundzwanzig war. Unsinn oder nicht, sagt Pearl, wenn wieder etwas so Gewaltiges über sie hinwegzieht, wird ihr Gott sie beschützen. Miranda hofft, Er sagt ihr, daß sie ihren Hintern von dem tief gelegenen Land wegschaffen soll – sie hat das Haus zu nah am Wasser gebaut.

George wird ein dutzendmal gefragt, ob es auch in seiner Gegend Wirbelstürme gebe. »Selten«, erzählt er ihnen in seiner knappen, korrekten Art. »Aber die Stadt kann ziemlich üble Gewitterstürme erleben.« Es ist egal, was für eine Antwort er gibt, solange sie ihn ein paar Minuten für sich haben, denn er ist die zweite Sache, über die zu reden die Leute gekommen sind. Sie haben Jahre auf diese Gelegenheit gewartet. Es bleibt nicht unbemerkt, daß er und Cocoa es einrichten, sich immer in verschiedenen Ecken des Raums aufzuhalten, während es Abigail oder Miranda überlassen bleibt, ihn den Leuten vorzustellen. Über alle Maßen höflich, wie er ist, paßt er nicht in das Bild, das sich die meisten von ihm gemacht haben: größer für manche, kleiner für andere; breiter, schlanker. Und niemand hat erwartet, diesen dicken Verband über seiner linken Kopfseite zu sehen, was ihnen das dritte Gesprächsthema bietet. Wie ist das passiert? Bei einem dieser Raubüberfälle im Central Park? Nein, sagt er ihnen, ich bin bei einem Spaziergang gegen einen Ast gelaufen.

»Wie war denn sein Name?« fragt Parris ihn grinsend.

»Ha?«

»Von dem Ast? Ich bin mal gegen einen namens Louise gelaufen. Und ich hab 'ne Zahnlücke, um's zu beweisen.«

Jemand anders ist in eine Bernadette gelaufen, die ihm den rechten Kiefer ausgerenkt hat. Eine Hester, die mit besonderer Vorliebe Lippen aufriß. Eine Tina Marie, die ihm einen Fetzen aus dem Arm gebissen hat, als er nachts draußen geschlafwandelt hat.

»Ja, man muß auf diese Äste aufpassen.« Ambush legt George den Arm um die Schulter. »Besonders auf die, die hier in Willow Springs wachsen.«

»Und Junior Lee rennt ständig in ganze rubinfarbige *Baumstümpfe*, stimmt's, Junior Lee?« fragt Parris.

»Mach ich niiie«, nuschelt Junior.

»Mich wird auch nie 'n Ast erwischen.« Dr. Buzzard zieht seine Hose hoch. »Außer er will abgesägt werden.«

»Buzzard, Sie sind mal lieber ganz ruhig«, sagt Miranda. »Sie sind hier im Haus nur deshalb geduldet, weil ich mich vor den echten Gästen nicht gern aufspiele. Aber ich hab mit Ihnen noch ein Hühnchen zu rupfen.«

»Na, Mama Day, wir amüsieren uns hier alle nur 'n bißchen, und Sie rühren uralte Geschichten auf. Ich wollt Ihnen grad sagen, daß ich keine so gute Torte mehr gegessen habe, seit Hector 'n Welpe war.«

»Dann essen Sie sich besser satt. Denn es wird das letzte sein, was Sie oder Hector von mir bekommen.«

Miranda nimmt die leere Punschschüssel in die Küche, um sie nachzufüllen. Zur Feier des Tages tut sie noch frische Ananas an ihr Geheimrezept, und die Party läuft wirklich gut, denn der Pöbel, den sie auf keinen Fall hier haben wollte, ist frühzeitig wieder gegangen, als er feststellte, daß Buzzard den Punsch nicht mit Alkohol würzen würde. Und sie muß zugeben, daß er sich ihretwegen recht anständig benimmt, er weiß, daß er es nicht zu weit treiben darf. Sie ist schon beinahe entschlossen, doch nicht die Luft aus seinen Reifen zu lassen. Miranda blickt auf, während sie den Himbeersirup einrührt, und Bernice steht in der Küchentür mit Klein Cäsar auf dem Arm. Seine Shorts, die Kniestrümpfe und sein Hemd sind hellblau, passend zu ihrem Kleid. So näht sie alles für sie drei, aber Ambush weigert sich, pastellfarbene Sachen zu tragen – wir sind keine Drillinge, sagt er, wir sind seine Eltern. Bernice steht da, als wüßte sie nicht, ob sie reinkommen oder weggehen soll, und hievt Klein Cäsar hoch auf ihre schmale Hüfte.

Sie hat Miranda keinen richtigen Besuch mehr abgestattet, seit das Baby geboren wurde. In der Kirche oder an der Brückenkreuzung wechselte sie schon mal ein paar Worte mit ihr, wenn sie sich begegneten, blieb aber selten lange. Miranda verhielt sich nicht anders, bewunderte das Baby, wenn sie Gelegenheit dazu bekam, und ließ die eine oder andere Bemerkung über seine Milch, sein Zahnen, sein Sauberwerden fallen. Bernice wirkte nervös, sobald Miranda in seiner Nähe war, allerdings war es dasselbe mit anderen Leuten in seiner Nähe. Aber Miranda weiß, daß sie wahrscheinlich heute abend nicht gekommen wäre, wenn Ambush sie nicht Cocoas und Georges wegen dazu gebracht hätte. Was immer im Kopf dieses Kindes vorgehen mochte, sie würde damit allein fertig werden müssen.

»Wird er nicht ein bißchen zu groß dafür?« Miranda konzentriert sich auf das Abmessen des Sirups. »Du mußt auf deinen Rücken aufpassen.«

»Aber wenn ich ihn runterlasse, läuft er überall rum. Ich will nicht, daß er irgendwo reingerät.«

»Dann sieh zu, daß er an deiner Seite bleibt.«

»Leichter gesagt als getan, Mama Day.«

»Ja, ein Kind großziehen ist nicht leicht.«

Das Geplauder außerhalb der Küche läßt die Stille darin noch lastender wirken, während Bernice ihr Gewicht von einem Bein aufs andere verlagert und Miranda beobachtet, die seelenruhig ihren Punsch umrührt und die richtige Süße abschmeckt. Klein Cäsar fängt an zu greinen und streckt die Hand nach dem Tisch aus.

»Du willst ein bißchen?« fragt Miranda, und das Kind nickt. »Du hast eine Zunge – bitte drum.«

»Gib mir von dem Saft.«

»So kriegt man in diesem Haus gar nichts. Mama Day, kann ich bitte etwas Saft bekommen?«

»Bitte.«

»Na, das ist hübsch. Komm her und hol ihn dir. Aber du mußt laufen wie ein großer Junge.«

Bernice setzt ihn ab, und er läuft mit seinen knorrigen Knien zu Miranda. Er beäugt sie kritisch, während er seinen Punsch trinkt, mit beiden Händen fest das Glas umfassend. Er hat im Nu ausgetrunken und hält das Glas mit einem breiten Grinsen auf dem Gesicht hoch zu Miranda. Und er guckt verwirrt drein, als sie ihm das Glas nicht abnimmt.

»Ich will dir mal was über das ›Bitte‹ erzählen«, sagt Miranda und nimmt seine Hand. »Es ist nicht glücklich so ganz allein in der Welt. Es wird ganz einsam ohne seinen Zwillingsbruder – das ›Danke‹.«

»Danke, Mama Day!« Er ist so zufrieden mit sich, daß er das Glas fallen läßt. Bernice schreit auf und läuft herbei, wobei sie ihm einen größeren Schrecken einjagt als das Glas, das auf den Boden rollt. Klein Cäsar schaut zu Miranda hoch. »Oooh, guck, was ich gemacht hab, bitte.« Er ist aus der Küche heraus, bevor Bernice ihn schnappen kann, und Miranda lacht.

»Du hast da ein gescheites Bürschchen.«

»Ich sage dir, er ist eine Plage.« Bernice lächelt und hebt das Glas auf. Sie dreht es zwischen ihren dünnen Fingern hin und her und betrachtet die Regenbogenfarben, die von den Kanten reflektieren. Ihr Gesicht ist ernst, als sie endlich

Mirandas Blick begegnet. »Ich hab dir nie für meinen Sohn gedankt.«

»Und das war ganz richtig«, sagt Miranda, nimmt ihr das Glas ab und drückt ihr sanft die Hand. »Ich bin nicht in der Wunderbranche, deshalb brauchst du mir nicht zu danken.«

Es sind nur noch einige wenige von denen da, die Miranda als Pöbel zweiter Klasse bezeichnet. Der Pöbel erster Klasse hat sich davongemacht, als es keinen Schnaps gab, und die anderen würden bleiben, bis man sie eben rausschmiß. Das würde womöglich nicht vor dem nächsten Dienstag geschehen, so wie Abigail aussieht. Sie läuft herum und tut Torte auf und füllt Gläser nach. Armes Ding, denkt Miranda, sie wird so weitermachen, bis sie umfällt. Noch eine halbe Stunde, und ich werde die Leute rausscheuchen. Es ist vielleicht nicht mein Haus, aber es ist meine Schwester. Als sie sich nach dem Rest ihrer Familie umsieht, entdeckt sie Cocoa noch immer in einer Ecke des Raums und George in der anderen, wo er Dr. Buzzard zuhört, der ihm und Junior Lee davon erzählt, wie er diese zwölf Geister im Südwald davongejagt hat. Diese Geschichte ist dazu angetan, aus Buzzard selbst eine Legende zu machen.

Miranda macht Cocoa ein Zeichen, zu ihr zu kommen und sich neben sie zu setzen. »Die Leute finden es ziemlich merkwürdig, daß du und dein Mann den ganzen Abend kein Wort miteinander wechselt.«

Cocoa stößt einen Seufzer aus, und in ihrer Stimme liegt kein kämpferischer Tonfall. »Es ist mir egal, was die Leute finden. Ich wäre überhaupt nicht hier, wenn du und Großmama euch nicht so viel Mühe gemacht hättet. Und glaub mir, er ist es nicht wert.«

»Was es auch sein mag, es ist nicht so schlimm, daß es nicht wieder beigelegt werden könnte. Ich hab gesehen, wie er zwei- oder dreimal zu dir rüberguckte, als du ihm den Rücken zugedreht hast, und er hat genauso unglücklich ausgesehen, wie du dich anhörst. Wieso gehst du nicht zu ihm und versöhnst dich? Rette, was vom Abend noch übrig ist.«

»Nach dem, was er zu mir gesagt hat, soll *ich* mich versöhnen? Da kann er lange warten.«

»Du hast zu anderen Leuten auch schreckliche Sachen gesagt, in ebendiesem Raum. Hast jemand eine herrische und tyrannische alte Frau genannt, und dieser Jemand hat nicht für den Rest seines Lebens aufgehört, mit dir zu reden. Wenn mich meine Erinnerung nicht täuscht, ist dieser Jemand am nächsten Tag zu dir gekommen und hat gesagt, er ist bereit, das Vergangene auf sich beruhen zu lassen ...«

»*Falls* ich bereit bin, mich dafür zu entschuldigen, daß ich eine egoistische, undankbare Kratzbürste bin. Ja, ich erinnere mich, Mama Day.«

»Das Entscheidende ist: wenn man jemand sehr gern hat, dann gibt man ihm die Chance, etwas zurückzunehmen, was er vielleicht im Zorn gesagt hat. Und du solltest den ersten Schritt tun.«

»Ja, immer die Frau.«

»Weil wir besser dran sind als sie. Eine gute Frau ist jederzeit soviel wert wie zwei gute Männer, wenn sie will. Das kleine bißchen also, das wir aufgeben, vermissen wir nur halb so sehr.«

Dr. Buzzard hat soeben den letzten Geist für George und Junior Lee gefangen und gefesselt, als er Cocoa durch den Raum kommen sieht. Er beugt sich vor und sagt George vertraulich, daß er ein Mittel weiß, wie man diese wilden Äste im Garten zurechtstutzen kann, und da sie Freunde sind, wird er es ihm für einen Sonderpreis geben. George schüttelt nur den Kopf. Wie wär's dann mit einem Tausch? Sein Aststutzgerät gegen Georges Hilfe, einen besseren Ertrag aus seiner Brennerei rauszuholen, wo er doch ein Erfinder ist und alles. Junior Lee sagt Buzzard, daß er nicht richtig im Kopf sei, das hier sei ein Maschinist. George versucht ihnen zu erklären, was für eine Arbeit er tatsächlich macht, als Cocoa ihm die Hand auf den Arm legt.

»Möchtest du noch etwas Punsch, George?«

»Nein.«

Er dreht ihr den Rücken zu, und als sie fragt, ob er vielleicht noch ein Stück Torte möchte, ignoriert er sie und redet weiter. Er nimmt seinen Krawattenhalter ab, und als er demonstriert, wie phantastisch diese kleinen Einkerbungen sind, pflichtet Cocoa ihm bei. Er hört abrupt auf zu reden, wartet, bis sie fertig ist, und fährt dann, ohne sie eines Blickes zu würdigen, dort fort, wo er aufgehört hat, als wäre sie gar nicht vorhanden. Flammen funkeln in ihren Augen, aber da sie ihre Lippen fest zusammengepreßt hat, kommen sie nicht aus ihrem Mund, und die Röte überzieht nur ihre Wangen.

Sie ist nicht mehr in der Stimmung, mit jemand zu reden, und geht hinaus auf die hintere Veranda. Eine dünne Mondsichel scheint verschwommen vom verhangenen Himmel. Cocoa sitzt auf der Treppe, die Arme um die Knie geschlungen, und schaut in die Ferne zum Ostwald. Nach einer Weile kann sie das Dunkel der Bäume vom Dunkel des Horizonts und dieses vom Dunkel der hügeligen Landschaft unterscheiden. Und wenn sie ganz still atmet, ist ein leises Flüstern vom Meer zu vernehmen, das an das entfernte Riff spült. Die Feuchtigkeit der Nacht kriecht an ihr hoch, aber je länger sie hier draußen sitzt, desto schwerer wird es, aufzustehen und wieder hinein in das erleuchtete Haus zu gehen. Sie hört die Fliegentür aufgehen, und Junior Lee kommt heraus und setzt sich neben sie.

»Wenn du meiiine Frau wärst, würd ich dich nicht so behandeln.«

Da es nicht Junior Lees Stärke ist, einen Wink zu verstehen, meint er, sie antwortet nicht, weil sie ihm zum Reden soviel Zeit lassen will, wie er braucht.

»Ja«, fährt er fort, »wenn du meiiine Frau wärst, würd ich sehen, daß du ganz glücklich bist.«

Es folgt weiteres Schweigen, und das bestärkt ihn noch mehr. Er rückt ein bißchen näher an sie ran, und Cocoa wendet ihm langsam den Kopf zu. Ihre Stimme ist schrecklich ruhig. »Ich will dir mal was sagen, Junior Lee. Und ich möchte, daß du genau zuhörst. Im Moment bin ich wütend. Und da du nicht der Grund für meine Wut bist, gebe ich dir die Chance, von hier zu verschwinden. Es ist nicht nötig, daß du hier in was reingerätst, was nicht deine Angelegenheit ist.«

»Aber Schätzchen, ich will's zu meiiiner Angelegenheit machen.«

»Nein, willst du nicht.«

»Für ein so süßes Ding wie dich würd ich alles machen.«

Ein tiefer, tiefer Seufzer entfährt Cocoa. Ein Seufzer, der sagt, daß sie es leid ist, zu streiten, leid ist, zu fluchen – und viel zu leid ist, Leuten wie Junior Lee das Offensichtliche zu erklären. Welche Bedeutung er ihrem Seufzer auch entnimmt, es ist die falsche. Ehe sie sich's versieht, hat er zu ihrem Hals gegriffen und die Bänder von ihrem Oberteil gelöst. Cocoa hält mit einer Hand ihre Bluse hoch, holt mit der anderen gegen ihn aus und haut mit dem Handgelenk gegen das Verandageländer. Sie schlägt nicht sehr kräftig auf, aber es gibt ihr den Grund zum Weinen, den sie gebraucht hat. Sie springt auf und läuft ins Haus. Junior Lee will sich in die andere Richtung davonmachen und starrt direkt auf Ruby.

»Baby«, sagt er zu dem Berg, »sie hat mich hier rausgelockt.«

* * *

Ich versuchte mir vorzustellen, was mich jemals wieder dazu bringen könnte, mit dir zu sprechen, nachdem du mich genötigt hattest, einem ganzen Raum voller Fremder gegenüber wie ein Idiot dazustehen. Und wie du immer gesagt hast, bin ich kein phantasievoller Mann, also fiel mir nichts ein. Ich würde mit dir nicht in Willow Springs reden, ich würde mit dir nicht auf dem Heimflug reden, ich würde mit dir nicht reden, wenn wir wieder in New York wären – ich würde nie wieder mit dir reden. Der Gedanke an eine so schweigsame Zukunft deprimierte mich während des Frühstücks, nicht dein eigenes Schweigen, das ich begrüßte, da ich ohnehin nicht mit dir reden würde. Ich dachte an die College-Abschlußfeier meiner Kinder und daran, wie anstrengend das ganze Ereignis für sie und uns sein würde. Ein gewaltiger Sprung in der Tat, zumal du bei deiner Großmutter im Zimmer schliefst, aber ich hatte die ganze Nacht Zeit, mir über die Auswirkung auf ihr Sauberwerden, ihre Pubertät und die Partnerwahl Gedanken zu machen. Wenn meine Tochter nun einen Schwachsinnigen heiratete, weil sie in dem Glauben aufwuchs, daß Einsilbigkeit eine natürliche Form der Kommunikation sei? Sie verdiente etwas Besseres, wie auch jeder Sohn von mir, der sonst nie einem Footballschiedsrichter widersprechen würde. Um ihretwillen könnte ich vielleicht nachgeben und wieder mit dir reden, sobald sie alt genug wären, um den Unterschied mitzukriegen.

Aber an diesem Morgen bestand dazu absolut keine Notwendigkeit. Ich brauchte dich nicht mal anzusehen, zumal deine Großmutter permanent davon plapperte, wie nett die Party gewesen sei und wie nett Soundso ausgesehen habe und wie nett rund Soundso geworden sei und wie nett es war, daß alles so nett gewesen war. Ich stimmte ihr zu bei den Menschen, an die ich mich noch erinnern konnte, und stellte Fragen zu denen, an die ich mich nicht erinnern konnte. Ich mochte Miss Abigail und versuchte, das Frühstück für sie so unbeschwert wie möglich zu machen. Sie war eine von Grund auf weichherzige Frau – eine Idee nervös, aber mit viel Zartgefühl, das auch in ihrem Heim in Form von Spitzen und feinem Chintz sichtbar war. Und sie glaubte ganz offensichtlich, daß Vasen dazu da waren, daß man Blumen hineinstellte. Das Beste, was ich für sie tun konnte, war, vorzeitig abzureisen. Ich erkundigte mich, aber wegen der Sturmwarnungen waren keine Flüge angesetzt. Ich hätte einen Zug nehmen können, aber das war ausgeschlossen, weil das eine unmögliche Diskussion über den Verbleib meiner Kreditkarten und des Geldes, das ich dir zur sicheren Verwahrung gegeben hatte, erfordert hätte. Ich wußte nicht, was deine Pläne für den Tag waren; ich hatte versprochen, beim Verbrettern von Miss

Mirandas Wohnwagen zu helfen und die Fensterläden deiner Großmutter zu befestigen. Ich nahm an, du würdest in Willow Springs bleiben; ich wußte, ich mußte bleiben. Es schien also, als würden wir uns auf einen Sturm vorbereiten.

* * *

DER SCHAUKELSTUHL WIRD zusammen mit den Kübelpflanzen, die auf der Veranda standen, in die Eingangshalle gebracht. Die oberen Fensterläden werden verbolzt, die Fliegentür an der Speisekammer wird mit einem Seil festgebunden. Miranda bleibt nichts weiter zu tun, als einen letzten Gang durch ihren Garten zu machen. Sie bückt sich, um hier ein welkes Blatt aufzuheben, dort eine Handvoll Unkraut auszurupfen, so als käme es wirklich darauf an. Sie läuft nur noch einmal hindurch, um sich zu erinnern, falls nach heute nacht nichts mehr übrig ist. Sie können so viele Sturmwarnungen bringen, wie sie wollen, den Hurrikan beobachten, bis sie dumm werden – sie braucht sich keine weiteren Meldungen anzuhören. Die einzig wichtige Nachricht ist schon vor einer Woche reingekommen; die letzte Warnung, die sie brauchte, lag in den Schlangenspuren, die sie überqueren mußte, um zum andern Haus zu gelangen. Die Diamantklapperschlangen und Mokassinschlangen waren immer die letzten, die was mitkriegten. Nein, die vorletzten: nach den Schlangen kamen noch all diese Meßinstrumente und Diagramme in der Sturmwarnzentrale.

Miranda schüttelt den Kopf und wirft einen letzten Blick in ihren Garten, bevor sie das Gesicht zum Himmel hebt. Grau. Die Farbe, die man bekommt, wenn man ein Brautkleid und einen Trauerschleier gleichzeitig wäscht. Eine maschenartige Wolkendecke dehnt sich langsam vom südlichen Horizont her aus. Wie ein Netz, und sie weiß, daß es noch breiter und dichter werden wird – und sehr viel tiefer runterziehen wird. Vielleicht nicht diesesmal, denkt Miranda, aber irgendwann wird ein Wind kommen und dieses Haus wegreißen. Wenn es so viel Kummer in sich aufgesogen hat, daß es nicht mehr kann und ihm nichts mehr bleibt, als auf dem Grund des Sunds in seinen Einzelteilen zu verrotten. Gott, sie wird schon morbid. Nun, das ist das Wetter und die vorzeitige Trauer über die zwangsläufige Vergeblichkeit all ihrer Mühen.

Und sie hat den Garten genauso wieder bepflanzt, wie er einmal war, obwohl es sinnvoller gewesen wäre, die Pekannußbäume hinter die Pfirsichbäume zu pflanzen, damit die höheren Zweige nicht das Südlicht abblockten. Und ihre besondere Vorliebe galt weniger den Purpurwinden als den dunklerfarbigen Glyzinien, aber es mußten Winden sein, die sich an den Säulen der Veranda hochrankten. Sie hatte das, ohne nachzudenken, gewußt, so wie sie wußte, daß der Küchengarten ein Beet Gartenkresse haben mußte. Sie kochte nicht damit, brauchte sie nicht für ihre Arzneien. Aber irgend jemand hatte das mal getan. Und es war nicht Mutter gewesen – Mutter kochte überhaupt kaum. Und später aß sie auch nicht mehr viel. Später machte sie gar nichts mehr, außer in dem Schaukelstuhl sitzen und Fäden wickeln ... Zuviel Kummer. Miranda seufzt. Viel zuviel. Und ich war zu jung, um dir Frieden zu geben. Sogar Abigail hat es versucht und ist gescheitert. Nein, das war nicht dein Garten.

Das sich ausdehnende Wolkennetz aus dem Süden ist gerade über der Hauptstraße angelangt, als Ruby einen kleinen Hocker auf ihre Vorderveranda stellt. Sie arrangiert ihre winzigen Keramiktiegel auf dem Tisch neben ihrem Stuhl und setzt sich, um auf Cocoa zu warten. Die Tiegel sind noch heiß vom Stehen im kochenden Wasser auf dem Herd, und sie breitet einen Haufen bunter Schnüre daneben aus. Sie hat eine neue Bürste und einen Kamm für den Fall besorgt, daß Cocoa ihre vergißt, aber als sie sie in der Ferne sieht, weiß sie, daß sie sie nicht brauchen wird. Cocoa trägt eine Segeltuchtasche über der Schulter und hat Shorts und eins dieser rückenfreien Oberteile an, die sie so liebt. Ein langbeiniges Schreiten, das

Ruby aufmerksam verfolgt, während sich die Wolken weiter nordwärts schieben, um Willow Springs zu bedecken.

* * *

Ich hatte eine Liste von dem gemacht, was geschehen müßte, bevor ich je wieder mit dir reden würde: ein kalter Tag in der Hölle, eine Hitzewelle in Sibirien, ein blauer Mond (eine rote Sonne hatte ich wieder ausgestrichen – die hatte ich hier oft genug gesehen), Olympische Winterspiele in der Antarktis, die Super Bowl in Havanna, daß dein linkes Ohr abfaulte, gefolgt von deinem rechten großen Zeh, gefolgt von deinem Mittelfinger (egal von welcher Hand), gefolgt von... als eins von Carmen Raes Kindern mir den Zettel von Miss Ruby brachte. Für eine so große Frau hatte sie eine winzig kleine Handschrift, die man kaum lesen konnte. *Es tut mir leid, einen Trottel geheiratet zu haben. Komm mich besuchen.* Ich konnte mich mit ihrem Problem voll und ganz identifizieren. Aber so abscheulich Junior Lee auch war, konnte ich ihm doch eher vergeben als dir für die Art und Weise, wie du mich behandelt hattest. Zumindest war er nur draußen im Dunkeln ein Widerling gewesen – du warst es vor versammelter Mannschaft. *Ich* bin ein Miststück genannt worden. *Ich* bin über einen Stuhl geschubst worden, und trotzdem habe ich versucht, mich mit dir zu vertragen, und dafür werde *ich* dann von dir wie ein Stück Dreck ignoriert? Mister, du weißt nicht, was für ein Glück du gehabt hast, daß da zwei alte Ladys zwischen dir und der Katastrophe gestanden haben.

Ich wollte Miss Ruby besuchen, nachdem ich mit Bernice Stoff kaufen gewesen war. Sie hatte Klein Cäsar mitgebracht, und er zog sich andauernd die Schultergurte runter, so daß sie zwanzig Minuten brauchte, um ihn im Autositz festzuschnallen, was völlig überflüssig war bei ihrer Fahrweise von unter dreißig Stundenkilometern. Der Hurrikan, dessentwegen sie sich soviel Sorgen machte, würde über uns hinweggefegt sein, bevor wir überhaupt bei der Brückenkreuzung ankämen. Sie schien nicht gleichzeitig reden und Auto fahren zu können. Sie trat andauernd auf die Bremse, um sich zu mir zu drehen und mich anzusehen, die Augen weit aufgerissen angesichts meiner Geschichte.

»Na, das ist vielleicht ein Ding, oder? Er bewirft dich mit Schimpfwörtern, stößt dich über den Stuhl und haut dir eine Vase auf den Kopf. Hätt ich nie gedacht, so wie er aussieht – ganz still und lieb.«

»Nein, ich hab ihn mit der Vase geschlagen.«

»Na, das kann ich dir nicht verdenken – wo er dich so über den Stuhl gestoßen hat.«

»Nein, Bernice. Erst hab ich ihm die Vase übergezogen, *dann* hat er mich geschubst. Und der Stuhl stand hinter mir.«

»Na, das ist vielleicht ein Ding, oder? Sollst du dir etwa einfach gefallen lassen, wie er dich mit Schimpfwörtern beleidigt? Ein Miststück – ist das nicht furchtbar?«

»*Und* ein wahr gewordener Alptraum.«

»Ein wahr gewordener Alptraum – ist das nicht furchtbar? Ich sage dir, Cocoa, die Männer sind was für sich. Und bei den Stillen, da mußt du aufpassen. Tückisch, du weißt, was ich meine? Stille Wasser sind tief. Die Leute sagen mir ständig, was für ein Heiliger Ambush ist. Aber sie haben ja keine Ahnung – er hat auch seine anderen Seiten. Nicht, daß ich jemals so geschlagen worden wäre wie du.«

»Und du hast gesehen, wie er sich auf der Party benommen hat.«

»Und ob. Total cool und gelassen, hat mit den Gästen gegrinst und gelacht, als wär nichts dabei, daß er so einen großen Verband am Kopf hat. Wo er sich bis auf die Knochen hätte schämen sollen dafür, daß er deine Gefühle so verletzt hat. Hat einfach so getan, als wärst du gar nicht da. Das ist doch ein Ding, oder?«

Das war es allerdings. Und ich beschloß, selbst dann nicht mehr mit dir zu reden, wenn die Super Bowl in Havanna stattfinden würde. Nein, du müßtest auf Knien angekrochen kommen. Und als wir dann mit Einkaufen fertig waren, fing ich an, wirklich deprimiert zu werden, denn du würdest niemals kriechen – wie sollten wir je aus dem Schlamassel wieder rauskommen? Das Leben war früher so einfach gewesen, auf derselben Straße, die ich hoch zu Miss Rubys Haus lief. Ein verlorenes Notizbuch. Ein aufgeschrammter Ellbogen. Zwei Jungen finden, damit man zu viert ausgehen konnte. Das waren meine größten Sorgen gewesen. Und Trost hatte sich so leicht eingestellt durch ein gutes Zeugnis oder durch die Wahl zur Mannschaftsführerin beim Volleyball. Auf dem kleinen Hocker zu sitzen und mir von ihr die Haare flechten zu lassen brachte mir diesen Trost zurück, den Tag, an dem sie mich davor bewahrt hatte, den Hintern versohlt zu bekommen, indem sie die Beweise für mein Spielen unten in der Schlucht entfernte. Heiklere Sachen waren an die Stelle von Spitzkletten getreten, aber ihre gewaltigen Beine waren wie eine Festung, in der ich Zuflucht fand, und ihre Stimme wirkte beruhigend.

Ich war den Tränen nahe, als sie sich für Junior Lee entschuldigte. Hier war eine Frau, die absolut nichts getan hatte, und sie bat mich, ihr zu vergeben. Er sei ein Hund, sagte sie, durch und durch ein Hund. Sie habe ihn zu lange an der lockeren Leine gelassen. Man mußte auf das Mannsvolk aufpassen, wenn es so schwach war wie er und allen möglichen Versuchungen ausgesetzt. Und diese jungen Mädchen heutzutage, sagte sie, besitzen kein bißchen Scham. Produzieren sich dreist vor Männern, die nicht schlau genug sind, sich abzuwenden. Ja, Junior Lee war eine Plage für sie – und es war an der Zeit, daß sie zur Tat und Strafe schritt. Sie hatte eine sanfte, hypnotische Stimme und massierte mit kräftigen Fingern diese warme Lösung in meine Kopfhaut ein. »Das wird dein hübsches Haar noch hübscher machen« – sie rieb immer weiter –, und diese Zöpfe, sie würde dafür sorgen, daß diese Zöpfe wirklich lange hielten. Die jungen Mädchen heute mochten solche Zöpfe, aber für sie war das nichts Neues. Sie hatte schon Haar mit Schnüren geflochten, als sie noch jünger war als ich. »Such dir eine Farbe aus«, forderte sie mich auf. Ich ließ sie eine auswählen, es war mir egal, es war so wunderbar, keine Entscheidungen treffen zu müssen.

Zwanzig Jahre schmolzen unter ihren Fingern dahin, als sie mein Haar teilte und flocht. Sie kämmte es, zog es glatt und schlang es ineinander, gab mir die ausgekämmten Haare, die in den Zinken des Kamms hängenblieben. Ein sanfter Druck, und ich wußte, wohin ich meinen Kopf neigen mußte, ob ich ihn nach links oder rechts drehen sollte. Feste Zöpfe. So fest, daß meine Kopfhaut an den Schläfen und im Nacken spannte. Immer feste Zöpfe, damit sie zwei oder drei Tage Schule überstanden. Und ich streckte die Hand hoch, um die ausgekämmten Haare zu nehmen. Ein Haarknäuel in meinen Händen, das verbrannt werden würde, wenn wir fertig waren. Ein Vogel könnte es nehmen und ein Nest bauen – du würdest ein ganzes Leben lang Kopfschmerzen haben. Alles unausgesprochen und ganz mechanisch. Ich spürte eine Leere, als sie fertig war. Ein Dankeschön ließ mich meine eigene Stimme hören, älter und tiefer; ein Spaziergang nach Hause führte mich an dir vorbei, wie du auf einer Leiter standest und die Fensterläden befestigtest; etwas brachte mich dazu, so zu tun, als würde mir dein steinernes Gesicht nichts ausmachen.

* * *

RUBY WÄHLT DIE weißen Schnüre. »Weiß paßt zu jeder Kleiderfarbe«, sagt sie zu Cocoa. Sie streicht mit den Händen über die Schläfen, um die Kopfform zu fühlen, bevor sie den ersten Scheitel zieht. Einen geraden Scheitel in der Mitte, von Nord nach Süd. Die Zähne des Kamms fahren so fest über die Kopfhaut, daß es beinahe schmerzt, bevor Ruby die Finger in den runden Tiegel taucht und die warme Lösung daraus von oben nach unten einmassiert. Der zweite große Scheitel kreuzt den ersten, geht von Ost nach West, und diesmal taucht sie die Finger in den eckigen Tiegel, massiert kräftig. Von Nord nach

Süd, von Ost nach West, von rund zu eckig. Unter ihren flinken Fingern nehmen die Zöpfe Gestalt an, winzig und fein geflochten. Sie fallen wie ein Fächer auf Cocoas Schultern, als Ruby an ihren Enden die weißen Schnüre verknotet.

»Fertig«, sagt Ruby zu ihr, und Cocoa fragt nach einem Spiegel. »Drinnen ist keiner, der was taugt, aber geh nach Hause, und sieh dir dort an, wie hübsch es geworden ist.« Sie macht den Kamm ein letztes Mal sauber und gibt Cocoa ein Streichholz, um die ausgekämmten Haare zu verbrennen. Bevor sie geht, beugt Cocoa sich runter und küßt Ruby auf die Wange. Ruby lächelt noch immer, als sie Cocoa auf ihrem Rückweg hinterhersieht. Sie macht die Tiegel zu und drückt die Deckel fest drauf. Dann fegt sie ein paar lose Haare vom Schoß in ihre Hand und steckt sie in die Tasche.

* * *

DEIN HAAR WAR hinreißend. Die Zöpfe waren genauso, wie ich sie auf Fotos von afrikanischen Frauen gesehen hatte, mit diesen bunten Perlen, die um ihren Nacken gelegt waren und sich zwischen hohen Brüsten kreuzten. Du solltest es wirklich immer so tragen. Ich wollte dir ins Haus folgen und es dir sagen, aber das ist irgendwie schwierig, wenn man nicht miteinander redet. Dieser Zustand herrschte seit noch nicht einmal vierundzwanzig Stunden und wurde extrem lästig, aber wie kam man da raus? Ich bekam hämmernde Kopfschmerzen; ich beendete, was ich zu tun hatte, und machte einen Spaziergang, um Klarheit in meine Gedanken zu bringen. Der Tag paßte perfekt zu meiner Stimmung, trübe und trostlos. Ich brauchte den Ostwald – unwegsames Gelände, damit ich die Muskeln in meinen Oberschenkeln spüren konnte und mir der Schweiß ausbrechen und mein Herz bis zum Zerspringen schlagen würde. Wenn ich von einem Alligator zerfleischt würde, täte es ihr wohl leid genug, damit sie sich entschuldigte. Oder wenn ich einen Herzinfarkt hätte, dann bekäme sie ihre gerechte Strafe. Diese Gedanken führten zu nichts, sie waren genauso kindisch wie das Verhalten, das uns überhaupt in diese Situation gebracht hatte.

Aber ich hatte recht, verdammt. Das war es, was mich so wütend machte. Und warum sollte ich derjenige sein, der klein beigab? Ich fühlte mich besser, als ich schließlich zum Chevy's Pass raufkletterte. Die große Eiche raschelte laut im Wind. Das Louisianamoos, das in den Ästen schwang, erinnerte mich an altmodische Federboas. Da lief ich und dachte schon wieder über Frauen nach, und dabei hatte es eine Zeit gegeben, als nicht mein ganzes Leben durch sie kompliziert wurde. Eine wundervolle Zeit. Nur Dutzende von Jungen. Saubere Streite. Klare Worte. Ordnung. Man tat, was von einem erwartet wurde, und beließ es dabei. Keine Koller. Kein Unsinn. Und deine harte Arbeit fand Anerkennung. Sieh dir nur diesen armen Trottel an, der dort begraben liegt – er schenkte ihr die ganze Insel, und sie lief ihm trotzdem weg.

Das Meer spielte verrückt. Die Wellen krachten herein, sprühten die Gischt die halbe Steilküste hinauf, bevor sie wie eine zusammengekrallte Hand nach unten wegrollten, wobei sie Kiesel und Sand abmeißelten und von der Küste wegspülten. Noch eine und noch eine. Unermüdliche Wut, die zu beobachten ich irgendwie beruhigend fand. Nachdem ich dort eine Weile gestanden hatte, merkte ich, wie unterschiedlich Grau sein konnte: der Horizont, der Himmel, die Wolken, das Wasser, die Gischt. Es hing wie ein Gespenstertuch in der Ferne, wie Rauch über mir, war wie Schlacke in den Wellen, die flüssige Asche hinaufsprühten, deren winzige Tropfen Salzränder auf meinen Schuhen hinterließen. Hinter den Wolken war sogar die Sonne zu einem zerlaufenen Perlgrau geworden. Ich wußte, es mußte die Sonne sein, obwohl es etwas von beliebiger Form da oben sein konnte. Oval. Rechteckig. Die ganze Landschaft war in Grau getaucht, doch alle Bestandteile waren unterschiedlich grau.

Auch mein Atem spürte diese Farbe, eine Schwere, die sich aus meiner Brust befreien wollte. Es mußte schon früher solche Tage gegeben haben, dachte ich, Tage, als er hier gestanden und auf sie gewartet hatte. Ich wandte mich zum Gehen, der Himmel wurde zunehmend dunkler, und die Brandung peitschte hinter mir auf. Bascombe Wades Grabstein auf der Lichtung war kaum zu sehen, als die Eichenäste noch lauter im aufkommenden Wind rauschten. *Verlust. Verlust.* Ja, ich schaute auf sein Grabmal; es konnte durchaus sein, daß diese Blätter das riefen. Aber Legende hin, Legende her, für dich war das nicht ihr Name.

* * *

IRGENDWO HINTER DEN Wolken geht die Sonne unter und der Viertelmond auf. Und die Menschen erledigen dieselben Dinge wie jeden Abend: sie kochen und essen und bringen die Kinder ins Bett, aber heute abend werden sie dabei vom statischen Rauschen der Radios und vom blauen Schein der Fernseher begleitet. Sturmwache. Jenseits der Brücke wird evakuiert, das Rote Kreuz richtet Schutzräume ein, die Nationalgarde wird nach Savannah gerufen, um den Plünderungen Einhalt zu gebieten, zu denen es danach kommen könnte. Bilder über Bilder von verbretterten Läden, verlassenen Yachthäfen; Interviews mit Bürgermeistern, die sich gegenseitig mit Vorhersagen übertrumpfen, wer von der Katastrophe am schlimmsten betroffen sein wird und wieviel Soforthilfe ihnen von Washington zugesagt worden ist.

In Willow Springs ist schon immer alles anders gemacht worden. Zunächst mal ist es nie jemand in den Sinn gekommen, wegzugehen. Nur die, die dicht am Wasser wohnen, weichen ein bißchen weiter zurück, obwohl niemand so dumm gewesen ist, direkt am Klippenrand zu bauen. Hat in der Erinnerung der meisten lebenden Seelen keinen schlimmen Hurrikan mehr gegeben, aber das ist die letzte Erinnerung, der man trauen sollte. Die Insel ist immer von Stürmen heimgesucht worden, die trotz geringen Schadens ein Versprechen von mehr hinterlassen haben, so daß in Wassernähe eben keine Häuser errichtet oder Felder bebaut werden. Und ein Versprechen wird hier ernst genommen, und man lernt, so zu leben, als könnte jeder Regen der große sein. Zum anderen gibt es keinen Bürgermeister, Gouverneur oder so was Ähnliches. Wenn irgendwas weggerissen wird, versteht es sich von selbst, daß alle sich zusammentun und es wieder aufbauen. »1920«, sagt Miranda, »mußten sie Teile der Brücke wieder aufbauen. Konnten gewiß nicht mit South Carolina oder Georgia rechnen, weil die keine Steuern von uns kriegen.« Es ist, als würden wir für sie nicht existieren, und so gegen Mitternacht, wenn die Sturmwache zur Sturmlauer wird, hören sie auf, für uns zu existieren. Die Fernsehgeräte und Radios werden ausgeschaltet, damit die Menschen in der Stille sitzen können, einem respektvollen Schweigen, bis zum Eintreffen der Naturgewalt.

Abigail liest in der Bibel im Licht des brennenden Feuers, auf das Miranda kleine Scheite nachlegt. Das gibt ihren Händen während der Warterei etwas zu tun; sie ist es leid, herumzusitzen, leid, vor den verschlossenen Fenstern auf und ab zu gehen. Miranda wird den schweren Druck im Magen nicht los, der sich dort aus einem Grund hält, den sie nicht benennen kann. Es liegt nicht daran, daß Cocoa im einen und George im anderen Zimmer ist nach diesem unglücklichen Abendessen, bei dem er nur in seinem Essen herumgestochert und sie sich geweigert hat, überhaupt etwas zu essen. Beide mit wehem Herzen – und einer dickköpfiger als der andere. Aber daran durfte man nicht rühren; man konnte sich darauf verlassen, daß dieselbe Leidenschaft, die diesen Streit so heftig entfacht hatte, ihn auch wieder wegbrennen würde. Und es ist auch nicht der Sturm, der sich draußen zusammenbraut; sie spürt diesen Druck jetzt seit Tagen, und er hat eine ganz eigene Beschaffenheit. Nein, das ist anderer Ärger. Und sie muß es einfach abwarten. Es geht zuviel anderes um sie herum vor, als daß sie den Finger darauf legen könnte.

Die alte Walnußuhr tickt unter dem leisen Gemurmel von

Abigails Stimme, während weit weg und schwach die eigentlichen Winde aufkommen. Es fängt an den Küsten Afrikas an, eine leichte Brise zwischen den Palmen und Kassawasträuchern, bevor sie zusammen mit tausend gleichen auf einer starken Welle Richtung Westen davongetragen wird. Eine Welt aus Wasser, das sich aufbäumt und dahinwälzt, Wochen aus Wasser, und alle diese Winde ersterben – bis auf einen. *Ich schreie mit meiner Stimme zu Gott; zu Gott schreie ich.* Ruhelos und aufgewühlt, kein Land vor sich, kein Land hinter sich, zieht der Wind den Meeresdunst nach oben, und Regen fällt wie Tränen. Anhaltender Regen. Aber er lebt fort bis zur Äquatorlinie, wo er die Hitze verschlingt, die in der Schwärze dieser Nächte wartet. Ein Tosen erhebt sich, und er fängt an herumzuwirbeln: bewegt sich entgegen dem Uhrzeigersinn und gegen den Lauf der Zeit, rast durch das Zuckerrohr auf Jamaika, saugt das Mark aus den Halmen, reißt rote Knospen von den Flamboyants, während er in die Hitze hinaufwirbelt. Über die verwüsteten Zuckerrohrfelder fällt heißer Regen. Aber er wirbelt breiter, wirbelt höher, stöhnt beim Abprall von der Erdkrümmung, um weiter nach Norden zu brausen. *Meine Augen hältst du, daß sie wachen; ich bin so ohnmächtig, daß ich nicht reden kann. Ich denke der alten Zeiten, der vorigen Jahre.* Ein Zentrum bildet sich innerhalb der tobenden Wirbelwinde. Ein stilles Auge. Warm. Ruhig. Es trocknet Wäsche auf einer Leine in Alabama. Es schaukelt eine Wiege in Georgia. *Ich denke des Nachts an mein Saitenspiel und rede mit meinem Herzen...* Eine eingeschlossene Stille, die mit der schrecklichen Gewalt ihrer Außenfront nach Willow Springs zieht. Sie erreicht den Südostzipfel der Steilküste, hebt eine Wasserfaust, um sie gegen die aufragenden Felsen zu schmettern. Sie kreischt durch den Chevy's Pass. *Mein Geist muß forschen.* Die Eiche bleibt stehen. *Und ich rede von allen deinen Werken und sage von deinem Tun.* Der Grabstein von Bascombe Wade wackelt, bleibt aber stehen. Der Rest ist Zerstörung.

Miranda hört es in ihrer Seele. Die hohen Kiefern im Südwald fallen. Die Zypressen im Ostwald fallen. Die Magnolien und Jasminsträucher im Westwald fallen. Ein dumpfes Stöhnen, als er das andre Haus verschont. Aber dann ein mächtiges Hochreißen, ein Donnern von Wind und Regen gegen Holz. Ein Nachgeben. Ein langsames und gepeinigtes Nachgeben, bevor es hinüber zum Sund geht, wo die zerschmetterten Bruchstücke der Brücke hochgehoben und verschluckt werden. *Die Wasser sahen dich, Gott, die Wasser sahen dich und ängsteten sich, und die Tiefen tobten. Die dicken Wolken gossen Wasser, die Wolken donnerten, und die Strahlen fuhren daher. Es donnerte im Himmel, deine Blitze leuchteten auf dem Erdboden; das Erdreich regte sich und bebte davon.* Miranda geht rüber zu ihrer Schwester und klappt sacht Abigails Bibel zu. Ihre knorrigen Hände verweilen einen Moment auf dem zerschlissenen Ledereinband. Abigail legt die Bibel weg und setzt sich neben Miranda, um dem Toben, dem Heulen der Winde zu lauschen.

Willow Springs ist eine der Küste vorgelagerte Insel, und anders als jenseits der Brücke hält man hier nichts davon, diesen Stürmen Vornamen zu geben wie einem Schoßhund oder einer Katze, damit das, was sie anrichten, nicht so furchtbar klingt – ein Streich oder so was, den einem die Natur spielt, weil sie gerade nichts Besseres zu tun hat: mal einen Frauen-, mal einen Männernamen. Aber Abigail und Miranda sitzen Seite an Seite, lauschen dem allerersten Aufschreien des Tosens und Stöhnens außerhalb des verdunkelten und verbretterten Hauses. Fühlen, wie die Erde aufreißt, als das Wasser herunterstürzt – alles, um am Ende eine Leere hervorzubringen. Nein, die Winde werden kommen, bleiben und heulend abziehen – *Dein Weg war im Meer und dein Pfad in großen Wassern, und man spürte doch deinen Fuß nicht* –, während Gebete in Willow Springs nach oben geschickt werden, um von dem verschont zu bleiben, was nur das Werk einer Frau sein konnte. Und Sie hat keinen Namen.

* * *

Ich sass allein in unserem Zimmer, ergriffen von etwas, was über Angst hinausging, als die Mauern des Hauses nachgeben wollten. Als ich gerade die Schule verlassen hatte, arbeitete ich mit einem Ingenieursteam an der Konstruktion einer Düse für einen nuklearen Turbinengenerator. Meine Hauptaufgabe bestand zwar eher im Abheften von Konstruktionsplänen als in irgendwas anderem, aber ein erster richtiger Job ist aufregend. Es war eine Ehrfurcht einflößende Maschine: die Größe eines Eisenbahnwagens, eine zweigehäusige Turbine mit einer Welle, Sechsstrom-Generator mit Flügelrotation von achtzehnhundert Umdrehungen in der Minute. Seine Kapazität betrug über eine Million Kilowatt. Und wenn er in Betrieb war und – theoretisch – sämtliche Haushalte in New York erleuchtete, strömte ein Gefühl durch meinen Magen, als wären seine Nervenenden mit jeder dieser zehn Millionen Glühbirnen verbunden. Das war Stromkraft. Aber die Winde, die um die Ecken dieses Hauses bliesen, das war Gott.

Ich hatte bis dahin nicht viel über Gott nachgedacht. Mich zum Atheisten zu erklären hätte mehr Überzeugung erfordert, als ich hatte, so oder so. Ich hielt es eher mit einer Art bequemem Vergessen. Wenn alles unter Kontrolle war – und ich lebte mein Leben so, daß das für gewöhnlich der Fall war –, bestand keine Notwendigkeit, sich mit irgendeiner anderen Anwesenheit auseinanderzusetzen, die vielleicht etwas steuerte, was jenseits meiner eigenen Fähigkeiten lag. Ich litt nicht unter dem Größenwahn, die Welt wachrütteln zu wollen. Ich verlangte nur, in Ruhe gelassen zu werden, um mein Glück dort zu suchen, wo ich es finden konnte, und da ich es nur innerhalb der Grenzen meines täglichen Lebens suchte, war ich normalerweise ein zufriedener Mensch. Hin und wieder, wenn ein Tag völlig verquer lief und ich mich von unvorhergesehenen Hindernissen auf dem Weg zu einem selbstgesetzten Ziel überwältigt fühlte, holte ich vielleicht tief Luft und sagte: Gott, hilf mir, und ich meinte eigentlich: Hol das Beste aus mir raus, damit es mir hilft. Es gab nicht einen Augenblick, in dem ich tatsächlich glaubte, daß diese Appelle über mich hinaus an irgendeine Macht gingen, die sie erstens hören, zweitens sich zu Herzen nehmen und drittens die Anstrengung unternehmen würde, Einfluß auf die Sache auszuüben. Nein, ich betrachtete die Bibel als ein literarisches Meisterwerk, aber eben als Literatur; und das Christentum verdankte seine Gesetze und Regeln mehr der Politik als irgend etwas anderem, während es auf den Kirchenbänken Unsicherheit und Angst verbreitete. Setze für das Neue Testament die Thora, den Koran, die Bhagawadgita, für die Kirche eine Synagoge, eine Moschee, einen Tempel ein, und die Formel gilt noch immer. Das ganze Blutvergießen und das Chaos, die Hingabe und die Schönheit, das Martyrium und sogar die Nächstenliebe konnten auf eine einfache Formel von Politik und Angst reduziert werden. Aber die Winde, die um die Ecke dieses winzigen Hauses auf dieser winzigen Insel bliesen, das war Gott.

Und ich war sogar noch kleiner als sie. Belanglos. Jeder Gedanke, Ehrgeiz oder Kummer verlor an Bedeutung, als es um mein Dasein gegen das Dasein auf der anderen Seite der fünf Zentimeter Holz ging. Angst stellte sich nicht ein: zuerst eine Heiterkeit angesichts der Möglichkeit, die eigene Lebensschranke durchbrochen zu haben und für einen kurzen Augenblick von roher Naturgewalt überwältigt zu werden. Von purer Kraft. Was für ein großartiges Ende für eine unbedeutende Existenz. Aber als ich von den unbarmherzigen, anhaltenden Winden unangetastet blieb, verursachte mir die wachsende und durchdringende Erkenntnis meiner Bedeutungslosigkeit einen Kloß in der Kehle. Man sehnt sich dann nach Gesellschaft, irgendeiner Gesellschaft, um einen noch so geringfügigen Beweis seines Wertes darin widergespiegelt zu sehen. Ich stand auf, um mich zu deiner Familie ins Wohnzimmer zu setzen, und lief statt dessen durch das verbindende Badezimmer und betrachtete dich im Schlaf.

Ich stand in der Tür und beneidete dich um deine Unbekümmertheit. Keine Gedanken an Einsamkeit, den Kosmos und menschliche Schwachheit. Wenn du aufwachtest, würde die Sonne wahrscheinlich wieder scheinen. Du würdest dich auf deine komische Weise rekeln, auf der Stirn ein kleines Runzeln, bevor du deine Orientierung wiederfändest. Ein letztes Umdrehen und Nach-dem-Kissen-Greifen, ein Seufzer, und dann würdest du die Beine über die Bettkante schwingen. Ich wollte dich für den Rest meines Lebens so aufwachen sehen; du wolltest es auch. Und wir beide wußten das. Worum ist also der ganze Zirkus gegangen? Bei den heulenden Winden, die gegen das Haus schlugen, erinnerte ich mich zwar, fand es aber bedeutungslos. Ich wurde mit einer weiteren unveränderbaren Formel konfrontiert: sowenig es auch war, sie würde lauten: du und ich. Und wenn du morgen aufwachtest, dann solltest du das dort tun, wo du hingehörtest. Du warst schwer, weil dein schlafender Körper nicht mithalf, und ich mußte mich seitlich drehen, um den Raum zwischen Waschbecken und Wanne zu überwinden. Ich kriegte dich schließlich in unser Zimmer, ein bißchen außer Atem, und du hattest dich nicht gerührt. »Meine Großnichte kann auch bei einem Hurrikan schlafen«, hatte Miss Miranda gesagt. Ich lächelte bei dem Gedanken, wie prophetisch sie gewesen war.

Ich hatte wieder diesen schrecklichen Traum, in dem du beinahe im Sund ertrankst und ich versuchte, meine Rufe zu ersticken, damit du sicher ans Ufer zurückschwimmen konntest. Nur gelang es mir diesmal nicht. Ich konnte hören, wie die Schreie durch meine zusammengepreßten Lippen übers Wasser gellten. Sie schienen nicht aufhören zu wollen, wühlten die Wellen auf, gegen die du ankämpftest, bis ich nichts mehr sehen konnte, weil mir das Wasser ins Gesicht schlug und alles vor meinen Augen verschwamm. Aber woher kamen die Schreie? Mein Mund war geschlossen; mir war schlecht vor Angst, aber mein Mund war geschlossen. Ich konnte nichts sehen, aber ich wußte, daß du untergegangen warst. Und plötzlich war da so ein Gefühl von Frieden, weil ich mir in diesem Moment sagte: Das muß ein Traum sein. Er würde mich niemals verlassen. Ich wachte mit derselben Friedlichkeit auf, denn meine Beine waren mit denen von jemand anders verschlungen, und als ich mich herumdrehte, um meinen Kopf tiefer an diese Schulter zu kuscheln, fiel mir auf, daß etwas nicht stimmte. Ich zwang mich, ganz wach zu werden – Großmama hatte keine Haare auf der Brust.

»George, wie bin ich hier reingekommen?«

»Du meinst, du erinnerst dich nicht mehr?«

»Nein.«

Das Zimmer sah fremd aus hinter den verschlossenen Fensterläden, die ein gräuliches Licht durchsickern ließen. Meine Kleider lagen zusammengefaltet auf dem Stuhl, so wie ich sie normalerweise hinlegte. Aber ich konnte mich nicht hier drin schlafen gelegt haben, oder? Nichts war mehr klar, und in meinem Kopf war ein dumpfes Pochen; es fühlte sich an, als hätte ich einen Kater. Du schienst eine Ewigkeit zu brauchen, um zu gähnen und dich zu strecken. Du legtest deine Arme um mich, und ich wußte nicht, ob ich sie dort lassen sollte oder nicht.

»Ophelia, es war rührend.«

»Was?«

»Wie wir uns wieder vertragen haben. Mitten in der Nacht bist du hier reingekommen. Bist dort von der Tür auf Händen und Knien hergekrochen – ich hatte Angst, du könntest dir einen Splitter einfangen ...«

»George –«

»Aber du sagtest: ›Nein, laß mich das auf meine Weise machen.‹ Über den ganzen Fußboden, hast mich immer wieder angefleht –«

»Ich gehe gleich, George.« Aber ich wurde so fest gehalten, daß ich mich gar nicht rühren konnte.

»Und ich dachte, warum nicht das Vergangene auf sich beruhen lassen. Sie bittet mich nur um Vergebung dafür, daß sie einen Narren geheiratet hat. So bist du hier hereingekommen. Ob du bleibst oder nicht, ist dir überlassen.«

Ich war sehr, sehr müde. Das graue Licht schien auf meine

Augenlider zu drücken. Ich vergrub meinen Kopf wieder an deiner Schulter und fuhr mit den Fingern durch dein Brusthaar. Du strichst mir zärtlich die Zöpfe aus dem Gesicht, aber unsere Bewegungen waren wie unter Wasser, und der Schlaf überkam mich schnell. Ich weiß nur noch, daß ich gesagt habe: »Wenn ich aufwache, erinnere mich daran, dir von der Närrin zu erzählen, die *du* geheiratet hast.«

* * *

Sie geht unter bewölktem Himmel durch ihren Garten, knöcheltief in Laub und abgebrochenen Ästen. Aber als sie eine Handvoll Erde zerkrümelt und an ihren Fingern leckt, weiß sie, daß es Grund zur Hoffnung gibt. In Ordnung, du hast sechs Pfirsichbäume und meinen großen Pekannußbaum genommen, aber wenigstens gibt es kein Salz. Das Dach war ein geringer Preis für die unverdorbene Erde. Das zurückzubekommen würde nur Geld erfordern, und beim derzeitigen Stand der Dinge hatte sie mehr Geld als Zeit. Aber sie müßte Handwerker von jenseits der Brücke holen – sobald es wieder eine Brücke gab –, denn niemand in Willow Springs würde raus zum andern Haus kommen. Die Leute haben oft die seltsamsten Vorstellungen. Sie sollten es jetzt sehen, die Verandatreppe eingebrochen, ein großes Loch über dem Balkon. Dieser Pekannußbaum mußte das Dach eingeschlagen haben, aber die Äste haben auf dem Weg nach unten keine Fenster zerschlagen.

Der Rest des Gartens ist auf jeden Fall hinüber, aber es war ohnehin August. Sie würde retten, was sie konnte, und alles andere einfach unterpflügen, tote Vögel und alles. Den Rest des Jahres über alles liegenlassen und im nächsten Frühling neu anfangen. Der plötzliche Anfall von Dankbarkeit darüber, daß es einen Frühling geben würde, schnürt ihr die Kehle zu. Wenn es den nicht gäbe, wüßte sie nicht, was sie tun sollte. Aber es hat keinen Sinn, über »wenn« und »wenn nicht« zu jammern, das, was da *ist*, wird ihr genug Arbeit bis zum Monatsende und bis in den September hinein verschaffen. Sie überlegt, ob sie hierherziehen soll, bis alles erledigt ist – sich den Fußmarsch zweimal am Tag ersparen, ob Abigail nun einen Anfall kriegt oder nicht. Würde sowieso kein Telefon geben, noch lange nachdem die Brücke wieder aufgebaut war. Die paar Telefone, die wir hier haben, sind die letzte Sorge von denen da drüben. Die Menschen haben länger ohne Telefon gelebt als mit, ohne Licht oder Gas obendrein. Verwöhnt. Das war das ganze Problem – können nicht ohne dies leben, können nicht ohne das leben. Man kann ohne alles leben, ohne das man geboren wurde, und man kommt sogar noch mit der Hälfte davon aus. Nein, sie würde sich nur eine Plane besorgen und unter dem Loch anbringen, damit der Regen sie nicht vertriebe – so wie der Himmel aussah, würde noch mehr kommen –, und sie würde es sich hier hübsch gemütlich machen, bis ihr Garten wieder hergerichtet war.

Sie streicht mit den Händen über den Stamm des umgestürzten Pekannußbaums. Na bitte, hier war genug Holz, um sie fast den ganzen Winter über mit Licht und Wärme zu versorgen, falls nötig. Mit dem Axtschwingen war es bei ihr nicht weit her, aber sie würde George hierherholen, bevor sie wieder nach Hause fuhren. Sich seinen jungen Rücken zunutze machen, bevor Baby Girl ihn ganz verschliß, wo sie sich jetzt anscheinend wieder vertrugen. Sie wußte, dieses Schlafarrangement mit Abigail konnte nicht lange gutgehen – sie hatte schon in einem Bett mit ihrer Schwester geschlafen, und Abigail trat einen in die Seite. Wenn es nach ihr gegangen wäre, hätte sie Baby Girl schon in der ersten Nacht nicht reingelassen. Wenn man sich hart bettet, dreht man sich nur häufiger um, hatte Papa immer gesagt.

Trotz ihres Alters vermißte sie ihren Papa noch manchmal. Miranda fährt mit den Fingern über die Rillen im Baumstamm. Seine Haut hatte beinahe die Farbe dieser Rinde, und in späteren Jahren waren die geschickten Hände ebenso knorrig und hart. Und jetzt waren ihre Hände auch so, knorrig und hart, aber nicht halb so geschickt. John-Paul konnte Blumen schnitzen, die echter aussahen als die, die sie pflanzte. Bei dem grauen Licht scheint sich ihre Haut in dem umgestürzten Baum aufzulösen, ihre Hand so breit wie der Stamm zu sein, scheinen sich die Finger in ein Dutzend Richtungen zu strekken und in grün wogende Fingernägel auszulaufen. Sie versucht, ihre Hand wegzuziehen, bringt aber nur die riesigen Finger und Nägel in der Luft zum Zittern und Rascheln. Sie schreit erschrocken auf, zieht so heftig, daß sie sich die Knöchel aufreißt, bevor sie merkt, daß ihr Daumen unter einem Ast eingeklemmt ist. Mit klopfendem Herzen saugt sie an dem wunden Knöchel, spürt den salzigen Geschmack des Blutes auf der Zunge. Langsam schaut sie von dem gestürzten Baum zum Gartentor und schüttelt den Kopf. Nein. Sie geht einen Schritt zurück, nimmt den blutenden Finger aus dem Mund und läßt das Tor nicht aus den Augen. Aber sie kann noch immer schmecken, wie sie kommt. Aus dem Süden und an der Brückenkreuzung vorbei. Nein. Aber sie fährt in gleichmäßigem Tempo Richtung Norden. Ihre Beine wollen sie nicht mehr tragen; sie setzt sich auf die Verandatreppe mitten zwischen die heruntergerissenen Purpurwinden und legt die Hände ruhig in den Schoß. Ihre Schultern sind gebeugt. Ein leichter Regen benetzt ihr Haar. Aber sie bleibt sitzen und starrt auf das leere Gartentor.

* * *

Die Hauptstrasse sah aus, als hätte hier ein Krieg getobt – Äste und Blätter lagen überall verstreut –, und ein bißchen war das auch so gewesen. Ich hatte erwartet, daß die Sonne scheinen würde, gedacht, wir hätten nach einer solchen Nacht wirklich Sonnenschein verdient. War das nicht immer so in diesen viktorianischen Romanen? Ein wilder Sturm, flammende Leidenschaften und dann die Ruhe eines prächtigen Sonnenaufgangs. Nun, bei uns lief es wohl kaum nach Drehbuch. Der Sturm war pünktlich zum Einsatz gekommen, aber du schliefst noch immer, und ich war es leid, dort zu liegen und darauf zu warten, daß du mit einem Ausbruch flammender Leidenschaft aufwachtest. Und dann die Nachricht, daß die Brücke weg war – wie würden wir jemals nach Hause kommen? Die Beteuerungen deiner Großmutter, daß sie in ein paar Tagen wieder repariert sein würde, vermochten mich nicht zu beruhigen. Eine Woche in Willow Springs hatte gereicht, um mir klarzumachen, daß die Bedeutung von Aussagen hier auf einer anderen Ebene lag, unter einem ganzen Morast von Geschichte und Lebensverhältnissen, in die ich nicht eingeweiht war. »Ein paar Tage« konnte so gut wie alles bedeuten, und ich mußte zu meiner Arbeit zurück. Keine Telefonleitungen, es gab also keine Möglichkeit anzurufen. Und im Radio wurde Willow Springs mit keinem Wort als betroffenes Gebiet erwähnt. Es konnte ebensogut gar nicht existieren, und es würde also keine Küstenwache zur Rettung kommen. Es war unglaublich. Wenn es nun Verwundete gäbe, wenn medizinische Versorgung gebraucht würde? »Wir kümmern uns selbst um uns«, sagte mir deine Großmutter, und damit war für sie die Sache erledigt. Aber während ich ihr beim Aufräumen des Vorgartens half, wuchs in mir die – unbehagliche – Erkenntnis, daß ich mitten im zwanzigsten Jahrhundert auf einer Insel von aller Welt abgeschnitten war. Zumindest dachte ich, es wäre das zwanzigste Jahrhundert, bis ich Bernice Duvall vor dem silbernen Wohnwagen vorfahren sah.

* * *

Die Leute werden mit Sicherheit noch Jahre darüber uneinig sein, was den Tod von Klein Cäsar verursacht hat. Ertrunken in den vom Sturm gegrabenen Wasserrinnen. Stromführende Kabel, die von den Masten hängen. Niemand kann bezeugen, in welchem Zustand die Leiche war, als seine

Mama mit ihm die Hauptstraße entlangfuhr – manche Dinge kann man einfach nicht mit ansehen. Niemand war dabei, aber alle hörten die Tür des weißen Kabrios aufgehen. Ambush sitzt in seinem Wohnzimmersessel und starrt geradeaus ins Leere, während Bernice hinauf zu den Wolken schaut und wieder zurück ins Haus geht, um seinen roten Regenhut und den Regenmantel zu holen. Klein Cäsar sackt auf dem Vordersitz zusammen, den Kopf vornübergeneigt, die Arme schlaff an den Seiten runterhängend. Sie umklammert seinen Hals, um ihm den Hut aufzusetzen, und zieht ihm den Mantel über, und sorgfältig macht sie sämtliche Gurte um ihn herum fest, bevor sie einsteigt und den Motor anläßt. Kein Telefon funktioniert mehr, aber die Nachricht ist vor ihr da: Bernice und Klein Cäsar fahren auf der Hauptstraße Richtung Norden.

Manche Dinge entziehen sich jeder Neugierde. Manche Dinge kann man einfach nicht mit ansehen. Niemand hält inne beim Aufheben loser Dachziegel, beim Schleifen abgebrochener Äste aus dem Vorgarten, als das weiße Kabrio auf der Hauptstraße Richtung Norden vorbeifährt. Sie fährt langsam, so wie immer, sogar noch langsamer, weil die Straße von nassem Laub und Schutt glitschig ist. Wenn ein zu großes Trumm den Weg vollkommen versperrt, bremst sie und bleibt ruhig dort sitzen, bis jemand hinausläuft und es wegschleppt, wobei niemand einen Blick über die Schulter auf die Frau und ihr Kind in dem Wagen wirft. Nicht ein Blick folgt ihr, als sie weiterfährt. Die Gruppe bei der Brückenkreuzung redet weiter darüber, was für ein fairer Sturm das gewesen sei: es sind nur die Hütten weggerissen worden, die längst fällig waren, die alten, schiefen Zäune, die sowieso hätten erneuert werden müssen, die Fliegentüren, die ohnehin nur noch an einer Angel hingen. Manch einer ist aufgebracht wegen der Brücke; sie können heute nicht arbeiten, und die Ernte muß rübergebracht werden. An die wenigen Boote, die es gibt, ist nicht zu denken, Bootshaus und Anlegesteg liegen auf dem Grund des Sunds. Aus dem Augenwinkel sehen sie das weiße Kabrio vorbeifahren, ohne daß sie ihr Gespräch unterbrechen. Nach einer Weile hört man nicht mal mehr den Motor, als sie weiter auf der Hauptstraße zu dem silbernen Wohnwagen fährt.

* * *

Es wäre anders gewesen, wenn ich Bernice Duvall nicht kennengelernt hätte. Aber ich habe in ihrem Haus gesessen, einer Ranch auf zwei Ebenen und mit zentraler Klimaanlage. Ihr Mann hatte vor, die Stereoanlage zu erweitern und einen neuen Dieseltraktor zu bestellen. Sie hatten ein High-School-Jahrbuch, Hochzeitsfotos und ein Sparkonto, um später die Studiengebühren ihres Sohnes bezahlen zu können. Ich habe mit diesem Paar über den Vorteil von Kommunalobligationen gegenüber kommissionsfreien Investmentfonds für dieses Konto gesprochen. Sie hat mir eine Leinenserviette gebracht und Kaffee serviert. Sie war groß, schlank und braunhäutig und hatte bernsteinfarbene Sprenkel in ihren Augen. Und sie hob ihr totes, mit einem Regenmantel bekleidetes Kind aus dem Kabrio.

Es war einer dieser Augenblicke, wo Seele und Körper erstarren, um sich vor der Verwirrung durch tausend Widersprüche zu schützen. Wenn das Realität war, bedeutete das, ich war wahnsinnig, und das konnte ich nicht sein – und sie konnte es auch nicht sein, denn ich hatte diese Frau kennengelernt. Ich wandte mich zu deiner Großmutter, um mir meine geistige Gesundheit durch ihre Worte oder Blicke bestätigen zu lassen. Aber sie sah nur kurz über die Straße und harkte dann schweigend weiter ihren Garten. Bernice trug ihr Kind aufrecht in den Wald, die Arme um seinen Rücken gelegt, seinen Kopf an ihre Schulter gebettet. Nein, das war etwas aus einem Traum. Ich sprach, weil ich die Realität meiner eigenen Stimme hören mußte, obwohl meine Frage so verrückt war wie die Antwort, die ich bekam: »Sie geht zum andern Haus.«

* * *

Der Sprühregen verwandelt sich in richtigen Regen, während sie draußen auf der Verandatreppe sitzt und wartet. Ein Morgenregen, erwärmt von der wolkenverhangenen Sonne, die sich gerade zu den Ästen der Kiefern hochschiebt. Es ist ein altes Gesicht, das im Regen wartet. Ein müdes Gesicht. Die von Fältchen umrandeten Augen liegen tief in den Höhlen, feine Linien laufen von den aufgesprungenen Lippen hinunter zum Kinn. Ein Gesicht, zusammengefallen unter dem Gewicht des Wissens um das, was durch den Wald kommen wird, und um die Zwecklosigkeit eines Gebets. Keine Worte, um die Bitte in ihrem Herzen zu formulieren, falls es eine andere Stelle gab, an die man sie richten konnte. Alte Hände umfassen den Stock, Hände mit knotigen Adern und klatschnaß vom warmen Regen. Sie erhebt sich von der Verandatreppe, um auf dem Pfad durch ihren verunstalteten Garten zu gehen. Sie steht am Tor und wartet.

Sie kommt durch den Wald. Ihr Fleisch und Blut auf dem Arm. Klettert über umgestürzte Bäume, die nicht da sind. Watet durch Schlammlöcher, die nicht da sind. Rutscht aus und schlägt sich das Knie auf Steinen auf, die nicht da sind. Sie hält das einzige fest, was da ist. Die Sonne steigt höher, hinauf zu einem anderen Kiefernzweig. Der Regen fällt.

Sie empfängt sie am Garteneingang. Und dort stehen sie. Ihren geschnitzten Stock umklammernd, hält sie den Kopf hoch, während ihr das Wasser ins graue Haar sickert und das Gesicht hinunterläuft. Die umwölkte Sonne erreicht die Kiefernwipfel. Der Regen durchnäßt das Baumwollkleid, so daß sich ihre verwelkten Brüste und die von dicken Adern durchzogenen Schenkel darunter abzeichnen und der Stoff an ihrem Rücken klebt. Sie stehen noch immer dort. Wasser rinnt ihr von der Kinnspitze, von den knorrigen Fingern; Wasser fließt in Bächen an ihren Beinen hinunter und in ihre Schuhe hinein, als die Sonne ihren langsamen Abstieg hinter dem andern Haus beginnt. Es hört auf zu regnen. Der Abendwind kommt auf. Es ist ein Achtelmond. Eine kalte Nacht. Ein klarer Sonnenaufgang. Die Goldamseln schwingen sich in die Luft, die ramponierten Purpurwinden öffnen sich. Beim Schein der roten Strahlen, die wieder durch die unteren Kiefernzweige fallen, streckt sie schließlich ihre Hand aus, um das verwüstete Gesicht der anderen Frau zu berühren. »Geh nach Haus, Bernice. Geh nach Haus und begrabe dein Kind.«

* * *

ZUERST FÜHLTE ES sich an, als hätte ich ein Virus; die Kopfschmerzen, das Fieber. Ich schien meine Augen nicht offenhalten zu können, und wenn ich mich zwang, mich im Bett aufrecht hinzusetzen, verschwamm vor mir alles in diesem verrückten grauen Licht. Wie spät war es? Wie lang hatte ich geschlafen? Mein Hals war wie Sandpapier, und ich mußte auf die Toilette, aber der Fußboden schwankte auf und nieder – es war leichter, sich vorzustellen, auf Wasser zu laufen. Ich war nicht der Typ, der leicht in Panik geriet. Ich konnte in dem Haus nicht allein sein, und falls doch, dann nicht für sehr lange. Ich lehnte mich gegen das Kopfende, schloß fest die Augen, holte tief Luft und machte sie wieder auf. Das gräßliche Licht war noch immer überall, aber der Fußboden schwankte nicht mehr. Auf dem Weg zum Badezimmer, nur ein paar Schritte entfernt, knickten mir fast die Beine ein. Ich stieß die Verbindungstür zu Großmamas Zimmer auf. Es war leer. Ich rief laut; meine Stimme klang, als würde sie durch einen Tunnel kommen. Bei der Anstrengung, wieder zurück ins Bett zu gelangen, brach ich in kalten Schweiß aus. Wenn ich wieder aufwache, dachte ich, wird George oder irgend jemand dasein.

Statt dessen wurde ich aufgeweckt, eine feste Hand schüttelte meine Schulter, und zwei Gesichter schwebten über mir. Ich blinzelte und konnte schließlich dich und Großmutter hinter dir erkennen. Eure Münder klappten auf und zu, aber es verging eine lange Zeit, bis mich das von euren Lippen geformte Wort erreichte, so als säße ich in einem schlecht synchronisierten Film. Und um es noch schlimmer zu machen, verging eine lange Zeit zwischen dem Hören des Wortes und dem Verstehen seiner Bedeutung und dann bis zum Rausbringen einer Antwort. Ein Strudel verwirrender Echos – visuell, emotional, verbal. Ihr erzähltet mir, daß Klein Cäsar gestorben sei, und ich antwortete, nein, mir sei nicht nach Aufstehen, weil ich so lange brauchte, um den vorangegangenen Satz zu verstehen. Und bis ich verstanden hatte, daß Bernice' Kind etwas zugestoßen war, und anfing zu weinen, konnte ich eure Stimmen wie ein Echo immer wieder hören. Was ist los mit dir? Was ist los mit dir? Ich versuchte zu sagen, daß nichts weiter los sei, daß ich nur die Grippe hätte, daß mir Bernice und Ambush nur so schrecklich leid täten. Es war leichter, wieder zurück in die Bewußtlosigkeit zu sinken.

Du warst krank, und ich war vollkommen hilflos. Es war ein Gefühl, das ich haßte, obwohl deine Großmutter sagte, du hättest dir anscheinend nur ein Virus eingefangen. *Anscheinend* war mir nicht gut genug. Mir gefiel deine Blässe nicht, diese roten Flecken um deine Schläfen und die ständige Schlaferei. Ich wollte dich zu einem Arzt bringen oder wenigstens einen anrufen und nach deinen Symptomen befragen, damit wir wüßten, was wir tun sollten. Aber ich sah an Miss Abigail eine Seite, von deren Existenz ich bisher nichts gewußt hatte, die zupackende, nüchterne Tüchtigkeit, mit der sie sich daranmachte, etwas zu kochen, was sie Grippetee nannte, und frische Hühnerbrühe durchzuseihen. Du wachtest auf, um die Flüssigkeiten zu trinken, und schliefst gleich wieder ein. Meine Forderungen nach einer besseren – und natürlich unmöglichen – Lösung stießen auf taube Ohren, und sie schenkte mir den gleichen Blick wie draußen im Garten, als Bernice in dem Kabrio vorgefahren war. Bernice' Wagen stand den ganzen Tag dort, und als es in Strömen zu regnen anfing, ging ich hinaus und machte das Dach zu. Es war frustrierend, hinter dem Steuer zu sitzen und zu versuchen, die ganz normale Handlung, Wagenschlüssel hinter die Sonnenblende zu legen, mit der Verrücktheit in Einklang zu bringen, tote Kinder in den Wald zu tragen, ohne daß jemand auch nur ein Wort darüber verlor, und nicht in der Lage zu sein, dich auf den Rücksitz zu packen und einfach von hier wegzufahren.

Ich versuchte, mich zu fangen. Ich war nervös, das war alles. Ich war es nicht gewohnt, daß du krank warst, abgesehen von einer Erkältung oder einem Abszeß am Zahn. Mit meinem eigenen Gebrechen wurde ich leicht fertig, weil ich genau wußte, was ich tun mußte, wenn ich mich übernommen hatte und ein Herzstolpern bekam. Aber die Vorstellung, daß du etwas Ernstes hattest, war eine andere Geschichte – ich konnte nicht kontrollieren, was in deinem Körper vorging. Trotzdem, es gab keinen Grund, von der Besorgnis über meine Hilflosigkeit auf unheimliche, unnatürliche Rituale hinter diesen Hartriegeln zu schließen. Es gab eine rationale Erklärung für das, was ich gesehen hatte: ein weiterer Brauch, mit dem ich nicht vertraut war. Das war immerhin der Ort, den du wirklich als dein Zuhause bezeichnetest. Und wieso nicht? Deine Großmutter tat alles für dich, was ein Mensch tun konnte, solange kein Arzt zur Stelle war. Und es ist ja nicht so, als hätten sie keinen Arzt. Er wohnte jenseits der Brücke, und ich hatte ihn auf der Party kennengelernt. Ein normal aussehender Mann in einem Raum voller normal aussehender Menschen. Menschen, die ihn kannten und grüßten. Nein, sie hatten Ärzte hier. Und sie hatten Fernsehgeräte, Radios, Klimaanlagen. Sparkonten für ihre Söhne. Sie waren nur... Ich sah durch den Regenschleier in den Wald, legte die Hände auf Bernice' Steuerrad und seufzte.

Ich war wieder ein kleines Mädchen, und es war so schön. Mein Kopf kuschelte sich in Großmamas weichen Busen, ihre Hände streichelten mir die Stirn, während sie mir zuredete, kleine Schlucke von dem schrecklich bitteren Tee zu nehmen.

Ich mochte es, wenn sie da war und mir ein neues Kleid oder einen Satz Bänder aus echter Seide versprach, wenn ich nur noch einen Schluck nehmen würde, während Mama Day mir einen Klaps versprochen hätte, wenn ich nicht endlich den Mund aufmachte. Fühlst du dich besser, Baby? Ja, nenn mich noch einmal Baby. Du wirst das graue Licht verschwinden lassen. Und mich vor dem fremden Mann beschützen, der über deine Schulter äugte. Er streckte die Hand aus, um mich zu berühren, und ich schrak zurück. Ich flehte sie an, zu machen, daß er mich in Ruhe ließ. »Sie ist nicht bei Sinnen.« Doch, ich war bei Sinnen, und es tat weh, Gott, wie weh das tat. Die Echos waren verschwunden. Jetzt war jedes Wort eine schrecklich harte Nadelspitze, die mir ins Gehirn fuhr. Ich brauchte Ruhe. Ich legte ihr meinen Finger an die Lippen, damit sie aufhörte zu reden, und ich spürte Tränen.

* * *

MIRANDA HAT DAS Gefühl, ihr wird nie wieder warm. Auf jeden Fall will sie nie wieder von dem Kaminfeuer weg, vor dem sie in Decken eingewickelt sitzt. Sie hat den ganzen Tag im Schaukelstuhl zugebracht, ist immer wieder eingedöst und nur aufgestanden, um einen neuen Backstein für ihre Füße zu heizen oder sich noch eine Tasse Kamillentee einzuschenken. In dem Haus mit den geschlossenen Fensterläden zu sitzen und dem dampfenden Kessel im Kamin zuzusehen ist tröstend. Das ist mehr Trost, als sie verdient. Man greift in das Leben von Menschen ein, und die Strafe bleibt nicht aus. Als eine neue Welle der Trauer sie erfaßt, versucht sie, sie mit Schaukeln zurückzudrängen, die Teetasse umklammernd. Noch erschütternder, nur ein bißchen erschütternder als der Tod des Babys, ist der Glaube seiner Mama, mit dem sie zu ihr gekommen ist. Dafür wird es keine Erlösung geben. Sie braucht keine Angst davor zu haben, in die Hölle zu kommen. Das hier ist die Hölle. Papa hat immer gesagt, daß die Menschen die Bibel falsch ausgelegt haben. Konnte keine schlimmere Bestrafung geben, als hier auf der Erde leben zu müssen, hat er gesagt.

Nein, sie kannte die Hölle. In ebendiesem Raum, in ebendiesem Schaukelstuhl – und einst davor, in einem anderen, ähnlichen – hatte sie die ganze Hölle auf Erden gesehen, die es hier geben konnte. Miranda wirft ein weiteres Scheit aufs Feuer, und es knistert auf, lodert blau und orange. Funken sprühen ihr ins Gesicht. Sie sinkt mit einem Seufzen in den Schaukelstuhl zurück. Ja, lodre nur auf, und wenn du aus dem Kamin herausloderst, werde ich dich nicht aufhalten. Vielleicht hat meine Schwester recht, dieses alte Haus sollte niedergebrannt werden. Aber tief im Innersten glaubt sie das nicht wirklich. Ein Haus ist ein Haus, oder? Holz und Gips und Backstein. Es sind die Menschen, die den Kummer hineinbringen. Oder die Hoffnung. Derselbe Mann hatte ihr gesagt, daß sie ein bißchen mehr zu geben habe als andere. Du hast eine Gabe, Kleine Mama. Aber wer hat sie danach gefragt? Wer hat sie zu Gott gemacht?

Miranda schaukelt und denkt an die Dinge, die sie zum Wachsen bringen kann. Die Freude, die sie von jeder Art von Leben bekommen hat. Kann nichts Falsches daran sein, Leben gedeihen zu lassen, zu wissen, wie man unter der Natur, neben ihr und um sie herum arbeitet, um ein wenig nachzuhelfen. Die meisten Menschen wissen einfach nicht, was sie mit ein bißchen Willen und ihren eigenen Händen erreichen können. Aber nie, Herr, nie hat sie versucht, sich *über* die Natur zu stellen. Hatte sie nicht genug in diesem Haus gesehen, um zu wissen, daß das nicht sein durfte? John-Paul hätte für seine Frau Berge versetzt, aber mit all seinen lebensechten Schnitzereien konnte er ihr Peace nicht wiedergeben. Und Abigail, die versucht hat, aus Fleisch das zu formen, was Papa aus Holz nicht formen konnte, vermochte auch nicht, Peace wieder zum Leben zu erwecken. Es gibt Dinge, die man tun, und Dinge, die man nicht tun kann, denkt Miranda und schaut ins Feuer. *Und es wird noch mehr Kummer kommen.*

Der Schaukelstuhl bleibt stehen. Sinnlos zu fragen, woher dieser letzte Gedanke gekommen ist. Sinnlos, sich vorzumachen, daß er nicht zutrifft. Sie kann sich vormachen, was sie will. Sie kann sich selbst in das Feuer stürzen. Aber nichts kann diese Haustür davon abhalten, aufzugehen, nichts die Schritte aufhalten, die auf das Wohnzimmer zukommen.

»Baby Girl ist krank, Kleine Mama.«

Miranda schaut nicht zu ihrer Schwester in der Wohnzimmertür, sie starrt weiter in das Feuer. Es ist eine riesige Feuerstelle, denn das ist ein altes Haus. Als sie aufwuchs, hatte sie die rostigen Haken über dem Sims immer leer gesehen, aber als die Zeit kam, wußte sie, wofür sie waren. Sie halten ihre getrockneten Bündel Rosmarin, Thymian, Waldmeister und Lindenblüten. Ihre Kamille und Verbene. Sie macht ihre Medizin daraus, und viele andere lagern in Tonkrügen in der Speisekammer. Aber dafür würde Abigail nicht ihren Fuß in das andre Haus setzen. Also starrt Miranda an ihren getrockneten Kräutern vorbei, vorbei an der Geburt von Hope und Grace, vorbei an der Mutter, die ihr Leben im Sund beendete, weiter zu der Mutter, die die Days begründete. Sie sieht eine Frau mit dem Wind davongehen. Eine andere mit dem Wasser davongehen. Sie riecht das Blut von den gebrochenen Herzen der Männer, die sie verfluchten, weil sie sie nicht gehen lassen wollten. Sie hebt die Hand und berührt ihre eigenen Tränen. Miranda läßt ihnen freien Lauf, später würde sie keine Kraft mehr dafür haben. Sie wendet schließlich ihr Gesicht der Schwester zu, und die Last auf deren Seele spiegelt sich in dem Blick wider, der ihrem begegnet. »Es wird ein Mann nötig sein, um ihr Frieden zu bringen.« Und alles, was sie hatten, war dieser Junge.

* * *

Ich war an diesem Tag mindestens sechsmal zur Brücke gelaufen. Wenn es dort ein Boot oder auch nur ein Floß gegeben hätte, wäre ich allein damit losgefahren, um Hilfe für dich zu holen. Ich stand am Ufer, zerbrochene Planken und aufgedunsene Fische trieben im Sund, und ich überlegte tatsächlich, ob ich hinüberschwimmen sollte. Ein ganz schönes Kunststück, da ich keinen Stoß weit schwimmen konnte, aber die Erinnerung an diesen glasigen Blick in deinen Augen ließ mich erschaudern. Gab es nicht so was wie Gehirnfieber? Das mußte es sein; deshalb konntest du mich nicht erkennen. Wieso hatte ich nicht Medizin studiert statt so eines sinnlosen Fachs wie Maschinenbau? Wozu war jetzt die ganze Mathematik und Logik gut?

Ich sagte mir, daß ich ärgerlich und enttäuscht über mich selbst war, nicht über die Leute, die an der Brücke arbeiteten. Ich hatte mich in der Hoffnung freiwillig gemeldet, sie mit dem bißchen Wissen, das ich besaß, schneller vorantreiben zu können. Aber egal, wie sehr ich sie zu überzeugen versuchte, sie wollten nicht mehr als eine Gallone Teer auf einmal anrühren. Sie arbeiteten zwischen den Wolkenbrüchen, sagten sie mir. Wieso mehr Holz teeren, als in dieser Zeitspanne ordentlich trocknen konnte? Aber sie hätten Planen darüber legen können, wenn der Regen kam, und mit genug geschmolzenem Pech könnten sie in zwei Mannschaften daran arbeiten – eine an jedem Ende –, die Bohlen aufeinanderzulegen. Und ich rechnete es ihnen vor, machte ein Diagramm, um sie zu überzeugen, daß am Ende zwischen den Bohlen keine Lücke bleiben würde. Aber nein, so wurden die Dinge hier nicht gemacht. Parris traute der Sache nur, wenn er den Überblick über jede Bohle hatte, die gelegt wurde, und bei zwei Mannschaften hatte er den nicht. Schau, die Brücke muß bis zum nächsten großen Sturm halten. Zweistündige Mittagspausen, halbstündige Streitereien darüber, welches Bohlenende zuerst runtersollte – ich gab auf. Hinüberzuschwimmen kam mir nicht mehr ganz so unmöglich vor.

* * *

MIRANDA BRAUT IHRER Schwester eine Tasse starken Kamillentee, damit sie sich ausruhen kann. Es ist erbarmungswürdig, diese gebeugten Schultern von Abigail und die dunklen Ringe unter ihren Augen. Sie muß alles in ihrer Macht Stehende versucht haben, bevor sie sich gezwungen sah, zum andern Haus rauszukommen. Allein schon das starke Zittern von Abigails Händen, als sie die Tasse zum Mund führt, weckt in Miranda den Wunsch, Ruby umzubringen. Sie muß nicht in das Schlafzimmer gehen und die roten Flecken um Cocoas Schläfen sehen. Sie braucht sich nur hinunterzubeugen und an der Kopfhaut zwischen den abgeteilten Haarsträhnen zu schnuppern. Ja, dieses Dreckstück hatte gehofft, sie würde die Tollkirsche entdecken und glauben, das wäre alles. Und sie hatte gehofft, sie würde ihre Zeit damit verbringen, die Bänder zu entflechten und das Gift aus Cocoas Haar zu waschen. Und sie würde dann womöglich weitere Zeit damit verbringen, darüber nachzudenken, wie sie im Gegenzug sie vergiften könnte. Ruby weiß, es gibt viele Sachen, unter denen sie wählen kann. Sie brauchte nicht mal einen Fuß in den Wald zu setzen, sie konnte jede Blume aus dem Garten nehmen. Butterblumen. Oleander. Hyazinthen. Und wer hat in Willow Springs keine Azaleen? Oder auch nur Purpurwinden? Während Abigail ihren Tee trinkt, geht Miranda zum Küchenfenster und blickt hinaus in den verwüsteten Garten. Rhabarberblätter. Kirschbaumrinde. Pflaumen. Sie könnte Apfelkerne nehmen und sie umbringen. Aber das alles würde Zeit in Anspruch nehmen. Und Ruby hatte gehofft, genug davon zu gewinnen.

Miranda steckt Abigail ins Bett. »Mach ein kleines Nickerchen«, sagt sie zu ihr. Sie würde sich um Baby Girl kümmern, bis sie wieder aufwachte. Als Abigails Atem tief und gleichmäßig ist, geht Miranda ins andere Schlafzimmer. Cocoa wälzt sich im Schlaf unruhig hin und her, die Zöpfe überall auf dem Kissen verteilt. Miranda hebt sie hoch, betrachtet die kleinen roten Quaddeln, die sich vom Hals bis zu den Schultern ausgebreitet haben. Sie fährt mit der Fingerspitze über eine und erschaudert. Sie hat bis jetzt nie wirklich verstanden, was es bedeutet – daß umgebracht zu werden für manche Menschen noch zu gut ist. Nein, Tod ist Frieden. Ruby verdient, in der Hölle, die es nicht gibt, zu verbrennen. Miranda holt die Schere aus der Tasche und beginnt, jeden einzelnen Zopf abzuschneiden. Sie fallen wie Würmer zusammengerollt auf das Kissen um Cocoas Gesicht herum. Miranda muß sich zusammennehmen, um sich bei ihrem Anblick nicht zu übergeben. Sie schneidet sie dicht am Haaransatz ab, und nachdem sie damit fertig ist, schneidet sie mit der Schere vorsichtig durch das Geflecht ganz dicht an der Kopfhaut. Die weißen Schnüre platzen auf und sehen noch mehr wie Würmer aus, wie Maden eigentlich. Sie muß sich zwingen weiterzumachen, bis sämtliche Geflechte gelöst sind.

Na, jetzt siehst du aus wie ein gerupftes Hühnchen, denkt sie, als sie die restlichen Fäden aus dem übriggebliebenen Haar kämmt. Sie führt die stolpernde und vor sich hin murmelnde Cocoa ins Badezimmer, wo eine halb mit warmem Wasser gefüllte Badewanne wartet. Sie verteilt eine Kohlepaste auf ihrem Kopf und läßt sie dann, den Kopf auf den Wannenrand zurückgelegt und müde zusammengesunken, im Wasser liegen. Miranda knüllt das Bettzeug um das abgeschnittene Haar zusammen und verbrennt das Ganze hinten im Garten. Als das Feuer hell lodert, wirft sie den Holzkamm hinein, den sie benutzt hat. Nur noch drei sind von denen übrig, die ihr Papa geschnitzt hat, und Abigail besitzt die anderen beiden. Sie schüttelt den Kopf, als der Kamm in Rauch aufgeht.

Das warme Wasser, das aus der Dusche auf Cocoas gebeugten Kopf sprüht, holt sie aus ihrem Kampf mit dem Schlaf. »Halt still«, fordert Miranda sie auf und massiert noch mehr von der grauen Paste in die Kopfhaut ein. »Das muß eine Weile einwirken.« Die roten Quaddeln bilden sich jetzt auch zwischen den Schulterblättern, doch Miranda muß sie ignorieren, als sie die Paste aus Cocoas Haar spült. Das liegt nicht mehr in ihrer Hand, und sie tut das einzige, was sie tun kann. Sie gut abtrocknen, sie in Flanell einwickeln, weil das weich und warm ist, sie an den Küchentisch setzen, damit sie etwas Nahrhaftes zu sich nimmt, selbst wenn sie zwischendurch wieder einnickt. Sie hat beinahe zwei Tage nichts weiter als Grippetee und Hühnerbrühe gekriegt. Aber Gott segne Abigail für diese Hilfe beim Reinigen von Cocoas Organismus. Jetzt haben die Kohlekörner rausgesogen, was noch von dem Gift in ihrer Kopfhaut gewesen ist. Aber alles übrige – nun, alles übrige liegt nicht mehr in ihrer Hand.

Cocoa würde sich bestimmt nicht daran erinnern, daß sie an diesem Tisch gesessen und löffelweise Haferschleim und Knochenmark eingeflößt bekommen hat. Aber sie mußte sich nicht daran erinnern, damit es ihr guttat, und es war ganz recht so, denn sie hätte es verweigert, wenn sie gesehen hätte, wie eklig es aussah. Sie füttert sie genauso wie damals, als sie noch ein Baby war, hebt ihr Kinn, zwingt mit der Löffelspitze ihren Mund auf. Aber es ist ein erwachsener Frauenkörper, der sich über den Tisch beugt, und für einen kurzen Moment gestattet sich Miranda den Wunsch, daß es nicht so wäre, daß sie niemals fortgegangen wäre auf die andre Seite der Brücke und noch immer nur ihnen gehörte. Sie hatte um ihr Leben gekämpft, als sie noch ihnen gehörte, und sie konnte wieder darum kämpfen, ihr eigenes dafür aufgeben, falls nötig. Aber was nicht ist, ist nicht. Baby Girl hat ihr Herz und Fleisch mit George verbunden, und Ruby weiß das. Aber Ruby kennt mich nicht, denkt Miranda, sie *kann* mich nicht kennen, sonst hätte sie das nicht getan.

* * *

Während unserer Mittagspause – oder Essensrast, wie sie es nannten – kam ich, um nach dir zu sehen. Mit Erleichterung stellte ich fest, daß Miss Miranda endlich wieder im Haus war. Sie war zwar keine Ärztin, aber mit ihrer vielen Erfahrung konnte sie vielleicht etwas für dich tun, was deine Großmutter nicht konnte. Wie es schien, hatte sie das schon getan. Sie sagte mir, du habest feste Nahrung zu dir genommen und in ein, zwei Tagen gehe es dir besser. Du würdest aufhören, soviel zu schlafen, und es würde deinem Kopf nicht mehr weh tun, wenn Leute mit dir redeten. Und ja, du würdest mich ganz bestimmt wiedererkennen. Aber bei all ihren wohlgewählten Worten hatte ich ein unbestimmtes Gefühl, daß sie irgend etwas verschwieg. Es beunruhigte mich, und ich wollte hineingehen und dich sehen, schlafend oder nicht. Aber Miss Miranda forderte mich auf, mich einen Moment hinzusetzen. »Erschrick nicht, wenn du Cocoa siehst, ich hab ihr das Haar abgeschnitten.« Natürlich fragte ich, warum, und ich bekam als Antwort ein Rätsel. »Du hast die Wahl«, sagte sie zu mir. »Ich kann dir die Wahrheit sagen, die du nicht glauben wirst, oder ich kann mir 'ne Lüge ausdenken, die du glaubst. Was ist dir lieber?« Was für eine verrückte alte Frau. Diese Menschen mit ihrer verknäulten Denkweise gingen mir allmählich auf die Nerven. Wie konnte sie solche Spielchen treiben, wo du so krank warst? »Am liebsten wäre mir«, sagte ich und stand vom Tisch auf, »ich könnte meine Frau so schnell wie möglich von dieser gottverlassenen Insel schaffen.« Überraschenderweise störte sie weder mein Zorn noch meine Antwort.

* * *

Miranda sitzt auf Abigails Bettkante, als sie aufwacht.

»Du da, Schwester?«

»Ah-ha.«

Sie legt ihr die Hand auf die Schulter, fordert sie auf, ruhig liegenzubleiben, George sei wieder da, und er sei jetzt bei Cocoa. Miranda dreht ihren Spazierstock zwischen den Knien, schaut zu, wie sich die geschnitzten Schlangen nach unten in den Boden winden und wieder hinauf zu ihren Händen.

»Weißt du noch, wie das mit diesem Stock war, Abigail?

Wie wir Papa geneckt haben und wie er immer sagte: ›Lebt ihr nur weiter‹?«

Abigail gibt keine Antwort, denn sie weiß, es ist keine nötig.

»Papa hat in manchen Dingen recht gehabt«, fährt Miranda fort, ohne den Blick von dem Stock zu nehmen, »und in manchen hat er sich geirrt. Er hat sich in dir geirrt, Abby. Als er gesagt hat, daß du nie meine Stärke besitzen würdest. Aber eine spitze Zunge und ein lebhaftes Temperament zu haben ist nicht dasselbe, wie Stärke zu besitzen. Ich hab gesehen, wie tapfer du dich in vielen Situationen gehalten hast – als du Peace verloren hast und als wir beinahe Baby Girl verloren hätten. Ich war mächtig stolz auf dich, daß du die Beherztheit hattest, ihr einen passenden Taufnamen zu geben – einen Namen, der geholfen hat, sie hier zu halten.«

»Worauf willst du hinaus, Miranda?«

»Du wirst diese Beherztheit noch einmal brauchen, Abby.« Miranda hört auf, ihren Stock hin und her zu drehen, und blickt stirnrunzelnd runter auf Abigail. »Ich hab den Nachtschatten rausgekriegt, den Ruby ihr ins Haar gemacht hat. Sie wird wieder klar sehen können und bald aufhören, soviel zu schlafen. Aber ich kann nicht alles wegkriegen, was sie ihr angetan hat.«

Abigail stößt einen Laut wie das Flattern erwürgter Vögel aus, und ihr Mund und Kinn fangen heftig an zu zittern.

»Wir haben keine Zeit mehr für Tränen, Abigail.« Mirandas Stimme ist harsch. »Und du mußt sie da durchbringen, denn ich kann nicht hierbleiben.«

»Wie schlimm wird es sein?«

»Wie schlimm ist Haß, Abigail? Wie stark ist Haß? Er kann mehr Menschen vernichten, und er kann sie schneller vernichten als alles andere.«

»Aber ich glaube, es gibt eine Macht, die stärker ist als Haß.«

»Ja, und darauf müssen wir uns verlassen – darauf und auf George.«

»Dieser Junge ist von jenseits der Brücke, Miranda.« Abigails Stimme klingt bitter. »Wir sprechen nicht mal seine Sprache, um ihm erklären zu können, was vorgeht.«

»Manche Dinge kann man auch ohne Worte verstehen.«

»Mit oder ohne, wie kann er gegen etwas ankämpfen, wovon er kein Teil ist?«

»Er ist ein Teil von *ihr*, Abigail. Und das ist der Teil, den Ruby sich so vorgenommen hat, daß er uns aus den Händen geraten ist.«

»George wird das niemals glauben, Miranda. Geh und tisch ihm so eine Geschichte auf, und er wird uns mit Sicherheit für senil halten.«

»Das stimmt. Deshalb müssen wir warten, bis er das Bedürfnis spürt, zu uns zu kommen. Ich muß draußen im andern Haus bleiben. Und wenn er soweit ist, schick ihn zu mir.«

»Der Junge wird das niemals schaffen, Miranda.«

»Laß ihn nicht zu schnell fallen. Er würde alles auf dieser Welt für sie tun.«

»Das weiß ich. Aber wir reden nicht von dieser Welt, oder?«

»Nein«, sagt Miranda, »wir reden ganz und gar nicht von dieser Welt.«

* * *

Wir waren gerade wieder eine Stunde bei der Arbeit, als sie sie plötzlich einstellten, beinahe alle gleichzeitig. Aber niemand hatte ein Zeichen gegeben, jedenfalls keins, das ich erkannt hätte. »Wird Zeit, zum Vortreten zu gehn.« Ich folgte ihnen durch die Felder hinter den Läden an der Brücke zu einer kleinen Holzkirche – und was sie meinten, war eine Beerdigung. Keine Blumen. Keine Musik. Die Leute kamen aus allen Richtungen, alle in der Kleidung, die sie gerade trugen, als sie plötzlich wußten, daß die Zeit gekommen war. Die Männer, die auf der Brücke arbeiteten, in schmutzigen

Overalls und mit Teer unter den Fingernägeln. Miss Reema in ihrem blauen Kittel aus dem Schönheitssalon. Eine Frau mit einshampooniertem Haar und einem Handtuch um den Kopf. Eine hatte einen Hausmantel und wuschelige Hausschuhe an. Nicht mal Bernice und Ambush trugen besondere Kleidung, aber es war kein Schwarz nötig, um sie von den andern abzuheben.

Wir setzten uns in die Bankreihen und schauten auf den einfachen Kiefernholzsarg, der vorne aufgestellt war. Der Pfarrer war dort, aber er hatte wenig zu sagen. Als das Rascheln und Rücken sich legte, räusperte er sich und sagte: »Charles Kyle Duvall, 1981 bis 1985. Wer ist bereit vorzutreten?« Er setzte sich wieder, und eine Weile herrschte Schweigen. Und dann stand Miss Reema auf, ging nach vorn und blieb mit Blick auf den Sarg stehen: »Als ich dich zum erstenmal gesehen hab«, fing sie an, »lagst du in einem grünen Steckkissen auf dem Arm deiner Mama. Hattest einen dünnen Haarflaum auf dem Kopf, und dein Mund stand offen, um einen Schrei auszustoßen. Ich nehme an, du warst hungrig. Und wenn ich dich wiedersehe«, sagte sie, »wirst du zusammen mit meinen anderen Kindern an meinem Tisch sitzen, an den du zum Essen eingeladen wurdest.« So ging es weiter, einer nach dem anderen. Trockenen Auges und sachlich. Der Pfarrer rief aus: »Wer ist bereit vorzutreten?« Jemand hatte ihn in einem Kinder-Sportwagen gesehen und würde ihn in seinem eigenen Auto wiedersehen. Wenn sie ihn das erstemal laufen gesehen hatten, würden sie ihn rennend wiedersehen. Dr. Buzzard stand auf und hatte ihn das erstemal beim Nuckeln an einem Schnuller gesehen, und wenn er ihn wiedersähe, würde er reif für eine Handvoll von seinen speziellen Ingwerbonbons sein. Immer den Sarg ansprechend und manchmal so, als erwarteten sie eine Antwort. »Du hast meine Spielzeugpfeifen gemocht, nicht?« fragte ihn der Besitzer des Gemischtwarenladens. »Na, wenn ich dich wiedersehe, wirst du meine silbernen Ohrringe für eine Liebste von dir kaufen.«

Wieso hatte ich das Gefühl, daß diese Zusammenkunft eigentlich nicht dazu bestimmt war, innerhalb eines Gebäudes stattzufinden? Die Kirche, die Anwesenheit des Pfarrers waren Konzessionen, und offensichtlich die einzigen, die sie an ein christliches Ritual machten, das eine Predigt, Musik, Tränen verlangte – den Glauben an eine irdische Endlichkeit dieses Kinderlebens. Nicht einmal seine Eltern weinten, und ich hätte Ambushs Trauer mit dem Messer schneiden können. Er stand als nächster auf: »Du hast deine Fäuste gehoben, wütend und klein. Und ich dachte, ich hätte da einen Boxer vor mir. Einen Mittelgewichtschampion vielleicht. Und wenn ich dich wiedersehe, wirst du dich zu dem Platz durchboxen, den du in der Mitte anderer großer Männer verdient hast.« Sicherlich würde Bernice daran nicht teilnehmen können. Die Frau hatte den Verstand verloren, als dieses Kind starb. Aber auch sie stand auf, zitternd. Ihre Stimme war kaum zu hören. Und sie drehte ihr Gesicht zu dem Sarg mit einem Ausdruck der – konnte das sein? – Entschuldigung: »Als ich dich zum erstenmal sah, warst du so schrecklich froh, am Leben zu sein – neugeboren, und du hast es jeden wissen lassen. Und wenn ich dich wiedersehe, wirst du deiner alten Mama vergeben, die für einen Augenblick vergessen hat, daß du noch immer hier bist.«

Und das war es dann. Es waren nur zwei Mann nötig, um den Sarg zu tragen, weil er so klein war. Er wurde in ein offenes Grab gelegt, das hinter der Kirche wartete, und das Grab wurde zugeschüttet. Sie begannen, sich so ruhig zu zerstreuen, wie sie gekommen waren. Ich stand bewegungslos neben dem frischen Grab und versuchte, hinter die Bedeutung von alldem zu kommen. Dr. Buzzards schwielige Hand umfaßte mit leichtem Druck meinen Arm. »Komm«, sagte er, »wir haben noch 'ne Brücke zu bauen.«

* * *

ZUERST MUSS SIE sich nach Norden aufmachen. Ruby sieht sie die Hauptstraße entlangkommen, geht ins Haus und verriegelt ihre Tür. Ja, lauf nur rein und verschließ deine Tür, denkt Miranda, genau da will ich dich haben. Sie bleibt am Tor stehen und ruft ihren Namen: »Bist du da drin, Ruby?« Nun, vielleicht hört sie sie nicht. Sie geht ein bißchen näher ran. Sie bleibt am Fuß der Veranda stehen und ruft ihren Namen: »Bist du da drin, Ruby?« Sie umklammert den Griff des Gehstocks, als sie ihr noch eine Chance gibt. Laut: »Bist du da drin, Ruby?« Nun, dreimal ist genug, mehr wird nicht von ihr verlangt. Damit wird sie sich vor dem göttlichen Gericht verteidigen: Herr, ich habe dreimal gerufen. Sie sagt kein Wort mehr, als sie den Stock in Schulterhöhe hebt und mit Wucht gegen die linke Seite des Hauses schlägt. Das Holz auf Holz klingt wie Donner. Das silbrige Pulver fliegt in die Büsche. Sie schlägt das Haus an der Rückseite. Pulver. Sie schlägt es an der rechten Seite. Pulver. Sie hebt den Stock über ihren Kopf und schlägt damit so fest gegen die Vordertür, daß die Fensterscheiben klirren. Miranda bleibt außer Atem und mit kleinen Schweißperlen auf den Schläfen stehen. Ein langer dünner Riß durchzieht ihren Gehstock, verläuft nach unten auf dem Rücken einer Schlange und durch den Kopf einer anderen. Sie untersucht ihn genau, um sicherzugehen, daß er ihr Gewicht noch trägt, wendet sich um und macht auf der Hauptstraße nach Süden kehrt. Die Tür wird nicht geöffnet, als sie geht, und der Wind verweht nicht den silbrigen Pulverkreis.

An der Brücke überlegen sie, ob sie für heute Feierabend machen sollen. Manchen gefällt das Aussehen der aufkommenden Gewitterwolken nicht. Könnte nur ein leichter Schauer werden, andererseits konnte man nie wissen. Wegen des Hurrikans sind die Leute noch immer nervös, und es ist nicht ungewöhnlich, daß es in den Tagen danach immer wieder zu schweren Regengüssen kommt. Die Sache wird entschieden, als Miranda auftaucht. Sie meint, sie würde an ihrer Stelle in wenigen Stunden nicht in der Nähe von Wasser erwischt werden wollen, in diesen Wolken stecke der Blitz. Es herrscht noch ein bißchen Uneinigkeit, manche sind erpicht darauf, mit der Arbeit weiterzumachen. »Dem Weisen ist ein Wort genug«, sagt sie zum Grollen eines weit entfernten Donners, »aber einem Narren reicht ein ganzes Wörterbuch nicht.« Sie fangen an, aufzuräumen und sich auf den Heimweg zu machen.

Sie ist unterwegs Richtung Osten zum Chevy's Pass, wobei sie eine Abkürzung entlang dem oberen Rand des Südwalds nimmt. Der Ostwald, in dem die Hälfte der Bäume umgerissen wurde, ist beinahe unpassierbar, und diese Stellen, wo man in den Schlamm einsinkt, haben sich wahrscheinlich in Tümpel verwandelt. Sie erspäht in der Ferne den, den zu treffen sie erhofft hat. Dr. Buzzard stützt seine schiefen Bienenstöcke ab.

»Hätt ich mir denken können, daß Sie sich hier vor richtiger Arbeit drücken«, sagt Miranda.

»Nee, jetzt haben Sie sich schon wieder in mir geirrt. Ich war vorhin drüben, aber sie hatten so viel Hilfe, daß ich gleich nach dem Vortreten hierher zurück bin. Hab Sie aber gar nicht in der Kirche gesehen.«

»Ich wär gern dabeigewesen, aber Cocoa ist sehr krank, und ich war bei ihr.«

»Was Ernstes?«

»Ja, ich glaube schon.« Sie beobachtet Dr. Buzzard sehr aufmerksam. »Ehrlich gesagt, ich *weiß*, daß es was Ernstes ist.«

»Na, sie hat den besten Arzt in Willow Springs.«

»Wir wissen beide, daß es einige Dinge gibt, die ein Arzt nicht kann.«

Miranda bemüht sich nicht, das darauf folgende Schweigen zu füllen, während Dr. Buzzard an seinen Bienenstöcken herumhantiert. »Wissen Sie«, sagt er schließlich, »das war 'n absolut komisches Ding. Meine Brennerei hat der Sturm zerstört, aber die Bienenstöcke hat er verschont.«

»Das sollte Ihnen eine Lektion sein.«

»Ich überleg's mir, ob ich's als eine auffasse«, sagt er. »Die Kinder wären ziemlich enttäuscht, wenn ich beim nächsten Kerzenmarsch keine Süßigkeiten hätte. Klein Cocoa mag meine Ingwerbonbons.«

»Das stimmt allerdings«, sagt Miranda.

Dr. Buzzard richtet sich auf und steckt mit einem Stirnrunzeln die Hände in seine Overalltaschen. »Wie ernst?« fragt er.

»Ernst genug, daß Sie George erzählen, was Ihnen mit Sicherheit Junior Lee schon erzählt hat.«

»Hab gedacht, er lügt.«

»Er lügt nicht«, sagt Miranda.

»Hätte nur nicht gedacht, daß Ruby so verrückt wär, sich an was zu vergreifen, was Ihnen gehört.«

»Ich hab Ihnen gut zwanzig Jahre voraus, Buzzard. Und ich hab Leute gesehen, die verrückt genug waren, alles mögliche zu machen. Und sie hat sich auch an was vergriffen, was ihm gehört. Sagen Sie ihm, was Sie wissen.«

Dr. Buzzard schüttelt den Kopf. »Aber das ist 'n Stadtjunge, Mama Day.«

»Sagen Sie's ihm.«

»Er wird's nicht glauben, wozu also?«

»Dazu, daß er wenigstens weiß, was er nicht glaubt.«

Westen ist die letzte Richtung, und Miranda hat das Gefühl, sie schafft es nicht mehr. Als sie an ihrem Wohnwagen vorbeikommt, schreit ihr Körper förmlich danach, hineinzugehen und sich auszuruhen – kein Schlaf letzte Nacht, heute ein gut Teil der Insel abgelaufen –, aber sobald sie sich hinsetzte, würde sie lange, lange Zeit nicht mehr in der Lage sein, wieder aufzustehen. Was ist schlimmer, der dumpfe, stechende Schmerz von der Wirbelsäule bis zu den Beinmuskeln oder das mahlende Geräusch, das ihre Knochen bei jedem Schritt von sich geben? Sie richtet die Gedanken auf das Ende ihres Weges, schmeckt die heiße Gemüsesuppe, riecht die Salbe für ihre Schenkel und Beine, spürt den weichen Flanell, in den sie gewickelt sein werden, und die Matratze auf dem alten Mahagonibett, auf das sie fallen wird. Ja, einfach darauf fallen und bis zum nächsten Sonnenaufgang und bis zu dem danach schlafen. Mit diesen Gedanken schafft sie es, die wenigen noch übriggebliebenen Arbeiten bei ihrem Wohnwagen zu erledigen.

Sie ist nicht so dumm zu glauben, daß sie schneller als Cicero sein und ihn im Sack fangen könnte, aber der Tag, an dem sie nicht mehr schlauer als ein Gockel war, war der Tag, an dem sie sich ganz verabschieden konnte. Und sie würde ihn hier nicht mit dem anderen Hahn zusammen lassen. Cicero wäre im Nu oben auf dem Stallzaun, wenn sie nicht aufpaßte. Sie wirft den draußen herumlaufenden Hühnern ein paar Krumen zu, damit sie was haben, worum sie sich zanken können, während sie einen der Drahtkäfige aus dem umzäunten Gehege holt. »Jetzt werdet ihr alle euer blaues Wunder erleben«, sagt sie zu denen innerhalb des Zauns, »denn Abigail wird euch füttern – die Party ist vorbei.« Nachdem sie den Käfig neben ihren Wohnwagen gestellt und eine dicke Schicht Krümel auf dem Boden ausgelegt hat, tritt sie zurück und sieht zu, wie sie aufeinander einhacken und sich gegenseitig schubsen, um hineinzukommen. Cicero, der jünger und stärker ist, gelangt an den Hennen vorbei, sogar an Clarissa, die die schwächste, aber schlaueste ist. Man stelle sich vor, Clarissa hat den Hurrikan überlebt – sieht aus, als würden sie und diese Henne ewig leben. Während Cicero damit beschäftigt ist, die Käfigöffnung gegen die anderen Hühner zu verteidigen, läßt sie die Tür zuschnappen. Er fängt an, schrecklich zu randalieren, schlägt gegen den Draht, und als er sich in Raserei hineingesteigert hat, öffnet sie die Tür, damit er direkt in ihren Sack laufen kann.

Jetzt muß sie nur noch mit dem Sack, den sie etwas von sich weghält, um seinem Schnabel und seinen Sporen zu entgehen, zum andern Haus gelangen. Der leichte Schmerz in ihrem linken Arm ist nichts, verglichen mit dem in ihren Beinen. Und sie treibt sich selbst ein bißchen zur Eile, denn sie hört bereits das Donnergrollen und sieht, daß der Regen nicht mehr lang auf sich warten läßt. Sie läßt den Hahn im Garten frei, und er ist ziemlich empört über die ganze Geschichte. »Na los«, sagt sie zu ihm, »laß es dir gutgehen da ganz allein zwischen all dem verdorbenen Gemüse.«

Miranda steigt die Verandatreppe hinauf und betritt das andre Haus durch die Vordertür. Sie schließt sie sorgfältig hinter sich ab. Die Blitze zucken in den Wolken. Miranda schläft schon, als die Wolken niedriger sinken und die Blitze sich der Erde nähern. Sie tanzen um den silbernen Wohnwagen herum, aber sie schlagen vorwiegend am Waldrand ein, spalten ein oder zwei Kiefern. Einer schlägt allerdings in der Brücke ein und zerstört die neu geteerten Planken und die Arbeit von einem Tag. Der Blitz schlägt zweimal bei Ruby ein, und beim zweitenmal explodiert das Haus.

* * *

Es war, als würde ich aus einem tiefen dreitägigen Schlaf erwachen. Die Erinnerung daran, jemals das Bett verlassen oder mit jemand gesprochen zu haben, hatte die Beschaffenheit eines Traumes. Und dennoch drängtest du mich nach Erklärungen für einige der Dinge, die geschehen waren. Ich wußte nicht, warum Mama Day mein Haar ganz abgeschnitten und sich dann im andern Haus einquartiert hatte. Bis ich mit ihr reden konnte, würde ich es so hinnehmen. Wenn wir zurück nach New York kämen, würde ich es mir auf eine Länge schneiden und in weichen Wellen ondulieren lassen – so etwa im Stil der zwanziger Jahre, wie man ihn auf den alten Fotografien von diesen piekfeinen Frauen aus Harlems Blütezeit sah. Und das bedeutete natürlich eine vollkommen neue Garderobe, für die du blechen würdest. Ich konnte dich nicht dazu bringen, mit mir zu lächeln. Ich war so froh, daß die Sonne endlich wieder schien und daß ich meine Umgebung in ihren wirklichen Farben wahrnehmen konnte: Gelb, Blau,

Grün und Braun. Mein Kopf fühlte sich frei und leicht an, aber deinen Äußerungen zufolge gingen zwischen Großmama und Mama Day irgendwelche Heimlichkeiten vor. Mein Gott, das waren die Frauen, die mich großgezogen hatten – ich würde ihnen mein Leben anvertrauen, und was Mama Day auch getan hatte, sie hatte es mit gutem Grund getan. Aber du mochtest meinen Optimismus nicht teilen – wieso war ich immer noch so schwach? Ich konnte wohl kaum etwas anderes erwarten, wo ich so lange nicht aufgewesen war. Ein bißchen Sonne und kleine Spaziergänge um das Haus würden mich bald wieder auf die Beine bringen. Und du machtest mir mehr Sorgen als diese roten Quaddeln auf meinem Körper.

Du warst reizbar und aufbrausend, wie ich dich noch nie erlebt hatte. Die Brücke fertigbauen. Die Brücke fertigbauen. Eine fixe Idee, die dich nicht losließ, wenn du am Morgen weggingst, zum Mittagessen zurückkamst und noch einmal zum Abendessen. Niemand arbeitete schnell genug, niemand arbeitete lang genug. Darüber und über dein ewiges Herumgeglucke hätte ich mir beinahe noch den dürftigen Rest meiner Haare ausgerauft. Du steigertest dich in einen schrecklichen Zustand hinein – und wozu? Die Brücke würde in wenigen Tagen fertig sein, und mit mir ging es aufwärts – wirklich. Ich wagte nicht, dir was anderes zu sagen. Aber wenn du nicht mit dem verrückten Plan gekommen wärst, in einem lecken Boot über den Sund zu rudern, hätte ich dir vielleicht von diesen Halluzinationen erzählt, die ich hatte, wenn ich in den Spiegel schaute.

Eine ganz normale Sache. Das dachte ich, als das Gewitter zuschlug und zwei Meter neu gelegte Bohlen auf der Brücke versengte. Die Arbeit eines Tages weg, und dann dauerte es einen halben Tag, um sie rauszureißen, noch einen Tag, um sie wieder neu zu verlegen, so daß wir die Garantie hatten, noch weitere sechsunddreißig Stunden hierzubleiben. Sechsunddreißig Stunden. Und ich hatte ebenso viele Gründe, so schnell ich nur konnte, von hier zu verschwinden – in allen kam dein Name vor. Die unnötigen Komplikationen brachten mich auf die Palme. Wenn man eine Arbeit zu erledigen hat, erledigt man sie. Man steht nicht herum und diskutiert über das Offensichtliche. Der Blitz hatte den neuen Bohlenbelag zerstört – aus. Aber, o nein, da war irgendwas *Merkwürdiges* an diesem Gewitter. Der Blitz hatte zweimal an derselben Stelle eingeschlagen. Theoretisch ist es möglich, aber nicht sehr wahrscheinlich, daß ein Blitz zweimal an genau derselben Stelle einschlägt. Der erste Austausch elektrischer Ladungen zwischen Erde und Wolken, der in gewissem Sinn ein Stromschlag ist, verursacht im negativ aufgeladenen Zentrum oben in den Wolken einen Kurzschluß und eine Entladung. Es wäre also ein weiterer Austausch negativer Elektronen von weiter oben in derselben Wolke mit derselben positiv aufgeladenen Stelle auf der Erde nötig, damit ein Blitz zweimal einschlüge. Das ist selten. Es sei denn, natürlich, jemand würde absichtlich in einem wissenschaftlichen Experiment die Erde mit Substanzen elektrisch präparieren, die negative und positive Ladungen enthalten, um so die Möglichkeit zu erhöhen, daß ein bestimmtes Ziel getroffen wurde. Niemand hier in Willow Springs lief mit solchem Wissen herum, und es war höchst unwahrscheinlich, daß es auf natürliche Weise passierte. Es gab noch andere, die es für unnatürlich hielten, aber aus ganz anderen Gründen. Das war ein vorsätzliches und eindeutiges Zeichen, da es mit Miss Rubys Haus passiert war. Wie es schien, hatte sie schon seit Jahren der Sünde gefrönt, und daher widerfuhr ihr mit der Zerstörung von allem, was sie besaß, und mit den Verbrennungen an ihrem Körper nur Gerechtigkeit. Und die *Zeit,* die mit den Untersuchungen der Bohlen vergeudet wurde, um festzustellen, ob auch sie zweimal getroffen worden waren. Mir graute vor dem Gedanken, daß sie, sollten sie einen entsprechenden Beweis finden, allesamt aufhören würden zu arbeiten – weil sie es als Zeichen verstanden, daß die Brücke so bleiben sollte, wie sie war.

Ich kam zu dem Schluß, daß das Ding gar nicht fertig sein mußte. Nur nah genug bis zur anderen Hälfte erneuert, daß ich es mit Anlauf und Sprung über die Lücke und zurück ins wirkliche Leben schaffen und ein Boot mieten oder die Küstenwache auffordern könnte, überzusetzen und uns zu holen. Was später am Nachmittag passierte, würde ich als Vorsehung bezeichnen. Mit all dem Treibgut und Trümmerzeug wurde ein Ruderboot ans Ufer gespült. Teile von Fischerbooten und sogar vom früheren Bootshaus waren schon seit Tagen angespült worden, aber das hier war praktisch intakt. Der Rücksitz war rausgerissen worden und der Steven stellenweise gesplittert, aber der Boden war in anständigem Zustand, die Ruderdollen locker, aber funktionstüchtig. Ich konnte Ersatzruder, Holzkitt und Imprägniermittel im Gemischtwarenladen kaufen. Natürlich dachten alle, ich sei verrückt. Warum in einem solchen Boot ein Risiko eingehen, wenn die Brücke in Null Komma nichts wieder aufgebaut sein würde? Ja, dachte ich, mit Betonung auf *Null* und *nichts.*

Zuerst dachte ich nur, der Sprung hätte den Schlafzimmerspiegel verzerrt. Im Lauf der Jahre hatte er sich von der unteren Ecke, wo die Vase ihn zerdeppert hatte, bis zur Mitte hin ausgebreitet. Ich hatte vorgehabt, Großmama den Spiegel zu ersetzen, weil er durch meine Wut kaputtgegangen war. Ich beschloß, eine komplette neue Schlafzimmereinrichtung zu besorgen, aber von meinem eigenen Geld, nicht von deinem. Ein vorübergehender Job für ein paar Monate müßte genug Geld einbringen, und ich würde sie einfach hierherliefern lassen, ohne sie zu fragen, weil sie nein sagen würde, wenn sie es wüßte. Ich hatte mich nur ein bißchen herrichten wollen; ein bißchen Puder und Rouge, um die Blässe zu überdecken, weil ihr beide besorgt um mich wart, jeder auf seine eigene Art. Du warst rundheraus lächerlich mit deinen tausend Fragen, während sie den ganzen Morgen lang Spirituals sang. Als Großmama anfing, vom Gehen zum Kreuz und Warten beim

Jordan zu singen, und dann weitermachte mit sechs Strophen von *No Ways Tired,* war es mir egal, wie oft sie raus auf die Veranda kam und mich anlächelte. Sie war – ob zu Recht oder Unrecht – über irgend etwas zutiefst beunruhigt. Ich war dankbar, daß diese gräßlichen Quaddeln nicht auch in meinem Gesicht waren und mit einem Kaftan verdeckt werden konnten; ein Hauch Make-up würde den Rest übernehmen, bis es mir wirklich wieder besserging. Und ich fing schon an, mich stärker zu fühlen, mein Blick war klar, also mußten die Quaddeln eine allergische Reaktion auf das Virus sein, das ich in mir gehabt hatte.

Ich tat einen Klecks Rougepuder auf den Pinsel, und als ich damit über meinen Wangenknochen strich, blieb mein Fleisch an den Pinselhaaren kleben und wurde wie geschmolzener Karamel nach oben geschoben. Ich nahm den Pinsel wieder runter, und das Gesicht, das mich finster ansah, hatte eine ausgehöhlte Wange, und unter dem rechten Ohr baumelte das hochgeschobene Fleisch. Ich beugte mich vor; das Spiegelbild beugte sich auch vor und blieb dasselbe. Ich tastete mit den Fingern über die Wange, fühlte, daß sie intakt und rund war, während die Finger im Spiegel über eine gräßliche Verunstaltung fuhren. Hatte der Sprung das Quecksilber auf der Rückseite abplatzen lassen? Ich ignorierte diese Seite meines Gesichts, tat mehr Puder auf den Pinsel, strich noch fester über die linke Wange – und höhlte ein noch tieferes Loch aus. Das Fleisch meiner beiden Wangen hing jetzt in Streifen unter meinen Ohren, und wenn ich den Kopf bewegte, wackelten sie wie auf Haken gespießte Würmer. Mit den Händen auf den Wangen trat ich von dem Spiegelbild zurück. Es war alles in Ordnung mit meinem Gesicht. Aber ich konnte den Anblick nicht ertragen, wie ich krampfhaft die Fleischfetzen festhielt.

Der Spiegel über dem Waschbecken im Bad zeigte mir genau dasselbe. Ich drehte ihm den Rücken zu und lehnte mich gegen das Waschbecken. Meine Finger betasteten mein Gesicht von oben bis unten – das Gesicht, das ich kannte. Also gut, dann halluzinierte ich eben. Und was konnte ich dagegen tun? Nichts. Nur warten, bis es wieder aufhörte. Bloß ein weiterer Nebeneffekt des Virus. Aber es wurde schwieriger, alles auf die Grippe zu schieben. Großmama war in der Küche, und ich brauchte sie nur zu fragen, wobei ich mich bemühte, meine Stimme so gelassen wie möglich klingen zu lassen. Stimmt irgendwas nicht mit meinem Gesicht? Ich geriet einen Augenblick in Panik, als sie ihren Kopf schief legte und mich stirnrunzelnd ansah. Und wenn sie nicht laut und deutlich gesprochen hätte, wäre ich womöglich zusammengeklappt. »Tja, Schätzchen, du hast dein Make-up nicht richtig aufgetragen. Du mußt die beiden roten Striche besser auf den Wangen verteilen.« Sie runzelte die Stirn noch mehr, als ich lachte – ein bißchen zu schrill. »Cocoa, hast du irgendwas?« »Nein, gar nichts. Ich hab nur eine neue Technik ausprobiert«, sagte ich. »Hat wohl nicht funktioniert, wie? Na, verlaß dich nicht auf mich«, antwortete sie. »Ich kenn mich nicht so aus mit dem Modekram.«

Ich wollte mich nicht noch mal ansehen, deshalb beugte ich mich tief unter den Badezimmerspiegel, um mir das Rouge vom Gesicht zu waschen. Ich trocknete es auch ab, ohne hinzusehen. Aber als es sich so frisch und heil anfühlte, dachte ich, ich sollte noch einen Blick riskieren. Ich konnte nicht anders – ich schrie. Meine Augen, Lippen, Kinn, Stirn und Ohren waren überallhin verschmiert, eingequetscht und verschrumpelt, mit ein paar eingedrückten Stellen, die noch die Abdrücke meiner Finger und des Frotteetuches aufwiesen. Natürlich kam sie angelaufen, und instinktiv dachte ich an eine Lüge. Aber sie kam zu schnell ins Bad, und als ich ihr erzählte, was passiert war, nahm sie mich in den Arm und beruhigte mich, sagte mir, was ich so verzweifelt hören wollte – daß das alles nur in meinem Kopf war. Und erst viel später, nachdem sie mich ins Bett gebracht hatte und ich wieder diese Spirituals hörte, fiel mir ein, daß sie nicht einen Augenblick lang überrascht gewesen war.

Großmama verhängte sämtliche Spiegel im Haus. Es war

beruhigend und beunruhigend zugleich, sie so zu sehen. Wenigstens konnte ich mich ohne Angst bewegen. Aber warum halluzinierte ich jetzt nicht über meine Hände oder Beine oder meinen Bauch? Es war derselbe Blick, der sie wahrnahm wie auch das Bild im Spiegel. Ich konnte mich nicht erinnern, und ich würde es nicht nachprüfen, ob mein übriger Körper in den Spiegeln ebensolche Verunstaltungen aufwies. Ich saß nur auf der Veranda, wo es warm und angenehm war, und sah mir den unglaublich schönen Sonnenuntergang an. Stunden später erschien mir der Vorfall nicht mehr so grauenvoll. Und eines Tages würden wir alle darüber lachen. Du warst jedenfalls ein komischer Anblick, wie du in diesem farbverkleckerten Overall, der jetzt dazu noch Teerstreifen an Knien und Ärmelbündchen hatte, die Straße entlangkamst. Wo war der Mann, der darauf bestand, daß sogar seine Jeans in die Reinigung gegeben wurden?

Als du mich mit der Neuigkeit begrüßtest, daß du ein undichtes Boot reparieren und damit über den Sund rudern wolltest, hörte ich auf zu überlegen, wie ich dir die Geschichte mit den Spiegeln erklären könnte, und beschäftigte mich mit der eingehenden Betrachtung einer echten Gefahr – dem ernsten Ausdruck in deinem Gesicht. George, du konntest nicht mal schwimmen. Nicht daß Schwimmen helfen würde, wenn du erst mal von einem Sog ergriffen wurdest. Es gab eine berüchtigte Unterströmung mitten im Sund, bekannt als des Teufels Schnürsenkel, und erfahrene Fischer waren darin ertrunken. Hatten sie dir das bei der Brücke nicht erzählt?

Ich gab vor, dir aufmerksam zuzuhören, als du mir deinen Plan erläutertest, während ich mir meine eigene Strategie zurechtlegte. Mit einem sturen Mann am Hals hatte ich gelernt, keine Zeit mit vernünftigen Einwänden zu vergeuden, wenn du dir etwas in den Kopf gesetzt hattest. Du würdest allem zustimmen, was ich sagte, vor allem jetzt, wo du dachtest, ich sei krank, und dann hingehen und genau das tun, was du ohnehin vorgehabt hattest. Aber ich hatte das große Glück, daß du auch Erfahrung mit einer sturen Frau hattest. Der Ton meiner Stimme war derselbe, den ich normalerweise anschlug, wenn deine Schmeicheleien, dein Sarkasmus oder deine Wut – je nachdem, wie dringend du etwas wolltest – ohne Erfolg geblieben waren. Du nanntest ihn mein »Scher-dich-zum-Teufel-Ton«, ich nannte es »Ende der Diskussion«. Aber ich mußte direkt werden: Mir fehlt nichts, was nicht noch ein paar Tage warten könnte. Du kannst von mir aus zum Festland rudern und mit so vielen Charterbooten zurückkommen, wie du willst. Aber wenn ich meine Koffer packe und dieses Haus verlasse, dann werde ich über diese *Brücke* gehen. Dann hieß es, mich in einer Haltung zurückzulehnen, die wie meine Stimme keinen anderen Ausdruck hatte als den der Endgültigkeit. Für dich hieß es, die Lippen zu einer schmalen Linie zusammenzupressen und mir einen eisigen Zornesblick zuzuwerfen. Und dann an mir vorbeizustampfen und eine gerade verfügbare Tür zuzuknallen. Diesmal war es zufällig Großmamas Fliegentür – und es war ein lieblicher Klang.

* * *

In dem Wachstuch, das Miranda unter das Loch im Dach genagelt hatte, sammelte sich eine Wasserlache an, bevor es abriß. Halbe Arbeit ist immer schlechter als gar keine, denkt sie mit Blick auf den rostigen Fleck, der sich auf der Schlafzimmerwand nach unten ausbreitet. Aber sie ist einfach zu müde gewesen, um mit hochgestreckten Armen eine schwere Plane in der engen Dachbodenecke festzunageln. Diesmal mußte sie es ordentlich machen, obwohl es, bei Sonnenschein betrachtet, so aussah, als würde man den Stall abschließen, nachdem die Kühe ausgerückt waren. Sie hat Lust, es einfach so zu lassen. Wenn die Dachdecker von jenseits der Brücke kamen, würde sie sie einfach auch noch die Schlafzimmerwand streichen lassen. Alle Zimmer könnten einen frischen Anstrich und eine anständige Politur der Eichenböden gebrauchen. Es war wirklich ein reizendes altes Haus mit den Walnußleisten und der geschnitzten Wandtäfelung, den hochgewölbten Decken und den Erkerfenstern. Und es hatte gute Zeiten in diesem Haus gegeben, und es sind diese guten Zeiten, die sie wachrufen wird, sonst gäbe es keinen Grund, hierherzukommen. Alles das, was Baby Girl ist, stammt von den Menschen, die über diese Eichendielen gelaufen sind, die draußen auf diesem Balkon gesessen und geträumt haben. Es konnte nicht alles so gewesen sein wie in ihrem und Abigails Leben, die sie mit einer Mutter groß geworden sind, die den Frieden suchte und dabei den Tod fand. Sie mußte im Kopf derart verwirrt gewesen sein, daß sie dachte, der Sund wäre der Grund dieses Brunnens. Egal wie, sie hätte allem mit Wasser ein Ende bereitet, und wenn Papa diesen Brunnen nicht mit Brettern vernagelt hätte, wäre sie irgendwann auf dessen Grund gefunden worden. Aber so, wie es war, wurde sie überhaupt nicht gefunden – bis Grace sie mit Ophelia zurückbrachte. Unversöhnliche, unnachgiebige Grace. Hatte dieses wunderhübsche Baby, für das sie leben konnte, und verzehrte sich lieber vor Haß.

Miranda hält inne. Nein, das sind nicht die Erinnerungen, die sie braucht. Denk an andere. Aber, guter Gott, es ist so schwer, denn sie war so jung, als Peace starb. Sie erinnert sich an einen Frühling, als ihr Kopf noch nicht an die oberste Verandastufe reichte. War Abigail da schon geboren? Miranda kann ihre Schwester nicht sehen, aber sie wird an einen weichen Busen gehoben, der nach Zitronenkraut duftet, und hinauf in ebendieses Zimmer gebracht. Und da *ist* Lachen – ein helles und ein tiefes Lachen. Sie kann auch ihren Papa nicht sehen, aber er muß dort gewesen sein, denn sie spürt den Luftzug, als sie gepackt und hochgehoben wird, ganz hoch bis zur Decke hinauf, und sie sieht – was? Na so was – einen Schmetterling. Einen blausilbernen Schmetterling. *Schnitz dem Baby einen, John-Paul, dann hängen wir ihn ihr um den Hals.* Hatte ihre Mutter das wirklich gesagt, oder hatte sie es sich nur gewünscht? Es war so wenig Vernünftiges je aus ihrem Mund gekommen, was man hätte bewahren mögen.

Der Gedanke an die Decke führt sie schließlich auf den Dachboden – noch ein Gewitter, und das Wasser könnte ihn zum Einsturz bringen. Sie klettert die Leiter hoch, diesmal mit anständiger Ausrüstung: einer dicken Gummiplane und einer Tüte großer Nägel. Es ist da oben kaum Platz zum Kriechen, aber da sie klein ist, kann sie sich in gebeugter Haltung durchzwängen. Ihr Rücken schabt an den feuchten und schimmligen Dachbalken entlang, aber sie muß entweder so gehen oder auf Händen und Knien auf den regendurchnäßten Dielen entlangkriechen, und wenn die Splitter sie dann nicht erwischten, dann ganz bestimmt das Rheuma. Der feuchte Staub verströmt einen gräßlichen Geruch, eine Mischung aus getrocknetem Schleim und saurer Erde. Gott sei Dank lag nichts hier oben, worüber sie stolpern konnte. Ihre Truhen und alten Trödelschachteln wurden draußen im Schuppen aufbewahrt.

Es gibt eine Erinnerung, daß sie mit Abigail hier drin gewesen ist und durch den Fensterspalt hinunter in den Vorgarten gespäht hat. Aber das ist eine Erinnerung, die sie nicht haben möchte. Es bedeutete, daß sie sich vor etwas versteckten – Stimmen höchstwahrscheinlich, Stimmen, die ohne Freude waren. Keine ihrer Erinnerungen, in denen Abigail vorkam, enthielt viel Freude. Kein Wunder, daß sie dieses Haus meidet wie die Pest. Nein, denk an was anderes. Aber an diesem Ort läßt sich nichts anderes wachrufen – sie hatten sie als Baby nie hier raufgebracht. Mühevoll nagelt sie die Plane oben in der schmalen Ecke an, als sie das Geschäftsbuch erblickt. Schwarzer Ledereinband, länglich und schmal, beinahe entzweigebrochen, wie es dort in den Dachfirst eingeklemmt ist. Das muß mit Absicht dort versteckt worden sein. Miranda versucht es rauszuziehen, und der Einband zerfällt förmlich in ihren Händen. Die Seiten sind von jahrelanger Feuchtigkeit aufgequollen und verfärbt. Sie könnte es in diesem Licht sowieso nicht lesen, selbst wenn die Tinte nicht völlig verlaufen wäre. Als sie mit ihrer Arbeit fertig ist, nimmt sie das Buch, hält es mit einer Hand an die Brust und klettert die Leiter runter. Sie weiß, so wie sie eben manche Dinge weiß, daß ihr Vater es dort versteckt hat. Aber wieso hat er es nicht einfach verbrannt?

Auch im hellen Licht des Schlafzimmers gibt es nichts da drin zu lesen. Zu alt. Zu lange her. Sie findet einen Zettel hinten drin, der ihr verrät, wie alt. *Dienstag, 3. August,* dann eine *1* und die Hälfte von etwas, was eine *8* sein muß, aber der Rest des Datums ist verblaßt. *Zuschlag an Mister Bascombe Wade von Willow Springs für eine Negerin, die auf den Namen Sa...* Wasser hat den Rest der Zeile mit gelblichen und schwärzlichen Flecken ausgelöscht, die auch das meiste aus den Zeilen darunter unleserlich machen: *Gesetz... Kenntnis... bestätigt... launisch... Krankenschwester.* Das ist alles, was sie entziffern kann, bis sie unten zu den letzten Worten kommt: *Kaufpreis... Goldzahlungsmittel... Naturalien.*

Sie starrt auf den Namen und versucht zu raten: Sarah, Sabrina, Sally, Sadie, Sadonna – was? Ein Verlustgefühl, das sie nicht beschreiben kann, überfällt sie – der fehlende Schlüssel zu einer unbekannten Tür irgendwo in diesem Haus. Die Tür, um Baby Girl zu helfen. Sie überlegt. Samantha, Sarena, Salinda – diese altmodischen Namen. Sandra Bell? Sapphron? Sie hatte mal vor langer Zeit eine Frau namens Saville kennengelernt. Sie geht die Namen immer wieder durch, bis ihr der Kopf weh gut. Das Dokument selbst hat keine Bedeutung für Miranda. Ganz Willow Springs weiß, daß diese Frau niemandes Sklavin gewesen ist. Aber wie lautete ihr Name? Und was war hier drin geschrieben gewesen, daß John-Paul es versteckt hatte? Gesetz. Kenntnis. Bestätigt. Launisch. Krankenschwester. Kaufpreis. Goldzahlungsmittel. Naturalien.

Miranda geht hinaus auf den Balkon, um tief die frische Luft einzuatmen. Sie schaut durch die Baumwipfel nach Osten, läßt die Klarheit des endlos blauen Himmels in ihren Kopf hinein. Sie schließt die Augen und fährt mit den Fingern über das wellige Papier, und alles, was sie sieht, ist eine riesige graue Mauer. Sie versucht es noch einmal und scheitert. Sie schimpft sich aus, weil sie es doch besser wissen müßte: eine Gabe ist etwas, was gegeben wird, nicht eingefordert. Miranda fängt an, die Böden zu schrubben, und denkt nach, Samarinda. Putzt die Schränke innen und überlegt, Savannah. Räumt die Kaminasche weg und überlegt, Sage Marie. Sie bereitet ihr Abendessen zu, wirft ihrem Hahn ein paar Krümel Maisbrot hin, kannst du es mir sagen, Cicero? Das Geschirr wird abgetrocknet, bis es glänzt – Samora? Immer weiter, bis sie schlafen geht, sich vorm Bett auf die steifen Knie sinken läßt und zu Vater und Sohn betet, wie sie es gelernt hat. Aber sie schläft ein, indem sie die Namen von Frauen murmelt. Und in ihren Träumen begegnet sie endlich Sapphira.

* * *

Es war kein ganzer Vollmond, aber er schien extrem hell ins Schlafzimmer und ergoß sich über deinen Körper, erleuchtete noch die kleinsten Härchen auf deiner Brust. Dein rechter Arm lag quer über deinem Gesicht, als wolltest du dich vor dem Mondlicht schützen. Ich hatte stundenlang dagelegen und mich gefragt, warum er dich nicht aufweckte, zumal du einen viel leichteren Schlaf hattest als ich. Dann dachte ich daran, wie müde du heute abend ausgesehen hattest, eine resignierte Müdigkeit, die daher kam, daß du verwirrt und unsicher warst, und mir tat das Herz weh. Konnte es sein, daß ich bei Tisch nicht so vorsichtig gewesen war, wie ich dachte? Um die Tatsache zu verbergen, daß ich nicht direkt auf einen Teller, mein Wasserglas, die Wölbung des Löffels schaute. Vielleicht wundertest du dich, daß sogar die Vorderseite der Uhr verhängt war. Aber mir war lieber, du warst verwirrt, als daß du dein Leben mitten auf dem Sund riskiertest. Ich wollte dich nicht verlieren, ich wollte nicht mal daran denken, dich zu verlieren. Die Brücke würde in wenigen Tagen fertig sein – du warst nur nicht mit jener Geduld aufgewachsen, die man in Willow Springs kannte. Die Zeit um ihrer selbst willen hat hier nie eine große Rolle gespielt. Die Ernte, das Wetter, die Jahreszeiten – sie alle hatten einen sehr viel stärkeren Einfluß auf das Verhalten als deine ausgetüftelte Digitaluhr.

Ich nahm sie vom Nachttisch, um nach der Zeit zu sehen: 2:14. Wenn ich einen bestimmten Knopf drückte, würde ich die Anzeigen für alle größeren Städte der Welt kriegen – sogar Peking, hast du einmal ganz stolz erzählt. Aber es war derselbe Mond, den sie in China sahen, oder? Nur die andere Seite davon. Er überflutete den Boden mit kalt leuchtenden, milchigen Flecken, die schließlich die Kommode entlang zur unteren Kante des Spiegels hinaufwanderten. Ich lag dort und starrte lange auf den Spiegel. Als das Mondlicht ihn mit einer gezackten Linie zweigeteilt hatte, stand ich ruhig auf und entfernte das Tuch. Mein Herz schlug heftig, aber mein Entschluß war stärker als die Angst. Was immer ich sah, das sah ich. Und wenn mir ein Monster entgegenblickte, würde ich dennoch stehenbleiben und es betrachten. Halluzinationen sind einfach nicht wirklich. Im Spiegel konnte ich mich vom Kopf bis zum oberen Teil des Bauches sehen. Ich, der Spiegel und mein Spiegelbild waren alle in dieses milchige Licht getaucht. Mein Gesicht war nicht mehr verunstaltet; tatsächlich war es wie mein Hals, meine Brüste, Arme und Taille vollkommen glatt. Wo waren die Quaddeln? Sie waren auf meinen Armen, Schultern und auf der Brust, als ich an meinem Körper hinuntersah, aber sie waren nirgendwo an meinem Spiegelbild zu entdecken. Traue nur deinem eigenen Auge. Es ist nur wirklich, was man unmittelbar sieht.

Und ich sah, daß sich die dünnen, über meinen Körper verteilten Quaddeln in Farbe und Beschaffenheit verändert hatten. Sie waren wie klare Wasserpusteln, weich und quallig. Ich hielt meinen Arm im Mondlicht hoch und berührte eine. Sie fing an, sich zu bewegen. Eine pulsierende Bewegung, als würde sie atmen. Und dann, ganz langsam, begann sie, unter meiner Haut einzusinken und zu verschwinden. Ich hielt mich an der Kommodenkante fest, um mein Zittern zu unterdrücken, während sich mir der Magen umdrehte. Mit der linken Hand die Kommode umklammernd, berührte ich eine andere Quaddel. Dasselbe passierte, aber ich schrie nicht. Nicht mit dir hinter mir, nicht mit diesen wäßrigen Quaddeln, die wie ein lebendes Herz pulsierten, bevor sie langsam unter meiner Hautoberfläche einsanken.

Ich schlief nicht. Das Zimmer war zu hell, und die Matratze wackelte ständig. Die meisten Menschen hätte das nicht gestört, aber ich hatte einen leichten Schlaf – und in Zeiten wie diesen konnte ich überhaupt nicht schlafen –, daher wurde ich jedesmal jäh wach, wenn du dich bewegtest. Ich drehte mich nicht herum und fragte dich, was los sei, denn du hättest gelogen. Genau wie deine Großmutter mir etwas von einem speziellen Reinigungsmittel unter den verhängten Spiegeln vorlog. Wieso, wußte ich nicht. Und es wurde noch mehr vor mir geheimgehalten. Ich sollte mir diese dunklen Ringe unter deinen Augen ansehen und diese gräßlichen Quaddeln an deinem Körper und glauben, daß es dir gutging? Daß du mich für so dumm hieltest, ärgerte mich. Ich hatte Angst, du könntest wissen, daß es eine furchtbare Krankheit war; und wenn es so war, warum blieb ich ausgeschlossen?

Es mußte etwas sehr Ernstes sein, daß es dich so wach hielt. Ich beobachtete, wie du aus dem Bett stiegst und den Spiegel aufdecktest. Und du standest nur dort und starrtest dich an – dachtest an was? Du hobst einen Arm zum Gesicht und dann den anderen, drehtest sie langsam. Dein Körper wurde plötzlich steif, und er blieb steif, als du zurück ins Bett kamst. Du lagst auf dem Bauch, das Kissen zwischen deine Fäuste gekrallt, und zittertest. Mir ist im Leben kaum etwas so schwer gefallen, wie jetzt nicht hinüberzufassen und dich in die Arme zu nehmen, als du anfingst zu weinen. Aber du versuchtest, das Geräusch zu dämpfen, also wolltest du meinen Trost nicht. Ich wußte nicht, was du wolltest oder was du brauchtest, aber ich wußte, was ich tun würde. Es war eine Frage der Prioritäten. Ich werde bei Tagesanbruch aufstehen und das

Boot reparieren, dachte ich. Ich werde die Ruder in die Dollen stecken und über den Sund rudern. Soviel kann ich für sie tun. Und wenn ich dann diese Ruder in meinen Händen fühle, wird es nicht entscheidend sein, ob ich es schaffe oder nicht. Und wenn das Boot zu sinken beginnt – ich sah auf meine Hände, die vom Mondlicht angestrahlt wurden –, werde ich sie ins Wasser stecken und anfangen zu schwimmen. Ja, ich würde *anfangen* zu schwimmen. Und in dem Moment käme es auf das Ende nicht mehr an.

* * *

MIRANDA ÖFFNET TÜR auf Tür auf Tür. Tür auf Tür auf Tür. Sie fragt jede Tür dasselbe: Sag mir deinen Namen. Und die Antwort ist, sie soll sie aufmachen, so daß sie vor einer anderen steht. Sie spürt das Gewicht ihrer Jahre bei jeder Frage, das Gewicht eines jeden Schmerzes, eines jeden Kummers, über den sie gelernt hat hinwegzusteigen, um Kraft zum Weitermachen zu haben. Sie türmen sich alle auf ihren Schultern, drücken ihr den Rücken krumm und lassen ihr die Beine einknicken, bis sie gezwungen ist, noch mehr Türen mit nichts als reinem Willen zu öffnen. Denn ihre Finger, verkrampft und zitternd, haben schon lange aufgegeben; ihr Arm hat ihr hundert Türen zuvor den Dienst versagt, sich in seinem Gelenk zu heben. Und als sie spürt, daß sogar ihr Wille sie verlassen hat, daß sie einfach keinen weiteren Knauf mehr drehen kann – die Hand ausstrecken und umdrehen –, steht sie auf einmal in einem riesigen Raum voll strahlendem Licht.

Tochter. Das Wort umfängt etwas, was jenseits von Erschöpfung ist. Sie kann es nicht wirklich hören, weil sie keine Ohren hat, oder es aussprechen, weil sie keinen Mund hat. Da ist nur das Gefühl, zu existieren. Tochter. Es fließt hindurch wie sanfte Ströme von warmem, flüssigem Zucker, der die Stellen ausfüllt, wo niemals Arme waren, die sie festhielten, niemals Schultern, an die sie ihren Kopf lehnen und sich ausweinen konnte, niemals ein Mensch, an den sie sich um eine Antwort wenden konnte. Miranda. Schwester. Kleine Mama. Mama Day. Schmelzen, hinwegschmelzen unter den süßen Wasserfluten, die hinabfließen und einen Ort frei spülen, von dessen Existenz sie nichts gewußt hat: Tochter. Und sie öffnet den Mund, der nicht da ist, um an den vollen Brüsten zu saugen, tiefe, gierige Schlucke von Dickflüssigem wie Sahne, das ihr aus den Mundwinkeln quillt und am Kinn hinunterläuft. Voll und warm, um zwischen diesen Dämmen aus Weichheit den Kopf zu betten, den ruhigen und gleichmäßigen Schlag eines Herzens zu spüren. Sie schläft im Schlaf. Aus dem einen aufzuwachen bedeutet, Ohren wiederzubekommen – der gleichmäßige Herzschlag sagt ihr: Schau hinter den Schmerz; aus dem anderen aufzuwachen bedeutet, von dem Mahagonibett hinauf an die Decke zu schauen und zu wissen, daß sie hinausgehen und den Brunnen aufdecken muß, in dem Peace gestorben ist.

Er befindet sich in einer abgelegenen Ecke des Gartens und ist mit beinahe hundert Jahre altem verrottetem Moos und verschlungenen Kriechpflanzen bedeckt, die Schicht über Schicht abgestorben sind und ein nahrhaftes Bett für die tiefgrünen Stechpalmen bilden, die um seinen Rand wachsen. Ein paar verstreute Ausläufer wilden Ingwers haben zwischen den Stechpalmen Wurzeln geschlagen, und seine doppelpaarigen herzförmigen Blätter winden sich entlang den behauenen Steinen zur Öffnung des Brunnens empor. Der Mörtel ist zerbröselt, die Steine sind durch das Wetter und die Zeit glattgeschliffen, doch die Holzabdeckung ist noch fest verbolzt. Miranda muß sich auf das Brecheisen stützen, um die erste Reihe der verrosteten Bolzen rauszustemmen, die John-Paul in die von Hand gebohrten Löcher gehämmert und einzementiert hat. Sie ist dankbar, daß er nicht daran gedacht hat, die ganze Abdeckung einzuzementieren, denn sonst hätte sie einen Vorschlaghammer nehmen müssen. Für die Arbeit, für die er Tage gebraucht hat, braucht sie Stunden, jeder Bolzen springt mit demselben Schwung heraus, mit dem er eingeschlagen wurde. Ein reißendes, kratzendes Geräusch, wenn die Metallstifte nachgeben, das Holz splittern lassen und ihre Arme mit trockenen Zementbröseln übersäen. Indem sie die gelösten Lattenenden als Hebel benutzt, wird die zweite Reihe einfacher, die dritte noch einfacher, bis die Abdeckung runterfliegt, sich überschlägt und beim Runterfallen die dünnen Ingwerranken zerreißt und zerquetscht.

Mirandas Puls rast aus vielen verschiedenen Gründen, als sie den Brunnenrand umklammert und hinunterspäht. Ein Loch ohne Boden. Faulige Luft schlägt ihr ins Gesicht, und bis sie sich geklärt hat, hält Miranda sich fest und wartet. Dann macht sie einen tiefen Atemzug und schaut erneut hinunter, kneift die Augen zusammen, um die Wasseroberfläche zu erkennen. Sie ist schleimig, und pilzige Lachen treiben darauf, als sie schließlich auszumachen ist. Es besteht keine große Chance, bis auf den Grund zu blicken oder sogar ihr Gesicht widergespiegelt zu sehen, denn das Sonnenlicht wird verschluckt, lange bevor es nach unten gelangt. *Schau hinter den Schmerz.* Aber es ist nichts dort unten, und das Spähen strengt ihre Augen an. Irgendwas macht sie nicht richtig. Ohne den Rand loszulassen, schließt Miranda die Augen und steht da, die Füße in den Ausläufern der Stechpalmen verheddert, den Bauch gegen den herzförmigen Ingwer gepreßt. Und als es kommt, geschieht es mit einer Kraft, die sie beinahe auf die Knie zwingt. Sie will vor den Schreien davonlaufen. Schrill und hoch hallen sie, dringen schmerzend in ihr Ohr. Aber mit fest zugekniffenen Augen sieht sie auf die Schreie. Eine Frau in aprikosenfarbenem Homespun: Laß mich in Frieden gehen. Und ein junger Körper, der hinunter zu dem Glitzern silberner Münzen im kristallklaren Wasser fällt und fällt. Eine Frau in einer Gingham-Hemdbluse: Laß mich mit Peace gehen. Kreise über Kreise voller Schreie. Einmal, zweimal, dreimal ging aller Frieden in diesem Brunnen verloren. Wie konnte sie jemals hinter diesen Schmerz schauen?

Und dann öffnet sie die Augen und schaut auf ihre eigenen Hände. Hände, die wie die von John-Paul aussehen. Hände, die die Frau im Gingham nicht mit Peace gehen lassen wollten. Vor ihm andere Hände, die die Frau im aprikosenfarbenen Homespun nicht in Frieden gehen lassen wollten. Nein, nicht gehen lassen *konnten.* In all dieser Zeit hatte sie nie wirklich darüber nachgedacht, was ihm das angetan haben mußte. Oder dem anderen Mann. Es mußte ihn innerlich zerrissen haben, zu wissen, daß er ihr alles auf der Welt zu geben bereit war, nur das nicht. Und vielleicht hätte er sie gehen lassen sollen, denn er verlor sie auch so. Aber dafür war sie nicht hier rausgeschickt worden – der Verlust war der Schmerz ihrer Kindheit. Der Verlust war der Kerzenmarsch, und hinter den Verlust zu sehen bedeutete, mit dem Mann mitzufühlen, der dieses Haus gebaut hatte, und mit dem anderen, der diesen Brunnen zugenagelt hatte. Es bedeutete, die Hoffnung in ihnen zu spüren, daß die Arbeit ihrer Hände alles Vorangegangene wegwischen könnte. Diese Männer *glaubten* – an die Macht in sich selbst, an das, was sie fühlten.

Und nun war da dieser Junge. Miranda schaut wieder hinunter auf ihre Hände. In all ihren Jahren war sie höchstens einer Handvoll Menschen mit einem Willen wie seinem begegnet. Er glaubt an sich selbst – tief in seinem Innersten –, weil er nie eine andere Wahl gehabt hat. Er hält ihn in seinem Herzen abgeschirmt, aber sie braucht diesen Glauben, der in George begraben liegt. Aus eigenem Antrieb muß er ihn ihr *aushändigen.* Sie braucht seine Hand in der ihren – wirklich seine Hand –, damit sie sie mit allem Glauben verknüpfen kann, der schon zuvor aufgebracht worden war. Ein einziger Augenblick war alles, was sie verlangte, eine Fingerspitze nur, die ihre beim andern Haus berührte. Damit sie zusammen die Brücke bilden könnten, über die Baby Girl gehen sollte. Ja, er hielt in seinen Händen bereits das fehlende Stück, nach dem sie hier gesucht hatte.

Miranda drängt ein starkes inneres Zittern zurück. Sie brauchte George – aber George brauchte sie nicht. Die Days waren alle mit dem andern Haus verwurzelt, aber der Junge hatte sein eigenes Zuhause in sich selbst. Und sie sieht, es gibt einen Weg für ihn, es allein zu schaffen, tief in sich besitzt er den Willen, Baby Girl ganz allein Frieden zu bringen – aber nein, sie würde daran nicht einmal denken. Ihr Kopf war schon voll mit zuviel Kummer, zuviel Verlust. Nein, sie würde sich etwas einfallen lassen, damit er ihr vertraute. Indem sie ihn bei der Hand nahm, konnte sie ihn sicher über diese zusätzliche Meile führen, auf der die anderen gestrauchelt waren. Aber eine Meile war lang, wenn es ein Weg war, den zu gehen man nicht bereit war und auf dem daher schon ein Schritt zuviel war.

* * *

Ich konnte die Flammen und den Rauch sehen, sobald ich die Läden an der Brückenkreuzung passiert hatte. Eine Handvoll Leute arbeitete schon mit drei großen Bottichen Teer, der über einem offenen Feuer geschmolzen wurde – und sie unterhielten das Feuer mit den kleingehackten Überbleibseln meines Bootes. Im Morgenlicht sahen sie alle aus wie Gespenster hinter der flirrenden Luft über dem blubbernden Teer. Sie beachteten mich nicht, während sie Bohlen abmaßen und zurechtschnitten und in Haufen voller Nägel herumkramten. Endlich verstand ich den Ausdruck »blinde Wut«. Ein Dutzend vom Sturm gefällte Bäume, und sie benutzten mein Boot. Benutzten es absichtlich. Ich stand dort mit geballten Fäusten, das Blut hämmerte in meinem Kopf. Wo sollte ich zuerst zuschlagen?

»Das Wetter hat aufgeklart, George, wir kommen jetzt schneller voran.«

Ich war zu zornig, um Dr. Buzzard auch nur anzusehen. Er nahm mich beiseite, aber ich wollte nichts von ihren Plänen hören. Ich hätte jeden einzelnen dieser Narren zusammenschlagen können, und ich wollte nichts anderes mehr als von dieser verdammten Insel verschwinden. Es war, als hätte er meine Gedanken gelesen.

»Auf Ihre Art«, sagte er leise, »wär's Selbstmord gewesen. Auf unsere Art bringt Sie dasselbe Boot sicher rüber.«

»Wann? Nächsten Monat? Ich habe nicht soviel Zeit.«

»Junge, Sie haben mehr Zeit, als Sie glauben.«

»Ich habe es satt, ein Junge genannt zu werden – und wie einer behandelt zu werden. Selbst wenn es Selbstmord gewesen wäre, es ist mein verdammtes Leben. Sie hatten kein Recht, das zu tun.«

»Selbst wenn's Ihr Leben ist, es war nicht Ihr Boot. Und ich nehm an, die Leute dachten, sie hätten das Recht, mit ihrem Eigentum zu machen, was sie wollen. Andererseits haben Sie auch ein paar Rechte in der Angelegenheit. Sie haben das Recht, zu erfahren, warum es Ihnen und Cocoa überhaupt nichts genutzt hätte, wenn Sie rübergekommen wären.«

Was macht man, wenn einem jemand etwas erzählt, was man einfach nicht glauben kann? Man kann weggehen. Man kann dableiben und mit ihm streiten. Oder man kann, wie in meinem Fall, gegen den Drang zu lachen ankämpfen, wenn es nur nicht so erbarmungswürdig gewesen wäre: der grauhaarige alte Mann mit seinem Hahnenfederhut und seiner Knochenkette, der von einem Fuß auf den anderen trat und sich räusperte, während er darum bemüht war, mich mit allen minutiösen Einzelheiten zu versorgen. Nach der ersten Episode über eine Frau namens Frances, mit der Junior Lee früher zusammengelebt hatte, hörte ich auf zuzuhören, denn ich dachte, da die einzige Hoffnung, dem hellen Wahnsinn dieser Insel zu entkommen – einem Wahnsinn, der durch Buzzards Geschichte veranschaulicht wurde –, vor meinen Augen in Rauch aufging, würde ich das einzige tun, was mir noch übrigblieb: beim Bau der Brücke mithelfen. Schlangenwurzel. Pulverisierte Asche. Ausgefallene Haare. Hühnerblut. Ich würde bis zum Umfallen arbeiten, um von hier wegzukommen. Er schien endlich fertig zu sein, und ich dankte ihm dafür, daß er mir das alles erzählt hatte, eilig darauf bedacht, ihm zu entkommen und anzufangen. Er legte mir seine Hand auf den Arm.

»Ich hab Mama Day gesagt, daß es sinnlos ist. Tut mir ehrlich leid, George.«

»Nicht halb so leid wie mir.«

»Nein, doppelt so leid. Denn ich weiß, wie ernst das ist, was Sie nicht glauben können.«

Das grösste Problem war, daß ich mich nicht auf die Spiegel verlassen konnte. An diesem Morgen betrachtete ich mich in unterschiedlichen Lichtverhältnissen im ganzen Haus. Was ich nicht sehen konnte, berührte ich mit den Fingerspitzen. Es war keine Einbildung, daß die Quaddeln von meiner Hautoberfläche verschwunden waren – sie war glatt. Und, George, es war keine Einbildung, daß sie angefangen hatten, in meinem Körper herumzukrabbeln. Ich brauchte keinen Spiegel, um das leichte Kitzeln zu spüren, wenn sie sich zusammenrollten und ausstreckten, sich vermehrten und sich tiefer hineingruben in mein Fleisch. Ich versuchte mich zu erinnern, wann ich spürte, daß mir nicht mehr geholfen werden konnte. Es war nicht die Erkenntnis, daß sie sich so schnell ausbreiteten, weil sie sich von meinem Fleisch ernährten, nicht der Fäulnisgeruch von verwesendem Fleisch, den ich auf der Zunge schmecken und mit jedem Atemzug riechen konnte. Auch nicht mein Urin, der dick und braun herauskam und auf dem Toilettenpapier kleine Teilchen von den Innenwänden meiner Blase hinterließ.

Nein, ich glaube, es war, als ich es schaffte, in die Küche zu gehen, wo Großmama mit dem Rücken zu mir am Spülbekken stand. Es schien, als hätte sie nie aufgehört, das Wasser laufen zu lassen oder die ungezählten Strophen von *No Ways Tired* zu singen. Sie hatte eine schöne Stimme, einen hellen Sopran, der allmählich heiser und brüchig wurde. Aber als sie mir über die Schulter hinweg zusah, wie ich in den Stuhl fiel, hörte sie nicht auf zu singen, kam herüber zu mir, bettete meinen Kopf an ihre Brust und streichelte mir übers Haar, bevor sie mein Kinn hob. Ihre klaren braunen Augen waren ein

Spiegel, der niemals lügen konnte – ich sah mein Gesicht: die eingesunkenen Wangen, die tiefen, dunklen Ringe unter meinen Augen –, überflutet von einem so tiefen Mitleid, daß Tränen es billig gemacht hätten.

Als ich im Morgengrauen fortging, schliefst du noch, und als ich spät am Abend zurückkam, schliefst du wieder, aber ich sah mit Erleichterung, daß die Quaddeln verschwunden waren. Ich war schmutzig, und meine geschwollenen Gelenke waren mit Teer verkrustet, deshalb versuchte ich, mich über dich zu beugen, um dich sacht auf die Schläfe zu küssen, ohne dich zu berühren, und da war dieser gräßliche Geruch. Zuerst dachte ich, er komme von meinem eigenen Körper, aber er war übler als Schweiß. Eine Art verwesende Süße, wie sie in der Luft schwebt, wenn man an einem heißen Tag an einem Müllhaufen vorbeigeht. Mißtrauisch legte ich dir trotz des Teers die Hand auf die Stirn. Kein hohes Fieber, gerade mal warm. Du murmeltest etwas und drehtest dich auf den Rücken, die Arme ausgestreckt, so daß ich dein ganzes Gesicht sehen konnte. So konnte sie heute morgen noch nicht ausgesehen haben. Ich nahm die Kerosinlampe hoch. Ja, es war tatsächlich das Gesicht eines Kadavers. Es ist immer lang und schmal gewesen, aber du schienst im Lauf des Tages fünf Pfund verloren zu haben. Deine Wangenknochen drückten hart gegen das eingesunkene Fleisch, das eine kranke Blässe angenommen hatte, die violettschwarzen Schatten unter den geschlossenen Augen vermischten sich fast vollkommen mit den dunklen Wimpern. Mir wurde die Kehle eng angesichts der Dichte und Schönheit dieser Wimpern, des einzigen Merkmals, das ich wiedererkennen konnte.

Deine Großmutter hatte am Spülbecken gestanden, als ich im Morgengrauen fortging, und jetzt stand sie noch immer dort. Und es war dasselbe Lied:

Oh, I don't feel no ways tired.
I've come too far from where I started from.
Nobody told me that the road would be easy – no, no
I don't believe He brought me this far –
I won't believe He brought me this far –
I can't believe He brought me this far to leave me.

Nur beschworen ihre Worte diesmal ein schmerzliches Echo in mir herauf, denn das hatte ich mir selbst den ganzen Tag gesagt: Wie konnte ich glauben?

Auf dem Tisch lag ein Gedeck. »Gebackenes Huhn heute abend«, sagte sie, bevor sie sich wieder zum Spülbecken drehte, um das Wasser aus einem Topf mit frischer roter Bete abzugießen. Ich wartete darauf, daß sie noch etwas anderes sagte – bestimmt irgendeinen Kommentar zu deinem Aussehen –, aber sie murmelte nur leise diese Verse weiter. Ich spürte auch ein Warten auf ihrer Seite. Ein Warten mit einem leichten Anflug von Enttäuschung, die schmerzte. Ich tat alles, was ich konnte.

»Sie haben mein Boot verbrannt«, platzte ich raus.

»Weil sie dich gern haben.«

»Dann müssen sie Ihre Enkelin hassen – ich wollte Hilfe für sie holen.«

Sie antwortete nicht, als sie den Wasserhahn aufdrehte, um die verspritzten roten Flecken im Becken wegzuspülen. Dann nahm sie das Schälmesser und fing an, die warme Bete abzuhäuten. Der Saft rann ihr wie Blut über die Finger.

»Das ist die *einzige* Art, wie ich ihr helfen konnte«, sagte ich.

Sie nickte, als sie meinen Teller nahm und darauf die Bete in Scheiben schnitt. Wie dachte sie, daß ich essen könnte? Es war leichter, deswegen auf sie wütend zu sein, als dem wahren Grund für meine Wut ins Gesicht zu sehen.

»Und sie braucht dringend Hilfe«, fuhr ich scharf fort. »Haben Sie sie gesehen?«

»Ich brauch sie nicht zu sehen«, sagte Miss Abigail. Sie

nahm sich eine Ewigkeit Zeit, um ihre Hände am Geschirrtuch abzuwischen, wobei sie längliche rote Flecken auf dem Frottee hinterließ, als sie jeden Finger einzeln saubermachte und sich dabei so sehr konzentrierte, daß ich schon dachte, sie hätte mich vergessen. Es war nur ein Flüstern. »Aber hast du sie gesehen?«

Mir schwand das letzte bißchen Kraft, das ich noch hatte. Ich bezwang den Drang, einfach den Kopf auf meine verschränkten Arme zu legen und niemals mehr diesen Tisch zu verlassen. Das Resopal war kühl und hart bei der Berührung, die Kanten glänzend und sauber. Einfach die schmerzenden Schultern dem Zug der Schwerkraft nachgeben lassen, um langsam auf die Tischplatte zu kippen und meinen Kopf auf die Arme zu betten, während ich meine verkrampften Beinmuskeln ausstreckte. War ihr klar, welche Anstrengung es von mir erforderte, statt dessen den Mund aufzumachen und zu fragen: »Was kann ich tun?« Und natürlich mußte ihr klar gewesen sein, als sie antwortete: »Bitte, George, geh zum andern Haus«, daß der Weg, den ich nach Süden einschlug, um in der Nachtschicht an der Brücke zu arbeiten, sehr viel weiter war.

Ich wachte in einem leeren, in Mondlicht getauchten Schlafzimmer auf, und das allgegenwärtige Geräusch laufenden Wassers begleitete die Stimme meiner Großmutter. Wo war George? Arbeitete er etwa noch immer an der Brücke? Der Gestank im Bett war grauenhaft, und er überzog meine Zunge so stark, daß das bißchen Spucke, das ich hatte, beim Schlucken bitter schmeckte. Es war ein Punkt erreicht, wo ich es nicht mehr ertragen konnte. Es gibt eine Grenze, wie lange man mit anfühlen kann, daß einem die Eingeweide weggeknabbert werden, ohne darüber den Verstand zu verlieren. Und ich hatte darum gekämpft, geistig gesund zu bleiben, um deinet- wie um meinetwillen. Aber sie vermehrten sich bis zu meinem Hals hinauf, und sobald ich sah, daß ich Würmer spuckte, würde ich mit Sicherheit überschnappen. Wenn ich sterben sollte, wollte ich das nicht in einem Zustand wilder Raserei tun.

Einen Moment lang herrschte vollkommene Ruhe im Haus. Ruhe, bis auf das winzige Nagen in mir, wie das Schaben rauhen Tuchs. Mein Gott, war ich allein? Ohne das Geräusch des Wassers verstärkte sich ihr Gekaue in meinen Ohren, und ja, sie bewegten sich schneller. Ich machte den Mund auf, um zu schreien, und der erste Ansatz eines schrillen Tons wurde von der Stimme meiner Großmama aufgefangen, als sie ins Zimmer kam:

No, I don't feel no ways tired.
I've come too far from where I started from.

Sie setzte sich aufs Bett, nahm mich in die Arme und begann, mich mit der flachen Hand zu streicheln – meinen Rücken, meine Arme, meine Brust. Eine stark geäderte und verrunzelte Hand, deren weiche Innenfläche mit festem Druck über meine Haut strich:

Nobody told me that the road would be easy – no, no
I don't believe He brought me this far to leave me.

Wenn ihre Hand über eine Stelle strich, wo sie herumkrochen, blieben sie still, bis sie zu einer anderen Stelle meines Körpers kam. Und bis sie erneut anfingen, sich zu bewegen, war sie mit ihrem Streicheln wieder da.

I don't believe He brought me this far –
I won't believe He brought me this far –
I can't believe He brought me this far to leave me.

Ihre eine Hand gegen so viele von ihnen. Wenn es nur einen Weg gäbe, mir diesen Frieden auf immer zu verschaffen. Das letzte, woran ich mich erinnere, ist, daß sie sich über mich beugte und flüsterte: »Keine Angst, ich werde nicht schlafen.«

Ich hatte in dieser Nacht eine Menge Zeit zum Nachdenken, umgeben von rauchenden Kerosinlampen, die beinahe überflüssig schienen angesichts des hellen Mondes. Ich übernahm die Aufgabe, den Teer umzurühren, weil ich zu müde war, um die Bretter sauber aneinanderzulegen und die Nägel richtig einzuschlagen. Meine Bemühungen hätten die Arbeit nur verlangsamt, und sie waren entschlossen, die Brücke ordentlich zu bauen, für eine lange Dauer zu bauen oder gar nicht, so daß ihre Zerstörung durch den letzten Hurrikan oder den nächsten nicht als Versagen ihrerseits betrachtet werden mußte – eine schwache Strebe, ein loser Nagel –, während man gegen die Kräfte, die sich ihrem Einfluß entzogen, eben machtlos war. Es ging langsam vorwärts, aber es ging vorwärts, und als ich sie so beobachtete, während sich meine Hände mechanisch bewegten und an den Seiten und am Boden des kochenden Bottichs entlangrührten, dachte ich daran, wie ich jenseits der Brücke gelebt hatte. Ich meine, mein ganzes Leben lang.

George Andrews. Ein dünner Applaus, als mein Name in der Grundschulversammlung aufgerufen wurde – der? Ja, George Andrews mit seinen von der Behörde gestellten Schuhen und dem schlechtsitzenden Hemd, das Kind, das niemand gewollt hatte, wie es den Gang entlangkam und stolz zum Pochen seines Herzens marschierte, das weiterhämmerte, lange nachdem alle aufgehört hatten zu klatschen, weil diese nüchterne, strohhalmdünne Frau im Publikum ihm beigebracht hatte, daß das die einzige Musik war, zu der zu marschieren sich lohnte. Und ein defektes Herz noch dazu. Ein Dutzend Dummheiten und ungezählte Irrtümer, aber es hatte nicht an mangelnder Anstrengung gelegen. Es gab Momente, in denen ich mich zu sehr anstrengte, mich in dem Wissen antrieb, daß ich alles war, was ich hatte. Und jetzt warst du alles, was ich hatte, und da du mich brauchtest, mußte ich mich an das halten, was real war.

Die Rührstange blieb die ganze Nacht in meinen Händen, und bis zum Morgengrauen waren meine Finger und Arme so taub, daß ich sie nicht mehr spürte. Aber die Brücke war um weitere drei Meter verlängert worden – das war real. Und bei Sonnenaufgang zeichneten sich die Umrisse des anderen Ufers ab – das war auch real. Als die anderen nach Hause gegangen waren, setzte ich mich hin, legte den Kopf auf die Knie und wartete auf die Tagesschicht. Nur noch ein paar Stunden mit ihnen, sagte ich mir, und dann würde auch ich nach Hause gehen. Ich mußte wohl eingeschlafen sein; ich hörte nicht, wie die anderen anfingen oder wie Dr. Buzzard sich neben mich setzte. Er schraubte eine Thermosflasche auf und schenkte mir einen Becher von etwas ein, was kräftig und süß roch.

»Keine Angst, ist bloß 'n bißchen Ingwerwein.«

Er hielt den Kopf in Richtung Sonnenaufgang gewandt, während ich die heiße Flüssigkeit schlürfte und etwas Leben in meinen Körper zurückkehren fühlte. Ein weiterer Becher beruhigte das Knurren in meinem Magen. Ich hatte nicht gemerkt, wie hungrig ich war.

»Hab das Zeug früher verkauft«, sagte er, »als ich noch beim Varieté getanzt hab. Hab's als ›Wunderelixier‹ ausgegeben – Sie wissen schon, um den Männern mit ihrem Problem im Bett zu helfen. Ein Löffel voll geraspeltem Ingwer und etwas Honig mit 'nem Spritzer Whiskey. Und die Leute haben dran geglaubt, wollten immer mehr davon, erzählten mir, wie gut es ihnen getan hat.« Er zupfte an einem losen Faden am Knieflicken seines Overalls, bevor er mir endlich das Gesicht zuwandte und fortfuhr. »Sie sehen, ich bin schon immer 'n alter Schwindler gewesen.«

Er war so nah, daß ich sein Alter an den vergilbenden Stoppeln seiner grauen Barthaare erkennen konnte, den wulstigen Adern an seinem Hals, mit Knochen umhängt – Knochen von einer schwarzen Katze, hatte er mir mal erzählt –, die ganz trocken und splittrig waren. »Ja, von zehnen kamen neun wieder und sagten, es hätte geholfen. Und diese neun haben die Nachricht über mich verbreitet, und es kamen neun weitere. Also hab ich nie über diesen anderen nachgedacht – den einen, bei dem's nicht funktioniert hatte –, bis ich älter wurde. Eigentlich nicht, bis ich gestern mit Ihnen geredet hab.«

Ich gab ihm seinen Thermosbecher zurück und stand auf. Worauf dieser Mann auch hinauswollte, ich brauchte es nicht zu hören. Wenn es mir nicht helfen würde, weiter über dem Teerbottich zu stehen, wozu war es dann gut?

»Sehen Sie, ich hatte ihm was gegeben, woran er einfach nicht glauben konnte – und wenn er nicht glaubte, ob ich ihm nun ein Wunder anbot oder nicht, mußte das garantiert danebengehen.«

»Hören Sie, Dr. Buzzard, ich hab Ihnen noch einmal zugehört, aber ich muß an die Arbeit. Und wenn Sie sich unseretwegen Sorgen machen, können Sie damit aufhören. Wir werden es schaffen, weil ich an mich selbst glaube.«

»Das ist, wo Leute anfangen, Junge, aber nicht, wo sie enden. Ja, ich sagte *Junge*. Denn ein Mann wäre erwachsen genug, um zu wissen, daß der Glaube an sich selbst in Wahrheit heißt, keine Angst vor dem Eingeständnis zu haben, daß er ein paar Dinge einfach nicht allein machen kann. Es bittet Sie niemand, daran zu glauben, was Ruby Cocoa angetan hat – aber können Sie nicht wenigstens glauben, daß Sie nicht der einzige sind, der sein Leben geben würde, um ihr zu helfen? Können Sie das glauben, George?«

Ich sagte nichts, während ich dort stand und zu ihm hinunterstarrte. Ich mußte die Fäuste in die Taschen des Overalls pressen, um das Zittern meiner Arme zu bekämpfen, so müde war ich.

»Denn wenn Sie sich dazu überwinden können, nur so ein bißchen zu glauben, dann wird der Weg zum andern Haus nicht halb so lang sein wie der Weg zum Teerbottich.«

Er irrte sich. Es war ein langer Weg, als ich durch den Westwald stolperte und versuchte, über umgefallene Bäume zu steigen und um riesige Erdlöcher herumzulaufen. Das in diesen Löchern stehende Wasser beherbergte Tausende von Moskitolarven, die surrend ins Leben schlüpften, als die aufsteigende Sonne sie erwärmte. Ein weiterer heißer und elender Tag. Meine Augen brannten, und ich war nicht sicher, ob ich in die richtige Richtung lief. Nichts sah vertraut aus – gelegentlich wurde der Sund kurz sichtbar, der im Sonnenaufgang blutrot schimmerte, die Magnolien und der Jasmin waren zerknickt und die Blüten abgerissen –, bis ich zu dem Kiefernstumpf kam, der gleich vor der Biegung stand, hinter der ich, wie ich wußte, das alte Haus mit dem großen Garten finden würde.

* * *

Sie sitzt die ganze Nacht draußen auf der Veranda, ihre Hände sind unermüdlich damit beschäftigt, John-Pauls Spazierstock und Bascombe Wades Geschäftsbuch einzuölen und abzureiben. Miranda hat einen ganzen Kanister Leinöl draußen in der Hütte, aber sie benutzt eine Mixtur, die sie an diesem Abend selbst zusammengebraut hat: eine Handvoll Pappelkeime, aufgeweicht in erhitztem Alkohol. Die Flüssigkeit ist ihr ein bißchen zu klebrig, aber es muß damit gehen. Balsamstrauch ist am besten, wenn man ihn ein paar Wochen ruhen läßt, bevor man ihn zu einer Salbe verarbeitet. Ein Tupfer von dem Balsam, dann das Polierleder flach auf die Handfläche, mit der sie kräftig über den Stock auf ihrem Schoß reibt. Sie arbeitet gründlich, Abschnitt für Abschnitt, und bringt das Hickoryholz des Spazierstocks unter dem Licht eines fast vollen Mondes wieder zum Scheinen. Der Ledereinband des Buchs ist zu vernarbt und verkratzt, um wieder richtig zu glänzen, aber er wird weich und glatt unter der Berührung von Mirandas Hand.

Wenn sie mit dem einen Ding fertig ist, legt sie es auf die Verandabrüstung ins Mondlicht und nimmt das andere, um wieder von vorne anzufangen. Das Licht wandert, und sie wandert mit, läßt nicht zu, daß das Buch oder der Stock in den Schatten gerät. Die ganze Nacht poliert sie und folgt dem Weg des Mondes. Im ersten Morgengrauen hört sie auf, als ihr Hahn sich neben den Zaun stellt und anfängt zu krähen. Miranda lehnt sich im Schaukelstuhl zurück und faltet die von Wachs und Balsam verschmierten Hände im Schoß.

Sie sitzt noch immer so da, als George durchs Tor kommt. Er humpelt ein bißchen, die Hosenbeine seines teerverklekkerten Overalls schleifen durch den Schlamm. Sie empfindet tiefes Mitleid mit ihm, er ist so jung und so verwirrt darüber, warum er hier ist. Sie spürt es in ihrer Magengrube – er ist gekommen, aber er glaubt nicht. Und das war das Ende der Straße für sie alle, daher kann sie nichts weiter tun, als ihm die Antworten auf Fragen zu geben, die er nicht zu stellen weiß, und zu hoffen, daß er genug verstehen wird, um ihr zu vertrauen. Sie wartet, bis er den Fuß der Verandatreppe erreicht, aber sie wartet nicht, bis er den Mund aufmacht.

»Ich will, daß du mir zuhörst. Ich könnte Baby Girl beinahe mein eigenes Kind nennen. Und ich sagte Baby Girl, denn sie ist die letzte der weiblichen Nachkommen der Days, die ich in meinem Leben zu sehen kriegen werde. Es gibt keine Mama, die mehr Schmerz oder Stolz für sie hätte empfinden können, als sie heranwuchs – verstehst du mich? Aber es fließt nicht nur mein Blut in ihr, und mehr Hände als diese können einen Anspruch auf sie geltend machen.«

Als sie sie ihm entgegenstreckt, zittern die knorrigen balsambefleckten Finger.

»Ich kann mit diesen Händen mehr Dinge machen, als die meisten Menschen sich träumen lassen – geschweige denn glauben würden –, aber diesmal können sie allein nichts ausrichten. Ich mußte in diesem Haus bleiben und bis zu unseren Anfängen zurückgehen, um die fehlenden Glieder der Kette zu finden, mit der sie aus dieser furchtbaren Sache rausgezogen werden kann. All das hab ich in dieser einen Hand, aber es ist nicht vollständig, solange ich mit der anderen nicht deine nehmen kann. Verstehst du, sie hat mehr als ihr Fleisch mit dir verbunden. Und da sie an mehr als nur am Fleisch leidet, kann ich ohne dich nichts ausrichten.«

Er hat sich vornübergebeugt und hört ihr aufmerksam zu, und die Falten auf seiner Stirn graben sich tiefer ein, als sie endet. »Ich weiß noch immer nicht, was Sie von mir wollen.«

»Weil ich's dir noch nicht gesagt hab. Zunächst hatte ich gehofft, daß du mich soweit verstehen würdest.«

»Sie reden in vielen Metaphern. Aber es läuft wohl darauf hinaus, daß ich Ihnen irgendwie von Nutzen sein kann, und deshalb bin ich hergekommen. Also, bitte, was ist es, Miss Miranda?«

Nur in ihren Augen schüttelt Miranda langsam den Kopf. Metaphern. Wie man sie in Gedichten und solchem Kram benutzt. Kram, den Leute sich ausdenken, wenn sie sich Hirngespinste zusammenphantasieren, während sie von etwas redet, was *wirklich* ist. So wirklich wie diese jungen Hände vor ihr.

»Komm her, George«, sagt sie. Und als er die Stufen hinaufsteigt, nimmt sie das Buch und den Stock. Sie legt beides in seine Hände und faltet ihre darüber. Sie drückt seine Hände einen Moment lang: stark und fest. Ja, diese Hände könnten es schaffen, aber würde er ihr genug vertrauen, um ihr zu folgen?

»Es gibt zwei Wege, die jemand einschlagen kann, wenn er an einem bestimmten Punkt seines Lebens anlangt – es geht nicht um den richtigen oder den falschen Weg –, nur zwei Wege. Und hier stehen wir vor meinem Weg oder deinem. Ich hab einen Weg, wie wir Baby Girl helfen können. Und ich hoffe, es ist der, den du gehen wirst.«

Sie schließt ihre Finger noch fester um seine Hände, die das Buch und den Stock halten. »Meiner wird nicht zu schwer sein – wirklich. Drüben in meinem Hühnerstall ist eine alte rote Henne, die ihre letzten Eier ausbrütet. Du kannst sie nicht verwechseln, weil sie die größte da drin ist, und die Spitzen ihrer Federn sind beinahe blutrot. Ihr Nest ist eng in die nordwestliche Ecke des Stalls gezwängt. Du mußt dieses Buch und diesen Stock mitnehmen, gründlich den hinteren Teil ihres Nestes durchsuchen und sofort mit dem hierher zurückkommen, was du dort findest.«

Miranda spürt, wie sein Körper steif wird, aber sie läßt ihn keinen Rückzieher machen und fährt schnell fort. »Aber ich warne dich, sie wird sehr böse sein, also paß auf deine Augen auf. Aber *egal, was* du dort findest, bring es bitte sofort her – dann können wir uns alle ausruhen. Du siehst aus, als könntest du eine Menge Ruhe gebrauchen, mein Sohn.«

Als er schließlich seine Hände ihren entreißt, fallen ihr das Buch und der Stock in den Schoß. Der Ausdruck auf seinem Gesicht ist schwer zu entschlüsseln – es ist zu Stein geworden.

»Ich kann nicht glauben, was Sie da sagen – ist das Ihr Weg?«

»Es ist der einzige, den ich hab.«

»Dann werde ich meinen eigenen finden.«

»Ich bete zu Gott, daß du das nicht tust.«

»Und ich bin zu Ihnen gekommen, um Hilfe zu holen ...«

»Ich gebe sie dir.«

»Der ganze Weg *dafür* – für diesen Mumpitz?«

»Ich hab klar und ich hab langsam gesprochen. Ich wiederhole es dir sogar, wenn du willst. Da ist eine alte rote Henne, die ihre letzten Eier ausbrütet –«

»Hören Sie auf!«

Er sieht aus, als wollte er Miranda schlagen, und sie ist bereit, die Hiebe einzustecken, wenn es denn zu etwas gut sein würde – sollte er sie zu Brei schlagen, wenn es ihn bloß dazu brächte, zu dem Hühnerhaus zu gehen und mit ebendiesen Händen zu ihr zurückzukehren.

»Sie sind eine verrückte alte Frau!«

»Ja, ich bin eine verrückte alte Frau.«

»Und ich war ein Narr, hierherzukommen!«

»Ja, du warst ein Narr, hierherzukommen.«

»Es gibt nichts, was Sie für sie tun können!«

»Es gibt nichts, was *ich* für sie tun kann.«

Der Stein bröckelt nicht, aber der Ausdruck in seinen Augen wird weicher, und seine Stimme wird weicher, als er auf der Treppe kehrtmacht.

»Es ist grausam von Ihnen, solche Spielchen zu spielen, wo Ihre Großnichte so krank ist.«

»Nein«, sagt Miranda, »meine Großnichte stirbt.«

Sie blickt ihm nach, wie er durch den Garten fortgeht und immer wieder taumelnd von dem Backsteinweg abkommt und mit den Füßen durch die abgerissenen Geißblattranken und die abgeknickten Rosen schleift. Er blickt kein einziges Mal zurück, als er das Holztor passiert, und sie hört nicht auf, über die polierten Oberflächen von Buch und Stock zu streichen. George verschwindet hinter der Biegung, während ihr Hahn unentwegt die aufsteigende Sonne ankräht.

* * *

ICH HASSTE DIESE alte Frau. Und ich haßte mich selbst noch mehr wegen der Schwäche, die mich in diesen unwegsamen Wald geführt hatte. Eine totale Verschwendung – von Zeit und Energie, und von beiden hatte ich so wenig. Ich hätte im Haus schlafen können, ich brauchte so dringend Schlaf. Mein Kopf war ganz benommen, tausend Nadelspitzen stachen mir im Körper. Jedesmal, wenn ich über einen umgefallenen Baum steigen mußte, bekämpfte ich den Drang, mich einfach zwischen seinen Ästen zusammenzurollen und in Bewußtlosigkeit zu versinken. Die Hitze machte es nicht besser. Rücken und Vorderteil meines Hemdes waren schweißnaß, als ich schließlich die Hauptstraße erreichte. Der gelbe Bungalow sah aus wie eine Oase. Nur ein paar Stunden Ruhe, und dann konnte ich wieder zurück zur Brücke.

Um die Ecke vom Haus konnte ich deine Großmutter im hinteren Teil des Gartens sehen, wo sie Laken und Kissenbezüge in ein Feuer warf. Es kümmerte mich nicht, warum; das einzig Wichtige war, dich zu sehen und etwas Schlaf zu kriegen. Einen Moment lang geriet ich in Panik, als ich unser Zimmer leer vorfand, das Bett abgezogen und die Fenster weit geöffnet. Es dauerte auch noch eine Weile, bis mein Herz aufhörte zu hämmern, nachdem ich gehört hatte, daß die Dusche lief. Natürlich, sie war da drin. Ich zog meinen verdreckten Overall und die verschwitzte Unterwäsche aus. Ich würde zu ihr gehen. Wie lange war es her, daß wir etwas so Normales getan hatten, wie zusammen zu baden – oder auch nur zusammen zu lachen? Es kam mir wie eine Ewigkeit vor. Und genausolang schien dein Schrei widerzuhallen.

DAS WARME WASSER auf Kopf und Schultern fühlte sich gut an, obwohl ich so schwach war, daß ich in der Wanne knien mußte. Wo immer die perlenden Strahlen mich berührten und an mir hinunterliefen, wurde das Nagen in mir still. So wie die streichelnden Hände meiner Großmutter hielt das laufende Wasser sie davon ab, mich aufzufressen. Es war eine willkommene Offenbarung, weil ich eigentlich nur vorgehabt hatte, mir den Verwesungsgeruch abzuwaschen, der die Luft im Schlafzimmer durchdrungen und die Bettwäsche grau und klebrig gemacht hatte. Ich wollte nicht, daß du mich in diesem Zustand vorfandest. Aber ich konnte noch immer die Fäulnis in mir schmecken. Ich öffnete den Mund, um das Wasser hineinlaufen zu lassen. Das Ausspülen und Ausspucken hinterließ eine gelbliche Schleimspur um den Abfluß, und nachdem ich ein weiteres Mal gespült hatte, spürte ich allmählich wieder die ursprüngliche Beschaffenheit meiner Zunge. Ich versuchte zu trinken, mußte aber würgen. Das machte nichts – unter dem Wasser zu bleiben war genug.

Ich griff nach dem Wannenrand und stellte die Füße auf, um näher an den Duschstrahl zu kommen – ja, ihn auf mich runterprasseln zu lassen – und diese Ruhe in mir zu spüren. Konnte er sie tatsächlich abtöten? Ich hielt mein Gesicht hoch und bewegte es hin und her, damit das Wasser mir in Ohren und Nase fließen konnte. Ich ließ mein Haar naß werden, beugte den Nacken und hob die Arme hoch, um die klaren Strahlen vom Duschkopf über meinen Körper strömen zu lassen. Verstehst du, sie hatten dieselbe Farbe wie das Wasser. Und es dauerte eine Weile, bis ich merkte, daß die Strahlen aus der Düse dicker wurden und daß sich das Gewicht der länglichen Wasserperlen, die an meinem Fleisch hängenblieben, veränderte. Bevor ich mich's versah, strömten sie auf mich herunter und krochen in jede offene Pore meines Körpers – einige bahnten sich sogar ihren Weg durch meine Mundwinkel. Schreien bewirkte nur, daß noch mehr von ihnen meine Kehle hinunterglitten.

Es waren die eingesunkenen Augen einer Wahnsinnigen. Ich weiß nicht, wie ich dich aus der Wanne ins Schlafzimmer gekriegt habe, so wie du gekämpft und getobt hast. Ich mußte dich mit meinem ganzen Körpergewicht aufs Bett niederdrücken, meine Ellbogen auf deine Oberarme pressen und mit meinen Händen deinen Kopf umklammern, um dich zum Zuhören zu zwingen, als ich dir immer wieder sagte, daß es nur Wasser war. Unter meiner Brust eingezwängt, schlug dein Herz so wild wie meins, die Muskelzuckungen in deiner Kehle ließen dein Fleisch pulsieren, als wären darunter fremde Lebewesen. Deine Fingernägel gruben sich in meinen Rücken, aber ich hielt dich in dieser Position fest, bis dein Blick wieder klar wurde und die Zuckungen in ein leises Zittern übergingen. Ich streichelte dein nasses Haar und zeigte dir meine Hände. »Siehst du, Baby? Es ist nur Wasser.« Ich strich mit den Händen über deine vorspringenden Schulterblätter, sammelte die kleinen Tröpfchen und hielt sie dir vors Gesicht. Ich tat dasselbe mit deinen Armen, bevor ich meine Finger über deinen eingefallenen Bauch gleiten ließ, über die Innenseiten deiner ausgezehrten Schenkel – alles, um dir zu zeigen, daß es nur Wasser war.

Deine Muskeln begannen sich zu entkrampfen, und du hobst die Hände, um mein Gesicht zu umfassen. Das Vertrauen in deinen Augen überwältigte mich. Ich konnte zwar nicht meinem äußersten Verlangen nachkommen, in dich hineinzuschlüpfen und an deine Stelle zu treten, aber ich tat das Beste, was ich tun konnte. Du schliefst beinahe sofort danach ein, deine Arme noch immer um meinen Rücken geklammert. Lange Zeit bewegte ich mich nicht, sondern blieb nur mit meinem Körper in deinem liegen und fühlte deinen gleichmäßigen Herzschlag gegen meinen unregelmäßigen. Es gelang mir, mich zu lösen, ohne dich zu wecken, und ich ging ins Badezimmer, um die Dusche abzudrehen. Als ich den Toilettendeckel hochhob, dachte ich, es wäre ein Samentropfen an der Spitze meines Penis, aber nachdem ich uriniert hatte, war er noch immer da. Ich nahm Daumen und Zeigefinger, um die klare, gallertartige Substanz abzustreifen und näher vor die Augen zu halten. Ich betrachtete sie von mehreren Seiten, bis ich sicher war, daß ich einen lebenden Wurm hielt. Ich zerdrückte ihn zwischen den Fingern. Er hinterließ eine gelbliche Schmiere mit dem Geruch von verfaulendem Abfall.

Ich stand am Bett und sah auf deinen ausgezehrten Körper hinunter, während du im Schlaf vor dich hin murmeltest und vergebliche Kratzbewegungen in Richtung Hals und Bauch machtest. Vor mir verschwamm alles. Meine Augenlider schmerzten, als wären sie mit heißem, geschmolzenem Metall gespült worden. Einem flüssigen Metall, das brannte, als es mir die Wangen hinunter in meine Mundwinkel lief. Ich hob die Hände zu meinem Gesicht, und es war nur Wasser.

* * *

Sie kommt ihm am Gartentor entgegen, um ihm so viele Schritte wie möglich zu ersparen. Ohne ein Wort reicht sie ihm das Buch und den Stock. Aber sie versucht, ihm mit ihren Augen zu sagen, daß sie weiß, wie schwer der Weg war. Noch schwerer, weil er erst ganz zu Boden gehen mußte, um zu glauben. Und es würde noch schwerer werden, weil er ihren

Weg ging. Das ist kein stolzer Mann dort vor ihr – sein Stolz wurde nicht gebraucht –, aber es bricht ihr das Herz, daß er ohne Stolz reisen wird. Bricht ihr das Herz, daß der andere Weg – sein Weg – ihn verlieren bedeutet. Also versucht sie zu sagen, daß das bißchen Kraft, das sie hat, ihm gehört. Daß sie mit ausgestreckten Händen am Tor stehen wird, um seine Hände zu ergreifen, wenn er sie bringt. Sie sagt nichts davon. Sie sieht ihm nicht mal hinterher, als er sich auf der Biegung langsam vom andern Haus entfernt. Sie hat schon das Gesicht zum Himmel erhoben, der hell über den Kiefernwipfeln strahlt. Heiß. Leer. Es ist kein Gebet. Und es ist keine Bitte. Wie auch Dein Name lautet, hilf ihm.

* * *

Die letzte Meile. Ich machte mir nicht die Mühe, die Moskitos und Mücken zu erschlagen, die mich bissen, oder mir den Schweiß aus dem Gesicht zu wischen. Die Luft war so stickig, daß ich durch den offenen Mund atmen mußte, und immer, wenn eine Mücke hineinflog, spuckte ich sie aus und lief weiter. Wegen irgend etwas stehenzubleiben – eines aufgeschürften und verschmutzten Knies, eines Krampfs in der Seite – würde bedeuten, über das nachzudenken, was ich tat; und das konnte ich mir nicht leisten. Den Stock und das Buch mußte ich mit festem Griff halten, denn sie waren mit einem weichen Wachs überzogen, das in der Hitze schmolz und meine Handflächen rutschig machte. Aber wenigstens konnte ich mein Gewicht auf den Stock stützen, was mir half, trotz meines aufgeschlagenen Knies weiterzugehen.

Bei dem Versuch, über eine umgefallene Fächerpalme zu klettern, glitt ich erneut aus, und als ich mich wand und drehte, um mich nicht an ihren scharfen Blättern zu schneiden, verlor ich völlig das Gleichgewicht – der Stock flog in eine Richtung, das Buch in eine andere –, und ich landete der Länge nach auf dem Boden. Mit nur einem heilen Knie aufzustehen erwies sich als unmöglich, ich mußte zu dem Stock kriechen und ihn als Hebel benutzen. Aber wo war das Buch? Umschwirrt von Mücken und mit vor Schweiß brennenden Augen konnte ich es zwischen den Büschen nicht entdecken. Unentschlossenheit hätte das Tor zum Nachdenken geöffnet, und Nachdenken hätte mich ganz sicher einhalten lassen. Eine Brise kam aus dem Nichts auf. Eine starke Brise, die meine Haut kühlte und in den Eichenästen raschelte und das Louisianamoos hin und her schwingen ließ. Ich hörte links von mir ein Flattern. Das Buch war zwischen zwei Steinen eingeklemmt, die Seiten wurden vom Wind umgeblättert. Die Brise blieb in meinem Rücken, bis ich den Hühnerstall betrat.

Der Gestank war überwältigend. Ich konnte in diesem penetranten Mistgeruch nicht atmen, ohne zu würgen. Ich eilte zurück in die frische Luft, aber da ich nichts im Magen hatte, kam mir nur ein milder Nachgeschmack von Ingwer und Honig hoch. Beim zweiten Versuch ging es besser. Ich atmete flach, was mir half, den Geruch zu ertragen. Das Licht war so schwach, wie sollte ich die rote Henne finden? Da waren nur Reihen gelber Augen, die mich von allen Seiten anfunkelten. *Die nordwestliche Ecke des Stalls.* Norden mußte zu meiner Rechten sein. Westen direkt vor mir. Es war das einzige Nest in dieser Ecke, eine niedrige Kiefernkiste, mit Stroh ausgelegt. Die riesige rote Henne schien in Trance zu sein; sie saß unbeweglich da, bis ich mich auf einen halben Meter näherte. Ihre Halsfedern plusterten sich auf, als sie ein tiefes, kehliges Zischen ausstieß, gefolgt von einer Reihe abgehackter kurzer Laute, wobei ihre Kehle vibrierte. Sie ließ mich nicht aus den Augen, und als ich noch einen Schritt weiter herankam, griff sie an.

Sie flog auf meine Beine zu. Ich stieß sie beiseite und versuchte, hinter das Nest zu greifen. Zu niedrig – ich mußte weiter runter. Ein Schmerz fuhr mir durch den Knöchel, wo sie mit ihrem Schnabel durch den Stoff pickte. Ich trat nach hinten und hörte ein helles Kreischen, und der ganze Stall explodierte in einem einzigen Geflatter und Gegacker. Ich ließ mich schnell auf die aufgeschürften Knie fallen, biß die Zähne zusammen gegen den Schmerz, der in meinen Schläfen pulsierte, und zwängte meine Hände hinter das Nest. Ein verschwommenes Wirbeln roter Federn, und sie senkte ihre Krallen in mein Handgelenk, und ein Schnabel hackte mit der Geschwindigkeit eines Maschinengewehrs auf meine linke Hand ein. Bei dem Versuch, ihre Krallen aus meinem Arm zu entfernen, riß ich mir die Haut auf, bevor ich sie auf den Rükken schleuderte. Ich drehte das ganze Nest herum. Eier platzten und platschten ins Stroh. Wieder ein Kreischen. Sie ging von der Seite auf mein Gesicht los. Ich hob die rechte Hand, um meine Augen zu schützen; Blut spritzte aus einer aufgepickten Ader. Ich schleuderte sie wieder weg und wühlte hastig in dem losen Stroh und Mist in der Ecke. Nichts. Da war nichts – außer meinen zerhackten und blutenden Händen. *Egal, was du dort findest, bring es bitte sofort her.*

Aber da war nichts, was ich ihr bringen konnte. *Egal, was du dort findest, bring es bitte sofort her.* Konnte es sein, daß sie nichts außer meinen Händen wollte? Wieder ein Flattern roter Federn. Die Henne flog auf, grub ihre Krallen in meine Schulterblätter und zerschnitt mein Hemd in blutige Streifen, als ihr Gewicht die Krallen in meinem Rücken nach unten zog. Ich versuchte, sie von hinten zu packen – mit der rechten Hand, mit der linken Hand. Sie hackte mit dem Schnabel nach beiden Händen, und von beiden tropfte frisches Blut. Verzweifelt um mich schlagend, warf ich die Henne schließlich ab. Und als sie diesmal auf mich losging, nahm ich den Spazierstock und schlug ihr damit den Schädel ein. Ich ließ ihn immer wieder niedersausen. Ich ging wie ein Wahnsinniger durch den Stall, rammte den Stock in gefiederte Körper, in Holzpfosten, Strohnester – es war alles dasselbe. Überall wirbelten Federn umher, und die Luft war zum Ersticken. Der Lärm war ohrenbetäubend. Der Stock zerbrach, ich hob das Buch auf und machte weiter, bis ich einen Stich in der Seite spürte. Das ließ mich schließlich innehalten. Ich sah mich um und fing an zu lachen. Ein gepreßtes Lachen, das nicht weiter als bis zu meiner Brust kam, als ich mitten auf den Boden sank. Die Stirn zu den hochgezogenen Knien runtergebeugt, die zerschundenen Hände vor mir ineinandergepreßt – lachte ich. Als ich wieder atmen konnte, warf ich den Kopf zurück, und das Lachen kam endlich laut heraus. Es gab nichts, was die alte Frau mit einem Paar leeren Händen tun konnte. Ich hockte in einem Hühnerstall, mit Federn, Stroh, Mist und Blut bedeckt. Und warum? Ich sah mich wieder um und lachte weiter, bis es anfing weh zu tun. Warum? Ich hob beide Hände hoch, die zerhackten Finger nach innen gekrallt. So viel vergeudete Kraft, wenn das *meine* Hände waren, und ich würde dich auf gar keinen Fall gehen lassen.

Ich schaffte es, vom Boden aufzustehen. Hinter meinem Brustbein war ein dumpfes Pochen, das ständig schlimmer wurde, als ich mich nach draußen ins Sonnenlicht schleppte und an dem silbernen Wohnwagen vorbei zum Haus deiner Großmutter schaute. Es waren kaum fünfzig Meter, aber in dem Moment wußte ich nicht, daß ich im Begriff war, zu sterben. Ich dachte, ich hätte mir einen Muskel gezerrt, als ich da drinnen den Kopf verloren hatte. Jetzt war mein Verstand vollkommen klar: ich mußte hinüber zu dem Haus, weil ich dich nicht gehen lassen wollte. Als ich die Hartriegel an der westlichen Straßenseite erreichte, wurde das Pochen zu einem eisernen Schraubstock in meiner Brust. Ich setzte einen Fuß auf die gepflasterte Straße, und gläserne Nadeln zersplitterten in meinem Gehirn. Das Haus wackelte vor meinen Augen. Die Straße fühlte sich unter meinen einknickenden Knien wie Wasser an. Es war unmöglich, hinüberzugelangen, diese Stufen hinauf- und in dein Zimmer zu gehen. Ich schaffte es. Aber ich war zu verkrampft, um meinen gekrümmten Körper auf dem Bett neben dir auszustrecken.

Am schlimmsten an dem rasenden Schmerz, der mich schließlich überfiel, war die plötzliche Angst, daß dies das Ende sein könnte. Deshalb umfaßte ich deine Schulter so fest. Aber ich will dir etwas über meinen wirklichen Tod an diesem Tag erzählen. Ich fühlte nichts mehr, nachdem mein Herz explodiert war. Als meine blutende Hand sanft an deinem Arm hinunterglitt, war da nur noch vollkommener Friede.

* * *

Miranda weiss, dass sie nicht mehr am Tor stehenzubleiben braucht. Er ist fort und ist seinen eigenen Weg gegangen, also wird er nicht zurückkommen. Der Morgen rückt vor, und sie hat eine Menge zu tun. In der Speisekammer rollt sie Bündel getrockneter Kräuter in saubere Tücher ein. Jetzt, wo Baby Girl leben würde, mußte sie gesund gepflegt werden. Und Miranda sieht zu, daß sie reichlich Tonikum für ein Beruhigungsmittel in Flaschen abfüllt. Sie schrubbt den Topf sauber, in dem der Balsam gewesen ist, spült ihn aus und hängt ihn zum Trocknen auf. Sie schließt die Fensterläden oben, macht das Bett und wischt den Boden. Die Asche wird aus dem Kamin entfernt, das Küchenspülbecken und der Herd werden gescheuert. Sie schleppt den Schaukelstuhl von der Veranda nach drinnen und verschließt die Haustür. Cicero einzufangen dauert eine Weile, aber schließlich kriegt sie ihn in seinen Sack.

Der Gang durch die Wälder ist länger als gewöhnlich, da sie ihren Stock nicht hat, und der Hickoryast, den sie abgebrochen hat, verbiegt sich dauernd. Wieder im Wohnwagen, öffnet sie die Fenster, wischt eine Wasserlache von dem geschmolzenen Eis aus ihrer Gefriertruhe auf und holt frisches Futter für ihre Hühner. Nachdem das getan ist, geht sie in den Hühnerstall und sieht das blutige Stroh, die zerschlagenen Eier und die toten Tiere überall. Jetzt hat sie Zeit zum Weinen.

* * *

Ich dachte, meine Welt wäre zerbrochen. Und ich täuschte mich nicht gänzlich – eine meiner Welten war zerstört. Aber jung, wie ich war, verstand ich nicht, daß jede Stunde, die wir leben, die Grundlagen für irgendeine neue Welt aufbaut. Ich mochte nicht glauben, daß ein Weiterleben ohne dich irgendeinen Wert hatte. Es lag einfach zuviel Schmerz darin. Ja, ich dachte oft über Selbstmord nach und machte einmal den Fehler, das auszusprechen. Ich habe Mama Day noch nie so wütend gesehen – niemals. George, es lag tatsächlich Haß in ihren Augen. »Es gibt keinen Schmerz – keinen Schmerz –, den du empfinden könntest und der schlimmer wäre als der, den dieser Junge erlitten hat, um dein Leben zu retten. Und nun willst du ihm das einfach vor die Füße schleudern, du dummes Ding?«

Es dauerte beinahe drei Monate, bevor es mir gut genug ging, um Willow Springs zu verlassen. Drei Monate, in denen man mir erzählen mußte, daß gewisse Dinge passiert waren – dein Geschäftspartner, der aus New York gekommen war, dein Testament, das den Wunsch nach einer Feuerbestattung enthielt: das alles zog in einem einzigen Nebel an mir vorbei. Die Jahreszeit wechselte zu dem, was man hier einen langsamen Herbst nennt, und das bedeutete, daß es nur wenig Unterschied zwischen November und August gab. Das Wetter blieb einfach wie im Sommer, bis plötzlich Frost einsetzte. Und es war eine lange Reise mit dem Zug, denn Mama Day weigerte sich zu fliegen. Als wir die Penn Station verließen, war ich schockiert zu sehen, wie grau und schmutzig alles war. Ein kalter Regen wirbelte Haufen von Abfällen in die Gitter der überfließenden Gullys, und schmieriger Schlamm spritzte auf meine vorn ausgeschnittenen Sandalen und meine Strümpfe. Der Geruch von nasser Pappe, als sich die provisorischen Hütten der obdachlosen Männer und Frauen im Regen auflösten. Und der unaufhörliche Lärm: ungeduldiges Hupen, fluchende Busfahrer, ein Dutzend Straßenhändler mit billigen Schirmen und Plastikhüten. Das konnte nicht dieselbe Stadt sein, die ich mit dir gesehen hatte.

Ich hätte lieber Großmama dabeigehabt, um das Haus aufzulösen; ihr wäre zumindest bewußt gewesen, wie aufreibend es war, wieder diese Räume auf Staten Island zu betreten – ich wollte mich aufs Sofa fallen lassen und dort bleiben, vielleicht für immer. Aber Mama Day, die Arme in die Seite gestemmt, schickte mich sofort an die Arbeit. »Ein Haus, das drei Monate leer gestanden hat, braucht einen gründlichen Hausputz.« Und es war ein ganz merkwürdiges Gefühl, als wären wir erst an diesem Morgen abgereist. Mein Bademantel lag noch als Haufen auf dem Fußboden, ein paar Haare im Waschbecken, wo du dich rasiert hattest, es lag sogar noch etwas verstreuter Kaffeesatz auf der Anrichte in der Küche. Ich brachte das alles in Ordnung und wußte, du mußtest heute abend wieder nach Hause kommen. Instinktiv wollte ich sie davon abhalten, deine Hausschuhe neben dem Bett wegzunehmen: Nein, George wird böse. Er möchte seine Sachen so haben – bis ich den Gedanken *hörte*. Schweigend ließ ich sie die Schuhe wegstellen. Doch in der Stille unseres Zimmers in dieser Nacht war es nicht schwer, mich dem Glauben zu überlassen, daß du wieder zurückkommen würdest. Ich schlief zu dieser Jahreszeit immer allein – war das nicht die Saison der Entscheidungsspiele? Aber als ich kein Ferngespräch an diesem Morgen erhielt, um zu erfahren, welches mir völlig gleichgültige Team welches Spielergebnis erzielt hatte, kam mir die Ordnung in unserem Haus verdächtig vor. Konnte es möglich sein, daß du den Packen Briefe nicht öffnen würdest, der so säuberlich gestapelt auf dem Tisch lag? Immerhin las ich meine Hälfte und bezahlte die überfälligen Rechnungen. Und die Dankschreiben für die vielen Beileidskarten – nun, ich hatte die bessere Handschrift. Aber diese offiziell aussehenden Briefe von deinem Steuerberater, deinem Anwalt und deiner Versicherungsgesellschaft, adressiert an Mrs. George Andrews – ein Name, auf den ich selten antwortete. Vielleicht war es nur ein Tippfehler; sie mußten eben warten, bis du das erledigen würdest.

Als es endlich kam, geschah es mit voller Wucht. Und es

bedurfte einer so simplen Sache wie einer Broschüre vom Wallace-P.-Andrews-Waisenhaus für Jungen – eine freundliche Erinnerung, daß deine Spende für dieses Jahr noch nicht angekommen war. Du weißt, das war ein Scheck, den du selbst ausstelltest, und immer war er pünktlich abgeschickt worden. Wenn Großmama hiergewesen wäre, hätte sie mich in den Arm genommen, als ich zusammenbrach und weinte. Mama Day sagte nur, noch lange Zeit würde es immer etwas geben, was viele Tränen auslöste, aber sie würde ihren Trost für den Tag aufheben, an dem ich aufhörte, um mich selbst zu weinen und in das eine endgültige Weinen ausbräche – um dich. Gott, ich fand sie so grausam. Wie konnte ich mich um irgend etwas anderes grämen als um dich?

Ich brauchte Jahre, um zu verstehen, was sie meinte. Ich verstand es jedenfalls nicht, als wir deine Sachen zusammenpackten und mich jede verrückte Kleinigkeit aus der Fassung brachte: ein Ersatzknopf, eine Schachtel Zeichenstifte, ein alter, mit Notizen vollgekritzelter Umschlag – egal, was. Und die Dinge, von denen ich dachte, sie würden weh tun – unser Hochzeitsquilt, die kalbsledergebundene Ausgabe von *König Lear* mit Goldschnitt, die ich dir mal zum Geburtstag geschenkt hatte, deine Sammlung von Footballprogrammen –, all das wurde ohne Wehklagen in Kisten gepackt. Dann gab es noch die Dinge, die ich überhaupt nicht anfassen konnte: das Medizinschränkchen zum Beispiel und Dutzende von Fotografien, die Mama Day durchsah und an sich nahm. Nein, ich wollte keine einzige davon sehen. Ich wollte nichts aus diesem Haus außer meiner Kleidung und ein paar persönlichen Habseligkeiten. Der Ehering, den ich trug, war alles, was ich von dir behalten wollte.

Wir würden auch so bepackt genug nach Willow Springs zurückkommen. Mama Day hatte sich das Geld für die Rundreisetickets, die ich ihr besorgt hatte, zurückgeben lassen und fuhr mit der Fähre hinüber, um auf eigene Faust ein bißchen Sightseeing zu machen – ist das zu fassen? Wo ich so viel zu bewältigen hatte, machte sie sich auf, wanderte allein durch die Straßen und schleppte tütenweise Kitschsouvenirs von Woolworth an. Plastikaschenbecher in Form von Fußabdrücken, Mario-Cuomo-Puppen, der hohle Kopf der Freiheitsstatue als Trinkbecher, »Umarme mich – ich bin Jude«-T-Shirts. Sie sagte, sie würde sie zusammen mit ihren Ingwerplätzchen beim Kerzenmarsch verschenken. Ich versuchte ihr beizubringen, daß das, was sie in Midtown sah, nicht New York war, als sie mich unterbrach und mir erzählte, daß der Mann, dem der kleine, zwischen all den Hochhäusern eingezwängte Coffee- und Sandwich-Shop gehörte – gleich neben dem Broadway oder irgendwo da –, also, der Laden war schon seit drei Generationen im Besitz seiner Familie. Und sie hatte sich das Rezept der hausgemachten Wurst seiner Mama aufgeschrieben. Und sicher erinnerte ich mich an diese Frau, an der wir letzte Woche vorbeigegangen waren, die neben dem Bahnhof saß, die mit dem roten Schirm – sie war früher mal Opernsängerin gewesen. Und unten in den ramponierten Plastiktüten hatte sie ein Foto von sich, wie sie dem Direktor der Carnegie Hall die Hände schüttelte. Hatte ihr alles über das Haus erzählt – auch übers Lincoln Center –, das war also ein Ort, den sie nicht mehr aufzusuchen brauchte. Nein, sie hatte genau dort in Midtown eine Menge von New York gesehen, genug für sie. Die Menschen machen eine Stadt aus, oder? Und ihr war endlich klar, wie ich jemanden wie dich finden konnte: New York war voller wirklich netter Leute.

Ich brachte es nicht übers Herz, die Drogen und die zwölfjährigen Prostituierten am Times Square zu erwähnen, die dunklen U-Bahn-Gänge, wo sie wegen der paar Münzen in ihrem Geldbeutel die Kehle durchgeschnitten kriegen konnte, die schmutzigen Obdachlosenheime, denen ihre Opernsängerin die verregneten Straßen vorzog. Aber ich hätte wissen sollen, daß Mama Day auch das alles mit berücksichtigt hatte. Es tut mir leid zu sagen, daß ich nicht in New York bleiben konnte – und ich sage es jedesmal, nicht wahr? –, ich weiß, wieviel dir diese Stadt bedeutet hat. Und weil sie dir so viel bedeutet hat, war sie eine permanente Erinnerung daran, daß du nicht bei mir warst. Es war eine Erleichterung, sie für immer zu verlassen.

* * *

Wieder ein Kerzenmarsch. Dieser würde ein bißchen dürftig ausfallen, weil da außer unserem eigenen Kummer noch der Hurrikan und die verlorene Ernte waren, und einige haben sogar ihre Jobs jenseits der Brücke verloren. Und es ist niemals leicht, mit anzusehen, wenn junge Menschen sterben, das Leben, das Klein Cäsar nie richtig begonnen und Cocoas Mann nie richtig zu Ende geführt hat. Nun, es geht nicht darum, das Jahr 1985 im Kalender rot anzustreichen, sondern es einfach ins große Buch einzutragen, damit es sich dort ohne besondere Hervorhebungen zwischen die Jahre vorher und nachher einreiht. Wir glauben, daß sich am Ende alles ausgleichen wird. Und um zum Ende zu kommen, müssen wir durch diese Kerzenmarschnacht. Es regnet und nieselt, eiskalter Nebel kriecht vom Sumpfland herein. Mehr Schnupfen und Husten draußen auf der Hauptstraße als Reden und Lachen – aber die Menschen sind auf der Straße, und wenn auch nur mit Kerosinlampen, Taschenlampen und hier und da einer Wunderkerze.

Beinahe jeder bleibt an Abigails Haus stehen, um eine Kleinigkeit für Cocoa dazulassen, ist lange her, daß sie an diesem Feiertag zu Hause war. Sie sieht etwas abgespannt und müde aus, aber sie ist draußen auf der Veranda mit einer Kerze in der Hand. Verregnet oder klar, die Days benutzen immer Kerzen, und sie gehen immer ein Stück zu Fuß auf der Straße, wenigstens bis zur Brückenkreuzung. Im Haus suchen Miranda und Abigail ihre Geschenke und Schirme zusammen. Miranda hat rotes Band genommen und kleine Päckchen mit Ingwerplätzchen an die aus der Stadt mitgebrachten Souvenirs gebunden. Die Leute, die das Glück haben, eins zu bekommen, werden es bestimmt zu schätzen wissen. Kommt nicht oft vor, daß man ein echtes Erzeugnis aus einer Stadt wie New York vorzeigen kann. Für Bernice und Ambush hat sie einen hübschen Briefbeschwerer; wenn man ihn schüttelt, fallen lauter Schneeflocken auf das Empire State Building. »Und wenn man auf dem Dach des Gebäudes steht«, erzählt sie Abigail, »sieht man die Welt ungefähr so, wie Gott sie sehen muß – als hätte alles in einer gewölbten Handfläche Platz. Diese großen Städte sollten große Häuser haben, mit dem ganzen Überfluß um sich herum – gibt den Leuten Gelegenheit, die richtige Perspektive für die Sachen zu bewahren. Zu viel Überfluß für manche«, sagt Miranda, »und nicht genug für andere.« Hat sie ihr von der Straße erzählt, in der ein Kino neben dem anderen steht? Sie hat Abigail schon ein dutzendmal davon erzählt, aber diesmal verrät sie ihr, daß sie tatsächlich in eins hineingegangen ist.

»In so ein sündiges Haus?«

»Sind nicht alle so, Abigail. In manchen zeigen sie dieselben Filme wie im Kino jenseits der Brücke. Und was die anderen angeht, niemand bittet einen, reinzugehen. War nicht ihre Schuld, daß ich dachte, etwas namens *Der Milchmann und die alte Jungfer* wär ein unschuldiger Film. Ich dachte mir, was könnte 'ne alte Jungfer wie ich schon machen? Du liebe Güte, sie hat diese saure Sahne für alles unter der Sonne benutzt.«

»Kann ich mir vorstellen.«

»Nein, kannst du nicht. Ich hab das verflixte Ding zweimal über mich ergehen lassen, nur um sicher zu sein, daß ich meinen eigenen Augen trauen konnte.«

»Miranda, mußt du immer so gottlos sein? Laß uns rausgehen zum Kerzenmarsch. Baby Girl wartet.« Seufzend nimmt sie den Rest ihrer Geschenke und schaut zur Tür, als könnte sie sich nicht überwinden loszugehen.

»Sie wird es schaffen, Abigail.«

»Ich hab nicht nur an heute nacht gedacht.«

»Aber heute nacht ist erst mal alles, was wir haben.«

Zu dritt unter zwei Schirmen, Cocoa in der Mitte, gehen sie das gerade Stück in Richtung Brückenkreuzung. Sie drängen sich so dicht aneinander, daß es schwer zu sagen ist, wer wen stützt, wenn eine im Nebel stolpert. Aber es ist Cocoa, die die Streichhölzer in ihrer Manteltasche trocken hält, um die Kerzen wieder anzuzünden, die der kalte Wind ständig ausbläst. Sie reden nicht viel miteinander, und das Echo von *Leuchte voraus mit Licht*, das die vorüberziehenden Gestalten hinter hochgestellten Mantelkragen singen, hallt in der nebligen Nacht nur gedämpft nach.

»Ich möchte umkehren«, sagt Cocoa, und ihre Hände zittern nicht nur von der Kälte, als sie stehenbleibt, um die Kerzen wieder anzuzünden.

»Dann kehren wir alle um«, sagt Miranda.

»Nein, laßt euch von mir nicht die Freude verderben.«

»Gibt nicht viel davon zu verderben in so 'ner Nacht«, sagt Abigail. »Wir setzen 'nen Topf Ingwerwein auf und wärmen damit die Leute, die weniger vernünftig sind als wir.«

»Es wird Kerzenmarsch genannt«, sagt Miranda, »und wir haben eine Kerze, und wir sind marschiert. Tradition ist schön, aber man muß wissen, wann man damit anfängt, sich zum Narren zu machen.«

»Ihr braucht das nicht meinetwegen ...«

»Falls dein Name nicht Rheumatismus ist, tun wir's nicht deinetwegen.«

Als sie zum Haus zurückkommen, sagt Miranda, sie sollten schon reingehen, sie komme gleich nach, sie brauche noch was aus ihrem Wohnwagen. Nur Abigail bemerkt, daß sie ihre Kerze mitnimmt, und als sie über die Schulter zurückblickt, sind Miranda und der Schirm schon hinter den Bäumen am Rand des Westwaldes verschwunden. Abigail will ihr hinterherrufen – dieses Jahr hat sie sich fest vorgenommen, mit ihr zu gehen –, aber der Nebel schließt sich rasch hinter dem Rücken ihrer Schwester.

Die Kerze beleuchtet nur Mirandas Gesicht, als sie sich den Weg bis zu den Eichen entlangtastet, die den Familienfriedhof umgeben. Sie langt hoch und macht nur ein kleines Stückchen von dem Louisianamoos ab, um es sich in die Schuhe zu stecken. Und dann läßt sie sich weiter vom Geruch leiten, den der Wind vom Sund herweht, geht an den Gräbern vorbei bis zu einer kleinen Erhebung, von der aus an klaren Tagen das Wasser zu sehen ist. George hat es möglich gemacht, daß von jetzt an all ihre Kerzenmärsche hier enden; das andre Haus birgt keine Geheimnisse mehr, die sie entdecken könnte. Der Rest liegt in den Händen von Baby Girl – sobald sie lernt zuzuhören. Aber sie trauert noch zu sehr um sich selbst, um zuzuhören, weil sie denkt, der Junge hätte sie verlassen. Er ist fort, aber er hat sie nicht verlassen. Nein, noch einer, dem das Herz gebrochen ist, weil er sie nicht gehen lassen konnte. Also muß sie die Trauer um das, was sie verloren hat, überwinden und zu der Trauer um all das, was vorher verlorenging, kommen, bevor die Tochter von Grace, der Gnade, ihrem Namen endlich Ehre machen kann.

Miranda hält ihre Kerze zum Wasser hin, das seine Asche beherbergt: Jetzt kann ich von dieser Nacht hier erzählen. Du hast uns die Erinnerung erschlossen. Mein Papa sagte, daß sein Papa sagte, der Kerzenmarsch sei in seiner Jugend noch ganz anders gewesen. Er hatte nichts mit Kerzen zu tun, sondern mit einem Licht, das im Herzen eines Mannes brannte. Und die Menschen gingen hinaus, um zu den Sternen hochzuschauen – sie glaubten, sein Geist müsse dort oben sein, es war der höchste Ort, den sie kannten. Und was ihn so hoch hinaufgebracht hatte, war sein Glaube an das Rechte gewesen, während das, was ihn unter die Erde gebracht hatte, der nachhaltige Ingwergeschmack von den Lippen einer Frau gewesen war. Er hat sie alle befreit, außer ihr, weil sie niemals eine Sklavin war. Und was sie aus freiem Willen gegeben hat, nahm sie wieder weg. Ich kann dir ihren Namen nicht sagen, weil er mir nie enthüllt worden ist. Das ist eine Tür, durch die das Kind von Grace gehen muß. Und wie viele, wenn überhaupt einer von diesen sieben Söhnen, sind seine gewesen? Nun, auch das muß sie herausfinden. Und du wirst ihr helfen, oder? sagt sie zu George. Eines Tages wird sie dich hören, so wie du mich hörst. Und es wird eine andere Zeit kommen – zu der ich nicht mehr hiersein werde –, wenn sie vom Ursprung der Days erfahren wird. Aber sie muß fortgehen, um zu dieser Art von Wissen zurückzukehren. Und ich bin gekommen, um dir zu sagen, hab keine Angst: welche Wege sie auch von hier nehmen wird, sie führen sie alle wieder zurück zu dir.

* * *

Man verwindet einen solchen Verlust niemals ganz. Er bleibt immer in einem drin, aber sein drückendes Gewicht läßt mit der Zeit nach, und er wird erträglicher. Es gab auch Tage, an denen ich mir seiner gar nicht bewußt war, bis er vielleicht eine Erkenntnis über einen Moment des Lebens, das ich noch immer leben durfte, in mir weckte oder vertiefte. Ich empfand es als verdrehte Ironie, daß in dieser Saison die New England Patriots ins Endspiel kamen. Ich sah mir das Spiel an, um für dich zu feiern, und verstand endlich, daß das Ergebnis nicht so wichtig war wie das Ereignis.

Ich konnte mich nicht ewig in Willow Springs verkriechen. Aber ich wußte, New York kam nicht in Frage. Es war leichter in Charleston: wir sind nie zusammen dort gewesen, und ich schöpfte Kraft daraus, mich inmitten einer vertrauten Umgebung zu bewegen. Genug Kraft, um damit die Leere in mir zu umgeben. Du hattest es so eingerichtet, daß ich nie mehr zu arbeiten brauchte, aber ich tat es trotzdem. Und ich hätte auch nie mehr heiraten müssen, aber nach drei Jahren tat ich es trotzdem. Und er ist ein wirklich anständiger Kerl. Ich glaube, du würdest ihn mögen. Sogar Mama Day mag ihn. »Ein guter Zweitbester«, sagte sie. Und sie hat nicht unrecht, jeder Mann würde nach dir an zweiter Stelle kommen. Ein paar Fehler wiederholte ich nicht mehr. Ich erlaubte mir, ihn als genau das zu sehen, was er war – keine Chance, der Beste zu sein, aber er ist alles, was er sein kann. Du hättest von ihm kein bißchen mehr verlangt. Und er hat nie ein Wort darüber verloren, daß ich hierherkomme, um dich zu sehen, oder daß ich unseren Jüngsten nach dir benannt habe. Aber du kennst mich – es hätte ihm nichts, aber auch gar nichts genützt, wenn er was dagegen gehabt hätte. Ich habe zwei prächtige Söhne, George, und das war das mindeste, was ich tun konnte, um dir für sie zu danken.

Und ich mache mir manchmal Sorgen, weil der Jüngere genauso ist wie ich. Ein aufbrausendes Temperament und ein freches Mundwerk – ich mußte ihm schon ein paarmal einen Klaps geben. Und dickköpfig. Ich nehme an, du würdest es ausgleichende Gerechtigkeit nennen, daß ich von deinem Namensvetter eine gute Portion von dem bekomme, was du dir hast gefallen lassen müssen. Aber er ist ein gescheites Kind und sensibler als sein Bruder, der der Ruhigere der beiden ist. Als der kleine George kaum fünf Jahre alt war, fragte er mich nach seinem Namen. Ich erzählte ihm, daß ich vor seinem Vater schon einmal verheiratet gewesen sei, mit einem anderen, besonderen Mann. Und er wollte wissen, ob er den Namen bekommen habe, weil er dir ähnlich sah. Ich sagte dem armen Kind, nein, er würde aussehen wie seine Mutter und damit durchs Leben gehen müssen. Das führte unweigerlich zu der Frage, wie du ausgesehen hast. Und da wir in einem Einkaufszentrum waren, schaute ich mich nach jemand um, auf den ich zeigen konnte. Und es versetzte mir einen Schlag – ich meine, einen richtigen Schlag –, daß du nichts an dir gehabt hast, was aus einer Menge herausgeragt hätte. Und weil er keine Antwort kriegte, drängelte er wie jedes Kind weiter. Hast du eine Schokoladenhaut gehabt wie sein Papa? Oder bist du so groß gewesen wie sein Lehrer, Mr. Benjamin? Hast du starke Muskeln gehabt? Welche Farbe hatten deine Augen? Ich war so durcheinander, daß ich ihm sagte, ich würde ihm zu Hause ein Foto von dir zeigen.

Ich suchte überall. Da war kein einziges, George. Und was ich für einen mittlerweile hellen, luftigen Raum gehalten hatte, tat sich als Abgrund in mir auf. Elf Jahre lang hatten meine schmerzvollen Anstrengungen der Einrichtung in einem Leben ohne dich gegolten – der Schwerpunkt lag auf meinem Verlust, auf meinem Leben –, während eine fehlende Fotografie es in einen Verlust verwandelte, der mehr als nur mich betraf, mehr sogar als dich. Mir fiel ein, daß Mama Day unsere Fotos behalten hatte, und ich rief sie an, sie solle mir eins der Fotos von dir schicken. Klein George wolle gern eins sehen, sagte ich. Und als sie zögerte und sagte, sie wüßte nach der langen Zeit nicht mehr genau, wo sie sie hingetan hat, tat sich vor mir diese gähnende Leere auf. Meine Stimme schwoll an. Konnte sie nicht mal nachsehen? Konnte sie es nicht wenigstens versuchen? Und der Gedanke an das, *was* verloren war, brachte die endgültigen Tränen. Sie waren, wie sie mich gewarnt hatte, die bittersten. Und trotz allem, was ich um mich herum aufgebaut hatte, spürte ich, daß ich in Gefahr war, von dem Schmerz über die wachsende Erkenntnis verschlungen zu werden, daß *es* nicht mehr da war.

Sie hörte geduldig zu, während ich weinte – kein Widerspruch gegen irgend etwas, was ich sagte –, weil ich so dringend ein Bild von dir brauchte. Nicht für mich, ich mußte es meinem Sohn zeigen. Und sie hörte auch zu, als ich ihr vorwarf, nachlässig mit meinen Sachen umzugehen – ich hätte ihr vertraut. Und wenn meine Großmama noch lebte, wäre das nicht passiert. Ich hätte nichts mehr, jetzt, wo Großmama tot war. Großmama habe immer auf meine Sachen aufgepaßt. Oh, ich weinte immer weiter – bittere Tränen. Um so mehr, als sie elf Jahre lang zurückgehalten worden waren. Und als ich fertig war, war ihre Stimme ruhig und sanft. »Cocoa, wenn das Kind wissen will, wie George ausgesehen hat, ist es am einfachsten, es ihm zu erzählen. Und merk dir, Kinder brauchen die schlichte Wahrheit.«

Nachdem ich also mein Gesicht gewaschen und mir eine Tasse Pfefferminztee gemacht hatte, rief ich meinen Sohn zu mir. Ich setzte ihn auf meinen Schoß und erzählte ihm, daß er nach einem Mann benannt sei, der einfach wie die Liebe ausgesehen habe. Er runzelte einen Moment lang die Stirn, grub die Zähne in die Unterlippe, wie es seine Art war, und sagte: Das ist alles? Ich traute mich nicht, mehr zu tun, als zu nicken.

Na gut, er liebte das Innere von Marshmallows, und er liebte es, wenn sein Papa ihn mit aufs Riesenrad nahm, und im Sommer liebte er es, wie sich das Wasser und der Sand zwischen seinen Zehen anfühlten – ob du so ausgesehen hättest. Ja, sagte ich ihm, genauso wie all das.

Kannst du das glauben – ich werde nächstes Jahr siebenundvierzig. Und ich habe noch immer kein Foto von dir. Ist sehr viel besser so, weil du dich mit mir veränderst. Und jedesmal, wenn ich an das zurückdenke, was passiert ist, gibt es einen neuen Aspekt, irgendeine vergessene Seite, die dich in ein etwas anderes Licht rückt. Ich vermute, einer der Gründe, warum ich hier so oft gewesen bin, war das Gefühl, wenn wir immer wieder unsere Schritte zurückverfolgten, könnten wir herausfinden, was uns eigentlich zu dieser Böschung überm Sund geführt hat. Aber wenn ich dich das nächstemal wiedersehe, wird unsere Version wieder eine andere sein. Und das alles wäre zu kompliziert gewesen, um es einem Kind zu erzählen. Mama Day hatte recht – sag ihm die schlichte Wahrheit. Und das ist die eine Wahrheit über dich, an der ich festhalte. Denn was war wirklich mit uns passiert, George? Siehst du, was ich meine – die Geschichte hat einfach zu viele Seiten.

Manche Dinge bleiben immer gleich. August ist August. Der heiße Wind, der durch die Fächerpalmen bläst, hätte auch 1899 wehen können, als sie das erstemal die süßen Säfte einer geeisten Scheibe Honigmelone geschmeckt hat. Die zitternden grünen Schnitze schmelzen nun in einem Mund, der hundert Jahre älter ist, doch der Genuß ist frisch und neu. Wenn man etwas zum letztenmal tut – in dem Wissen, daß es das letztemal ist –, erlebt man es noch bewußter als beim erstenmal. Es ist ihre letzte Scheibe Honigmelone an irgendeinem einundzwanzigsten August in diesem silbernen Wohnwagen, also genießt sie sie langsam. Sie läßt den Saft eine Weile im Mundwinkel, bevor sie ihn mit der Papierserviette abwischt – das letztemal, daß sie das tut. Und mit tiefer Zufriedenheit gelangt sie schließlich an die Schale. Sie beißt nicht bis hinunter, wo das Fleisch bitter wird, läßt ein bißchen von der Süße dran. Sie hat mehr als ihren Anteil von »genug« gehabt.

Manche Dinge verändern sich. Sie nimmt ihren Gehstock, humpelt hinaus in den Vorgarten und blickt hinüber zu dem gelben Bungalow. Nicht mehr nötig, die Straße zu überqueren, also hebt sie ihr Gesicht hoch in die warme Luft – Du da, Schwester? –, um auf das Rauschen der Bäume zu hören. Nie ist ein Tag so still, daß sich nicht wenigstens ein Blatt bewegt. Sie schafft es nicht mehr weiter als bis zum Eichenrund, und es ist ein immerwährender Trost, daß sie es überhaupt noch so weit schafft. Sie bleibt hier und da bei einem Grab stehen, um herumliegendes Unkraut mit der Spitze ihres Gehstocks zu entfernen. Sie mochte immer alles ordentlich, und wenn sie das zwanzigste Jahrhundert hinter sich gebracht hätte, würde sie einen kleinen Blick hinüber ins nächste werfen – aus purer Schelmerei und Neugierde – und sich zu der Ruhe begeben, die sie verdient.

Und manche Dinge stehen noch aus. Sie findet sie immer an derselben Stelle auf der Erhebung über dem Sund sitzen. Es ist ein schlanker Körper, aber das Haar ist grau gesträhnt. Und wenn sie sich umdreht, sieht man feine Linien, die die Merkmale ihres Gesichts betonen – den festen Mund, die hohen Wangenknochen und die klaren braunen Augen. Es ist ein Gesicht, das den Ausdruck von Frieden trägt. Ein Gesicht, das bereit ist, nach Antworten zu suchen, so daß schließlich keine Worte mehr nötig sind, wenn sich über die Entfernung hinweg ihre Blicke treffen. Unter einem Himmel, so blau, daß er aufgehört hat, Himmel zu sein, ist eine dem Eichenrund näher als die andere. Aber beide können deutlich hören, daß auf der Ostseite und der Westseite der Insel das Wasser still ist.

Gloria Naylor
Baileys Café
Roman
Aus dem Amerikanischen von
Angelika Kaps
1994. 288 Seiten

So etwas ist selten: eine fetzig komponierte Schicksalsballade über die sozialen Außenseiter, die Gelackmeierten und Gestrandeten. Gloria Naylor ist das Experiment in ihrem von Toni Morrison beeinflußten Roman gelungen – glänzend! [...] Ihre Geschichten werden so kurz und lapidar, ironisch oder schmerzlich auf den Punkt gebracht, daß der Leser aus dem Staunen nicht herauskommt. *Baileys Café* strotzt vor Lebensweisheit – und kommt ganz ohne philosophisches Brimborium aus.

Brigitte

Gloria Naylor hat die schwarze Frauenliteratur um einen weiteren faszinierenden Roman bereichert. [...] Die Geschichten der Frauen, die sich noch mit letzter Kraft in Baileys Café schleppen, sind bisweilen an der Grenze des Erträglichen. Daß der Leser aber bereitwillig immer wieder in jeden neuen Abgrund mit hinabsteigt, liegt am Sog der Naylorschen Sprachkraft, der in einer Fülle von Tonarten satirischer, flapsiger, humoristischer und vor allem poetischer Art diesen hoffnungslosen Lebensläufen Einzigartigkeit und Würde verleiht. Und dem Roman trotz der Schwere der Thematik Leichtigkeit und Musikalität.

Tagesspiegel

Amerikanische Autorinnen
im Carl Hanser Verlag

Joan Didion

Überfall im Central Park
Eine Reportage
Aus dem Amerikanischen von Eike Schönfeld
1991. 88 Seiten

Mary McCarthy
Was sich verändert, ist nur die Phantasie
Erinnerungen
Aus dem Amerikanischen von Christa E. Seibicke
1989. Abbildungen. 384 Seiten.

Sylvia Plath

Briefe nach Hause 1950–1963
Herausgegeben von Aurelia Schober Plath
Aus dem Englischen von Iris Wagner
Übersetzer der Gedichte: Christian Enzensberger u.a.
1979. 538 Seiten

Susan Sontag

Ich, etc.
Erzählungen
Aus dem Amerikanischen von Marianne Frisch
1979. 196 Seiten

Im Zeichen des Saturn
Essays
Aus dem Amerikanischen von Werner Fuld,
Karin Kersten, Kurt Neff, Mark W. Rien,
Jörg Trobitius und Angela Wittmann-Hauser
1981. 208 Seiten.

Todesstation
Roman
Mit einem Nachwort der Autorin zur deutschen Ausgabe
Aus dem Amerikanischen von Jörg Trobitius
1985. 376 Seiten

Der Liebhaber des Vulkans
Roman
Aus dem Amerikanischen von Isabell Lorenz
1993. 552 Seiten

Cathleen Schine

Rameaus Nichte
Roman
Aus dem Amerikanischen von
Giovanni Bandini und Ditte König
1995. 328 Seiten

Der Liebesbrief
Roman
Aus dem Amerikanischen von
Giovanni Bandini und Ditte König
1996. 288 Seiten

Jane Bowles

Einfache Freuden
Erzählungen
Aus dem Amerikanischen von
Adelheid Dormagen
1985. 176 Seiten

Eine richtige kleine Sünde
Prosa etc.
Aus dem Amerikanischen von
Adelheid Dormagen und Friederike Roth
1988. 304 Seiten

N
W
O
S
SOUTH CAROLINA
GEORGIA
DER SUN
FRAMPTON